학위 논문의 한국어 교육 연구 경향

최호철 편

박문사

머
리
말

한국어 교육 연구는 한국어를 가르치는 데에 필요한 내용 및 방법과 관련한 모든 연구를 말한다. 지시 대상이 같다 할지라도 국어라 할 경우에는 한 나라의 언어로서 대내적으로 절대적인 가치를 가지며, 한국어라 할 경우에는 특정 언어로서 대외적으로 상대적인 가치를 가진다. 그러므로 한국 국적을 갖고 한국어를 모어로 하는 사람들에게는 국어라는 말이나 한국어라는 말의 구별이 반드시 필요하지는 않지만, 한국 국적을 갖지 않은 사람들에게는 한국어가 외국어로서의 한국어가 되고, 국적은 한국이지만 모어가 한국어가 아닌 사람들에게는 제1언어인 모어에 대하여 한국어가 제2언어로서의 한국어가 된다.

한국어는 사용자의 수를 기준으로 세계 12위 정도에 해당하는 언어로서 1986년 아시안 게임, 1988년 올림픽 대회, 2002년 월드컵 대회 등 연이은 국제적 행사의 개최와 더불어 한국어에 대한 인식과 관심이 커졌고 한국의 경제적 위상이 높아짐에 따라 외국인의 한국어 학습에 대한 수요도 대폭 증가하였다. 이러한 수요에 맞추어 1990년대 후반에 들어서는 몇몇 학교의 대학원에 한국어 교육 전공 석사 과정이 개설되기 시작하였고, 2000년대에 들어서는 박사 과정도 개설됨으로써 현재 한국어 교육 전공의 학위 논문만도 300여 편을 훨씬 웃도는 실정에 있다.

한국어 교육의 연구 부문은 한국어와 관련한 내용 교육, 기능 교육, 교육 방법, 교육 평가, 교사 교육, 교재 개발 등으로 광범위하고, 한국어 교육 연구의 발표는 단행본, 일반 논문, 학위 논문을 통해 이루어지므로 그 연구의 경향을 살피는 데에는 이 모든 것이 망라되어야 할 것이나, 이 책에서는 한국어 내용 교육의 학위 논문으로 한정하였다. 한국어 내용으로 한정한 것은 국어학과 한국어교육학 전공자로 이루어진 연구 집단의 특성상 서로 공유할 수 있는 부분을 고려한 것이며, 학위 논문으로 한정한 것은 그것이 주제의 독창성과 내용의 완결성에 더 많은 신경을 써야 하는 것이라는 것과 일반 논문은 박영순 편 「21세기 한국어교육학의 현황과 과제」(2002, 서울: 한국문화사)에서 다루어졌기 때문이다.

　이 책이 단행본으로 나오게 된 것은 대학원 지도학생들이 연구지도 시간을 유익하게 활용한 결과이다. 그들은 2006년도 제2학기 연구지도 시간에 '한국어 교육 연구의 경향'을 지도 모임의 연구 주제로 삼고 학위 논문의 목록을 수집하고 그 논문의 연구 성과를 고찰함으로써 그 내용을 정리하고 평가하는 데 많은 시간을 할애하였다. 이러한 토론은 2007년도 정규 수업과 연구지도 시간 외에도 계속되었으며, 그 결과 215편의 학위 논문에 대한 해제와 아울러 단어, 조사, 어미, 구·문장, 화행 등 5개 영역의 주제별 연구 경향을 살핀 논문을 완성할 수 있었다.

　오늘의 성과는 일주일에 한 번씩 갖는 연구지도 시간을 거르지 않고 열심히 참석한 지도 학생들의 노력에 의해서 이루어진 것이다. 이러한 공동 작업에서 얻어진 소중한 경험이 학생들에게 앞으로의 연구 생활에 많은 도움이 되리라 믿는다. 소기의 결과를 이루어 내는 과정에서 많은 어려움을 참고 견뎌온 지도 학생들의 노고를 치하한다. 마지막으로 여러모로 부족한 논문을 번듯하게 엮어 주신 도서출판 박문사 윤석원 대표와 편집부 여러분에게도 감사의 마음을 전한다.

2009년 6월 9일

최 호 철

Ⅰ. 한국어 교육 연구의 경향

│ 최호철

1. 머리말

특정 주제의 연구 경향을 살피는 것은 과거와 현재 및 미래를 관통하는 커다란 흐름을 찾아내는 일이다. 따라서 이는 과거의 연구 성과를 바탕으로 현재의 연구 목적을 구체화하고 미래의 연구 방향을 전망하기 위해서 필요한 것이다. 이러한 과정 속에서 자신이 수행하는 연구의 목적이나 가치 또는 의의를 찾을 수 있을 것이다. 이러한 맥락에서 한국어 교육 연구의 경향을 살피는 것은 필수적인 작업이라 하겠다.

한국어 교육 연구의 경향을 살피기 위해서는 연구가 진행된 시기적 특징을 찾아 기술해야 하기 때문에 시기 구분은 빠뜨릴 수 없는 사항이다. 여기에서 시기 구분은 연구 결과 자체의 특성에 의거하여 구분하여야 하지만, 여기에서는 한국어 내용 교육으로 한정하였으므로 논의의 질적인 측면을 기준으로 시기를 구분하기에는 한계가 있다. 따라서 이 글에서는 연구 결과 자체의 특성을 기준으로 시기를 구분하지 않고, 양적인 측면을 기준으로 시기를 구분할 것이다. 또한 그 연구의 대상을 학위 논문으로 한정하였으므로 학위별 연구 실태도 아울러 살펴야 할 것이지만, 이 분야에서 박사 학위 논문은 10편 정도이기 때문에 학위별 연구 경향은 따로 기술하지 않을 것이다.

아래의 표에서 보듯이 한국어 교육 연구와 관련한 학위 논문은 1980년대 중반에 나오기 시작하여 2002년에 들어서는 양적인 팽창을 보이기 시작하였다. 따라서 2002년을 한국어 교육의 연구가 활성화되는 시기로 보아 이전 시기와 구분하고, 공백의 기간이 유지되는 1990년대 이전과 이후를 또다른 시기로 설정하며, 매년 1~2편의 논문이 나오는 시기를 따로 설정하여 구분하고자 한다.

구분	제1기: 잠복기					제2기: 발아기						제3기: 조성기					제4기: 활성기							계
	'86	'87	'88	'89	'90	'91	'92	'93	'94	'95	'96	'97	'98	'99	'00	'01	'02	'03	'04	'05	'06	'07	'08	
편수	2	0	0	0	0	1	1	2	1	2	2	4	6	4	8	10	17	18	23	30	27	29	28	215

그러면 제1기는 학위 논문이 처음 나온 1986년을 기점으로 한참동안의 공백이 지속되는 1990년까지로서 뒤이어 전개되는 제2기를 준비하는 잠복기라 할 수 있고, 제2기는 공백을 깨고 나온 1991년부터 매년 1~2편 정도 나오게 되는 1996년까지로서 다음 시기의 활발한 논의가 진행되는 제3기를 예고하는 발아기라 할 수 있으며, 제3기는 매년 1~2편 정도에서 4~10편 정도의 성과를 낸 1997년부터 2001년까지로서 한국어 교육 연구의 기반을 다지는 조성기라 할 수 있고, 제4기는 평균 20편 이상의 논문이 나오게 되는 2002년부터 현재까지로서 양적인 면에서나 질적인 면에서 연구의 차원을 한 단계 높인 활성기라 할 수 있다.

2. 제1기(~1990년) : 잠복기

1982년에 이화여대 대학원에, 1983년에 연세대 교육대학원에 한국어 교육 전공이 개설되고, 1980년대 중반에 들어서 주로 한국어 교재와 교육 방법에 대한 연구가 활발히 진행되는 가운데, 한국어의 내용면에 관심을 기울인 김명순(1986), 윤영로(1986)의 학위 논문이 나온 뒤로 1990년대 들어설 때까지 내용면에 중점을 둔 이러한 논문은 나타나지 않는다. 김명순(1986)은 한국어 교재에 나타난 어휘의 빈도를 분석하여 교육 목적에 맞는 어휘 선정이 이루어졌는가를 살핀 것이고, 윤영로(1986)은 선어말 어미 '었'을 대상으로 한국어와 영어의 시제 표현에 나타난 차이에 대하여 그 원인을 규명하고 '었'에 대한 효과적인 교육 방법을 모색한 논문이다.

3. 제2기(1991~1996년) : 발아기

이 시기는 1986년 아시안 게임, 1988년 올림픽 대회의 개최로 높아진 한국의 위상에 따라 한국어 교육에 대한 관심이 커진 시기이다. 따라서 이 시기에는 전 시기 4년여의 공백을 깨고 9편의 학위 논문이 나오는데 그것은 주로 어휘 단위인 조사와 어미에 관한 것들이고, 경어법과 화행에 관한 연구도 각각 1편씩 나왔다.

조사와 관련한 황정숙(1992)는 조사의 빈도와 기능 및 의미를 기준으로 4단계의 수업 모형을 구체적이고 실제적으로 제시한 논문이고, 김원경(1993)은 조사 '은/는' 과 '이/가'의 쓰임과 기능을 비교 연구하여 이들에 대한 이해도를 실험함으로써 난이도에 기초한 교육의 필요성을 역설한 논문이며, 이지영(1996)은 조사의 유형을 크게 셋으로 분류하여 각각의 교수 모형을 구분하여 제시한 논문이다. 어미와 관련해서 연결 어미를 다룬 것으로는 박성민(1993), 여덕휘(1996)이 있고, 종결 어미를 다룬 것으로는 이현순(1995)가 있다. 박성민(1993)과 여덕휘(1996)은 같은 연구 대상으로서 연결 어미 '아서, 니까'를 다루고 있는데, 전자는 외국인들의 설문 조사를 통해 쓰임의 제약에 대한 이해도를 측정한 논문이고, 후자는 의미적·통사적·화용적 특성을 비교 분석하여 효율적인 교육 방법을 제시한 논문이다. 그리고 이현순(1995)는 종결 어미의 빈도를 살피고 그에 따른 교수·학습 모형을 제시한 논문이다.

경어법과 관련한 이지영(1991)은 어미 '시, 습'과 조사 '께, 께서' 및 접사 '님, 씨' 그리고 '집/댁, 말/말씀, 묻다/여주나, 있다/계시다' 등의 어휘에 대하여 학습자의 오류 현상을 수집하고 분석함으로써 학습자의 정확한 대우 표현 방법을 설명한 논문이고, 박선민(1995)는 호칭과 화계를 상호 예측 가능성에 의해 그 공기를 입증함으로써 한국어 교육에 적용하려는 논문이다. 보조 동사에 대한 장미선(1994)는 '보다' 의 담화 기능을 실제 발화상의 인식 태도에 따라 '시행, 추측, 경험, 가정, 완곡, 의도, 걱정, 강조' 등으로 분류하여 외국인 학습자의 이해도를 조사함으로서 교사에게 주의를 환기한 논문이다.

4. 제3기(1997~2001) : 조성기

　이 시기는 국제 대회 개최로 높아진 한국어의 인지도에 의해 한국어 교육에 대한 수요가 급증하고 이에 따른 한국어의 체계적인 교육이 필요하게 됨으로써 교육대학원에 한국어 교육 전공이 연달아 개설되는데, 1997년에 이화여대에, 1998년에 경희대에, 1999년에 고려대와 한양대에, 2000년에 한국외국어대에, 2001년에 동아대에 야간으로 개설되었다. 따라서 이 시기에는 한국어 교육에 대한 저변 확대로 이 분야의 학위 논문이 양적으로 증대되고 다양한 연구 주제와 함께 논의의 깊이도 더해진다. 이 시기에 어휘 중심 한국어 교육 방법을 연구한 박사 학위 논문 조현용(2000)이 나온 것이 시기적 특징이다.

　이 시기에는 어휘 교육에 대한 논문이 주를 이루고 그 뒤를 이어 화행 교육에 관한 논문, 구·문장의 교육에 대한 논문이 있다. 어휘 교육에서는 조사와 어미 교육에 대한 논문, 단어 교육에 대한 포괄적인 논문이 다수를 차지하며, 기타 조어법, 접사, 한자, 보조 동사, 사전에 대한 학위 논문도 나오기 시작했다.

　조사와 관련해서는 오류 분석을 통한 연구가 3편, 대조 언어학적 방법의 연구가 2편, 포괄적인 연구가 1편 있다. 오류 분석을 통한 연구로서 이은경(2000)은 중급 학습자들의 작문에 나타나는 조사 사용의 오류를 대상으로 오류의 빈도가 높은 9개 조사를 선정하고 오류의 유형과 원인을 분석한 논문이고, 김유미(2000)은 학습자 말뭉치를 구축하여 조사의 중간 언어 단계의 특징을 알아 보고 모어에 기인한 오류 유형을 분류하고 학습자 등급별로 오류율의 변화를 살핀 논문이며, 백소영(2001)은 러시아권 학습자들의 한국어 격조사 사용에서 나타나는 오류의 유형과 원인을 분석하여 효과적인 교육 방법을 모색한 논문이다.

　대조 언어학적 방법의 연구인 조선경(1997)은 한국어 ‘의’와 일본어 ‘の(no)’의 생략과 실현에 대하여 고찰한 논문이고, 김정(1998)은 한국어 조사 ‘까지, 조차, 마저’

의 의미와 출현 환경 및 빈도를 살피고 일본어의 'まで(made), さえ(sae), すら(sura)'와 번역상의 대응 관계를 고찰한 논문이다. 그리고 포괄적 연구인 오수진(1998)은 초급 단계의 학습자를 위해 조사의 학습 순서와 방법을 논의한 논문이다.

어미와 관련해서는 어미의 전반적인 교육에 대한 하수진(1999), 종결어미의 교육에 대한 김형복(1998), 연결어미의 교육에 대한 성선월(2001), 선어말 어미의 교육에 대한 노재은(2001) 등 4편이 있는데, 하수진(1999)는 한국어 어미를 효율적으로 가르치기 위한 방법으로 어간에 어미가 결합할 때에 나타나는 변동을 어미의 선택으로 보고 의사소통에 미치는 중요도에 따라 교육 순서를 정해야 함을 주장한 논문이고, 김형복(1998)은 한국어 종결 어미를 분류하고 어미 변화의 조건을 명시하여 종결 어미의 학습 순서를 체계화한 논문이며, 성선월(2001)은 한국어 조건 표현의 어미를 대상으로 중국어와 대조하여 분석함으로써 효율적 교수 방법을 모색하고 있는 논문이고, 노재은(2001)은 중국인 한국어 학습자에게 한국어의 시간 표현에 대한 효율적인 교육 방법을 모색한 논문이다.

단어의 전반적인 교육과 관련해서는 구체적인 방법론적 측면에서 접근한 이정희(1997), 김수정(1998), 한정일(2000), 조현용(2000), 김의정(2001) 등 5편으로서 이정희(1997)은 낱말밭 이론을 바탕으로 한국어 어휘 교육 방법을 제시한 논문이고, 김수정(1998)은 문맥을 통한 한국어 어휘 교육 방법을 제시한 논문이며, 한정일(2000)은 의미 관계를 이용한 한국어 어휘 교육 방법을 제시한 논문이고, 조현용(2000)은 한국어 교육 이론의 한계를 어휘 중심 교육 방법으로 극복하고자 한 논문이며, 김의정(2001)은 교육용 어휘 선정과 구성의 실제에 관한 논문이다. 그리고 한국어 능력 향상에 직접적인 도움이 될 수 있다는 다의어를 대상으로 그 교육 방법을 제시한 하화정(2001), 일본어 모어 화자에게 한국어의 의성어와 의태어를 체계적으로 교육하는 방법을 모색한 카츠타사토시(2001), 한국어 초급 과정의 기초 어휘 선정을 목적으로 한 김지향(2000) 등이 있다.

기타 일본어권 학습자를 위한 학습용 한일사전을 연구한 정상근(2001), 한국어의 접미사 '적(的)'에 대한 연구를 한 유순희(1999), 한자 교육을 위한 정승혜(1998) 등이 있다.

다음으로 화행 교육에 대한 논문을 보면 대우 표현 교육에 관한 것이 5편이고,

‘사과, 거절, 설득’의 화행 교육에 대한 논문이 각각 1편이다. 대우 표현 교육과 관련된 것으로서 김정희(1999)는 한국어 대우법의 이해 능력을 조사한 논문이고, 한옥희(1999)는 대우 표현의 교수·학습 모형을 제시한 논문이며, 박효영(2000)은 한국어 교재의 높임법을 연구한 논문이고, 송학성(2000)은 중국인을 위한 한국어 경어법 교육 방법을 연구한 논문이며, 채윤희(2001)은 영어권 화자를 대상으로 한국어 대우 표현의 지도 방안에 관한 논문이다. 화행 교육에서 박은영(2000)은 ‘사과’와 ‘감사 응답’ 표현을 중심으로 영어권 한국어 학습자와 한국어 원어민의 화행 실현을 비교한 논문이고, 서희정(2001)은 교재 분석을 통한 한국어 거절 화행 교육에 대한 논문이며, 제혜숙(2001)은 설득 행위에 대한 논문이다.

또한 구·문장의 교육과 관련한 논문으로서 한국어의 관용어 교육에 대한 유덕자(1998), 문장의 교수 모형을 제시한 이향아(1997) 등이 있다.

마지막으로 오류 분석과 관련한 것으로서 최우영(1997)은 초급 일본어권 학습자들의 작문에 나타난 문법과 어휘를 대상으로 오류의 원인을 분석한 논문이다.

5. 제4기(2002~) : 활성기

전 시기에 이어 2002년에 선문대 교육대학원에, 2003년에 상명대 교육대학원에 한국어 교육 전공이 야간으로 개설되었다. 그런데 이제까지는 야간으로 석사 과정만이 개설되었는데, 2002년에는 서울대에, 2004년에는 고려대에 주간으로 석사 및 박사 과정이 개설되었다. 따라서 이 시기에는 박사 과정의 신설로 말미암아 전시기에 비교할 수 없을 정도로 학위 논문이 급증하게 되었다. 이들의 연구 주제는 어휘 차원의 교육에 관한 것이 113편으로서 가장 많고, 다음으로 문장 차원의 교육에 관한 것 27편, 발화 차원의 교육에 관한 것 26편, 기타 문화 교육과 오류 현상의 분석에 관한 것 5편의 순이다. 이 시기에 9편의 박사 학위 논문이 나온 것이 하나의 시기적 특징이라 할 수 있다.

어휘 차원에서는 조사나 어미의 교육을 다룬 것이 50편으로서 거의 절반을 차지하며, 나머지 63편은 용언에 관한 것 11편, 단어 전반에 관한 것 15편, 한자어에 관한 것 9편, 부사와 호칭어에 관한 것 각각 5편, 외래어에 관한 것 3편, 기타 15편이다.

조사나 어미를 대상으로 연구한 50편은 어미 교육에 관한 것 30편, 조사 교육에 관한 것 19편, 둘 다를 대상으로 한 아리프 이스람(2004) 1편으로 분류된다. 어미를 대상으로 한 연구에서는 연결 어미가 21편으로 가장 많고, 나머지는 관형사형 어미 4편, 선어말 어미 3편, 종결 어미 2편, 명사형 어미 1편이다. 조사를 대상으로 한 연구에서는 조사 전반에 대한 것이 9편으로 가장 많고, 나머지는 주격 조사 4편, 부사격 조사 3편, 관형격 조사 1편, 기타 조사 학습 내용과 순서 2편이다.

연결 어미의 교육에 대한 논문으로서 연결 어미 전반에 걸쳐 연구한 것은 성진선(2002), 송주영(2002), 김수정(2003), 이윤진(2003), 이재경(2003), 김수미(2004), 이현주(2005), 이설(2006), 류선영(2007), 송대헌(2008) 등 10편이고, 특정 기능의 연결 어미 교육에 대한 연구는 왕정춘(2003), 이민아(2004), 이정란(2004), 가마카리 스즈(2004), 오자키 다쓰지(2006), 하지선(2006), 노민경(2008), 윤경애(2008), 이영주(2008), 박대범(2008), 김유진(2008) 등 11편인데 이 가운데에서 오자키 다쓰지(2006), 노민경(2008)은 대등의 어미를 다루고, 윤경애(2008), 이영주(2008)은 조건의 어미를 다루고, 하지선(2006), 김유진(2008)은 종결 기능의 어미를 다룬 것이며, 나머지 5편은 원인이나 이유를 나타내는 어미를 다룬 것이다. 기준성(2004)는 명사형 어미의 표현 유형과 의미를 다룬 것이고, 관형사형 어미를 다룬 성지연(2002), 전영아(2004), 이은기(2005), 이진경(2006) 등은 모두 오류 분석을 통한 교육 방법을 논의한 것이다. 시제 표현 교육에 관한 것으로 박선혜(2004)는 일본어권 학습자를 대상으로 오류 분석을 통한 한국어 시제 및 상 교육 방안을 연구한 것이고, 마홍염(2005)는 한국어와 중국어의 시간 표현 요소를 대조한 논문이며, 김금숙(2008)은 범언어권(일본, 중국, 태국, 몽골, 베트남, 카자흐스탄, 우즈베키스탄) 학습자를 대상으로 오류 분석을 통한 한국어 시제 교육 방안을 연구한 것이다. 종결 어미를 다룬 것으로는 랍 카루바(2007), 손다정(2008)이 있는데, 전자는 한국어 초급 교재에서 어떻게 기술되고 있는지를 살피고 그 교육 방안을 모색한 논문이고, 후자는 종결 어미의 항목을 선정, 배열하고 그 교육 방안을 제시한 논문이다.

조사의 교육에 대한 논문으로서 조사 전반에 걸친 논문은 민진영(2002), 신나탈리아(2003), 김이진(2004), 오상은(2004), 임경희(2005), 윤미영(2005), 김정숙(2006), 김순희(2006), 조련희(2006) 등인데, 김순희(2006)은 한국어의 조사를 중국어와의 대비를 통해 그 기능과 교육 방안을 살핀 논문이고, 조련희(2006)은 한국어 교재에 나타난 조사의 학습 순서를 정리한 논문이며, 나머지는 모두 조사 사용의 오류 분석을 통한 교육 방법을 논의한 논문이다. 주격 조사에 대한 논문 임동윤(2002), 김상수(2003), 정보영(2005), 박소영(2008) 등은 모두 보조사 '은/는'과의 비교를 통해 그 교육 방안을 강구한 것이다. 부사격 조사 '에'를 대상으로 한 것으로서 주은경(2004)는 용법별 습득 양상을 연구한 논문이고, 안령군(2005)는 중국인 학습자를 위한 의미와 용법을 연구한 논문이며, 김연지(2008)은 '에,에서, 로'를 대상으로 그들의 의미 차이를 명시적으로 보이는 것을 목표로 한 논문이다. 그리고 관형격 조사를 다룬 김정화(2008)은 중국어의 '적(的)'과의 대조 분석을 통하여 효과적인 '의'의 교육 방안을 찾고자 한 논문이다. 기타 이윤정(2003)은 한국어 교재에서 제시되고 있는 조사의 종류와 풀이 방식을 분석한 논문이고, 정지은(2004)는 초급 학습자에게 교육할 조사의 순서에 대해서 논의한 논문이다.

　용언을 대상으로 한 논문에서 동사는 10편, 형용사는 왕단(2005) 1편이 있는데, 사와다 히로유키(2002), 김진희(2008), 東條奈緒子(2008)은 한국어와 일본어의 동사 대응에 대한 논문이고, 이현진(2002), 이효숙(2004)는 피동사의 교육 방안을 논의했는데 후자는 한국어와 일본어의 대조 분석을 중심으로 살핀 논문이며, 김희선(2003)은 일본인 중급 학습자를 위한 사동문에 대한 연구이다. 그리고 최해주(2003), 이영(2006)은 보조 용언의 교육 방안을 연구한 논문이다. 그리고 동사의 대조적 분석에 대한 논문으로서 사야크벡 누르잣(2007)은 한국어 '먹다'와 키르키즈어 'же(제)'를 분석하였고, 木村春菜(2008)은 한국어 '당하다, 받다'와 일본어 '遭う, 受ける'를 분석하였다.

　단어 전반에 관한 것으로서 김현희(2002), 박윤신(2005) 등은 교재에 나타난 어휘의 구성에 관한 연구이고, 이수현(2005), 김하나(2006), 방성희(2007), 유해준(2007), 조복자(2007), 서정현(2008) 등은 기본 어휘 선정에 대한 연구이며, 도원숙(2007)은 초기 한국어 학습자를 위한 어휘 교재의 개발에 대한 논문이다. 어휘 교육에 관한 논문으로서 후문옥(2003)은 중국인을 대상으로 한 한국어 어휘 교육에 대한 논문이고, 손지영(2006), 김유진(2007)은 어휘장을 이용한 어휘의 교육 방안을 제시한 논문이며, 나삼일(2008)은 의미관계를 이용한 어휘의 교육 방안을, 노경래(2008)은 사전을 활용한 어휘 교육 방안을, 이선미(2008)은 난도별 어휘 학습 방안을 제시한 논문이다.

부사에 관한 것으로서 서단(2004), Zheng Shunmei(2005) 등은 의성어·의태어에 대하여, 백승희(2004)는 양태 부사에 대하여, 조진희(2005)는 시간 부사에 대하여 연구한 논문이고, 최영란(2005)는 중국인 학습자를 위한 한국어 부사 표현의 교육에 대한 논문이다.

호칭어에 관한 연구로는 한윤정(2002), 박상천(2004), 라티탄마이(2005), 뭉흐졸(2007), 孫梨梨(2007) 등이 있고, 한자어에 관한 연구로는 김현경(2003), 김창구(2003), 김수희(2005), 郭爽(2006), 김민경(2007), 심혜령(2007), 윤유선(2007), 장익(2007), 박성은(2008) 등이 있으며, 외래어에 관한 연구로는 문승실(2004), 이상숙(2005), 장성희(2007) 등이 있다.

기타 한국어 의존 명사 표현의 교육에 대한 왕사민(2006), 의문사 교육에 대한 김영란(2004), 전문 어휘 교육에 대한 정예희(2007), 유의어 교육에 대한 박재남(2002), 최경아(2007), 감각어 교육에 대한 정하라(2005), 친족어 교육에 대한 하설월(2005) 등이 있다. 그리고 서종오(2002), 김순저(2007), 박정은(2007), 고주환(2008), 유미상(2008) 등은 접사 및 파생어에 대한 논문이고, 조선경(2006)은 다의어 교육 방안을, 김혜은(2007), 황종(2007)은 반의어의 교육 방안을 다루고 있다.

문장 차원에서는 관용어와 연어 교육에 관련된 것이 13편, 속담에 관한 것이 6편, 양태 표현에 관한 것이 4편이 있고 기타 문장 전반에 관한 것과 비유 표현에 관한 것 4편이 있다. 관용어 교육에 대한 것으로는 전반적인 관용어나 관용 표현에 대한 하수정(2006), 김지혜(2007), 최혜령(2007), 임혜진(2007), 송현이(2008), 우선미(2008) 외에 동사형 관용어를 다룬 사모토 마리(2002), 관용어 평가 방안을 연구한 조윤경(2005), 한국어 교재의 관용 표현 분석과 지도 방안을 다른 송혜원(2005) 등이 있으며, 연어 교육에 대한 것으로는 박숙영(2005), 도옥루이엔(2006), 정숙향(2007), 신지영(2008) 등이 있다. 그리고 김정아(2002), 김영자(2002), 원수은(2003), 오지혜(2006), 양지선(2007), 김나영(2008) 등은 속담 교육에 대한 논문이고, 이소연(2004), 이효정(2004), 이미혜(2005), 이선영(2006) 등은 양태 표현을 연구한 논문이며, 우재영(2004),

Zhu Cuiying(2006)은 비유 교육, 최윤곤(2005), 장미라(2008)은 구문 표현 교육에 대한 논문이다.

발화 차원에서는 대부분 화행 표현에 관한 것으로서 18편이며, 나머지는 대우 표현에 관한 것 8편이다. 화행 표현 교육에서는 요청 화행에 대한 것이 이성순(2002), 정민주(2003), 조경아(2003), 박지영(2006), 임마누엘(2005) 등 5편으로서 가장 많고, 다음이 사과 화행에 대한 김인규(2002), 홍선수(2003) 2편, 거절 화행을 다룬 윤은미(2004), 김유향(2008) 2편, 맞장구 표현에 대한 박정선(2005), 박선용(2006) 2편, 칭찬 또는 응답 화행에 대한 전지원(2006), 김정아(2007) 2편이며, 나머지는 소개 화행을 다룬 신경선(2004), 인사 표현을 다룬 박수란(2005), 완곡 표현을 다룬 곽단양(2006), 불평·응답 화행을 다룬 최명선(2007), 토의 상황에서 말차례 가지기에 대한 김은숙(2006) 등이다. 그리고 대우 표현 교육과 관련해서는 체나랑게렐(2003), 강은숙(2005), 김진아(2005), 이언경(2005), 나카가와 마사오미(2006), 호전마수자(2006), 김유선(2006), 허봉자(2008) 등이 있다.

기타 속담을 통한 한국어 문화 교육에 대한 김현정(2002), 장춘매(2005), 유행어를 통한 한국 사회·문화 교육에 대한 박현옥(2006) 등이 있고, 오류 현상의 분석에 관한 것으로 한정희(2003), 추준수(2007) 등이 있다.

6. 맺음말

이상에서 한국어 내용면을 다룬 학위 논문의 양적인 기준에 따라 4기로 나누어 그 연구 경향을 살펴 보았다. 제1기는 학위 논문이 처음 나온 1986년을 기점으로 한 참동안의 공백이 지속되는 1990년까지로 뒤이어 전개되는 제2기를 준비하는 잠복기로 규정하였다. 제2기는 공백을 깨고 나온 1991년부터 매년 1~2편 정도 나오게 되는 1996년까지로 보고 이 시기를 다음의 활발한 논의가 진행되는 제3기를 예고하는 발아기로 규정하였다. 제3기는 매년 1~2편 정도에서 4~10편 정도의 성과를 낸 1997년부터 2001년까지로 보고 이 시기를 한국어 교육 연구의 기반을 다지는 조성기로 규정하였다. 제4기는 평균 20편 이상의 논문이 나오게 되는 2002년부터 현재까지로 보고 이 시기를 양적인 면에서나 질적인 면에서 연구의 차원을 한 단계 높인 활성기로 규정하였다.

1980년대 전반기에 한국어 교육 전공이 개설된 이후 제1기에는 한국어 교재와 교육 방법에 대한 연구가 진행되는 가운데 한국어의 내용면에 관심을 기울인 논문이 나오기 시작하는데, 86 아시안 게임, 88 올림픽 대회의 개최로 한국어 교육에 대한 관심이 커짐으로써 제2기인 1990년대 전반기에는 주로 조사와 어미에 관한 9편의 논문이 나왔다.

제3기인 1990년대 후반기에는 국제 대회 개최로 말미암아 높아진 한국어의 인지도에 의해 한국어 교육에 대한 수요가 급증하고 이에 따른 한국어의 체계적인 교육이 필요하게 됨으로써 교육대학원에 한국어 교육 전공이 연달아 개설되었다. 이로 말미암아 한국어 교육에 대한 저변 확대가 이루어지고 이에 따라 양적인 증대와 함께 논의의 깊이도 더해졌는데, 대체로 어휘 교육에 대한 논문이 주를 이루고 그 뒤를 이어 화행 교육에 관한 논문, 구·문장의 교육에 대한 논문이 나왔다.

제4기인 2000년대 전반기에 주간의 석사 및 박사 과정의 개설로 말미암아 학위 논문이 전 시기에 비교할 수 없을 정도로 급증하게 되었다. 이들의 연구 주제는 어휘 차원의 교육에 관한 것이 113편으로서 가장 많고, 다음으로 문장 차원의 교육에 관한 것 27편, 발화 차원의 교육에 관한 것 26편, 기타 문화 교육과 오류 현상의 분석에 관한 것 5편의 순이다.

어휘 차원에서는 조사나 어미의 교육을 다룬 것이 50편으로서 거의 절반을 차지하며, 나머지 63편은 용언, 단어 전반, 부사, 호칭어, 한자어, 외래어에 관한 것 등이다. 문장 차원에서는 관용어와 언어 교육에 관련된 것이 13편, 속담에 관한 것이 6편, 양태 표현에 관한 것이 각각 4편이 있고 기타 문장 전반에 관한 것과 비유 표현에 관한 것 4편이 있다. 발화 차원에서는 대부분 화행 표현에 관한 것이 18편이며, 나머지 대우 표현에 관한 것이 8편이다.

양적인 측면에서 시기를 구분하여 살피는 가운데 연구 주제의 분포를 살펴본 결과 절반 이상이 어휘 차원의 교육에 관한 연구이고, 다음으로 많은 것이 발화 차원의 화행 교육에 관한 것인데, 어휘 차원의 교육에 관한 연구 가운데에서도 조사와 어미에 관한 것이 절반을 넘는다. 따라서 지금까지의 연구 경향으로 보아 어휘(조사와 어미 포함)와 화행 교육에 관한 것이 한국어 교육에서 중요하게 대두되는 주제라고 말할 수 있겠다.

그런데 이들 학위 논문의 체재는 대체로 교육 대상의 정리와 이에 대한 교육 방안으로 구성되었는데, 앞으로는 교육 대상의 부문에서는 기존의 국어학 연구 성과를 균형적으로 총합하는 노력이 더해져야 할 것이며, 교육 방안의 부문에서는 좀더 구체적이며 실질적인 방안이 강구되어야 할 것이다. 아울러 다음 시기에는 기존의 연구 결과와 유사한 주제에 대한 유사한 교육 방안의 연구에서 벗어나 기존의 연구 결과를 비판적으로 포용하는 연구 태도가 요구된다고 하겠다. <2009년 6월 9일>

Ⅱ. 한국어 어휘 교육 연구사[*]

▍ 이준호

1. 머리말

　본고는 한국어 교육학 학위 논문 가운데 어휘 교육에 관한 학위 논문의 연구사를 대상으로 그 연구의 결과와 의의를 기술하는 것을 목적으로 한다. 어휘는 외국어 교육에서 가장 기초적이며 필수적인 교육 항목 중의 하나로 과거 암기 위주의 어휘 교육에서 벗어나 근래에는 능동적이고 창의적인 어휘 교육에 대한 필요성이 부각되면서 그 중요성이 더욱 커지고 있다. 한국어 교육에서의 어휘 교육은 한국어 교육 자체의 비약적인 발전과 더불어 1986년 첫 학위 논문이 발표된 이래 약 22년간 가시적인 양적·질적 성과를 거두어 왔다. 이에 본고에서는 그간의 한국어 어휘 교육과 관련된 학위 논문의 연구 성과를 분석하여 어휘 교육 연구의 현황과 경향성을 도출함으로써 앞으로의 한국어 어휘 교육 연구에 방향성을 제시하고자 한다.

　본고에서는 김명순(1986)을 시작으로 하여 이선미(2008)에 이르기까지 모두 62편의 학위 논문[1])을 연구의 대상으로 하였으며 이중 4편이 박사 논문, 나머지 58편이

---

[*] 본 논문은 2008년 「문법교육」 제 9호에 게제된 것을 일부 수정하였음.

[1]) 이 수치는 대한민국 국회도서관에 보관 중인 논문 목록을 토대로 하여, 2008년 상반기까지 발표된 한국어 교육 관련 논문 중에서 어휘 교육을 집중적으로 다루고 있는 학위 논문만을 대상으로 하여 집계하였다. 또 어휘 교육과 관련한 내용이 포함되어 있다고 하더라도 어휘 차원이 아닌, 구, 문장 또는 발화 단위의 차원에서 접근한 연구는 그 대상에서 제외하였다. 그러므로 관점에 따라서는 본 연구사에 해당되지 않은 학위 논문 가운데도 어휘 교육을 내

석사 논문이다. 주제에 있어서는 하나의 개별 어휘의 쓰임을 대상으로 한 논문에서 특정 어휘 범주에 국한하지 않고 교육 방법론 전반을 다룬 논문까지 다양한 양상을 보이고 있다. 본고에서는 이처럼 다양한 시각에서 쓰인 62편의 논문을 서로 상관성이 높은 분야별로 분류하기 위하여 다음과 같은 5가지 하위 범주를 선정하였다. 그 5가지 영역은 첫째, 특정한 어휘 범주에 대한 제약 없이 일반적인 어휘 교육 이론 및 방법론을 기술한 논문, 둘째 한국어와 학습자 모국어 어휘간의 대조 분석을 통하여 어휘 교육 방법을 제시한 논문, 셋째, 교육용 어휘를 선정하기 위해 교재를 분석하거나 어휘 선정의 기준을 밝히고자 한 논문, 넷째, 다의어, 반의어 등과 같은 어휘 간의 의미 관계를 통하여 어휘 교육 방법을 제시한 논문, 끝으로, 부사 같은 품사나 의문사, 외래어, 한자어 따위의 특정 어휘군의 교육 방법을 연구한 논문을 들 수 있다.2)

<표 1>은 대상이 된 학위 논문들을 위에서 언급한 하위 범주에 따라 연도별로 분류한 것이다.

〈표 1〉 학위 논문 주제의 연도별 분류

내용 연도	어휘 교수 이론	어휘 대조 분석	교육용 어휘 분석 ·선정	의미 관계	특정 어휘군	계 (편)
1986			김명순			1
1997	이정희					1
1998	김수정					1
1999		유순희				1
2000	조현용		김지향	한정일	김유미	4
2001		카츠타 사토시	정상근, 김의정	하화정		4
2002		사와다	김현희		서종오	3

용으로 한 연구가 존재할 수 있음을 밝힌다.

2) 다섯 번째 범주인 특정 어휘군의 대상의 어휘 교육에 속한 연구들은 한자어, 외래어, 부사어 등과 같이 그 층위를 달리하고 있으나 이러한 어휘군들을 모두 개별적인 하위 범주로 설정할 경우, 한 범주에 속한 논문의 양이 상대적으로 부족하여 기타 범주와의 균형이 맞지 않고 지나치게 많은 하위 범주를 설정해야 하는 불편함이 있어, 어휘론적 관점에서는 다른 층위에 속하더라도 본 연구사에서는 하나의 범주로 통합시켰다.

		히로유키				
2003		김창구				1
2004		서단			김영란	2
2005		김수희, 왕단, 하설월, Zheng Shunmei, Cui Yinglan[3]	이수현, 박윤신		이상숙, 조진희	9
2006	손지영	郭爽, 왕사민	김하나	조선경	박현옥	6
2007		심혜령, 시아베크 누르잣, 황종, 김순저, 孫梨梨, 뭉흐졸	김유진, 조복자, 유해준, 정예희, 방성희, 도원숙	김혜은, 최경아	장성희, 박정은, 김민경, 장익, 윤유선	19
2008	노경래	木村春茱, 김진희, 東條奈緒子	서정현, 유미상, 이선미	나삼일	고주환, 박성은	10
계 (편)	5	21	17	6	13	62

<표 1>을 통하여 알 수 있듯이 한국어 교육을 위한 어휘 교육 관련 논문은 1986년부터 발표되기 시작한 이래, 어휘 교수 이론 관련 논문이 5편, 어휘 대조 분석 관련 논문이 21편, 교육용 어휘 분석 및 선정과 관련한 논문이 17편이며, 의미 관계를 통한 교육 관련 논문이 6편, 그리고 특정 어휘군 교육 관련 논문이 13편 발표된 것으로 나타났다. 주제별로 살펴보면 한국어와 학습자 모국어 사이의 대조 분석을 시도한 논문이 21편으로 가장 많았고 어휘 교수 이론을 다룬 연구 및 의미 관계와 관련한 연구가 각 5편과 6편으로 상대적으로 그 비율이 낮았다.

한국어와 학습자 모국어 사이의 대조 분석을 시도한 논문이 이렇게 많은 것은 한국어 어휘 교육을 연구하는 연구자들의 국적이 다양해진 것에서 그 원인을 찾을 수 있을 것이다. 2000년대 이후 한국어를 학습하는 외국인의 수가 급속하게 늘어난 것

---

3) 외국인 인명은 논문에 실린 이름을 그대로 반영하였다. '카츠타 사토시'나 '왕단'과 같이 논문 표지의 이름이 한글로 적혀 있는 경우는 본고에서도 그대로 한글로 기입하였고, 'Zheng Shunmei'와 같이 로마자로 적혀있는 경우는 본고에서도 그대로 로마자로 기입하였다.

과 더불어 한국어 교육을 전공하는 외국인들도 많아졌으며 이러한 외국인 연구자들의 상당수가 자신의 모국어의 체계와 한국어의 체계를 대조·분석하는 논문을 작성하게 된 것으로 보인다. 본고의 대상이 된 논문 중 어휘 대조 분석 논문을 작성한 24명의 연구자 중 실제 18명 정도가 외국인으로 이러한 외국인 연구자들의 어휘 연구가 한국어 어휘 교육 관련의 연구의 양적 발전에 기여한 것으로 생각된다.

<표 1>에 나타난 결과를 연도별로 분석해 보면 1986년부터 1999년까지 14년간 발표된 논문이 모두 4편이며 2000년부터 2008년 상반기까지 약 8년간 발표된 논문이 모두 58편으로 전체 62편 가운데 약 94%에 가까운 논문이 2000년 이후 발표된 것을 알 수 있다. 특히 2005년 이후에 발표된 논문만도 약 71%에 달하는 44편으로 2005년 이후에 어휘 교육 관련 연구 성과가 폭발적으로 증가했음을 알 수 있다.

한편, 논문이 발표된 시기와 그 논문들의 주제를 비교하여 살펴 볼 때, 논문의 발표 시기와 주제 사이의 긴밀한 상관성을 발견하기는 어렵다. 다만 상기한 바와 마찬가지로 2000년대 이후 어휘 대조 분석 관련 연구를 필두로 한 연구의 양적 확대와 더불어 연구의 주제가 다양해졌다는 사실은 분명하다. 2000년 이전에는 어휘 교수 이론 및, 어휘 대조 그리고 어휘 분석 및 선정과 관련된 논문이 각 1편 씩 발표되었던 것이 전부인 반면 2000년대 이후에는 유의어나 반의어와 같은 의미 관계에 집중한 연구 및 의문사, 외래어, 한자어, 접두사 등과 관련된 연구들도 등장하기 시작하여 불과 5년 사이에 지난 14년간은 다루어지지 않았던 다양하고 새로운 주제를 다룬 논문이 발표된 점이 이러한 주제의 다양화 추세를 증명하고 있다. 또 2005년 이후에는 전 영역에 걸쳐 폭넓고 다양한 연구가 시도 되어 2000년대 초반에 시도된 주제의 다양화 추세를 더욱 공고히 하고 있다고 볼 수 있다.

이와 같은 사실을 근거로 하여 볼 때, 한국어 어휘 교육의 연구사는 크게 세 시기로 구분되는 것을 알 수 있다. 첫 번째 시기는 1986년부터 1999년까지의 14년으로 이 시기에는 발표된 한국어 어휘 교육의 양이 적고 주제도 비교적 한정적이었다. 다음으로 두 번째 시기는 2000년부터 2004년까지의 5년으로 이 시기에는 한국어 어휘 교육에 대한 연구가 주제의 다양성 면에서 큰 발전을 이루었으며 외국인 연구자의 참여가 증가한 사실이 특이할 만하다. 마지막으로 세 번째 시기는 2005년부터 2008년 상반기까지의 4년으로 전체 연구 성과의 71% 정도를 차지할 정도로 어휘 교육 연구가 집중적으로 증가한 시기이다.

따라서 본고에서는 한국어 어휘 교육의 연구 동향을 다음과 같이 구분하여 정리해 보고자 한다.

제1기(~1999) : 연구 방향의 모색기

제2기(2000~2004년) : 연구 주제의 다양화기

제3기(2005~) : 연구 업적의 확대기

2. 시대별 어휘 교육 연구 동향

2.1. 연구 방향의 모색기(~1999)

이 시기에는 어휘 교수 이론 전반에 관한 연구 1편을 비롯하여, 교재에 나타난 어휘 분석 연구 1편, 그리고 어휘 대조를 통한 교육 방법론 연구 1편과 같이 어휘 교육의 주요 영역에 대한 연구가 시도되었다.

먼저 시기상으로 가장 앞선 연구로 김명순(1986)이 있다. 이 연구는 외국인을 위한 한국어 교재에 나타난 한국어 어휘와 품사의 빈도를 분석한 연구로, 필자는 한국어 교재에 쓰인 많은 어휘들이 실제 우리말 사용에서의 빈도수가 낮고 조사가 생략되지 않고 사용된 빈도수가 높음을 지적하였다. 이 연구에서는 한국어 교재에 나타난 어휘들의 빈도를 우리말 말수 사용 찾기 조사와 비교하여, 학습용 어휘 선정의 필요성을 언급하고 그를 위한 어휘목록을 작성하였다.

다음으로 이정희(1997)에서는 외국인을 위한 한국어 어휘 교육의 방법론적 접근법을 제시하고 있다. 이 연구는 의미장 이론과 머릿속 어휘 사전 이론을 검토하여 외국인을 대상으로 한국어 어휘 교육에 있어서도 개별 어휘가 하나의 전체 의미장 속에서 교육되어야 하며 어휘 학습이 외국어 학습의 초기 단계에서부터 이루어져야 함을 주장하였다.

한편 김수정(1988)은 문맥을 통한 어휘 교육을 제안하고 학습자가 가지고 있는 기존의 어휘 지식, 선행 지식과 관련지어 새로운 단어의 의미를 추론하는 방식인 '문맥 제시법'을 제안하였다. 이를 바탕으로 필자는 한국어 교육에 적용시킨 '문맥 안의 단어 연습 모형'과 'Cloze Exercise(규칙 빈칸 메우기)'의 두 가지 수업 모형을 제시하였고 실제 실험을 통하여 상기한 이론을 검증하고 이러한 교육 방식의 타당성을 평가했다.

끝으로 유순희(1999)는 한국어 접미사 '-적(的)'과 중국어의 '-的'이 가지는 어휘적 특질과 비교·대조하여 한국어 '-적'의 문법적 특질을 파악하는 것을 목적으로 기술되었다. 또 '-적'류 어휘의 중국어 번역 문제를 다루어, 필자는 '-적'이 한국에서 도식화된 의미 기능을 갖는 경우 중국인 학습자가 수용하는 데 상당한 어려움을 겪을 것임을 예측하였다.

이 시기는 전술한 바와 같이 한국어 어휘 교육에 대한 연구가 그다지 활발하게 이루어지지는 않았으나 한국어 어휘 교육에 대한 필요성과 어휘 교육 방법론 등을 모색하던 시기라는 점에서 의의가 있다. 연구 방향에 있어서도 어휘 교수 이론과 어휘 분석 연구 및 어휘 대조 분석 등과 같이 발표된 편수가 3편밖에 되지 않는 것에 비하여 다양한 주제가 시도되어 한국어 어휘 교육의 연구 방향을 모색하려는 시도가 이루어져 차후의 한국어 어휘 교육 연구에 기틀이 되었다고 할 수 있다.

2.2. 연구 주제의 다양화기(2000~2004)

이 시기는 주지하다시피 한국어 어휘 교육이 양적 증가와 더불어 주제 면에서 다양화된 시기라고 할 수 있다. 이 시기에 발표된 논문으로는 어휘 교수 이론에 대한 연구가 1편, 어휘 대조에 대한 연구가 4편, 어휘 분석 및 선정에 대한 연구가 4편, 그리고 의미 관계에 관한 연구가 2편, 특정 어휘군에 관한 연구가 3편 있다. 다음에서는 각 주제 분야에 대한 연구를 중심으로 한국어 어휘 교육의 연구사를 짚어보도록 하겠다.

2.2.1. 어휘 교수 이론에 관한 연구

조현용(2000)은 어휘 교육을 위한 이론적 체계와 어휘 교육을 위한 방향성을 제시한 박사학위 논문으로 이 연구에서는 어휘 교육의 현황을 교수법의 변천과 교재를 중심으로 살펴보고 의사소통 접근법 및 통합교수법의 원리를 바탕으로 하여, 어휘 중심 교육 방법의 원리를 제시하고, 각 단계에 따라 비중을 두는 어휘를 중심으로 한 한국어 어휘 교육 방법의 모델을 제시하였다. 또 이를 위하여 말뭉치 자료 및 기타 객관적·경험적 기준을 바탕으로 교육용 기본 어휘 725개를 선정하였으며, 어휘 교육에 관한 학습자 설문조사를 통해 어휘교육의 중요성을 확인하고, 어휘 중심 한국어 교육 방법의 원리를 논하였다.

2.2.2. 어휘 대조 분석에 관한 연구

이 시기에는 어휘 대조 분석 연구가 활성화되기 시작했으며 외국인 연구자에 의한 어휘 대조 분석 연구가 시작된 시기이다. 연도별로는 2001년에서 2004년까지 각 1편씩 모두 4편의 학위 논문이 발표되었다.

먼저 카츠타 사토시(2001)와 서단(2004)에서는 각각 일본어를 모국어로 학습자와 중국어 학습자들을 위한 한국어 의성어·의태어 교육 방법을 제시하고 있다. 두 연구 모두 한국어 의성어·의태어의 음운론적, 형태론적, 의미론적 특징을 도출하여 이를 통한 의성어·의태어 방안을 제안하였다는 점에서 유사성을 띄고 있다.

다음으로 사와다 히로유키(2002)는 일본어를 모어로 하는 한국어 학습자를 위해 일본어 동사에 대응하는 한국어 동사의 용례를 유형화하는 데에 그 목적을 두고 있다. 이를 위해 필자는 모어의 간섭으로 오류의 가능성이 높은 동사에 대하여 실제의 언어 자료에 준하는 소설을 토대로 사용 양상을 분류하고 그 사용 범위를 고려하여 지도 방안을 제시하였다.

김창구(2003)는 한국어 교재에 나타난 한자 어휘를 대상으로 하여 한국어와 일본어에 존재하는 한자 어휘를 대조하여 이러한 어휘의 교육적 접근법을 제시하는 것을 목적으로 작성된 논문이다. 이를 위해 교재에 나타난 한자 어휘와 이에 대응하는 일본 한자 어휘 간의 공통점과 차이점을 밝히고, 그 결과를 이용하여 모어가 일본어인 학습자를 위한 한국 한자 어휘의 교수법을 제시하였다.

2.2.3. 교육용 어휘 분석 및 선정에 관한 연구

다음으로는 교재에 나오는 한국어 교육용 어휘를 분석하거나 교육용 어휘의 선정 기준에 대하여 논한 연구들에 대하여 살펴보고자 한다. 이 시기 동안 총 4편의 논문이 이러한 주제에 입각하여 작성되었다.

먼저 김지향(2000)은 한국어 초급 과정에 있는 외국인에게 제시할 수 있는 기초 어휘를 선정하는 것을 그 목적으로 하였다. 필자는 총 332개의 '한국어 예비 기초 어휘'를 선정하여 이를 12개의 대분류, 21개의 소분류 의미 항목으로 나누었다. 한 편 필자는 예비 기초 어휘로 선정된 단어 중에서도 필자의 주관적 기준에 부합하지 않는 것들은 제외시켜 각 의미 영역 별로 기초 어휘를 선정하고, 최종 선정된 기초 어휘 573개를 최종적으로 제시하였다.

다음으로 정상근(2001)에서는 일본어권 한국어 학습자를 위한 학습용 한일사전 개발에 대한 논의를 다루고 있다. 이 논문은 학습용 한일사전의 개발을 전제로 하여 기존의 한일사전을 분석하였고, 국내 한국어 교육기관의 초·중·고급 일본인 학습자 204명을 대상으로 한 설문조사를 실시하였으며 이러한 조사는 기존의 사전과는 차별화되는 발음, 통사, 의미 정보를 제공하는 학습용 한일사전이 필요하다고 강조하였다. 이 논문은 또한 표제어 등재, 표제어 기술, 가표제어 면에서 기존 사전을 분석하고 이를 통해 더 나은 교육 방향을 모색하였다.

김의정(2001)은 한국어 교육을 위한 학습 목표 어휘 선정과 단원 구성을 주제로 작성되었으며 교재에 제시된 어휘 중 교사의 특별한 설명이 필요한 어휘를 학습 목표 어휘라고 설정하고 이러한 학습 목표 어휘의 선정 방법과 교재에서의 제시 및 설명 방안을 제안하였다.

김현희(2002)는 현재 출간된 한국어 교재를 분석하고 한국어 교재에서 사용된 어휘와 기존에 논의된 어휘 조사 통계 자료를 비교하고, 이를 통해 한국어 교재에서 사용된 어휘가 객관적이고 합리적으로 선정되었는지 살펴보는 것을 그 목적으로 하여 작성되었다. 필자는 12종 49권의 한국어 교재의 본문을 대상으로 하여 그 사용 어휘를 조사하여 한국어 교재에서 사용된 어휘가 객관적이고 합리적이지 못하다고 지적하였다.

2.2.4. 의미 관계를 통한 어휘 교육에 관한 연구

이 절에서는 다의어나 유의어와 같은 단어 사이의 의미 관계를 통하여 한국어 어휘를 교육하려고 시도한 논문들에 대하여 살펴보고자 한다. 이러한 논문으로는 모두 2편의 연구가 있으며 먼저 한정일(2000)은 의미 관계를 이용한 어휘 교수법을 제시하는 것을 목적으로 하여 한국어 중급 교재에 나타난 어휘를 의미 관계의 유형에 따라 단일 어휘 내부의 의미 관계와 어휘 사이의 의미 관계로 분류하고 초급의 어휘와 연결하였고 이를 토대로 필자는 직접적인 어휘 학습을 병행하는 어휘 수업 모형을 제시하고 있다.

한편 하화정(2001)은 사용 빈도가 높고 다의가 많은 동사 '오다', '가다', '보다'를 중심으로 하여 한국어 다의어 교육 방안을 연구한 논문이다. 필자는 문장을 통한 다의어 교육 방법과 다의어 교육을 위한 교실 활동을 제안하였으며 먼저 문장을 통한 다의어 교육에서는 다의어를 교육하고자 할 때는 예문을 통한 설명과 이해가 있어야 한다는 점을 주장하고 하였다.

2.2.5. 특정 어휘군 교육에 관한 연구

한국어 어휘 교육을 다룬 연구 중에는 앞서 이야기한 바와 같이 특징한 어휘군에 집중하여 작성된 논문들이 있는데, 김유미(2000), 서종오(2002), 김영란(2004)이 그것이다.4)

먼저 김유미(2000)는 학습자 말뭉치를 이용한 한국어 학습자의 품사별 사용의 오

---

4) 이 세 편 외에도 부사나 의존명사, 동사 등과 같은 품사를 대상으로 한 연구가 있으나 이러한 연구들은 그 품사 자체보다는 모국어와의 대조 분석이나 의미 관계를 밝히는 것에 보다 중점을 둔 연구들로 보여 다른 주제로 분류하여 이미 앞 절에서 설명이 된 바 있다.

류를 연구한 논문이다. 이 논문은 학습자 말뭉치 조사를 근간으로 하고 있는데, 국내 3개 대학에서 보유 중인 한국어 학습자 말뭉치를 분석함으로서 학습자들의 오류를 유형화하였다. 이 연구에서는 오류의 원인을 '모국어의 간섭', '과잉일반화', '단순화' 및 '회피'로 보고 각 품사별 사용 빈도와 오류 발생률을 확인하여 이를 다시 모국어의 차이에 따른 오류를 분석하였다.

서종오(2002)는 효과적으로 한국어 접두사를 교육하기 위하여 기존의 접두사 연구를 바탕으로 학습자 수준에 맞는 단계별 접두사 목록을 작성하고 형태, 의미, 어원, 결합 제약에 따른 교육 방법을 제시한 후 이 교육 방법들을 실제 수업에 도입하기 위한 수업 모형을 설계하였다.

김영란(2004)은 의문사가 가지고 있는 어휘 정보와 이를 통한 교육 방법을 연구한 박사 학위 논문이다. 필자는 '무엇, 어떻게, 어떤, 왜, 어디, 누구, 몇, 언제, 어떻다, 얼마, 무슨, 어느'의 의문사 12개에 대하여 형태·통사 정보를 결합 정보, 축약 정보, 변이 정보, 반복 정보, 그리고 어휘구에 대한 정보로 나누어 정리하였다. 이를 바탕으로 필자는 학습자에게 어떠한 제시 순서와 제시 방법으로 교수할 것인지 논의하였는데 '지시 의문사→선택 의문사→수량 의문사→설명 의문사'로 교수할 것을 주장하였다.

이 시기는 2000년에서 2004년까지의 5년에 해당하며 모두 14편의 학위 논문이 발표되었다. 이는 우선 1986년에서 1999년까지 단 3편의 한국어 어휘 교육 관련 학위 논문이 발표된 것에 비하여 양적으로 급속한 성장이 이루어졌다는 것을 의미한다. 한편 연구의 주제 면에 있어서도 유의어, 반의어, 의문사, 외래어, 한자어, 접두사 등과 관련된 연구들도 등장하기 시작하여 지난 14년간은 논의되지 않았던 새로운 주제들에 대한 연구가 이루어져 연구 주제의 다양성 측면에서도 큰 성장이 있었음을 알 수 있다. 이처럼 이 시기에는 연구의 양적 측면과 다양성의 측면에서 의미 있는 발전이 이루어진 시기라는 점에서 의의를 갖고 있다. 그러나 2000년 이후라는 시기가 한국어 교육계 전반에 걸쳐 학습자의 수가 팽창하고 학습자 집단의 다양화가 이루어진 시기이며, 전통적 언어 교육의 틀을 벗어나 의사소통 중심적인 교육이 본격화된 시기임을 고려할 때, 새로운 한국어 교육의 이론과 원리를 제시할 수 있는 어휘 교육 이론 분야의 연구 성과가 상대적으로 적었던 것은 아쉬움으로 남는다. 이 시기에 발표된 14편의 학위 논문 중 한국어 교육의 이론과 원리를 다루고 있는 연구는 단 1편밖에 되지 않았다는 점이 이러한 거시적 관점에서의 어휘 교육 연구가 미진했다는 점을 보여준다.

2.3 연구 업적의 확대기(2005~)

이 시기는 주지하다시피 한국어 어휘 교육 관련 연구가 괄목할 만한 성장을 이룬 시기로 다양한 주제 영역에 대한 폭넓은 연구가 이루어졌다. 모두 44편의 논문이 약 3년 반 정도의 시간동안 발표되어 한국어 어휘 교육의 중흥기라고도 불릴 수 있을 것이며 앞으로의 지속적인 성장을 기대하게 만드는 시기라고 할 수 있을 것이다.

2.3.1. 어휘 교수 이론에 관한 연구

이 시기에는 2편의 어휘 교수 이론에 관련한 연구가 발표되었으며 양적으로 다른 범주에 비하여 그 연구 성과가 많지 않을 것이 특징이라고 할 수 있겠다. 해당 연구로는 손지영(2007)과 노경래(2008)가 있다.

먼저 손지영(2007)은 장이론을 활용한 한국어 어휘 교육을 다룬 논문으로 어휘 교재 개발을 위한 이론적인 바탕을 장이론에서 찾고 있다. 이 연구에서는 실질적인 어휘 교육에서 사용 가능한 교수·학습용 자료를 수준별로 고안하는 과정에서도 장이론에 근거한 수업 모형을 제시하고 있어, 한국어 어휘 교육을 위한 이론과 실제, 양 측면에서 징이론을 적극적으로 이용하고 있다.

한편 노경래(2008)는 어휘 교육을 위한 이론으로 사전 활용을 제안하고 있는데, 언어 사용에 따른 유형과 사전 기술상의 분류를 통하여 사전을 통한 어휘의 지도 및 학습 방법을 제안하였다.

2.3.2. 어휘 대조 분석에 관한 연구

2005년대 이후의 연구로 가장 특징적인 바는 어휘 대조 분석 연구의 활성화이다. 이는 앞에서도 지적한 바와 같이 외국인 연구자의 증가와 직접적인 관련이 있는 것으로 보이며 이 시기에 이루어진 어휘 대조 분석 연구의 대다수가 바로 이러한 외국인 연구자에 의해서 이루어졌다. 특히 앞선 시기의 연구에서 일본어를 중심으로 한 대조 분석이 주를 이루었다면 이 시기에는 한국어와 중국어의 대조 분석이 절대다수를 차지하고 있는 것이 특징적이라고 할 수 있다. 이 시기에는 모두 16편의 대조 분석 연구가 발표되었는데 그 중 11편의 연구가 한국어와 중국어의 대조 분석이며, 일본어와의 대조 분석이 3편, 몽골어와의 대조 분석이 1편, 그리고 러시아어·키르키즈어와의 대조 분석이 1편 발표되었다.

먼저 한국어와 중국어의 대조 분석을 시도한 연구로는 먼저 한자어 어휘 교육과 관련한 연구 5편으로 가장 많은 부분을 차지하고 있다. 그중 김수희(2005)는 한자 어휘를 중심으로 하여 중국인 초급 학습자의 어휘 교육의 방법을 제시하고 있는데 한어수평고시 기본 어휘와 한국어 교육용 기본 어휘의 어휘들의 일대일 대응을 통해 한국어 기초 단계에 해당하는 기본 어휘와 중국어 기초 수준의 어휘를 도출하였다.

다음으로 郭爽(2006)은 한국어의 기초 한자어와 현대 중국어 어휘 중 형태가 동일한 한자어를 비교하여 의미 차이를 살펴보고, 이들 한자어의 교수 학습 방안을 제시하였다. 이를 위해 필자는 동형 동의(同形同義) 한자어 2,312개, 동형 이의(同形異義) 한자어 162개의 목록을 작성하여 연구의 대상으로 하였다.

심혜령(2007)은 한국어 교육용 기초 한자어 명사에 대한 박사 학위 논문으로, 한자어 명사를 대상으로 한국어 어휘의 공기 관계를 분석하고, 분석된 한자어 명사의 공기 관계를 중국어에서의 공기 관계와 대조하여 정리하였다. 또 중국인 학습자를 위한 교육 방법으로는 이렇게 분석된 한자어 명사의 공기 관계 양상을 사실적인 용례의 중국어 번역을 첨가하여 한자어 명사의 공기 관계 목록을 제시하였다.

김순저(2007)과 황종(2007)은 한자어 부정접두사 연구를 통한 어휘 교육을 목적으로 하고 있는데, '不, 否, 無, 沒, 未, 非, 反'과 같은 한자어 부정접두사를 통하여 중국인 대상 한국어의 반의어 교육을 시도하고 있다는 점에서 유사성이 있다.

한편, 중국어와의 대조 분석 연구 가운데는 한국어의 품사와 중국어의 품사를 비교하는 연구들이 속해 있는데, 한국어의 명사, 동사, 형용사 등의 어휘를 중국어의 경우와 비교하여 연구한 논문들이다.

먼저 왕사민(2006)은 한국어 의존 명사와 단위 명사를 그 대상으로 하고 있는데 한·중 의존명사 표현에 대한 대조분석을 진행함으로써 오류의 원인과 해결방안을 찾고 있다. 이 연구는 대조분석 자체 보다는 의존명사 표현의 교육실태 조사를 통한 교수 방법에 보다 비중을 두고 있는 것이 특징이라 할 수 있다.

왕단(2005)는 중국어권 학습자를 위한 한국어 형용사 기술과 교육 방안을 연구한 박사학위 논문으로 한국어 형용사 교육에 적극적으로 활용할 수 있는 명시적인 형용사 어휘 정보를 기술하는 것을 중심으로 하고 있다. 이를 위해 한·중 형용사 대조 분석과 중국어권 학습자의 형용사 사용 오류분석을 실시하여 형용사 교육 내용의 선정, 교수 학습 모형의 설계, 교육 자료의 개발에서의 적용 가능성 및 구체적인 적용 방안을 제시하였다.

Cui, Yinglan(2005)은 중국인 학습자를 대상으로 한국어 부사 표현에 대한 교육 방법을 모색하고자 현행 한국어 교육에서의 부사 표현 교육 연구의 실태 분석과 한·중 부사 표현의 대조 분석의 결과를 토대로 하여 실제적인 학습자 오류분석을 시도하였다. 또 이를 통해 한국어 부사 표현 교육의 내용 구성 및 한국어 부사 표현의 선정 원리, 그리고 부사 표현 항목 구성의 원리와 실제를 제시했다.

이 외에도 Zheng, Shunmei(2005)는 한국어와 중국어의 의성어·의태어를 대조 분석한 연구로 의성어·의태어를 쓰임에 따라 '웃음', '울음', '말하기', '먹기/마시기', '보기' 행위를 큰 영역으로 분류하였고 이를 다시 의미자질 분석 이론과 제시 방법에 따라, 양 언어의 의성어·의태어를 대조 분석하고 있다. 기타 분야에 관한 한·중 대조 분석 연구로는 친족어와 대용 친족어 교육에 관한 연구인 하설월(2005)과 한국어 호칭과 지칭 교육에 관한 연구인 孫梨梨(2007)가 있다. 하설월(2005)은 실생활에서 사용 빈도가 높은 한국어 친족어에 대한 교육이 중국 내의 한국어 교육 기관에서 부진하다는 지적에서 출발하여 단어 구성, 친족어 의미 관계 게임 등을 통한 다양한 친족어 교육 방법을 제시하고 있으며, 孫梨梨(2007)는 한국어와 중국어의 호칭어와 지칭어의 체계 비교를 통해 어휘 교육 방법론을 제시하고 있는데 학습자 대상 시험 평가와 면접, 드라마 대본 등을 통해서 중국인 학습자가 한국어 호칭과 지칭 표현을 학습할 때 범한 오류를 조사했다.

다음으로 한국어와 일본어의 대조 분석을 통한 어휘 교육을 시도한 연구를 살펴보면 먼저 木村春菜(2008)는 한국어와 일본어의 동사 '당하다'와 '받다'의 쓰임상의 차이점을 파악하여 한국어 학습자를 위한 어휘 교육에 적용하고자 하는 목적에서 기술하였는데, 연어적인 입장에서 '당하다'와 '받다'라는 용언 앞에 선행하는 어휘 제약에 주목하였으며 이를 위하여 말뭉치 분석이라는 연구 방법을 선택하였다.

김진희(2008)와 東條奈緒子(2008)는 모두 한국어 용언 '하다'와 일본어 동사 'する'와 공통점과 차이점에 대한 연구로 두 연구에서 모두 '하다'가 동사로 사용된 경우와 형용사로 사용된 경우로 나누고 다시 이를 의미 차이에 따라 분류하여 각각에 해당하는 일본어 표현을 도출하였다. 김진희(2008)는 이를 통하여 일본어 학습자를 위한 '하다'의 교육적 방법으로는 품사를 기준으로 한 교육과 의미 차이를 기준으로 한 교육 방법을 제시하였고 東條奈緒子(2008) 한국어 '하다'와 일본어 'する'의 차이를 이자(二字)한자어와 결합한 경우로 한정하여 제시하였다.

한편 한국어와 몽골어의 대조 분석을 시도한 연구로는 뭉흐졸(2007)이 있는데, 뭉흐졸(2007)은 몽골인 한국어 학습자를 위한 한국어 호칭어 연구에 관한 연구로 양 언어의 호칭어의 체계와 유형을 분류하고 이를 통하여 한국어의 호칭어 체계가 보다 복잡하며 사회적 관계에서의 호칭어 발달이 몽골어와 크게 다르다고 규정하여 이를 위한 교육방법론을 제시하고 있다.

끝으로 사야크벡 누르잣(2007)은 키르기즈어 및 러시아어를 사용하는 학습자를 위한 대조분석을 연구로 한국어 동사 '먹다'의 용법에 주목하여 '먹다'가 본동사로 쓰인 경우와 보조동사로 쓰인 경우 그리고 타동사로 쓰인 경우와 자동사로 쓰인 경우들로 분류하여 각각에 대응하는 학습자 모국어 표현을 도출하였다.

2.3.3. 교육용 어휘 분석 및 선정에 관한 연구

1986년 한국어 교육용 어휘 선정을 다룬 연구가 시작된 이래 이 분야에 관한 연구는 꾸준히 발표되어 왔으나 2005년 이전까지의 연구는 모두 5편에 불과하였다. 그러나 2005년 이후로 들어서면서 이 분야의 연구는 12편으로 증가하여 최근 몇 년 사이에 큰 성장을 보인 분야라고 할 수 있다. 연구의 주제도 다각화되어 한국어 학습용 기본 어휘나 초급 어휘를 다른 연구 외에도 학문 목적 및 직업 목적 학습자를 위한 어휘 선정이나 한국의 문화를 상징하는 어휘 선정, 신문 사설 어휘 선정, 중급 학습자를 위한 교육용 어휘 선정 등의 연구들이 발표된 것이 특징이다.

먼저 한국어 학습용 기본 어휘를 선정한 연구를 살펴보면 이수현(2005)과 조복자(2007)의 연구를 들 수 있다. 이수현(2005)은 한국어 교재 3종에 선정된 어휘를 품사 및 의미 분야별로 분석하고 기존의 「한국어 기본어휘 목록 5000」과 교재 3종에서 공통적으로 출현한 어휘를 추출하는 접근법을 선택하였다. 그리고 그 어휘에 대하여 품사별, 의미 분야별 분포를 파악하여 이를 기준으로 어휘 목록을 작성하였다. 조복자(2007)에서는 국립국어원의 한국어 학습용 기초 어휘, 10개 한국어 교재의 수록된 기본 어휘, 그리고 한국어 능력 시험에 사용된 어휘를 분석하여 국립국어원의 기초 어휘에서 추가되어야 할 것과 삭제되어야 할 것 등을 추출해 내었다.

다음으로는 학습자의 한국어 숙달도에 따른 어휘 선정에 관한 연구들로 초·중·고급 학습자용 어휘 선정을 다루고 있다. 그 중 김하나(2006)와 도원숙(2007)은 초급 학습자를 위한 어휘 선정을 목적으로 하고 있는데, 김하나(2006)는 초급 교재와 한국어능력시험에서 추출한 어휘를 비교하여 초급 학습자용 교육 어휘를 선정하였고 도원숙(2007)은 초급 학습자를 위한 어휘 학습 전용 교재 개발을 염두에 두고 이를 위한 어휘 선정과 단원 구성을 시도한 연구로 어휘 선정은 기존의 국립국어원의 「한국어 학습용 어휘 목록」을 참고로 하여 이루어졌다.

중·고급 학습자용 어휘를 분석한 연구로는 박윤신(2005)과 유미상(2008)이 있는데, 박윤신(2005)은 읽기 지문 속에 나타난 학습 어미와 문법을 분석한 연구로 어휘 교육을 전문적으로 다루고 있지는 않으나 중급 교재에서의 어휘 선정 실태를 엿볼 수 있다. 유미상(2008)은 중급과 고급 학습자를 위한 한자어 접사 및 파생어 목록을 선정한 연구로 국립국어원(2005)의 「현대 국어 사용 빈도조사2」에 출현한 고빈도 한자 500개가 들어간 어휘 총 298,801종을 분석하여 한자어 접두사 90개, 접두 파생어 2,103개, 한자어 접미사 184개, 접미 파생어 12,995개가 추출하였으며, 이러한 자료를 바탕으로 중급 및 고급용 파생어 어휘 목록을 작성하였다. 이선미(2008)은 이화여대의 한국어 교재에서 다루고 있는 어휘 중 명사를 대상으로 난이도를 분석하고 외국인이 제2의 언어로 한국어를 배울 때 어렵게 느끼는 요인이라고 여겨지는 동음이의어, 복합어, 추상어, 그리고 음절수를 고려하여 난도 등급을 설정해 보았다. 이렇게 분석된 어휘는 실제 학습자를 대상으로 한 조사를 통하여 타당성을 검증한 후, 검증한 자료를 바탕으로 초 중,고급 과정에서 활용할 수 있는 어휘 목록을 제시하였다

한편 이 시기에는 상기한 바와 같이 어휘 선정의 대상이나 목적이 보다 구체적인 연구들도 다수 발표되었는데, 김유진(2007), 유해준(2007), 방성희(2007), 정예희(2007), 서정현(2008)이 여기에 해당된다.

먼저 유해준(2007)과 방성희(2007)는 대학 수학 목적의 학습자를 위한 기본 어휘 선정에 대한 연구로 두 연구가 모두 인문 혹은 인문·사회 계열 학습자를 대상으로 하고 있다는 공통점을 가지고 있다. 유해준(2007)은 먼저 인문 과학과 사회 과학 영역으로 나누어 서상규(1998)의 「8종 한국어교재 어휘 목록」과 비교하여 대학 교양수준의 교재에서 사용되고 있는 일반 목적의 어휘를 품사별, 급수별로 분석하였다. 방성희(2007)는 소속 대학의 인문계열 전공과목을 기준으로 24개 영역으로 구분하고, 이 영역의 개론서와 전공서적을 분석하였다. 그리고 이러한 말뭉치에서 추출한 명사 어휘를 '일반 목적의 한국어 기본 어휘', '대학 수학 목적의 한국어 기본 어휘', '대학 수학 목적의 인문계열 전공 기본 어휘'로 분류하는 선정 기준을 밝히고 각 어휘 목록을 제시하였다.

김유진(2007)은 직업 목적 학습자를 위한 직업 어휘장 선정에 관한 연구로 한국어 능력시험, 한국어 교재, 한국어 사전 등을 토대로 한국어 직업 어휘를 선정하고 이를 다시 직업명, 근무 장소, 근무 내용 등으로 분류하여 어휘장을 구성하였다. 또 이를 바탕으로 한 한국어 직업 어휘장의 교육 방안을 제시하였다.

정예희(2007)는 한국어 교육용 한국문화상징 어휘 목록을 선정한 연구로 한국어 교재에 제시된 어휘를 분석하여 50개의 한국문화상징 어휘를 선별하였다. 그리고

이러한 50개의 한국문화상징 어휘를 사전적 의미, 상징적 의미, 도상, 비고, 교재 제시내용 등으로 분석하여 한국문화상징 어휘의 교육 방안을 제시하였다.

끝으로 서정현(2007)은 신문 사설 말뭉치를 분석하여 한국어 교육용 어휘를 선정한 연구로 신문에 실린 사설의 216,383 어절, 5379개의 문장을 분석, 고빈도 어휘를 선정하고 선정한 어휘의 빈도, 의미, 표기상의 특성을 밝혀, 한국어 수업에서 우선적으로 학습하여야 할 어휘를 선정하였다.

2.3.4. 의미 관계를 통한 어휘 교육에 관한 연구

이 시기에는 모두 4편의 논문에서 의미 관계를 통한 한국어 어휘 교육을 다루고 있는데, 한국어의 다의어, 반의어, 유의어 등을 통한 어휘 교육 방안을 제시하고 있다. 먼저 조선경(2006)은 다의어를, 김혜은(2007)은 반의어를, 최경아(2007)는 유의어를 그리고 나삼일(2008)은 다의어, 반의어, 유의어 모두를 대상으로 하고 있다.

조선경(2006)은 한국어 교재에서의 '눈', '손', '머리'와 같은 신체 관련 다의어가 나타낸 의미를 분석하고 의미 빈도 사전과의 비교를 통하여 이러한 신체 관련 다의어의 교육 방안을 제시하였다.

김혜은(2007)에서는 한국어 교재에 나타난 반의어들을 분석하고 한국어능력시험을 숙달도에 따라 분석하여 반의어의 평가 현황을 살폈다. 이를 토대로 하여 반의어 학습 목록을 각각 초급·중급·고급 학습자용으로 선정하였으며 반의어 학습 목록과 연계할 수 있는 문법 항목도 선정하였다.

최경아(2007)에서는 학습 단계에 따른 시간 부사 어휘의 유의어들을 선정한 연구로 한국어 교재에서 시간 부사 유의어가 어떻게 제시되고 있는지를 분석하였다. 또 기존의 한국어 기초어휘 자료를 참고하여, 한국어 교육에 필요한 시간부사와 그 유의어 목록을 정리하여 학습 단계별로 제시하고 교육 방안을 제안하였다.

끝으로 나삼일(2008)에서는 효과적인 어휘 학습 방법으로 의미관계에 따른 교육 방안을 중점적으로 연구하고 있는데 유의어, 반의어, 다의어의 개념과 그 특징을 분석하여 각 유형에 대한 교육 방안을 마련하고 초급 학습자를 위한 지도 유형을 제시하였다.

2.3.5. 특정 어휘군 교육에 관한 연구

2005년 이전까지의 약 20년간 외래어나 한자어 등과 같은 특정 어휘군의 교육에 대한 논문이 3편밖에 발표되지 않았던 것에 비하여 2005년 이후에는 이러한 분야에 대한 연구과 활성화되어 모두 10편의 논문이 발표되었다. 그 중 한자어 교육에 대한 연구가 4편, 외래어 교육에 대한 연구가 2편, 파생어에 대한 연구가 2편, 기타 주제에 대한 연구가 2편을 차지한다.

먼저 한자어 교육에 대한 연구로 먼저 장익(2007)과 윤유선(2007)은 학습자의 숙달도와 관계 없이 중국인 학습자를 위한 한자어 교육 방안을 연구한 논문으로 장익(2007)은 중국 학습자를 위한 한자어 교육의 필요성을 밝히고 기존의 중국에서의 한국어 한자어 교육의 실태를 파악, 개선 방향을 중심으로 한자어 교육 방향을 제시하였다. 윤유선(2007)은 중국인 학습자들이 한국어의 한자 어휘를 학습할 때 필요한 학습 전략을 중심으로 한자어의 인식 전략, 어근 정보, 한자어 구조에 따른 해석 전략 등을 제안하고 이에 따른 한자어 어휘 학습의 훈련 결과를 비교하여 제시하였다.

김민경(2007)과 박성은(2008)에서는 중급 수준의 중국인 학습자를 위한 한자어 어휘 교육 방안에 중점을 두고 있는데, 김민경(2007)은 중급 한국어 교재 상의 한국어 한자 어휘와 중국어 어휘를 비교 분석하여 대응 관계, 활용 형식, 연상 의미 등을 교육하는 데에 중점을 두고 있다. 박성은(2008)은 중급 학습자를 위한 한국어 한자어 학습 전략을 다루고 있는데, 중국인 중급 학습자 74명을 대상으로 설문조사를 실시하여 학습자들의 어휘 이해와 발견 전략을 고찰하였다. 이를 토대로 하여 한국어 한자어 학습 시 어휘 전략 사용이 학습에 긍정적인 영향을 준다는 사실을 도출하였다.

이상숙(2005)과 장성희(2007)는 외래어 교육에 중점을 둔 연구로 먼저 이상숙(2005)은 한국어 학습자의 외래어 표기의 오류 분석 및 교수 방법 제시를 목적으로 하고 있는데 영어권, 중국어권, 일본어권 학습자가 보이는 특징적인 오류와 그 오류의 원인을 분석하고 이를 중심으로 한 각 언어권별 외래어 표기 지도 방안을 제시하였다. 장성희(2007)는 중국인 학습자들의 인지 외래어 오류 양상을 분석하여 오류 양상을 유사 음운에 의한 오류와 의미 혼동에 의한 오류로 나누고 이 결과를 바탕으로 중국인 학습들을 위한 외래어 교육 방안을 제시하였다.

  파생어 교육을 다룬 연구로는 고주환(2008)과 박정은(2008)이 있으며 고주환(2008)은 한국어 교육 현장에서의 파생어 교육 현황 파악을 위한 설문조사를 실시하여 파생어 교육용 어휘를 선정하고 파생어 교육의 원리와 학습방안을 제시하고 있다. 박정은(2008)은 한자어 부정 접두사인 '無, 未, 不, 非'를 중심으로 하여 각 접두사의 성격과 공기관계 및 실현 양상 등을 분석하여 이를 한국어 교재에 나타난 부정 접두어의 양상과 비교하여 한국어 부정 접두사에 의한 파생어 교육 방안을 제시하였다.

  기타 주제에 대한 연구로는 시간 부사 교육을 다룬 조진희(2005), 유행어를 다룬 박현옥(2006)이 있다. 먼저 조진희(2005)는 대학 기관 교재 6종의 어휘 목록을 기준으로 여기에 도출된 말뭉치 분석을 통해 어휘 정보를 제공하고, 유의 관계에 있는 시간부사를 알맞은 문장에서 정확하게 사용하도록 하는 교육 방법을 제시하고자 하였다. 박현옥(2006)은 한국어 학습자를 위한 한국의 사회문화적 의사소통 능력을 길러주기 위해 사회·문화 교육용 유행어 어휘 교육을 다루고 있다. 이를 위해 필자는 유행어를 어휘적 양상과 사용적 양상으로 구분하여 그 특성을 규명하고 이러한 유행어 속에 반영된 한국의 사회문화상을 도출하여 이를 위한 한국어 교육 방안을 제안하였다.

  이 시기에는 전술한 바와 같이 한국어 어휘 교육 학위 논문의 양적 팽창이 급속하게 진행된 시기이며 주제 영역에 있어서도 폭넓은 주제에 대한 다양한 연구가 이루어졌다. 이 시기에 발표된 논문은 44편으로 약 3년 반 정도의 기간에 발표되었다는 점을 감안하면 한국어 어휘 교육이 꽃피운 시기라고도 할 수 있으며, 앞으로의 한국어 어휘 교육의 꾸준한 발전과 진보를 예상하게 해 주고 있다. 앞선 시기인 연구 주제의 나양화기와 더불어 이 시기의 학위 논문 연구 동향이 특징 중 하나는 한국어와 학습자 모국어 사이의 대조분석을 진행한 연구가 크게 늘었다는 점인데, 44편의 논문 중 모두 16편의 연구가 이러한 어휘 대조분석을 토대로 한 연구이다. 특히 한국어와 중국어 간의 대조분석이 모두 11편을 차지하고 있어, 중국인 학습자의 수적 증가에 힘입은 한중 대조분석의 연구가 매우 활기를 띠고 있음 역시 알 수 있으며, 대다수의 대조분석 연구가 외국인 한국어 교육 연구자에 의해서 이루어진 점이 특이점이라고 할 수 있다. 서론에서도 언급한 바와 같이 이러한 외국인 연구자의 연구가 확대된 것은 한국어 교육을 연구하는 외국인 연구자들이 내국인 연구자가 심도 있게 논의하기에 다소 어려움이 있는 학습자 모국어와의 대조분석 연구 분야에 공헌하는 바가 커지고 있다는 것을 의미하며 더불어 한국어와 한국어 교육의 위상이 세계적으로 높아져 가고 있음을 의미한다.

그러나 이 시기에도 전 시기와 마찬가지로 어휘 교육 이론과 관련한 연구는 단 2편밖에 발표 되지 않아, 어휘 선정 연구가 12편, 특정 어휘군에 대한 연구가 10편정도 발표된 것에 비하여 그 양적 성과가 저조하다고 할 수 있다. 한국어 어휘 교육의 고른 발전을 위해서는 구체적이고 실제적인 교육 방안을 제시하는 현장 중심적인 연구도 필요하지만, 한국의 어휘론적 특성에 입각한 혹은 외국어 어휘 연구의 최근 경향을 도입한 어휘 교육의 이론과 원리에 대한 연구도 함께 성장할 필요가 있을 것이다. 특히 어휘 교육 이론은 어휘 교육의 실제와 방안의 연구에 원칙과 지향점을 제시해 줄 수 있다는 측면에서 한국어 어휘 교육 연구의 중추적 역할을 할 분야이므로 이 분야의 연구 성과가 적은 것은 한국어 어휘 교육이 해결해야 할 앞으로의 과제라고 할 수 있다.

또 하나 아쉬운 점이 있다면 제1기인 연구 방향의 모색기에서 제3기인 연구 업적의 확대기까지 모두 17편의 교육용 어휘 선정을 주제로 한 연구가 발표되었으나, 이 중 6편 정도가 기초 어휘와 초급 학습자용 어휘의 선정을 주제로 하고 있고, 이에 반하여 중급용 어휘 선정을 주제로 한 연구는 단 1편, 그리고 고급용 어휘 선정을 주제로 한 연구는 단 한 편도 발표되지 않았다는 점이다.[5] 이것은 어휘 선정의 연구가 특정 숙달도의 학습자에게 집중되고 있으며, 중급과 고급 수준의 학습자를 대상으로 하는 연구는 상대적으로 미진하였음을 말해주는 결과라고 할 수 있다. 또 최근 일반 목적의 학습자와 더불어 대학 진학이나 취업 목적으로 한국어를 학습하는 학습자 집단이 증가하고 있는 추세가 이어지고 있음에도 불구하고 특수 목적 어휘 교육에 관한 연구는 그 성과가 크지 않아, 대학 수학 목적의 학습자를 대상으로 한 연구가 2편 발표되었고 취업 목적의 학습자를 대상으로 하는 어휘 선정 연구는 아직 시도된 바가 없다. 또 대학 수학 목적의 학습자를 대상으로 한 2편의 연구의 경우마

---

[5] 대학 수학 목적의 학습자를 위한 어휘 선정에 관련한 연구가 1편 발표되었으나 논문의 연구 범위와 방향을 볼 때, 이 연구를 고급 학습자용 어휘라고 단정하기에는 다소 무리가 있다.

저도 모두 인문 사회 계열 진학자를 위한 기초 어휘 선정의 연구로, 그 주제와 목적
이 중복되고 궁극적으로는 해당 분야에 기여하는 바가 감소되는 결과를 낳고 있다.
이러한 현상은 앞으로의 한국어 어휘 교육 관련 학위 논문이 상기한 분야에 대한 폭
넓은 연구를 주제로 하여 진행되기를 고대하게 한다.

4. 맺음말

본고에서는 지금까지 한국어교육학 학위 논문 가운데 어휘 교육에 관한 학위 논
문을 대상으로 그 연구의 성과를 정리하여 보았다. 김명순(1986)에서 이선미(2008)
에 이르기까지 모두 62편의 학위 논문을 5가지 주제로 나누어 분류해 보았는데, 어
휘 교수 이론에 관한 연구, 어휘 대조 분석에 관한 연구, 어휘 분석 및 선정에 관한
연구, 어휘의 의미 관계를 통한 교육 방법을 제시한 연구 그리고 한자어, 외래어와
같은 특정 어휘군에 관련한 연구 등이 바로 그러한 5가지 주제 영역이다.

서론에서도 언급한 바 있지만, 한국어와 학습자 모국어 사이의 대조 분석을 시도
한 논문이 21편으로 가장 많았는데 2000년대에 들어 한국어를 학습하는 외국인의
수가 급속하게 늘어남과 함께 한국어 교육을 전공으로 하는 외국인 연구자들이 많
아져 이들이 자신의 모국어의 체계와 한국어의 체계를 대조·분석하는 논문을 작성
하게 된 것으로 보인다. 이와 같은 외국인 연구자들의 증가로 2000년 이후에는 한국
어 어휘 교육 분야의 양적 성과가 두드러지게 나타났으며, 외국인 연구자의 논문뿐
만 아니라 국내 연구자들도 어휘 연구의 주제 영역을 확대하여 그 이전 시기에 비하
여 보다 다양한 어휘 분야에 대한 연구 결과를 내놓게 되었다. 1986년부터 1999년까
지 14년간 발표된 논문이 모두 4편이며 2000년부터 2008년 상반기까지 발표된 논문
이 모두 58편으로 절대 다수가 2000년대 이후에 발표된 사실이 위와 같은 결과를 입
증해 주고 있다.

그러나 한국어 어휘 교육의 미래가 더욱 발전하기 위해서는 이제부터의 어휘 교
육의 연구 방향이 나아갈 길 또한 매우 중요하다고 할 수 있다. 서론에서 제시한

<표 1>을 보면 알 수 있듯이 비록 최근에 와서 연구의 주제가 확장되었다고 하더라도 아직까지 연구의 대상이 되지 못한 어휘 교육의 하위 범주는 많이 있다. 가령 특수 목적이나 특정 학습자 집단을 위한 어휘 교육이 일부 시도되어 학문 목적의 어휘 교육이나 직업 목적의 어휘 교육 관련 논문이 3편정도 발표되었으나 이주 여성이나 다문화 가정 등과 같은 새로운 학습자 집단의 요구를 반영하는 어휘 연구는 아직 발표되지 않았다. 또 각 주제 영역 안에서도 세부 주제 영역이 확실하게 정립되거나 연구되지 못한 것이 사실이다. 한국어 어휘 교육의 방향을 제시해 교수 이론에 관한 연구가 총 5편만이 발표되었다는 사실은 한국어 어휘 교육이 나아가 교육 방향이 충분히 검토되지 못하였고 다양한 대안적 교수법에 대한 연구도 미진하다는 것을 의미한다. 또 어휘 선정에 대한 연구가 17편정도 발표되어 양적으로는 많은 발전을 보였지만 대부분이 기초 어휘나 초급 어휘를 대상으로 하고 있고 연구 방법론 또한 기 출판된 한국어 교재와 한국어능력시험에 출제된 어휘를 대상으로 하고 있는 것이 많아 내용상으로 중복되는 현상이 있었다. 또한 현재는 한국어의 품사나 어휘 체계에 대해서도 연구 결과가 많지 않은데 앞으로는 한국어의 명사, 대명사, 수사, 동사, 형용사, 관형사 등의 품사에 대한 연구나 합성어나 파생어와 같은 단어 형성과 관련된 분야에 대한 연구도 활발하게 이루어져야 할 것으로 생각된다. 이상으로 한국어 어휘 교육 연구사에 대한 고찰을 마치며 여기에서 다루어지지 못한 차후의 연구 성과에 대해서는 후고에서 다룰 수 있기를 바란다.

참고문헌

김민수 편(1999). 「현대의 국어연구사」 서울: 박이정

남기심·고영근(1985). 「표준국어문법」 서울: 탑출판사

박영순 편(2002). 「21세기 한국어 교육의 현황과 과제」 서울: 한국문화사

조현용(2000). 「한국어 어휘 교육 연구」 서울: 박이정

최호철(2005). 「외국인의 한국어연구」 서울: 경진문화사

최호철 외(2005). 「학위논문의 국어의미 연구 경향 1, 2, 3」 서울: 월인

Ⅱ. 한국어 어휘 교육 연구사 <논문해제>

1986. 2. 김명순. 석사. 연세대. 한국어어휘와 품사의 빈도에 대한 연구 : 외국어로서의 한국어 교재를 중심으로. <분류: 어휘> <해제: 장수진>

▌ 목차 ▌

▌ 요약 ▌

이 연구는 외국인을 위한 한국어 교재에 나타난 어휘의 빈도수를 분석하여 어휘 선정이 잘 이루어졌는가, 교육 목적에 맞게 올바로 사용되었는가를 알아보는 데 연구 목적이 있다.

외국어로서의 한국어 학습의 효율성을 위해 특히 언어학습의 초기 단계에서는 어휘 사용의 빈도수가 중요하다고 전제하고 또 이러한 언어학습이 효과적으로 이루어지기 위해서는 교재가 매우 중요한 역할을 한다고 하였다. 이를 River(1968)에서 제시하는 교재의 중요성을 인용하여 설명하고 있었다. 이러한 교재의 중요성과 어휘의 중요성에 따라 외국어로서의 한국어 교재 중 몇 권을 선정하고 그에 나타난 어휘를 분석하여 첫째, 외국인들에게 한국어를 교육하는 교사로 하여금 어휘의 사용 빈도를 알게 함으로써 어휘들을 쉽게 지도할 수 있고, 둘째, 학습자로 하여금 무계획적인 많은 어휘의 사용에서 생기는 학습의 혼란을 방지하기 위해, 셋째, 한국어 교재 작성 시 우리말 사용의 잦기를 감안하여 어휘의 선정에 신중을 기하고 주제와 대화에 알맞은 어휘를 쓸 수 있게 하려는 것에 대해 살펴보았다.

연구자는 외국어로서의 한국어 교재 중 4권을 선정하여 어휘의 빈도수와 품사별 분포를 연구하였다. 이 조사에서는 객관적 방법을 사용하였으며 다음과 같은 연구 결과를 얻을 수 있었다. 각 교재의 단원별 어휘수를 비교해 본 결과 Lukoff의 교재에 어휘수가 가장 많이 나타났고, 그 다음이 Vandesande의 명도원 교재, 박창해 박기덕의 교재, 박봉남의 교재 순으로 나타났다고 하였다. 다음으로 각 교재의 어휘의 빈도 조사 결과는 빈도수가 매우 낮게 나타났는데 빈도수 5이하인 어휘가 명도원 교재 90.2%, 박봉남의 교재 82.8%, 박창해 박기덕 교재 87%, Lukoff의 교재 87.3%로 나타났다. 각 교재의 어휘의 품사별 분포를 비교해 본 결과, 명사, 동사, 부사, 형용사 순으로 나타났다. 다음으로 각 교재의 어휘 빈도수와 우리말 말수 사용의 잦기 조사와 비교해 본 결과, 각 교재에 쓰인 많은 어휘들이 빈도수가 낮은 데 비해, 우리말 사용의 잦기 조사에서는 빈도수가 높은 것으로 나타났다. 마지막으로 각 교재마다 문법적인 기능어인 조사의 빈도수가 높은 것으로 나타났다.

앞서 분석한 문제점을 해결하기 위해서 교재의 어휘로 우리의 일상생활과 밀접한 관계가 있는 빈도수가 높고, 실용적인 어휘를 많이 선정하여야 한다고 보았다. 또한 어휘는 반복적인 사용으로 효과적인 학습을 기할 수 있으므로 한번 사용으로 그칠 것이 아니라 교재에 자주 사용할 수 있도록 고려해야 한다고 하였다. 끝으로 외국어로서의 한국어 교재는 학습자의 연령, 직업, 문화적 배경, 학습 동기 등을 고려해야 한다고 하였다.

▮ 의의 및 제언 ▮

한국어 어휘 교육 방안의 하나로 국어사전에 등록된 한국어 어휘를 대상으로 어휘 품사별 빈도와 당시 한국어 교육에 사용되고 있던 네 권의 교재에 나타난 어휘별 빈도, 우리말 말수 사용 찾기 조사와 비교하여, 학습용 어휘 선정의 필요성을 언급하고 어휘목록을 작성한 점과 이를 반영한 한국어 교재 개발을 제시하였다는 점에서 의의를 살펴볼 수 있다. 이에 외국어로서의 한국어 교육에서 어휘의 효과적인 학습을 위해 제시한 여섯 가지의 제언이 현재 한국어 학습 방법 및 교재 개발에 반영되고 있는 점을 감안했을 때 이 또한 시대를 초월한 제언으로써 이 연구의 의의로 볼 수 있을 것이다.

1997. 2. 이정희. 석사. 경희대. 외국인을 위한 한국어 어휘 교육에 관한 연구. 〈분류: 어휘〉 〈해제: 김지애, 이준호, 장수진〉

▮ 목차 ▮

▌요약 ▌

이 연구는 외국인을 위한 효과적인 한국어 어휘 습득의 방안에 대해 논의하는 데에 목적이 있다고 밝히고 있다. 지금까지의 연구를 살펴보면 한국어 교육 논문은 그 수가 많지 않을 뿐더러 주로 교재나 교수법, 평가에 관련된 논문이 주를 이루고 있고 어휘 교육에 대한 연구는 거의 없다고 볼 수 있다.

2장에서는 연구 방법으로 내세운 이론적 접근과 현장 연구에 대해 기술하고 있다. 이론적 배경으로 의미장 이론과 머릿속 어휘 사전 이론을 검토하고 외국인을 대상으로 한국어 어휘를 올바르고 정확하게 교육하기 위해서는 개별 언어들의 관계가 아니라 전체 의미장 속에서 가르쳐야 한다고 주장한다. 또한 필자는 한국어 어휘의 일반적 특징과 국어 어휘 교육의 실태를 알아보았고, 우리나라 국어 교육 현장에서도 어휘 교육을 위한 기본적 틀조차 마련되어 있지 않다고 지적한다. 그리고 외국어로서의 한국어 교육에서도 어휘 교육 분야에 대한 연구와 투자가 시급하다고 이야기하고 있다.

현장 연구에 앞서 서울대, 연세대, 고려대 교재의 각 1권들을 비교하여 어휘 제시 현황을 살펴보았는데, 세 교재 모두 외국인 화자가 접할 수 있는 어휘량이 매우 적고 어휘 학습에 대한 구체적 방안이 제시되고 있지 못해서 어휘만 따로 학습시킬 수 있는 교재가 필요하다고 말한다. 이 연구를 위해 필자는 세 교재에서 어휘 부분만을 분리하여 새로운 교재의 틀을 만들어 의미장 이론을 활용한 어휘 수업에 적용해 보았다. 연구 대상은 두 반으로 나뉘는데, A반은 한국에 온 지 2주 미만의 학생들로, 모두 5명이고 한국에서 자모부터 학습한 학생들이고, B반은 5~6개월 정도 한국어를 학습한 학생 4명이다. 두 반 모두 같은 교재로 5일 간 매일 한 시간씩 집중적 어휘 학습을 하였다. 교재의 구성은 처음에 그림을 제시하고, 각 그림에 해당하는 같은 의미장에 속하는 어휘들을 제시하는 방식으로 2과까지 구성하였는데, 1과는 '하늘과 사계절' 61단어, 2과는 '얼굴과 몸' 66단어로 되어 있다. 교육 전, 이 중 이들이 이미 알고 있는 단어들을 표시하게 하였고, 교육이 끝난 후 알게 된 단어를 표시하게 하여 어휘력 신장 정도를 알아보았다. 그 결과, A반의 경우가 B반보다 어휘량의 증가나 무응답의 감소 양 측면 모두 탁월한 결과를 보였다. 따라서 어휘 학습은 외국어 학습의 초기 단계에서부터 체계적으로 많은 어휘를 전달해 주는 것이 중요하고, 효과적 어휘 교육을 위해서는 이 연구에서와 같이 의미장 이론을 통한 독자적 어휘 교재의 개발이 필요하다고 피력한다.

▌의의 및 제언 ▌

이 연구는 외국인을 위한 한국어 어휘 교육에 대한 논의가 거의 없던 시기에 의미장 이론을 바탕으로 한 한국어 어휘 교육 방법을 제시하고 현장 연구에 의한 도출된 결론을 토대로 하여 한국어 어휘 교육이 외국인 화자의 한국어 학습 초기 단계에서 집중적으로 이루어져야 함을 주장했다는 점에서 그 의의를 찾을 수 있다.

그러나 현장 연구를 위해 개발한 교안에 사용된 어휘의 적절성 측면을 볼 때, 조금 더 객관적 검증 절차를 거쳐 어휘를 선택했더라면 좋았을 것이라는 아쉬움이 남는다.

이 연구가 한국어 어휘 교육에 관한 것이므로 교육 대상으로서의 어휘 선택은 연구의 성패를 좌우하는 결정적인 요인이다. 그러나 이 논문에서 선택한 실험용 어휘들은 그 선정의 기준이 제시되어 있지 않고, 상당수의 어휘들이 대상 학습자의 한국어 숙달도 수준을 넘어서는 것으로 보인다. 저자는 이에 대하여 기초 어휘의 틀을 깨고 보다 많은 어휘를 습득하자는데 의의를 두자고 주장하고 있으나 기초 어휘가 아닌 새로운 어휘를 교육하고자 했다면 더욱이 어휘 선택에 있어 타당성과 객관성을 염두에 두어야 했을 것이다.

> **# 1998. 8. 김수정. 석사. 이화여대. 문맥을 통한 한국어 어휘 교육.** 〈분류: 어휘〉 〈해제: 왕보하, 김지혜〉

▌ 목차 ▌

▌ 요약 ▌

이 논문은 효율적인 한국어 어휘 교육을 위한 방법의 하나로 문맥을 통한 어휘 교육을 제안하고 실제 한국어 교육 현장에서 적용 가능한 수업 모형을 제시하는 데에 그 목적을 두었다. 문맥을 통한 어휘 교육은 읽기 텍스트가 가지고 있는 문맥을 통하여 어휘 이해를 위한 단서 및 정보를 찾아 학습자의 기존의 어휘 지식, 선행 지식을 관련지어 새로운 단어의 의미를 추론하는 것이라고 했다.

2장에서는 어휘 교육의 전반적인 이론적 배경으로서 외국어 교육에서 어휘 교육에 대하여 역사적으로 고찰하고, 어휘력과 언어 능력 사이에 어떤 관계가 있는지 보고 전통적인 어휘 지도 방법들과 효과적인 어휘 지도를 위해 고려할 점을 정리했다. 그리고 실제 한국어를 가르치는 현장에서 어휘 교육이 어떤 식으로 이뤄지는가를 살펴보기 위하여 한국어 교육 기관에서 한국어를 가르치는 교사들을 대상으로 설문 조사를 실시했다. 교사들의 의견 중 앞으로 개선되어야 할 점은 어휘 부교재 개발, 외국인을 위한 단어 사전 개발, 단계별 어휘 목록과 이에 따른 교안 개발 등이 있다고 밝혔다.

3장에서는 이 논문이 제시하는 읽기 문맥을 통한 어휘 교육으로서 읽기와 어휘의 관계, 읽기 문맥과 선행 지식을 이론적으로 정리하며, 문맥 배경 지식을 이용한 읽기와 어휘에 관한 실험적인 논문, 읽기 전략을 정리했다. 문맥 제시법은 문맥 내에 존재하는 단서를 이용하여 그 의미를 추론하는 방법으로 문맥에서 관련된 정보를 찾아 학습자의 어휘 지식 및 경험과 관련 지어 그 의미를 추론하는 것이라고 하였다. 그리고 학생들이 어느 정도의 불확실성, 부분적 단어 지식을 감수하고 새 단어의 의미를 제대로 파악하려면 교사는 상당히 인위적인 문맥을 이용하고 다른 보조 자료를 병행할 것을 권장했다.

4장에서는 3장에서 살펴본 이론을 한국어 교육에 적용한 문맥 안의 단어 연습 모형과 Cloze Exercise(규칙 빈칸 메우기)의 두 가지 수업 모형을 제시했다. 문맥 안의 단어 연습 모형은 읽기 전 활성화 전략과 읽기, 그리고 읽은 후 심화 전략 세 단계로 구성된다고 했다. 읽기 전 활성화 전략에서 학생들이 겪는 문화적 차이를 최소화하고 그들이 가진 스키마를 활성화 시켜 본 읽기 자료에 앞서 읽을 자료에 대한 예상을 할 수 있도록 문자적, 비문자적 단서를 제공한다. 읽기과정에서 본문 읽기 자료를 제시하고 모르는 단어에 대해 문맥적인 정보가 있는 문장을 제시한 다음에 다시 한 번 본문을 읽는다. 읽은 후 이해를 도울 수 있는 질문을 여러 개 만들고 학생들이 이를 토대로 서로 토론하는 심화 전략을 제안하였다. Cloze Exercise는 문맥 안의 단어 연습 모형과 여러 문장으로 구성된 텍스트 안에서 몇 개의 문장에 빈칸을 주고 학생들이 빈칸의 의미에 대하여 여러 가능한 의미를 추측을 해보게 하는 모형이라고 하고 다음과 같이 방법을 정리하였다. 학생들은 그림이나 사진을 통해 주제에 익숙해진 후에 여러 개의 문장으로 구성된 텍스트를 받고 토론을 통해 적당한 어휘를 찾아나가는 것이다. 교사는 바로 교정을 하지 않고 학생들의 토론이 끝난 후에 해당 어휘가 적당한지 적당하지 않은지를 설명한다.

5장에서는 실제 실험을 통하여 이론을 검증하고 이 방법을 평가했다. 실험은 외국인 학생들을 대상으로 문맥적 어휘 교수를 실시한 실험반과 어휘를 학생의 모국어 번역 즉 영어 번역으로 제시하는 통제반의 두 반으로 진행되었고, 실험 결과는 실험 교육 이전과 이후 성적 비교를 통하여 분석하였다. 설험 후 어휘 검사 점수 결과에서 실험반 학생들이 통제반 학생들보다 평균 10점 이상 향상되었다고 밝혔다.

6장에서는 앞으로 어휘 교육에서 어휘를 위한 부교재 개발과 외국인을 위한 단어 모음 사전 개발, 동의어 사전 그리고 단계별 기초 어휘 목록과 이에 따른 교안 개발 등 연구는 시급하게 다루어져야 할 분야라고 언급했다.

▌ 의의 및 제언 ▌

본 논문은 최근 여러 언어권이 혼재되어 있는 한국어 교육 현장에서 어휘를 가르쳐야 하는 상황에서 일대일 번역의 방법보다는 문맥이나 상황을 통해 어휘를 제시하는 것이 학습자들이 한국어 발화 상황에 적절한 어휘를 스스로 선택하여 사용할 수 있는 능력을 갖출 수 있다는 점을 제시한 점 그리고 이에 필요한 그 기초적인 이론과 교육 방법론을 정리하였다는 점에서 의의가 있겠다.

그러나 본 연구의 실험 과정에 사용된 문장들은 단어를 암기한 후에 정답을 찾는 유형 위주로 구성되어 있는데 물론 이러한 방법도 의의는 있겠지만 문맥을 통한 어휘 추론 능력의 향상 정도를 알아보고자 했다면 학습하지 않은 단어를 문맥을 통하여 유추하게 하거나 또는 유추한 단어를 통해 읽기 텍스트 전체를 얼마나 잘 이해하게 되었는지를 비교하는 방식으로 두 그룹 간에 차이를 보여주었더라면 더 의미 있는 연구가 되었으리라고 생각한다.

1999. 2. 유순희. 석사. 서울대. 한국어의 '-적(的)'에 대한 연구: 중국인을 대상으로 한 한국어 교육을 위하여. 〈분류: 어휘〉 〈해제: 장수진〉

▌ 목차 ▌

▌ 요약 ▌

이 연구는 한국어에서 비교적 사용 빈도가 높은 편이나 어휘 발생 유래 및 품사·의미 부분이 명확하게 규정되지 않고 그러면서도 그 용법이 매우 다양하고 복잡한 접미사 '-적'에 대한 문법적 고찰에 목적을 두고 있다.

특히 중국어의 '-的'이 가지는 어휘적 특질과 비교·대조하여 한국어 '-적'의 문법적 특질을 파악하고 있다. 이는 한국어 교육에서 중국인 한국어 학습자가 한국어 접미사 '-적'을 이해하고 사용하는데 있어 그 혼란을 줄이고 실질적인 도움을 주기 위한 것이다.

2장에서 필자는 이와 같은 목적 하에 '생산적 조어력'을 가지고 있는 '-적'의 유래를 추적하고, '-적'의 통시적 구조를 정리하고 있으며, 아울러 '-적'의 의미를 유형화하고 있다. 특히 '-적'의 의미 유형화 작업을 위해서 연구자는 '국어대사전'에 실려 있는 '-적'의 형태를 띤 등록어 1,214개를 선별하고, 그 중에서 많이 사용되는 450개 단어를 대상으로 의미를 유형화 하고 있다. 먼저 한국어 '-적'의 기원을 살펴보면, '-적'은 중국 백화문의 관형화소 '-적'과 관련이 있다고 볼 수 있다. 그러나 대부분은 오히려 개화기 일본식 용법과 비슷하다. '-적'의 의미에는 중국 백화문에서의 '속격'의미와 일본어 번역 문체로서의 '-성질을 띠는' 이라는 의미가 있다.

3장에서는 '-적'의 형태·통사적 특성을 살펴보면, '-적'의 선행어기에 대해서 [N+적]의 어휘적 자질에 대해 논의하고 있다. 즉 이러한 분석을 통해 '-적'의 선행어기는 대체로 한자어를 선·후행 명사로 취하고 있다는 결론을 도출할 수 있다. 그러나 이는 외국에서 온 말과 결합하기도 하고 특수한 경우 고유명사에 덧붙여 쓰이기도 하며, 심지어 토박이말에도 첨가될 수 있다고 밝히고 있다. 결론적으로 한국어 '-적'은 매우 광범위하게 분포함을 알 수 있다. 그리고 접미사 '-적'은 형태소 '-스럽-', '-답/롭-', '하-'와 배타적으로 분포되어 '-적'이 이들과 갖는 관계는 전형적이면서 가장 봉쇄(방해)적이라고 할 수 있으며, 품사의 범주에서 '-적'은 서술성 명사로 볼 수 있다.

4장에서는 의미론적 측면에서의 연구로, 의미론에서 '-의 성질을 지니다'의 기본의미를 지닌 '-적' 표현이 실제 사용 면에서 문맥 의존성이 강하기 때문에 '-적'과 결합한 선행어 뿐 아니라 후행어도 고려해야 '-적'의 의미를 제대로 파악할 수 있음을 말하고 있다. 또 '-적'의 의미기능 부류에 대해 정리하고 있는데 주로 김광해(1983/1995)의 분류에 의거하여 세 가지로 나누고 있다. 한편 4장에서는 중국인 한국어 학습자에게 도움을 주기 위해 이희승 편저 '국어대사전' 분석을 통해 한국어 '-적'의 세 가지 유형을 나누고, 이에 따라서 중국어로 바뀔 때의 다양한 유형을 세분화하고 있다. 먼저 제1류의 '-적'은 <of의 '-적'>으로 '의'로 대치될 수 있다. 이 '-적'은 김광해 (1983/1995) '제1류'에 해당하고 통사적인 면에 국한되어 있으며, 선행어와 후행어 사이의 물리적 역학관계를 나타내고 있다. 제2류의 '-적'은 <tic 의 '-적'>으로 '~성질을 띠는'의 의미이다. 이 부류의 '-적'은 김광해(1983/1995)의 '제2류'에 해당하며, 중국어의 번역유형은 다양하다. 제3류의 '-적'은 <부사로서의 '-적'>으로 '가급적, 비교적' 이 두 경우 밖에 없다고 보고 있다.

5장에서는 '-적'류 어휘의 중국어 번역 문제를 다루고 있는데, 4장에서 분류한 세 유형에 따라 고찰하면서 필자는 제1류와 제3류의 번역 유형은 중국인이 받아들일 때 별 문제가 없다고 추정하고 있고, 단 제2류의 도식화된 의미 기능은 수용하는 데 상당한 어려움을 겪을 것이라고 보았다.

▌ 의의 및 제언 ▌

한국어 접미사 '-적'의 의미가 중국어로 바뀔 때, {1부류: <of의 '-적'>으로 '의' , 2부류 : <tic 의 '-적'>으로 '~성질을 띠는 , 3부류 : <부사로서의 '-적'>으로 '가급적, 비교적' } 등과 같이 의미적으로 세 부류로 구분되어 유형화할 수 있다는 사실을 밝힌 점에서 이 논의의 의의를 찾을 수 있다. 또 '-적'을 형태, 통사 또 의미론적 특성에 따라 세분화하여 살피고 있다는 점 또한 의의가 있다. 그러나 한 가지 아쉬운 점이 있다면 한국어 교육에서 세 유형으로 분류된 '-적'의 유형 중 중국인 학습자들은 제 2부류에 해당하는 의미 기능을 수용하는데 어려움을 겪을 것이라고 추정하고 있는데, 이러한 결론을 중국어 화자의 인지양식에 근거하여 설명하기 보다는 좀 더 구체적 방안으로 예를 들어 설문조사와 같은 자료 연구를 통해서 그 타당성을 부여하였으면 하는 생각을 한다.

2000. 2. 조현용. 박사. 경희대. 어휘 중심 한국어 교육방안 연구. 〈분류: 어휘〉 〈해제: 이준호〉

▌ 목차 ▌

▌▌▌ 요약 ▌

　이 연구는 외국인을 위한 한국어 어휘 교육의 중요성에서 출발하고 있다. 한국어 교육의 근간을 이루고 있는 중요 항목 중의 하나인 어휘 교육부분의 연구는 부족한 편인데, 이것은 어휘 교육을 단순히 모어와 일대일 대응시키는 것이라고 생각하기 때문임을 지적하고 있다. 따라서 어휘교육의 현황을 교수법의 변천과 교새를 중심으로 살펴보고 의사소통식 접근법이나 통합교수법의 논의를 발전시켜, 어휘 중심 교육방법의 원리를 제시하고, 각 단계에 따라 비중을 두는 어휘를 중심으로 한 한국어 교육방법의 모델을 제시하고 있다.

　2장에서는 한국어 교육에서의 어휘 교육의 역사 및 현황에 대하여 살펴보았으며, 3장에서는 어휘 중심 한국어 교육 방법을 위해서는 교육용 기본어휘를 준비하는 것이 필요하다고 보고 객관적인 말뭉치 자료와 주관적 자료, 경험적 자료를 비교하여 기본 어휘 725개를 마련하고 있다. 또한 한국어 어휘의 특징을 한국어 교육의 입장에서 살펴보고, 어휘부의 모습을 통해 단계에 따라 중요시해야 할 어휘 교육의 방법을 제시하였다. 4장에서는 어휘 중심의 한국어 교육 방법에 대하여 고찰하였는데, 어휘교육에 관한 학습자 설문조사를 통해 어휘교육의 중요성을 확인하고, 어휘 중심 한국어 교육방법의 원리를 논하였다. 5장에서는 실제 교육 현장에서 적용할 수 있는 어휘 중심 한국어 교과구성의 예를 제안하였는데, 한국어 교육용 기본 어휘를 바탕으로 자모교육 단계와 초급 단계의 교과를 구성하였다. 이러한 어휘 중심 한국어 교육방법의 원리를 앞에서 제시한 725개의 기본어휘를 이용해서, 자모교육 단계와 초급 단계에 실증적으로 적용하였다. 특히, 초급 단계의 실제 수업에서는 어휘 중심 한국어 교육방법에 대한 학습자의 호응이 매우 높은 것으로 나타났다. 6장에서는 어휘 중심 학습법에 대한 실제적인 예를 고찰하였는데, 단순히 어휘 학습 방법에 머무르지 않고, 어휘를 중심으로 한국어 수업을 이끌어 가는 방법을 제시하였다. 여기에서 제시한 어휘 중심 학습법은 '핵심어를 이용한 어휘 학습 방법', '어휘 형성 게임을 통한 어휘 학습', '어원을 통한 어휘 학습'이다. 이 세 가지 학습법은 어휘부의 구조와 관련이 있는데, 핵심어를 사용한 어휘학습 방법은 어휘사전과 관련이 있으며 암기 중심의 어휘 학습이라는 점에서 의의가 있다. 또 어휘 형성 게임을 통한 어휘 학습법은 어휘 형성부와 관련이 있다. 이 학습법은 학습자 중심의 어휘 학습 방법이라는 데에서 의의가 있다. 또 어원을 통한 어휘 학습은 어휘 해석부와 관련이 있는데, 어휘 해석 중심의 학습법이라는 측면에서 의의가 있고 한국 문화에 대한 이해도를 높인다는 점에서도 의의가 있다. 7장에서는 한국어 능력시험의 어휘평가를 분석한 후, 현행 어휘평가의 문제점을 살펴보고 어휘중심 평가로의 개선방안을 제시하였다. 어휘 평가는 교육과정과 밀접한 관련을 맺고 있으며, 어휘 평가의 문제점은 문제 유형과 문항의 적절성을 중심으로 살펴보았다. 개선점으로는 어휘를 독립적으로 평가하는 데에 대한 명확한 인식이 필요하며, 어휘 평가의 목적을 분명하고, 한국어 능력 시험 문제의 신뢰도를 더욱 높여야 하며, 의사소통 어휘 능력, 즉 숙달도를 염두에 둔 평가로 발전되어야 하고, 문제 유형을 가급적 통일하여 출제자에 따라 평가 유형이 달라져 학습자가 혼란을 겪지 않도록 조정되어야 한다는 점을 지적하였으며 끝으로 난이도에 따른 배치가 이루어져야 함을 주장하는 것으로 논문을 마무리하였다.

▌ 의의 및 제언 ▌

이 연구는 기존 한국어 교육 이론의 한계를 어휘 중심 교육이라는 새로운 방법을 통해서 극복하려고 하였으며, 어휘교육에 관하여 교육용 기본어휘부터 어휘 평가까지 전반적으로 논의하였다는 점에서 의의를 찾을 수 있다. 어휘는 실제 의사소통 능력을 구성하는 중요한 도구이며 초급에서 고급까지 각 단계 및 말하기, 듣기, 쓰기, 읽기의 각 영역과 하위 기능 등과 밀접하게 관련을 가지고 제시와 확장을 거듭하며 유기적으로 교육되어야 하는 필수적인 교육 내용이다. 이 논문은 이러한 어휘 교육의 필요성과 어휘 교육 현황을 제시함은 물론, 어휘 항목 선정의 시안 및 어휘 교육 방법과 교과구성의 예를 제시하여 실질적이고 구체적인 어휘 교육의 방법론을 제시했다는 점에서 많은 한국어 교사들에게 어휘 교육의 지침이 될 수 있을 것이다.

2000. 2. 한정일. 석사. 이화여대. 한국어 어휘 교육 방안 : 의미 관계를 중심으로. 〈분류: 어휘〉 〈해제: 김지애〉

‖ 목차 ‖

‖ 요약 ‖

이 논문은 읽기를 통한 간접적인 어휘 교육만이 강조되고 있는 한국어 교육에서 직접적인 어휘 교육의 중요성을 강조하고, 그 방법으로 의미 관계를 이용한 어휘 교수법을 제시하는 것을 목적으로 하고 있다. 필자는 그동안 한국어 교육에서 어휘는 문법과 문형 학습의 보조적인 부분으로만 인식되어 왔지만 앞으로는 간접적인 어휘 교육과 함께 직접적인 어휘 교육이 병행되어야 한다고 주장한다. 또한 중급이 초급의 기초 어휘와 고급의 다량의 어휘 확장을 이어주는 과도기적 단계이므로 3급에 해당하는 어휘를 중심으로 분석하고 교수 방안을 제시할 것이라 말한다. 선행 연구로는 제2언어 교육에 있어서의 어휘의 위상과 어휘 교육의 방법을 살펴보고, 한국어 교육의 어휘 관련 논문들도 살펴보고 있다.

2장에서는 어휘와 어휘 능력, 어휘 학습의 단계에 대해 이론적으로 정리한다. 어휘는 그 의미 단위들이 다른 어휘와 유기적 관계를 맺고 있어 어휘의 의미를 파악하기 위해서는 개별 의미뿐만 아니라 다른 어휘와의 관계도 파악해야 한다고 한다. 어휘 능력은 김광해(1993)에 따라 양적 능력과 질적 능력으로 구분하고 질적 능력은 다시 어휘소 의미의 이해와 어휘소 사이의 연관성 이해로 양분하였다.

3장에서는 서울대와 연세대의 <한국어3>을 분석하고 있다. 두 대학 <한국어3>은 4단계 이후를 대비해 초급보다 많은 읽기가 나오고, 사회생활에 관한 어휘가 초급보다 많으며, 이들 어휘가 확장되고 세분화된다. 또 품사별 분포는 명사가 가장 많고, 동사, 형용사, 부사 순이며, 제시된 어휘 사이에 의미적 연관이 적은 경우가 대부분이라고 한다. 또한 한국어 중급 학습자 50명을 대상으로 어휘 학습에 대한 인식과 어휘 학습 상황에 대해 설문조사를 하였는데, 학습자 92%가 자신의 어휘가 부족하다고 느끼지만 따로 어휘 공부를 하는 학생(57%)은 비교적 적었다. 학습 방식은 '교과서 어휘 암기'(31%)와 '읽기를 통한 학습'(26%)이 많았고, 또한 의미 관계를 이용한 어휘 학습의 효과에 대한 기대(96%)가 매우 높게 나타나는 것으로 보아 교재의 어휘가 의미 관계를 고려해 제시되어 읽기를 통한 간접 교육과 병행된다면 학습 효과가 더 높아질 것이라고 예상하였다.

4장에서는 서울대와 연세대의 <한국어3>에 나타난 어휘를 의미 관계의 유형에 따라 단일 어휘 내부의 의미 관계와 어휘 사이의 의미 관계로 분류하고 초급의 어휘와 연결하여 제시하였다. 단일 어휘 내부의 의미 관계는 다의 관계와 동음 관계로 나누었고, 어휘 사이의 의미 관계는 동의 관계, 대립 관계, 상하 관계로 나누어 분석하였다. 분석 결과 두 대학 교재의 어휘는 낱낱의 단어들이 분산적으로 제시되기 때문에 학습자가 이미 학습한 어휘와 새 어휘 사이의 의미적 관련성을 파악하여 어휘 지식을 확장하기 어렵다고 말한다.

5장에서는 직접 교실 수업에 적용할 수 있고 현행 한국어 교재를 보충할 수 있는 의미 관계를 이용한 어휘 연습 활동을 제시하고, 읽기를 통한 간접적 어휘 학습과 의미 관계를 통한 직접적인 어휘 학습을 병행하는 어휘 수업 모형을 제시하고 있다.

마지막 6장에서는 지금까지의 논의를 정리하고 한국어 교육에 있어서 직접적인 어휘 교육에 관한 연구가 필요하다고 강조하며 논문을 끝맺고 있다.

▌ 의의 및 제언 ▌

이 연구는 어휘 교육의 중요성과 의미 관계를 활용한 직접적인 어휘 교육의 방안을 제시하였다는 데 그 의의가 있다. 특히 한국어 교육의 경우, 초급 단계 교육을 위한 연구가 많은 반면 이 연구는 중급 수준의 어휘에도 관심을 두고 있다는 데에 장점이 있으며, 한국어 어휘 교육에 어휘들 사이의 의미 관계에 초점을 두고 접근하려 했던 점에서도 이 연구의 의의를 찾을 수 있다. 다만 의미 관계를 이용한 어휘 교육 활동을 제시함에 있어서 어휘의 제시나 교육 방법이 다소 분절적이고 선언적이어서 어휘의 의미를 알려주는 교육을 넘어서 어휘의 의미에 맞게 잘 사용하는 교육까지 확대되어 있지 못하다는 점이 아쉬움으로 남는다.

2000. 8. 김유미. 석사. 연세대. 학습자 말뭉치를 이용한 한국어 학습자 오류 분석 연구. 〈분류: 어휘〉 〈해제: 이준호〉

▌ 목차 ▌

▌▌ 요약 ▌

본 연구는 학습자 말뭉치를 이용하여 실제 한국어 학습자들이 구사하는 언어에서 실제 어떤 유형의 오류가 발생되는지를 알아보고자 하는 목적에서 기술되었다.

이를 위하여 필자는 2장에서 대조분석과 중간언어 및 한국어 교육에서의 오류 분석 연구에 대한 선행연구 등을 검토하고 있다.

3장에서는 학습자 말뭉치에 대한 개념을 설명하고 있으며, 4장에서는 국내 3개 대학1)의 언어 교육 기관의 시험지 작문 자료와 자유 작문지를 수집하여 전산 입력하고 이를 날말뭉치(raw corpus)로 구축하였다. 이러한 작업 후, 이 날말뭉치에 개인 정보 문서 표지와 한국어 교육 문법 정보 주석을 실시하고 오류 분석을 위해 한국어 오류 사전을 만들어 오류 태그를 부착하여 오류를 유형화하고 있다.

5장에서는 한국어 학습자의 오류 유형을 분석하고 있는데, 먼저 오류의 원인을 '모국어의 간섭', 목표어 체계의 복잡성에 따른 '과잉일반화' 및 '단순화' 그리고 심리적인 요인으로 '회피'를 제시하고 있다. 이러한 요인은 말뭉치 자료를 통하여 확인하여 볼 때 오류의 수가 고급으로 갈수록 줄어들지만 초급에서 나타나는 오류의 유형이 고급에서도 반복적으로 나타나고 있어 오류 교정을 위해서는 필자는 반복 학습이 중요함을 주장하고 있다. 또 5장에서는 수집된 전체 학습자 말뭉치의 품사별 사용빈도와 오류 발생률을 확인하여 이를 다시 모국어의 차이에 따른 오류를 분석하여 일본어권 학습자와 영어권 학습자의 조사 사용에 한정하여 오류를 분석하고 있다. 또 구축된 말뭉치를 통하여 학습자 오류의 유형을 분석하였는데, 학습자 오류의 유형은 '누락', '첨가', '대치'로 나누어 분류하였다.

▌▌ 의의 및 제언 ▌

외국어로서의 한국어 학습자들의 말뭉치를 구축하여 그들의 오류를 분석함으로써 그들의 중간언어 단계의 특징을 알 수 있다. 그러나 기존의 연구들은 많은 자료를 수집하지 못한 상태에서 조사 연구하여 그 결과를 일반화시키지 못하였다. 또 한정된 수의 언어적 자질에만 초점을 맞추고 있어, 언어 학습에 필요한 다양한 자질들이 학습에 어떻게 영향을 미치는 지에 대해 검토하지 못하였다. 그러나 이 연구에서는 이러한 한계점을 극복하고 많은 수의 학습자를 대상으로 한 말뭉치를 구축하여 여기에서 나타나는 다양한 언어적 자질을 연구하였다는 점에서 그 의의를 찾을 수 있다. 특히 이 연구의 초점이 된 조사의 경우는 국적을 불문하고 다양한 오류를 보이는 문법 항목이며, 또 국적에 따라 그 오류의 양상이 매우 다르게 나타나므로 본고에서와 같이 오류의 유형 및 원인을 분석하고 또 학습자의 모국어를 일본어권과 영어권으로 나누어 다시 분석한 것은 많은 한국어 교사들에게 도움이 되리라 생각한다.

앞으로 추가적인 연구를 바라는 점이 있다면 말뭉치가 쓰기 자료에서 추출된 만큼 연구의 자

---

1) 이 연구에서 자료로 사용한 연구 자료는 학습자들의 쓰기 시험지의 자유작문과 제한작문 그리고 작문반 학습자들의 작문지이며 고려대학교, 서강대학교, 연세대학교의 3개 대학 한국어교육 기관의 한국어 학습자의 쓰기 시험지 작문 복사본으로 그 중 연세대학교의 자료가 전체의 79%를 차지하여 실제 분석에 있어서는 연세대학교의 자료를 기본으로 하고 다른 두 대학교의 자료는 참고 자료로 활용하였다.

료 및 방향도 문어 자료와 문어 오류로 국한되었는데, 이를 구어 자료로 확대하여 보다 의미 있고 신뢰성 있는 한국어 학습자 말뭉치를 구축하기를 바란다.

> **# 2000. 8. 김지향. 석사. 한성대. 외국인을 위한 한국어 기초 어휘 선정 연구 : 외국인을 위한 한국어 교재 명사 어휘 분석을 중심으로. 〈분류: 어휘〉 〈해제: 김지애〉**

▌목차▐

▌요약▐

이 연구는 한국어 초급 과정에 있는 외국인에게 제시할 수 있는 기초 어휘를 선정하는 것을 그 목적으로 한다. 기초 어휘 선정에 대한 연구가 당시 아직 초기 단계였기 때문에 외국인을 위한 한국어 기초 어휘 선정이 거의 없는 실정이라고 지적하며 외국인에게 소개할 외국어로서의 한국어 기초 어휘를 선정하는 일이 시급하다고 말한다. 필자는 이 연구에서 기초 어휘에 대한 개념과 의의를 밝히고 외국인을 위한 한국어 초급 교재의 어휘를 바탕으로 외국인들에게 소개할 수 있는 기초 어휘를 제시하겠다고 밝힌다. 선행 연구로는 기초 어휘에 관한 국어학 분야의 연구와 한국어 교육에서의 어휘 교육에 관한 연구를 살핀다.

2장에서는 기초 어휘의 개념과 의의, 기초 어휘의 선정 방법에 대해 고찰한다. 기초 어휘라는 개념은 용어의 통일이 잘 이루어지지 않았지만, 이 논문에서는 기초 어휘를 ①일상적인 의사소통을 하는 데 가장 필수적인 최소한의 어휘, ②사용 빈도수가 다른 어휘에 비해 상대적으로 높은 어휘, ③어휘 체계를 상위로 다양하게 확장시킬 수 있는 어휘, ④전체 어휘 중 가장 일차적인 층위를 형성하는 사회 공통 어휘 집합, 이렇게 네 가지로 정의한다. 필자는 일반적인 어휘 선정 방법으로 객관적 방법, 주관적 방법, 절충적 방법이 있다고 설명하며 이 연구에서는 객관적 방법과 주관적 방법을 병행하는 절충적 방법을 이용하겠다고 한다. 객관적 방법으로는 외국인을 위한 한국어 초급 교재 4권(고려대 <한국어1>, 서울대 <한국어1>, 연세대 <한국어 독본>, 이화여대 <외국인을 위한 한국어1>)을 분석하여 임지룡(1991)의 1500개 기초 어휘 목록과 비교할 것이며, 주관적 방법으로는 객관적으로 선정된 어휘를 의미 영역을 설정하여 의미에 따라 분류하겠다고 밝힌다.

3장에서는 우선 객관적 기준에 의해 앞서 말한 네 학교의 교재 어휘 중 명사만을 추출하여 총 827개 어휘를 자모순으로 배열해 놓고, 이 어휘를 다시 임지룡(1991)의 기초 어휘에서 뽑아낸 명사 어휘와 비교하여 중복되는 어휘를 선별하여 제시한다. 이 중복된 어휘는 총 332개이며 '한국어 예비 기초 어휘'라고 명명하고 있다. 그리고 주관적 기준에 의한 선정 작업을 하기 위해 어휘를 의미 영역에 따라 분류하는데, 이 때 의미 영역은 역대 분류 어휘집과 현대 국어 분류 사전의 어휘 의미를 나눈 항목들을 비교하여 공통 의미 영역을 추출하고 비슷한 특성을 지닌 것들끼리 재배열하여 다음과 같은 12개의 대분류, 21개의 소분류 의미 항목으로 나누었다: 1.사람에 대한 어휘: 1)인체 2)정신 3)가족관계 4)사회구성원 5)생리현상 6)기타/ 2.의식주에 대한 어휘: 1)음식 2)의류 3)주거/ 3.자연에 대한 어휘/ 4.동식물에 대한 어휘: 1)동물 2)식물/ 5.인식 작용에 대한 어휘: 1)시간 2)공간 3)수량/ 6.사회 구성 요소에 대한 어휘: 1)제도 2)조직 3)지역/ 7.문화생활에 대한 어휘: 1)예술 2)오락/ 8.교육에 대한 어휘/ 9.경제 활동에 대한 어휘/ 10.교통에 대한 어휘: 1)교통 2)의사전달매체/ 11.생필품에 대한 어휘/ 12.공공장소(시설)에 대한 어휘. 그리고 어휘 분류 시 어휘의 상하 관계, 유의 관계, 반의 관계를 고려하여 분류하겠다고 이야기한다. 3.3절에서는 실제로 앞서 나눈 의미 영역별로 어휘를 분류한다. 이 때, 예비 기초 어휘로 선정되지 않았던 교재 어휘와 임지룡(1991)의 어휘도 함께 분류하고, 필자의 주관적 기준에 따라 교재나 임지룡(1991)에 등장하지 않았던 새로운 단어들을 기초 어휘로 첨가하기도 한다. 반면 예비 기초 어휘로 선정된 단어 중에서도 필자의 주관적 기준에 부합하지 않는 것들은 제외시키기도 한다. 이렇게 해서 각 의미 영역 별로 기초 어휘를 선정하고, 최종 선정된 기초 어휘 573개를 3장의 마지막에 제시하고 있다.

4장에서는 지금까지의 논의를 요약 정리하면서 논문을 끝맺음한다.

▌▌ 의의 및 제언 ▌

이 논문은 외국어로서의 한국어 기초 어휘 선정의 필요성에 대해 인식하고 실제로 기초 어휘를 선정하려고 시도했다는 데 그 의의가 있다. 또한 이들을 의미 영역에 따라 분류하고 다양한 의미 관계를 고려하여 도식화하여 제시함으로써 선정된 기초 어휘의 활용도를 높이고 있다는 점도 주목할 만하다.

그러나 어휘의 선정 과정에 대한 보다 구체적인 설명이 있었다면 이 연구의 타당성이 보다 높아졌을 것이라고 생각된다. 가령 3.1절에서 한국어 초급 교재와 임지룡(1991)을 비교하여 중복되는 명사 어휘를 뽑아 예비 기초 어휘로 선정한 후 3.3절에서는 선정되지 않은 어휘까지 모두 의미 영역으로 분류하고 있다. 따라서 3.1절이 이 연구에서 가지는 필요성이 희석되는 결과를 낳게 된 것 같다. 또한 임지룡(1991)은 초등 교재 및 아동물에서 선정한 어휘이므로 성인 외국인을 위한 한국어 기초 어휘와 관련성이 얼마나 있을지도 보다 깊이 있게 고찰되었으면 좋았을 것이라는 아쉬움이 남는다.

 # 2001. 2. 정상근. 석사. 경희대. 일본어권 한국어 학습자를 위한 학습용 한일사전 연구. 〈분류: 어휘〉 〈해제: 김지애〉

▋ 목차 ▋

1. 서론
  1.1 연구 목적
  1.2 연구 방법
  1.3 선행 연구

2. 한국어사전과 한일사전
  2.1 일본어권 학습자를 위한 한국어사전과 한일사전
  2.2 기존 한일사전의 현황 분석
    2.2.1 표제어 수와 용례의 수
    2.2.2 표제어의 기술 방식

3. 한국어 교육에서의 "학습용 한일사전"
  3.1 학습용 한일사전의 필요성
  3.2 학습용 한일사전이란
  3.3 학습용 한일사전의 규모와 사용 대상

3.4 표제어의 선정 범위와 방법
3.5 표제어 선정의 실제
  3.5.1 용언의 활용형의 선정
    3.5.1.1 적용 대상 용언의 선정
    3.5.1.2 활용어미의 선정
  3.5.2 준말의 선정
  3.5.3 구어(입말)의 선정
3.6 표제어의 기술
  3.6.1 발음의 표기
  3.6.2 뜻풀이
  3.6.3 용례의 제시
3.7 가표제어의 기술
  3.7.1 용언 활용형의 기술
  3.7.2 구어와 비표준어의 기술
3.8 학습용 한일사전의 개발 방향
4. 결론

▋ 요약 ▋

이 연구는 일본어권 한국어 학습자를 위한, 학습자 중심의 '학습용 한일사전'에 어떤 내용을 담아야 할 것인가를 살피고 있다.

1장에서는 사전은 외국어 학습에서 매우 중요한 도구임에도 불구하고 현재 한국에는 한국어 학습자를 위해 잘 만들어진 한국어사전도 없고 이에 관한 연구도 시작 단계임을 지적하며 이 논문의 목적이 한국어 교육에서의 바람직한 '학습용 한일사전'의 모습을 제시하는 것에 있다고 밝힌다. 이 연구를 위해 기존의 한일사전을 분석하였고, 국내 한국어 교육기관의 초·중·고급 일본인 학습자 204명을 대상으로 한 설문조사 결과를 참고하였다. 설문조사는 일본어로 이루어졌고, 표제어의 발음 표기, 용언이나 준말의 기본형을 모를 때 찾는 전략, 학습자들이 원하는 사전 등에 주안점을 두었다고 한다.

2장에서는 기존의 한일사전의 현황을 표제어와 용례, 뜻풀이 면을 중심으로 살펴보았다. 분석의 대상이 된 사전은 한국에서 출간된 <엣센스 한일사전>과 <뉴에이스 한일사전>, 일본에서 출간된 <조선어사전>과 <코스모스 조화사전>이다.

3장에서는 한국어 교육에 있어서의 바람직한 '학습용 한일사전'은 무엇인지에 대하여 논하고 있다. 시중에 나와 있는 한일사전은 대부분 외국어를 배우는 한국어 화자를 위해 기획된 것이기 때문에 이와 별도로 한국어 학습자를 위한 발음, 통사, 의미 정보를 제공하는 학습용 한일사전이 필요하다고 강조한다. 표제어는 한국어 교육용 어휘를 중점적으로 다뤄야 하며 구어, 학습 현장 어휘, 한국의 지명·인명, 준말, 옛말, 유행어, 전통문화 관련 어휘, 비표준어, 용언의 활용형 등도 사용 빈도가 높거나 학습을 위해 필수적인 것들은 표제어로 올릴 필요가 있다고 한다. 이 논문에서는 휴대하기 간편한 2000~2500쪽 정도의 소사전 규모의 인쇄 사전을 대상으로 논의한다. 따라서 용언의 활용형에 적용할 어미의 수와 이를 적용할 용언의 수를 제한하기 위하여 용언 활용형의 등재 기준을 1.초급-중급 단계에서 학습하는 불규칙 활용 용언, 2.초급-중급 단계에서 학습하는 규칙 활용 용언 중 기본형 어간의 끝음절에 받침이 없는 것, 3.실제 생활이나 교육 현장에서의 출현 빈도와 중요도를 고려한 것, 이렇게 세 가지로 정하였다. 이 기준에 따라 초급의 예로 조현용(2000)에서 제시한 '한국어 교육용 기본어휘' 725개를 이용하여 192개의 용언을 활용형 등재 대상으로 선정하였고, 활용 어미는 김흥규·강범모(2000)의 어미 빈도에서 결합할 때 어간에 변화를 주지 않는 '고, 게, 기, 지'를 제외하고 10개의 활용 어미를 후보로 선정하였다. 또한 설문조사 결과에서 학습자들이 기본형을 모를 때 바뀐 어간을 그대로 찾아가거나 '바뀐 어간+다'를 찾아가는 경향을 보이므로 이들도 가표제어로 올릴 필요가 있다고 한다. 표제어의 발음 표기는 장단음과 강세의 표기를 위해 한글로 풀어쓰기(예:[누ː니])를 하는 것이 옳다고 하였고, 체언이 조사와 결합한 경우와 용언 활용형의 발음 표기도 제시해 주어야 한다고 하였다. 학습용 한일사전의 뜻풀이 원칙으로는 일본말로 쉽고 정확하게 할 것, 표제어에 대응되는 일본말이 있을 때는 그 말로 대치할 것, 표제어에 대응되는 일본말이 있어도 인식, 모양, 쓰임 등에서 차이가 있는 것은 보충 설명을 하고 표제어에 대응되는 일본말이 없는 것은 되도록 이해를 돕는 사진이나 삽화를 덧붙여 알기 쉽게 설명할 것, 표제어가 사용되는 환경에 대한 정보를 주고 학습자에게 도움이 되는 표제어와 관련된 다양한 참고 정보를 제공할 것 등을 제시했다. 용례는 용언의 경우 다양한 어미 활용 형태를 반영하고 어미의 출현 빈도를 고려하여 빈도가 높은 것을 문장 단위로 제시해야 한다고 하였다. 가표제어의 경우 주표제어로 가보라는 표시만 하지 말고, 이용자의 편의를 위해 기본 의미를 일본어로 병기해 주는 방법이 바람직하다고 언급하고 있다. 또한 사전은 학계의 연구 성과물임과 동시에 상품이기 때문에 사용자 입장에서 수록 어휘의 수, 판매 가격, 내용 등을 고려해야 한다고 강조한다.

4장에서는 학습용 한일사전의 개발 방향 지금까지의 논의를 종합 정리하고 연구의 제한점을 밝히고 있다.

▋ 의의 및 제언 ▋

이 논문은 기존의 연구에서 부족했던 한국어 학습자를 위한 학습용 사전의 개발에 대해 관심을 가지고, 실제로 학습용 한일사전의 개발 방향을 제시하고자 하였다는 데 그 의의가 있다. 또한 표제어 등재, 표제어 기술, 가표제어 면에서 기존 사전을 분석하고 이를 통해 더 나은 방향을 모색하고자 한 점도 의미가 있다.

그러나 연구를 통해 개발 방향을 제시함에 있어 설문 조사나 기존 사전의 분석 결과가 3장의 표제어 선정과 기술에 제대로 반영하지 못한 점이 아쉽다.

2001. 2. 카츠타사토시. 석사. 경희대. 한국어 의성어 의태어 교육 연구 : 일본어를 모어로 하는 한국어 학습자를 중심으로. 〈분류: 어휘〉 〈해제: 장수진〉

▋ 목차 ▋

5.3.1. 그림 및 만화를 이용한 교육 방안   6. 결론

▋ 요약 ▋

이 연구는 일본어를 모국어로 하는 한국어 학습자들에게 의성어·의태어 교육을 체계적으로 실시할 필요성을 살펴보고 효율적인 의성·의태어 교육 방법을 모색하는데 목적이 있다. 2001년 한국어 교육에서는 아직까지 의성·의태어 교육에 연구가 많이 미흡했다고 연구자는 밝히고 있는데 이러한 이유는 그동안 한국어 교육 연구는 언어 교육 이론이 발달한 서구 이론을 중심으로 진행되어 왔기 때문으로 보았다. 즉 대부분의 서구 언어에서는 의성·의태어가 발달되지 않아 연구 논의의 대상이 되지 못하였다. 또한 한국어 교육 내에서도 한국어의 특성에 기반한 교육 방법에 대한 세부적인 논의가 이 시기(2001)에는 아직 이르지 못하였다고 말하고 있다.

이러한 연구 목적을 바탕으로 2장에서는 한국어와 일본어의 의성·의태어가 가지는 특징을 음운, 형태, 의미별로 나누어 살펴보았다. 먼저 두 언어 모두 자모 교체에 따른 어감 차이가 의성·의태어의 대표적인 음운적 특징이라고 보았다. 또 첩어 형식을 지닌다는 점, 용언과의 공기 현상, 접사에 의해 형용사나 동사 등으로 파생되는 특징이 있었다는 점을 형태적 특징으로 보았다. 의미적으로는 사람의 감정이나 동작에 관한 의성·의태어가 발달해 있다는 특징을 공유하고 있었다.

3장에서는 교재 분석을 통해 한국어 교재와 일본어 교과서에 수록되어 있는 의성·의태어 목록을 파악하였고, 일본어를 모어로 하는 한국어 학습자들을 대상으로 한국어 의성·의태어 사용에 대한 설문 결과를 분석하였다.

4장은 3장의 설문 결과와 교재 분석 결과를 중심으로 일본어를 모어로 하는 한국어 학습자를 위한 의성·의태어를 선정하고 있었다. 이 때 진기호(1998), 서상규 외(1998)에서 발췌한 90개의 의성·의태어와 일본어 학습자를 대상으로 한 설문 결과를 각각 비교하는 방법을 통해 13개의 의성어와 22개의 의태어를 찾았다. 한편 설문 문항 1과 2에서 학습자들이 가장 잘 알고 있는 것으로 응답한 의태어 '반짝반짝'이 진기호(1998)과 서상규 외(1998)에 제시되어 있지 않는데 이 논문에서는 이를 추가하였으며, 또 설문 분석 결과 일본어 한국어학습자들에게 교육할 필요가 있는 것으로 판단된 4개의 의성어와 6개의 의태어를 추가하였다. 이러한 방법에 의해 이 논문에서는 총 46개의 상징어를 선정하고 있다. 즉, 연구자가 제시하고 있는 의성·의태어 목록은 일본어를 모어로 하는 한국어 학습자들이 쉽게 이해할 수 있고 한국어 의사소통 상황에 자주 쓰이는 것으로, 일본어 한국어 학습자들에게 반드시 교육하여야 할 목록이라고 말하고 있었다.

마지막으로 5장에서는 의성·의태어의 음운적인 특성, 형태적인 특성을 이용한 교육 방법 및 다양한 접근을 통해 실제적인 교육 방법을 살펴보고 있었다. 의성어·의태어의 음운적 특징을 이용한 교육에서는 자모에 의한 어감의 차이를 인식시키는 것과 모음조화 등을 활용하는 방법을, 형태적 특징을 이용한 교육에서는 접미사, 첩어형태, 용언과의 공기 현상 등 한국어 의성·

의태어의 형태적 특징을 제대로 이해하고 사용할 수 있도록 교육하는 방법에 대해 살피고 있었다. 또 그림, 만화, 신문, 광고, 노래 등과 같은 다양한 수업 자료와 교실 활동을 통해 한국어 의성어·의태어를 교육하는 보다 실제적인 방법을 제시하고 있었다.

▌의의 및 제언 ▌

이 연구는 한국어 교육에서 의성·의태어와 같은 상징어 연구의 필요성을 제시하고, 한국어와 일본어의 의성·의태어 특징 및 차이점을 살피며, 한국어 교재의 교육 현황 등을 토대로 일본어를 모어로 하는 한국어 학습자들에게 효과적인 한국어 의성·의태어 교육 방안을 제시하고 있다는 점에서 의의를 찾을 수 있다. 특히 교육 방법을 제시한 5장에서는 음운적 특징에 따른 교육 방법과 형태적 특징에 따른 교육 방법을 구체적으로 제시한 점이 이 연구가 가지는 의의를 더욱 크게 해 준다고 생각된다. 다만 의성어 및 의성어 교육을 위한 교육학적 이론의 검토가 이루어지지 않은 채 한국어 교육에서 이미 실행 중인 다양한 교육 활동을 의성·의태어 교육을 위해 활용한 점에 있어서는 타당성이 다소 부족하다고 생각된다.

> **# 2001. 8. 김의정. 경기대. 석사. 외국어로서의 한국어 교육을 위한 학습 목표 어휘 선정과 과 구성의 실제. 〈분류: 어휘〉 〈해제: 김보라〉**

▌목차 ▌

1. 머리말
   1.1. 연구 목적
   1.2. 연구 방법
   1.3. 선행 연구
   1.4. 연구 결과의 활용

2. 외국어로서의 한국어 교육을 위한 기본 어휘의 개념과 선정 방법
   2.1 기본 어휘의 개념
   2.2. 기본 어휘 선정 방법

3. 외국어로서의 한국어 학습 목표 어휘와 선정 방법
   3.1. 한국어 교재의 학습 목표 어휘
   3.2. 학습 목표 어휘 선정 방법

4. 과 구성의 실제
   4.1. 동사 '하다'의 과 구성
   4.2. 명사 '것', '입'의 과 구성
      4.2.1. '것'의 과 구성
      4.2.2. '입'의 과 구성

5. 맺음말

▌요약 ▌

이 논문은 외국어 학습에 있어서 기초가 되는 어휘를 어떤 방식으로 선정해야 하고 선정된 어휘 중에서 어떠한 어휘가 학습 목표 어휘로 선정되어야 하는지에 대해서 살펴보고 교재에서

는 어떠한 방법으로 제시하여야 하는지를 살펴보는 것을 목적으로 한다.

1장에서는 한국어 교육에서 기본 어휘 선정에 대해서는 많은 논의가 있었으나 선정된 기본 어휘를 교재에서 어떻게 반영할 것인가에 대한 논의는 부족했음을 지적하고, 교재에 제시된 어휘 중 교사의 특별한 설명이 필요한 어휘를 학습 목표 어휘로 설정하고 이러한 학습 목표 어휘의 선정 방법과 교재에서의 제시 및 설명 방안을 제시할 것이라고 하였다.

2장에서는 교재에 제시되어야 할 어휘를 한국어 교육을 위한 기본 어휘로 보고 이에 대해서 살펴보았다. 한국어 교육을 위한 기본 어휘는 일상 생활에 필수적이고 기본적인 '일상 생활 기본 어휘'와 '한국어 교육 상황을 고려한 어휘' 두 가지로 나누고, 서상규 외(1998)과 김흥규 외(2000)의 자료를 바탕으로 일상 생활 기본 어휘를 선정하였다. 일상 생활 어휘와 함께 한국어 교육 상황을 고려한 어휘 선정에 관한 논의도 필요하지만 이 논문의 목적이 어휘 선정이 목적이 아니라는 점에서 일상 생활 기본 어휘만을 대상으로 하였다.

3장에서는 실제 한국어 교재에서의 학습 목표 어휘와 그 제시 방법을 8종 교재를 통해서 살펴보고, 2장에서 선정한 기본 어휘를 바탕으로 학습 목표 어휘를 선정하였다. 교재에서 어휘는 단순히 번역이나 설명 없이 제시되고 있었는데 학습 목표 어휘는 하나의 어휘가 여러 가지 의미와 쓰임을 가지고 있으므로 이러한 특성에 초점을 맞추어 연세 한국어 사전을 바탕으로 선정하였다. 또한 외국인 학습자들이 다의어와 동음이의어를 구분하지 않는다는 실험 결과를 바탕으로 동음이의어도 함께 선정의 대상으로 삼았다.

4장에서는 3장에서 선정한 어휘 중에서 높은 빈도를 나타나는 어휘인 동사 '하다'와 의존명사 '거서', 명사 '입'을 목표 어휘로 삼아 교재 구성의 실례를 보였다. 문법이나 발음 등과 같은 학습 목표를 함께 고려하지 못하였으며, 이러한 교재 구성이 학습자들의 학습에 어느 정도의 효과를 지니는지, 한 단원에 제시해야 할 어휘수에 대한 논의가 이루어지지 못하였다는 점에서 한계를 지닌다고 하였다.

▌ 의의 및 제언 ▌

어휘의 다양한 의미와 쓰임에 대한 이해 없이 자연스러운 한국어를 구사하는 것은 매우 어려운 일이기 때문에 한국어 교재에서 이를 설명할 필요가 있다. 이러한 측면에서 따로 설명이 요구되는 한국어 학습 목표 어휘를 정의하고, 이를 선정하여 실제 교재에서의 제시 방안의 실례를 제시하였다는 점에서 이 논문은 의의가 있다. 그러나 스스로도 지적했듯이 교재 구성이 학습자들의 학습에 어느 정도의 효과를 지니는지, 한 단원에 제시해야 할 어휘수에 대한 논의가 이루어지지 못하였다는 점에서 한계를 지닌다.

2001. 8. 하화정. 석사. 경희대. 외국인을 위한 한국어 다의어 교육 연구: 동사 '오다, 가, 보다'를 중심으로. 〈분류: 어휘〉 〈해제: 이준호, 장수진〉

▌ 목차 ▌

▌ 요약 ▌

이 연구는 한국어 교육에서의 체계적 다의어 학습이 학습자들의 한국어 능력 향상에 직접적인 도움이 됨을 보여주는 데 그 목적을 두고 있다. 한국어 언중들은 다의어의 확장 의미를 아주 보편적으로 사용하는 반면, 한국어 학습자들은 다의어의 여러 의미를 효과적으로 선별하여 사용할 수 없으므로 한국어 교육에서 다의어 교육이 반드시 필요하다는 것이 이 논문의 전제이다.

1장에서는 다의어의 여러 확장 의미가 한국어 교육에서는 체계적으로 교육되고 있지 않음을 지적하며 동사 다의어를 대상으로 한 앞으로의 연구 방향을 제시하고 지금까지의 선행연구를 살펴보고 있다.

2장에서는 다의어의 개념을 알아보고 다의어와 동음이의어를 구분하는 기준에 대하여 고찰하고 있는데, 하나로 봐야 할 단어가 두 가지 이상의 의미로 쓰이는 경우를 다의어로 규정하고 다의어와 동음이의어는 어원을 따져보거나 핵의미를 찾아봄으로써 구분될 있다고 주장하고 있다. 한편 이 장에서는 경희대학교와 선문대학교에서 한국어를 학습하고 있는 중·고급 학습자 86명을 대상으로 실시한 설문조사의 결과를 제시하고 있는데, 그 결과가 시사하고 있는 바는 한국어 교육 현장에서 체계적인 다의어 교육이 이루어지지 않아 다의어 교육이 반드시 필요하다는 점이다.

3장에서는 다의어 교육의 현황과 문제점에 대해 기술하고 있는데, 현재 교육 현장에서 다의어가 어떻게 제시되고 있는지를 조사하기 위해 먼저 조사 대상이 될 어휘를 선정하고 있다. 조사 대상이 된 어휘는 빈도가 높고 다의성이 높은 동사로 한정하고 이중에서 '오다', '가다', '보다'를 추출하였고, 이렇게 선정된 다의어를 가지고 한국어 교재에서의 의미별 제시현황을 분석하고 있다. 이를 위해 사용된 교재는 고려대 교재 6권, 서울대 교재 4권, 선문대 교재 6권으로 각 다의어가 몇 권에서 몇 번, 어떠한 의미로 사용되었는지를 도표화하여 제시해 놓았다. 또 이 장에서는 각 대학의 교재가 가지고 있는 다의어 제시 방법의 문제점을 지적하고 있는데, 의미 빈도와 제시 순서가 일치하지 않는다는 점, 제시된 확장 의미가 부족하다는 점 등이다. 한편 3장에서는 이러한 문제점에 대한 해결책으로 다의어 교육의 방향을 제시하고 있는데, 먼저 기본 의미부터 가르칠 것과 일상 구어에서 많이 쓰는 표현을 가르칠 것이 그 중심 내용이다.

　4장에서는 효율적인 다의어 교육 방안을 모색하고자 다의어 교육의 몇 가지 방법들을 제안하고 있다. 이 방법은 크게 문장을 통한 다의어 교육 방법과 다의어 교육을 위한 교실 활동으로 나누어 볼 수 있으며, 먼저 문장을 통한 다의어 교육에서는 다의어를 교육하고자 할 때는 예문을 통한 설명과 이해가 있어야 한다는 점을 주장하고 있으며, 다의어 교육을 위한 교실 활동에서는 '문맥적 의미 맞추기', '빈칸 채우기', '토플식 문제 풀기' 등의 활동을 제시하고 있다.

　결론인 5장에서는 이제까지의 연구를 정리하고 기타 다의어에 대한 교육의 필요성을 언급하는 것으로 끝을 맺고 있다.

▌ 의의 및 제언 ▌

　이 논문은 한국어 교육 분야에서 연구가 부족했던 다의어를 중심으로 한 교육 방안을 시도했다는 점에서 우선 연구의 의의를 찾아볼 수 있다. 또 외국인 학습자를 대상으로 설문조사를 실시하였고, 이를 통하여 다의어 교육의 필요성을 뒷받침하였으며, 한국어 교육에서의 다의어 교육의 문제점을 도출하기 위하여 3종 16권의 한국어 교재를 분석한 것 또한 연구의 당위성을 높이고 있다. 특히 연구의 대상이 된 '오다', '가다', '보다'와 같은 단어는 사전적 의미가 다양하고 그 용례가 많아 한국어교육의 입장에서의 교육 방법의 정립이 필요한 시기였다고 생각한다.

　그러나 다소 아쉬운 것은 먼저 설문조사의 대상이 된 학습자에 대한 정보, 설문지, 조사 일시·방법 등이 제시되어 있거나 첨부되지 않다는 점으로 설문조사의 신뢰도를 확보하기 위해서는 위와 같은 기초 정보가 반드시 첨부되어야 한다고 본다. 2장에서 설문조사 결과, 3장에서의 교재 분석 결과 그리고 3장에서 제시한 다의어 교육의 방향 등이 4장에서 제시한 다의어 교육 방안 사이와 유기적으로 연결되어 있지 않아 보이는데, 교육 방안을 제시할 때에는 앞 장의 설문조사나 교재분석의 결과가 구체적으로 반영되어야 그 교육 방안의 타당성을 높일 수 있을 것이다 .

2002. 8. 김현희. 석사. 울산대. 한국어 교재의 어휘 구성에 관한 비교 연구. 〈분류: 어휘〉
〈해제: 장수진, 이준호, 김지애〉

▌ 목차 ▌

▌ 요약 ▌

이 논문은 현재 출간된 한국어 교재를 분석하고 한국어 교재에서 사용된 어휘와 기존에 논의된 어휘 조사 통계 자료를 바탕으로 비교 분석하고, 이를 통해 한국어 교재에서 사용된 어휘가 객관적이고 합리적으로 선정되었는지 살펴보는 것을 그 목적으로 하고 있다. 외국어로서의 한국어에 대한 수요와 관심이 늘어나고 있는데도 불구하고 한국어 교육의 근간을 이루는 것이라고 할 수 있는 어휘 교육을 위한 어휘 목록이 제시되어 있지 않아서 교육용 기초 어휘의 선정이 매우 시급하고 중요하게 다루어져야 할 문제라고 한다.

이 논문의 2장에서는 서울대 '한국어'1~4, 고려대 '한국어'1~6, '한국어 회화'1~6, 연세대 '한국어 읽기'1~5, '한국어'1~6, 이화여대 '말이 트이는 한국어'1~3, '외국인을 위한 한국어'1~2, 문화관광부 'Korean through English'1~3, 가나다한국어학원 '가나다 코리언' 초급 1~2와 중급 1~2, 서강대 '서강한국어'1~2, 선문대 '한국어 초·중·고급'1~2, 한국외국어연수원 편 '한국어'1~2 등 한국어 12종 49권의 교재의 본문을 대상으로 하여 그 사용 어휘를 조사하고, 이들을 초·중·고급으로 나누어 이들 교재 각각의 어휘수를 파악하였다. 살펴 본 교재 12종의 어휘 수는 등급이 올라갈수록 높아짐을 알 수 있었고, 연세대 '한국어'와 '한국어 읽기'가 각각 8278개, 10832개로 다른 교재에 비해 4000개 이상 많았다. 등급별 어휘 수는 연세대 '한국어'를 계속 예로 들면, 초급 1185개, 중급 2508개, 고급 4685개로 고급에서 가장 많은 어휘 수를 보였고, 고려대 '한국어'도 이와 비슷한 양상을 보였다. 또한 몇 개의 교재에서 어휘가 출현하는지를 살펴 그 중복 출현 횟수가 높은 어휘에 대해 '어휘 중복 목록'을 만들어 보았는데, 12종 49교재 모두에 출현하는 어휘가 10개, 48교재에는 7개, 47교재에는 5개 등에 불과하여 교재에서 다루는 어휘가 일관되고 체계적인 선정이 없었음을 지적하고 있다. 또 초·중·고 각 등급별로도 어휘의 중복 출현 양상을 살펴보았는데 초 중 고급 모두 1교재에만 출현하는 어휘가 전체 어휘 중 55% 이상에 해당하여 각 교재에 고유하게 쓰이는 어휘가 많아 어휘 선정에 일관된 기준이 없었음을 지적하고 있다. 그리고 각 교재별 권 간, 등급 간 어휘 일치율을 비교하였는데, 여기서 일치율이란 해당 권의 앞 권과 일치하는 어휘 수에 대한 비율로, 이는 교재의 권(또는 등급) 간 어휘 비율이 적절한가를 살펴보기 위한 것이라 하였다. 여기서는 각 교재별 인접 권(또는 등급)과의 일치율이 대체적으로 30% 내외 밖에 되지 않아 학습자가 다음 단계로 올라갔을 때 70%의 새로운 어휘를 배워야 하는 어려움이 있을 것이고, 한국어 교재의 등급 간 연계성이 고려된 어휘가 선정되어야 한다고 말한다.

3장에서는 교재에 나타난 어휘와 이미 연구된 기초 어휘 목록 6개(서상규 외(1998), (1999), (2000), (2001), 최길시(1998/2000), 조현용(2000))에서 제시된 어휘를 등급별로 비교하고 있다. 그 중 서상규 외(2001)의 초 중급 한국어 교재 어휘와 가장 높은 일치율(초급84.56%, 중급79.85%)을 보였고, 고급 교재는 서상규 외(1998)가 가장 높은 일치율(58.91%)을 보였고, 또한 서상규(2001)가 두 번째로 높은 비율(56.04%)을 보였다. 그래서 최종적으로 서상규 외(2001)의 기초 어휘 목록과 12종 교재의 일치 어휘 수와 비율을 통계 조사하여 제시하였다.

결론에서는 12종 한국어 교재를 분석한 결과, 학습자의 학습 부담을 고려하지 않은 어휘 선정으로 한국어 교재에서 사용된 어휘가 객관적이고 합리적이지 못하다고 지적한다. 그러면서 한국어 교재의 일관된 어휘 선정이 시급하고 한국어 교재의 어휘에 대한 새로운 검토가 이루어져야 한다고 주장한다.

▌ 의의 및 제언 ▌

이 연구는 한국어 교육용 어휘 목록이 존재하지 않으므로 어휘 교육용 기초 어휘 선정이 시급함을 지적하며 한국어 교재에서 사용되는 어휘의 현황을 조사하고자 하는 목적에서 서술되었다. 그러나 이 논문 이전에 이미 서상규(1998, 1999), 조현용(2000) 등에서 같은 목적의 연구가 진행된 바 있다. 저자는 12종 교재에서 조사·수집한 어휘를 다시 위의 선행 연구 결과와 비교하여 그 타당성을 도출해 내고 있기 때문에, 결국은 기존 연구의 틀에서 벗어나 더 발전되거나 변화된 결론을 얻는데 실패했다고 볼 수 있다. 따라서 연구의 목적을 보다 세분화하거나 연구의 결과를 교육에 적용할 보다 신선한 의도와 연구 절차가 있었다면 더 의미 있는 논문이 되었을 것이라 생각된다. 한편 이 논문에서는 12종 49권의 교재에서 공통적으로 제시된 어휘가 9개 불과하여 어휘 선정이 체계적이거나 일관적이지 못하다는 점을 지적하고 있으나, 이것은 대상이 된 12종 49권의 교재는 등급이 고려되지 않은 상태에서 초급부터 고급까지 중복되는 어휘가 많아야 체계적이고 일관적이라는 주장으로 보일 수 있으므로 제시된 어휘 중복 목록을 등급별 중복 어휘로 재분류하여, 즉 각 기관의 초급 교재에서 공통적으로 교육되고 있는 중복 어휘는 무엇이며, 중급 및 고급의 경우는 무엇인가를 가시적으로 보여줄 수 있었다면 이 연구의 의의가 더 커졌을 것이라 생각한다.

> # 2002. 8. 사와다 히로유끼. 전남대. 석사. 외국어로서의 한국어 학습을 위한 한·일어 동사 대응 연구. 〈분류: 어휘〉 〈해제: 김보라〉

▌ 목차 ▌

▌ 요약 ▌

이 논문은 일본어권 한국어 학습자들이 보다 쉽고 자연스럽게 한국어를 익힐 수 있도록 일본어 동사에 대응하는 한국어 동사가 두 개이고 상황에 따라 쓰임이 다른 경우를 유형화하고 이에 대한 충분한 용례를 제시하는 데 목적이 있다.

1장에서는 일본어권 학습자들이 한국어 유의어를 학습하는 데 있어서 모어의 간섭으로 인하여 더 어려움을 느끼고 있으며 이를 해결하기 위한 방법은 모국어 화자를 대상으로 한 국어 교육에서와 같이 치환검증법과 성분분석법을 통하여 유의어의 의미 양상을 살펴보는 것이 아니라 사용 방법을 최대한 단순화하여 제시해 주는 것이라고 하였다. 그 방법의 하나로 일본어 동사에 대응하는 한국어 동사가 두 개인 경우에 대하여 오류의 가능성이 높은 동사를 선정하고 이를 자연스러운 정도에 따라 분류하고 충분한 용례를 제공할 것을 제안하였는데, 필자의 학습자로서의 경험을 바탕으로 초급 단계의 수준의 동사를 선정하고 용례는 1990년대에서 2000년대까지의 한국 장편소설과 일본 장편소설의 번역판 총 40권에서 가능한 많은 용례를 수집하고 기본적으로 같거나 비슷한 상황에서 사용되는 동사는 모두 자연스러운 것으로 분류하였다. 이러한 방법론을 토대로 일본어를 모어로 하는 학습자를 대상으로 학습자들이 구별하기 어려워하는 동사들을 일본어 동사가 한국어 동사와 1:2로 대응되는 경우와 2:2로 대응되는 경우로 나누어서 각각을 2장과 3장에서 정리하였다.

2장에서는 일본어 동사가 한국어 동사와 1:2로 대응되는 경우를 다루었는데, 일본어 동사에 대응하는 한국어 동사를 A와 B라고 하였을 때 A와 B가 모두 자연스러운 경우, A가 더 자연스러운 경우, B가 더 자연스러운 경우로 분류하고 예문과 교육시 제시 방법을 간략하게 설명하였다. A와 B가 모두 자연스러운 경우, A와 B가 각각 자연스러운 경우가 골고루 나오는 동사는 특별히 어느 한 곳에 중점을 두고 가르치기가 어렵다고 하고, 다만 '나다'와 '나오다'처럼 어느 한쪽의 사용 범위가 훨씬 넓을 때에는 학습자의 부담을 줄일 수 있도록 사용 범위가 넓지 않은 것부터 먼저 가르치라고 하였다. A가 B에 완전히 포함될 때는 B가 자연스러운 경우를 먼저 가르치는 것이 좋고, A가 B에 거의 포함될 때는 A가 자연스러운 경우가 관용구처럼 한정된 표현밖에 없으므로 A를 지도한 후에 B가 자연스러운 경우를 가르치라고 하였다.

3장에서는 일본어 동사와 한국어 동사가 2:2로 대응하는 경우를 다루었는데 각각의 영역이 확실하지 않은 경우에는 한 쪽이 자연스러운 경우, 또 다른 한쪽이 자연스러운 경우, 둘 다 자연스러운 경우 세 가지로 분류해서 지도하라고 하였다. 또한 사용 범위가 거의 겹치는 경우에는 대치하여 사용할 수 없는 경우나 다른 동사도 쓸 수 있는 경우에 중점을 두어 지도할 것을 제안하였다.

▌ 의의 및 제언 ▌

이 논문은 일본어권 학습자들이 모어의 간섭으로 오류의 가능성이 높은 동사에 대하여 실제의 언어 자료에 준하는 소설을 토대로 사용 양상을 분류하고 그 사용 범위를 고려하여 지도 방안을 제시하였다. 동사 선정에 있어서는 좀더 구체적인 기준을 마련해야겠지만, 모국어 화자 대상의 국어 교육과 달리 한국어 교육에서의 어휘 기술은 그 사용 방법을 최대한 단순화하여 제시하는 것이 더 효과적임을 지적하고 이에 대한 실현 가능한 모델을 제시하였다는 점에서 의미가 있다. 다양한 한국어 말뭉치를 구축하여 이 논문에서 제시한 방법론을 참고하여 더 많은 어휘의 사용 양상에 대하여 기술한다면 한국어 교육에 큰 도움이 될 것이라고 본다.

> **# 2002. 8. 서종오. 한국외대. 석사. 외국어로서 한국어 고유어 접두사 연구. 〈분류: 어휘〉 〈해제: 김보라〉**

▌ 목차 ▌

▌ 요약 ▌

이 논문은 효과적으로 한국어 접두사를 교육하기 위하여 기존의 접두사 연구를 바탕으로 학습 단계별로 고유어 접두사 목록을 정리하고 접두사의 특성에 따른 교육 방법을 제시하는 데 목적이 있다.

2장에서는 접미사 교육에 중점을 두고 있는 초급 단계를 제외한 중급과 고급 단계의 한국어 교재에 나타난 접두사의 빈도 및 설명 방법 등을 분석하여 기존 접두사 교육의 문제점을 지적하고 이를 보완할 수 있는 한국어 접두사 목록을 제시하였다.

서울대, 연세대, 고려대, 이화여대의 교재에서 제시된 접두사는 모두 43개로 <우리말 분류사전>을 비롯한 국어사전에 등재된 80~110여개의 접두사와 비교하였을 때 그 수가 매우 적고 본문에서 다룬 접두사에 대하여 설명을 덧붙이거나 연습 문제를 통한 복습이 거의 이루어지지 않음을 지적하고, 그 해결 방안으로 교육용 접두사 목록을 정리하고 본문에서 제시된 접두사를 문형 연습에서 반복하여 다루면서 가능한 많은 접두사에 대해 그 의미와 사례를 보일 것을 제안하였다.

어근과 관형사 및 부사와의 차이점을 밝혀 접두사를 설정하고 기존의 접두사 연구에서 제시한 접두사를 모두 종합하고 이 중 설문 조사를 통하여 모국어 화자의 인지도가 현저하게 낮은 것, 현재 국어사전에서 용례를 찾을 수 없는 것 등을 제외하여 '갓-', '갖-', '개-' 등을 포함한 고유어 접두사 67개의 목록을 의미, 용례, 활용 예시와 함께 제시하였다.

3장에서는 외국인 학습자에게 고유어 접두사를 효과적으로 교육하기 위하여 학습자 수준에 맞는 단계별 접두사 목록을 작성하고 형태, 의미, 어원, 결합 제약에 따른 교육 방법을 제시한 후 이 교육 방법들을 실제 수업에 도입하기 위한 수업 모형을 보였다.

모국어 화자들도 잘 사용하지 않는 접두사를 학습하는 부담을 덜기 위하여 2장에서 정리한 고유어 접두사 중 초등학교와 중학교 국어 교과서에 나타난 접두사를 모국어 화자의 사용 빈도가 높은 접두사로 보고 이것을 중급 단계의 접두사로, 나머지는 고급 단계의 접두사로 선정하였다.

형태에 따른 교육 방법으로는 '처-'와 같이 하나의 품사와만 결합하는 접두사만을 학습 대상으로 설정하고 접두사의 의미와 결합하는 어기의 품사적 특성을 밝힌 후에 같은 품사적 특성을 가진 접두사를 제시하고 시각적인 자료를 이용하였다. 의미에 따른 교육 방법으로 접두사를 '작은', '빠른' 등의 의미에 따라 열두 가지로 분류한 후에, 접두사의 의미를 밝히고 유의어나 반의어를 함께 제시하면서 가요나 신문 기사 등을 활용하였다. 어원에 따른 교육 방법으로 정동환 (1984)에서 제시한 접두사 어원 해석 분류에 따라 본 의미를 유지하는 접두사와 파생 의미를 가지는 접두사를 구분하고, '데-'와 같이 본 의미를 유지하는 접두사의 경우에는 어원 제시 후 의미가 변화되는 과정을 보이고 결합 가능한 어기를 제시하고 이에 대한 예를 들면서 접두사의 특징을 설명하고, '개-'와 같이 본 의미에서 새로운 의미를 파생시키는 접두사의 경우에는 결합하는 어기를 제시하는 단계까지는 전자와 동일하게 진행한 다음에 파생 의미를 제시하고 결합하는 어기를 예로 보였다. 결합 제약에 따른 교육 방법으로 접두사와 결합하는 어기의 의미적 특징을 사람, 색깔 등 다섯 가지로 나누고 접두사의 의미와 함께 결합 가능한 어기를 제시하고 어기의 특징을 설명한 후에 같은 의미적 특징을 가지는 접두사를 시각적 자료나 신문 기사를 활용하여 예를 들 것을 제안하였다.

이렇게 접두사의 특징을 고려한 교육 방법을 실제 수업에 도입하기 위하여 교재 구성의 일반적 단계인 '제시-설명-연습-활용'의 순서에 따라 수업 모형을 제시하였다. 제시 단계에서는 접두사가 가능한 많이 포함하도록 본문을 구성하고 드라마 대본 등을 활용하여 학습할 접두사를 제시하고, 설명 단계에서는 접두사와 결합하는 어기의 의미를 알려준 후에 접두사의 의미를 설명하고 형태적으로 같은 특징을 보이는 접두사나 비슷한 의미를 가지는 접두사의 예를 보였다. 연습 단계에서는 접두사가 쓰이는 상황과 함께 쓰이는 어기의 제약을 파악할 수 있도록 연습 문제를 제공하며, 활용 단계에서는 지금까지 학습한 접두사를 실제 대화 상황에서 사용하거나 신문 등을 읽을 때 의미를 아는지 작문이나 접두사 찾기 등의 숙제를 통하여 파악하도록 했다. 특히, 고급 단계의 학습자인 경우에는 신문이나 방송 자료 등을 이용하여 실제 생활에서 접두사가 사용되는 예를 많이 보여주면서 그 쓰임을 익히도록 하는 것이 좋다고 하면서, 신문 기사를 활용한 수업 방안을 함께 제시하였다.

▮ 의의 및 제언 ▮

이 논문은 그동안 한국어 교육에서 어휘 확장에 효과적으로 사용될 수 있으리라 기대되는 접두사 교육에 관심을 가지고 학습자의 수준을 고려하여 단계별 고유어 접두사 목록을 제시하고 접두사의 다양한 특징과 실제적 자료를 활용한 교수 방안을 마련하였다는 데에서 의의가 있다. 그러나 교재에 나타난 접두사를 분석하는 데 있어서 교재의 중급과 고급 단계를 구분한 기준이 일정하지 않고 설문 조사 대상의 특성과 수를 제시하지 않았으며 접두사 목록을 정리하면서 의미 기술, 용례, 활용 예시의 출처를 밝히지 않아 목록에 대한 객관성이 부족함을 드러냈다.

> # 2003. 2. 김창구. 석사. 경희대. 한일 한자 어휘의 대조 분석과 교육적 접근: 한국어 교재에 나타난 한자 어휘를 대상으로. 〈분류: 어휘〉 〈해제: 김보라〉

▮ 목차 ▮

다. 한자어에 있어서의 경음화 현상
3.2. 형태 영역의 대조 분석
 3.2.1. 형태가 동일한 한자어
 3.2.2. 형태가 유사한 한자어
  가. 약자 표기 한자어
  나. 일본어에서 축약이 일어나는 한자어
  다. 형태가 유사한 한자어
 3.2.3. 형태가 다른 한자어
  가. 형태가 다른 대당 표현
  나. 한국 한자어 대(對) 일본어식 어휘
 3.2.4. 기타
3.3. 의미 영역의 대조 분석
 3.3.1. 한자어의 의미가 동일한 경우(K=J)
 3.3.2. 한국 한자어의 의미가 더 큰 경우
   (K>J)
 3.3.3. 일본 한자어의 의미가 더 큰 경우
   (K<J)
 3.3.4. 양국 한자어의 의미가 부분적으로
   일치하는 경우(K∧J≠0)

3.4. 통사 영역의 대조 분석
 3.4.1. 단어 형성법의 다른 경우
  가. 파생 접사
  나. 「한자어 명사+-하다」
  다. 기타(「명사1+명사2」)
 3.4.2. 문형이 차이를 보이는 경우
  가. 격조사의 차이를 보이는 경우
  나. 연어 구성에 차이를 보이는 경우
 3.4.3. 논항의 유형에 따라 용언이 달라지
   는 경우
 3.4.4. 시상이 달라지는 경우
3.5. 화용 영역의 대조 분석
 3.5.1. 시간적 배경에 따라
 3.5.2. 대우법에 따라
 3.5.3. 비속어에 따라
 3.5.4. 구어와 문어에 따라
 3.5.5. 명제가 지닌 의미의 정도에 따라

4. 결론

▌요약▐

이 논문은 한국어 교재에 나타난 한국 한자 어휘와 이에 대응하는 일본 한자 어휘의 대조 분석을 통해서 그 공통점과 차이점을 밝히고, 그 결과를 이용하여 모어가 일본어인 학습자를 위한 한국 한자 어휘의 교수법을 제시하는 데 목적이 있다.

서론에서는 선행 연구의 검토를 통해서 대조 분석 연구가 객관적인 방법으로 선정한 어휘 자료를 바탕으로 음운, 형태, 통사, 의미, 화용의 측면에서 이뤄져야 하며, 그 결과를 한국어 교육 영역에 적용할 수 있도록 교수법도 함께 제시해야 함을 지적하였다.

2장에서는 대조 분석의 방법과 절차를 소개하고, 이를 바탕으로 대조 대상 한자 어휘를 선정하였다. 학습자가 한국어 학습시 가장 쉽게 만날 수 있는 한국어 환경이 한국어 교재라는 측면에서 한일 양국에서 출판된 10종 23권의 한국어 교재의 어휘를 연구 대상으로 삼았다. 연세대학교 한국어학당의 「한국어 1~6」, 한국어문화연수부의 「한국어 1~6」, 「한국어회화 1~6」, 서울대학교 어학연구소의 「한국어 1~3」, 이대 언어교육원의 「외국인을 위한 한국어 1~3」, 한국외대 외국어연수원의 「한국어 1~2」, 油○오○利 의 「조선어입문1~2」, ○川○春 「한국어 입문강좌 1」, 菅野○○의 「조선어의 입문」, 서상규 「기초 조선어」를 대상으로, 교재 어휘 중에서도 문법 설명, 어휘 설명, 연습 문제를 제외한 본문 어휘만을 대상으로 하였다. 이것은 서상규 외(2001)의 연구 결과를 참고한 것으로, 한국어교재 10종에서 추출된 어휘는 어미와 조사를 제외한 실질어가 6,458개로 나타났으며, 이중 조사와 어미를 포함한 전체 어휘, 조사·어미·고유어를 제외한 어휘, '한국어 기본 어휘 후보 목록 5,000어'와 '100만 한국어 교육 말뭉치 어휘 상위 5000개 목록'에서 4개 이상의 교재에서 중복되는 어휘는 총 1131개이다. 4개 이상의 교재에서 중복된 어휘 중 한자 어휘는 396개로 42%로 적지 않은 비중을 차지하였다. 이것을 바탕으로 대상 어휘 목록을 정리하였는데, 한자 어휘 중 한국어와 일본어가 일대일 대응하지 않는 경우에는 복수의 '대당 표현'을 설정하였다.

3장에서는 2장에서 정리한 396개의 한일 한자 어휘를 대상으로 음운, 형태, 의미, 통사, 화용의 영역으로 나누어 대조 분석을 실시하고 절의 끝에서 그 결과를 다시 재정리하고 이를 한국어 교육적 측면에서도 살펴보았다.

음운 영역은 한국어 음독과 일본어 음독, 한국어 음독과 일본어 훈독, 기타 부분으로 나누어 분석하였다. 한국어 음독과 일본어 음독을 살펴본 결과 일본 한자 어휘는 음독하는 경우 그 위치에 따라 독음 방법이 다르지만 한국 한자 어휘는 대체로 하나의 음만을 가지며, 한국어 음독과 일본어 훈독의 경우에는 음독과 훈독이 모두 가능한 일본어 발음이 학습자의 어휘 학습에 큰 영향을 미치지 않는다고 하였다. 기타 부분에서는 일본어와 큰 차이를 보이는 한국 한자어의 음운 현상인 1자 다음(多音), 두음법칙, 경음화를 살펴보았다.

형태 영역은 형태의 동일성, 유사성, 상이성, 기타 부분으로 나누어 분석하였다. 형태가 동일한 한일 한자어는 396개의 어휘 중 55%정도임을 밝히고 목록으로 정리하였다. 형태가 유사한 한자어는 다시 한국 한자어 약자, 일본어에서 축약된 한자어, 한자어의 일부가 다른 경우로 나누어 그 예를 들어 설명하였다. 형태가 다른 한자어는 형태가 서로 다른 '대당 표현'과 한국 한자 어휘에 일본식 한자 어휘가 대응되는 경우로 나누었다. 형태가 서로 다른 '대당 표현'은 형태는 서로 다르지만 어휘의 의미 영역이 일치하는 경우와 형태는 같지만 의미가 서로 달라 다른 대응 한자어로 나누고, 한국 한자 어휘에 일본식 한자 어휘가 대응되는 경우는 한국 한자어에 일본어의 가타가나가 대응하는 경우와 일본어의 고유어가 대응하는 경우로 나누어 각각의 예를 제시하였으며, 이는 주로 동사와 부사에서 나타남을 밝혔다. 기타 부분은 형태는 동일하지만 서로 다른 의미로 사용되는 어휘로, 다시 형태가 동일하지만 의미가 서로 다른 경우와 사전의 동형어 처리 기준에서 차이를 보이는 어휘로 나누어 그 예를 제시하였다.

의미 영역은 「표준국어대사전」과 「大○林」에 제시된 용례만을 대상으로 의미 범주에 따라 살펴보았다. 전체 어휘 중에서 의미 범주가 동일한 경우는 70%, 한국 한자어의 의미 범주가 큰 경우는 12%, 일본 한자어의 의미 범주가 큰 경우는 11%, 한일 한자어의 의미 범주가 부분적으로 일치하는 경우는 7% 정도로 나타났고, 각각의 목록을 정리하였다.

통사 영역은 조어법의 차이, 문형의 차이, 논항 유형에 따른 용언의 차이, 시제의 차이로 나누어 살펴보았다. 조어법이 차이를 보이는 경우는 파생 접사, '한자어 명사+-하다'의 구성을 보이는 용언, '명사+명사'의 구성으로 나누어 예를 들어 설명하였다. '한자어 명사+-하다'의 구성을 보이는 용언은 다시 동작성과 상태성이 대응하는 유형, 한국어와 일본어의 파생 규칙이 다른 유형, 한국어 한자어에 일본어 고유어가 대응하는 유형, '단자음+-하다' 유형, 일부 명사가 동사의 전성형에서 차이를 보이는 유형, '한자어 명사+-스럽다'와 대응하는 유형으로 나누어 세밀하게 분석하였다.

　문형의 차이를 보이는 경우는 다시 격조사의 차이와 연어 구성에 차이를 보이는 경우로 나누어 살펴보았다. 한국어 격조사와 일본어 격조사가 서로 대응한다는 가설을 세우고 몇몇 어휘에서 용언과 격조사의 결합이 서로 다른 예가 도출되었다고 하였다. 연어 구성에 차이를 보이는 경우는 제3의 의미를 생성해내는 경우와 예측 가능한 경우의 예를 제시하였다.

　논항 유형에 따른 용언의 차이에서는 일본어의 '배달(配達)', 한국어의 '약(藥)', '모양(模樣)'의 경우의 예를 들면서 양국 한자어에서 논항 유형에 따라 함께 올 수 있는 용언이 달라지는 경우를 설명하였다.

　시제의 경우, 한국어에서 현재 시제(사건시=발화시)는 선어말어미 '-는-/-ㄴ-', 종결어미 '-다', 관형사형어미 '-는/-ㄴ', 미래 시제(발화시>사건시) '-겠-/-(으)ㄹ 것'으로 분화하여 사용하는 것이 일본어에서는 현재 시제와 미래 시제의 표현 양식이 모두 '-○形'으로 동일하기 때문에 이것이 오류의 원인이 된다고 지적하였다.

　화용 영역에서는 양국의 한자어에 나타나는 화용적 요소를 시간적 배경, 대우법, 비속어, 구어와 문어, 명제가 지닌 의미로 나누어 살펴보았다. 시간적 배경에서는 양국 한자 어휘 중 현재 거의 사용되지 않거나 의미가 분화된 예를 제시하였다. 대우법에서는 주체 높임법만을 비교하였는데, 한국어의 주체 높임법은 어미와 존대 어휘로 나타나고, 일본어의 주체 높임법은 특정 어형의 사용과 경어적 성분으로 나타나며 경어적 성분의 경우가 생산적이라고 하였다. 비속어는 한국어와 일본어에서 비속함를 나타내는 한자 어휘가 서로 다름을 지적하였다. 구어와 문어에서는 한국어와 일본어 모두 고유어에 비해 한자어가 더 문어적으로 사용된다고 하였다. 명제가 지닌 의미의 정도는 양국의 한자어 중 둘 이상의 의미를 내포하는 어휘를 말하는 것으로 한국어의 의미 범위가 큰 경우는 '학생', 일본어의 의미 범위가 더 큰 경우는 '양복'을 들어 설명하였다.

▌▌ 의의 및 제언 ▌

　이 논문은 객관환된 자료를 바탕으로 한국어 한자 어휘와 일본어 한자 어휘를 음운, 형태, 통사, 의미, 화용의 영역에서 대조 분석하여, 일본어를 모어로 하는 학습자의 오류 원인을 파악할 수 있는 자료를 제공하였다는 점에서 의의를 지닌다.

　그러나 통사 영역에서 다룬 격조사와 시제는 학습자에게 꼭 필요한 부분이지만 격조사와 시제를 나타내는 어미가 한일 양국 어느 한자 어휘도 아니라는 점에서 논외의 대상이다. 또한, 서론에서 구체적이고 실제적인 교수법을 제시한다고 하였으나 본론의 '분석 결과'에서 제시한 내용은 교육적 측면에서 고려할 사항이나 관련 이론을 간단하게 제시한 정도라는 점이 아쉬움으로 남는다.

2004. 2. 김영란. 박사. 상명대. 한국어 교육을 위한 의문사 어휘 정보와 교수 방법 연구. 〈분류: 어휘〉 〈해제: 김지혜, 장수진〉

▌목차 ▌

▌요약 ▌

이 논문은 한국어 교육자가 한국어 어휘에 대하여 보다 구체적이고 다양한 정보를 얻을 수 있는 어휘 정보를 구축하여 교수 방법을 제시하는 데 목적을 두고 특히 실제 한국어 교육 현장에서 활용할 수 있는 한국어 의문사에 대한 어휘 정보를 구축하고, 한국어 학습자에게 의문사를 가르치는 데 도움을 줄 수 있는 효과적인 교수 방법을 제시하는 것에 목표를 두었다. 연구의 대상이 되는 의문사는 대학 기관에서 발행한 한국어 교재 가운데, 중급 이상의 수준을 가진 학습자를 대상으로 하는 교재까지 발행한 대학 기관의 교재1)를 사용하여 {무엇, 어떻게, 어떤, 왜, 어디, 누구, 몇, 언제, 어떻다, 얼마, 무슨, 어느}의 12개로 정하였다.

　2장에서는 의문사 범주에 대한 정의와 유형 분류에 대한 앞선 논의를 살펴 의문문에 쓰인 어휘가 기본적으로 의문사 범주에 속하는 것으로 보고, 상황에 따라서 부정의 의미도 가질 수 있다고 하였다. 또한 기존의 연구에서는 형태·통사적인 분류가 주를 이루었으나 본 연구에서는 의미적인 공통성을 바탕으로 {무엇, 어디, 누구, 언제}를 지시 의문사, {어떤, 어떻다, 무슨, 어느}를 선택 의문사, {몇, 얼마}를 수량 의문사, {어떻게, 왜}를 설명 의문사로 분류하였다. 다음으로 어휘 정보를 학습자가 실제 의사소통 상황에서 어휘를 제대로 사용할 수 있도록 하는 정보라고 정리하면서 한국어 어휘 교육에 구체적인 어휘 정보가 구축되어야 한다고 하였다. 그리고 교육 방안을 제안하기에 앞서 제시 순서와 제시 방법에 대해 논하였는데 제시 순서를 결정하는 기준으로 학습자의 인지 용이성, 다른 어휘 항목과의 관련성, 사용 빈도를 들었고, 어휘 정보의 제시 순서를 결정하는 기준으로 언어 형식의 복잡성, 의미의 확장성을 들었다. 제시하는 데 필요한 방법으로는 문맥 제시, 정보 제시, 상황 제시, 관련 항목 제시로 이루어진 제시 단계 모형을 설정하였다.

　3장에서는 각 의문사 어휘의 형태·통사 정보를 결합 정보, 축약 정보, 변이 정보, 반복 정보, 그리고 어휘구에 대한 정보로 나누어 정리하였다. 지시 의문사는 조사 결합 정보, 단어 형성 정보, 축약 정보, 변이 정보, 반복 정보, 그리고 어휘구 정보로 이루어진 형태·통사 정보를 가진다고 하였다. 선택 의문사는 {어떤, 무슨, 어느}는 체언 결합 정보와 어휘구 정보를 가지고, {어떻다}는 어미 결합 정보와 어휘고 정보를 가지고 있으며 전체적으로 지시 의문사보다 어휘가 정보가 적다고 하였다. 수량 의문사는 {몇}은 조사 결합 정보, 단위성 의존명사 결합 정보, 단어 형성 정보, 축약 정보, 반복 정보를 {얼마}는 조사 결합 정보, 명사 결합 정보, 용언의 부정형 결합 정보, 단어 형성 정보, 어휘구 정보로 이루어진 형태·통사 정보를 가졌다고 하였다. 설명 의문사는 조사 결합 정보, 용언 결합 정보, 용언의 부정형 결합 정보, 축약 정보, 어휘구 정보로 이루어진 형태·통사 정부를 가진다고 하였다.

　4장에서는 각 의문사 어휘의 의미·화용 정보를 기본 의미 정보와 확장 의미 정보로 나누어 논의하였다. 지시 의문사 중에는 {무엇}이 가장 많은 의미·화용 정보를 가지는데 기본 의미 외에 '확실히 정해지지 않은 것을 지시', '상대방의 발화 내용이나 생각에 대한 부정' 등으로 정리하였다. 선택 의문사 중에서 {무슨}은 '대상의 선택에 대한 질문' 등의 다양한 확장 의미를 지닌다고 하였다. 수량 의문사는 확장 의미 정보가 적었고 설명 의문사 중에서 {어떻게}가 확장 의

---

1) 경희대학교 「한국어」, 고려대학교 「한국어」, 서울대학교 「한국어」, 선문대학교 「한국어」, 연세대학교 「한국어」, 이화여자대학교 「말이 트이는 한국어」라고 밝혔다.

미 정보를 많이 포함한다고 하였다.

5장에서는 앞서 정리한 의문사의 형태·통사 정보와 의미·화용 정보로 구축한 내용을 학습자에게 어떠한 제시 순서와 제시 방법으로 교수할 것인지 논의하였다. 먼저 제시 순서는 의미적인 공통성에 따라 묶은 네 가지 유형의 제시 순서와 각 유형에 속하는 의문사의 제시 순서로 나누었는데 그 적용 기준은 학습자의 인지 용이성과 다른 어휘 항목과의 관련성이었다. 이와 같은 기준으로 '지시 의문사→선택 의문사→수량 의문사→설명 의문사'로 정리하였다. 각 유형에 속하는 의문사는 사용 빈도에 따라 제시 순서를 재정리하였다. 다음으로 어휘 정보의 제시 순서를 결정하였는데 이는 먼저 언어 형식의 복잡성을 1차 기준으로 하고 의미의 복잡성과 결합 빈도 등을 고려하여 제시 순서를 결정하였고 다음으로는 의미의 확장성을 기준으로 삼았다. 제시 방법은 2장에서 밝힌 문맥 제시, 정보 제시, 상황 제시, 관련 항목 제시의 순서를 따라 진행하는 제시 단계 모형을 바탕으로 하였다.

6장에서는 앞선 논의들을 정리하면서 본 연구의 모형이 실제 교육 현장에서 어휘를 가르치는 데 활용되기를 기대하며 어휘구가 가지는 의미나 쓰임에 대한 논의가 깊이 있게 다루어져야 할 것이라고 하였다.

▌의의 및 제언 ▌

본 연구는 한국어 학습의 초기 단계에서부터 접하게 되는 다양한 의문사들을 형태·통사적인 정보와 의미·화용적인 정보를 바탕으로 하여 정리하고 각 의문사들의 학습 목표와 문맥, 상황 등을 정리한 것은 한국어 교육자에게 의문사 어휘에 대한 구체적인 정보를 제공하였다는 점에서 의의가 있겠다.

그러나 본 연구의 한계는 연구 대상이 되는 의문사 어휘를 추출하는 데에 현재 대학 기관에서 사용되는 한국어 교재를 사용한 점이다. 물론 본 연구에서 드라마나 실제 대화 자료도 활용할 것이라고 밝혔지만 그것만으로는 부족하리라 본다. 많은 연구에서 각 대학 기관 교재의 문제점으로 어휘를 지적한 것만을 보더라도 분명 연구자는 한국어 교재를 살피기 전에 한국어 모어 화자들의 문어나 구어 자료를 살폈어야 할 것이다.

2004. 2. 서단. 석사. 경희대. 중국인 한국어 학습자를 위한 한국어 의성·의태어 교육 방안 연구. 〈분류: 단어〉 〈해제: 김지혜〉

▌목차 ▌

▌▌요약 ▌

　이 논문은 한국어의 의성·의태어를 '생동감이 넘치는 한국어의 독특한 영역'으로 보고 한국어 의성·의태어를 제대로 배우고 표현하고자 하는 중국인 한국어 학습자들을 위해서 꼭 교육해야 할 어휘와 적절한 예문과 보다 효과적인 교육 방안을 설계하는 데 그 목적을 두었다.

　2장에서는 음운론적, 문법적, 어휘 의미적 세 가지 특징을 중심으로 한국어와 중국어의 의성·의태어의 특징을 살펴보았다. 음운적 특징으로는 한국어에서는 음양 대립과 모음조화의 특징이 있는데 중국어는 한국어와 같은 발음 현상이 없고 발음의 속도와 강약으로 구별된다고 하였다. 문법적 특징으로는 한국어의 경우에는 단어 전체가 완전 반복된 형태인 첩어형으로 사용되며 접사와 결합하여 동사나 형용사 파생을 할 수 있고 중국어의 경우에도 단음절을 제외하고는 첩어형 어휘들이 많다고 하였다. 음절 유형에서 한국어는 1음절에서 6음절까지 있지만 중국어의 경우에는 1음절부터 4음절까지 있다고 하였다. 어휘 의미적 특징으로는 한국어의 경우 'ㄹ'은 부드럽고 흐르는 것 같은 느낌을 주며, 'ㄱ'나 'ㄷ'는 막힌 것, 딱딱한 것의 느낌을 주고 중국어는 표의문자이기 때문에 글자와 부수에 따라 의미를 판단할 수 있다고 하였다. 중국인 한국어 학습자들의 의성·의태어 현황을 30명의 학습자들에게 설문을 통해 알아보았는데 학습자들이 잘 사용하지는 못하지만 배우고자 하는 욕구가 강했다고 밝혔고, 한국어 교과서를 분석한 것에서는 각 급마다 제시되는 의태어를 살피고 그 수가 적다고 하였다. 또한 한국인 성인 30명을 대상으로 의성·의태어 인지 상황을 설문 조사하고 인지율 50%를 보이는 표현 137개를 목록으로 제시하였다.

3장에서는 한국어 교육용 의성·의태어를 선정하였는데 그 기준은 진기호(1998)에서 제시한 어휘 목록과 KAIST의 1994년 Concordance Program 통계 자료에서 빈도수 100을 넘는 어휘 중 공통되는 것과 2장의 설문 결과에서 나타난 목록과 비교하여 누락된 것을 포함하여 153개를 선정하여 학습자 단계별로 나누었다. 그 결과는 초급 27개, 중급 61개, 고급 65개였다.

4장에서는 7가지 측면에서 교육 방안을 제시하였는데 실제 자료를 이용한 방법, 한국어 의성·의태어의 특징을 고려한 방법, 특정 의성·의태어가 자주 만나는 어울림 관계를 활용한 방법, 예문과 함께 가르치는 방법, 오류를 활용한 방법, 어원에 따른 방법, 중국어의 특징을 고려한 방법으로 나누어 설명하였다. 각각의 교육방법에는 급별로 사용할 수 있는 그림과 간단한 예문을 제시하였다.

▌▌ 의의 및 제언 ▌

이 논문은 의사소통에는 부정적인 영향을 미치지는 않지만 학습자들이 학습함으로 인해 더 다양하고 재미있는 발화를 할 수 있게 하는 한국어 의성·의태어 표현을 중국인 학습자들이 학습할 수 있도록 어휘 목록을 조사한 것에 의의가 있다.

그러나 한국인 화자들에게 자주 사용하는 의성·의태어로 예문을 만들도록 하고 있는 설문 조사 방법과 의태어로 선정한 어휘 중에 '깔끔하다', '구수하다'등과 같은 어휘들이 있어 선정 기준의 객관성을 좀 더 강화해야 할 것으로 보인다.

> \# 2005. 2. 김수희. 석사. 경희대. 중국인 초급 한국어 학습자를 위한 어휘교육연구: 한자 어휘를 중심으로. 〈분류: 어휘〉 〈해제: 장수진, 이준호, 기단봉〉

▌▌ 목차 ▌

▌ 요약 ▌

이 연구는 한국어와 중국어 어휘의 유사성과 차이점을 형태, 의미, 음운으로 세분화하여 그 공통점과 차이점을 살펴보고, 이를 한국어 교육에 활용하여 두 언어의 어휘 간의 공통점을 최대화하고 차이점을 최소화하는 관점에서 한국어 어휘 교육 방안을 제시하는 데 목적이 있다.

1장에서는 중국에서의 한국어 어휘교육 현황을 간단히 소개하고 있으며 2장에서는 한국어와 중국어 어휘의 일반적 특징을 살펴보고 양국 어휘의 특징을 비교하고 있고 다음으로는 중국 한어수평고시(HSK)에서 제시한 기본 어휘 중 초급에 해당하는 HSK 甲급 어휘와 한국어 교육용 기본 어휘 중에서 A등급 어휘 982개의 단어를 선정하였으며 또 한어수평고시 기본 어휘와 한국어 교육용 기본 어휘의 어휘들의 일대일 대응을 통해 한국어 기초 단계에 해당하는 기본 어휘와 중국어 기초 수준의 어휘를 분석하고 있다. 이 결과 필자는 양국의 공통적인 어휘, 특히 한자 어휘의 비중이 한국어 기본 어휘의 전체 한자 어휘 중 55.8%로 그 비중이 적지 않음을 도출해 내었다.

3장에서는 중국인 초급 한국어 학습자들의 한국어 어휘 확장을 돕기 위한 방안으로, 한국어 학습용 어휘 중 A급 한자 어휘 310개를 기준으로 중국어와의 비교를 통해 동형동의어, 동형이의어, 동의이형어의 세 부분으로 나누어 양 어휘의 의미와 형태상의 공통점과 차이점을 살펴보고 있다. 또한 음운비교에서는 한국어 A등급의 동형동의어를 중심으로 한국어 한자어 발음을 어두, 어중, 어말 세 부분으로 나누어 보고, 어두, 어중, 어말 각각의 발음과 대응되는 중국어 발음 형태는 어떻게 나타나는지 알아보고 여기에서 발견된 규칙성을 한국어와 중국어의 '어두 대응', '어중 대응', '어말 대등'을 제시하고 있다.

4장에서는 우선 한국 내 중국인 한국어 학습자들의 한국어 어휘 학습의 필요성에 대한 설문을 통해 한국어 학습 시 어휘 학습에 어느 정도의 중요성을 부여하는지 조사하고 있고 이 결과 중국인 한국어 학습자들이 한국어 어휘를 학습할 때 52%가 모국어의 음과 뜻을 동시에 어휘 학습 전략에 이용하고 나머지 29%와 9%도 모국어와의 음과 뜻과 연관 지어 어휘학습을 한다는 것을 도출해 내었다. 다음으로 한국어 A등급에 해당하는 한자 어휘를 이용해 중국인 초급 한국어 학습자만을 대상으로 그들의 어휘 유추 정도를 조사해 보았는데, 그 결과 동형동의어에서 가장 높은 정답률을 보였으며 동형이의어에서 가장 낮은 정답률을 보였다.

5장에서는 상기한 연구를 바탕으로 한국어 교육현장에서 효과적으로 적용할 수 있는 어휘 교육 방안을 제시하고 있다. 중국인 초급 한국어 학습자를 위한 어휘 확장 방안으로 단어 형성을 이용한 어휘교육, 현자병기를 이용한 어휘교육, 의미관계를 이용한 어휘교육, 발음대조를 이용한 어휘교육 그리고 한자 어휘 게임을 이용한 어휘교육인 다섯 가지를 제안하고 있다.

▌▌ 의의 및 제언 ▌

이 연구는 한국어와 중국어 어휘의 형태, 음운, 의미 등의 유사성에 착안하여 중국인 초급학습자가 한국어 어휘를 학습할 때 상기한 유사점을 인지하고 학습 전략을 적극적으로 사용하여 한국어 어휘를 학습할 수 있는 어휘 교육 방안을 제시했다는 점에서 의의를 갖는다. 특히 한국어와 중국어 기본 어휘의 비교는 전에 시도되지 않았던 연구이며 양국의 기본 어휘 실태를 분석하여 중국인 학습자의 어휘 사용 시에 나타날 수 있는 오류의 원인과 양상을 가늠하게 해 준다는 데에서 의의를 갖는다. 또 한중 어휘 비교표를 별첨하여 한국어와 중국어의 어휘상 차이를 가시적으로 알 수 있다. 따라서 중국어에 대한 지식이 없는 언어 교사도 중국인 학습자 대상의 어휘 교육 시 어느 정도의 기본적인 방향성을 가질 수 있도록 하는 역할을 하리라 기대된다.

그러나 제시된 한국어 어휘교육 방안에 다소 탈맥락적인 유형이 많고 어휘 의미에 대한 선언적 지식을 교육하는 데에 유용한 방법이 많은데 비하여, 어휘를 실제 사용할 수 있는 능력을 키워줄 수 있는 절차적 지식을 위한 교육 방법이 적다는 점이 아쉬움으로 남는다. 한국어와 중국어 어휘 비교를 통하여 얻어 낸 2장~4장의 내용을 보다 적극적이고 구체적으로 실현한 모델이었으면 보다 더 의미 있는 결과를 가져 올 수 있을 것이다. 한편, 중국어 어휘의 의미나, 예시어, 동음관계, 성조 등에 대한 설명에 잘못된 부분이 있어 중국어 부분에 대한, 보다 세심한 검증이 있었으면 논문의 완성도를 높일 수 있었을 것이다.

2005. 2. 박윤신. 석사. 경희대. 한국어 읽기 지문 속에 나타난 학습 어휘·문법 요소 연구 : 중급교재를 중심으로. 〈분류: 어휘〉 〈해제: 이준호〉

‖ 목차 ‖

‖ 요약 ‖

이 논문은 의사소통능력 전반의 발전에 기본이 되는 읽기 자료, 특히 자가 교육 과정에서 가장 손쉽게 접하는 교재 속의 읽기 지문이 의사소통 능력의 중요 구성 요소인 어휘와 문법과 어떤 연관성을 맺고 있는지 분석해 보고자 하는 목적에서 기술되었다.

이를 위하여 이 연구에서는 경희대와 이화여대의 중급 교재를 분석하여 그 안에 나타난 한국어 읽기 지문 현황을 살펴보고 그에 따른 읽기 지문의 문제점과 한국어 교재 속의 어휘 및 문법 항목을 분석하고 있다. 그 결과 제시된 전체 어휘가 너무 많으며 배우지 않은 어휘가 많이 쓰이고 있다는 점을 문제점으로 지적하고 있다. 또 어휘의 경우 기본형이 무시되고 파생형부터 제시되거나 문법과 결합된 형태로 제시되는 어휘도 있어 어휘의 제시 순서가 체계적이지 못함 또한 지적하고 있다. 세 번째로 반복되는 어휘의 수가 너무 적고 그 제시 간격이 일정하지 못하다는 문제도 발견되었다. 문법적 측면에서는 읽기 지문에 사용되는 새로운 문법의 수가 적고 교육하지 않고 넘어가는 문법이 많았으며, 그 제시 간격이 불규칙하여 반복 제시를 통한 문법 학습의 효과를 보기 힘들다는 점도 문제점으로 제시하고 있다. 또 배우지 않은 문법이 읽기 지문에 많이 사용되었다는 점도 지적하고 있는데 따라서 필자는 이러한 문제점들 제거하고 읽기 지문을 통한 효과적인 어휘 및 문법의 학습을 위한 지문의 예를 구성하여 제시하고 있으며 하루에 학습할 수 있는 적당한 어휘의 양을 30개 정도로 보고 읽기 지문에서 제시되는 수는 7~8개 정도로 제한하였으며 새 어휘가 해당 과의 읽기 지문에 모두 쓰이기는 하지만 새로운 어휘가 앞으로 계속 제시되므로 모두 반복될 수 없음을 미리 밝혀 두었다. 문법의 경우 편의상 경희대의 문법 학습 순서를 따랐으며 글의 종류는 다양한 문법이 쓰일 수 있도록 다양화하여 제시하였다. 또 학습은 단순한 것에서 복잡한 것으로, 구체적인 것에서 추상적인 것으로 진행되므로 교재 안의 읽기 지문을 구성하는 어휘 및 문법 요소도 그 단계에 맞게 이루어지도록 고안하였다.

▌ 의의 및 제언 ▌

읽기 자료는 언어 구조적 체계를 보여주며 구조 체계는 언어 기능을 가르치고 연습시키는 데 기본이 된다. 그래서 읽기 자료는 내용 이해의 측면에서만 제공될 것이 아니라 어휘 및 문법 항목을 정확히 익히고 의사소통 능력을 발전시킬 수 있도록 연계되어야 한다. 이 연구는 이러한 관점에서 교재 속의 읽기 지문이 의사소통 능력의 중요 구성 요소인 어휘와 문법이 어떤 연관성을 가지고 있으며 어떤 문제점을 가지고 있는지 파악했다는 점에서 의의가 있다. 특히 경희대와 이화여대 교재에 나오는 어휘와 문법 사항을 분석하여 한국어 읽기 지문의 문제점을 가시적으로 보여준 점은 한국어 교사들에게 많은 도움이 될 것이라고 생각한다.

그러나 이 연구는 저자가 밝히고 있듯이 읽기를 어휘 및 문법 요소 학습의 한 영역으로 보는 관점에서 기술되었다. 따라서 읽기는 어휘 및 문법 요소를 학습하기 위한 하위요소로 간주되고 있으며 제시한 읽기 지문도 어휘와 문법 학습을 위한 수단으로 사용되었다. 그러나 읽기는 어휘와 문법을 학습하기 위한 도구라기보다는 그 보다 상위의 개념으로 의사소통 능력을 갖기 위해 필요한 언어 기능라고 보는 것이 바람직할 것이다. 즉 어휘와 문법을 학습하는 것은 그 자체를 학습하기 위함이 아니라 읽기를 비롯한 말하기, 듣기, 쓰기와 같은 언어 기능의 숙달도를 높이기 위해 필요하기 때문이다. 이 연구에서 이러한 점을 고려하지 않아 차후의 연구에서는 이 점이 보충되면 좋을 것이다.

> **# 2005. 2. 최영란. 석사. 서울대. 중국인 학습자를 위한 한국어 부사 표현 교육 연구. 〈분류: 어휘〉 〈해제: 기단봉〉**

▌ 목차 ▌

▌요약▐

본 연구는 중국인 학습자를 대상으로 학습자들의 작문자료를 검토하여 한국어 부사 표현 오류를 추출하고 오류의 유형과 원인을 구명함으로써 효과적인 한국어 부사 표현 교육 방안을 제시하는 데 목적이 있다.

2장에서는 한국어 부사 표현 교육 연구에 대한 필요성을 입증하기 위하여 우선 현행 한국어 교육에서의 부사 표현 교육 연구의 실태를 분석했는데, 아직까지는 체계적인 한국어 부사 교육과정 및 단계별 부사 어휘 목록마저 구성되어 있지 않으며 일부 교육기관의 교재를 검토한 결과, 제시 내용, 제시 방법, 제시 순서, 난이도 등의 면에서 원칙과 일관성을 갖추지 못했음이 밝혀졌다.

3장에서는 오류의 원인 중의 하나인 모국어의 간섭 현상을 효과적으로 설명하기 위하여 한중 부사 표현의 대조분석을 진행하고 있다. 대조분석을 진행할 때는 전체적인 특성에 대한 대조보다는 표현 방식의 차이로 인한 오류가 많은 점을 감안하여 표현 방식 차이를 위주로 대조분석을 진행하고 있다.

4장은 실제적인 학습자 오류분석을 시도하고 있다. 총 97명 중국인 학습자의 264편 작문 자료를 검토하여 학습자 부사 표현 오류를 추출하였으며 구체적으로 정도부사, 시간부사, 양태부사, 부정부사, 상징부사를 위주로 오류의 유형과 원인을 규명하고 있다. 오류의 원인을 규명함에 있어서는 충분한 이론적인 근거가 될 수 있는 대조분석의 방법을 사용했으며 대조분석을 진행함에 있어서는 전체 항목에 대한 대조보다는 학습자 오류를 명확히 설명할 수 있는 세부적인 항목을 위주로 대조분석을 진행했다.

이상의 한국어 교육에서의 부사 표현 교육 실태, 한중 부사에 대한 대조분석 및 학습자 작문 자료에 대한 오류분석을 진행한 결과를 바탕으로 5장에서는 교육과정, 교재 및 교수 학습 방법의 측면에서 문제점과 해결방안을 제시했다. 교육과정의 측면에서는 한국어 부사 표현 교육의 내용 구성 및 한국어 부사 표현의 선정 원리, 그리고 부사 표현 항목 구성의 원리와 실제를 제시했다. 교수 학습 방법의 측면에서는 학습자 오류 유형에 근거하여 학습자 오류를 교수 학습에 충분히 반영하여 효과적인 교수 학습 방법의 설계를 제시하였다.

의의 및 제언

이 연구는 한국어 교육에서의 부사 표현 교육 실태 및 한국어와 중국어 부사에 대한 대조 분석, 학습자 작문자료를 통한 오류분석을 바탕으로 중국인 대상 한국어 부사어 교육의 문제점과 해결책을 제시했다는 점에서 의의가 있다. 특히 한국어 부사 표현 교육의 내용 구성 및 선정 원리를 제시하고 학습자에게 빈번하게 나타나는 오류를 교수와 학습 원리에 충분히 반영했다는 점에서 의의가 있다. 그러나 중국인 한국어 학습자의 작문자료를 분석하는 과정에서 단계별 실제 어절 수에서 차이가 많았다는 점, 따라서 학습자들의 단계별 부사 표현 사용 양상을 정확하게 분석해내지 못했다는 점 등이 아쉬움으로 남는다. 또한 제시한 교육 방법의 효율성을 실험이나 조사 등을 통하여 입증하였으면 더 의미 있는 논문이 되었을 것이다.

2005. 2. Zheng, Shunmei. 석사. 서울대 한국어 교육을 위한 의성어 · 의태어의 한 · 중 대조 연구. 〈분류: 어휘〉 〈해제: 이준호〉

목차

　　1) 웃음
　　2) 울음
　　3) 말하기
　　4) 먹기/마시기
　　5) 보기
　3. 한국어 의성어·의태어의 중국어 번역
　　대응 유형

Ⅳ. 한국어 의성어·의태어의 교수·학습 방안

　1. 한국어 교육용 의성어·의태어의 선정
　　및 제시 단계
　2. 한국어 의성어·의태어의 교수·학습 내
　　용 및 방법
　3. 한국어 의성어·의태어의 교수·학습의
　　실제

Ⅴ. 결론

▌ 요약 ▌

　이 연구는 중국인 학습자들을 대상으로 한 한국어의 의성어·의태어 교육이 체계적으로 실시되지 않고 있어 의사소통 능력 향상에 장애요인으로 작용한다는 관점에서 의성어와 의태어 교육의 필요성을 인식하고 효과적인 의성어·의태어 교육 방안을 모색하고자 기술되었다. 중국인 학습자들의 경우, 한국어 숙달도와 관계없이 한국어 의성어·의태어의 사용에서 많은 어려움을 겪고 있는데 이것은 한국어 의성어·의태어에는 유사한 표현이 많고 또 중국어와의 표현의 차이 등으로 인해 그 의미를 명확히 이해할 수 없으므로 이해 어휘를 사용 어휘로까지 확장시키지 못하고 있다는 점을 출발점으로 하여 필자는 중국인 학습자를 위한 의성어·의태어 교육에 앞서 먼저 의성어·의태어의 특징과 개념에 대하여 살펴보고 있는데 한국어 의성어·의태어는 의미적으로 인간 행위에 관한 표현이 많으며, 특정 용언과 관습적으로 공기하는 특징이 있다는 점을 제시하고 있다. 또 필자는 의성어·의태어를 그 쓰임에 따라 '웃음', '울음', '말하기', '먹기/마시기', '보기' 행위를 큰 영역으로 분류하였으며 한국어 의성어·의태어는 자·모음의 교체에 의해 어감이 미묘하게 달라지는 음운적 특징이 있는데 중국어에는 이와 같은 음운적 특징이 보이지 않지만, 형태적으로 두 언어 모두 첩어 형태를 이루는 공통점이 있다는 점 또한 밝혀내었다. 필자는 또 중국어 의성어·의태어는 한국어만큼 섬세하게 발달되지 못했지만, 두 언어의 의성어·의태어 모두 문장이나 말을 더욱 생동감 있고 형상적이며 리듬감 있게 만들어 표현을 구체적으로 하기 위해 사용된다는 공통점이 있음을 지적하고 있다.

　2장에서는 현행 한국어 교재를 바탕으로 한국어 의성어·의태어의 교육 실태를 분석하여 문제점을 파악하고 있다.

　3장에서는 의미자질 분석 이론과 제시 방법에 따라, 이 연구에서 자료로 사용하는 사전의 개념과 용례를 통해 연구 대상 의성어·의태어 개개 단어의 의미 특징을 분석한 후, 양 언어의 의성어·의태어를 대조 분석하고 있다. 나아가 한국 문학 작품의 중국어 번역본에서의 실제 번역 용례를 통해 한국어 의성어·의태어의 중국어 대응 유형을 제시하여 양 언어의 표현의 유사점과 차이점을 제시하고 있다. 양 언어의 의성어·의태어는 음운체계, 어법 조직, 문화 관습 등에 의해 차이도 크지만, 유사점도 보이는데 특히 의성어의 발음과 의미에 있어서 유사성이 발견된다. 필자는 이와 같은 유사점을 통하여 초급 단계의 의성어·의태어 교육에서 적극 활용할 수 있을 것이라 주장하였으며 차이점에 대해서는 중국어의 동사 자체의 발달과 관계가 깊다고 주장하고 있다. 한국어의 경우 어떤 행위나 상태, 사건을 더 자세히 기술하기 위해 소리, 모양 등을 묘사하는 어사가 동사 바로 앞에 놓이는 현상이 잘 나타나지만 이와 달리 중국어의 동사는 동사 자체가 한국어 동사보다 더욱 구체적이고 면밀한 동작을 나타내는 경우가 많기 때문이라는 것이다. 또한 중국어의 형상적이고 함축적인 사자성어의 발달과도 밀접한 관계를 가지고 있다고 보았는데, 이와 같은 표현의 차이점도 학습자들에게 명확히 인식시켜 교육해야 함을 필자는 주장하고 있다.

이를 바탕으로 4장에서는 중국인 학습자를 위한 교육용 한국어 의성어·의태어의 선정 방법 및 단계 배정 기준을 제시하였으며, 나아가 구체적인 한국어 의성어·의태어의 교수·학습 내용 및 방법, 교수·학습의 실제를 제시하고 있다.

▌ 의의 및 제언 ▌

이 논문은 한국어 의성어·의태어의 특징 및 개념을 중국어 의성어·의태어의 그것과 대조 분석하여 차이점과 유사점을 발견한 후, 이러한 결과를 가지고 중국인을 위한 한국어 의성어·의태어의 교육 방안을 제시했다는 점에서 의미가 깊다. 특히 모두 67개의 의성어·의태어를 웃음, 울음, 말하기, 먹기/마시기, 보기 등의 항목으로 하위분류하여 제시한 점은 이 연구를 활용하고자 하는 많은 한국어 교사들에게 도움이 될 것이다.

다만 교육용 의성어·의태어를 선정한 기준이나 초급과 중·고급의 단계를 배정한 것에 대한 이론적인 근거가 다소 희박하여 자의적으로 보일 수 있는 확률이 있으므로 이러한 선정의 근거가 될 수 있는 이론이나 조사 자료 등이 있었으면 더 좋았을 것이다.

> **# 2005. 8. 왕단. 박사. 서울대. 중국어권 학습자를 위한 한국어 형용사 기술과 교육 방안 연구. 〈분류: 어휘〉 〈해제: 기단봉〉**

▌ 목차 ▌

▌▌요약▌

이 연구는 중국어권 학습자를 위한 한국어 형용사 교육에 적극적으로 활용할 수 있는 명사적인 형용사 어휘 정보를 기술하고 이를 기초로 하여 한국어 형용사 교육의 방안을 모색하는 것을 목적으로 하고 있다.

2장에서는 한중 형용사 대조분석과 중국어권 학습자의 형용사 사용 오류분석을 실시하였는데 단어 구조의 비교, 형태와 통사적 기능의 비교, 의미 대응 관계 그리고 한중 어휘 관계 비교 등의 측면으로 나누어 진행하고 있다. 이러한 비교를 통하여 한중 형용사의 공통점과 차이점을 추출하였고 중국어권 학습자들은 한국어 형용사를 배울 때 어떤 내용을 어려워하는지를 밝혔다. 이런 조사 결과를 토대로 중국어권 학습자의 형용사 오류를 언어 내 전이에 대한 오류, 언어 간 전이에 의한 오류, 의사소통 전략으로 인한 오류 이 세 가지로 분류하여 그 심층적 원인을 파악하였다. 오류 발생의 원인은 여러 가지가 있는데, 무엇보다 형용사를 이해하고 사용하는 학습자에게 꼭 필요한 어휘 정보 제시의 부족이 오류를 발생시키는 주요 원인의 하나라는 결론을 내리고 있다.

3장은 중국어권 학습자를 위한 한국어 형용사 어휘 기술의 방안을 제시하고 있는데. 효과적인 어휘 기술의 방안을 구안하기 위하여 우선 형용사를 중심으로 하여 '연세 한국어사전'과 '외국인을 위한 한국어 학습 사전'에서의 표제어 뜻풀이 양상, 문법 정보, 그리고 의미 관계 정보의 제시 방법에 대하여 살펴보았고, 이 두 학습 사전에서 존재하고 있는 문제점을 밝히고 있다.

4장에서는 중국어권 학습자를 위한 형용사 어휘 기술의 실제에 관한 내용으로 이 부분에서는 앞에서 제시한 어휘 기술의 틀과 방법론에 따라 형용사의 어휘 기술을 기초 정보, 형태 정보, 의미 정보, 통사 정보, 의미관계 정보, 대역 정보 그리고 용례 등 7개 구획, 등급 정보, 어원 정보, 발음 정보, 단어 형성 정보, 활용 정보, 정의, 적용 범위, 함축적 의미, 문형 정보, 선택 제약, 문법 제약, 유의어, 반의어, 상·하의어, 연어, 관용 표현, 중국어 대역, 예문 등 18개 항목으로 나누어 구체적인 어휘 기술 방법의 설계를 시도하고 있다. 그리고 이런 연구를 구체화하기 위해 이 논문에서 선정한 786개 교육용 형용사 중 학습자들이 가장 틀리기 쉬운 형용사 10개에 대한 어휘 기술의 실례를 들어 그 적용 양상을 보여주고 있다.

5장은 이 논문에서 제시한 형용사 어휘 기술 방법은 형용사 교육 내용의 선정, 교수 학습 모형의 설계, 교육 자료의 개발에서의 적용 가능성과 그 구체적인 적용 방안에 대하여 언급하였다. 6장에서는 지금까지의 논의 내용의 요약과 함께 본 논문의 한계와 남은 과제를 제시하였다.

▍ 의의 및 제언 ▍

이 연구는 한국어와 중국어 형용사 대조분석을 통하여 제시하였으며, 의미 대응뿐만 아니라 단어 구조, 형태와 통사 기능, 어휘 관계 등의 측면에서도 분석을 시도하여 한국어와 중국어 형용사의 공통점과 차이점을 찾아냈다는 점에서 그 의의가 크다고 할 것이다. 또 이를 통하여 중국인 학습자들에게서 쉽게 찾아볼 수 있는 오류의 예를 대조분석과 모국어 간섭 현상에 준하여 설명한 점도 가치 있는 결과라고 할 수 있다. 대조분석과 모국어 간섭 현상으로 설명하기 어려운 오류의 경우는 대단위 중국인 학습자를 대상으로 하여 오류 양상에 대한 오류분석을 시도한 점도 논문의 신뢰도를 높이는 데 기여하고 있다. 다만 형용사의 세부 항목에 대한 위계화를 구체적으로 언급하고 있지 않으며 또 선정된 교육용 어휘의 어휘 정보를 모두가 아닌 일부 어휘로 한정하여 제시하여 이러한 교육용 어휘에 대한 세부적인 논의가 이루어지지 못한 점도 보충할 점으로 지적하고 싶다.

> # 2005. 8. 이상숙. 석사. 한양대. 한국어 학습자의 외래어 표기 오류 분석 및 교수 방안 연구. 〈분류: 어휘〉 〈해제: 이준호〉

▍ 목차 ▍

▌ 요약 ▌

이 연구는 한국어 학습자들의 외래어 표기에서 나타나는 오류를 분석하여 학습자들의 모국어가 외래어 표기에 미치는 영향을 살펴보고 그것을 토대로 한국어 학습자들의 올바른 외래어 표기를 위한 교수 방안을 제시하는 데 목적을 두고 작성되었다.

이를 위해 2장에서는 외래어의 개념과 특징을 규명하고 외래어와 관련된 선행연구를 실시하였다.

3장에서는 한국어 학습자들의 외래어 표기에서 나타나는 오류를 살펴보고 있는데, 학습자를 영어권, 중국어원, 일본어권으로 나누고 각 언어권별로 나타나는 특징적인 오류와 그 오류의 원인을 분석하여 학습자의 모국어가 외래어 표기에 미치는 영향을 살펴보고 있다. 이러한 오류의 원인 분석을 위하여 설문조사 방법을 선택하였는데, 설문조사는 현재 각 대학의 한국어 교재에서 공통적으로 나오는 외래어를 원어(영어)로 제시하고 그것을 한글로 표기하는 방식으로 진행하고 있다. 설문조사 결과, 학습자들의 오류는 한국어 숙달도와 관계없이 초급에서 고급까지 다양하게 나타났으며 이는 현재 한국어 교육에서 외래어 표기에 대한 교육이 제대로 이루어지지 않고 있음을 의미한다는 사실을 알게 되었다. 또 평음, 격음, 경음을 구별하지 못하거나 받침을 임의대로 적는 등의 오류와 같이 학습자의 모국어와 관계없이 나타나는 오류가 있는 반면, 모국어에 따라 다르게 나타나는 오류도 있다는 사실 또한 설문조사의 결과로부터 알게 된 사실로 가령 영어권 학습자들은 /ㅗ/를 /ㅓ/로, /ㅣ/를 /ㅔ/와 /ㅐ/로 표기하는 오류 형태를 보였으며, 중국어권 학습자들은 /ㅐ/를 /ㅏ/로, /ㅏ/를 /ㅓ/와 /ㅜ/로 표기하는 오류 형태를 보였다. 또 일본어권 학습자들은 /ㅍ/을 /ㅎ/으로 /ㅐ/를 /ㅏ/로, /ㅓ/를 /ㅏ/로 표기한 오류 형태를 보여주었다.

4장에서는 이러한 학습자들의 한국어 외래어 표기에서 나타나는 문제점을 해결하기 위한 방안으로 외래어 표기 교수 방안을 제시하고 있는데, 외래어 표기에서 나타나는 오류들을 모음, 자음, 음절로 나누고 각 언어권에서 나타나는 특징적인 오류를 중심으로 지도 방안을 제시하였다. 모음지도에서는 /ㅓ/를 /ㅗ/, /ㅐ/를 /ㅏ/로, /ㅏ, ㅐ, ㅓ/로, /ㅐ/를 /ㅔ/로, /ㅔ/를 /ㅐ/로, /ㅡ/를 /ㅜ/로 표기한 경우에 대한 지도 방안을 제시하고 있다. 자음 지도에서는 평음, 경음, 격음의 경우와 /ㄹ/을 첨가 또는 생략한 경우에 대한 지도방안 및 일본어권 학습자들이 /f/를 /ㅎ/으로 표기한 경우에 대한 지도 방안을 제시하였으며, 음절 지도에서는 [p, t, k]표기의 경우와 일본어권 학습자들의 개음절에 대한 지도 방안을 제시하고 있다.

▌ 의의 및 제언 ▌

이 연구는 한국어 교육에서 그 중요성이 부각되지 않았던 외래어 표기 교육에 대한 필요성을 인식하고 효율적인 외래어 표기 교육을 위하여 외래어의 특징 및 개념을 정리하고 설문조사를 통하여 학습자들의 오류 유형을 분석하여 이를 바탕으로 외래어 표기 교육 방안을 제시했다는 점에서 의의가 있다. 또 오류의 원인을 학습자의 모국어 간섭현상으로 보고 학습자의 모국어에 따라 오류 유형을 분리하여 제시하고 그 교육방안 역시 부분적으로 모국어의 특성을 고려하여 제시한 점은 연구의 실제성을 높이는 데 일익을 담당했다고 생각한다.

다소 아쉬운 것은 외래어 교육에 대한 관점이 표기 문제에서만 끝났다는 점인데 외래어는 한국에 유입되어 사용되는 과정에서 본래의 의미나 사용법이 달라지기 때문에 표기법만큼이나 중요한 것은 그 외래어의 의미이다. 또 표기법은 문어 사용의 경우 필수적이지만 구어 상황에서는 표기법 대신 올바른 발음 방법이 문제가 되므로 외래어의 올바른 사용을 위해서는 표기와 발음, 그리고 의미에 대한 교육이 이루어져야 하며 이를 위한 연구 또한 필요할 것이다.

2005. 8. 이수현. 석사. 이화여대. 한국어 교육을 위한 기본어휘 선정에 관한 연구. 〈분류: 어휘〉 〈해제: 이준호〉

▌ 목차 ▌

▋ 요약 ▋

이 연구는 어휘 교육의 필요성을 주장하는 선행 연구에서 출발하여 궁극적으로 한국어 교재에 수록되어있는 어휘를 분석·종합하고 이를 바탕으로 한국어 교육에 필요한 기본 어휘의 목록을 제시하는 것을 목표로 하고 있다. 이를 위한 연구 방법으로는 먼저 한국어 교재 3종에 선정된 어휘를 품사 및 의미 분야별로 분석하고 교재에는 어떠한 어휘가 선정되어 있는지를 살핀 후, 빈도 조사를 기본으로 개관적으로 선정된 서상규 외(1998a)의 「한국어 기본어휘 목록 5000」과 교재 3종에서 공통적으로 출현한 어휘를 추출하는 접근법을 선택하였다.

이를 위해 2장에서는 기본 어휘의 개념과 선정 문제를 정의하였다.

3장에서는 서울대, 연세대, 이화여대의 교재 3종에서 출현한 어휘 및 「한국어 기본어휘 목록 5000」의 어휘를 분석하고 이 모두에서 공통적으로 나타나는 어휘를 추출하여 하나의 기본어휘가 될 수 있는 목록을 제시하고 있다.

4장에서는 다시 3장의 내용을 토대로 하여 교재에 나타난 어휘의 구성 양상을 파악하여 이를 다시 품사별로 분류하고 같은 결과를 의미, 분야별로도 분석하였다. 각각의 교재에 대한 분석을 통하여 3종 교재에 나타난 중복어휘를 분석하였으며, 여기에서 공통으로 등재되어 있는 공통어휘와 그렇지 않은 비공통 어휘를 도출하고 있다. 본 연구에서는 교재의 어휘 구성 양상이나 공통어휘 및 비공통 어휘 등을 도출하면서 각 단어를 명사류·동사류·형용사류로 나누어 제시하였고 어휘 구성 양상에 있어서는 기타 어휘 또한 제시하였다. 필자는 이렇게 도출된 어휘들을 다른 연구자들의 연구 결과와 비교하여 가치를 검증하여 명사류가 다소 적고 동사류, 형용사류가 많으며 기타는 유사하다는 결론을 얻었다.

▋ 의의 및 제언 ▋

이 연구에서는 한국어 교육을 위한 기본 어휘를 선정하였으며 그 결과를 기존의 여러 어휘목록과의 비교를 통하여 신뢰성을 검토하여 그 목록을 가능성 있는 기본어휘 목록으로 다시 제시하였다는 점에서 그리고 그 어휘에 대하여 품사별, 의미 분야별 분포 파악 등을 시도했다는 점에서 의의를 찾을 수 있다.

그러나 이 연구에서는 한국어 교육의 일반적 교육 단계인 6급 체계 중 고급에 해당하는 5급과 6급이 제외된 1급에서 4급에 해당하는 교재에 수록된 어휘만을 그 연구의 대상으로 하여 초·중급 어휘만 대상이 되었기 때문에 저자가 의도한 유의미한 기본 어휘 목록으로서의 역할을 다하려면 전 급을 대상으로 했으면 좋았을 것이다. 또한 연구의 결과를 한국어교육에 어떻게 적용할 것인가의 방법론이 포함되지 않았다는 점도 아쉬움으로 남는다. 가령 한국어 숙달도에 따른 등급별 분류라든지 혹은 기능이나 주제별 분류, 또는 이해 어휘와 사용 어휘, 구어 어휘와 문어 어휘 등으로 분류가 이루어졌다면 교육적인 측면에서도 보다 의미가 있었을 것이다.

2005. 8. 조진희. 석사. 상명대. 한국어 학습자를 위한 유의 시간부사 교수모형. 〈분류: 어휘〉 〈해제: 김지애, 이준호〉

▌목차 ▌

▌ 요약 ▌

이 논문은 말뭉치(corpus)를 분석하여 어휘 정보를 제공하고, 유의 관계에 있는 시간부사를 알맞은 문장에서 정확하게 사용하도록 하는데 목적이 있다. 어휘 학습 시 한국어 학습자가 가장 먼저 접하게 되는 대학기관 교재에는 어휘 제시를 위해 영어나 일본어 번역을 첨부하고 있는데, 유의 관계에 있는 어휘는 때때로 번역이 같아 학습자에게 혼란을 줄 수 있다. 또한 호응하는 용언의 의미와 시상에 따라 통사적 제약이 있고 유의어가 많은 부사, 그 중 시간부사는 정확한 의미전달이 어려운 개념적 추상어휘라서 유의 시간부사를 이 연구의 대상으로 삼는다고 밝히고 있다.

이 논문에서 다루는 유의 시간부사의 선정은 6권 발간 기준으로 4권 이상 발간된 대학기관 교재 6종(경희대1-6, 서강대1-4, 선문대1-6, 서울대1-4, 연세대1-6, 이화여대1-4)의 교재 뒤에 제시된 어휘목록을 기준으로 대상을 추출한 다음, 추출한 시간부사가 실제로 유의관계에 있는지를 교재에 제시된 번역과 김광해(2000) 「비슷한말 반대말 사전」을 통해 검증하는 절차를 거친다. 이렇게 해서 {지금}-{이제}/{벌써}-{이미}/{당장}-{금방}-{곧}/{아까}-{방금}-{금방}을 선정하고, 이들의 교재별 급수분포와 조남호 외(2002)에서 실시한 국어 사용빈도 조사를 살펴 다시 등급화한 결과, {지금},{이제},{벌써},{아까},{곧}은 초급으로, {이미},{당장},{금방},{방금}은 중급으로 분류하고 있다.

2장에서는 선행연구를 통해 한국어 교육에서의 어휘, 시간부사, 유의어에 대한 개념정리를 한다. 유의어 판별에는 말뭉치를 활용해 통사 결합을 나타내는 자료를 확보하고 Ulman(1957)에서 제시한 대치법을 활용할 것이라 밝힌다. 또한 어휘 접근법과 어휘교육 방법에 관한 이론적 배경을 검토하였는데, 어휘 접근법에서 제시하고 있는 어휘교육 방법은 어휘를 위주로 교수하여야 한다는 개념과 몇몇 단편적인 교육 방법들을 주로 제시하고 있어서 그것만을 가지고 교수 모형을 구성하기가 쉽지 않아서 Seal(1991)의 어휘지도 단계와, Ur(1996)의 어휘제시 방법을 참고하고, 문법교육과 연계된 넓은 의미의 어휘 교수모형을 제시한다.

3장에서는 유의 시간부사의 어휘 정보를 살피는데, 말뭉치를 통해 통사·의미·화용 정보를 밝히고 시제, 상, 혹은 다른 어휘와의 결합여부와 빈도를 알아보고 있다. 각 어휘 별로 통사정보, 의미정보로 나누어 제시하고 있는데 통사정보에서는 말뭉치 분석에서 나타난 시제, 상과의 결합빈도를 알아보고, 고빈도로 결합하는 어휘와 어휘 구 형성 여부도 살핀다. 의미정보에서는 「표준국어대사전」, 「연세한국어사전」, 「뉘앙스 풀이를 겸한 우리말 사전」에 실린 사전 의미를 살펴보고, 각 시간부사가 가진 시간 영역과 변별 가능한 의미자질을 밝히고 화자의 심리나 용언 결합 여부에 따른 화용정보까지 제시한다. 그리고 분석한 유의어를 비교한 내용을 제시한다. 이 내용은 4장에 제시한 교수모형에서 연습단계나 활용단계에서 이용할 수 있도록 하였다.

4장에서는 3장에서 살펴본 어휘정보와 이들을 학습자에게 어떤 순서로 제시할지를 고려하여 교수모형을 제시한다. 제시순서는 앞에서 정리한 등급화에 따른다. 빈도가 높은 시상형태와 어휘 구를 먼저 배열하고, 의미는 기본의미에서 확장의미 순서로 배열한다. 모형은 분석한 어휘 중 초급의 {지금}-{이제}, 중급의 {벌써}-{이미}만을 대상으로 한다. 교수방법은 어휘와 문법을 함께 교수하는 법을 택하고 있다. 또한 동시에 가르치지 않고 순차적으로 가르쳐 먼저 학습한 어휘를 반복하여 학습할 수 있도록 하고 새로운 어휘와의 유사점과 차이점을 학습자가 분명히 인지하도록 한다. 교수모형은 실제 한국어 교육현장에서 사용하는 '도입-제시-연습-활용-평가'의 단계를 따른다. 평가 단계에서는 단순한 확인뿐 아니라 과제를 활용한 평가, 말하기와 쓰기가 연계된 평가로 단계적 모형을 제시하고 유의 시간부사 어휘 각각을 상황에 맞게 사용하고 있는지를 파악한다.

‖ 의의 및 제언 ‖

이 연구는 어휘를 보다 체계적으로 교수하기 위하여 유의 시간부사를 단계화하고, 이를 활용해 어휘 중심 교수모형을 제시하였다는 데 의의를 가진다. 특히 많은 한국어 학습자들이 오류를 보이게 되는 유의 시간부사 어휘 항목을 선택하여 그 항목들의 어휘 정보 중 서로 유사하지만 동일하지 않은 항목들을 상호 비교·분석해 놓았다는 점에서 큰 의의를 찾을 수 있다.

그러나 4장에서 제시한 교수모형 부분은 현실성이 부족해 보이는데, 하나하나의 개별 어휘를 위해 별도의 시간을 할애하고 도입, 제시, 설명, 연습, 활동 등의 절차를 따르는 것은 시간적, 절차적 효율성이 다소 떨어진다고 생각된다. 또 교육 결과에 대한 평가 면에서는 또 적절하지 못한 평가 문항 선정이 아쉬움으로 남는다. 즉 교육 목표와 교육의 방법이 문맥을 통한 유의미성을 염두에 두고 고안되었다면 평가 또한 그러한 목표와 방법에 부합해야 하는 것이 바람직할 것이며, 평가 자체도 맥락화되어 이루어질 때, 평가의 타당성 및 신뢰성도 확보될 수 있을 것이다.

2005. 8. 하설월. 석사. 연세대. 중국인을 위한 한국어 어휘 교육 연구: 친족어와 대용 친족어의 교육을 중심으로. 〈분류: 어휘〉 〈해제: 기단봉〉

‖ 목차 ‖

‖ 요약 ‖

　이 연구는 중국인 학습자를 위한 친족어 및 대용 친족어 교육을 위한 방법을 모색하고자 중국인 학습자를 대상으로 한 친족어 교육 현황을 분석하고 이를 통한 다양한 교육 방법을 제시하고 있다.

　2장에서 우선 친족어의 상위 개념인 기본어휘의 개념과 교육 이론을 검토하고, 다음에 친족어의 개념과 교육 이론을 살펴보고 있다. 이 중 이 연구에서 사용된 대용친족어라는 어휘의 의미를 살펴보면 대용친족어는 친족 관계에 있지 않은 사람 혹은 모르는 청자에게 친족 호칭어를 사용하는 경우에 쓰이게 되는 친족 호칭어로 음식점에서 젊은 여직원을 "언니"라고 부르고, 친구의 어머니를 "어머니"라고 부르는 것 등을 예로 들 수 있다.

　3장에서는 중국 현지에 있는 한국어 친족어 교육의 상황을 설문 조사의 형식으로 살펴보고 있는데 조사는 크게 3부분으로 나누어 친족어 교육 필요성에 관한 조사, 친족어 교육 현황에 관한 조사, 그리고 학습자의 요구 분석으로 진행하였다. 설문조사의 결과를 요약하면 중국 국내 교육기관에서의 한국어 친족어 교육이 확충되어야 하며 그리고 친족어 교육을 위한 체계적인 교육과정 개설 등이 추진되어야 한다는 결론을 내릴 수 있으며, 학습자들 역시 이 친족어 학습에서 있어서 교사, 교과서, 수업 방식의 개선을 요구하고 있다는 점을 알 수 있다.

　4장에서 중국인 학습자를 위한 친족어 교육 방법을 제시하고 있는데, 크게 친족어에 대한 교육한 방법과 대용 친족어에 대한 교육 방법으로 나누어 볼 수 있다. 먼저 친족어 교육을 위하여 필자는 한국어와 중국어의 친족 어휘를 비교하였으며 이를 토대로 하여 친족어 교육 방법을 제시하고 있는데, 단어 구성을 위한 교육 방법, 의미 관계를 이용한 교육 방법 등과 같이 구체적인 교육 활동을 제시하는 접근법을 취하고 있다. 대용 친족어 교육 방법에 있어서도 한국어와 중국어의 대용 친족어를 비교하고 이를 토대로 하여 교육 방법을 보여주고 있는데, 교과서에 상황별

대화 내용 추가나 교사의 관련 지식 교수, 영상 매체 이용 방법 등을 제시하고 있다.

▋ 의의 및 제언 ▋

　이 연구는 중국 내의 한국어 교육기관에서 실시하고 있는 한국어 교육에 있어 친족어와 대용 친족어 교육이 부족하다는 사실에 착안하여 출발하였으며 중국인 학습자를 위한 한국어 친족어와 대용 친족어 교육의 방법론을 마련하는 데에 목적을 두고 있다.

　한국어의 경우, 문화적으로 친족어휘가 발달되어 있으며, 사회언어학적 특수성의 하나로 대용 친족어가 발달되어 있다는 점을 생각해 볼 때, 이와 같은 필자의 연구는 한국어의 문화적, 사회언어학적 배경 지식이 없는 학습자와 중국 현지의 한국어 교사들에게 많은 도움을 줄 수 있을 것이며, 이것이 바로 이 연구의 의의라고 할 수 있다. 또 한국어와 중국어의 친족어 및 대용 친족어를 비교분석한 것은 이 연구의 참신성을 더해주고 있다고 할 수 있다. 그러나 아쉬운 점이 있다면, 친족어와 대용 친족어의 교육 방법이 교육의 단계나 학습자의 숙달도, 또는 어휘 교육의 원리와 원칙 등과 관련 없이 교육 활동의 나열 위주로 제시되었다는 점이다. 보다 효율적인 어휘 교육이 이루어지기 위해서는 학습자의 숙달도와 난이도 등에 입각한 어휘의 선정과 배열, 교육 방법 등이 결정되고 이에 따른 학습 활동이 정해지는 것이 바람직할 것이라 생각된다.

2006. 2. 郭爽. 석사. 서울대. 중국인 학습자를 위한 한·중 동형 한자어의 의미 기술과 지도 방안 연구. 〈분류: 어휘〉 〈해제: 이준호〉

▋ 목차 ▋

▌ 요약 ▌

이 논문은 한국어를 학습하는 중국인 학습자들의 한자어 어휘 학습을 돕기 위하여 한국어의 한자어 어휘와 현대 중국어 어휘 중 그 형태가 동일한 한자어를 상호 비교하여 그 의미 차이를 고찰하고, 중국인 학습자를 위해 이들 한자어의 교수 학습 방안을 제시하는 데에 목적을 두고 있다.

필자는 이를 위하여 국립국어연구원(2003)의 한국어 학습용 어휘 중 한자어 2,474개를 연구의 대상으로 삼고 이를 중국의 '現代漢語辭典'과 한국의 '中韓辭典'에 등재된 어휘들과 비교하여 동형 동의 한자어와 동형 이의 한자어를 각각 2,312개와 162개를 추출하여 이를 중심적인 연구 대상으로 정하였다. 여기서 동형 동의 한자어란 개념적인 의미가 완전히 같으며 거의 모든 문맥에서 일대일의 대응이 가능한 한자 어휘를 일컬으며, 동형 이의 한자어는 그 의미가 완전히 일치하지 않은 한자어를 의미한다. 동형 이의 한자어는 다시 완전 이의어와 부분 이의어로 나눌 수 있는데, 완전 이의어는 형태는 같으나 의미가 서로 중복되는 부분이 전혀 없이 완전하게 다르게 사용되는 경우를, 부분 이의어는 의미가 서로 상당히 다르지만 일부분 공통적인 의미를 가지고 있는 경우를 의미한다. 이러한 분석의 결과 필자는 동형 한자 어휘 총 2,474개 중 절대 동형 동의어 2,262개, 상대 동형 동의어 50개, 완전 동형 이의어 46개, 부분 동형 이의어 116개를 추출하였다. 위의 수치에서 알 수 있는 것처럼 한국어의 한자 어휘와 현재 중국어 어휘에는 절대 동의어가 압도적으로 많은 수를 차지하고 다음으로는 부분 이의어가 많음을 알 수 있었다. 학습자들에게 많은 혼란을 야기시키는 상대 동의어와 완전 이의어는 예상 외로 큰 부분을 차지하지는 않았다.

필자는 이와 더불어 중국 지역 내에서 한국어를 전공하는 중국인 학습자를 대상으로 한자어에 대한 인식조사를 실시하였는데, 그 결과 학습자들은 한국어 한자어에 대한 중요성을 인식하고 있지만 교육기관에서는 한자어 교육이 충실하게 이루어지지 않고 있다는 문제점을 밝혀내었다.

이 연구에서는 상기한 분석과 인식조사의 내용을 바탕으로 하여 한자어 교수 학습 방안을 제시하고 있는데, 필자가 제안한 한자어 교육 방법으로는 주제별 학습, 문화적 특징에 대한 부연 설명법, 시각 매체 활용법, 한자어의 전이성, 연어성 함축성을 응용하는 방법, 한자어 구조 분석을 통한 의미 파악법, 학습 자료 개발 및 계획적 지도 학습방법 등이 있다.

▌ 의의 및 제언 ▌

중국인 학습자들은 한자문화권에 속해 있고, 한자에 대한 깊이 있는 지식을 가지고 있어, 한국어에서 사용되는 한자 어휘 학습에 유리한 측면이 있으나, 현대 중국어에서 사용되는 한자 및 한자어가 한국어에서 사용되는 한자어와 상이한 측면이 많아 오히려 한자어 사용에서 오류를 범하게 될 확률이 높다. 특히 형태가 같으나 의미나 쓰임이 다른 한자어의 경우는 학습자들이 오류를 범하게 될 가능성이 매우 높으므로 이러한 어휘에 대한 주의 깊은 지도가 필요하다고 할 수 있다. 이러한 점에서 볼 때, 이 논문은 중국인 학습자들 및 중국인 학습자를 지도하는 한국어 교사에게 많은 도움을 줄 수 있는 연구가 될 수 있을 것이다.

2006. 2. 김하나. 석사. 배재대. 초급 한국어 학습어휘 선정 연구. 〈분류: 어휘〉〈해제: 이준호〉

▌ 목차 ▌

▌ 요약 ▌

이 논문은 한국어 초급 수준의 외국인 학습자를 위한 교육용 어휘 선정을 위한 연구로 한국어 교육 기관에서 사용 중인 한국어 교재의 등재 어휘, 기 선정된 한국어 교육용 기초 어휘, 그리고 '한국어능력시험'에서 출현한 어휘라는 세 영역의 교육용 어휘 자료를 비교분석하여 한국어 교육용 어휘의 적절성을 평가하는 것에 목적을 두고 있다.

필자는 이를 위하여 총 3종 4권의 초급 한국어 교재와 '한국어능력시험' 중 3회~7회 1급 어휘 영역 및 기존의 기본 어휘 자료를 분석하였는데, 여기에서 기존 어휘 자료는 서상규(1998)의 기본 어휘 후보 목록, 조현용(2000)의 한국어 교육용 기본어휘, 조남호(2003)의 한국어 학습용 어휘를 의미한다.

이 연구에서는 위에서 제시한 어휘 자료를 분석하여 초급 학습 어휘를 선정하였는데, 그 기준은 다음과 같다. 첫째, 교재 3종에서 3회 중복된 어휘를 1차 선정하였다. 둘째, 교재에서 2회 중복된 어휘가 기존의 어휘 자료에 포함된 경우 2차로 선정하였다. 셋째, 기존 어휘 자료에서 3회 중복된 어휘를 3차로 선정하였다. 넷째, '한국어능력평가'에서 사용된 어휘 중 기존 어휘 자료와 교재에 모두 나타난 어휘를 4차로 선정하였다. 다섯째, 교재와 기존 연구에서 빠진 어휘는 '기본 어휘 후보 목록 5,000'에서 빈도순위를 근거로 추가하였다. 여섯째, 중복된 자료 중 '마이클', '종로' 등과 같은 인명이나 지명 등을 제외하였다.

필자는 이러한 방식으로 하여 명사 어휘 334개, 대명사 14개, 수사 32개, 동사 114개, 형용사 55개, 관형사 11개, 부사 44개, 감탄사 6개 총 610개의 초급 학습 어휘를 선정하였다.

▍▍의의 및 제언 ▍

이 연구는 초급 학습자들을 위한 한국어 어휘 교육을 위하여 한국어 학습용 어휘를 선정한 연구로 한국어 교재와 기존 연구, '한국어능력시험'의 어휘를 비교분석하여 총 610개의 초급 학습용 어휘를 선정하였다. 초급 학습자들의 경우, 일정한 수준의 문법적 능력을 갖추기 전에 어휘의 나열에 의한 의사소통에 의존해야 하는 기간이 존재한다는 사실에 비추어 보았을 때, 초급 학습자를 위한 기초 학습 어휘 선정은 타당성이 있는 연구로 보인다. 또 필자가 선택한 어휘 선정 방식도 필자의 주관을 배제하고 최대한 객관성을 확보하려는 노력이라고 생각된다. 그러나 이렇게 선정된 어휘가 한국어 교육 현장에 얼마나 공헌할 수 있을지에 대해서는 의문이 든다. 그것은 이 논문이 중복성 검사를 통하여 중복성이 약한 기존의 기초 어휘들을 제외시키는 방식을 선택하였기 때문에, 결과적으로는 기존의 어휘 자료를 간추려 제시한 것에 지나지 않을 수 있기 때문이다. 서상규(1998)의 기본 어휘 후보 목록은 5,000개, 조현용(2000)의 기본어휘는 725개, 조남호(2003)의 한국어 학습용 어휘는 928개에 이르며, '한국어능력시험'의 1급 평가 어휘수는 800개정도로 정해져 있다. 이렇게 많은 어휘 자료를 중복 여부에 의존하여 제외시켰기 때문에, 여기에는 기존의 연구에서 소홀히 다루었던 새로운 어휘들이 추가되기 어려웠을 것이다.

> **# 2006. 2. 박현옥. 석사. 연세대. 유행어를 통한 한국 사회·문화 교육 연구. 〈분류: 어휘〉**
> **〈해제: 이준호〉**

▍▍목차 ▍

국문 요약   Ⅰ. 들어가는 말

▌ 요약 ▌

이 논문은 언어 교육이 그 언어가 사용되는 사회와 문화에 대한 교육과 더불어 이루어져야 한다는 사실, 그리고 유행어는 그 사회의 특성과 현실을 반영한다는 사실을 고려하여 한국의 유행어를 통한 한국어 및 문화 교육을 주장한 연구이다. 필자는 서론에서 유행어가 가지고 있는 사회적, 문화적 맥락 및 언중 사이에서 만들어지고 공유되며, 변용되는 과정을 거쳐 독자적인 의미를 부여받게 되는 유행어의 양상을 살펴보고, 이를 통하여 한국어 언어문화의 실체를 규명하여 유행어를 통한 한국어교육 방안을 제시하겠다고 하였다.

이를 위하여 필자는 먼저 어휘적 차원에서의 유행어의 양상을 분석하고 이를 신어(신조어), 은어, 비속어, 통신어, 외래어 · 외국어로 나누었다. 필자는 이러한 유행어에 대한 이론적인 분석을 통하여 한국어의 경우 유행어는 다음과 같은 특징을 갖는다고 주장하였다. 먼저 음운적 관점에서는 경음화 현상, 음운의 혼용, 음운의 축약이 빈번하게 일어난다는 특징을 가지며, 어휘적 관점에서는 조어법상의 비문법성, 약어 사용, 외국어 차용, 사투리 사용이 일반적으로 자주 관찰됨을 알 수 있다. 또 표현상의 관점에서 보면, 다양한 비유적 표현, 대구적인 표현, 반어법과 완곡어법을 사용한 표현 등이 자주 나타난다는 사실 또한 알 수 있다고 하였다. 또한 현대 한국인은 은어나 비속어와 같이 비순화 어휘 및 외래어와 외국어의 사용이 잦고 맞춤법과 어법에 어긋난 표현도 많이 사용하고 있음을 알 수 있었다.

필자는 또한 유행어 속에 반영된 한국문화를 정치 상황, 경제 상황, 사회 상황, 일반 상황으로 나누어 제시하였으며, 이러한 상황을 대표하는 유행어를 제시하고 이러한 유행어가 등장한 배경에 대하여 설명하였다.

필자는 이러한 연구들을 바탕으로 하여 유행어 교육 방안을 제시하였는데, '유행어 활용의 극', '유행어 활용의 토의', '유행어 활용의 토론', '유행어 활용의 작문'이 그것이다. 먼저 '유행어 활용의 극'은 유행어 목록을 작성하고 작성된 유행어를 사용해 볼 수 있도록 역할극을 이용하는 방식이고 '유행어 활용의 토의'와 '유행어 활용의 토론'은 한국어 학습자들이 토론이나 토의를 통하여 한국인의 언어 문화와 사회상을 이해할 수 있도록 하는 방식이고, '유행어 활용의 작문'은 시대에 따라 달라지는 유행어나 유행담을 바탕으로 이야기를 창작해 보도록 하는 방식이다.

의의 및 제언

이 연구는 한국어 유행어를 통하여 한국어 및 한국 문화를 교육할 수 있도록 유행어의 특성을 분석하고 한국의 유행어에 담긴 한국어 사회상을 정리하여 한국어 교육에서의 활용방안을 제시한 연구이다. 필자가 언급한 바와 같이 유행어는 '사회의 거울'이라고 일컬어질 만큼 유행어는 사회와 문화상이 잘 반영되어 있다. 또한 이렇게 언어를 소재로 하여 사회와 문화를 학습할 수 있는 교육 항목은 한국어 교사들이 한국 문화 교육을 보다 용이하게 준비할 수 있게 해 준다는 점에서 필요성이 높다고 할 수 있다. 다만 이 연구에서 예로 제시한 유행어들이 어떻게 선정되었으며, 어떠한 대표성을 가지고 있는지에 대해서는 다소 의구심이 든다. 필자는 서론에서 강신항(1991), 김광해(1993) 등 몇 편의 문헌 및 국립국어연구원의 신어 조사 자료를 활용했다고 광범위하게 밝히고 있으나, 이하의 장에서 선택하고 제시한 유행어들의 출처나 선정 근거에 대한 설명이 나와 있지 않아 어떠한 이유에서 그러한 유행어들을 선정하였는지 의문이 들게 한다. 한편 시대에 흐름에 민감한 유행어의 특성에도 불구하고 필자가 설명한 상당수 이상의 유행어들이 '미국 놈 믿지 말고 소련 놈에 속지마라', '복부인', '양공주', '형님 먼저, 아우 먼저'와 같이 현재에는 자주 사용되지 않는 과거의 유행어들로 채워진 점도 아쉬움으로 남는다.

> **# 2006. 2. 왕사민. 석사. 서울대. 중국어권 학습자를 위한 한국어 의존명사 표현 교육 연구. 〈분류: 어휘〉 〈해제: 기단봉〉**

목차

▌ 요약 ▌

본 연구는 중국인 한국어 학습자들에게 한국어 의존명사 표현 교육을 체계적으로 실시할 필요성을 인식하고 효과적인 의존명사 표현 교육 방안을 모색하는 데 목적을 두었다.

이를 위해 우선 한국어 및 중국어의 의존명사 표현의 개념과 특징에 대해 살펴보고 있으며 먼저 한국어에서의 의존명사의 정의와 분류, 특징을 고찰하고 있는데, 선행어 어미 선택 제약이나 주어 제약, 서술어 제약에 따른 분류, 또 다른 하나는 통사 의미론적 기능 의미에 따른 분류를 바탕으로 접근하고 있으며, 한국어 의존명사 표현의 특징은 주로 어휘론적, 통사론적, 의미론적, 그리고 문법화에 따른 특성에 근거하여 살펴보고 있다. 다음으로는 이러한 이론적 고찰을 바탕으로 중국인을 위한 한국어 의존 명사 교육의 문제점을 제시하고 있으며 그 내용으로는 한국어 의존명사의 통사적 특성으로 인한 어려움과 모국어인 중국어의 영향으로 인한 어려움을 들고 있다.

3장에서는 그 문제점을 해결하기 위하여 한·중 의존명사 표현에 대한 대조분석을 진행함으로써 오류의 원인과 해결방안을 찾고 있다. 방법적으로는 한국어 의존명사 표현에 대응하는 중국어 표현 형식의 특징을 살펴보고, 이를 다시 대상성·서술성·부사성 의존명사를 구분하여 두 언어의 표현 양식을 대조하고 있다.

본 연구의 중심 내용에 해당하는 4장에서는 중국인 한국어 학습자 160여명을 대상으로 오류 분석을 실시하며 오류 유형에 따른 원인 및 개선 방안을 제시하고 있다. 먼저 의존명사 표현 구분의 어려움으로 인한 오류, 의존명사 표현 분류별 오류로 나누고 전자에 해당하는 오류는 어휘화와 관련된 오류, 연결어미화와 관련된 오류, 종결어미화와 관련된 오류, 선어말어미화와 관련된 오류, 조사 및 접미사와 관련된 오류 등이 있음을 제시하였고, 후자의 경우 호응 오류, 유의어 오류, 부정적인 회피 전략으로 인한 오류, 그리고 번역 상에서 나타나는 오류로 분류하여 그 원인 및 개선 방안을 보여주고 있다.

4장까지의 대조 분석 및 오류 분석의 결과를 바탕으로 5장에서는 중국인 학습자를 위한 교육용 한국어 의존명사 표현의 선정 방법 및 단계 배정 기준을 제시하고 있으며, 현행 한국어 교육에서의 의존명사 표현 교육 실태를 교재를 위주로 분석함으로써 교재의 문제점을 지적하고 나아가 개선 방향을 제시해 보았다. 그리고 구체적인 한국어 의존명사 교수, 학습의 실제를 제시하고 있으며, 결론에서는 연구의 내용을 정리하면서 본 연구의 한계를 지적하였다.

▍▌ 의의 및 제언 ▌

한국어 의존명사의 표현은 외국인 한국어 학습자들이 실제 사용에서 많은 오류를 보이는 것이 사실이다. 이 연구는 이러한 문제점에서 출발하여 중국인 학습자를 대상으로 한국어 의존명사 표현 교육에 대한 방법론을 제시하려 했다는 점에서 의의가 크다고 할 수 있다. 특히 중국어권 학습자가 한국어 의존명사를 사용할 때 오류가 발생되는 이유와 그러한 오류를 유형화하려고 시도했던 점이 이 연구의 가치를 높여주고 있다고 할 수 있다. 또 한국어와 중국어의 대조분석, 학습자 오류분석을 통하여 한국어 의존명사 표현의 교수 방법을 제시한 점은 이 연구가 가지는 실제성을 잘 보여준다고 할 수 있다. 그러나 아쉬운 점이 있다면 5장에서 제시한 한국어 의존명사 표현의 교수 내용 구성이 의존명사에 대한 지식적 측면을 강조하는 데에 머무르며, 이것이 어휘 교육이 가져야 할 필수적인 교육학적 원칙, 가령 어휘 교육의 맥락화라든지, 절차적 지식화, 의사소통 중심 등과 같은 원칙을 담아내고 있지 못하다는 점이다.

2006. 8. 손지영. 석사. 상명대. 장이론을 활용한 외국어로써의 한국어 어휘 교육. 〈분류: 어휘〉 〈해제: 이준호〉

▍▌ 목차 ▌

‖ 요약 ‖

이 논문은 한국어 어휘 학습을 보다 효과적으로 할 수 있도록 장이론을 바탕으로한 어휘 전용 교재를 구성하고 학습자의 숙달도별로 어휘력을 향상시킬 수 있는 어휘 교육 모형을 개발하여 제시하는 것에 목적을 두고 있다. 필자는 최근에 사용되는 한국어 교재들이 주로 기능 통합형으로 출간되는 경우가 많아, 듣기 교재나 읽기 교재와 같은 기능별 교재는 물론 어휘만을 전문적으로 다루는 교재 개발의 필요성이 높아지고 있다고 주장하면서, 이 논문은 이러한 어휘 교재 개발을 가정하여 교육 내용과 교육 방식의 선정을 위주로 진행하겠다고 밝혔다. 필자는 궁극적으로 초급·중급·고급용 어휘를 선정하고 특히 장이론을 활용한 한국어 어휘 교재를 구성의 방안을 제시하는 것을 목표로 하였다.

필자는 이를 위하여 장이론을 적용한 어휘 교재 구성을 위하여 어휘를 선정하고 제시하였는데, '한국어능력시험'의 어휘 영역에서 출제된 어휘를 우선적으로 선정하고, 2차적으로는 각 대학 소재 한국어 교육기관에서 사용하고 있는 한국어 교재의 어휘 빈도수와 이 외에의 경험적인 방법을 이용하여 교재에 수록될 어휘를 선정하였다. 특히 '한국어능력시험'의 어휘는 어휘 문항의 소재범주에 따라서 나누고 다시 각 등급별로 의미 범주를 선정하는 과정을 거쳤다. 이렇게 선정된 기준은 한국어 교재의 어휘를 추출하는 데에도 적용하였으며, 현대 한국어 학습사전의 의미망을 중심으로 어휘 항목을 선택하였다. 그러나 필자는 한국어 교재에 등재된 어휘들의 경우, 난이도의 차이가 심하고 일관성을 확보하기 어려워 등급에 대한 기준은 '한국어능력시험'의 등급으로 한정하였다고 밝혔다.

이 논문에서는 상기한 기준과 방식으로 선정된 어휘를 교육하는 방안으로 장이론을 활용하였는데, 특히 필자는 내적 관계에 따라 목표 어휘를 제시하는 방법과 외적 관계를 이용하는 방법을 이용하였다. 이에 대하여 필자는 내적 관계에 의한 방법은 해당 단원에서 학습할 어휘가 속할 의미장에 대하여 생각해 볼 수 기회를 준다는 장점이 있고, 내적 관계에 의한 방법은 어휘를 확장하는 단계에서 기 제시된 어휘를 결합장을 통하여 확장시키는 데에게 도움을 줄 수 있기 때문이라고 밝혔다.

끝으로 필자는 한국어 어휘 교재를 위한 단원 구성의 모형을 제시하였는데, 한국어능력시험의 소재 출제 기준을 분석하여 '사람', '의식주생활', '일상관습', '하루생활'의 4가지 대주제를 선정하고 이를 다시, '신체', '가족관계', '집', '주거환경', '요리', '시간', '일기와 날씨' 등으로 세분화하여 총 17과의 단원을 선정하였다. 필자는 이러한 선정된 단원을 중심으로 초급, 중급, 고급 수준에서 학습해야 할 교육 어휘를 선정하고 이를 'P–P–P 방식 교수법'의 틀을 따라 단원 구성의 실제에 적용하였다. 필자는 단원 구성의 모형으로 '병과 치료' 단원을 개발하여 제시하였다.

▌ 의의 및 제언 ▌

이 연구는 한국어 어휘 교육의 방법론으로 장이론을 선택하여 장이론을 활용한 어휘 교수 방안 및 어휘 교재 구성의 예를 보여준 연구이다. 한국어 어휘 교육을 다룬 학위논문에서 이와 같이 이론에 근거한 어휘 교육을 다루고 있는 연구가 매우 드물다는 점을 감안할 때, 그리고 의사소통능력을 중심으로 한 교수법에서 장이론이 가질 수 있는 장점을 생각해 보았을 때, 이 논문은 상당한 의의를 가진다고 할 수 있다. 특히 어휘 선정과 단원 구성에 있어, 다양한 어휘 교육 방법론을 염두에 두고 연구를 진행한 점이 돋보인다. 그러나 단원 구성의 모형에서 제시한 초급, 중급, 고급 수준의 어휘 교재의 단원을 모두 같은 주제로 통일한 것은 수정 또는 보완될 필요가 있어 보인다. 나선형식 교수요목의 장점을 인정한다고 하더라도 초급에서 고급까지 모두 '사람', '의식주생활', '일상관습', '하루생활'이라는 4가지 주제에 밖에 노출될 수 없다면, 고급 수준에 이르러서 필요시 되는 추상적이고 사회적인 주제에 대한 어휘는 학습할 수 없기 때문이다. 지나치게 개인적 수준의 주제에 한정하여 단원을 구성하고 어휘를 선정한 것이 아쉬움으로 남는다.

2006. 8. 조선경. 석사. 경희대. 한국어 신체 관련 다의어 교육 방법 연구. 〈분류: 어휘〉
〈해제: 이준호〉

▌ 목차 ▌

▌요약▐

이 논문은 한국어 학습자들이 한국어를 의사소통 상황에서 자연스럽게 구사할 수 있도록 하기 위해서는 다의어 교육이 중요함을 주장하며, 한국어 교재에서 사용된 신체 어휘의 다의성을 분석하여 한국어 신체 어휘 교육 방안을 제시한 연구이다. 필자는 새로운 어휘를 학습하는 것도 중요하지만, 다의어 학습을 통하여 알고 있는 어휘의 의미 확장을 꾀하는 것도 중요하다고 하였다. 특히 기본 의미도 제대로 알지 못하는 초급 단계 학습자들에게는 다의어에 집중하는 것이 오히려 혼란을 가중시킬 수도 있기 때문에, 필자는 중급 단계 이상에서 한국어 화자들의 다의어 사용 양상을 외국인 학습자에게도 적용시켜 다의어 학습 기회를 제공할 필요가 있음을 강조하였다.

이를 위하여 필자는 '한국어능력시험'에서의 다의어 제시 현황을 분석하고 세 개 대학 소재의 한국어교육기관에서 사용하고 있는 한국어 교재 3종을 분석하여 이중 신체 관련 다의어의 확장 의미가 어떻게 제시되고 있는지를 살펴보았다. 필자는 신체어는 한국어 기초 어휘에 속하면서도 의미적인 변화가 다양하고 그 사용 범위가 넓은 점을 고려하여 다의어 교육의 방법론을 전개하기 위하여 이러한 신체 관련 다의어를 선택하였다고 밝혔다.

이 연구에서는 상기한 바와 같이 한국어 교재 3종을 분석하여 신체 관련 다의어를 추출하였는데, 신체 관련 어휘 가운데 다의성을 가진 어휘들은 '귀, 눈, 다리, 머리, 목, 발, 배, 손, 어깨, 얼굴, 입, 팔'로 나타났으며, 필자는 이 가운데 의미 빈도가 가장 높은 '눈, 손, 얼굴, 머리'를 중심으로 의미 분석을 시도하였다. 이러한 분석의 결과, 먼저 '눈'은 '눈이 나쁘다'와 같은 신체 영역 개념으로, '눈이 높다'와 같은 판단 영역의 개념으로, '눈을 맞추다'와 같은 시선 영역의 개념으로 확장되어 사용되는 것을 알 수 있었으며, '손'은 '손을 씻다'와 같은 신체 영역, '손이 많이 가다'와 같은 힘·능력 영역, '손이 모라자다'와 같은 사람 영역의 의미로 쓰임을 알 수 있었다.

또 '얼굴'의 경우는 '얼굴이 동그랗다'와 같은 신체 영역, '웃는 얼굴에 침을 뱉다', '두 얼굴을 지니고 있다', '얼굴을 익히다' 등과 같이 체면이나, 대표, 사람 등을 의미하는 기타 영역의 개념으로 사용되고 있는 것으로 나타났다. 끝으로 '머리'의 경우는 '머리를 끄덕이다'와 같은 신체영역, '머리가 좋다'와 같은 사고 능력 영역, '책상머리에 붙어있다'와 같은 사물 영역의 개념을 가지고 있는 것으로 나타났다.

필자는 이러한 분석의 결과를 활용하여 다의어 교육 방법을 제시하고 있는데, 다의어 교육 시의 주의사항으로는 먼저 의미 빈도에 따른 다의어 교육이 이루어져야 한다는 점, 의미 항목의 지나친 세분화를 피해야 한다는 점, 언어권별 의미 차이를 고려해야 한다는 점을 들었다. 이러한 사항들에 주의하여 필자는 다의어 교육 방법으로 의미망 제시 방법, 의미 묶음표 활용 방법, 그림판을 활용한 의미 제시 방법과 같은 시작 자료 활용 방안 및 읽기 자료를 활용한 다의 교육 방안과 사전 형식을 활용한 다의어 교육 방안, 게임을 통한 다의어 교육 방안 등을 제안하였다.

▌ 의의 및 제언 ▌

이 연구는 한국어 어휘 교육 관련 학위논문 가운데 의미 관계에 집중하여 작성된 연구가 드문 가운데, 다의어라는 단어의 의미 관계를 염두에 두고 다의어 교육의 중요성을 강조하였다는 점에서 연구의 의의를 찾을 수 있을 것이다. 또 다의어로서의 쓰임이 많으며 동시에 한국어 기초 어휘에 해당하는 신체어에 주목하여 신체 관련 다의어의 개념 영역을 분석하고 사용과 의미 상의 특성을 도출했다는 점에 현장의 한국어 교사들에게 유의미한 결과를 제시했다고 할 수 있다. 다만 다의어 교육 방안으로 제시된 방법론들이 대체로 일반적인 한국어 어휘 교육 방법론을 차용하고 있는데, 이를 다의어라는 의미 관계의 특성이나 신체 어휘라는 주제의 특성을 살릴 수 있도록 보완된다면 더 의미 있는 연구가 되었을 것이다.

> # 2007. 2. 김민경. 석사. 한양대. 한국어 한자 어휘 학습 자료 개발을 위한 기초 연구 : 중국어권 중급 학습자를 대상으로. 〈분류: 어휘〉 〈해제: 이준호〉

▌ 목차 ▌

▌요약▌

이 논문은 중국인 한국어 학습자를 위하여 한국어의 한자 어휘를 효과적으로 지도할 수 있고 한국어 어휘를 확장시켜 줄 수 있으며, 모국어 간섭으로 인한 한자 어휘 사용의 오류를 최소화시킬 수 있는 한국어 한자 어휘 학습 자료 개발을 목적으로 작성되었다. 필자는 중국인 학습자들의 경우, 같은 한자문화권 출신이라는 이유로 한자어 학습에 대한 기대가 높고 따라서 중국인을 위한 한자어 교육이 제대로 이루어지지 않고 있으나, 한국에서 사용하고 있는 한자 어휘와 중국에서 현재 사용되고 있는 한자 어휘에는 의미와 형태, 기능 면에서 차이점이 많아 중국인들의 경우 모국어 간섭 현상으로 인한 사용의 오류가 많은 현실을 지적하였다.

필자는 이러한 문제점을 해결하기 위하여 중급 숙달도의 한국어 학습자들을 위한 한국어 교재에 등장하는 한자어 어휘를 분석하였다. 필자는 중국 단계에서 학습 어휘가 급격히 증가하고 중국인 학습자들의 학습 부담이 늘어 한국어 한자 어휘에 대한 제대로 된 학습 없이 중국어와 유사하게 발음하여 버리는 오류를 양산하게 된다고 지적하면서 중급 수준에서의 한자어 교육의 필요성을 강조하였다. 이 논문에서는 한국어 기관에서 사용 중인 한국어 중급 수준의 교재를 분석하여 한자 어휘를 추출한 다음 같은 의미의 중국어 어휘와 비교하여 동형이의어, 동형동의어, 이형동의어로 분류하였다. 이중 동형이의어는 동형부분이의어와 동형완전이의어로 다시 나누었다. 또 동형동의어는 의미는 같되 실제적인 용례에서 차이를 보이는 경우에만 상대동의어로 목록화하고 부분이형동의 중에서는 역순어만이 의미가 있음을 인정하여 역순동의어 또는 역순이의어만 목록화하여 제시하였다. 그러나 한국어와 중국어 어휘 중 그 형태와 의미가 같은 동형동의어는 중국인 한국어 학습자에게 의사소통 장애요인으로 작용하지 않으므로 연구의 대상에서 제외시켰다.

이 논문에서는 이와 같은 교재 분석을 통하여 얻어 낸 한자 어휘 목록을 실제 교육 현장에서 응용할 수 있는 한자어 어휘 학습 자료 활용 방안으로 제시하고 있는데, 그 중 예문 제시를 통한 학습 방법이 실제 어휘 사용에서의 오류를 최소화할 수 있고, 특히 상대동의어의 경우에도 한자어 자체를 먼저 제시하고 중국어를 그대로 한국어 문장에 넣은 오류문을 제시한 후 수정하는 과정을 통하여 교육하는 방식으로 예문 제시법을 활용하면, 어휘 학습의 효율성을 높일 수 있다고 주장하였다.

▌의의 및 제언▌

이 논문은 중국인 한국어 학습자가 한국어에서 사용되는 한자 어휘를 학습하고 사용할 때, 같은 한자 문화권이기 때문에 소홀해질 수 있는 의미와 사용 방법상의 차이점 인식에 문제를 제기하고 이를 해결하기 위한 대조분석을 시도했다는 점에서 의의를 찾을 수 있으며, 특히 실제 한국어 교재에 등장하는 어휘들의 비교 분석을 정밀하게 진행했다는 점에서 연구의 가치를 인정받을 수 있다. 그러나 한자 어휘 학습 및 사용의 어려움이 본격화되는 고급 단계의 어휘를 제외하고 중급 수준의 어휘만을 그 대상으로 하여 연구의 표본이 된 어휘가 양적과 질적으로 풍부하지 못했다는 점이 아쉬움으로 남는다.

2007. 2. 박정은. 석사. 경희대. 외국어로서의 한국어 접두 파생어 연구 : 한자어 부정접두사 '無, 未, 不, 非'를 중심으로 – 〈분류: 어휘〉 〈해제: 이준호〉

‖ 목차 ‖

▌ 요약 ▌

이 논문은 외국인 한국어 학습자의 어휘 교육을 위하여 말뭉치에서 나타난 한자어 부정 접두사의 빈도수 및 용례를 도출하고 한국어 교재에서의 한자어 부정 접두사의 교육 현황을 살펴보며 이를 토대로 하여 한자어 부정 접두사의 교육 방안을 제시하는 것을 목적으로 하고 있다. 필자는 한자어 접두사는 고유어 접두사와 마찬가지로 한국어 접사로서의 기능을 가지고 있으므로 한자어 접두사를 접두사의 범주에 두고 이 중에서 '無, 未, 不, 非'로 논의의 대상을 구체화하여 이들 한자어 부정접두사의 의미와 기능 그리고 형태적 특성을 연구하였다. 필자는 '無, 未, 不, 非'가 공통적으로 후행하는 어기에 부정의 의미를 더해주는 기능 이외에도 후행 어기의 통사적 범주를 변화시키는 기능도 하고 있음을 주장하였는데, 이는 고유어 접두사와 차별되는 측면이라고 하였다. 고유어 접두사가 후행 어기의 통사적 범주를 변화시키지 못하며, 추상적인 의미를 지니고 이형태와 어형의 변화가 존재하는 것에 비하여 상기한 한자어 접두사는 후행 어기의 통사적 범주를 변화시키는 것 외에도 구체적인 의미를 지니고 있으며, 이형태와 어형의 변화가 존재하지 않는다는 특징을 지적하였다.

이 논문에서는 각 부정접두사간의 공기관계에도 주목하였는데, '不'과 '非'는 그 의미가 거의 일치하므로 폭넓은 공기관계를 유지하며, '不'과 '無'는 그 의미상의 차이로 인하여 한 어기에 공기하더라도 그 반의어가 일치하지 않는다고 하였다. 또 '不'과 '未'는 '未'가 시간적인 개념으로서의 후행 어기를 부정한다는 특성을 가지고 있으므로 공기관계가 거의 이루어지지 않고 '非'와 '無'는 결합하는 후행 어기의 존재를 부정한다는 공통점이 있어 공기관계가 상당부분 성립되어 있으나 '不'과 '非'의 공기관계처럼 폭이 넓지는 않다고 하였다.

필자는 '無, 未, 不, 非'의 특성을 제시한 후, '無, 未, 不, 非'의 파생어휘를 빈도수에 의거하여 목록화하였으며, 이러한 목록과 주요 대학의 한국어 교재에서 제시된 '無, 未, 不, 非' 어휘를 비교하여 살펴보았다. 그 결과 부정접두사 중에는 '非'가 가장 많은 파생 어휘를 가지고 있을 알게 되었으며, 대부분의 한국어 교재에서는 '無'와 '不'의 파생 어휘만을 제시하고 있는 반면 '未'와 '非'에 의한 파생 어휘는 거의 제시되지 않고 있다는 사실을 도출하였다. 즉 실제 말뭉치에서는 '非'가 가장 많은 파생 어휘를 가지고 있음에도 불구하고 한국어 교재에는 이러한 현실이 반영되지 않음을 지적하고 필자는 말뭉치 검색을 통하여 얻어낸 빈도수를 통해 한자어 부정 접두사 '無, 未, 不, 非'의 파생 어휘 목록을 작성하여 제시하였으며 이를 교육할 수 있는 교육적 제시 방안도 함께 제안하였다. 필자가 제안한 어휘의 제시 방안은 첫째 한자어 부정 접두사의 파생 어휘가 이행 영역뿐만 아니라 표현 영역에서도 제시되어야 한다는 방침과 학습자들이 한자어 부정 접두사의 파생 어휘를 생성할 수 있도록 어휘 공식을 제시하는 방침 그리고 한자어 부정 접두사의 파생 어휘를 어휘 확장을 위한 반의어로 제시하는 방침 등을 기반으로 하고 있다.

▌ 의의 및 제언 ▌

이 논문은 한자어 부정 접두사 '無, 未, 不, 非'를 실제 말뭉치 자료에 대한 분석을 통하여 실제적인 사용 빈도를 도출하고 이를 한국어 교재와 비교하여 현재 이러한 부정 접두사에 의한 파생 어휘의 교육이 실질적으로 이루어지지 않음을 밝혀, 보다 효율적인 교육을 위한 파생 어휘 목록을 작성하고 이를 한국어 교육에 반영하려 시도했다는 점에서 그 의의를 찾을 수 있다. 실제로 중급 이상의 한국어 숙달도를 갖기 위해서는 학습자들의 어휘력 확장이 결정적인 역할을 하고 있으며, 이러한 어휘력 확장에 접두사나 파생어를 이용한 방안이 효율적임을 생각해 볼 때, 필자의 연구는 한국어 교육 현장에서 유의미하게 받아들여질 수 있을 것이다. 다만 이 논문이 한자어 부정 접두사 파생 어휘의 목록을 작성하는 데에 주력하고 있어, 이러한 목록을 보다 의미 있게 분류하는 것, 한국어 숙달도나 언어 영역, 혹은 주제 등으로 재분류하여 한국어 교육에 보다 실효성 있게 적용시키는 문제에 대해서는 다소 소홀하게 다루어진 점이 아쉽다고 할 수 있다.

> **# 2007. 2. 방성희. 석사. 고려대. 대학 수학 목적의 한국어 기본 어휘 선정 연구: 인문계열 명사 어휘를 중심으로. 〈분류: 어휘〉 〈해제: 이준호〉**

‖ 목차 ‖

‖ 요약 ‖

이 논문은 한국에서의 대학 수학을 준비 중이거나 혹은 이미 한국의 대학에 진학하여 한국어 수학 중인 외국인 학습자를 위한 대학 수학 목적의 한국어 교육의 일환으로 대학 수학 목적 한국어 기본 어휘를 선정하는 데에 그 목적을 두고 작성되었다. 필자는 대학 수학을 목적으로 한국어를 학습하는 외국인 학습자가 빠르게 증가하고 있는 한편, 대학 수학을 성공적으로 이수하지 못하고 중도에 포기하게 되는 외국인 학습자도 지속적으로 증가하고 있으며 특히 대학 1, 2

학년에 포기하는 조기 실패자가 많은 실정을 언급하였는데, 이는 대학 수학 목적의 한국어 교육이 효율적으로 이루어지지 못해, 외국인 유학생들이 한국어를 통하여 학문에 정진하는 데에 무리가 따르기 때문이라고 주장하였다. 이러한 문제점을 해결하기 위하여 필자는 대학 수학 목적의 어휘 교육의 필요성을 강조하고 있으며, 특히 전공 어휘에 대한 이해 부족을 외국인 학습자의 대학 수학 실패의 주요인으로 보고 아래와 같은 연구를 진행하였다.

먼저 필자는 '대학 수학 목적의 한국어 기본 어휘'와 '대학 수학 목적의 인문계열 전공 기본 어휘'를 구분하여 전자는 대학 수학 목적에 있어서 학습에 필요한 어휘로 이를 '사고도구어'라고 정의하였다. 후자는 인문 계열 전공자에게 특히 중요한 기본 어휘로 이 영역의 전공 과목을 학습하기 위하여 반드시 필요한 기본 어휘라고 정의하였다. 필자는 이러한 두 부류의 어휘 목록을 작성하기 위하여 고려대학교의 인문 계열 전공 과목을 기준으로 하여 24개의 하위 영역으로 구분하여 학습자가 대학 수학을 위하여 꼭 읽어야 하는 개론서 및 전공 서적 텍스트를 말뭉치 자료로 하여 분석하였다. 필자는 이렇게 하여 추출된 명사 어휘를 다시 '일반 목적의 한국어 기본 어휘', '대학 수학 목적의 한국어 기본 어휘', '대학 수학 목적의 인문계열 전공 기본 어휘'로 분류하고 이에 해당하는 목록을 작성하였다.

이러한 작업을 토대로 하여 필자는 상기한 어휘 목록을 구체화하였는데, '일반 목적의 한국어 기본 어휘'는 국립국어원(2003)의 자료를 기준으로 추출하였고, '대학 수학 목적의 한국어 기본 어휘'와 '대학 수학 목적의 인문계열 전공 기본 어휘'는 말뭉치 자료에서 국립국어원(2003)에서 A, B 단계 및 C 단계의 어휘를 제거하여 이 후 남아있는 항목에서 분류하였다. 또 '대학 수학 목적의 한국어 기본 어휘'는 분포도를 고려하여서 4영역 이상에서 반복적으로 출현하는 고빈도 어휘만을 추려내었으며, '대학 수학 목적의 인문계열 전공 기본 어휘'는 네 영역에서 모두 출현하지 않았지만, 빈도수가 높은 순으로 정렬하여 어휘의 의미와 계열관계에 따라 160개를 선정하였다.

필자는 이렇게 하여 얻은 어휘 목록은 아직 필자의 주관성이 배제된 상태가 아님을 감안하여 각 전공 영역 연구자와 교수진을 대상으로 한 설문조사를 통하여 선정된 어휘의 타당성을 입증하였다.

필자는 이러한 방식으로 모두 350개의 '대학 수학 목적의 한국어 기본 어휘'를 비롯하여 '국문한 영역 전공 기본 어휘', '국어학 영역 전공 기본 어휘', '역사학 영역 전공 기본 어휘', '철학 영역 전공 기본 어휘'를 각 40개씩 선정하여 그 목록을 제시하였다.

▐ 의의 및 제언 ▐

이 논문은 대학 수학 목적의 학습자가 급증함에 따라 대학 수학 목적의 한국어 교육의 필요성이 증대되고 있는 현재 상황을 주목하여 인문계열을 대상으로 하여 대학 수학 목적의 한국어 어휘 목록을 작성하고 이를 다시 '사고도구어'와 '전공 어휘'로 구분하여 제시하였다. 이는 대학 수학 목적의 어휘 교육의 필요성 면에서 그리고 김정숙(2000)에서 언급한 학문적 상황에서의

‘공통적인 핵’을 어휘적 차원에서 제공하였다는 점에서 연구의 의의를 찾을 수 있다. 또 어문학 분야, 역사학 분야, 철학 분야에 걸쳐 24개의 개론서 및 전공서적을 말뭉치 자료로 삼아 기본 어휘를 추출하고 전공 과목의 교수진과의 상담을 통하여 이 어휘들의 타당성을 획득한 점은 이 연구의 신뢰도를 높이는 데에 큰 역할을 하고 있어 한국어 교육 현장에서도 쉽게 활용될 수 있는 자료를 제공하는 데 일조하고 있다.

 # 2007. 2. 유해준. 석사. 고려대. 학문 목적 한국어 교육을 위한 기본 어휘 선정에 관한 연구: 인문·사회 영역을 중심으로. 〈분류: 어휘〉 〈해제: 이준호〉

‖ 목차 ‖

‖ 요약 ‖

이 논문은 국내의 대학이나 대학원에 진학을 원하여 학문적인 목적 하에 한국어를 학습하는 외국인 및 동포 학습자를 위한 학문 목적의 한국어 어휘를 선정하여 제시하는 것을 목적으로 하여 작성되었다. 필자는 단기 어학 연수 과정보다는 정규 학위 과정을 이수하려는 한국어 학습자의 수가 빠른 속도로 성장하고 있는 현실에 주목하여 학문 목적의 한국어 교육 연구가 필요하고 특히 원활한 학업을 위하여 반드시 알아야 하는 학문 목적의 어휘에 대한 연구도 반드시 이루어져야 함을 강조하였다. 필자는 그러나 전공별로 학문 목적 어휘를 구분하여 모두 목록화하는 것은 현 상황에서 불가능하므로 인문사회계열 전공의 교양영역을 대상으로 학문 목적 기본 어휘를 선정하였다.

필자는 상기한 인문사회계열 전공의 학습자를 위한 어휘 선정을 위하여 말뭉치 분석 방법을 활용하였는데, 학문 목적의 어휘 목록 작성을 위하여 인문 계열 및 사회 계열의 대학 교양 교재

10권을 말뭉치 자료로 삼아 어휘 목록을 추출하고 이를 분석하여 학문 모적 학습용 기본 어휘를 선정의 기준을 마련하였다. 필자는 학문 목적의 한국어 학습자들을 위하여 이루어지고 있는 학문 목적의 한국어 교육 과정의 현황을 파악하기 위하여 한국어 교육 기관을 상대로 한 설문과 학문 목적 한국어 수업에 대한 학습자 요구 조사를 실시하였다.

이 논문에서는 이러한 말뭉치 분석과 교육기관 및 학습자 대상 설문조사 등을 통해 수집한 자료를 바탕으로 하여 학문 목적 어휘를 품사별과 급수별로 정리하여 제시하였는데 이에 앞서 10권의 대학 교양도서에 추출한 어휘 목록을 일반 목적의 한국어 교재 8종의 어휘 목록을 분석하여 작성한 서상규(1998)의 어휘 목록과 비교하여 정리하였는데, 이 결과 인문 영역의 어휘는 많은 부분을 일치하고 있었던 반면, 사회 영역의 교양 교재의 분석 결과는 한국어 교재의 어휘 목록과 일치하는 어휘 수가 인문 영역의 50%에도 미치지 못하고 있어 학문 목적의 한국어 교육에서 이러한 영역의 주제가 보다 적극적으로 반영되어야 한다고 주장하였다.

필자는 이러한 연구의 결과로 학문 목적의 한국어 교육 학습용 기본 어휘 목록을 제시하였는데, 인문 영역 어휘는 총 982개의 상위 빈도 어휘를 추출하였으며, 사회 영역의 경우 총 1,004개의 상위빈도 어휘를 추출하였다. 이렇게 추출된 어휘는 한국인 모국어 화자로 구성된 대학 3학년 및 4학년 재학생을 대상으로 어휘의 난이도 조사를 실시하였는데, 이러한 인식 조사의 결과 학문 목적 학습자들에게 공통적으로 교육해야 할 인문 및 사회 영역의 학습용 기본 어휘 944개를 빈도와 품사를 고려하여 선정하였다.

▌▌ 의의 및 제언 ▌

이 논문은 학문 목적의 한국어 교육에 대한 요구와 수요가 급증하고 있는 현재 한국어 교육계의 현실에 발맞추어 학문 목적의 한국어 교수·학습의 기본이 될 수 있는 학문 목적의 어휘 목록을 작성하고 이를 품사별, 급수별로 재분류하여 제공하였다는 점에서 큰 의의를 갖는다. 특히 어휘 목록 작성을 위하여 말뭉치 분석을 물론 기관 및 학습자 대상의 설문조사와 1차적으로 선별된 어휘를 대상으로 한 기존 학습용 어휘와의 비교, 모국어 화자를 대상으로 한 인식조사 등과 같이 다양하고 정밀한 연구 방법을 동원하여 필자의 주장과 연구의 결과에 대한 신빙성과 신뢰도를 높였다는 점에서 이 연구의 성과가 더욱 값지게 느껴진다.

> # 2007. 2. 정예희. 석사. 연세대. 외국어로서의 한국어 교육용 한국문화상징 어휘 연구.
> 〈분류: 어휘〉 〈해제: 이준호〉

▌▌ 목차 ▌

▌ 요약 ▐

이 논문은 한국어를 학습하는 외국인들이 한국의 문화상징 어휘를 학습하고, 한국어 어휘에 담겨 있는 한국 문화의 상징성을 인식할 수 있도록 하는 한국문화상징 어휘 관련 교육 자료를 개발하는 데에 그 목적을 두고 있다. 필자는 한 나라의 언어를 습득했다는 것은 그 나라의 문화와 언어의 상징적 의미를 이해하고 학습하는 것이 수반되어야 한다고 주장하고 이에 한국의 문화상징 어휘들을 한국어 교재에서 선별하여 상징 의미 및 교육 방안을 제시하고 이 연구를 진행하였다.

이를 위하여 필자는 먼저 시판 중인 한국어 교재 총 6종 33권을 대상으로 문화상징성이 드러날 수 있는 어휘들을 선별하여 목록화하였다. 특히 개별적인 어휘는 물론 텍스트의 맥락을 분석하여 문화상징성이 있다고 판단되는 것들에 보다 주목하여 일차적인 목록을 완성하였다. 필자는 한국어 교재 텍스트를 분석하기 전, 예비 존사를 통하여 490개의 어휘 목록을 작성하였는데, 이러한 목록과 교재에서 추출한 어휘 목록을 기준으로 하여 총 50개의 한국문화상징 어휘를 선정하였다. 이러한 선정을 위하여 형식적인 면에서는 교재에 등장한 빈도수를 고려하였고, 내용적인 면에서는 문화내용의 중요성을 고려하여 현대 일상 문화 및 전통문화나 풍습, 문학류에서 나타나는 어휘 등을 모두 감안하였다. 또 필자는 이렇게 선정한 50개의 문화상징어휘를 '사람', '행위', '의식주', '제도 및 생활', '동식물', '기타'의 6가지 범주로 나누고 이를 한국어 교육 현장에서 직접 사용할 수 있도록 하고자 다시 '사전적 의미', '상징적 의미', '교재 제시 내용' 등으로 분석하여 제시하였다.

한편 필자는 이렇게 선정된 50개의 어휘들이 갖는 특성을 토대로 하여 다음과 같은 한국문화 상징 어휘의 여섯 가지 특징을 도출하였다. 첫째, '한턱'과 같이 한국문화에서만 나타나는 독특한 문화상징 어휘들이 있다. 둘째, '어머니'와 각 문화에서 공통적인 상징을 나타낼 수 있는 어휘들이 있다. 셋째, '119'와 같이 사전적인 의미만으로는 일상생활에서 통용되는 의미를 간파할 수 없는 어휘들이 있다. 넷째, 문학작품에 등장하는 어휘들의 경우에는 작가가 자의적으로 부여한 의미를 갖는 것들이 많다. 다섯째, '아줌마'와 같이 역사와 시대의 흐름에 따라 상징적 의미가 확대되거나 달라지는 경우가 있다. 여섯째, '미역국, 1980년대' 등과 같이 한국어의 역사, 사회 및 문화를 알아야만 이해할 수 있는 어휘들이 있다. 일곱 번 째, '까마귀, 곰'과 같이 한 문화권에서는 긍정적인 의미로 쓰이지만 다른 문화권에서는 부정적인 의미로 쓰이는 어휘들이 있다. 끝으로 '개'와 같이 한국문화 내에서도 긍정적인 의미와 부정적인 의미를 동시에 가지는 어휘들이 있다.

또한 이 논문에서는 이러한 한국문화상징 어휘를 교육 자료로 활용할 수 있는 방안을 검토하였는데, 읽기 수업의 보조 자료로 활용하는 방안, 한국문화상징사전 편찬에 활용하는 방안, 언어 문화학습 교재로 응용하여 언어 및 문화의 통합 수업 구성에 활용하는 방안 등이 그것이다.

▌▌ 의의 및 제언 ▌

이 논문은 한국어 교육과 한국어 문화 교육의 유기적 상관관계에 주목하여 한국어 학습을 위한 한국 문화 교육의 필요성을 피력하고 이를 위하여 한국 문화상징 어휘를 선정하고 교육할 수 있는 방안을 제시하고자 작성되었다. 언어와 문화의 상호의존성을 감안할 때, 필자의 주장한 연구의 필요성은 타당해 보이며, 특히 한국어 교사들의 입장에서 문화 어휘를 통한 한국어와 문화의 통합 교육을 가능하게 하는 이와 같은 연구는 교육적으로 큰 의의가 있다고 할 수 있다. 다만 분석 대상으로 한 교재가 33권에 달하는 것에 비하여 선정된 문화상징어휘가 50개에 지나지 않는 점, 그리고 선정된 어휘의 교육 방안이 소극적으로 제시된 점 등이 다소 아쉽게 느껴진다.

> \# 2007. 2. 조복자. 석사. 군산대. 외국인을 위한 한국어 교육용 기초어휘 선정에 관한 연구: 국립국어원에서 제시한 기초어휘를 중심으로. 〈분류: 어휘〉 〈해제: 이준호〉

▌▌ 목차 ▌

‖ 요약 ‖

　이 논문은 한국어 학습자를 대상으로 한 한국어 어휘 교육을 위하여 타당한 한국어 교육용 기초 어휘 선정이 필요하다고 보고 국립국어원의 '외국인을 위한 한국어 교육용 어휘'(이하 '기초어휘') 제시한 초급 단계의 어휘 선정을 적절성 여부를 검토하는 데에 그 목적을 두고 있다. 필자는 국립국어원의 한국어 교육용 기초어휘와 한국어 교육 현장에서 사용되는 한국어 교재에 등장하는 한국어 어휘가 일치하지 않는다는 점에서 출발하여 국립국어원의 기초어휘를 한국어 교재나 한국어 능력 평가 시험에서 선정한 기초 어휘 등과 대조하여 보다 적절한 교육용 어휘를 선정할 필요성을 제시하였다.

　이를 위하여 필자는 국립국어원의 기초 어휘 982개, 한국어 교재 10권에 등재된 교재 어휘 그리고 '한국어능력시험' 2회에서 7회에 출제된 어휘를 대상으로 각 어휘를 대조 분석하였다. 필자는 이러한 분석의 결과로 다음과 같은 결론을 도출하였다. 먼저 교재에 등장한 어휘와 국립국어원에서 제공한 기초어휘 사이의 일치율이 상당히 낮은 것으로 조사되었다. 국립국어원의 기초어휘 중 평균 58.3%의 어휘만이 초급 한국어 교재에 등장하고 40% 이상이 출현하지 않았다. 특히 교재에 출현한 고빈도 어휘들의 경우에도 국립국어원의 기초어휘와 일치하지 않는 경우가 있어 교재에서 고빈도를 보인 어휘 중 85개는 국립국어원 자료에 포함되어 있지 않았다. 필자는 이러한 불일치는 국립국어원의 기초어휘와 실제 사용되는 한국어 교재 사이의 체계적 연계성이 부족하다는 사실을 입증해 주는 자료라고 주장하였다.

　한편 '한국어능력시험'과 국립국어원의 기초어휘와 일치율은 평균 63.7%로 역시 상당 부분 일치하지 않음을 알 수 있었고 시험에는 출제되지만 국립국어원 자료에서 누락된 어휘는 380개에 이르렀다. 이에 반하여 '한국어능력시험'에 사용된 어휘와 한국어 교재에 출현한 어휘는 평균 73.1%의 일치율을 보여 국립국어원의 기초어휘와의 비교에서 보다 더 높은 일치율을 보였다.

　　필자는 이러한 연구의 결과를 토대로 하여 국립국어원의 기초어휘를 목록을 수정하였는데, 이 작업은 국립국어원의 기초어휘에 있으나 교재에 전혀 등장하지 않는 어휘를 제외하고, '한국어능력시험'에 출현하였으나 국립국어원 기초어휘에 실리지 않은 어휘를 추가하는 방식으로 진행되었다. 이러한 수정 작업의 결과 필자는 국립국어원의 1단계 기초어휘에서 제시되어야 할 어휘 78개, 추가되어야 할 어휘 115개를 선정하여 제시하였다.

▎의의 및 제언 ▎

　　이 논문은 국립국어원에서 제공한 '외국인을 위한 한국어 교육용 어휘'의 적절성을 검토하여 한국어 교재 및 '한국어능력시험'에서 추출한 어휘와의 비교를 통하여 새로운 목록을 작성하였다는 점에서 교육적 의의를 지닌다. 그러나 한국어 교재와 '한국어능력시험'에 등장 여부만을 가지고 '외국인을 위한 한국어 교육용 어휘'의 적절성을 평가하기에는 평가의 기준이 다소 박약해 보인다. 한국어 교재 및 '한국어능력평가'의 등장 여부가 한국어 기초 어휘의 자격을 담보하는 것은 아니기 때문이다. 실제로 필자가 초급인 1단계 어휘에서 제외시킨 어휘 목록에는 '고등학생, 꿈, 배부르다, 오른쪽, 아니요' 등의 어휘가 포함되어 있고, 추가시킨 어휘 목록에는 '찍다, 정답지, 다방, 저분, 궤도' 등의 포함되어 있는데, 과연 이러한 어휘들이 제외되거나 추가되는 것이 옳은지 의문이 든다. '저분'이나 '궤도'가 초급 어휘에 포함되거나 '아니요, 배부르다, 오른쪽' 등의 어휘가 초급에서 제외되는 것은 타당하지 않다고 생각된다.

　　# 2007. 2. 최경아. 석사. 고려대. 한국어 유의어 교육 방안 연구: 시간부사를 중심으로. 〈분류: 어휘〉〈해제: 이준호〉

▎목차 ▎

▌ 요약 ▌

이 논문은 한국어 어휘 교육의 한 방안으로 학습 단계를 고려하여 한국어 시간부사와 유의어를 선정하고 학습 단계별로 배열하여 한국어 시간부사와 유의어 교육 방안을 제시하는 데에 그 목적을 두고 있다. 필자는 한국어 학습자들이 자신의 한국어 숙달도가 높아질수록 정교하고 적절하게 표현하고자 하는 욕구가 강해지며 맥락과 상황에 맞는 어휘를 사용함으로써 의사소통을 원활하게 할 수 있기를 바란다고 지적하면서 이런 경우 유의어 교육을 통해 보다 풍부하고 적절하게 표현할 수 있는 교육이 필요하다고 하였다. 특히 그간 연구가 미미했던 한국어 시간부사와 관련한 유의어 교육을 통하여 이러한 목적을 달성할 수 있으며 따라서 필자는 시간부사의 유의어군을 정리하여 그 의미의 공통점과 차이점을 밝혀 한국어 학습자들이 맥락에 맞는 올바른 시간부사 표현을 사용할 수 있도록 하고자 하였다.

이를 위하여 본 연구에서는 한국어 시간부사의 유의어군을 대상으로 하여, 한국어 교재에 나타난 시간부사 유의어의 종류와 제시 현황을 분석하여 제시하였고, 또 학습 단계에 따라 어떤 시간부사 유의어가 제시되고 있는지도 분석하여 제시하였다. 필자는 분석 대상이 된 교재 중 고려대의 교재의 경우 가장 많은 시간부사가 출현하였고, 유의어의 제시도 단계별로 다양하게 이루어졌다고 하며 서울대와 이화여대의 교재의 경우에는 출현하는 시간부사의 양도 상대적으로 적고 유의어군도 많지 않았다고 하였다.

필자는 이러한 교재 분석을 통하여 추출한 시간부사의 유의어를 크게, '시점(순간) 시간부사', '시역(지속) 시간부사', '순서(방향) 시간부사', '반복 시간부사'로 나누고 이를 다시 초급 단계 학습자용, 중급 단계 학습자용 고급 단계 학습자용으로 나누어 목록화하였다. '시점(순간) 시간부사'는 다시 '갑자기, 문득, 별안간' 등의 '갑자기 류', '곧, 방금, 금세' 등의 금방류, '지금, 이

제, 오늘날' 등의 '지금 류'로 나누었으며, '시역(지속) 시간부사'는 '계속, 내내, 끝없이' 등의 '계속 류', '언제나, 항상, 늘, 만날' 등의 '언제나 류', '오래, 한참, 한동안' 등의 '오래 류', '요즘, 요새, 최근' 등의 '요즘 류', '잠깐, 잠시, 당분간' 등의 '잠깐 류', '종일, 온종일' 등의 '종일 류'로 나누었다. 또 '순서(방향) 시간부사'는 다시 '결국, 마침내, 드디어' 등의 '결국 류', '나중에, 다음에 , 후에' 등의 '나중에 류', '마침, 때마침, 한창' 등의 '마침 류', '머지않아, 조만간' 등의 '머지않아 류', '먼저, 미리, 진작' 등의 '먼저 류', '벌써, 이미' 등의 '벌써 류', '아까, 조금 전에, 얼마 전에' 등의 '아까 류', '아직, 여태, 미처' 등의 '아직 류', '일찍, 일찍이, 일찌감치' 등의 '일찍 류', '처음, 처음에, 애당초' 등의 '처음 류', '한꺼번에, 동시에, 일시에' 등의 '한꺼번에 류'로 나누었다. 끝으로 '반복 시간부사'는 '가끔, 대로, 간혹' 등의 '가끔 류', '다시, 새로, 거듭' 등의 '다시 류', '자꾸, 빈번히, 흔히' 등의 '자꾸 류'로 나누어 제시하였고 이러한 결과 총 94개 27개 쌍의 시간부사 유의어군을 추출하여 배열하였다.

끝으로 필자는 이렇게 분류된 한국어 시간부사의 유의어군들을 보다 유의미하고 효율적으로 지도할 수 있도록 이 시간부사 유의어군을 공통의미와 의미 자질, 문법적 및 화용적 특징, 연어 관계 활용 등을 통한 시간부사 지도 방안을 설계하였으며, 학습 단계별 교육 내용과 방법도 함께 제안하였다.

▍의의 및 제언 ▍

이 논문은 한국어 학습자를 위하여 시간 부사 유의어군을 추출하고 이를 다시 공통적인 자질과 학습자 한국어 숙달도를 고려하여 배열하여 시간부사의 학습 단계별 유의어 교육 내용과 방법을 제안하였다. 시간이라는 개념이 인간의 생활에서 차지하고 있는 위치와 중요성을 생각해 볼 때, 이러한 시간부사 어휘는 그 쓰임의 빈도와 필요성면에서 반드시 교육되어할 교육 내용에 해당되지만 한국어 어휘의 경우 유사한 의미를 가지고 유사한 상황에서 사용되는 유의어 시간부사가 많아 학습이 쉽지 않음을 생각해 볼 때 이 논문이 가지는 의의는 크다고 할 수 있다. 다만 본 논문의 목적에서 필자가 밝히고 있는 것처럼 시간부사 유의어 학습을 통한 풍부하고 유창한 한국어 사용이 가능하려면 필자가 제시한 교육 방법론으로는 다소 부족하지 않을까 하는 의심이 든다. 필자가 제시한 교육 방안이 다소 이해 중심적으로 구성되었고 의사소통중심적 성격이 부족하여, 이를 보충하여 보다 구체적이고 과제중심적인 교육 방안이 고안되었다면 더 가치 있는 연구가 되었을 것이라 생각한다.

2007. 2. 황종. 석사. 부산대. 중국인 학습자를 위한 한국어 반의어 교육 연구: 부정접두 한자반의어를 중심으로. 〈분류: 어휘〉 〈해제: 이준호〉

▍목차 ▍

▌ 요약 ▌

이 논문은 중국인 한국어 학습자를 위하여 한국어의 반의어 특히 부정접두사와 결합으로 만들어진 한자 반의어의 교육 방안을 제시하기 위한 목적으로 작성되었다. 필자는 이를 위하여 한국어와 중국어의 부정접두 한자반의어의 체계를 대조·분석하여 두 언어 사이의 공통점과 차이점을 도출하였고, 중국인 학습자들이 가지고 있는 한국어 반의어 어휘에 대한 인식을 알아보고 또 한국어 교사가 한국어 부정접두 한자반의어에 대하여 가지고 있는 인식에 대하여도 설문조사를 실시하였다. 한편 한국어 부정접두 한자반의어의 교육 실태를 파악하기 위하여 필자는 한국어 교재를 분석 또한 시도하였다. 이러한 인식조사와 교재 분석을 통하여 이 논문은 한국어와 중국어의 반의어를 분석하여 한국어 부정접두 한자반의어의 구조와 의미, 그리고 용법상의 특이점을 밝히고 이를 근간으로 하여 한국어 부정접두 한자반의어의 교육 내용과 방법을 제안하였다.

이 논문에서 분석의 대상으로 삼은 부정접두사는 '不(부/불)', '否(부)', '沒(몰)', '無(무)', '未(미)', '非(비)', '反(반)'으로 필자는 이러한 접두사들은 현대 중국어에서 쓰고 있는 한자어와 차이가 있다고 주장하였다. 한국어 한자어는 현대 중국어에서 사용하는 한자어와 비교하여 그 의미나 기능에서 차이가 있는데, 품사가 다르거나 의미와 용법에서도 차이가 나타난다고 하며 따라서 한국어 교사들이 이러한 어휘를 교육할 때, 중국에도 있는 한자이므로 중국인 학습자가 쉽게 이해할 것이라고 판단해서는 안 된다는 사실을 지적하였다. 따라서 필자는 이러한 부정접두사는 중국인 화자에게도 새로운 어휘라는 개념에서 접근해야 하며, 난이도를 고려한 교육이 이루어져야함을 주장하고, '沒-不-未-無-否-非-反'의 순으로 난이도를 규정하였다. 즉 한국어와 중국어세서 그 뜻이 가장 다른 '沒'의 경우가 이해 난이도가 가장 높으며, '反'의 경우는 중국어의 의미와 쓰임이 한국어에서의 의미와 쓰임보다 훨씬 많으므로 이해 난이도가 가장 낮다는 것이다.

이러한 분석을 토대로 하여 이 논문에서는 중국인을 대상으로 한 한국어 부정접두 한자반의어 교육 방법으로 사전을 찾는 방법, 형태를 비교하는 방법, 의미를 비교하는 방법, 용례를 비교하는 방법, 그리고 문맥에 의한 교육 방법 등을 제시하고 이러한 방법을 통하여 이들 어휘를 더 체계적이고 효율적으로 교육할 수 있다고 주장하였다.

▌ 의의 및 제언 ▌

이 논문은 한국어에서 많이 사용되는 부정접두사를 통한 어휘 교육을 시도하였으며, 특히 중국어와 한국어 사이의 대조분석을 통하여 중국인 학습자에게 맞춘 교육방법을 제시하였다는 점에서 의의를 찾을 수 있다. 한국어교육에서 이루어진 많은 어휘 관련 연구가 단일 어휘를 대상으로 한 점을 감안할 때, 이 연구에서처럼 접두사나 기타 형태소 차원에서 이루어진 연구도 보다 활성화되어 한국어의 조어법적 특징에 기초한 어휘 교육 방안이 보다 다양하게 제시될 필요가 있을 것이다. 이러한 면에서 이 연구는 한국어의 부정접두 한자반의어라는 구체적인 어휘 집단을 대상으로 한 점이 가장 큰 의의라고 할 수 있을 것이다. 그러나 이러한 어휘들을 위하여 제시된 교육방법이 중국인 학습자의 특성을 살리기에는 다소 일반적인 경향을 띠고 있어 다소 아쉬운 점으로 남는다. 연구 자체가 중국인 학습자를 위한 부정접두 한자반의어 교육을 목적으로 하고 있으니만큼 제시된 교육 방안도 중국인 학습자의 중간언어로서의 한국어 특성이나 한자사용 국가라는 특성 등을 반영한 맞춤형 교육 방안이 제안되었다면 더욱 의미 있는 연구가 되었을 것이다.

> **# 2007. 8. 김순저. 석사. 신라대. 중국인 학습자를 위한 한국어 부정 접두사 교육에 대한 연구. 〈분류: 어휘〉 〈해제: 이준호〉**

▌ 목차 ▌

▌ 요약 ▌

이 논문은 중국에서 부정의 뜻을 나타내기 위하여 사용하는 어휘 ‘不, 無, 沒, 未, 非’가 한국어에서도 부정 접두사로 사용되나 형태, 의미 그리고 문법적 기능 등에서 서로 차이점을 나타내는 것에 착안하여 중국어의 ‘不, 無, 沒, 未, 非’과 한국어의 부정 접두사 ‘不, 無, 沒, 未, 非’ 간의 차이점을 도출하여 중국인 학습자들을 위한 ‘不, 無, 沒, 未, 非’ 교육 방안을 제시하는 것을 목적으로 하고 있다.

이를 위하여 필자는 중국어 ‘不, 無, 沒, 未, 非’의 활용과 한국 한자어 부정 접두사의 형태와 의미를 분석하여 두 언어에서의 공통점과 차이점을 도출하였다. 먼저 ‘不’의 경우, 한국어에서는 접두사에 해당하여 명사와만 결합하는 반면, 중국어에서는 부사에 해당하여 명사, 동사, 형용사 등과 결합한다. 또 한국의 한자어 ‘不可能’ 등은 중국에서는 단어가 아니라 어절로 인식되며, 의미면에서도 중국에서는 ‘할 수 없다’의 뜻이나 관계적 의미로 인정의 부정을 나타내기도 하지만, 한국어는 ‘-지 않다’, ‘-가 없다’ 등의 의미로 사용된다. 다음으로 ‘無’는 한국어와 중국어에 모두 접두사로 사용되는 공통점을 가지고 있지만, 결합양상에서는 차이를 보여 한국어에서는 명사와만, 중국어에서는 명사 외에도 형용사와 결합할 수 있다. 의미 면에서도 볼 때, 중국어에서는 '없음'의 의미만을 나타내는 반면, 한국어에서는 그 뿐 아니라 명사를 부정하는 정도를 강조하여 '전혀 –없음'이나 '–지 않음'의 의미도 나타낸다. '沒'은 한국어에서는 접두사로 쓰이지만 중국어에서는 동사로 사용된다. 따라서 모두 명사와 결합하지만, 한국어에서는 명사로 기능하게 되고 중국어에서는 동사로 기능하게 된다. 그러나 중국어에서도 시제 표현을 하는 것은 불가능하다. 의미 측면에서도 약간의 차이를 나타내는데, 중국어에서는 '있다'에 대한 부정의 의미를 나타내지만, 한국어에서는 '전혀 없음'을 힘 있게 나타내고 있다. 한편 '未'는 중국어에서는 부사이기 때문에 명사, 부사, 동사와 결합하여 사용된다. 의미면에서는 공통적으로 시간과 관련하여 그 상태에서 이루지 못함이나 하지 않음을 의미한다. 끝으로 '非'는 중국어에서 그 쓰임새가 많으며, 품사 측면에서도 명사, 동사, 접두사, 부사의 기능을 담당한다. 또 국어에서는 명사와 결합된 후에 접미사 '적(的)'와 다시 결합해야만 통사론적 기능을 수행할 수 있는데, 중국어의 경우에는 이러한 제약이 없다. 의미면에서도 차이가 있는데, 중국어는 '과실, 어긋남, 아님'과 같은 의미로 사용되고 있는 반면, 한국어는 '아님, 그렇지 않음, 하지 않음' 등의 의미를 나타낸다.

필자는 이러한 분석을 바탕으로 중국인 학습자를 위한 한국어 부정 접두사 '不, 無, 沒, 未, 非'의 교육 방안을 제시하고 있는데, 크게 도입 단계와 전개 단계, 그리고 연습 단계, 정리 단계로 나누어 각 단계에서 진행 방식을 설명하였으며, 대비법, 인도법 등을 통해 신지식 설명하기, 연습하기, 오류 원인 분석하기, 다시 연습하기 등으로 수업을 진행하는 방안을 제시하였다.

▋ 의의 및 제언 ▋

이 논문은 한국어와 중국어에 공존하는 한자어 '不, 無, 沒, 未, 非'를 품사적 특성, 결합 양상, 의미 등의 범주에서 대조하여 그 결과를 중국인 한국어 학습자를 위한 부정접두사 교육 방안에 적용시킨 연구이다. 중국인 학습자들의 경우, 중국어에서 사용되는 한자어를 한국어 어휘에서 만나게 될 때, 자연스럽게 모국어의 체계와 일치시켜 이해하려고 하는 경향이 있다는 점을 생각할 때, 이처럼 양 언어에서 사용되는 공통된 어휘의 공통점과 차이점을 밝혀주는 것은 언어학적은 물론 교육학적으로도 의의가 크다고 할 수 있다. 특히 각 접두사가 양 언어에서 보이는 형태론적 특징의 규명에 머물지 않고 통사론적 특징이나 제약, 그리고 의미론적 차이까지 규명하여 한국어 교사에게 유의미한 정보를 제공하고 있다.

> **# 2007. 8. 김유진. 석사. 상명대. 한국어 직업 어휘장의 교육 방안 연구. 〈분류: 어휘〉 〈해제: 이준호〉**

▋ 목차 ▋

‖ 요약 ‖

　이 논문은 취업 목적의 한국어 학습자를 위하여 효율적인 한국어 직업 어휘 교육 방안을 제시하고자 하는 데에 목적을 두고 작성되었으며, 구체적으로는 직업 명칭, 업무 장소, 업무 내용으로 직업 어휘장을 나누고 이를 직업군별 특징으로 분류하여 이를 바탕으로 하여 효과적인 한국어 직업 어휘의 지도 방안을 제시하였다. 이를 위하여 필자는 우선 한국어 직업 어휘장 선장을 위하여 한국어능력시험 평가 기준의 등급별 직업 어휘를 분석하고 서울 소재 3개 한국어 교육 기관의 교재 및 「외국인 근로자를 위한 한국어 I」에 나타난 직업 어휘를 추출하였으며, 「의미로 분류한 현대 한국어 학습사전」, 「외국인을 위한 한국어 학습사전」, 「국어 어휘의 분류 목록에 대한 연구」와 한국고용정보원의 '직업분류체계표'를 대상으로 직업 어휘 분류를 시도하였다. 이러한 자료를 바탕으로 필자는 직업 명칭, 업무 장소, 업무 내용 어휘의 어휘장을 구축하고 각 어휘의 결합 관계와 직업에 따른 특징을 분석하였다. 이러한 분석의 결과로 필자는 다음과 같은 결론을 도출하였는데, 첫째, 직업 명칭으로는 {-원}이 결합하는 것이 가장 많았으며, 직종을 불문하고 가장 광범위한 분포를 보였으나 특히 전기·전자·정보통신직, 건설·기계·재료·화학직, 운송·섬유·식품·환경직의기술직 관련 직종에 가장 많이 분포함을 알 수 있었다. {-

원} 외에는 {-사}가 결합하는 직업 명칭이 많았으며, 역시 직종에 관계 없이 고른 분포를 보이는 것으로 나타났다. 둘째, 업무 장소의 경우 가장 많이 나타나는 형태소는 {-실}로 특히 교육·연구·문화·예술직과 결합하는 경우가 가장 많았으며, 다음으로는 관리·경영·금융·영업직 및 법률·보건·사회복지·군인직의 직업군과 결합하는 경우가 많음을 알 수 있었다. 한편 필자는 업무 장소 어휘는 직업군에 따라서 형태적으로 공통된 어휘를 사용하는 것이 특징으로 나타났으며, 따라서 이런 경우에는 직업군별로 나누어 가르치면 보다 체계적인 교육을 할 수 있다고 주장하였다.

이 논문에서는 이렇게 구축한 직업 어휘장을 바탕으로 직업 어휘의 교육 방안을 제시하고 있는데, '제시-연습-활동'의 3단계 구성을 기본으로 하고 있다. 1단계는 어휘 인지를 위한 제시 단계이며, 2단계는 활용에 앞선 연습 단계, 그리고 3단계는 학습한 어휘를 활용하는 활동 단계이다. 필자는 각 단계에서 필요한 수업 활동 또한 제시하고 있는데, 가령 1단계인 제시 단계에서는 어휘망 제시, 어휘 연상, 사진, 그림, 비디오 자료 활용 방법을, 2단계인 연습 단계에서는 빈 칸 채우기, 직업 명칭 맞추기 게임, 직업과 관련된 다양한 상황 말하기를, 그리고 3단계인 활동 단계에서는 직업 생활 역할극 발표하기, 자기 소개서 작성하기 등을 제안하고 있다.

▌ 의의 및 제언 ▌

이 논문은 한국어 학습자의 학습 목적이 다양화되어 가고 있는 현 한국어교육계의 실태에 발맞추어 직업 목적 학습자를 위한 직업 어휘 교육을 시도했다는 점에서 연구의 필요성과 실효성을 인정할 수 있다. 특히 일반 목적의 한국어 교육과 비교하였을 때, 새롭고 전문적인 영역의 어휘의 등장이 많은 취업 목적의 한국어 교육에서 어휘장을 이용한 어휘 교육 내용과 방안을 제안한 점은 이러한 목적에서 한국어를 공부하는 학습자를 가르치는 교사들에게 많은 도움을 줄 수 있을 것이라 기대한다. 다만 한국어 직업 어휘의 교육 방안을 제시하는 부분에서 필자가 시도한 직업 어휘장을 적극적으로 이용한 교육 방안이 강조되지 못하고 일반적인 한국어 교육의 학습 단계를 따르고 있어 어휘장을 활용한 어휘 교육의 특성이 중화된 것이 아쉬움으로 남는다.

> # 2007. 8. 김혜은. 석사. 경희대. 외국인 한국어 학습자를 위한 반의어 교육 방안 연구.
> 〈분류: 어휘〉 〈해제: 이준호〉

▌ 목차 ▌

▌ 요약 ▌

　이 논문은 외국인 한국어 학습자를 위하여 보다 효율적인 한국어 어휘 교육을 실시하기 위하여 반의어를 통한 한국어 어휘 교육의 필요성과 방법론을 주장한 연구이다. 필자는 최근 한국어 교육계에서 어휘의 중요성을 강조하는 학위논문이 연이어 발표되는 등 어휘 교육에 대한 논의가 활발하게 진행되고 있으나, 유의어나 다의어에 관련한 연구에 비하여 반의어에 관한 연구는 상대적으로 저조하게 이루어지고 있다고 하며 반의어 교육의 필요성을 언급하였다.

　필자는 이 연구에서 한국어 교육용 반의어 목록을 작성하고 이 목록을 기반으로 초급과 중급용 한국어 반의어 교육 방안을 제시하였다. 이를 위하여 필자는 먼저 한국어 교육 기관에서 사용하고 있는 기존의 한국어 교재를 분석하여 반의어 교육의 현황을 살펴보았으며, 또 '한국어능력시험'의 문항 분석을 통하여 반의어를 활용한 의미 교육의 실태 또한 조사하였다. 먼저 교재 분석의 경우, 필자는 서울 소재 4개 대학에서 출간한 한국어 교재의 초급 및 중급 교재를 분석하였는데, 일부 교재에서는 반의 관계를 명시적으로 제시하거나 초급에서부터 어휘의 의미 관계를 익힐 수 있도록 구성된 교재도 있었으나, 대체로는 반의어를 학습할 수 있는 장이 마련되어 있지 않다고 지적하였다. 또 반의어가 제시되더라도 반의어가 포함된 문형만으로 제시되거나 혹은 반의어를 이용하는 활동 내용이 없어 학습 내용으로 활용하기 어려운 형식을 띠고 있는 것이 대부분이라는 사실을 도출하였다. 한편 '한국어능력시험'의 문항 분석의 결과로는 전체 배점에서 6~9%정도의 비중으로 매년 출제가 되고 있어 '한국어능력시험'에서의 반의어 비중이 상당히 높은 수준임을 알게 되었다. 그러나 2006년 이후부터는 고급에서 반의어에 관한 문제가 출제되고 있지 않아 이러한 점은 반의어 교육을 소홀하게 만들 가능성이 있음을 지적하였다.

　이러한 조사를 통하여 반의어 교육의 필요성을 입증한 필자는 반의어 교육을 위한 한국어 교육용 반의어 목록을 선정하였는데, 이 연구에서는 국립국어원(2003)의 '한국어 학습용 어휘 선정 결과 보고서'를 기준으로 삼고, '표준국어대사전(1999)와 반대말 사전(1990)을 참고로 하였다. 필자는 위의 목록에서 반의 관계가 성립될 수 없는 고유명사, 의존명사, 수사 등은 제외하고 감탄사, 관형사, 대명사, 동사, 명사, 부사, 형용사를 대상으로 초급용 982개 단어, 중급용 2111개 단어, 고급용 2872개의 단어를 선정하였다.

이 연구에서는 이렇게 선정한 반의어 목록을 교육 현장에서 활용할 수 있는 방안 역시 제안하였는데, '-지 않다'나 '안', '-이/가 아니다' 등과 같은 문법 항목을 활용하는 교육 방안, 질문과 답변 형식의 대화쌍을 통하여 반의어 사용을 유도하는 대화 전환 간 수업 구성 방안 및 문맥 전환 간 수업 구성 방안, 게임을 통한 반의어 교육 방안 등을 제시하여 이 논문에서 선정한 반의어 목록의 활용방안을 보여주었다.

▍ 의의 및 제언 ▍

이 연구는 외국인 학습자들의 어휘력을 신장시키기 위한 방안으로 한국어 어휘의 의미 관계 중 반의 관계를 중심으로 한 어휘 교육 방안을 목적으로 한 연구이다. 필자는 이를 위해 한국어 교육용 반의어 목록을 제시하고 이를 활용할 수 있는 수업 방안도 함께 제시하였다. 이 연구는 한국어 반의어 교육 관련 연구 성과가 매우 저조한 현재 상황에서 반의어를 통한 어휘 교육을 시도했다는 점에서 그 의의를 찾을 수 있다. 그러나 이 논문에서 선정한 반의어 목록이 가질 수 있는 객관성 및 신뢰성에 대해서는 다소 의문이 남는다. 이 논문에서는 필자 개인에 의하여 다의어 선정이 이루어졌는데, 국립국어원(2003)의 '한국어 학습용 어휘' 중에서 필자가 제시한 기준에 의하여 다의관계가 판단되었는데, 필자의 기준에는 품사나, 난이도, 학습단계, 반의어제시 순서 등에 대한 기준은 있으나 정작 두 어휘 간의 반의 관계가 형성됨을 인정을 할 수 있는 조건에 대한 기준은 제시되지 않았다. 가령 필자는 '왕'의 반의어로 '왕비'를 선정하였는데, '왕'의 반의어는 '왕비'일 수도 있으나, '여왕', '거지', '신하' 등도 가능하다. 따라서 반의어 성립 조건에 대한 객관성을 확보할 수 있는 장치가 있었다면 더 의미 있는 연구가 되었을 것이다.

> \# 2007. 8. 도원숙. 석사. 경희대. 초기 한국어 학습자를 위한 어휘 교재 개발 연구. 〈분류: 어휘〉 〈해제: 이준호〉

▍ 목차 ▍

‖ 요약 ‖

이 논문은 한국어 학습 경험이 전혀 없는 초기 단계의 외국인 유학생들이 문법적 언어능력을 갖게 되기 이전에 사용할 수 있는 어휘 학습 교재 개발을 목적으로 하여 진행된 연구이다. 즉 필자는 한국어 능력이 전혀 없는 상태의 학습자들이 문법적 능력을 갖추어 한국 생활에 필요한 기초 기능을 수행하기까지는 최소 2~3개월의 시간이 필요하다는 점을 감안할 때, 이러한 초기 단계에서 문법적 능력에 의존 없이도 기초적인 의사소통을 가능하게 할 어휘 교재의 개발이 필요하다고 보고 이와 같은 연구를 진행하였다.

필자는 이를 위하여 먼저 한국어 초급 학습자 25명을 대상으로 설문조사를 실시하였는데, 이를 통하여 필자는 한국에 온 초기 단계의 유학생들에게는 물건사기와 학교생활에 필요한 어휘가 가장 시급하다고 결론을 얻었다. 또 학습자 대상의 설문조사의 한계를 극복하기 위하여 한국어 및 영어, 프랑스어 교재를 분석하여 어휘 교재에 필요한 단원 구성과 어휘 선택의 기준으로 삼았다. 필자는 이와 같은 학습자 설문조사와 교재 분석의 결과를 토대로 이루어진 단원 구성의 주제들을 대상으로 2차 조사를 실시하였는데, 2차 조사에서는 한국어 학습자들이 많이 가는 장소와 기 선정한 단원 구성의 주제에 대한 학습자의 반응을 묻는 것을 주된 조사 내용으로 하였다. 이러한 2차 조사의 결과로 필자는 '가족과 나이', '건강과 병', '교실', '교통', '도서관과 서점', '백화점', '슈퍼마켓과 편의점', '시간', '시장', '식당', '신발가게', '여행', '옷가게', '은행', '인사/자기소개', '전화', '카페/커피숍', '학교', '한국인의 집'의 20개 항목을 선정하여 이를 어휘 교재의 단원 주제로 삼았다. 또한 이러한 단원에 적합한 어휘 항목을 선정하기 위하여 필자는 국립국어원의 「한국어 학습용 어휘 목록」 및 「외국인을 위한 한국어 기본어휘 가나다라」, 「Korean Picture Dictionary」, 「1000 단어로 배우는 한국어」를 분석하여 각 단원의 주제와 부합되는 어휘들을 선택하였다. 이렇게 선정된 기초 한국어 어휘는 총 942개이며, 이 논문에서는 이렇게 선정된 어휘를 제시하기 위한 단원 구성의 원리로 학습과 습득이 아니라 활용 및 표현이 중심이 되어야 한다고 주장하면서 교재 구성은 단순한 어휘의 나열이나 제시가 아니라 한국인과의 의사소통 상황에서 필요한 어휘와 학습자가 표현하고자 하는 욕구를 충족시킬 수 있는 기본적인 문형을 함께 제시하는 것이 중요하다고 하였다. 이를 위하여 필자는 한국인 많이 사용하는 문형을 기초로 하였으며, 이를 위하여 신서인(2006)의 「구문 분석 말뭉치」에서 추출한 22개의 기본 문형을 이용하였다.

▮ 의의 및 제언 ▮

이 논문은 한국어 학습자가 기본적인 문법 능력을 갖추기 전까지는 어휘 수준의 발화를 통한 의사소통이 필수불가결한 현상이라고 보고 이러한 기간 동안에 학습 또는 실생활에서 쉽게 활용할 수 있는 어휘 교재를 개발하려는 시도를 하였다는 점에서 연구의 타탕성과 독창성을 인정받을 수 있을 것이다. 특히 유학 초기 단계에 필요한 942개의 어휘를 선정하여 목록화한 것은 실제 한국어 교사들이 초급 학습자들에게 가르칠 어휘 교육의 내용으로 적용될 수 있어 한국어 교사들에게 큰 도움이 될 수 있을 것이다. 그러나 이러한 단원 주제 및 어휘 선정의 과정에서 일부 교재 분석 자료를 제외하고는 대부분의 근거를 학습자에 대한 설문조사에서 도출하였는데, 학습자의 요구를 반영한 것은 긍정적이지만 지나치게 학습자의 반응에 의존한 결과로 단원이 선정되어 과연 학습자의 의견이 전적으로 옳은가에 대한 의문이 남는다. 교사나 한국어 교육 연구자 대상의 설문조사로 그 근거를 보충했다면 더 좋은 결과를 얻을 수 있었을 것이다.

> # 2007. 8. 뭉흐졸. 석사. 경희대. 몽골인 한국어 학습자를 위한 한국어 호칭어 연구. 〈분류: 어휘〉 〈해제: 이준호〉

▮ 목차 ▮

▌ 요약 ▌

이 논문은 한국어를 학습하는 몽골인 학습자들로 하여금 한국어의 호칭어 체계를 정확히 이해하여 한국어 의사소통 상황에서 오류를 범하지 않도록 하고자 하는 목적에서 기술되었다. 필자는 한국어와 몽골어가 같은 어족에 속해 있으나 호칭체계에 있어서는 많은 차이를 보이는데 이는 한국어의 호칭어에는 한국의 수직적 사회 구조가 반영된 반면, 몽골어의 경우에는 수평적인 사회 구조가 반영되었기 때문이라고 주장하면서 몽골어에 비하여 전반적으로 한국어의 호칭법이 다양하고 복잡하게 발달되어 있다고 지적하였다. 필자는 여기에서 몽골인 학습자를 위한 호칭어 교육의 필요성을 찾아 특히 친족호칭어는 한국어의 사회언어학적 측면을 잘 나타내는 업무 관계나 격식적인 자리 및 회사 등지에서 사용하게 되는 호칭어를 중심으로 하여 논의를 진행하였다.

이 논문의 중심은 한국어와 몽골어 호칭어의 공통점과 차이점을 규명하는 데에 있는데 필자가 주장한 한국어와 몽골어 호칭어의 차이점은 다음과 같다. 첫째, 한국어 호칭어 체계는 호칭과 지칭 간의 명확한 구분이 있으나 몽골어의 경우에는 이러한 차이가 적으며 둘째, 한국어는 사회의 복잡한 수직적 구조에 따라서 다양하게 발달된 화계와 호칭들이 쓰이는 것이 몽골어 호칭어 체계와의 차이점이며, 셋째, 몽골어에서는 한국어에서보다 친족호칭어를 더 많이 사용하는데, 한국어에서 '선생님, 선배님, 아저씨' 등에 해당하는 호칭어가 몽골어의 경우에는 모두 'gh(오빠, 형)'으로 통일된다. 넷째, 한국어의 호칭어는 격식성에 따라 같은 청자라도 호칭이 달라지는데, 몽골어에서는 이러한 현상을 발견하기 어려우며, 다섯째, 한국어의 호칭어는 사용상에 있어서 많은 제약이 있고, 몽골어에 존재하지 않는 다양한 형태와 표현들이 있다.

이러한 이론적인 연구를 통하여 이 논문에서는 몽골어를 사용하는 한국어 학습자를 위한 교육 방안을 제안하였는데, 특히 한국어에서의 호칭 선택의 변수를 크게 상황 변수와 참여자 변수로 나누고 상황 변수에서는 격식성, 그리고 참여자 변수에서는 '성', '연령', '아는 사이/모르는 사이', '친밀도', '직위'의 변수를 두어 이러한 상황과 참여자 변수를 고려하여 호칭어의 사용 및 규칙이나 제약에 대하여 설명해 나가는 방식을 선택하였다. 즉 호칭 선택의 변수에 따라 '직위결합형 호칭', '-씨 결합형 호칭', '친족명사결합형 호칭', '이름단독형 호칭', '친족명사형 호칭', '일반명사형 호칭', '처소형 호칭' 등으로 분류하여 이러한 유형의 호칭의 사용을 통한 한국어 호칭어 교육을 제시하였다.

▌ 의의 및 제언 ▌

이 논문은 한국어의 사회언어학적 특성을 잘 반영하고 있는 호칭어 체계에 대한 교육의 필요성에서 출발하여 필자의 모국어인 몽골어의 호칭어 체계와 대조분석을 통하여 몽골인들을 위한 호칭어 교육 체계를 마련하고 있다. 특히 기존의 선행 연구가 전무했던 몽골어와 한국어의 호칭어 대조를 시도한 점과, 격식적이고 사회적인 상황에서의 호칭어 사용에서의 의사소통 장애를 줄이고자 회사나 업무지에서의 호칭어 사용에 주목하였다는 점에서 그 의의를 찾을 수 있다. 그러나 4장에서 제시한 한국어 호칭어 교육 방안이 교육의 방향성만을 제시하였을 뿐, 구체적인 방법이나 접근법이 논의되지 못하였으며 이 방향성 또한 기존의 논문의 연구 성과를 그대로 반영하고 있어서 필자 자신만의 호칭어 교육 방법을 고안하지 못한 것이 이 논문에 나타난 아쉬운 점이라고 할 수 있다.

> **# 2007. 8. 사야크벡 누르잣. 석사. 서울대. 한국어 동사 '먹다'의 용법: 키르키즈어 및 러시아어 화자의 한국어 학습을 위한 연구로서. 〈분류: 어휘〉 〈해제: 이준호〉**

▍목차▍

▍요약▍

이 논문은 기능과 의미가 다양하게 실현되는 한국어 동사 '먹다'를 키르기즈어와 러시아어를 사용하는 한국어 학습자를 위하여 키르기즈어의 'же' 및 러시아어의 'кушать, есть'와 비교하여 그 대응 관계 및 의미 유형의 특징을 밝히고자하는 목적에서 작성되었다. 이를 위하여 이 논문에서는 한국어 동사 '먹다'의 다양한 기능과 의미를 남한과 북한의 사전에 동재되어 있는 표제어를 중심으로 분석하고 한국어 '먹다'와 키르기즈어 및 러시아어에서 이에 대응하는 동사들이 어떠한 구조적·의미적 차이를 가지고 있는지를 분석하였다. 이러한 분석의 결과로 필자는 다음과 결론을 도출하였다. 먼저 한국어의 '먹다'에 대응하는 키르기즈어 동사 'же'의 경우 'же'는 '먹다'와 비슷한 의미를 가지고 있으며, 두 언어의 각 동사는 행위의 주체라는 면과 통사론적·의미론적 쓰임의 폭에서 상당한 유사성을 나타내고 있다. 다만 그 사용 범위에 있어서는 '먹다'가 훨씬 넓음을 알 수 있다. 한국어 '먹다'와 키르기즈어의 'же'는 모두 행위의 주체로서 사람과 동물이 고루 위치할 수 있으며, 경우에 따라서는 무정물이 사용되기도 하고 이때는 추상적인 의미를 가지는 수가 많다. 그러나 한국어의 '먹다'와 달리 'же'는 주로 타동사로 나타나며 자동사로 쓰이는 경우는 드물고 자동사와 타동사를 겸용하는 용례는 나타나지 않는다.

　　한편, 한국어의 '먹다'와 러시아어의 'кушать, есть'는 통사적으로 그리고 의미적으로 현저한 차이를 나타내고 있음을 알 수 있다. 필자는 러시아어의 'кушать, есть'는 한국어의 '먹다'의 목적어와 쓰임의 폭에서 큰 차이가 있다고 하였는데, 러시아어 어휘의 경우에는 기본적으로 '음식물을 먹다'와 그 외의 몇 가지에 경우에만 쓰여 한국어의 '먹다'와 비하여 그 쓰임 좁고 단순하다는 점을 밝혀내었다.

▌ 의의 및 제언 ▌

　　이 연구는 남한과 북한에서 출판된 10개의 사전에 등재된 '먹다'의 표제항을 분석하여 한국어 동사 '먹다'의 의미 유형과 기능을 분석하고 이를 키르기즈어와 러시아어에서 '먹다'와 대응하는 어휘와 비교하여 그 용례와 통사적 그리고 의미론적 차이를 규명하여 키르기저어와 러시아어를 사용하는 한국어 학습자의 다의어 학습에 도움을 주었다는 점에서 의의를 찾을 수 있다. 특히 세 언어의 어휘 간의 대조를 진행하기 전, 알타이어인 키르기즈어와 슬라브어인 러시아어의 형태론적 및 통사·의미론적 특징들을 미리 밝혀 설명함으로써 키르기즈어와 러시아어에 대한 기초적인 정보가 없는 한국어 교사들에게 이러한 언어를 사용하는 학습자를 대상으로 한국어를 교육할 때, 알아두어야 할 세 언어 간의 차이점을 인지할 수 있게 해 주었다는 점에서도 논문 연구의 의의가 있다고 할 수 있다. 다만, 이 연구가 세 언어의 어휘를 대조하는 것에서 그쳐, 대조분석의 결과를 효율적인 한국어 어휘 교육 방안의 제시로 연결하지 못한 점이 아쉽다고 할 수 있다. 한편 한국어의 '먹다'는 본동사로서는 물론 보조동사로서도 매우 활발하게 사용되어 보조동사로서도 다의어적 특성을 가지고 있음에도 이 연구에서는 보조동사 '먹다'에 대한 언급이 매우 제한적으로만 이루어졌다는 점도 아쉬움으로 남는다.

　　# 2007. 8. 孫梨梨. 석사. 서울대. 중국인을 위한 한국어 호칭과 지칭 지도 방안 연구. 〈분류: 어휘〉 〈해제: 이준호〉

▌ 목차 ▌

▌요약 ▌

이 논문은 한국어와 중국어의 호칭어와 지칭어의 체계를 대조하여 양 언어의 호칭어와 지칭어가 가지는 공통점과 차이점을 규명하고 이를 통하여 중국인을 위한 한국어 호칭어와 지칭어 교육에 적용하고자 하는 목적에서 작성되었다. 필자는 한국어가 호칭어와 지칭어가 매우 발달한 언어로 보고 호칭어와 지칭어는 단순한 언어 사용의 습관이 아니라 언어 문화를 습득하는 데 큰 역할을 한다고 보았다. 특히 호칭과 지칭은 그 사용 방법을 정확히 몰라 실수를 했을 경우에는 단순히 언어적 오류에서 끝나는 것이 아니라 오해를 불러일으키거나 상대방의 감정을 상하게 할 수 있기 때문에 한국어 학습자들이 정확한 호칭과 지칭 표현을 배우는 것이 중요하다고 하였다.

이 논문에서는 한국어와 중국어의 호칭어와 지칭어의 체계를 대조하기 위하여 한국어 교재 분석을 통하여 교재의 호칭어와 지칭어 내용 구성의 문제점을 살펴보고 한국어 학습자 대상 면접 및 지필 평가를 실시하고 또 드라마와 영화의 대사을 분석하여 학습자들의 오류 양상을 살펴보았다. 필자는 이러한 분석과 실험을 통하여 한국어와 중국어의 호칭어 및 지칭어 사이의 차이를 규명하였는데, 가령 지칭어의 경우 중국어에서 전통적으로 사용되어 오던 존대 지칭어와 겸양 지칭어가 비교적 발달되어 있는 양상을 보인다고 하였다. 그러나 사회적 변화가 그 원인이 되어 현대의 중국어에서는 이와 같은 지칭어 표현들이 거의 사용되고 있지 않으며 매우 제한적으로만 그 사용의 용례가 발견되고 있는 반면, 한국어의 경우에는 이와 같은 표현들의 여전히 건재하게 사용되고 있다고 하였다. 특히 필자는 한국어에서의 호칭과 지칭은 순수한 고유어와 한자어는 물론 새로 생긴 신어 등이 혼재 되어 사용되고 있으며 일가친적 사이에 쓰이는 것이 사회적인 대인 관계를 위해서도 사용되며 복잡하게 발달되어 있음을 지적하였다. 이와 같은 친족어 대용형 호칭어와 지칭어 사용에서는 한국어와 중국어 사이에 차이가 커 주의를 요하는데, 가령 한국어에서는 '아버님', '어머님', '오빠'와 같은 호칭과 지칭은 친구나 동료의 부모님 등에게도 사용할 수 있지만, 중국에서는 그렇지 않으며, 한국에서는 친한 사람을 '이름+친족어'의 형식으로 칭할 수가 있는 반면 중국에서는 일반적으로 '성+친족어'의 형식으로 칭하는 것이 차이점이라고 하였다.

이 논문은 이처럼 한국어와 중국어의 호칭어와 지칭어에서는 그 어휘의 종류와 용례에서 많은 차이를 보이므로 이를 교육하기 위한 효율적인 교육 방안이 필요하다고 주장하며, 이를 위하여 가정생활에서 필요한 호칭과 지칭 표현, 학교 생활에 필요한 호칭과 지칭 표현, 그리고 그 외의 사회 생활에서 필요한 호칭과 지칭 표현을 목록화하고 이를 각 급의 교육 목표와 내용에 따라 분류하여 각 가정과 학교, 그리고 사회 생활에서 필요한 호칭 및 지칭의 교육 방안을 귀납적 교육 방안의 하나인 OHE 모형을 근간으로 하여 제시하였다.

▌ 의의 및 제언 ▌

이 연구는 한국 언어 문화의 고유한 특성인 호칭어와 지칭어 발달에 주목하여 중국인 학습자가 모국어와 언어 문화 차이로 인하여 호칭어와 지칭어 사용에 오류를 범함으로써 의사소통에 장애가 발생하지 않도록 필요한 호칭어와 지칭어 목록을 제시하고 이를 한국어 숙달도와 사용 환경에 따라 재분류하였다는 점에서 의의가 있다. 특히 중국인 학습자들의 경우, 필자가 제시한 목록만으로도 한국어 호칭어와 지칭어 체계에 대한 쉽게 이해할 수 있으며, 중국인 학습자를 교육하는 교사들에게도 한국어와 중국어의 호칭어와 지칭어 체계에 대한 공통점과 차이점을 이해하기 쉽게 제시하고 있어, 교사가 중국어를 알지 못하더라도 중국인 학습자를 교육할 때, 효율적이고 용이하게 교육 내용을 선정하고 가르칠 수 있도록 하는 데에 큰 도움을 줄 수 있을 것이다.

2007. 8. 심혜령. 박사. 연세대. 한국어 교육용 기초 한자어 명사의 공기 관계 연구 : 한중 대조 연구를 예시로 하여. 〈분류: 어휘〉 〈해제: 이준호〉

▌목차▐

▌요약▐

이 논문은 한국어 한자 어휘 교육을 위한 연구로 한국어 교육용 기초 어휘 중 명사어를 대상으로 하여 한국어 어휘의 공기 관계를 분석하고 이를 다시 중국어에서의 공기 관계와 대조하여 정리하는 것을 목적으로 기술되었다. 필자는 한국어 교육 현장에서 중국인 학습자의 수가 급격하게 증가하고 있으며, 한국어 어휘 체계 중 한자어가 차지하는 비율이 50%를 넘는다고 주장하면서, 급증하는 중국인 학습자에게 한국어의 한자어 어휘가 긍정적인 역할을 할 수 있도록 중국어와 동형대역의미인 한국어 한자어 명사의 공기 관계에 대한 분석을 통한 한국어 어휘 교육은 한국어 의사소통능력 신장에 큰 도움을 줄 수 있을 것이라고 주장하였다.

이를 위하여 필자는 국립국어원(2003)의 한국어 교육용 기초 어휘의 한자어에서 중국어의 동형대역의미 관계에 있는 한자어 589개만을 추출하고 이를 다시 빈도 등의 기준에 의하여 108개를 선정한 후 이 어휘들만을 구체적인 연구의 대상으로 삼았다. 필자에 따르면 한국어 교육용 기초 어휘에는 총 1,040개의 한자어 명사가 포함되어 있는데, '普通話常三千用詞表', 중한사전, 범기혜(2002), 한중 대역 말뭉치 등을 참조하여 이들이 현재 중국어 어휘와의 동형대역의미성을 갖고 있는지를 파악하였다고 하였다. 이 연구에서는 여기에서 동형대역의를 가지고 있다고 판단된 어휘 586개는 다시 한국어 교육에 필요한지 아닌지에 따라 분석되었고, '한국어 교육용 표준 말뭉치', '표준국어대사전'에서의 표제어의 중요도 및 빈도, '연세 말뭉치' 등과 비교하여 108개의 어휘로 한정하였다.

필자는 이 108개의 어휘의 공기 관계를 조사하였는데, 이러한 한자 어휘들은 목적어로 쓰인 빈도가 12,415로 가장 높고, 보어로 쓰인 빈도가 423회로 가장 낮아, 한자어 명사는 평균적으로 볼 때, 문장 안에서 목적어로 쓰인 비율이 가장 높은 반면 보어로 쓰인 비율이 가장 낮음을 알 수 있었다. 또 이 연구에서는 한자어 명사의 평균 비율을 기준으로 그 한자어가 주어 지향적인지 목적어 지향적인지 부사어 지향적인 등을 밝혀 서술어와의 공기 관계 목록과 그 양상을 기술하였다.

한편 필자는 한국어 한자어 명사의 공기 관계에 대한 분석이 중국인 학습자에게 효율적으로 활용될 수 있는 자료가 되기 위해서는 현대 중국어 어휘와의 공기 관계 대조가 필요하다고 보았다. 이 연구에서는 이를 입증하기 위하여 15명의 중국인 한국어 학습자를 대상으로 심층 조사를 실시하였는데, 조사의 대상이 된 학습자 어휘 사용 오류를 분석한 결과, 한국어 한자어 사용 상 오류의 상당수가 공기 관계와 관련한 모국어의 영향임을 밝혀내고, 이러한 부정적 전이를 줄이기 위해서 공기 관계에 대한 대조가 필수적임을 주장하였다. 이 연구에서는 상기한 한자어 명사의 공기 관계 목록을 이와 같은 대족 분석을 통하여 실질적인 용례의 중국이 대역을 첨가하여 보완하였다. 그러나 이러한 대역 첨가는 목록에 있는 모든 한자어 명사가 아닌 일부 명사에 의해서만 이루어졌고 필자는 대역이 누락된 부분에 대하여 앞으로의 연구 과제라고 언급하였다.

▌ 의의 및 제언 ▌

이 연구는 공기 관계를 통한 어휘 학습이 중국인을 비롯한 한국어 학습자의 어휘 오류를 줄일 수 있는 교육 방안이라고 보고 특히 중국어 어휘와의 공기 관계 대조를 통하여 중국인 학습자를 위한 한자어 명사 교육 방안을 제시한 연구이다. 최근 들어 한국어와 중국어의 대조 분석을 통한 어휘 교육 방안이 활발하게 이루어지고 있는 것이 사실이나 유의어나 부정접두사 등을 활용한 방안이 주를 이루고 공기 관계를 통한 교육 방안은 전무하였다는 점을 생각해 볼 때, 이 논문의 연구의 타당성과 독창성을 확보하고 있다고 할 수 있다. 또 중국어와 동형대역의미 관계가 성립되어 있는 한자어 목록을 작성하고 이를 한국어 교육에서 의미 있는 어휘만으로 재정립한 것은 중국어를 모르는 한국어 교사들이 중국인 한국어 학습자를 교육할 때 큰 도움이 될 수 있는 자료를 제공한 것이라고 할 수 있다. 다만 중국어와의 대조 분석을 통한 대역어 첨가가 일부 어휘에만 한정되어 이루어진 것은 필자의 말과 같이 이 연구가 가지는 한계점이라고 할 수 있다.

2007. 8. 윤유선. 석사. 이화여대. 어휘 학습 전략 훈련을 통한 한국어 학습자의 한자어 학습 효과. 〈분류: 어휘〉 〈해제: 이준호〉

‖ 목차 ‖

B. 상위권 학습자의 어휘 학습 전략 훈련
　　효과: 집단 '가'
　1. 참여자 A의 사례
　2. 참여자 C의 사례

C. 중위권 학습자의 어휘 학습 전략 훈련
　　효과: 집단 '나'
　1. 참여자 D의 사례
　2. 참여자 E의 사례
　3. 참여자 G의 사례

D. 하위권 학습자의 어휘 학습 전략 훈련
　　효과: 집단 '다'
　1. 참여자 B의 사례
　2. 참여자 F의 사례
E. 세 집단의 비교 분석

Ⅵ. 결론 및 제언

▌▌요약 ▌

　이 논문은 학습자의 한국어 숙달도가 높아질수록 한자어 어휘가 차지하는 비율이 높아진다는 점에 주목하여 한국어 학습자들을 위한 한자 어휘 학습 전략과 훈련 방법을 제안하고자 하는 목적 하에 작성되었다. 필자는 한국어는 일반적으로 어휘량이 크고 저빈도 어휘가 차지하는 비율이 높은 언어에 속한다고 하며 이는 곧 학습자에게 어휘 학습의 부담 요소로 작용한다고 지적하였다. 따라서 필자는 학습 난이도가 높고 활용 빈도수는 낮은 저빈도 어휘의 경우 개별적 접근 방식이 아닌 어휘 학습 전략을 통해 접근하는 것이 효율적임을 주장하였다. 이러한 주장을 뒷받침하기 위하여 이 논문에서는 한국어 한자어의 어근 정보를 비롯하여 어휘 형성 구조를 토대로 하여 한자어의 의미를 추측하는 어휘 학습 전략 훈련의 효과를 검증하는 것을 논문의 주요 연구 방향으로 삼았다.

　이러한 이 논문에서는 의미적인 기능을 담당하고 사용 빈도와 조어력이 높다고 판단되는 한자를 포함하고 있는 한자어 어휘를 중심으로 하여 교육용 어휘 목록을 추출하고 이 어휘들을 대상으로 어휘 학습 전략 훈련 및 훈련 효과 검증을 위한 단어 시험을 실시하였다. 이 시험에는 한자어권 학습자가 아닌 영어 또는 러시아어인 고급 학습자가 참여하였으며, 총 10주에 걸친 한자어 어휘 학습 전략 훈련 프로그램을 진행하였다. 또 이러한 훈련 프로그램을 설계하기 위하여 한자어 어휘 학습 전략을 선정하고, 선정된 어휘 학습 전략을 각 전략의 성격을 고려하여 교수 요목을 설계하였는데, 파생 구조의 한자어 해석 전략, 병렬 구조의 한자어 해석 전략, 종속 구조의 한자어 해석 전략 및 서술 구조의 한자어 해석 전략의 네 가지 한자어 해석 전략이 훈련을 위한 전략으로 선택되었다.

　필자는 위와 같은 어휘 학습 전략 훈련에 대한 실험의 결과를 다음과 같이 제시하였다. 먼저, 비한자어권 학습자도 한자어 어휘 학습 전략을 훈련을 통하여 미학습 한자어의 의미를 유추할 수 있는 전략을 사용하게 되었다. 특히 어휘 수준이 하위권에 머물던 학습자들의 경우 보다 높은 성장세를 보였다. 다음으로는, 참여자의 기존 학습 어휘량이 많을수록 훈련 받은 어휘 학습 전략을 보다 성공적으로 사용할 수 있음을 알게 되었다. 이는 전략을 사용할 만한 충분한 배경 어휘 정보가 없어 추측을 포기하기 때문인 것으로 나타났다. 그러나 연구의 초점이 되었던 한자어 해석 전략 중 그 효율성이 미비한 것도 있음이 실험의 결과 밝혀졌다. 필자는 특히 상대적으로 접할 기회가 많지 않았던 문장 형식으로 해석하는 전략, 반의어 구조로 해석해야 하는 전략 등은 실험 참가자에 따라서는 효과적으로 사용하지 못하는 사례도 있음을 지적하였다.

▌ 의의 및 제언 ▌

이 연구는 기존 한국어 교육에서 다루어지지 않았던 어휘 학습 전략을 통한 어휘 교육을 주장하고 특히 고급 과정의 학습자를 위한 한자어 어휘 교육을 대상으로 하여 진행된 점에서 독창성과 당위성을 획득할 수 있다. 특히 이런 학습 전략을 통한 어휘 교육은 기존 어휘 학습 방법과 별개로는 물론 통합적으로 활용될 수 있으며, 한자 어휘 학습에 국한되지 않고 전반적인 한국어 어휘 학습의 효과 또한 높일 수 있다는 장점을 가지고 있으므로 이 논문이 가지는 의의는 크다고 할 수 있다. 그러나 이 논문에서 다소 아쉬운 점이 있다면 한국어 어휘 학습 전략에 대한 검증 과정에서 실제성 있는 상황에서의 사용 가능 여부가 검증되지 못했다는 것이다. 필자 자신이 연구의 단점으로 언급한 바와 같이 단어 시험만을 통한 전략 사용의 효과를 평가했고 어휘 학습 전략 과정에도 탈맥락적 상황에서 개별 어휘만을 제시하는 방식을 택했기 때문에, 실제 맥락에서도 유의미한 결과를 얻을 수 있을지가 다소 의심스럽다고 할 수 있다.

> **# 2007. 8. 장성희. 석사. 경희대. 중국인 학습자를 위한 한국어 외래어 교육 방안.** 〈분류: 어휘〉 〈해제: 이준호〉

▌ 목차 ▌

6. 중국인 학습자를 위한 한국어 외래어 교   7. 결론
   육 방안

▌ 요약 ▌

이 논문은 한국어의 외래어와 중국어 외래어를 상호 대조하여 중국인 한국어 학습자들이 나타내는 한국어 외래어에 대한 인지 방식을 고찰하고 이를 토대로 중국인 학습자를 위한 한국어 외래어 교육 방안을 제시하는 것을 목적으로 하고 있다. 필자는 외래어가 한국어의 일부임에도 불구하고 외국인 학습자들에게는 매우 낯설고 익히기 쉽지 않은 부분이며 특히 외래어에 대한 사용이나 인식이 한국인과 상이한 중국인 학습자들의 경우에는 한국의 외래어의 표기상 차이점 등으로 인하여 그 의미를 유추하기 어렵다고 주장하였다. 따라서 필자는 중국인 학습자가 한국어 외래어를 바르게 인식하고 쉽게 사용할 수 있도록 하는 교육 방안을 제시하여 학습자가 이미 알고 있는 영어 배경 지식을 활용하고 궁극적으로는 어휘 학습의 경제성을 더할 수 있게 하고자 이 연구를 진행하였다.

필자는 이를 위하여 먼저 한국어에서의 외래어와 중국어에서의 외래어에 대한 개념 및 조어법을 비교하였는데, 한국어는 정해진 규칙에 의거하여 외래어를 표기하는 특징을 가지고 있는 반면, 중국어는 외래어 표기법이 없어 외래어 표기의 규칙성을 표기할 수 없으며, 외래어를 그대로 표기하기 보다는 중국식으로 새로 만들어 내는 조어법에 의거하여 사용하는 특징을 가지고 있다고 하였다.

필자는 이러한 차이가 한국어 외래어 학습을 어렵게 만든다고 보고 이 문제를 해결하기 위하여 중국에서의 한국어 외래어 학습과 한국에서의 한국어 외래어 학습을 비교하였다. 필자는 중국에서 사용되고 있는 한국어 교재와 조남호(2003)에서 제시한 한국어 학습용 어휘 선정 보고서를 분석하여 양국에서 교육되는 한국어 외래어 목록을 분석하였다. 이러한 분석의 결과, 필자는 중국에서 사용되는 한국어 교재의 외래어는 조남호(2003)의 연구 결과와 비교하여 난이도가 일치하지 않고 맞춤법 및 띄어쓰기 등에서도 오류가 많으며, 무엇보다 외래어의 제시가 이루어지지 않아 교제에 사용되는 외래어를 양적으로 확대할 필요성이 있다고 하였다.

또 이 논문에서는 중국인 한국어 학습자들을 대상으로 한 설문조사를 실시하여 외래어 인지에 있어서 오류 양상을 분석하고 특히 유사 음운에 의한 오류와 의미 혼동에 대한 오류가 많음을 도출해 내었다. 교재 분석과 학습자 대상의 설문조사를 바탕으로 필자는 중국인을 위한 한국어 외래어 교육 방안을 제시하였는데, 한국어 외래어 표기법의 특징적 요소에 대한 설명과 외래어 분류를 통한 어휘장 형성, 문맥과 상황을 통한 동음이의 외래어의 정확한 쓰임을 인식할 수 있도록 제시하는 방안을 선택하였다.

▌ 의의 및 제언 ▌

이 논문은 한국어 어휘임에도 불구하고 간과되기 쉬운 외래어 어휘도 한국어 교육에서 교육

되어야 할 대상임을 인지시키고 특히 외래어에 대한 개념과 사용 방법이 한국어와 크게 다른 중국인 한국어 학습자를 대상으로 한 비교분석적 연구를 진행하여, 중국인을 위한 한국어 외래어 교육 방안을 제시하였다는 점에서 의의를 갖는다.

2007. 8. 장익. 석사. 신라대. 중국 학습자를 위한 한국 한자어 교육에 대한 연구. 〈분류: 어휘〉 〈해제: 이준호〉

▎ 목차 ▎

I. 서론
 1.1. 문제 제기 및 연구 목적
 1.2. 연구 범위 및 선행 연구

II. 중국 학습자를 위한 한국한자어 교육의
  필요성
 2.1. 한국 한자어의 위상과 교육 현황
  2.1.1. 한국 한자어의 역사적인 지위와 역할
  2.1.2. 현대 한국에서의 한자 및 한자어 교육
 2.2. 중국 학습자를 위한 한국 한자어 교육
   의 필요성

III. 중국 학습자를 위한 한국 한자어 교육의
   실태 및 문제
 3.1. 중국 현장에서의 한국 한자어 교육 현
    황 및 문제
  3.1.1. 한자어 교육의 배경
  3.1.2. 한자어 교육의 목표 및 내용
  3.1.3. 한자어 교육의 문제
 3.2. 한자어 학습·지도에서의 효율성에 대
    한 분석
  3.2.1. 한국 한자어의 특성
  3.2.1.1. 한국 한자어의 개별성
  3.2.1.2. 한국 한자어와 현대 중국어의 비교
  3.2.2 한국 한자어 교수·학습에서의 이점
     과 난점
  3.2.2.1. 중국 학습자 한국 한자어 학습의
      이점
  3.2.2.2. 중국 학습자 한국 한자어 학습의
      난점

IV. 중국 학습자를 위한 한국 한자어 교육의
   개선방안
 4.1. 한국 한자어 교육 효율성의 제고 방안
  4.1.1. 중국 학습자를 위한 한국 한자어 교
     육의 성격
  4.1.2. 중국 학습자를 위한 한국 한자어 교
     육의 내용
  4.1.3. 교육 방법 선택상의 유의 사항
 4.2. 중국 학습자를 위한 한국 한자어 교육
    방안
  4.2.1. True Friends and False Friends 목록
     을 통한 교육 방안
  4.2.1.1. 모어인 중국어의 긍정적인 전이
      를 이용한 한국 한자어 교육
  4.2.1.2. 부정적 전이를 일으키는 언어간 오
      류 방지를 위한 한국 한자어 교육
  4.2.2. 유사관계 어휘 정보를 통한 교육
  4.2.2.1 유의어와 유사 관계 어휘의 개념
      차이
  4.2.2.2 유사 관계 어휘의 유형
  4.2.2.3. 유사 어휘군의 분석 방법
  4.2.2.4. 중국 현장 한국한자어 교수에서
      의 유사 관계 어휘 정보의 활용
      방안
  4.2.2.5. 관련 어휘에 의한 학습법과 대비
      하여 본다.
  4.2.3. 학습자의 자질성과 사전, 인터넷을
     통한 교육 방안
   4.2.3.1. 사전과 인터넷
   4.2.3.2. 인터넷 주제 검색을 통한 한국 한
       자어 학습법

V. 결론

▌ 요약 ▌

이 논문은 중국에서의 한국어 한자 어휘 교육 위한 내용 및 방법 선정을 목적으로 작성되었다. 필자는 이제는 중국인 학습자를 대상으로 하는 한국어 한자 어휘 교육을 위하여 한국 한자어와 현대 중국어 어휘의 대조분석 연구가 전면적이고 체계적으로 이루어져야 할 시기라고 시적하면서 이를 위하 한국 한자어의 기초 어휘를 중심으로 하여 현대 중국어 어휘와 서로 비교가 가능한 한국어 한자어 어휘에 대한 실체를 파악해야 한다고 주장하였다. 또 이 연구는 한자 학습보다는 한자어 학습에 비중을 두고 암기보다는 독해력 위주의 학습에 대한 논의를 중심으로 한다고 하였다.

필자는 중국인 학습자들의 한자 어휘 교육 현황에 대한 분석을 통하여 중국인 학습자에게 있어서의 한국어 한자 어휘 학습의 장점과 단점을 밝혔는데, 장점으로는 한국어에서 한자어 사용이 많아 처음 한국어를 접하는 중국인 학습자에게 친숙하게 느껴질 수 있으며, 중국어와의 형태, 의미, 음운의 유사성은 한국어 학습에 도움을 주는 요소로 작용하는 점이 있다. 단점으로는 한국어 한자어 어휘와 현대 중국어 어휘는 의미상의 차이를 보이는 것이 많고 경우에 따라서는 동일한 자형을 취하지만 의미면에서는 완전히 상이한 경우도 있어, 오히려 학습자를 혼란스럽게 한다는 점과 현대 중국어에서 사용되는 어휘가 당연히 한국어에도 존재할 것이라는 오판으로 이해, 여과 없이 모국어 어휘를 한국어 문장에 대입한다는 점 등이 있다.

필자는 이러한 분석을 바탕으로 하여 중국인 학습자를 위한 한국어 한자 어휘 교육 방안을 제시하고 있는데, 크게는 'True Friends and False Friends 목록을 통한 교육 방안'과 '유사관계 어휘 정보를 통한 교육' 그리고 '학습자의 자질성과 사전, 인터넷을 통한 교육 방안'으로 나누어 설명하였다. 이중 'True Friends and False Friends' 목록을 이용하는 방안은 모어인 중국어의 긍정적인 전이와 부정적 전이 현상에 주목하여 긍정적인 전이 현상을 유도하거나 반대로 부정적인 전이 현상을 방지하는 방법으로 다시 나누어 볼 수 있다. 유사관계 어휘 정보를 통한 교육은 다시 유의어와 유사 관계 어휘의 개념 차이를 활용하는 방법, 유사 관계 어휘의 유형에 집중하는 방법, 유사 어휘군의 분석을 통한 방법, 중국 현장 한국한자어 교수에서의 유사 관계 어휘 정보의 활용하는 방안 및 관련 어휘에 의한 학습법과 대비하여 보는 방법 등으로 나눌 수 있나. 학습자의 자질성과 사전, 인터넷을 통한 교육 방안에서는 사전과 인터넷 활용 방안 및 인터넷 주제 검색을 통한 한국 한자어 학습법을 제안하였다.

▌ 의의 및 제언 ▌

이 논문은 중국인 한국어 학습자를 위한 한국어 한자어 어휘 교육 방안을 제시하는 연구로 중국인 학습자의 경우, 현대 중국어 어휘와 한국 한자어 어휘 간의 차이점으로 인하여 모국어의 부정적인 전이를 빈번하게 경험하게 된다는 점을 생각해 볼 때, 이러한 주제의 연구가 필요한 것은 사실이므로 이 논문의 필요성 면에서는 타당성을 가질 수 있다. 그러나 이 논문의 경우, 논문의 제목을 비롯하여 논문 전체의 집필 방향에서 의도하는 바가 매우 광범위하여 한국어 한자어 어휘 전체를 대상으로 하여, 한자어 교육 전반에 대한 방법론을 다루고 있다. 반면, 논문의 분량 및 각 장 및 절의 구성과 내용은 이러한 광범위한 주제를 뒷받침하기에는 개론적인 성격에 머물고 있어, 필자가 의도한 연구의 목적을 달성하는 데에는 무리가 있어 보인다.

2008. 2. 고주환. 석사. 관동대. 한국어 학습자를 위한 파생어 교수-학습 방안 연구. 〈분류: 어휘〉 〈해제: 이준호〉

▌목차▌

I. 서론
 1. 연구목적 및 필요성
 2. 연구사
 3. 연구 방법

II. 한국어 파생어 유형
 1. 파생어의 개념
 2. 접사에 의한 파생
 3. 접사처럼 쓰이는 한자

III. 한국어 교육에서의 파생어 교육 현황

 1. 한국어 교재의 파생어 현황
 2. 한국어 교육용 파생어 선정

IV. 파생어 교수-학습 방안
 1. 파생어 교육의 원리
 2. 한국어 학습자를 위한 파생어 교수-학습 방안
 3. 파생어 교수-학습 모형

V. 결론

▌요약▌

 이 논문은 외국인 한국어 학습자들의 한국어 어휘력 신장을 위하여 효율적인 파생어 교육 방안을 제시하고자 하는 목적에서 작성되었다. 필자는 파생어를 통한 한국어 어휘 교육은 접사의 생산성을 이용하게 되므로 단어 확장이 용이하고, 외국인 학습자들에게 빠르고 쉬운 어휘 습득을 위하여 이러한 접사의 생산성이 공헌할 수 있는 바가 크므로 파생어를 통한 한국어 어휘 교육이 필요하다고 주장하였다. 또한 중급 이상의 한국어 숙달도를 보이기 위해서는 어휘력의 신장이 주요한 요소로 작용하는 한국어 교육의 특성상 어휘 교육 및 파생어 교육은 반드시 연구되어야 할 분야임을 지적하였다.

 이 논문은 이를 위하여 한국어 파생어 교육 현황을 분석하였는데, 현재 한국어 교육 현장에서 사용되고 있는 한국어 교재 3종 14권을 분석하였고, 이러한 분석의 결과로 모두 접두사 33개와 접미사 121개가 3종 교재에 중복 출현하는 것을 밝혀내었다. 그러나 추출한 접사 목록을 분석한 결과, 한국어 교재에 출현하는 접사는 교육 목표와 숙달도 수준이 갖더라도 접사 선정의 공통선이 없고 따라서 한국어 교육에서 필요한 기초 접사 목록의 선정이 필요함을 지적하였다.

따라서 필자는 각 교재에 2번 이상 중복하여 나타나는 접사를 중심으로 한국어 교육에 필요한 접사를 선정하였으며, 여기에는 9개의 접두사와 73개의 접미사가 포함되어 모두 82개의 기초 접사 목록을 제시하였다. 또 필자는 이렇게 추출된 접사가 포함된 한국어 교육용 파생어 또한 목록화하였는데, 접두파생어 33개와 접미파생어 876개의 총 909개 교육용 파생어를 선정하였다.

　이 논문은 이렇게 추출한 접사와 파생어 목록을 중심으로 하여 한국어 파생어 교수 및 학습 방안을 제안하였는데, 접사의 의미를 이용한 방안, 프레어 모형을 이용한 방안, 게임을 이용한 방안, 의미장을 이용한 방안 및 의미자질을 이용한 방안의 5가지의 파생어 교수・학습 방안을 기본으로 하고 있다. 먼저 접사의 의미를 이용한 방안은 파생어에 활용된 접사를 의미를 토대로 하여 파생어의 의미를 유추하여 어휘를 확장하는 방식이며, 프레어 모형은 개념과 관련한 정보를 네 개의 구획으로 나뉜 도표에 기록하는 방식으로 어휘의 개념에 대한 의미를 통하여 파생어의 의미에 접근하는 방식이다. 게임을 이용한 방안은 목표로 하는 어휘에 대하여 자발적이고 창조적으로 언어를 사용할 수 있도록 고안된 학습 방식이며, 의미장을 이용하는 방안은 접사가 가지는 의미에 의하여 만들어진 공통적 의미의 집단을 조직하여 학습자로 하여금 어휘의 확장을 시도하도록 만드는 방식이고, 끝으로 의미자질을 이용하는 방안은 접사의 의미자질을 통하여 어휘 형성이 가능한 경우와 그렇지 못한 경우를 나누어 접두사를 이용한 단어 파생의 오용을 막도록 하는 방식이다.

▌▌ 의의 및 제언 ▌

　이 논문은 한국어를 학습하는 외국인 학습자들의 한국어 어휘력을 신장시키는 방안으로 파생어의 형성 원리에서 출발한 파생어 교육 방안을 제시하고 있다. 한국어 어휘 교육에 관한 연구에서 접사 및 파생어를 통한 어휘 교육과 관련되어 이루어진 연구 성과가 매우 드물다는 점에서 볼 때, 이 연구는 그 독창성과 필요성을 인정받을 수 있을 것이며, 특히 본 연구가 한국어 교육용 접사 목록과 파생어 목록을 도출하여 제시한 점은 다른 연구에서 찾아볼 수 없는 유일한 결과라는 점에서 더욱 의의가 있다고 하겠다. 다만 아쉬운 것은 이렇게 도출한 접사와 파생어 목록이 단순한 나열에 의한 제시가 아니라 한국어 숙달도에 따라서 초급용 목록, 중급용 목록, 고급용 목록 등으로 제시되었다면 교육 현장에서 보다 용이하고 유의미하게 활용할 수 있었을 것이라는 점이다.

2008. 2. 김진희. 석사. 한국외대. 한국어 'X하다' 용언과 일본어 대응 표현과의 대조 분석과 교육 방안 연구. 〈분류: 어휘〉 〈해제: 이준호〉

▌▌ 목차 ▌

▌ 요약 ▌

  이 논문의 목적은 한국어의 'X하다' 용언에 대응하는 일본어 표현을 대조 분석하여 국어를 습하는 일본인 학습자들을 위한 한국어 '하다' 용언의 교수 모형 및 교수·학습 방안을 제하는 데에 있다. 필자는 일본인 한국어 학습자에게서 나타나는 언어간 전이 현상에 의한 오류는 여러 가지 영역에서 나타나지만 대표적으로는 'X하다'와 관련한 오류를 들 수 있다고 하였다. 일본어 에는 한국어의 'X하다'와 같이 여러 단어와 결합하여 동사 및 형용사를 형성하는 기능을 하는 'する'와 'だ'가 있는데, 'する'는 동사를, 'だ'는 형용동사를 형성한다. 필자는 이러한 차이가 있음 에도 불구하고 일본어와 한국어는 대부분 유사하는 생각과 실제 그 쓰임이 유사한 'X하다' 용 언 때문에 한국어 학습 초기에 일본어를 그대로 한국어 문장으로 직역하여 비문이나 부자연스 러운 문장을 만드는 경우가 많다는 사실을 지적하였다.

  이러한 연구의 필요성에 출발하여 필자는 국립국어원에서 발표한 한국어 학습용 어휘 6000 자 중에서 '-하다'가 포함된 어휘 593개(동사 411개, 형용사182개)를 추출하고 'X하다' 용언의 대조 분석 기준을 선정하기 위하여 'X'의 자격 요건과 한국어와 일본어 사이의 차이점을 밝혀 대조 분석 기준을 선정하였다. 또 한국어 'X하다' 동사 및 'X하다' 형용사와 대응하는 일본어 표현을 어종, 품사 등의 기준으로 나누어 대조 분석하고 그 결과가 일본어권 한국어 학습자들에게 미치는 영향에 대해 살펴보았다. 이러한 대조 분석을 토대로 하여 필자는 일본인 학습자를 대상으로 한 한국어 'X하다' 용언의 기본 교수 모형을 설계하였다.

필자는 한국어와 일본어의 '하다'와 'する'및 'だ'의 대조 분석을 통하여 얻은 결과를 통하여 한국어 'X하다' 용언의 기본 교수 모형을 설계하였는데, 이를 위하여 필자가 제시한 설계 원칙을 다음과 같다. 첫째, 'X하다' 동사는 한국어와 일본어 사이의 공통점 많으므로 이를 긍정적 전이로 학습에 이용하며 차이가 나는 부분은 예문을 통해 제시한다. 둘째, 일본어 표현과 가장 큰 차이를 보이는 것이 'X하다'가 형용사로 쓰이는 점이므로 'X하다' 형용사의 교육에서는 품사의 차이를 중점적으로 교수해야 한다. 셋째, 어휘의 모든 의미가 완전히 일치하는 경우는 사실상 드물고 부분적으로 공통된 의미를 갖거나 혹은 의미 외의 다른 면에서 차이점이 나타나는 경우도 있으므로 '한자어+하다' 용언과 '한자어+する/だ'에 대응에 있어 의미의 범위를 제한한다. 넷째, 학습자의 현재 한국어 수준에서 나타나지 않는 오류에 대한 지나친 설명은 학습자에게 오히려 혼란을 가중시키기 쉬우므로 대조 분석 결과의 활용 범위는 학습 단계에 따라 달라져야 한다. 다섯째, 대조 분석과 오류분석 결과는 현재의 학습 내용에 직접적으로 연관이 있는 부분만을 선택적으로 활용하며 해당 단원에서 중점적으로 익히고자 하는 의미와 관련 있는 대조 분석과 오류분석 결과만을 활용한다. 여섯째, 어휘 설명 방법은 한국어 어휘의 속성에 따라 결정하고 대응되는 일본어 제시 방법을 택한다. 일곱째, 대조 분석 결과를 활용해 교수 방안의 기본 틀이 되는 교수모형을 구성하고 이 교수 모형을 기초로 하여 대조 분석 결과를 활용한 한국어 한자 어휘 교수 방안을 설계한다.

▍ 의의 및 제언 ▍

일본어와 한국어는 형태·통사적인 면에서 많은 공통점을 갖고 있어, 한국어를 학습하는 일본인 학습자들에게는 이러한 점이 한국어 어휘 학습의 장점으로 작용하는 반면, 지나친 모국어 간섭 현상으로 인한 오류 발생의 원인으로 작용하기도 한다. 이러한 점에서 볼 때, 이 연구는 한국어와 일본어에서 사용 빈도가 높고 그 유사성이 많은 'X하다' 표현에 집중하여 그 차이점을 밝히고 이를 통한 한국어 교육 방안을 제시하였다는 점에서 의의가 있다. 특히 교육 방안 제시에 있어서 한국어와 일본어의 공통점을 활용하여 긍정적인 전이가 유도하는 교육 방안과 차이점을 활용하여 부정적인 전이를 방지하는 교육 방안으로 나누어 제시한 점은 교육 현장에서 이 연구를 보다 쉽게 활용할 수 있도록 도움을 줄 수 있을 것이다.

2008. 2. 나삼일. 석사. 선문대. 의미관계를 이용한 어휘 교육에 관한 연구 〈분류: 어휘〉
〈해제: 이준호〉

▍ 목차 ▍

▌ 요약 ▐

　이 논문은 외국인 한국어 학습자들이 어휘를 보다 효율적으로 학습할 수 있도록 유의어, 반의어, 다의어 등과 같은 어휘의 의미관계를 활용한 어휘 학습 방안을 제시하여 학습자들이 실제 의사소통에 학습한 어휘를 효율적으로 사용할 수 있도록 하는 데에 목적을 두고 기술되었다. 필자는 한국어는 구조적, 의미적 그리고 사회언어학적으로 발달한 어휘 체계를 가지고 있으므로 서로 관계가 있는 어휘를 구체적이고 체계적인 방법으로 연구하여 학습 모형을 제시하고 이를 통하여 효율적인 어휘 학습을 도모하는 것이 중요하다고 주장하였다.

　이를 위하여 이 논문은 외국인 학습자들에게 있어서 한국어 학습에 가장 중요한 것은 무언이며, 교육자가 선호하는 어휘 학습 방법, 어휘 학습에 대한 장기 기억을 유도하는 방법 등에 대한 설문조사를 실시하였다. 설문조사의 결과, 설문에 참여한 한국어 학습자들은 54% 가까이 어휘 학습이 한국어 학습에서 가장 중요하다고 생각하는 것으로 나타났으며, 학습자의 한국어 숙달도가 높을수록 어휘학습의 중요성을 더욱 높이 평가하는 것으로 나타났다. 또한 한국어 학습에서 가장 먼저 이루어져야 할 부분에 대한 질문에서도 초급에서 고급까지 모두 어휘 학습을 선택한 학습자가 많아, 어휘 교육의 중요성을 입증하였다. 한편 한국어 교사를 대상으로 한 설문조사에서는 어휘 교육 방법으로 한국어로 뜻을 설명하거나 어휘의 의미 관계를 이용하여 어휘 의미를 이해시킨다는 대답이 가장 많아, 필자는 이에 대하여 의미 관계를 통한 어휘 학습의 효율성이 높기 때문이라고 주장하였다.

　이 논문에서는 이러한 설문조사를 바탕으로 하여 어휘의 의미관계에 의한 교육 방법을 제안하였는데, 유의어를 통한 어휘 학습 모형, 반의어를 통한 어휘 학습 모형, 다의어를 통한 어휘 학습 모형을 제시하였다. 필자는 이러한 교육 방법이 학습자들에게 어휘력을 높을 수 있을 뿐만 아니라 표현력 또한 높일 수 있다고 주장하고 있다. 이러한 모형의 효율성을 검증하기 위하여 초급 학습자 대상의 평가 문항을 제작, 그 결과를 확인해 보았는데, 유의어 및 반의어와 같은 의미 관계를 이용해서 교육한 경우, 그렇지 않은 일반 학습자에 비하여 어휘 기억과 활용 면에서 더 우수한 것으로 나타났다.

▌ 의의 및 제언 ▌

이 논문은 어휘 교육의 필요성에서 출발하여 어휘의 의미관계를 이용한 학습 방안을 제시하고 있다. 특히 학습자에 대한 설문조사를 통하여 어휘 교육의 필요성을 입증하고 교사들에 대한 설문조사를 통해 효율적인 어휘 교육 방법을 도출하여 이를 교육 방법에 적용시켰다는 점에서 그 의의를 찾을 수 있다. 그러나 제안한 어휘 교육 방법의 효과를 검증하기 위하여 실시한 모의 평가가 제안한 어휘 교육 방법과는 달리 탈맥락적이고 비실제적인 단답형 문항으로 이루어져 있어, 그 결과에 대한 신뢰도를 떨어뜨리고 있다는 점이 이 실험의 한계로 작용하고 있어, 아쉬움이 남는다.

2008. 2. 노경래. 석사. 관동대. 사전을 활용한 한국어 어휘 지도-학습 연구. 〈분류: 어휘〉
〈해제: 이준호〉

▌ 목차 ▌

▌ 요약 ▌

이 논문은 어휘 학습은 음성이나 문법 규칙에 대한 학습보다 더 많은 시간과 노력을 필요로 하는 학습 내용이라고 주장하면서 어휘력의 양적 향상과 질적 향상을 동시에 도모하는 어휘 활용 모형을 제시하고 있다. 특히 의미를 중심으로 한 유의어, 반의어 및 연어 관계에 대한 효율적인 교육 방안을 제시하는 것을 목적으로 기술된 이 논문은 의미별 사전을 비롯하여 반의어 사전, 유의어 사전, 품사기준 의미별 사전, 일반 뜻풀이 사전 등을 활용하여 어휘를 학습할 수 있는 직접적인 어휘 교육 방안을 제안하고 있다.

필자는 동의어 및 유의어, 반의어 그리고 연어 교육을 위하여 기존에 학습한 바 있는 부분을 복습하거나 단원 앞에서 해당 어휘를 이미 충분히 학습하여 의미를 익힌 후, 어휘가 가지는 상호적인 의미관계를 학습시켜 어휘를 확장시키는 방법을 고안하였다. 또한 상기한 바와 같이 기존의 학습한 어휘의 복습 차원이 아니라 새로운 어휘를 제도하는 방법도 제시하였는데 이를 필자는 직접적인 어휘 교육이라고 칭하고 있다. 여기에선 직접적인 어휘 교육이라는 것은 듣기·말하기·읽기·쓰기와 같은 언어 영역에 대한 교육에서 보조적인 수단으로 이루어지는 어휘 교육이 아니라 어휘만을 중심으로 교육이 이루어져야 한다는 것을 의미한다.

이를 위하여 필자는 어휘 수업 모형으로 사전을 이용한 어휘 수업 모형을 제시하였는데, 이 모형 다음과 같은 6단계로 구성된다. 첫째, 사전 찾기는 해당 학습에 적합한 사전 유형을 고려하여 사전이용법을 숙지한 후 활용하고 단어의 중심 개념을 학습한 후 수업과 괄련된 개념과 다른 개념을 학습한다. 둘째, 의미 교육은 단어의 개별 의미와 의미관계, 의미 분류 등을 지도·학습한다. 셋째, 단어장은 학습자 개인 단어장으로 사전 찾기와 의미 교육을 위한 학습 과정에서 기록하며 수업에 활용된 이후에도 지속적으로 학습한다. 넷째, 단어장의 기록은 단어 암기 학습의 효율성을 위해 어깨표시와 어깨지수를 기록하여 학습자는 수업 후에도 간어 암기 여부와 난도를 고려하여 확인 학습 한다. 다섯째, 이러한 사전 활용 어휘 수업 과정에는 의미 분류 외에도 다양한 유형의 분류 학습과 영역별 수업의 연계 활동 및 기타 활동, 용례 학습 등을 교육한다. 마지막으로 사전 활용 어휘 교육 과정에서 학습자는 단어를 정확하고 효과적으로 사용할 수 있는 능력을 기르며, 사전 찾기는 어휘력의 양적 능력 향상에 의미 교육은 어휘력의 질적 능력 향상에 더 영향을 미쳐 어휘 교육 목표를 달성할 수 있는 결과를 가져온다. 이러한 단계에 의거하여 필자는 사전을 활용한 유의어 및 반의어, 연어 관계 파악을 위한 수업 모형과 지도안을 제시하고 있다.

▌의의 및 제언 ▌

이 논문은 한국어 어휘 교육을 위하여 다양한 종류의 사전을 활용한 어휘 학습 방안을 제시하고 있다. 사전은 한국어 학습자들이 쉽게 구할 수 있는 교육 자료로 이러한 접근이 용이한 교육 자료를 통하여 한국어 어휘 교육을 시도했다는 점에서 이 논문의 의의를 찾을 수 있을 것이다. 그러나 한국어 사전을 통한 어휘 교육의 타당성 및 효율성에 대한 이론적 차원의 혹은 교육 현장 차원의 검증이 충분히 이루어지지 않았으며, 이러한 교육의 효과를 검증할 수 있는 실험도 이루어지지 않아, 필자의 주장에 대한 신뢰도가 낮아지는 결과를 낳았다. 또한 사전을 통한 어휘 교육이 가질 수 있는 탈맥락적, 비실제적 교수·학습을 방지할 수 있는 교육적 장치에 대한 배려가 소홀했던 점도 다소 아쉬움으로 남는다.

> \# 2008. 2. 박성은. 석사. 이화여대. 중급 단계 중국인 한국어 학습자의 한자 어휘 학습 전략 연구: 의미 발견 전략을 중심으로. 〈분류: 어휘〉 〈해제: 이준호〉

‖ 목차 ‖

‖ 요약 ‖

이 논문은 중국인 한국어 학습자들을 위하여 효율적인 한자어 학습 전략을 제시하는 데에 목적을 두고 있다. 필자는 한국어 교사들이 한국어를 학습하는 중국인 학습자들에 대하여 한자 어휘를 스스로 학습하거나 혹은 학습 없이도 습득할 수 있다는 선입견을 갖게 되기 때문에 오히려 중국인 학습자들에 대한 한자 어휘 교육에 소홀하게 된다는 점을 지적하고 따라서 한국어 학습자들의 한자 어휘 학습 전략 개발에 대한 필요성을 염두에 두고 그 중에서도 특히 의미 발견 전략에 중점을 두어 한자 어휘를 학습할 수 있는 전략 교육을 강조하였다.

필자는 한국어 어휘 중 한자어 어휘 및 한자어 포함 어휘가 전체의 69.1%에 달한다는 점, 그리고 한국어 숙달도가 중급 이상에 달하면 한자어 어휘에 대한 노출이 급증한다는 점, 또 한국어의 한자어와 중국어의 한자어 간의 차이점으로 인하여 중국인 학습자들의 어휘 오류 비율이 가장 높다는 점을 들어, 중국인 학습자들을 위한 한국어 한자 어휘 교육의 필요성을 피력했으며, 이를 위하여 개별 한자 어휘 교육이 아닌 효율적인 한자어 어휘 학습 전략을 통한 한자 어휘 교육을 주장하였다.

이러한 주장을 뒷받침하고 필요한 한자 어휘 학습 전략을 도출하기 위하여 필자는 중급 수준의 중국인 학습자 74명을 대상으로 설문조사를 실시하였으며, 이러한 설문조사의 결과 다음과 같은 사실을 도출하였다. 첫째, 중국인 한국어 학습자들은 문맥을 활용한 어휘 의미 유추 전략을 가장 많이 사용하고 있으나 한자를 통한 의미 발견 방식의 사용빈도가 낮았고 모국어인 중국어를 활용한 의미 발견 전략도 거의 사용하지 않는 것으로 나타났다. 둘째, 중국인 학습자들은 가능한 경우 사전 검색을 통하여 어휘의 의미를 찾는 것을 가장 선호하며, 기타 국적의 학습자들에 비하여 사전 의존도가 높은 것으로 나타났다. 셋째, 단어의 어휘 빈도 순위와 학습자들이 느끼는 난이도는 상이한 것으로 나타났다. 형태는 같고 의미는 완전히 다른 동형이의어의 경우, 난이도가 가장 높은 것으로 조사되었으며, 다음으로는 비대칭어 및 부분이형동의어가 높은 학습 난이도를 가진 것으로 나타났다. 다섯째, 기존에 학습한 어휘가 많을수록 새로운 어휘의 의미를 유추하는 데에 더 유리한 것으로 나타났다. 여섯 번째, 어려운 한자어나 저빈도 단어일 경우, 동형이의어의 경우 등은 한자어의 의미를 정확히 유추하지 못했으며, 어휘 빈도 순위는 의미 발견 전략 정확도와는 큰 상관관계가 없는 것으로 나타났다.

필자는 이러한 연구를 통하여 이와 같이 중국인 학습자들이 학습 전략을 잘 사용하고 있지 못하는 점에 대하여 필자는 다음과 같이 분석하였다. 먼저 한국어의 한자음에 익숙하지 않아 음에 대한 정보만으로는 중국어 한자와 연관 시키지 못하기 때문이다. 다음으로는 한국어 한자어 음에 익숙해졌다고 하더라도 동음이의어가 많아 적절한 단어를 떠올리지 못하기 때문이다. 세 번째로는 한국어에 쓰이는 한자어가 현대 중국어에서는 거의 쓰이지 않을 때가 많기 때문에 해석이 어려워진다. 넷째, 중급 단계 이상의 학습자들은 한국어의 한자어와 중국어의 한자어가 다르다는 인식이 생겨 더 이상 한자 정보를 의미 발견 전략으로 사용하지 않게 되기 때문이다.

▌ 의의 및 제언 ▌

이 논문은 실제 중국인 학습자들이 어떠한 어휘 학습 전략을 사용하고 있는지에 중점으로 두고 중국인 학습자들에게 필요한 한자어 학습 범위를 제시하였다는 점에서 그 의의를 찾을 수 있다. 필자에서 주장에서처럼 중국인 학습자는 어휘 오류를 가장 많이 범하는 학습자군의 하나로 특히 사전 검색을 통하여 얻은 어휘를 상황과 맥락에 맞지 않게 적용하여 비문을 만들게 되는 경우가 매우 흔함을 고려할 때, 한자어 학습에 대한 전략적 접근은 그 의의가 크다고 할 수 있다. 다만 이 연구가 한자어 어휘 학습 전략, 특히 의미 발견 전략을 중심으로 이루어졌음에도 불구하고 논문의 본론에서 어휘 학습 전략의 목록이나 학습 전략을 통한 교육 방안이 제시되지 않았고 특히 어휘 학습의 초점을 표현영역을 제외한 이해영역에 한정함으로써 한자어 어휘를 이용하여 의사소통 상황에 맞게 표현하는 방법에 대해서는 언급되지 않은 점이 아쉬움으로 남는다.

2008. 2. 서정현. 석사. 연세대. 한국어 교육용 어휘 선정을 위한 신문 사설의 어휘 사용 분석 연구: 신문 사설 말뭉치 분석을 중심으로. 〈분류: 어휘〉 〈해제: 이준호〉

▌목차▐

1. 서론
 1.1. 연구의 필요성과 목적
 1.2. 선행 연구

2. 이론적 배경
 2.1. 신문 활용 교육(NIE)
  2.1.1. 신문 활용 교육의 개념
  2.1.2. 신문 활용 교육의 목적
  2.1.3. 신문 활용 교육의 효과
 2.2. 교육용 어휘의 개념
 2.3. 교육용 어휘의 선정 기준

3. 연구 대상 및 연구 방법
 3.1. 연구 대상
 3.2. 연구 방법

4. 신문 사설 어휘의 특징
 4.1. 빈도에 따른 사용 양상

4.2. 의미에 따른 사용 양상
 4.2.1. 비유적 의미
 4.2.2. 추상적 의미
 4.2.3. 지시적 의미
4.3. 표기에 따른 사용 양상
 4.3.1. 사자성어 한자어의 사용 양상
 4.3.2. 인명(人名) 한자어의 사용 양상
 4.3.3. 지명(地名) 한자어의 사용 양상
 4.3.4. 기타 한자어
4.4. 주제에 따른 사용 양상
4.5. 신문 사설 어휘와 한국어 기초 어휘 비교

5. 신문 사설을 활용한 한국어 수업 방안
 5.1. 한국어 교재 구성과 교수 요목
 5.2. 신문 사설을 활용한 단원 구성

6. 요약 및 결론

▌요약▐

 이 논문은 신문 사설에 등장 어휘를 체계적으로 목록화하여 보다 효율적인 한국어 어휘 교육을 도모하고자 하는 목적에서 기술되었다. 필자는 한국어 학습자가 한국 생활에 적응하고 한국 사회를 이해하기 위해서는 신문, TV, 라디오 등의 언론 매체를 통하여 한국어를 학습하는 것이 중요하며 특히 신문은 읽기 학습의 동기 부여를 하는 데에 효과적이며, 신문을 통해 한국 사회를 이해하고 간접적인 경험을 늘일 수 있으며, 살아 있는 한국어 배울 수 있기 때문에 매우 효율적인 교육 자료라고 주장하였다.

 필자는 이처럼 신문 사설에 출현한 어휘를 목록화하여 어휘 교육의 자료로 삼기 위하여 먼저 신문 사설의 고빈도 어휘를 선정하고 이렇게 선정된 어휘를 다시 빈도, 의미, 표기 상의 특성을 분석하였다. 필자는 이를 위하여 약 일 년 동안 게재된 중앙일보 사설을 총 216,383 어절, 5,379 문장을 분석하였다. 또 필자는 이러한 분석의 결과 얻어진 어휘 자료를 서상규 외(1998)의 ‘외국어로서의 한국어 기초 어휘'와 대조하여 두 자료에서 공통적으로 출현한 어휘를 따로 선별하였다.

이러한 분석의 결과로 필자가 도출한 결과는 다음과 같다. 먼저 신문 사설 어휘는 대체로 빈도가 높지 않았으며, 빈도수 19이하의 저빈도 어휘가 가장 많았다. 또 신문 사설 어휘를 의미적 특성에 비추어 분석해 보면 신체와 관련된 비유적 표현이 고빈도를 보였으며, '손, 발, 귀'가 포함된 관용표현이 전체 사용 빈도의 50% 이상을 차지하였다. '외국어로서의 한국어 기초 어휘'와의 비교를 통하여 얻어진 '공통어'는 총 384개로 이는 전체의 29.2%에 해당한다. 또한 사설 어휘를 주제별로 분석하였을 때, 사회 관련 주제가 가장 많고 북한 관련 주제가 가장 적었다.

또 표기상의 특징을 살펴보면, 한자를 병기한 경우는 0.2% 정도에 지나지 않아, 현재 한국의 신문 사설에 한자 병기는 사실상 이루어지지 않고 있음을 알 수 있었다. 한자어 병기어로는 '대북(對北)'이 가장 높은 빈도를 보였다. 필자는 또 사자성어나 인명, 지명 등의 빈도수도 조사하였는데, 가장 높은 빈도를 보인 사자성어, 인명, 지명은 각각 '자화자찬', '후진타오', '단둥'이었다.

이 연구에서는 끝으로 신문 사설을 활용한 단원 구성의 예를 제시하였는데, 교재에서는 적절한 어휘 제시가 학습자의 스키마를 활성화하는 데에 핵심적일 역할을 한다고 보고 어휘의 단편적이고 고립적인 제시를 지양, 상위 주제를 중심으로 서로 유기적으로 연관된 어휘 목록을 제시하는 것을 단원 구성의 기본적인 지향점으로 삼았다. 필자는 단원 구성 방법으로 '제시-활용-마무리'의 3단계 과정을 중심으로 하여 학습자의 역할과 교사와의 활동을 중심으로 중급 단계의 학습자 대상 신문 활용 수업 모형을 제시하였다.

▌ 의의 및 제언 ▌

이 논문은 신문이라는 매체가 가지는 교육 자료로서의 장점을 한국어 교육에 도입하여 신문 사설에 출현한 어휘를 추출하고 신문 사설을 활용한 수업 구성 방안을 제시한 연구이다. 한국어 어휘 교육에서 신문과 같은 언론 매체가 유용한 교육 자료로 활용될 수 있음에도 불구하고 이러한 매체를 활용한 어휘 교육 연구는 거의 이루어지지 않고 있다는 점을 감안하면 이 연구는 독창성 면에서 높은 가치를 부여받을 수 있을 것이다. 그러나 논문의 전개에 있어서 이 연구의 목적이 신물 사설 어휘의 목록을 작성하는 것인지 신문 사설을 활용하는 방안을 제시하는 것이 분명하지 않고 결과적으로 5장의 신문 사설을 이용한 수업 구성 방안은 4장의 신문 사설 어휘의 특성과 내용적으로 유리되어 있는 결과를 낳게 되었다. 4장의 내용과 5장의 내용이 보다 관련성 있게 구성되었다면 보다 좋은 논문이 될 수 있었을 것이라는 아쉬움이 남는다.

2008. 2. 유미상. 석사. 연세대. 중·고급 한국어 학습자의 어휘 학습을 위한 한자어 접사 및 파생어 선정에 관한 연구: 말뭉치를 기반으로. 〈분류: 어휘〉 〈해제: 이준호〉

▌ 목차 ▌

▌요약▐

　이 연구는 한국어 숙달도가 중·고급 수준에 이르는 한국어 학습자를 위한 어휘 학습의 방안으로 한자어 접사 및 파생어 목록을 선정하는 것을 목적으로 하여 작성되었다. 필자는 한자어가 한국어 어휘에서 비중이 크고 그 생산성이 높아 한자어 접사 및 파생어 학습을 통하여 보다 쉽게 어휘력 신장을 도모할 수 있으며, 기초 어휘 학습이 제대로 이루어지지 않은 초급 학습자들을 대상으로 할 때 보다는 중급과 고급의 한국어 학습자를 대상으로 어휘 생성 원리를 교육하게 되는 경우, 어휘력의 신장을 기대할 수 있기 때문에 한국어 교육에서 한자어 접사 및 파생어 교육은 필요하다고 주장하였다.

　필자는 한자어 접사와 이를 통한 파생어 목록을 선정하기 위하여 우선적으로 국립국어원(2002)의 '한국어 학습용 기본 어휘' 목록을 분석하였으며 분석의 방법은 이 목록에 포함된 어휘들을 고유어와 외래어, 한자어로 구분하여 각각의 단일어, 합성어, 파생어(접두 파생어 및 접미 파생어)의 비율을 알아보았다. 이와 더불어 이 목록에 포함된 어휘들을 한국어 숙달도에 따라 초급, 중급, 고급 어휘에서의 파생어 비율도 조사하였다. 이러한 분석의 결과로 필자는 다음과 같은 결론을 도출하였는데, 먼저 숙달도 수준을 불문하고 한자어 파생어의 비율이 고유어 파생어의 비율보다 높았으며, 숙달도가 높아질수록 한자어의 비율이 높아짐에 따라 한자어 파생어의 비율도 비례적으로 증가하였다.

　필자는 이 연구가 의도하는 바와 같이 한국어 학습자의 어휘력을 각 학습 단계에서 출현하는 한자어 접두사, 접미사 및 파생어 목록을 제시하는 방법으로 신장시키기 위해서는 보다 광범위한 어휘 목록의 분석이 필요하다고 주장하였으며, 이를 위하여 국립국어원(2005)의 '현대 국어 사용 빈도조사2'에 사용된 300만 어절 규모의 말뭉치에 출현한 고빈도 한자 500개가 들어간 어휘 총 298,801종을 어휘 내부 구조가 구분되는 표지를 주며 분석하였다. 이러한 분석의 결과로 필자는 한자어 접두사 90개, 접두 파생어 2,103개, 한자어 접미사 184개, 접미 파생어 12,995개가 추출하였으며, 이러한 한자어 접사들을 의미에 따라 분류하고, 한자어 접사의 빈도 및 파생어 숫자와 그 빈도를 나타내고 분석하였다. 이러한 분석의 결과는 접두사는 상기한 목차를 통하여 알 수 있듯이 부정을 나타내는 접두사에서 공적인 것을 나타내는 접두사까지 총 27개의 의미 유형의 분포를 보였다. 한편 접미사는 사람을 나타내는 접미사에서 '마음, 심리, 판단'을 나태는 접미사까지 총 9개의 유형을 분호를 보였다.

필자는 끝으로 어휘 학습용 한자어 접사 및 파생어 목록을 작성하여 제시하였는데, 한국어 학습용 기본 어휘 목록과 말뭉치에서 중복 출현한 한자어 접사를 1차적으로 선정하고, 대신 기본 어휘 목록에만 나타나고, 말뭉치 고빈도 500위까지에는 들지 않는 한자어 접사는 제외하였다. 또 말뭉치에서의 빈도와 생산성이 높은 한자어 접사를 추가하여 한자어 접두사 24개와 한자어 접미사 62개를 선정하고, 이들이 만들어내는 파생어 중 일정한 빈도수 이상의 한자어 접두 파생어 259개와 접미 파생어 1,228개를 선정하는 방법으로 한국어 학습자의 어휘학습을 위한 한자어 접사 및 파생어 목록을 작성하였다.

▌ 의의 및 제언 ▌

이 논문은 한자어 교육의 필요성과 중요성에 주목하여 한국어 학습자들의 어휘력 신장에 한자어 교육이 일조할 수 있도록 한자어 접사와 파생어 목록을 작성한 연구이다. 한국어 조어법의 특성상, 한자어 접사와 이를 통한 파생어를 학습하는 것은 생산성이 높고 효율적인 어휘 학습 방안이 될 수 있음을 생각해 볼 때, 필자의 주장은 매우 타당하다고 할 수 있다. 특히 기존의 한자어 교육을 주장하는 연구가 중국인 학습자와 같은 특정 언어 사용 학습자에 국한하거나 부정 접두사와 같은 일부의 한자어 접사만을 대상으로 하고 있는 것에 비하여 이 연구는 모든 학습자를 대상으로 접두사와 접미사를 모두 포함한 연구를 진행하였으며, 특히 접사에 의한 파생어 목록까지 작성하였다는 점에서 그 의의가 매우 크다고 할 수 있다. 이러한 연구는 한국어 교육 현장에서 한자 어휘 교육을 고려하는 한국어 교사에게 한자어 교육의 지향점을 제시하고 교육 내용 선정에 큰 도움을 줄 수 있을 것이다.

> **# 2008. 2. 이선미. 석사. 관동대. 한국어의 난도별 어휘 학습 방안 연구.** 〈분류: 어휘〉 〈해제: 이준호〉

▌ 목차 ▌

▌요약▐

　　이 논문은 한국어 어휘 교육이 대부분 빈도수에 근거한 교육적 접근법을 택하고 있으며, 이러한 빈도수 중심의 어휘 교육 방법론이 가지는 효율성은 재고될 필요가 있다는 사실에서 출발하여 보다 쉽고 능률적인 어휘 학습 방안을 제시하는 것을 목적으로 하여 작성되었다. 필자는 이 연구에서 주장하는 쉽고 능률적인 어휘 학습 방안은 어휘의 가독성과 난도의 개념 및 난도에 영향을 주는 요소들을 분석함으로써 도출될 수 있다고 보고 다음과 같은 방식으로 연구를 진행하였다. 먼저 이화여대의 한국어 교재 총 5권을 대상으로 교재에 등재된 명사 어휘의 난이도를 분석하였는데, 필자는 명사만을 대상으로 한 것은 한국어 전체 어휘 중 명사가 차지하고 있는 비율이 가장 높아, 어휘 교육에서도 가장 시급하게 다루어야 하기 때문이라고 밝혔다. 이렇게 난이도를 분석한 후에는 중국인 유학생 58명 및 러시아인 유학생 1명, 총 59명을 대상으로 학습자 체감 난이도를 조사하였고 난이도 등급에 따른 어휘를 제시하여 그 인지 여부를 분석하는 방식을 따랐다. 필자는 끝으로 어휘 분석과 학습자 대상 실험을 통하여 초ㆍ중ㆍ고급 한국어 학습자용 어휘 목록을 작성하여 제시하였다.

　　이 논문은 상기한 바와 같이 이화여대 교재에 실린 명사 어휘의 난도를 분석하였는데, 방법적으로는 모두 2,539개의 명사를 대상으로 필자가 가독성에 영향을 준다고 주장한 '빈도수', '음절수', '동음이의어 및 다의어 존재여부', '복합어', '추상어'라는 5개 항목에 각각 난도 점수를 부여하고 이를 합산하여 난도를 수치화하였다. 그러나 필자는 이러한 난도와 학습자 대상의 실험조사, 그리고 어휘의 빈도수가 반드시 일치하지 않음을 지적하고 특히 빈도수와 난도 사이의 불일치에 초점을 맞추었다. 이 논문에서는 학습자 대상의 실험 조사의 결과에 기인하여 몇 가지 문제점을 도출하였는데, 특히 빈도수가 아니라 다른 난도 요인이 난이도를 결정하는 데에 더 큰 역할을 한다고 하였다. 빈도 점수와 정답률이 일치하는 않는 어휘들은 설문 응답자들이 생활에서 쉽게 접할 수 있는 친근한 어휘들이거나 혹은 반대로 다른 언중들이 자주 사용하지만, 설문 응답자의 연령 및 생활 방식을 감안할 때, 자주 사용되기 어려운 어휘들이 대부분을 차지하였다. 즉 필자는 이 연구에서 빈도수의 근거로 택한 '현대 국어 사용 빈도 조사'는 한국어를 사용자의 연령, 직업, 성향 등이 고려되지 않은 상태에서 표준화 된 것이므로, 주로 19세에서 25세 사이에 해당되는 외국인 유학생들의 어휘 사용 상황을 적절히 대변할 수 없다는 점을 강조하였다. 더불어 고빈도 어휘를 우선적으로 선택하여 교육하는 한국어 교육에서의 어휘 교육 방안은 수정되어야 한다고 주장하였다.

▌ 의의 및 제언 ▌

이 연구는 빈도수 중심의 한국어 어휘 교육 방안을 비판하고 가독성과 난도를 중심으로 한 어휘 교육 이론을 제시하려고 했다는 점에서 의의를 찾을 수 있으며, 난도에 따른 한국어 교육용 어휘 확장 목록을 첨부하여 한국어 교육용 어휘를 선정한 점도 교육적으로 공헌하는 바가 크다고 할 수 있다. 그러나 이 연구의 어휘 분석은 특정 교육 기관의 한국어 교재 1종만을 대상으로 하였고, 분석된 어휘에 대한 실험 조사 역시 특정 교육 기관의 학습자는 특정 국적의 학습자만을 대상으로 하여 진행되었기 때문에, 이 연구에서 펼친 필자의 주장은 그 신빙성과 투명성을 확보하기가 다소 어려워 보인다고 할 수 있다. 한편 필자가 난이도 외에 어휘 선정의 기준으로 삼은 가독성과 난도라는 기준은 왜 이러한 기준들이 반드시 필요한가에 대한 충분한 논의 없어 자칫 주관적인 잣대에서의 기준 선정으로 보여질 우려가 있다.

2008. 2. 木村春菜. 석사. 경희대. 한·일어 '당하다' '받다'의 대조분석 연구: 말뭉치에 의한 선행요소 분석을 중심으로. 〈분류: 어휘〉 〈해제: 이준호〉

▌ 목차 ▌

▌ 요약 ▌

이 논문은 한국어에서 피동을 실현하는 어휘인 '당하다' 및 '받다'가 공기하는 선행요소를 말뭉치에서 찾아 분석하고 그 결과를 일본어에서 이에 대응하는 어휘들과 대조함으로써 한국어의 '당하다' 및 '받다'와 일본어의 수동 표현 어휘 사이에 존재하는 공통점과 차이점을 도출하여 이를 한국어 어휘 교육에 활용하고자 하는 목적에서 기술되었다. 필자는 한국어 피동에 대한 연구가 주로 '-이/히/리/기-'와 같은 접미사 위주로 이루어졌으며, 일본어와의 대조 분석에 있어서도 이러한 접미사를 중심으로 한 비교가 많이 이루어져왔으므로 이러한 한계를 벗어나 피동 어휘이자 유의어 관계에 있는 '당하다'와 '받다'에 집중하여 한국어와 일본어를 대조할 필요가 있다고 지적하였다.

이를 위하여 필자는 한국어의 경우는 KAIST의 'KCP 말뭉치', 일본어의 경우는 '현대일본어 문장어 균형 말뭉치'를 이용하였는데, 'KCP 말뭉치'에서는 피동 어휘인 '당하다'와 '받다'를 일본어 말뭉치에서는 '遭う'와 '受ける'를 추출한 다음, 각 어휘의 목적격 조사 앞에서 위치하는 선행요소를 대상으로 빈도조사를 실시하였다.

이 논문에서는 이러한 말뭉치 분석을 통하여 한국어의 '당하다'와 '받다'와 일본어의 '遭う'와 '受ける'가 가지고 있는 차이점에 대한 다음과 같은 결론을 제시하였다. 첫째, '받다'와 '당하다'의 경우 '당하다' 피동문은 부정성을 가지는 선행요소와만 결합하지만, '받다' 피동문은 부정성 선행요소뿐만 아니라 피동자에게 유리하게 작용하는 선행요소도 나타날 수 있었다. 둘째, 일본어의 수동문에는 크게 직접적인 수동과 간접적인 수동이 있으며, 구문상으로는 '당하다'가 '을/를'격을 항상 취하는 데에 비하여 '遭う'는 'に'격을 취한다. 'を'격을 사용한 경우는 비문이 된다. 한편 한국어 피동 어휘의 경우 선행요소에 조사 생략이 가능한 반면, 일본어는 경우는 조사 사용이 필수적이었다. 또한 '遭う'의 경우 한국어 어휘 '당하다'와 마찬가지로 원하지 않는 사실을 당하는 경우에만 사용될 수 있는 제한이 따르고 '受ける'의 경우에는 '받다'와 같이 이러한 제약이 존재하지 않는다. 셋째, '받다'와 '受ける'는 의미가 상호일치하고 선행요소의 부정요소 제약도 존재하지 않아 많은 공통점을 가지고 있는 반면, 고유어 계열 선행요소와의 연결 관계에 있어서는 일본어보다 한국어에서 더 자유로운 연결 관계를 나타낸다. 넷째, 한국어에서는 일본어에서보다 한자어 선행요소와 결합이 약한 반면 고유어 선행요소 결합은 다 강하다. 끝으로 일본어에는 '遭う'와 '受ける' 이외에도 '당하다' 및 '받다'에 대응할 수 있는 또 다른 어휘인 '-(ら)れる'가 있으며, '받다'의 경우에는 '得る' 동사도 대응될 수 있으며, 관용적인 표현으로 '浴びる、取る、授かる、享受する' 등의 동사도 나타날 수 있다.

▌ 의의 및 제언 ▌

이 논문은 한국어와 일본어의 말뭉치를 분석하여 한국어 피동 어휘인 '당하다'와 '받다'를 이에 대응하는 일본어 수동 표현인 '遭う'와 '受ける'와 대조하여 의미상의 공통점과 차이점을 규명한 연구이다. 한국어 피동 표현은 외국인 학습자들에게 있어서 숙달이 어렵고 모국어 간섭 현상 등에 의하여 표현 오류가 빈번하게 나타난다는 점을 감안할 때, 이러한 연구는 그 의의가 크다고 할 수 있다. 일본어 학습자들의 경우에도 일본어와 한국어가 유사하다는 인식으로 인하여 일본어식 수동 표현을 한국어 피동 표현에 그대로 적용하는 경우가 많아 이와 같이 어휘에 의한 한국어 피동 표현과 일본어 대응 표현에 대한 연구는 분명한 필요성을 가지고 있다. 또한 학습

자들이 오류를 보일 수 있는 관용표현이나 대체표현에 대해서도 언급한 부분은 한국어 교사들에게 이러한 어휘 지도에서 주의할 부분을 알려주어 어휘 교육에 도움이 될 수 있을 것이다.

2008. 2. 東條奈緒子. 석사. 경희대. 한국어 「하다」와 일본어 「する」용언의 대응관계 연구: 이자(二字) 한자어를 중심으로. 〈분류: 어휘〉 〈해제: 이준호〉

▌목차 ▌

▌요약 ▌

이 연구는 한국어 '하다'와 일본어 'する'가 가지고 있는 공통점으로 인하여 한국어 학습자들이 매우 용이하게 습득할 수 있는 동사임에도 불구하고 두 어휘 사이의 차이점에서 기인한 학습 및 사용상의 문제점을 해결하고자 하는 목적에서 기술되었다. 필자는 한국어와 일본어의 '하다'와 'する'는 한자어 명사와 결합하여 이를 동사를 만들 수 있는 점, 그리고 이러한 '한자+하다/する' 구문의 사용빈도가 높다는 점을 지적하며 한국어의 '하다'와 일본어 'する'는 많은 공통점을 가지고 있다고 주장하였다. 그러나 일본어의 '한자어+する'가 한국어의 '한자어+하다'와 완전한 일치를 보이는 것은 아니므로, 이러한 부분에 집중한 대조 분석이 이루어져야 한다고 하였다.

이를 위하여 필자는 '하다'와 'する'의 품사적 특성을 고려하여 다음과 같은 방식으로 대조 분석을 진행하였다. 먼저 '한자어+하다'에 의한 동사와 '한자어+する'의 대응관계를 살펴었다. 한국어에서는 한자어와 '하다'가 결합하면 그 결과가 동사로 나타날 수도 있고, 형용사로 나타날 수도 있지만 일본에서는 이와 달리 '한자어+する'는 동사로만 실현되고 형용사의 경우에는 '한자어+だ'로 실현되기 때문에 필자는 이 두 경우를 나누어 분석하였다. 또 이 논문에서는 이와는 반대의 시각에서 '한자어+하다'에 의한 형용사와 일본어의 '한자어+する'의 대응관계, 즉 동사 형성과 형용사 형성의 기능을 동시에 가지는 '한자어+하다' 용언과 그것에 해당하는 일본어의 '한자어+する' 동사 및 '한자어+だ' 형용동사의 대응관계도 고찰하였다. 이 외에도 한국어의 '한자어+되다'와 일본어의 '한자어+される' 동사의 대응 관계 및 한국어의 '-하고 있다, -되어 있다'와 일본어의 '-している、してある'의 대응관계도 살펴보았다.

이 연구에서는 이러한 대조 분석을 위하여 한국 및 일본에서 간행된 사전류와 한국어를 학습하는 일본어 화자의 오류를 이용하였으며, 그 결과 다음과 같은 결론을 도출하였다. 첫째, '한자어+하다'에 대응하는 일본어 한자어 용언 '한자어+する'과 '한자어+だ'의 대응관계에 있어서 일본인 한국어 학습자는 동사와 형용동사의 기능을 동시에 가지는 일본어 한자어의 경우, '하다'와 'する'가 '이다'와 'だ'가 대응시킴을 알 수 있었다. 한편 한국어의 '하다'와 '되다'는 일본어의 'する'와 'される'가 대응하나 일본어 자동사의 경우 'を ーさせる'와 대응하고 있었다. 즉 타동사의 기능이 높은 것은 '하다'와 'する', '되다'와 'される'가 대응을 이루고 자동사의 기능이 높은 것은 '하다'와 'される', '되다'와 'する'가 대응한다. 또 '-하고 있다' 및 '-되어 있다'의 경우는 자동사일 때, '되다'는 'する'뿐만 아니라 'している'가 대응되고 타동사일 때에는 'している'는 '하고 있다'와 'してある'는 '되어 있다'와 호응하는 것으로 나타났다.

▍ 의의 및 제언 ▍

이 연구는 한국어에서의 '한자어+하다'와 일본어에서의 '한자어+する'가 가지고 있는 공통점과 차이점, 특히 차이점 부분에 주목하여 대조 분석을 진행하였고 일본인 학습자 또한 한국인 일본어 학습자들이 위의 표현을 사용하는 데에 있어서 보이게 될 수 있는 오류를 도출하였다는 점에서 연구의 의의를 찾을 수 있다. 실제 한국어를 학습하는 일본어 학습자들의 경우, 두 언어 사이의 공통점으로 인해 '한자어+하다' 표현을 쉽게 이해하고 사용할 수 있는 반면, 모국어 간섭 현상으로 인해 과일반화 오류를 범하게 되는 경우가 흔하다는 점을 감안할 때, 이 연구가 교육적으로 갖는 가치는 크다고 할 수 있다. 특히 자동사인 경우와 타동사인 경우, 또 동사인 경우와 형용사인 경우의 쓰임을 상세하게 분석한 결과는 한국어 교사들이 이러한 어휘를 교육할 때 유념해야 할 정보를 제공해 줄 수 있을 것이라 기대한다.

Ⅲ. 한국어 조사 교육 연구사[*]

┃ 장미경

1. 머리말

본 논문은 한국어 교육 분야의 학위 논문 가운데 문법 항목 조사의 교육과 관련된 논문을 대상으로 그 연구사를 정리하는 것을 목적으로 한다. 최호철 외(2005)에서처럼 특정 분야의 학위 논문에 대한 연구사를 정리하는 것은 그 분야에 대한 기존의 연구 경향을 파악하고 앞으로 좀 더 연구가 이루어져야 하는 부분이 무엇인지 관심을 가질 수 있도록 해 준다는 점에서 의의가 있다고 할 수 있을 것이다. 특히 조사라는 문법 항목에 주목한 것은 지금까지 주로 영어권 학습자들을 대상으로 한국어를 교수 해 온 개인적 교수 경험에서 출발한 것으로, 상당수의 학습자들이 한국어 능력이 고급 수준에 이르러서도 한국어 조사 체계를 정확히 이해하여 모국어 화자처럼 사용하는 데 있어 많은 어려움을 겪고 있는 현실에 대한 인식이 그 이유라 하겠다. 즉, 한국어 학습자들, 특히 '조사' 체계가 없는 언어를 모국어로 하는 학습자들에게 어떻게 효과적으로 조사의 기능 및 의미를 이해시킬 수 있는가에 대한 해결책을 찾기 위해서는 그간 이루어진 조사교육 연구의 동향을 살펴 정리하는 것이 필수적인 작업이라고 할 수 있을 것이다.

2002년에 발행된 현행 고등학교 문법 교과서에도 나와 있듯이, 국어의 특징 중 하

---

* 본 논문은 2009년 「우리어문연구」 제33권에 게재된 것을 일부 수정하였음.

나는 조사가 발달하였다는 점이고 조사는 주로 체언 뒤에 붙어서 다양한 문법적 관계를 나타내거나 의미를 추가하는 의존 형태소라고 정의되어지는데, 이익섭·채완(2004)에서 조사의 특성으로 지적한 바와 같이 조사는 단어인 듯도 하고 아닌 듯도 한 바로 그 경계선에 있는 성질을 가지고 있으며 이로 인해 국어학 분야에서도 조사의 정체성에 대해 다양한 견해가 나타나는 바이다. 또한 고영근·구본관(2008)에서도 언급한 것처럼 조사가 비록 단어이긴 하지만 선행요소에 의존적으로 쓰이고 있고 매우 다양한 교체를 보이는 등 형태론적인 면으로 볼 때 다른 단어들과의 차이도 상당히 큰 만큼, 실제 외국어로 한국어를 배우는 학습자들의 경우 조사에 대한 정확한 이해 및 사용이라는 것이 꽤 버거운 과제라 할 수 있겠다.

　본 논문에서 연구 대상으로 삼은 것은 한국어 조사 교육에 대해 논의를 시작한 황정숙(1992)로부터 부사격 조사 제시 방안을 연구한 김연지(2008)까지의 학위 논문으로 총 30편이며 1편의 박사학위 논문이 포함된다. 연구 대상 논문을 선정한 기준은 기본적으로 한국어 교육 전공으로 석사 혹은 박사 학위를 취득한 논문들을 대상으로 하되, 한국어 학습자들을 위한 효과적인 조사 교육 방안을 연구한 논문들이 선정되었다. 이 논문들의 연구 경향을 파악하기 위한 분류 기준은 크게 두 가지로 제시할 수 있는데, 첫째 이 논문들이 연구 대상으로 삼고 있는 조사가 무엇인가를 기준으로 네 가지 유형으로 나눠 시기별 연구 동향을 자세히 살피고, 둘째 이 논문들이 활용한 연구 방법 및 자료를 기준으로 문헌 분석, 문법 대조 분석, 학습자 교재 분석, 오류 분석, 그리고 실험 분석이라는 다섯 항목으로 구분하여 연구 방법별 동향을 살폈으며 연구 방법에 속하지는 않으나 연구 방법과 상당한 관련성을 보이는 연구 대상 학습자들의 언어권별 분류도 함께 검토하고자 한다. 그 내용을 바탕으로 앞으로 한국어 교육에서 조사교육과 관련하여 어떤 분야의 연구가 이루어져야 하는지에 대한 제안점을 찾아보고자 한다.

2. 연구대상의 시기별 동향

　지금까지 한국어 교육에서 조사 교육과 관련하여 이루어진 학위 논문의 연구 대상을 네 개의 하위 범주로 나누어 보면 조사 전체를 대상으로 교수·학습 모형을 제시하거나 학습자 오류를 분석한 논문이 16편으로 가장 많았고, 연구 범위를 좁혀 격조사만을 대상으로 한 논문이 3편, 그리고 범위를 더 좁혀 개별 조사에 대해 연구한 논문이 5편, 마지막으로 특정 조사들 간의 의미기능이나 사용 양상을 대비한 논문이 6편이었다. 이러한 연구 대상을 조사 전체, 격조사 전체, 개별 조사, 그리고 조사 대비라는 네 항목으로 정의하여 연도별로 분류하면 아래 표와 같다.

〈표 1〉 학위 논문 연구대상의 연도별 분류

연도	조사 전체	격조사 전체	개별 조사	조사 대비	계 (편)
1992	황정숙				1
1993				김원경 ('이/가', '은/는')	1
1996	이지영				1
1997	최우영		조선경 ('의')		2
1998	오수진		김정('조차', '까지', '마저')		2
1999	이은경				1
2000	김유미				1
2001		백소영			1
2002				임동윤 ('이/가', '은/는')	2
	민진영				
2003				김상수 ('이/가', '은/는')	3
	신나탈리아				
	이윤정				
2004	김이진				5
	아리프 이스람				
		오상은			

	정지은				
			주은경 ('에')		
2005			안령군 ('에')		4
	윤미영				
	임경희				
				정보영 ('이/가', '은/는')	
2006	김순희				3
		김정숙			
	조련희				
2008				김연지 ('에', '에서', '로')	3
			김정화 ('의')		
				박소영 ('이/가', '을/를', '은/는')	
계 (편)	16	3	5	6	30

<표 1>에 나타난 결과를 연도별로 분석해 보면 황정숙(1992)를 시작으로 매년 한 두 편씩 꾸준히 발표되며 1999년까지 모두 9편이 나타났으며 이후 백소영(2001)에서 범위를 좁혀 격조사를 대상으로 하는 연구가 처음 나타난 이래 새롭게 부사격 조사만을 대상으로 하는 연구도 나타나는 등 연구 편수도 늘어나고 주제적 다양성도 확보하며 2008년까지 모두 21편의 논문이 추가적으로 발표되었다.

이와 같은 사실을 근거로 하여 볼 때, 조사 교육의 연구사는 시기별로 크게 두 시기로 구분해 볼 수 있겠다. 첫 번째 시기는 1992년부터 1999년까지의 7년으로 이 시기에는 연구의 주제 범위는 비교적 다양하였으나 매년 발표된 조사 교육 관련 논문의 양이 한 두 편으로 연구 활동 자체는 뜸한 시기였다. 두 번째 시기는 처음으로 격조사만을 대상으로 범위를 좁혀 연구한 논문이 나온 2001년부터 2008년 현재까지의 7년으로 매년 3편 이상 꾸준하게 연구가 이루어져 오고 있다. 연구 대상도 좀 더 세분화되면서 특정한 개별 조사들에 대한 연구가 더 많아진 점과 오류 분석 중심이던 연구 주제에서 발전하여 조사의 습득 양상이나 특정 담화 상황에서의 조사 사용을 연구하는 등 주제가 확장되는 양상을 보였다. 특히 첫 번째 시기에는 보이지 않았던 외국인 연구자의 논문도 나타났다는 사실이 주목할 만한데, 이는 한국어 교육 연구

자의 구성원 범위가 그만큼 넓어지고 다양해졌다는 사실을 반영한다고 하겠다. 따라서 본 연구에서는 대상에 따른 한국어 조사 교육의 연구 동향을 다음과 같이 두 시기로 구분하여 정리해 보고자 한다.

제1기(1992~1999) : 연구의 태동기
제2기(2001~2008) : 연구의 확장기

2.1. 연구의 태동기(1992~1999)

이 시기는 비록 많은 편수는 아니지만, 연구 대상으로 구분한 네 가지 유형 중 격조사 전체를 제외한 모든 대상에 대해 연구의 싹이 트기 시작했다는 점에서 연구의 태동기라고 할 수 있겠다. 실제 편수는 많지 않지만, 다양한 주제의 연구들이 고개를 내밀기 시작한 시기라고 정리할 수 있는데, 이 중 조사 전체를 대상으로 하는 연구가 가장 많아 총 6편이었고 주격조사와 보조사의 대비를 대상으로 연구한 논문 1편 그리고 개별 조사에 대해 연구한 논문 2편이 이 시기에 속한다.

2.1.1. 조사 전체를 대상으로 한 연구

먼저 조사 전체를 대상으로 한 논문들 중 시기적으로 가장 먼저 나타난 황정숙(1992)는 한국어 학습교재와 문학작품 속의 조사를 비교 분석한 결과를 바탕으로 조사의 빈노순위에 따른 난계별 수업보형을 제시하였는데, 1단계에서는 기능숭심의 조사들, 2단계에서는 기능과 의미를 함께 제시해야 이해가 쉬운 조사들, 3단계에서는 개별 의미나 문맥 의미를 중시하는 조사들로 미세한 의미를 구체적으로 제시해야 이해가 가능한 조사들, 그리고 마지막으로 4단계에서는 특정 조사들이 아니라 조사와 조사의 결합 그리고 생략현상에 대해 가르쳐야 한다고 주장하였다. 이 논문은 교육현장에서 필요로 하고 있는 한국어 조사의 수업 모형을 마련하려는 실제적 노력을 시도했다는 점에서 긍정적 의의를 찾을 수 있으나 제시된 수업 모형이 과제나 활동을 포함하는 의사소통 중심적 교안이 아니라 문법 설명에 머무르고 있다는 점에서 조금 아쉬움이 남는다.

그 이후 본 논문에서 다룬 논문들 중 유일한 박사논문인 이지영(1996)은 황정숙(1992)의 연구와 같은 맥락에서 한국어 학습자(영어권 화자)에게 한국어 조사를 보다 체계적으로 가르칠 수 있는 명시적인 교수 모형을 제시하고자 하였다. 각 조사의 기능과 의미, 결합 관계, 화용적 의미 등에 관한 다양한 연구 결과들과 한국어 학습 교재에서 제시하고 있는 조사의 순서와 설명 방식 등을 살펴보았다. 이를 바탕으로 조사 체계 전체에 대한 교수 모형과 격기능을 강조한 주격조사, 목적격조사를 가르치기 위한 제1교수 모형, 부사격 조사와 소유격 조사, 접속조사 등을 공통 기능이나 의미가 있는 조사끼리 묶어서 제시하는 제2교수 모형, 그리고 마지막으로 의미가 두드러지는 보조사들을 대상으로 상황이나 문맥과 관련지어 가르치는 제3교수 모형을 제시하였다. 이 논문 역시 조사의 수업 모형을 제시하여 실제적인 도움을 주고자 했다는 점과 각 조사 유형에 대해 구체적인 교수 목표, 내용, 방법 그리고 평가까지 총괄적으로 제시하였다는 점에서 유익하지만 역시 주어진 과제나 상황들이 실제적 의사소통을 유도하는가라는 관점에서 조금 미흡하다는 생각이 든다.

조사 전체를 연구 대상으로 하되 좀 더 오류 분석에 초점을 맞춘 논문들 중 첫 번째로서 조사보다 좀 더 상위 개념에 해당하는 문법오류 혹은 표현오류를 다룬 최우영(1997)이 있다. 이 논문은 학습자의 오류를 수집한 후 그 원인을 분석하여 오류를 교정할 수 있는 방안을 제시하는 것을 목표로 25세에서 35세까지 일본어를 모국어로 하는 초급반 학습자 48명의 작문지를 분석하였다. 학습자 작문 자료 중 총 445개의 오류를 발견하고 문법과 어휘의 오류로 크게 분류한 후 문법 오류에서는 어말어미, 조사, 형태상의 오류, 시제, 불규칙 동사 등의 순으로 오류가 많았고 어휘 오류에서는 음운과 철자의 혼동, 부적절한 어휘 사용의 순으로 오류가 발생하고 있음을 지적하였다. 이어 학습자의 작문 오류를 어떻게 교정할 것인가 하는 효율적인 작문 오류 지도 방안으로 첫째 고빈도 오류를 중점적으로 간단한 문형을 통해 오류만을 집중 훈련시킬 필요가 있다는 전제 하에 오류율이 높은 격조사, 보조사, 접속 조사들을 연습할 수 있는 실제 활동을 제시하였으며 통제작문, 유도작문, 자유작문과 같은 다양한 방법을 소개하였고, 다른 언어영역과 결합된 작문 활동을 통한 오류 교정 연습으로 이야기 재현, 재구성, 작문 내용의 토론과 발표를 소개, 마지막으로 수업 중 일정 정도의 작문 활동 시간을 안배할 것 등을 제안하였다. 이 논문은 초급 일본어권 한국어 학습자들의 작문에 나타난 오류를 문법과 어휘 오류로 나누고 그 원인을 분석하여 쓰기 영역의 언어 교육에 어떻게 연계할 것인지에 관한 구체적 학습 지도 방안을 제시하였다는 점에서 의의가 있으나 오류를 분석할 때 구체적으로 어떤 타당한 기준에 의해 언어내적 전이와 언어 간 전이로 구분하였는지를 명확히 설명하지 않은 점이 아쉬운 점으로 남는다.

이지영(1996)과 비슷한 주제를 다룬 오수진(1998)은 한국어 학습 초기 단계의 외국인에게 한국어 조사를 더욱 체계적으로 가르칠 수 있는 방법을 모색하기 위해 조사의 효과적 학습 순서를 설정하고 적절한 학습 내용을 선정하는 것을 구체적 목표로 삼았다. 특히 격조사와 접속조사에 집중하여 세 종류의 한국어 1급 교재들을 대상으로 조사의 순서와 문법적 설명의 적절성을 살피고, 사용 빈도와 문장 기본 구조의 단계라는 기준을 바탕으로 빈도수가 우월한 항목들을 우선으로 또한 서술어 자리수에 따른 단계별 예문을 설정하여 주격조사-목적격조사-부사격조사의 순으로 한국어 조사의 학습 순서를 제안하였다. 이 논문은 학습자들의 오류 분석을 바탕으로 학습 순서를 정할 수 있다는 전제 하에 빈도수와 기본 문장 구조를 이용하는 이해하기 쉬운 접근법을 보여주었다는 점에서 장점이 있으나 교재 분석에 있어 3가지 종류만을 대상으로 한 점에 있어 자료의 설득력이 조금 떨어진다.

최우영(1997)과 달리 이은경(2000)에서는 문법 범주 전반의 오류가 아니라 본격적으로 조사 오류만을 다루고 있다는 점에서 그 의의를 찾을 수 있다. 오류분석을 위한 절차를 제시하였고, 3, 4급 159명의 작문자료를 이용하여 누락, 첨가, 대치라는 세 가지 오류 유형을 설정한 후 전체 오류를 조사의 종류와 유형에 따라 재분류하고 오류의 출현 빈도를 확인하여 조사를 교육할 때 중점적으로 다루어야 할 항목들을 파악하였다. 결론 부분에서는 조사 결과를 한국어 교육현장에 적용하기 위한 방안으로 보편적 오류와 특수 오류를 나누어 지도할 것과 학습자의 모국어에 따른 차별적 지도를 포함하여 5가지 방안을 제시하였다. 이 논문은 실제 자료인 학습자들의 작문에서 발생하는 조사 사용의 오류를 바탕으로 9개 조사를 선정하고 각각의 오류 유형과 원인을 구체적으로 분석하고자 했다는 데 의의가 있다.

이은경(1999)와 유사하게 조사오류에 초점을 둔 김유미(2000)에서는 많은 양의 학습자 말뭉치를 구축하고 다양한 언어적 자질들을 연구하여 한국어 학습자들의 오류를 분석하고 이를 통해 중간언어 단계의 특징을 알아보고 있다. 오류의 가장 큰 요인이 모국어에 기인한다고 가정하고 모국어에 조사와 같은 요소를 가진 일본어권과 모국어에 조사와 같은 문법 배경이 없는 영어권으로 학습자를 나누어서 오류의 발생률을 알아보고 모국어의 차이에 따른 오류의 유형과 원인을 살펴보며, 학습자 등급별로 오류율이 어떻게 변화하는지를 검토하는 것을 목적으로 하였다. 연구 자료는 여러 기관의 한국어 학습자 482명이 작성한 쓰기 시험지의 작문 803편이며 초급부터 고급까지를 포함한다. 오류 판정 기준으로 문법성과 수용가능성을 정하고 조사 오류에 초점을 맞추어서 오류의 원인을 모국어의 간섭, 목표어의 과잉일반화, 단순화 그리고 심리적인 회피로 한정하여 오류를 분석하였고 학습자 말뭉치 중 연세대 학습자들의 자료를 대상으로 영어권 학습자와 일본어권 학습자로 구분하여 본 결과 영어권 학습자들이 자주 사용하는 조사는 일본어권 학습자들이 사용하는 조사보다 그 종류와 범주가 한정적이며 일본어권 학습자는 대치 오류를 많이 일으키는 데 반해 영어권 학습자는 누락 오류를 자주 일으킨다는 결과를 제시하였다. 이러한 오류를 크게 격조사, 보조사, 접속조사로 나누고 유형에 따라 첨가, 누락, 대치, 변이형에 의한 오류로 재분류하여 오류의 빈도와 원인을 분석하였다. 결론에서는 조사 오류율을 각 급별로 분석하면서 수준이 올라갈수록 조사의 오류율은 줄어들고 있음을 밝히고 오류를 줄이기 위해 용언에 따라 요구하는 조사를 결합하여 교재에 제시하는 방안을 내놓았다. 이 논문은 말뭉치를 구성하여 많은 양의 자료를 확보하고 50가지의 오류 유형을 분류한 일종의 오류 사전을 기획한 점에서 의의가 크며 학습자 변인을 10가지로 분류하여 말뭉치자료에 입력하였으므로 그 부분에 대한 다양한 분석이 가능하다는 점에서 가치를 지닌다고 하겠다.

2.1.2. 개별 조사를 대상으로 한 연구

연구의 태동기에는 개별 조사를 연구 대상으로 삼는 연구가 두 편 있는데 시작점

이라 할 수 있는 조선경(1997)의 논문은 격조사 중 생략이 잘 되는 '의'의 생략과 실현 여부에 대한 논의에 초점을 맞춰 일본어를 모국어로 하는 화자들이 '의'의 실현과 생략 환경에 대해 어떻게 이해하고 구사하고 있는가를 설문조사를 통해 파악하였고 이를 일본어 'の'의 통사 의미론적 기능/분포와 대조 분석하였다. 먼저 한국어 격조사 '의'가 생략되는 경우와 실현되는 경우를 통사론적 관점과 의미론적 관점에서 살피고 있으며 생략 가능한 경우와 실현되는 경우를 구체적으로 분류하였다. 이어 설문조사를 위한 세 가지 가설을 제시하였는데, 설문 결과에 따르면 집단 간 조사 '의'의 생략/실현 양상이 다르게 나타나 가설 1은 맞는 것으로 밝혀졌고 가설 2의 경우 실제 학습자의 한국어 학습 수준과 '의'의 생략/실현에 있어서의 정확성은 상관관계가 있는 것으로 밝혀져 가설이 위배된 것으로, 마지막 가설 3은 실제 난이도 측정이 가능하였고 그에 따른 구체적 결과를 제시하는 것으로 정리하였음을 알 수 있다. 이 결과를 바탕으로 '의'의 생략과 실현 환경을 구분하여 교육에 상정하는 것이 현실적이며 효과적이라고 제안하였다. 이 논문은 설문조사를 통해 일본인 한국어 학습자들이 '의'를 통한 명사구 통합에 대해 그 실현과 생략의 분포를 어떻게 이해하고 구사하는지 검증하였다는 점에서 그 의의를 찾을 수 있다.

이어 김정(1998)은 보조사 '까지', '조차', '마저'의 한·일 대조연구를 통해 효율적인 한국어 교육을 위한 방안을 모색하려는 것을 목적으로 하고 있다. 특히 한국어와 일본어의 조사가 중심어의에 있어서는 지극히 높은 정도의 대응관계를 지니고 있으나 제2어의, 제3어의로 내려가면 그 쓰임에 있어 미묘한 차이점도 많다는 것을 지적하며 한·일 양어의 보조사 연구를 검토하였다. 이어 보조사 '까지', '조차', '마저'에 대해 각 조사를 사전류 및 문법서류를 중심으로 그 의미를 검토하여 의미자질을 추출하였고 또한 각 조사의 출현환경 및 출현빈도수도 함께 언급한 후 추출된 의미자질을 가지고 각 조사의 용례분석을 하였다. 그리고 일본어 조사 'まで'·'さえ', 'すら'에 대해 검토하여, 한국어 조사와 대응하지 않는 쓰임새를 확인하고 그러한 경우의 용례를 추출하여 한국어로의 번역 및 작문시 문제점을 검토하였다. 결론에서는 한국어 조사 전체를 대상으로 각 조사를 하나하나 대조하여 한·일 양언어의 언어교육에 있어 보다 효율적인 방안을 모색해나가야 한다고 주장하였다. 이 논문은 한·일어 조사의 구체적 차이를 다루었고 다양한 예문과 함께 각 조사의 쓰임새를

알기 쉽게 설명하고 있어 한국어/일본어 학습자들에게 유익한 정보를 제공한다는 점에서 의의를 지니지만 지나치게 대조 언어학적 관점에서만 조사 교육에 접근하고 있어 좀 아쉽다.

2.1.3. 조사 간 대조 비교를 대상으로 한 연구

조사 간 대조 비교를 목표로 하는 연구의 시작점이라 할 수 있는 김원경(1993)은 조사의 개별 항목 중 제일 빈도가 높은 항목으로서 주격조사 '이/가'와 특수조사 '은/는'을 선정하여 조사 '가'와 '는'이 한국어를 외국어로서 학습할 때 매우 까다로운 항목이 될 수 있다고 보고 좀 더 명확한 이론적 근거 하에 교육하는 것이 필요하다는 판단 하에 두 조사의 쓰임 및 기능을 비교 연구하는 것을 목적으로 하고 있다. 조사 '가'와 '는'에 대한 다양한 문헌 연구내용을 바탕으로 조사 '가'와 '는'의 기능별 난이도와 각 기능별 정답율에 대한 네 가지 가설을 세우고 중급 단계의 외국인 학습자 19명을 대상으로 실험연구를 하여, 학습자들에게는 '가'의 쓰임이 '는'의 쓰임보다는 근소한 차로 이해가 잘 되고 '는'의 기능별 난이도에서는 '구정보'의 경우 가장 쉽고, '가'의 경우 '총칭'의 경우 가장 이해가 높다는 결과를 제시하였다. 결론적으로 난이도에 기초한 조사 교육이 이루어질 경우 학습자의 혼동을 줄일 수 있을 것이라는 주장으로 논문을 맺고 있다. 이 논문은 더욱 명확하게 각 조사의 기능별 난이도를 파악하려 시도했고 그 결과에 따라 교육 방식을 달리 함으로써 학습 효과를 높이고자 했다는 점에서 긍정적이다.

2.2. 연구의 확장기(2001~2008)

이 시기는 조사 교육에 관한 연구들이 양적으로도 많이 성장하고 주제도 좀 더 다양해진 연구의 확장기로서, 기존 연구 주제들에 대해 고르게 후속 연구들이 나타났을 뿐 아니라 다양한 국적을 지닌 학습자들의 조사 오류를 다루면서 등장한 외국인 연구자들의 연구가 많이 이루어진 점과 새로운 개별 조사 '에'와 '에/에서/로'등에 대한 연구가 이루어졌다는 점도 이 시기의 특징이다. 조사 대상 항목을 기준으로 살펴 볼 때 조사 전체를 대상으로 하는 연구가 앞선 시기와 마찬가지로 가장 많아 총 10편이었고 이 시기에 새로 나타난 대상인 격조사 전체만을 대상으로 하는 논문이 3편, 개별조사를 대상으로 하는 논문이 3편, 마지막으로 특정 조사들 간의 대비를 대상으로 연구한 논문이 5편으로 총 21편이 나타났다.

2.2.1. 조사 전체를 대상으로 한 연구

연구의 확장기가 2001년에 시작된 후 2002년에 처음으로 조사 전체를 대상으로 하는 논문이 나타났는데 그 중 첫 번째인 민진영(2002)는 제2언어로서의 한국어 고급 학습자들이 사용하는 문법 항목 중 조사의 사용 양상에 따른 오류를 분석하여 효율적인 조사 교육에 필요한 자료를 제공하는 것을 목적으로 하였다. 대치, 누락, 첨가, 이형태, 철자 오류의 분석틀을 적용하여 격조사, 보조사, 접속조사, 복합 조사의 경우로 나누어 오류를 분석하였으며, 고급 학습자들의 오류 양상을 살펴 본 결과 초급과 중급에서 나타나는 오류 양상과 크게 다르지 않았음을 주장하였고 한국어 자체의 어려움으로 인해 발생한 '누락'과 어떤 조사가 쓰여야 할 곳에 다른 조사를 쓴 '대치'의 오류가 많았다고 하였다. 이러한 결과를 바탕으로 조사의 효율적 교수 방안을 제시하였으며, 더불어 고급 단계에서도 오류가 지속되는 이유로 초급단계에서의 조사 교육이 체계적이지 않음에 따른 화석화임을 지적하고 지속적인 오류 수정이 필요하다고 주장하고 있다. 이 논문은 오류 유형별로 효율적인 교수 방안을 제시했다는 점과 기존 연구에서 다뤄지지 않았던 복합 조사의 출현빈도와 오류 발생을 분석했다는 점에서 의의가 있고 또한 초·중급 학습자에 편중되어 있던 오류연구를 고급 학습자들에게 적용했다는 점도 주목할 만하다.

2003년에는 조사 전체를 대상으로 한 논문이 두 편 등장했는데 동일한 국적을 지닌 학습자들의 조사 오류를 대상으로 한 첫 번째 연구인 신나탈리아(2003)은 중급이상 120명의 학습자들이 작성한 자유 작문을 대상으로 격조사, 접속조사, 보조사, 복합조사 4가지 항목을 중심으로 분석하였고, 오류 유형은 누락, 첨가, 대치라는 세 가지로 분류하여 그 원인을 러시아어의 간섭, 한국어 자체의 언어적 특성에 의한 과잉 일반화, 그리고 회피로 분류하였다. 나아가 한국에서 출판된 러시아어로 쓰인 한국어 교재를 분석하여 공통적으로 비중이 높은 격조사로부터 보조사, 접속조사의 순으로 배치하긴 했으나 실제 대상으로 삼은 5종 교과서의 내용을 자세히 보면 조사의 내용과 순서가 매우 다양하다는 점과 절대적인 조사 학습 순서를 결정하기는 쉽지 않지만 적어도 사용 빈도 뿐 아니라 학습자들의 오류율을 반드시 고려할 필요가 있다는 점을 주장하였다. 결론 부분에서는 앞에서 논의된 내용을 요약하고 특히 러시아어권 학습자들의 조사 오류 고착화를 막기 위해 신경 써야 할 내용을 정리하면서 논문을 끝맺고 있다. 이 논문은 러시아어와 한국어가 지니는 언어적 특징을 대조언어학적 시각으로 접근하여 차이점과 공통점을 명확히 밝혀 각각의 오류 유형을 교정할 수 있는 성의 있는 연습 문항을 개발, 제시하여 러시아어 학습자들에게는 매우 효과적인 연습 활동이 될 수 있다는 점에서 의의를 가진다.

같은 해에 쓰인 이윤정(2003)은 외국어로서의 한국어 학습자들을 위한 문법 교육, 특히 조사 교육의 필요성을 언급하며 한국어 교재에서 제시·풀이되고 있는 조사의 종류와 풀이방식을 비교·분석하는 것을 목적으로 하였다. 6개 대학의 7개 교재와 전문기관의 3개 교재를 대상으로 급별로 교재들을 나눈 후 각 급별 교재의 <문법> 항에 나타난 조사를 빈도수에 따라 정리하였고 이와 함께 교재의 급수별 반복 출현 조사들을 정리하였다. 이러한 교재별 조사 교육 내용과 급별 반복 실태에서 얻어진 조사 빈도수를 바탕으로 초급과 중급에 적합한 조사 학습 목록을 제안하면서 논문을 마무리하였다. 이 논문은 다양한 기관에서 발행한 한국어 교재에 나타나는 조사의 교육 내용을 구체적으로 살펴 각 급별 빈도수 상위 10위에 드는 조사를 제시하고 급별 반복 출현 조사를 꼼꼼히 비교하였다는 점에서 그 노력이 돋보이나 조사를 비교 분석할 때 동일 기능의 조사가 서로 다른 양상으로 제시된 것에 대한 연구인지 아니면 동일 형태의 조사가 서로 다른 기능을 보인 것에 대한 비교 분석인지 그 목적이 분명히 드러나 있지 않은 점이 아쉬운 점으로 남는다.

2004년에 들어서 모두 세 편의 논문이 나타났는데, 먼저 김이진(2004)의 연구에서는 일본인 학습자들을 위해 오류의 종류, 빈도, 원인을 분석하여 효과적인 학습 방안을 제시하는 것을 목적으로 중급 단계 일본어 모어 학습자들의 작문을 연구하였다. 연세대학교 한국어학당의 3, 4급을 수강하는 일본어권 한국어 학습자 143명의 작문지 및 시험지를 자료로 선행 연구들에서 오류 빈도수가 가장 높은 것으로 나타난 격조사, 보조사, 접속 조사로 연구 대상을 한정하였고 조사의 오류 유형은 대치, 누락, 첨가, 형태 오류의 네 가지로 분류하였다. 이러한 조사 오류 유형에 따른 원인 분석을 바탕으로 효율적 학습 방안을 제시하였는데 전반적으로는 양국 언어간의 조사를 대조해서 학습하되 그 안에 나타나는 조사 사용상의 불일치 부분을 중점적으로 학습할 것을 제안하였다. 이 논문은 중급 수준의 일본인 학습자들의 오류 중 조사의 오류를 집중 연구하여 한국어 학습에 대한 기초 자료를 제공한 점에 의의가 있으나 효율적인 학습 방안을 모색하고자 한 목표와 달리 논문의 결론에는 원칙적이고 일반적인 학습 방안만 제시된 것이 아쉬운 점이다.

다음으로는 아리프 이스람(2004)를 들 수 있는데, 이 논문은 방글라데시 학습자를 위한 한국어 문법 교육 연구라는 제목으로 두 언어의 문법, 특히 조사와 어미를 중심으로 두 언어의 문법을 대조 분석한 후 초, 중, 고급 세 단계 학습자들의 문법 오류를 분석하였으며 그 결과를 바탕으로 효과적인 문법 교육 방법을 제시하고자 하였다. 방글라데시 다카대학교 한국어 학습자 13명의 작문과 수업 자료를 분석하여 수집한 1,349개의 오류 중 조사와 어미의 사용에 관한 오류 601개를 분석하여 부적절한 조사 사용, 조사의 추가, 조사의 생략, 어미 오류 등 4가지 부분에서 빈도수를 조사하였다. 이어, 방글라데시 학습자를 위한 문법 지도 방법으로서 문법 교육 모형을 제시하였고 단계별 교수 방안으로서 초급에서는 오류 수정과 반복 연습을 강조하고, 중급에서는 학습자 스스로 오류를 찾는 기회를 줄 것을 강조하고, 고급에서는 개인별 오류를 일대일 학습을 통해 수정할 것을 강조하였다. 이 논문은 방글라데시어를 모국어로 하는 한국어 학습자를 대상으로 오류를 수집하고 분석한 최초의 연구사례라는 점에서 의의를 가지나, 연구의 자료가 13명으로 소수이고 또한 실제 한국어와 방글라데시어 간의 심층적 대조 분석이 이루어지지 못한 점이 아쉬움으로 남는다.

마지막으로 정지은(2004)는 오수진(1998)에서와 마찬가지로 한국어 초급 학습자들을 대상으로 효과적인 조사 학습 순서를 결정하는 것을 목적으로 삼고 있다. 먼저 국립국어연구원에서 조사한 <현대 국어 사용 빈도 조사> 자료를 이용하여 선행 학습되어야 하는 목록을 선정하였고, 한국어의 기본 문형을 4문형으로 정리함으로써 각 문형에서 요구되는 조사들과 문형을 연결시켜 조사 학습 순서 결정을 위한 틀을 제시하였다. 이와 함께 한국어 1급 교재에 나타난 조사 학습 순서를 살펴 단원별로 제시되는 조사의 종류를 정리하였고 이어 '기본문형'과 '사용빈도'라는 두 기준에 근거한 조사의 교수 학습 모형을 소개하였다. 이후, 소개한 조사 교수 학습 모형의 효과를 확인하기 위해 초급단계 외국인 학습자 30명을 선정하여 통제집단과 실험집단으로 나누어 그 모형으로 수업한 후 평가 결과를 비교하였는데 실험집단 학습자들의 정답률이 통계적으로 유의미한 정도로 크게 상승되었다는 결과가 나왔다. 이 논문은 기존 한국어교육 연구에서 많이 부족했던 실험연구를 실시하였다는 점과 독자적인 학습모형을 개발하여 제시하였다는 점에서 그 의의를 찾을 수 있다. 다만, 실험집단의 사후 성적 향상이 어쩌면 기존 교재들에는 포함되어 있지 않았던 '조사의 명시적 제시 및 교수'에 따른 결과일 수도 있다는 점에서 조금 보완될 점이 있다고 할 수 있을 것이다.

2005년에도 전체 조사를 대상으로 하는 연구가 두 편 나타났는데 먼저 윤미영(2005)는 태국인 한국어 학습자의 작문에 나타나는 오류의 분석을 통해 태국인 한국어 학습자의 언어 발달 과정을 설명하고 한국어 학습 현장에 활용할 것을 목적으로 하고 있다. 태국 국립 대학교 한국어 전공 학생 중 초급 20명, 중급 20명, 고급 20명을 피험자로 삼아서 작문자료를 수집한 후, 작문에서 사용된 조사와 조사 오류율을 분석하여 학습자 발달 단계별로 조사 사용과 오류의 유형이 어떻게 나타나는지를 살펴보았다. '에'와 '에서'를 제외한 다른 조사는 사용 빈도에서 초급과 중급에 비해 고급 학습자의 사용 빈도가 훨씬 높고, 오류 빈도는 중급이 가장 높았다는 결과를 통해 초급과 고급에서는 학습 및 습득의 효과를 보이고 중급에서는 내재적인 언어 규칙의 불완전성으로 인해 가장 많은 오류를 보이고 있음을 주장하였다. 이 논문은 그동안의 오류 연구가 주로 영어권과 일본어권의 한국어 학습자를 대상으로 이루어진 데 반해 태국인 한국어 학습자들을 대상으로 오류의 양상을 분석하고 학습 발달 단계를 짐작할 수 있는 기초 자료를 제공하였다는 점에서 의의가 있으나 각 급별 2명의 자료를 분석한 예비 실험을 바탕으로 하여 자주 쓰이는 조사를 선정한 것이 타당한 분석인지가 의문으로 남는다.

이어 임경희(2005)에서는 한국 대학에서 교육을 받은 2, 3급의 중국인 학습자 50명의 자유 작문 자료를 대상으로 조사오류를 분석하였다. 수집된 자료에서 실제 오류분석의 대상으로는 45회 이상의 사용 횟수를 보인 9가지 조사를 선정하였고 오류로 확인된 조사들은 대치, 누락, 이형태의 세 가지 항목으로 구분하였다. 각 조사별로 오류 사례를 제시하고 그러한 오류 발생의 원인을 분석하였으며, 전체적 오류비율에서 가장 높은 비율을 보인 것은 누락 오류라고 결론을 내렸다. 이 논문은 중국인들을 위한 한국어 조사 교육에 필요한 기초 자료를 제시하고 오류의 총수만을 계산하지 않는다거나 첨가오류의 경우 어느 특정 조사의 오류로 보지 않고 따로 분류하는 등의 방식을 통해 오류분석 연구자들이 객관적 방향으로 자료를 수집할 수 있도록 했다는 점에서 의의가 있다.

이어 김순희(2006)에서는 중국에서 한국어를 배우는 학습자들을 대상으로 한국어 조사에 대해 연구하고 중국어 허사와 한국어 조사의 비교를 통해 한국어 조사의 교수 방법을 검토하고자 하였다. 특히, 조사 전체 중에서도 중국어와 대응되는 표현이 없어 학습자들이 어려워하는 주격, 목적격, 부사격의 격조사와 고유의 의미정보를 지니는 특수조사들 중 특히 어려워하는 '은/는', '도', 그리고 '만'을 함께 연구하였다. 그리고 결론 부분에서는 대조언어학적 관점에서 각 조사의 용법과 교수 방안을 한국어 예문과 중국어 번역문을 비교하여 설명하는 것으로 대신하고 있다. 이 논문은 풍부한 중국어에 대한 언어 지식을 활용하여 한국어 조사의 사용 양상을 중국어와 충실히 비교하였다는 점에서 참고 자료로서의 가치가 있다고 하겠으나 조사의 사용이라는 측면보다는 한국어 조사가 지니는 언어 지식적 측면만을 강조한 것은 아닌가 하는 아쉬움이 남는다.

연구의 확장기에 조사 전체를 대상으로 하는 마지막 논문으로서 조련희(2006)을 들 수 있는데 이 논문은 중국 학습자들을 대상으로 효과적인 조사 학습을 위한 순서 제시를 목표로, 국내 한국어 교재 3종과 중국 내 한국어 교재 3종에 제시된 조사의 학습 순서와 조사 배열상 특징을 정리하였다. 결론에서는 절충적으로 빈도와 용이성이라는 두 요인을 함께 고려하되 빈도수가 높은 것을 초기 단계에 포함시키고 대신 그 조사들이 가지는 여러 용법을 단계 별로 가르치는 것으로 하여 최종 얻게 되는 1단계의 목록과 초급·중급 학습자들을 위한 최종 조사 학습 순서를 제안하였다.

이 논문은 중국 현지에서 사용되고 있는 한국어 교재들을 고려 대상에 포함시키고 학습자 모국어와의 언어적 차이를 기반으로 한 '용이성'이라는 요인을 응용했다는 점에서 의의가 있으나 바로 그 '용이성'이라는 요인이, 학습자의 언어 적성 내지 언어 교수 환경과 같은 기타 요인을 배제한 채 두 언어의 구조적 차이만으로 결정된다고 보는 것은 다소 무리라고 여겨진다.

2.2.2. 격조사를 대상으로 한 연구

연구의 확장기의 특징 중 하나였던 '격조사'만을 연구 대상으로 삼는 첫 번째 연구인 백소영(2001)은 한국어를 배우는 러시아어권 학습자들의 한국어 격조사 사용에서 나타나는 오류의 유형을 분석하고 오류의 원인을 밝혀 보다 효과적인 교육방법을 모색하는 것을 목적으로 하였다. 러시아어권 학습자가 범하는 오류의 원인을 밝히기 위해 한국어 격 표현과 러시아어 격 표현의 유형 및 의미상 차이를 비교하였고 이어 러시아어권 한국어 학습자들 27명의 자유작문을 수집하여 격조사의 오류가 발견되는 문장을 발췌하고 이들이 한국어 격조사에서 많이 범하는 오류의 유형을 크게 누락형, 첨가형, 오용형의 세 가지로 분류하였다. 마지막으로 이러한 오류분석을 토대로 러시아어권 한국어 학습자들에게 적합한 효과적인 한국어교육 방법에 대해 의견을 제시하고 있다. 이 논문은 러시아어와 한국어의 격조사의 차이점과 유사점을 비교·대조함으로써 학습자 수가 많지 않은 러시아어권 한국어 학습자들에 대한 기초 연구 자료를 제공한다는 점에 의의가 있으나 27명의 학습자들에 대한 구체적 정보가 누락되어 학습자들의 언어 능력 혹은 학습 배경 등을 바탕으로 한 분석이 이루어지지 않은 점이 아쉬운 점으로 남는다.

다음으로 오상은(2004)는 백소영(2001)과 유사한 시각에서 한국어를 학습하는 초급 단계의 러시아어권 학습자들을 대상으로 한국어 격조사 사용의 오류를 분석하고 이를 토대로 교수자나 학습자에게 효율적인 격조사 교수 및 학습 방법을 제시하고자 하였다. 한국어 초급반에서 학습 중인 러시아어권 초급 학습자들의 자유 작문을 중심으로 주격, 서술격, 목적격, 보격, 관형격, 부사격, 호격의 7가지 격조사에 한정해서 오류를 분석하였으며 조사별 오류빈도는 주격, 부사격, 목적격, 관형격 조사의 순서로 나타났다. 결론 부분에서 모국어의 간섭에 의한 대치, 누락, 첨가의 오류에 대한 지도 방안을 제시하고 있고, 한국어의 특성에 따른 일반화 및 학습자의 의도적인 단순화 오류의 지도 방안에서도 대치, 누락, 첨가의 사례별로 지도 방안을 나누어 구체적으로 제시하였다. 이 논문은 주로 영어권이나 일본어권 한국어 학습자를 중심으로 이루어진 오류분석을 러시아어권 학습자를 대상으로 실시한 점과 오류유형을 분류하여 러시아어권 한국어 학습자 및 교수자들에게 효율적인 격조사 학습 및 교수 방법을 제시한 점에서 의의가 있다.

　이어 몇 년의 공백을 두고 격조사를 대상으로 하는 김정숙(2006)의 연구가 이어졌다. 역시 김정숙(2006)에서도 이전 백소영(2001), 오상은(2004)에서와 마찬가지로 러시아어권 학습자들을 대상으로 하여 격조사의 교육 방안을 제시하고자 하였다. 오상은(2004)에서와 다른 점은 러시아에서 한국어를 학습하고 있는 학습자를 대상으로 했다는 사실로 이들이 작성한 55장의 자유 작문에 나타난 격조사 오류를 분석하여 대치, 누락, 그리고 첨가라는 세 가지 오류 유형으로 나누어 정리하였다. 결론에서는 이러한 오류 유형과 그 원인 분석에 따라 한국어 격조사의 효율적인 교육 방안을 제시하고 있는데, 예를 들면, 교수자가 각 격조사에 대해 대조 지식을 정확히 설명해야 한다는 것, 격조사 항목을 일회적으로 가르치는 것이 아니라 문형과 서술어와의 관계 속에서 순환적이고 반복적으로 제시해야 한다는 것 등이었다. 여전히 교수 방안으로 제시되고 있는 내용이 대조 언어학적 관점에 입각한 문법 설명의 나열이라는 점에서 이전 논문들과 큰 차이를 보이고 있지 않다.

2.2.3. 개별 조사를 대상으로 한 연구

　이전 시기에는 전혀 이루어지지 않았던 조사 '에'에 대한 연구가 이 시기에는 2편이나 나왔는데 먼저 주은경(2004)는 처음으로 조사 '에'를 따로 대상으로 삼아 연구한 논문으로 제 2언어로서 한국어 학습자들의 조사 '에'의 용법별 습득 순서와 오류 양상을 다루었다. 이 논문에서는 연구 목적에 맞는 학습자 언어 표본 수집이라는 전제 하에 여러 한국어 교육 기관의 다양한 국적을 지닌 중, 고급 학습자 60명을 선정하여 다양한 자료 도출 방법으로 언어 표본을 수집하였다. 그리고 조사 '에'의 용법별 분류를 위해서는 표준국어대사전 그리고 다양한 연구자들의 분류를 바탕으로 9 단계로 나누었다. 분석 결과 조사 습득 순서는 장소-시간-대상-단위-수단-수혜-나열-원인으로 밝혀졌으며 결론에서는 그 결과를 이용하여 한국어 교수 현장에서 학습자의 자연적인 습득 순서를 반영하여 교수 순서와 교수 내용을 결정하고 오류 양상에서 드러난 내용에 기반을 둔 조사활용 연습 방안이 필요하다는 것으로 논문을 맺었다. 이 논문은 오류 분석에 대한 선행 연구의 여러 문제점들을 보완하는 연구 방법을 고안해 냈고, 자체적 학습자 언어 표본을 수집하는 노력을 했다는 점에서 큰 의의가 있다.

안령군(2005)는 역시 개별 조사 '에'의 의미와 용법에 대한 연구로서 조사 '에'의 용법을 외국어로서의 한국어 교육 관점에서 정리하고 중국어와의 대조 분석을 통해서 중국인 학습자가 조사 '에'의 다양한 의미를 명확하게 파악하고 활용할 수 있도록 돕는 것을 목적으로 하고 있다. 조사 분류의 근거로서 사전 8종을 소개하며 조사 '에'의 용법을 12가지로 분류하고 그 문법 설명과 예문을 구체적으로 정리하였다. 그리고 이 12가지 용법이 한국어 교재 내에서 어떻게 분포되어 있는가를 살피기 위해 국내 3 기관의 교재들을 조사하였는데 총괄적으로 조사에 대한 설명이 다양하지 못하고, 내용이 빈약하며 각 교재에서 '에'의 제시 순서에 차이가 있었음을 지적하였다. 결론에서는 연구 결과를 바탕으로 중국어 모어 학습자들의 조사 '에' 학습을 위한 제언을 네 가지로 제시하였다. 이 논문은 개별적 조사 '에'의 다양한 용법에 대해 8종이나 되는 사전들을 꼼꼼히 정리하여 구체적인 용법 및 예문을 제시하였고 중국어와의 대조 분석을 통해 차이점을 정리함으로써 일반 중국인 학습자나 담당 교사들에게 매우 실용적인 정보를 제시하고 있다는 점에서 장점이 있다.

개별 조사를 대상으로 한 연구 중 마지막 연구는 김정화(2008)로서 조선경(1997)에 이어 다시 관형격 조사 '의'를 연구 대상으로 삼은 논문이다. 이 논문은 앞선 조선경(1997)의 연구가 일본 학습자들을 대상으로 했던 것과 달리 중국 학습자들을 대상으로 하였으나 관심 주제는 역시 조사 '의'의 실현과 생략에 대한 것으로 중국어의 해당 표현인 '적(的)'과의 대조를 시도했다. 고급 2 이상 학습자들의 작문에서 나타나는 오류를 1차적으로 분석한 후 보완을 목적으로 설문 분석을 2차로 실시하였다. 이러한 분석 결과를 바탕으로 '의' 교육 시의 유의점 및 단계별 교육 내용과 교육 방법을 제시하였다. 조선경(1997)의 연구가 단순한 제언에서 그친 것에 비해 구체적 의미관계를 기준으로 초·중·고급을 위한 단계별 교육 내용까지 제시했다는 점에서 의의가 있으나 역시 교육 방안이 대조 언어학적 지식을 정리하는 것으로 마무리되었다는 점에서 효과적 교육 방안 개발에 대한 추후 연구가 더 필요하다고 생각한다.

2.2.4. 조사 간 대조 비교를 대상으로 한 연구

동일한 조사 간 대조를 다룬 김원경(1993)의 연구 이후 9년 만에 다시 동일한 조사를 주제로 임동윤(2002)의 연구가 이루어졌다. 이 논문은 주격조사 '-이/가'와 특수조사 '-은/는'을 다양한 측면에서 고찰하여 이들에 대한 체계적 교수법을 제시하는 것을 목적으로 하고 있다. 특히 주격조사로 사용될 때 두 조사가 보이는 형태적, 통사·의미적 특징을 살펴본 후, 이어 한국어교재 안에 나타난 이 조사들의 설명 방식을 분석하고자 외대, 연세대의 교재와 하와이대학 교재를 분석하였으며 모두 주격조사 '-이/가'의 문법 내용 수준에 차이가 있으며 주격조사의 의미기능에 대한 설명이 부족하다는 점을 문제로 지적하였다. 마지막으로 이 두 조사의 효과적인 교수를 위해 포괄적이면서도 명시적인 교수목표의 설정이 필요함을 주장하고 단문에서의 위치를 가르치는 제 1차 교수법과 복문 혹은 다양한 문장유형에서의 조사 의미를 가르치는 제 2차 교수법을 구분하는 방식으로 교수내용을 정리하였다. 이 논문은 한국어 조사 중 가장 기본적이고 활용도가 높은 주격조사 '-이/가'와 특수조사 '-은/는'을 선정하여 내용의 난이도에 따라 특이하게 1차와 2차라는 두 단계로 구분하는 새로운 접근 방법이라 할 수 있으나 제시하고 있는 교수 모형이 실제 교실상황에서 사용할 수 있는 과제 유형이라기보다는 대부분 일방적인 교사의 문법 설명으로 이루어져 있어 실제적 교수 효과를 높이기에는 다소 부족하다는 지적을 할 수 있다.

다음 논문도 역시 까다로운 한국어 조사 '-이/가'와 '-은/는' 사용의 정확성을 높일 수 있는 방안을 찾기 위한 김상수(2003)으로 조사들의 문법적 기능과 의미를 살펴 이를 한국어 교육 현장에서 사용되는 교재와 교수 방법에 적용시키고자 한 논문이다. 선행연구 결과를 바탕으로 한국어 학습자의 조사 사용, 학습교재와 문학작품에서의 조사 사용, 그리고 초등학교 국어 읽기 교재의 조사 사용에서 나타난 빈도를 정리하였고 유학생 20명의 작문자료도 함께 분석하였다. 이어 8개 학교기관과 4개 일반기관에서 발행된 교육용 교재와 5개의 문법서를 대상으로 이 조사들의 제시 순서와 사용 빈도를 조사하였다. 그리고 효과적인 한국어 조사의 교수 방법을 제시하기 위해 무엇보다도 한국어 교육적 관점에 입각한 문법 설명이 필요하다는 점과 조사의 문법 내용을 단순화 그리고 단계화시켜 청각 구두식 접근법을 통해 교육해야 함을 강조하였다. 이 논문은 조사 교육의 효과적 교수법을 개발하기 위한 노력으로 다양한 한국어 교재들을 분석하여 설명을 비교했다는 점과 교재 뿐 아니라 한국어 문법 교재도 함께 분석함으로써 각 조사에 대한 문법적 설명의 기틀을 잡았다는 점에서 긍정적 평가를 받을 만하지만 제시하는 교수법이 각 조사의 기능과 의미에 대한 문법적 설명을 길게 제시하는 방식이어서 앞선 임동윤(2003)과 마찬가지로 구체적으로 교실에서 사용하기에는 좀 부족한 점이 보인다.

같은 주제에 대해 정보영(2005)는 지금까지의 조사 연구가 오류 분석에 집중하여 학습자들이 실제 맞게 사용한 형태에 대한 분석이 부족했음을 지적하며 담화 화용적 요인에 따라 중급 한국어 학습자들이 생산한 조사 '–은/는', '–이/가'의 기능적 분포를 살피는 것을 목적으로 하였다. 실제 실험에서는 일본어, 영어, 중국어를 모어로 하는 한국어 학습자들을 10명씩 선정하였고 비교 자료로 사용하기 위한 한국어 모어 화자 10명도 선정하여 7개의 사건으로 구성된 '흥부와 놀부' 그림 이야기책의 내용을 모어로 들은 후 한국어로 다시 전달하도록 하였다. 이 때 각 절의 처음에 나타나는 명사구만을 골라 어떤 조사가 사용되었는지를 분석하였다. 그 결과 학습자들이 보이는 특징 중 목표어의 규범에 맞지 않는 사용처럼 보이는 형태들도 목표어와 같이 사용하게 되는 과정 중에 있는 학습자 중간 언어 체계 내에서 일정한 기능을 담당하고 있다는 사실을 강조하면서 논문을 맺었다. 이 논문은 일반적 조사 연구의 경향을 벗어나 학습자들의 조사 사용에는 나름대로 정해진 발달단계가 있으며 매 단계마다 학습자들의 발화 형태가 지니는 고유한 기능이 있다고 인식하는 새로운 관점을 제공하였고 언어권별로 구어 자료를 수집해 분석했다는 점에서 그 의의가 매우 크다.

연구 확장기에 들어 새롭게 부사격 조사를 비교 대조한 논문이 등장했는데 김연지(2008)이다. 이 논문은 부사격 조사 중에서 사용 빈도 뿐 아니라 오류 빈도도 높게 나타나는 '에, 에서, 로' 세 항목에 대한 효율적인 제시 방안을 연구하고자 하였다. 이를 위해 먼저 6종의 사전에 제시된 각 조사들의 의미 분석을 통해 사전마다 조사 의미 분류의 일관된 기준이 없고 의미 제시 순서에도 차이가 나며, 동일한 예문에 대해서 사전마다 다르게 분류하는 경우도 있음을 밝혔다. 이어 국내 5개 한국어 교육 기관의 31종 한국어 교재들을 분석하여 각 조사들의 제시 순서와 형태, 의미 및 설명, 그리고 관련 예문 등을 살펴보았다. 그리고 마지막으로 교재에서 제시된 조사 '에, 에서, 로'의 주요 의미를 중심으로 시각적 자료인 의미 도식을 활용하여 각각의 고유한 의미와 서로 중첩되어 쓰일 수 있는 중첩의미 사이의 차이점을 명시적으로 제시할 것을 주장하며 논문을 맺고 있다. 이 논문은 서로 관련성이 있는 부사격 조사들만을 따로 뽑아 그 의미와 사용 환경을 비교하고자 한 첫 번째 시도라는 점에서 그 의의가 있으며 그 결과를 활용하여 초급 학습자들에게 특히 도움이 될 수 있는 시각적 의미 도식 방안을 제시했다는 점도 주목할 만하다.

마지막으로 지속적으로 조사 간 비교·대조의 연구 대상이 되고 있는 주격조사 '이/가'와 보조사 '은/는'에 목적격조사 '을/를'을 추가하여 연구한 박소영(2008)의 연구가 있다. 이 연구는 외국인 학습자들의 오류 분석에서 빈도수가 매우 높게 나타나는 조사 '이/가', '을/를', 그리고 '은/는'을 대상으로 3급 이상 중국 학습자 135명의 작문 자료를 수집하여 사용 오류를 분석하였다. 이러한 결과를 바탕으로 특히 학습자들이 혼란을 겪는 주격조사 '이/가'와 보조사 '은/는'의 교육 방안을 제시하였는데, 5단계의 수업 절차와 각 단계별 활동들을 구체적으로 보여주면서 논문을 마무리하였다. 앞선 논문들과는 달리 이 논문에서는 실제 수업에서 유용하게 활용할 수 있는 수업 방안이 등장했다는 점에서 매우 가치가 있으며 특히 조사 누락 오류에 대해 '모둠활동'을 통해 서로의 문법 지식을 공유하게 한다든지 조사 사용을 위한 '면접극'과 같은 실제 과제 상황을 부여한 점 등에서 한 단계 발전된 조사 교육 연구 논문이라고 평할 수 있겠다.

3. 연구 방법 및 자료 유형별 동향

이 장에서는 위에서 정리한 30개의 학위 논문을 대상으로 실제 효과적인 조사 교육 방안을 모색하기 위해 활용한 연구 방법과 분석 자료가 무엇이었는가를 살펴보고자 한다. 앞에서 각 논문의 구체적인 내용을 상세히 기술한 만큼 본 장에서는 아래 다섯 유형에 대해 표로 정리하는 것으로 동향 분석을 대신하겠다. 먼저, 선행연구 수준의 문헌 연구를 넘어서 교과서, 문법서 혹은 사전 등의 어학적 자료를 통해 조사의 개념 및 의미를 정리하거나 문학작품을 대상으로 빈도를 추출하는 등 주된 논의의 배경으로 문헌 자료를 분석한 유형, 개별적으로 특정 학습자 모국어와 한국어의 문법적 내용을 대조 분석한 유형, 같은 문헌 자료에 포함될 수도 있겠으나 좀 더 교육학적 관점을 보인다는 측면에서 따로 구분한 한국어 학습 교재 분석 유형, 실제 학습자의 조사 사용양상 및 오류를 분석한 유형, 마지막으로 별도의 학습자 대상을 선정하여 실험을 한 뒤 그 자료를 분석한 유형 등 다섯 유형으로 나누었다. 여러 분석 틀을 함께 사용한 경우 해당 유형에 모두 표시하였다. 또한 연구 방법에 포함되지는 않으나 조사 오류와 밀접한 관련성을 가지는 학습자 모국어에도 관심을 가져 특정 국적의 학습자를 대상으로 한 경우 따로 학습자 언어권도 표에 표시하여 살펴보았다.

<표 2> 학위 논문 연구 방법 및 자료 유형별 분류

저자	문헌 자료 분석	문법 대조 분석	학습 교재 분석	학습자 오류 분석	실험 자료 분석	특정 국적 학습자
황정숙	○(문학작품)		○			
김원경	○				○ (설문분석)	
이지영	○		○			영어권
최우영				○ (작문 자료)		일본 학습자
조선경	○	○			○ (설문분석)	일본 학습자
오수진			○			

김정	○(사전/문법서)	○(일본어)				
이은경				○(시험지)		
김유미				○(시험지)		
백소영		○		○ (자유 작문)		러시아어권
임동윤	○		○			
민진영				○ (자유 작문)		
김상수	○(초등학교 국어 읽기 교재, 문법 교재)		○	○ (자유 작문)		
신나탈리아		○	○	○ (자유 작문)		러시아어권
이윤정			○			
김이진				○(작문지/ 시험지)		일본 학습자
아리프 이스람		○		○(작문/ 수업자료)		방글라데시 학습자
오상은		○		○ (작문 자료)		러시아어권
정지은			○		○ (학습모형효 과확인실험)	
주은경				○ (실험 자료)	○(습득순서 확인실험)	
안령군	○(사전)	○(중국어)	○			
윤미영				○ (작문 자료)		태국 학습자
인경히				○ (사유 삭문)		중국 학습사
정보영					○ (담화 내 사용 실험; 구어자료)	
김순희		○(중국어)				
김정숙		○		○ (자유 작문)		러시아 학습자
조련희		○(중국어)	○			

김연지	○(사전)		○			
김정화		○		○ (작문 과제물, 시험지, 수기)	○ (설문분석)	중국 학습자
박소영				○ (자유 작문)		중국 학습자
계	9	11	11	16	6	13(+4[3])

위 표에서도 알 수 있듯이, 지금까지 한국어 교육 분야에서 이루어진 조사 교육 연구에서 가장 많이 활용한 연구 방법은 '오류 분석'이라고 할 수 있으며 '오류 분석'을 한 16편 논문 중에서 이은경(1999), 민진영(2002), 김상수(2003), 그리고 주은경(2004)의 경우를 제외한 12편이 모두 특정 국적의 학습자를 대상으로 한 것이었다. 또한 오류 분석을 한 대상 자료를 보면 실험 자료를 사용한 주은경(2004)를 제외하고는 모두 기존에 학습자들이 작성해 놓은 작문 자료들을 대상으로 한 것으로 문어 자료에 편중된 경향을 보이고 있다. 두 번째로 많이 사용된 분석 방법은 한국어 학습 교재를 분석하거나 두 언어 간에 문법 대조 분석을 실시한 경우로 각 11편이었으며 문법서, 사전, 혹은 문학작품 등 기타 문헌 자료를 분석한 경우도 9편이 나타났다. 가장 낮은 활용 방안으로 기록된 것은 바로 실험 분석으로서 설문 분석 4편을 제외하면 새롭게 실험 계획을 세워 실시한 경우는 2편에 지나지 않는다. 이 중 정보영(2005)만이 구어 자료를 대상으로 연구한 논문에 속한다. 이러한 연구 방법 및 자료 유형별 연구 동향의 시기적 특성을 요약해 보자면 오류 분석, 문법 대조 분석, 그리고 학습 교재 분석의 경우 특정 시기에 상관없이 지속적으로 사용되고 있는 반면 연구 초기에 많이 나타났던 문헌 자료 분석 연구는 많이 줄어들었고 별도로 계획을 세워 실험을 한 연구들이 2004년 이후 조금씩 등장했다고 할 수 있겠다. 마지막으로 학습자 국적에 대해 간략히 정리해 보자면 다양한 국적의 학습자를 대상으로 한 논문들이 총 13편이고 특정 국적의 학습자나 언어를 대상으로 한 경우가 17편으로 좀 더 많았고 이 중 중국어 6편, 러시아 4편, 일본 4편, 영어 1편, 방글라데시 1편, 태국

---

3) 김정(1998), 안령군(2005), 김순희(2006), 조련희(2006)의 네 논문에서는 특정 국적의 학습자를 대상으로 오류를 분석한다거나 실험하지는 않았으나 특정 언어와의 문법 대조 분석 방식을 택해 결과적으로 특정 국적의 학습자를 위한 조사 교수 방안을 제시하였으므로 따로 포함시켰다.

1편 등의 순이다. 특히 중국 학습자나 중국어를 대상으로 한 논문들의 경우 연구 초기에는 거의 나타나지 않다가 안령군(2005)를 기점으로 3년 사이에 6편이 모두 등장한 것으로 최근 급격히 증가한 한국어 교육 기관 내의 중국인 학습자의 위상을 느끼게 하는 결과라 하겠다.

4. 맺음말

지금까지 총 30편의 논문을 통해 한국어교육 분야의 학위논문에서 조사 교육에 대한 연구가 어떻게 진행되어 왔는가를 살펴보았다. 앞서 언급하였듯이 연구대상의 시기별로는 조사 전체, 격조사 전체, 개별 조사, 그리고 조사 대비라는 네 가지 항목으로 구분하여 적은 수이지만 연구가 막 태동한 제1기에 이어 연구 주제도 좀 더 다양해지고 양적으로도 성장한 연구의 확장기인 제2기로 양분하여 정리하였다. 이에 더해 각 논문들의 연구 방법 및 자료 유형별로 문헌 자료 분석, 문법 대조 분석, 학습 교재 분석, 학습자 오류 분석, 그리고 실험 자료 분석의 다섯 가지 유형으로 나누어 살펴보았다.

이상에서 살펴 본 결과를 바탕으로 앞으로 한국어 교육의 조사 교육 연구를 위한 몇 가지 제언을 남기고자 한다. 첫째, 앞에서도 이미 언급했듯이, 지금까지 대부분의 연구들이 기존 자료 특히 학습자들의 작문 자료에만 치우치는 경향이 심했는데, 앞으로는 학습자들의 구어자료를 대상으로 하는 연구들이 적극적으로 이루어져야 할 것이다. 물론 조사의 생략이 좀 더 자유롭다는 점에서 구어 자료를 대상으로 조사 오류를 판정하는 것이 용이하지 않다는 한계가 있으나 공식적인 말하기 자료 등으로 한정하여 자료를 분석한다면 반드시 의미 있는 연구 결과가 나오리라고 본다. 둘째, 연구 방법에 있어 오류 분석 연구나 문헌자료 및 교재 분석 연구가 지나치게 반복적으로 되풀이된다는 인상을 지울 수가 없었던 만큼, 앞으로 이루어지는 조사 교육 연구에서는 연구 목적을 좀 더 세분화하고 그 목적에 부합하는 별도의 학습자군을 선정하는 방식의 실험 연구가 이루어져야 할 것이다. 특히, 김상수·송향근(2006)

에서 오류 분석 연구의 과제로 언급했듯이 동일한 학습자의 학습 진행에 따른 분석이 필요하다고 본다. 즉, 동일 조사 혹은 유사한 기능을 지니는 다양한 조사들이 학습자들의 언어 능력 발달에 따라 어떠한 발달 양상을 보이는가를 규명해 줄 수 있는 조사 습득에 대한 연구가 많이 이루어진다면 조사 교수의 효과를 확인해 볼 수 있는 가능성이 높아지리라고 본다. 셋째, 조사라는 문법 항목이 가지는 특성상 실제 수업에서 조사만을 학습 목표로 하여 한국어 수업을 진행하기에는 무리가 있는 만큼 조사 교육을 위한 효과적인 수업 모형을 설계하는 데 있어 반드시 고민해야 할 부분은 대부분의 한국어 교재가 표방하는 급별 주제 혹은 언어 기능과 어떠한 상관관계를 맺으며 조사를 제시하고 연습하며 사용시킬 것인가에 대한 종합적인 접근 방식이 요구된다는 점을 강조하고 싶다. 이를 위해, 본 연구에서는 미처 다루지 못했으나 각 논문의 결론에서 효과적인 조사 교육 방안 혹은 조사 교육 모형으로 제시한 내용들에 대해 좀 더 구체적으로 비교하며 그 연구 동향을 살펴보는 작업이 필수적이라 여겨지는 만큼 이는 추후 연구 과제로 남기며 본 논문을 맺고자 한다.

참고문헌

고영근·구본관(2008). 「우리말 문법론」. 서울: 집문당.

교육인적자원부(2002). 「고등학교 교과서 문법」. 서울: 두산.

김상수·송향근(2006). "한국어 교육의 오류분석 연구 동향 분석". 「이중언어학」 31. 이중언어학회. p 1-33.

이익섭·채완(2004). 「국어 문법론 강의」. 서울: 학연사.

최호철 외(2005). 「학위 논문의 국어 의미 연구 경향」. 서울: 월인.

Ⅲ. 한국어 조사 교육 연구사 〈논문해제〉

1992. 8. 황정숙. 석사. 상명대. 외국인을 위한 한국어 조사의 수업모형. 〈분류: 조사〉 〈해제: 장미경〉

▌목차▐

▌요약▐

본 연구는 한국어 학습자들의 효과적인 한국어 조사 학습을 위해 조사의 새로운 수업모형을 마련해야 할 필요성을 부각시키고, 한국어 학습교재와 문학작품 분석을 통해 조사의 쓰임을 연구한 결과를 바탕으로 조사의 학습순서와 수업모형을 제시하는 것을 목적으로 하였다.

먼저 선행연구에 있어서는 조사의 일반적 정의를 살피기 위해 일반대중을 위한 사전, 학생들을 위한 학교문법 그리고 학자들의 학문문법 내용을 정리하였고 그 외 다양한 선행연구의 내용을 정리하고 있다. 구체적으로, 외국어로서의 한국어 학습에 관한 연구, 한국어 학습에 나타나는 오류에 관한 연구, 조사 분류 및 조사의 의미에 관한 연구들을 점검하였고 그 결과 외국어로서의 한국어 조사의 수업모형을 명시적으로 제시한 연구가 없음을 지적하였다.

3장에서는 조사 교육을 위한 합리적인 원칙을 찾기 위한 노력으로 외국어로서의 한국어 학습자들을 위해 개발된 학습교재와 실제 언어생활을 반영하는 문학작품 속의 조사를 비교·분석하는 작업을 시도하였는데 "한국어 학습자들을 위해 개발된 학습교재에서는 정형의 문법적인 조사를 위주로 조사 학습체계가 이루어질 것이며, 일반 문학작품에서는 문법적인 조사보다는 일상 담화에서 주로 사용되는 실용적인 조사가 더 빈번히 나타날 것이다"라는 가설 하에 비교분석을 시작하였다. 서울대 재외국민교육원의 「한국어 Ⅰ」(1988), 「한국어 Ⅱ」(1988), 서울대 어학연구소의 「한국어 Ⅰ」(1989), 그리고 연세대 어학연구소의 「한국어 독본」(1987)등의 학습교재와 수필 「새끼우렁이의 눈물」(강용자/1990)과 소설 「몽실언니」(권정생/1984)등 문학작품을 살펴본 결과 교재들에는 문법적인 기능중심의 조사들이 자주 언급되고, 문학작품에서는 담화상에 필요한 조사나 구체적 내용 설명을 돕는 실용 위주의 조사들이 더 많이 쓰이고 있음을 지적하였다.

이러한 조사결과를 바탕으로 4장에서 수업모형을 제시하고 있는데, 먼저 조사와 관련된 학습자들의 문법상 오류를 네 가지로 요약한 후, 자료 분석 결과에 제시된 조사 빈도순위에 근거하여 네 단계로 수업 모형을 정리하였다. 먼저 1단계에서는 기능중심의 조사들을 수업 내용으로 하여 '[-을/를], [-이/가, -께서], 그리고 [-은/는]'등 세 유형의 조사를 선정해 그 조사들이 사용된 예문들과 각각의 문법적 특징을 서술하고 그에 대한 수업 모형을 제시하였다. 2단계에서는 기능과 의미를 함께 제시해야 이해가 쉬운 조사들을 묶어 '[-에, 에게, 한테, 께,] [-도], [-(으)로], [-의], [-에서, 에게서, 한테서], [-와/과, -하고], [-만], [-(이)나], [-(이)야 (말로)], [-(이)라, (이)라고], [-에다가], [-까지]'의 12가지 유형으로 정리하면서 역시 조사들이 사용된 예문과 그 개별적인 쓰임을 서술하였다. 3단계에서는 개별 의미나 문맥의미를 중시하는 조사들로, 빈도횟수가 20번을 넘지 못하지만 미세한 의미를 구체적으로 제시해야 이해가 가능한 조사들로서 '[-(이)며], [-(이)니], [-부터], [-보다], [-마다], [-대로], [-처럼], [-조차], [-(이)든지]의 9가지 유형을 선정하여 사용된 예문을 중심으로 그 쓰임을 설명하고 있다. 마지막으로 4단계에서는 특정 조사들을 선정하여 설명하기 보다는 조사와 조사가 의미와 형식면에서 자연스럽게 결합하여 쓰이는 겹침현상과 일반 담화 속에서 조사가 자주 생략되어 쓰이는 생략현상에 대해 설명하고 그 수업모형을 제시하였다.

마지막으로 5장의 맺음말에서는 이전 논의 내용을 정리하고 실제 언어생활에서의 조사 생략이나 조사 사용의 담화-화용적 상황을 깊이 다루지 못한 점을 논문의 한계로 지적하였다. 이어 부록에서 1단계의 수업 모형에 따른 실제 수업 지도안을 추가하며 논문을 끝맺었다.

▌ 의의 및 제언 ▌

본 논문은 제목에서도 알 수 있듯이 교육현장에서 필요로 하고 있는 한국어 조사의 수업 모형을 마련하려는 구체적이고 실제적인 노력을 시도했다는 점에서 긍정적인 의의를 찾을 수 있다. 다만, 고빈도 조사를 추출해 낸 자료가 학습 교재와 문학작품이었다는 점에서 실제적 한국어 조사 사용양상을 정확히 드러낸 것인가라는 점에서 다소 타당성이 부족하다고 생각한다. 오히려 한국인들의 자연스러운 발화를 녹음한다든가 혹은 드라마나 영화 등의 담화를 분석하는 등의 시도가 함께 이루어진다면 좋을 것 같다. 또한 제시된 수업 모형이 과제나 활동을 포함하는 의사소통 중심적 교안이 아니라 다소 문법 설명에만 머무르는 것이 아닌가 하는 점에서 교육 현장에서 한국어 교육을 담당하고 있는 교사들이 직접적으로 활용하는 데에는 아쉬운 점이 남는다.

1993. 8. 김원경. 석사. 이화여대. 외국어로서의 한국어 교육을 위한 조사 "은/는"과 "이/가"에 대한 실험적 연구. 〈분류: 조사〉 〈해제: 장미경〉

‖ 목차 ‖

I. 서론
  1. 연구목적 및 필요성
  2. 연구절차

II. 조사 '는'과 '가'의 이론적 배경
  1. 조사 '는'과 '가'의 문헌연구
  2. 조사 '는'과 '가'의 기능

III. 실험방법
  1. 실험 가설
  2. 실험 대상
  3. 실험 절차

IV. 실험 결과 및 제언
V. 결론
  <참고문헌>

‖ 요약 ‖

한국어의 문법 항목 중 조사 '가'와 '는'을 정확히 구분하는 것은 모국어 화자들에게도 용이하지 않고, 두 조사에 대한 이론적 설명에 있어서도 이견이 존재한다. 따라서 이 연구는 조사 '가'와 '는'이 한국어를 외국어로서 학습할 때 매우 까다로운 항목이 될 수 있다고 보고 좀 더 명확한 이론적 근거 하에 교육하는 것이 필요할 것이라 판단하여 두 조사의 쓰임 및 기능을 비교, 연구하는 것을 목적으로 하고 있다.

이를 위해 먼저 조사 '는'과 '가'에 대한 다양한 문헌 연구를 통해 형태론적, 의미론적, 그리고 화용론적 측면에서 본 '는'과 '가'의 의미를 정리하였고 덧붙여 외국어로서의 한국어 교육에의 적용을 살피고 있다. 즉, 좀 더 구체적으로 조사 '는'과 '가'의 기능을 세 가지 측면에서 살펴보았는데 의미적 면에서 '는'은 '주제', '대조', '초점', 그리고 '총칭성'의 기능을 가지고 '가'는 '주제', '지정', 그리고 '특정성'의 기능을 가진다고 하였다. 통사론적 면에서 조사 '가'는 문법적 주어를 표시하는 것으로 보았으며 '는'은 단순문과 복합문에서 다양한 양상으로 다른 조사들과 대치되거나 함께 쓰일 수 있는 예들을 정리하고 있다. 화용론적 면에서 '는'은 계속해서 이어질 문맥에서 앞에서 언급한 주제에 대한 새로운 설명이 이어질 것임을 예상할 수 있는 경우의 주제 표시기능을 하며 '가'는 담화를 시작하거나 담화의 주제가 바뀔 때에 이야기의 출발점으로서, 일종의 교량 역할을 하는 새로운 정보가 도입될 때 쓰인다고 주장하였다.

위에서 정리한 이론적 내용을 바탕으로 조사 '는'과 '가'의 기능별 난이도와 각 기능별 정답률에 대한 네 가지 가설을 세워 이화여대에서 공부하고 있는 중급 단계의 외국인 19명을 대상으로 설문지 형태로 작성한 11항목 32문항에 대해 '은/는'과 '이/가' 중 알맞은 것을 선택하는 실험을 15분간 실시하였다고 하였다. 실험 결과, 전체적으로 학습자들에게 '가'의 쓰임이 '는'의 쓰임보다는 근소한 차로 이해가 잘 되고 있었고 '는'의 기능별 난이도에서는 '구정보'의 경우 가장 쉽고, '가'의 '총칭'의 경우 가장 이해가 높음이 발견되었다고 한다. 이러한 결과를 바탕으로 난이도에 기초한 조사 교육이 이루어질 경우 학습자의 혼동을 줄일 수 있다고 제안하였다.

▌ 의의 및 제언 ▌

일반적으로 제기되는 조사 '는'과 '가'의 구분이 외국인 학습자들에게 어렵다는 주장에 대해 좀 더 분명하게 각 조사의 기능별 난이도를 설정하고 그에 따라 교육 방식을 달리 함으로써 학습 효과를 높이려고 했다는 점에서 긍정적이다.

그러나 실제 실험 설계 측면에 있어, 19명이라는 응답자의 숫자가 유의미한 결과를 가져오기에는 다소 부족하였고 특히 좀 더 구체적으로 실험 대상이었던 19명에 대한 배경 정보가 전혀 주어지지 않아, 모국어의 간섭으로 실험 결과가 달라질 수 있는 가능성에 대한 고려가 없었던 점이 아쉬웠다. 마지막으로 실제 얻어진 실험 결과가 어떤 식으로 한국어 교재 개발과 교육 방법 개발에 적용될 수 있는가에 대한 자세한 지침이 없었다는 점에서 처음 설정했던 목표와 상당 부분 차이를 보였다.

1996. 8. 이지영. 박사. 상명대. 한국어 조사의 교수 모형. 〈분류: 조사〉 〈해제: 장미경〉

▌ 목차 ▌

6.2. 영역
  6.2.1. 교수 목표
  6.2.2. 교수 내용
  6.2.3. 교수 방법
  6.2.4. 평가

6.2.5. <보기: {-도/ 마저/ 조차/ 까지}>

7. 결론
 <참고문헌>

▌▌ 요약 ▌

이 논문은 한국어 학습자, 특히 영어권 화자에게 한국어 조사를 좀 더 체계적으로 가르칠 수 있는 명시적인 교수 모형을 제시하는 것을 목표로 하고 있다. 교수 모형은 전체적인 조사 체계의 교수 모형을 먼저 제시한 후 조사 특성에 따라 유형을 세 가지로 나누어 구성하였고 각 교수 모형은 교수 순서와 교수 영역에 초점을 맞추는 것으로 하였다. 구체적인 연구 대상으로는 마흔 다섯 가지의 조사로서 학습자의 오류를 분석한 결과와 학교 문법, 문법서, 한국어 교재를 바탕으로 해서 중요하다고 인지한 조사들을 선정하였다. 또한 연구 방법에 있어서는 순수 언어학의 이론을 바탕으로 교육 내용을 구성하고 언어 교육 이론을 바탕으로 교육 방법을 선택하는 것을 택하였다. 이론적 배경으로는 먼저 오류 분석에 관해 Corder(1967, 1971)에 나타난 오류, 실수, 착오의 구분 등을 예로 들며 정의에 대해 살피고, 오류의 종류는 Burt & Kiparsky(1974)에 따른 전체적 오류와 지엽적 오류를 구분하였으며 오류의 원인에 대한 여러 학자의 의견을 정리하였다. 또한 오류 분석의 교육적 의의로 Brown(1980)이 제시한 학습에서의 오류 수정, 문법 설명의 제공, 학습 자료 및 교과 과정의 수정 등을 제시하고 있다. 이어 교수 모형에 관한 연구를 살펴 교수 모형을 교수 순서와 교수 영역으로 나누는 근거를 제시하였고 다양한 언어 교수법 이론을 살펴 이 연구에서는 과업 중심 방법을 이용하여 한국어 학습자의 조사 사용 능력을 평가하는 데 적용하고자 하였다.

2장에서는 앞선 연구들을 정리하였는데 먼저 오류 분석 관련 연구들에서는 이순자(1987), 김미옥(1994), 전은주(1994), 이지영(1995) 등을 살펴 앞선 연구들이 한국어 학습자들의 오류에 대해서 인지하고는 있으나, 어떤 오류가 있는지에 대해서는 구체적인 제시가 되어 있지 않음을 지적하고 있다. 또한 교수 모형에 관한 앞선 연구는 많지 않아 조사의 수업 모형을 제시한 황정숙(1991)의 연구와 Eom(1989)에서 제시된 조사 습득 순서와 긴장의 영향에 대해 참고하였음을 밝히고 있다. 또한 조사 자체에 대한 연구들로 먼저 학교 문법, 특히 고등학교 문법의 조사 체계를 제시하고 각종 이론서 혹은 문법서 등의 학문 문법에 정리된 더 많은 조사를 살펴 한국어 학습자들에게 필요한 조사 선택의 폭을 넓히고자 하였다. 마지막으로 5종의 한국어 교재에 제시된 조사의 교수 순서와 내용을 살폈는데 각 교재마다 교수 내용과 가르치는 단계가 다르고 또한 설명 방식에도 많은 차이가 있다고 지적하고 따라서 이러한 상이한 내용을 효과적으로 구성하여 최대의 교육 효과를 얻을 필요가 있음을 강조하였다.

3장에서는 좀 더 구체적으로 조사 체계의 교수 모형을 제시하고 있는데 먼저 조사의 순서를 결정하는 데 있어서는 먼저 한국어 학습자가 오류를 많이 일으키는 조사부터 가르치되, 오류가 없더라도 학교 문법이나 학문 문법, 혹은 한국어 교재에서 중요하게 다루고 있는 조사들의 순서로 가르친다는 기본 원리를 정하고 마흔 다섯 가지의 조사를 <제 1 모형>, <제 2 모형>, 그리고 <제 3 모형>으로 나누었다. <제 1 모형>에는 {-이/ 가}와 {-을/ 를/ ㄹ}이 속하는데, 이는 한국어 조사 체계 중에서 가장 기본이 되며 또한 오류도 많이 나타나는 것을 선정 이유로 밝히고 있다. <제 2 모형>은 부사격조사와 접속조사, 소유격조사 등에 속하는 {-에/ 에게/ 한테/ 께서}로서 특별히 기능이나 의미가 비슷한 조사들은 함께 묶어 가르칠 것을 권하고 있다. <제 3 모형>은 {-은/ 는/ ㄴ}을 제외한 나머지 보조사들을 가르치기 위한 모형이라고 하였다. 이어 교수 영역에서는 조사 체계에 대한 전체적인 교수 목표와 교수 내용, 교수 방법, 평가 단계를 정하는데, 교수 목표는 조사의 기능과 의미를 비롯하여 조사와 조사 사이의 유사점과 차이점을 밝히고 그 내용을 명시적으로 가르쳐 한국어 학습자가 조사 표현을 바르게 사용할 수 있도록 하는 것을 설정하고 교수 내용에 있어서는 각 모형에 따라 문장의 기본 구조, 문장구조와 조사의 의미, 그리고 조사의 의미와 상황에 관련된 내용으로 조직해야 한다고 제시했다. 교수 방법 역시 각 모형에 적합한 교수 방법을 선택적으로 적용해야 하며 마지막 평가에서는 각 교수 모형에서 사용할 수 있는 평가 유형을 제시하고 있다.

4장에서는 개별적으로 <제 1 모형>의 구체적 단계를 제시하고 나아가 {-이/ 가/ 에서/ 께서}를 교수모형에 적용하여 실제 수업 모형을 보여주고 있다. 교수 목표는 한국어 학습자가 주격조사와 목적격조사라는 기능을 이해하여 정확하고 자연스러운 의사소통을 할 수 있도록 가르치자는 것으로 교수 내용에 있어서는 선행어의 음운 환경과 관련된 제약에 대한 제시와 결합 관계에 대한 내용이 포함되어 있고 교수방법은 청각구두식 접근법, 의사소통적 접근법, 상황적 접근법의 적용을 제안하였고 평가 유형에 있어서는 빈칸 채우기, 연결하기, 잘못된 조사 고치기 등을 제안하고 있다.

5장에서도 역시 개별적인 <제 2 모형>의 단계를 보여주고 나아가 {-에/ 에게/ 한테/ 께}에 대한 실제 모형을 제시하였다. 목표는 조사의 기능 뿐 아니라 의미에도 초점을 두는 것과 1모형과 달리 기능과 의미가 비슷한 조사를 묶어서 그 내용을 제시해야 한다는 점을 강조하였고 방법 면에 있어서는 1모형과 유사하게 세 가지 교수법을 함께 적용할 것을 권하고 있다. 평가 유형에는 괄호 넣기와 과제 해결 평가 유형이 제시되었다.

그리고 6장에서는 <제 3 모형>의 실제 단계들로서 의미가 다양한 보조사를 가르치기 위한 모형이고 이를 바탕으로 {-도/ 조차/ 마저 /까지}에 대해 실제 분석을 하였다. 이때는 조사의 의미를 꼭 상황과 관련지어 가르치며 교수내용에 있어서는 의미가 비슷한 조사를 묶어서 제시하는 것이 포함되고 교수 방법에 있어서는 청각 구두식이 빠지고 의사소통적 접근법과 상황적 접근법이 적용되었다. 평가도 주로 과제 해결 평가 유형을 제안하고 있다.

마지막으로 결론에서는 앞에서 논의된 내용을 장 별로 정리하였고 이러한 연구 결과가 한국어 학습자를 가르치는 교사 뿐 아니라 한국어 학습 교재의 개발에도 도움이 될 것이라며 논문을 맺고 있다.

▍▍ 의의 및 제언 ▍

한국어 조사교육을 다룬 논문들 중 유일한 박사논문인 이 논문은 한국어 학습자(영어권 화자)에게 한국어 조사를 보다 체계적으로 가르칠 수 있는 명시적인 교수 모형을 제시하고자 각 조사의 기능과 의미, 결합 관계, 화용적 의미 등에 관한 다양한 연구 결과들과 한국어 학습 교재에서 제시하고 있는 조사의 순서와 설명 방식 등을 총체적으로 살폈다는 점에서 의의를 지닌다. 또한 연구 결과를 바탕으로 조사 체계 전체에 대한 교수 모형과 격 기능을 강조한 주격조사, 목적격조사를 가르치기 위한 제1교수 모형, 부사격 조사와 소유격 조사, 접속조사 등을 공통 기능이나 의미가 있는 조사끼리 묶어서 제시하는 제2교수 모형, 그리고 마지막으로 의미가 두드러지는 보조사들을 대상으로 상황이나 문맥과 관련지어 가르치는 제3교수 모형을 제시하여 실제적인 도움을 주고자 했다는 점과 각 조사 유형에 대해 구체적인 교수 목표, 내용, 방법 그리고 평가까지 총괄적으로 제시하였다는 점에서 유익하지만 역시 주어진 과제나 상황들이 실제적 의사소통을 유도하는가라는 관점에서 조금 미흡하다는 생각이 든다.

> # 1997. 2. 조선경. 석사. 이화여대. 한국어 조사 '의'와 일본어 조사 'の'의 대조 연구: 외국어로서의 한국어교육의 측면에서 '의'의 생략과 실현을 중심으로. 〈분류: 조사〉 〈해제: 장미경, 야지마 아키코〉

▍▍ 목차 ▍

▍▍ 요약 ▍

본 연구는 한국어를 외국어로서 학습하는 경우 격조사의 생략과 실현의 환경에 대해 이해하고 유형화하여 교육함으로써 원활한 한국어 구사를 이루는 것을 목표로 한다. 격조사 중에서 생략이 잘 되는 '의'의 생략과 실현 여부에 대한 논의에 초점을 맞추고, 일본어 'の'의 통사 의미론적 기능과 분포와의 대조를 통하여 일본어를 모국어로 하는 화자들이 '의'의 실현과 생략 환경

에 대하여 어떻게 이해하고 구사하고 있는지를 파악하기 위해서 설문조사를 통해 그들의 한국어 조사 '의'의 생략과 실현 양상을 파악하였다. 설문조사 분석을 바탕으로 한국어 학습자들의 효과적인 한국어 조사 '의'의 생략과 실현에 대한 이해와 구사를 위한 방안으로서 '의'의 분포를 유형화하여 외국어로서의 한국어 교육에 있어 효율성을 높이는 것을 목적으로 하고 있다.

2장에서는 한국어 격조사 '의'가 생략되는 경우와 실현되는 경우를 통사론적 관점과 의미론적 관점에서 살피고 있다. 먼저 '의'의 통사적인 특성에서 출발하여 의미론적인 기능, 화용상의 특징, 생략여부의 문제 연구를 거쳐 '의'의 분포를 고찰함으로써 '의'의 의미 특성을 논의하고 있다. '의'는 통사적인 관점에서 볼 때, 두 명사를 연결하여 보다 큰 명사구를 형성하는 구조와 여러 번 거듭되는 'N1의 N2'의 구성으로 볼 수 있다. '의'가 생략되는 경우는 소유주-피소유물의 관계를 표현하는 경우, N1과 N2의 관계가 전체-부분의 관계인 경우(단, N1과 N2가 '책상의 꽃'과 같은 분리관계일 때는 '의'의 생략은 불가하다), 목적어격 속격인 경우('경제의 건설'), 친족 관계인 경우, 所産物을 나타내는 구조('안성의 유기')에서이다. '의'가 실현되어야 하는 환경은 우선 통사론적인 경우와 의미론적인 필요에 따른 경우가 있다. 통사론적 필요에 따른 경우는 N1+수식어+N2의 구성('어머니의 정다운 편지')일 경우, 타조사와 결합('혼자만의 사랑')하는 경우, 주어적 속격('공자의 현명함')인 경우로 예시하고 있다. 의미론적 필요에 따른 경우는 '이순신의 거북선'과 같이 불가양성(inalienable) 소유를 나타내는 경우, 은유 및 비유의 관계('구원의 손길')인 경우, 대명사+명사의 구성('그의 책')인 경우, 수량사+'의'의 경우('한줌의 모래', 1/4 '사분의 일')로 분류하고 있다.

3장에서는 일본어 조사 'の'의 기능와 의미에 대하여 분석하고 있다. 먼저 'の'의 주된 기능을 準体助詞, 並立助詞, 終助詞 및 格助詞로 나누었다. 그 다음으로 'の'는 격조사로 쓰일 때 그 의미가 매우 다양하고 복잡하다고 하여 그 의미를 소유자, 작성행위자, 소속 단체, 관계 기점, 존재 장소·위치, 추상적 장소, 선택 범위, 존재 시각·시기, 성질·성격·상태, 재료, 수량·순서, さ동사 어간에 준함, 형용사 連体形에 준함, 후속체언의 범위·영역, 목적, 관여물, 동격, 술어가 連体形으로 끝나는 절의 주격, 대상어, 동작 주어, 동사 객어로 나누었다.

4장에서는 '의'의 생략과 실형 환경에 'の'가 어떻게 대응되는지 고찰하였다. 대응 결과에 의하면 한국어 조사 '의'가 생략되는 환경이나 실현되는 환경에 상관없이 일본어 조사 'の'가 실현되는 것을 알 수 있다. 그 다음으로 실시한 조사에 대한 보고를 하는데, 먼저 다음과 같은 조사의 가설을 설정하였다. ①집단1(한국 체류 6개월 이하나 한국어 학습 기간 3개월-6개월인 일본어 화자 8명), 집단2(한국 체류 6개월 이상 2년 이하나 한국어 학습 기간 6개월-2년 이하인 일본어 화자 19명), 집단3(한국 체류 2년 이상이나 한국어 교육 기관에서 한국어 과정 수료자인 일본어 화자 16명)과 집단4(한국인 12명)는 '의'의 생략과 실현 환경에 대해 다른 양상을 보일 것이다. 즉 한국어 화자인 집단 4에서는 생략에 나타난 정답비와 실현에 나타난 정답비의 차가 적은 반면 일본어 화자는 모국어의 영향으로 '의' 실현의 정답비가 '의' 생략의 정답비보다 높게 나타날 것이다. ②한국어의 학습수준과 '의'의 생략과 실현의 이해도는 상관관계가 거의 없으리라 예상된다. ③각 단계의 정답률과 오답률을 순차적으로 기록하였을 때 난이도 측정이 가능할 것이다. 실제 조사는 설문조사의 형식으로 실시되었다. 한국어를 학습하고 있는 일본인 또는 재일

교포 외에, 비교의 대상을 위해 한국인 12명을 또 하나의 집단으로 구성하였다. 설문은 46개 문항으로 구성하였으며 일본어에 상응하는 한국어 표현을 A와 B로 제시하고, 피험자가 A와 B중 하나를 택하도록 하였다. 그 다음으로 설정한 가설에 따라 실험 결과를 보고하고 있다. 가설 1에 관해서는, 집단4는 '의'의 실험과 생략의 비차가 0.31% 이하인 반면 집단1에서는 13.2%, 집단2에서는 19.3%, 그리고 집단3에서는 30.8%의 큰 차이를 보였다. 가설 2의 검증을 위해 일원 분산분석과 분할표 분석이 사용되었다. 일원 분산 분석의 결과로 일본어 화자의 한국어 학습수준과 '의'의 생략 실현여부의 예측 능력은 차이가 있는 것으로 나타났다. 분할표 분석의 결과는 각 점수대별 차이와 네 집단 간은 서로 독립적이지 않다고 나타났다. 즉 가설에 위배된 결과가 나왔다는 것이다. '의' 생략의 정답비를 백분율로 나타낸 결과를 보면 집단 4의 한국인은 82.2%를 보인 반면 집단 1, 2 및 3은 모두 30~40%의 저조한 정답률을 보인다. 가설 3에 관해서는 먼저 생략환경에서 난이도를 살펴보면 난이도가 높은 것부터, 소산, 가양성 소유, 친족관계, 목적어적 속격, 비분리의 전체-부분 구성의 순으로 나타났다. '의'의 실현 환경의 난이도를 보면 8개의 유형이므로 정답률이 높은 것과 낮은 것을 둘로 구분하면, 주어적 속격, 비유의 구성, N1＋수식어＋N2 구성, 불가양성 소유가 비교적 높은 정답률을 보였고, 분리의 전체-부분 구성, 타 조사와 결합되는 구성, 대명사＋명사구성, 수량사＋'의'구성의 정답률이 낮게 나타났다. 조사결과에 의하여 일본인과 교포 학습자들은 '의' 생략에 대해서 한국어 수업 시간이나 교재의 통사적 설명에 의해 학습했다기보다는 모든 명사구에 '의'를 실현시키면 틀리지는 않는 것으로 생각하고 있다는 것을 알 수 있다. '의' 생략과 실현 환경을 구분하여 교육에 상정하는 것이 현실적이며 효과적이라고 제안을 하고 있다. 그리고 '의'의 생략 환경과 실현 환경에 나타난 난이도를 바탕으로 언어학적인 연관성을 살려 융통성 있게 유형을 단순화시켜 교육에서 다루는 학습 방안이 모색되어야 한다고 한다.

5장은 결론으로서 논술한 내용을 요약하고 앞으로 '의'에 대한 연구를 통해 얻어지는 통사적, 화용적 설명력을 문법적으로 심화하는 방안이 논의되어야 한다고 주장한다. 그리고 본 논문은 격조사의 생략과 실현에 대한 연구를 보다 기능적이고 통합적으로 진행할 필요가 있음을 시사하고 '의'의 생략과 실현에 대해 효과적으로 설명하기 위한 방안으로 유형화를 통해 교육에 상정할 것을 제시할 수 있는 근거를 마련하였다고 한다.

▍ 의의 및 제언 ▍

이 논문은 일본어를 모국어로 하는 한국어 학습자들이 '의'를 통한 명사구의 통합에 대해 그 실현과 생략의 분포를 어떻게 이해하며 실제로 구사하는지 설문조사를 통하여 검증하고, 한국어 교육에서 '의'의 생략과 실현에 대해 효과적으로 설명할 수 있도록 항목화하여 제시하고 있다는 점에서 그 의의를 찾을 수 있다.

그러나 소유격 '의'가 생략되어야 한국어 표현이 자연스러운 상황을 생략환경이라고 규정하고, 5가지의 생략환경을 설정한 후 실험을 실시하였으나, 문법성이나 수용 가능성의 원칙에 비추어볼 때 필자가 제시한 생략환경에서 반드시 '의'가 생략되어야 되는 것은 아니다. 이것은 실험설계의 기본 근거를 흔들 수 있는 반론이며, 이 반론이 타당하다면 논문의 타당성은 매우 약화되는 것이다. 예를 들어 소유주-피소유물의 관계(동생의 책: 동생 책), 비분리 전체-부분의 관계(책상의 모서리: 책상 모서리, 등의 뒤: 등 뒤), 목적어적 속격(조국의 통일: 조국 통일), 친족관계(주인의 아들: 주인 아들), 기타(안성의 유기: 안성 유기, 이천의 쌀: 이천 쌀)는 생략되어야 자연스러운 환경이라는 전제하에 실험이 진행되었으나, 모국어 화자의 직관에 비추어 '의'를 생략하는 것이 자연스러운가에 대한 수용가능성(acceptability) 여부는 논란이 생길 수 있으리라고 본다.

 # 1997. 8. 최우영. 석사. 이화여대. 외국어로서의 한국어 학습자의 오류에 대한 연구: 작문에 나타난 오류를 중심으로. 〈분류: 조사〉〈해제: 장미경, 백승봉〉

▌목차 ▌

▌요약 ▌

본 연구는 학습자의 오류를 수집한 후 그 원인을 분석하여 오류를 교정할 수 있는 방안을 제시하는 것을 목표로 한다. 오류는 학습자의 언어습득 단계를 알려주는 지표가 되며 학습상의 난점을 극복하고 학습 효율을 극대화시킬 중요한 자료가 되기 때문에, 오류를 연구하고 원인을 분석하여, 대응 방안을 마련하는 것은 중요한 의의를 갖는다고 볼 수 있다.

2장에서는 오류 분석에 대한 이론적 배경으로 대조분석, 오류분석, 중간언어 가설을 소개하고 있다. 대조분석 가설은 모국어와 목표어의 구조적 상이점을 분석하여 학습상의 난점을 예측하고 이를 강조하여 학습하면 오류를 예방할 수 있다는 가정 위에서 출발하고 있으며, 언어학습의 과정을 습관의 형성으로 보는 행동주의 언어학에 기반을 두고 있다. 오류분석 가설에서는 오류가 단지 모국어와의 차이점에 의해서이기보다는 복잡하고 다양한 여러 변인들에 의해 발생하며, 체계적으로 발생하는 오류는 학습자가 새로운 언어를 배울 때 학습 내용과 목표어 구조에 대한 나름대로의 가설을 끊임없이 수정하는 과정임을 입증한다고 본다. 중간언어 가설은 오류가 발생하는 학습자의 언어체계를 그 자체로서 완전한 하나의 자연어로 인정하고 학습자의 인지력과 나름대로의 언어 규칙성의 체계를 독립적으로 이해하려는 새로운 시도이다. 중간언어 가설에서는 오류는 목표어가 화석화된 체계로 간주한다고 한다.

3장에서는 25세에서 35세까지의 일본어를 모국어로 하는 초급반 한국어 학습자 48명이 작성한 두 종류의 작문지를 수집하여 총 445개의 오류를 발견하고 문법과 어휘의 오류로 크게 분류한 후, 문법 오류에서는 어말어미, 조사, 형태상의 오류, 시제, 불규칙 동사 등의 순으로 오류가 많았고, 어휘 오류에서는 음운과 철자의 혼동, 부적절한 어휘 사용의 순으로 오류가 발생하고 있음을 보인다. 각 오류 항목별로 대표적인 예문을 제시하고 오류 발생의 원인을 추정하여 설명하고 있다.

4장에서는 3장에서 분석한 오류의 유형과 내용을 토대로 학습자의 작문 오류를 어떻게 교정하여 쓰기 영역의 언어학습을 보다 효율적으로 이끌어갈 것인가에 대해 기술하고 있다. 오류 분석을 토대로 한 효율적인 작문 오류 지도 방안으로 다음을 제안하고 있다. 첫째, 학생들이 많이 범하는 오류를 중점적으로 지도하며 간단한 문형을 통해 오류만을 집중 훈련시킨다. 둘째, 통제 작문, 유도 작문, 자유 작문과 같은 다양한 작문 지도 방법을 예시와 함께 제시한다. 셋째, 다른 언어영역과 결합된 작문 활동을 통한 오류 교정 연습으로 이야기 재현, 재구성, 작문 내용의 토론과 발표 등을 제안한다. 넷째, 수업 중 일정 정도의 작문 활동 시간을 안배한다.

▌ 의의 및 제언 ▌

이 논문은 초급 일본어권 한국어 학습자들의 작문에 나타난 오류를 수집하여, 문법과 어휘 부분으로 나누어 오류의 원인을 분석하고, 언어내적 전이에 의한 오류가 언어 간 전이에 의한 오류보다 매우 높게 나타났음을 밝히고 있다. 이것은 모국어의 간섭보다는 목표어 자체의 문법적 복잡성에 기인하는 오류가 보다 많다는 것을 입증한 것으로서 의의가 있고, 또 분석한 오류 결과를 쓰기 영역의 언어 교육에 어떻게 연계할 것인지에 관한 구체적인 학습지도 방안을 제시한 점에도 의의가 있다.

그러나 설문조사 방식이나 대상, 그리고 수집된 자료의 타당성이 기간이나 분량에 있어 타당성이 다소 떨어지며, 오류를 통계적으로 접근하기 보다는 주관적으로 직관에 의존하여 분석하고 있다는 점이 아쉽다. 구체적인 직관적 분석의 예로는 이 논문에서 특정 오류를 언어내적인 전이와 언어 간 전이로 확연히 구분하여 분석하고 통계치를 산출한 것을 들 수 있는데, 특정 오류가 반드시 모국어인 일본어의 간섭에 의한 것인지 아니면 목표어인 한국어 자체의 영향에 의한 것인지, 혹은 학습 환경의 요소에 의한 것인지를 단정한다는 것은 매우 힘든 일이기 때문이다.

1998. 2. 김정. 석사. 고려대. 보조사 「까지」, 「조차」, 「마저」의 한·일 대조연구: 효율적인 한국어 교육을 위하여. 〈분류: 조사〉 〈해제: 장미경, 야지마 아키코〉

‖ 목차 ‖

‖ 요약 ‖

제1장에서는 한국어와 일본어 조사의 중심어의에 있어서는 상당히 높은 정도의 대응관계를 지니고 있다는 것을 예를 통해 확인하였다. 그러나 제2어의, 제3어의 이하로 내려가면 그 쓰임새에 있어서 미묘한 차이점도 의외로 많이 있다는 것도 지적하였다. 그 다음에 지금까지의 한·일 양어의 보조사에 대한 연구를 검토하였다.

제2장에서는 한국어와 일본어의 조사 특성과 분류를 개괄하고, 특히 본고에서 논의하려고 하는 「까지」, 「조차」, 「마저」와 다른 보조사와의 차이점을 확인하였다. 이 세 보조사가 상호호환성이 높고 다 같이 「추가성」이라는 공통점을 지니고 있다고 하였다.

제3장에서는 「까지」, 「조차」, 「마저」에 대하여 구체적으로 살펴보고 있는데 먼저 각 조사를 사전류 및 문법서류를 중심으로 하여 그 의미를 검토하여 그 의미자질을 추출하였다. 그리고 각

조사의 출현환경 및 출현빈도수도 함께 언급하고, 추출된 의미자질을 가지고 각 조사의 용례분석을 해보았다. 이러한 용례분석을 통하여 각 조사의 상호 대체 가능성 및 각 조사가 출현할 수 있는 고유한 환경도 확인하였다. 일본어와의 대응관계 및 번역상의 문제점도 검토하였다.

　　제4장에서는 일본어 조사 「まで」·「さえ」·「すら」에 대하여 검토하였다. 각 조사를 사전류를 중심으로 하여 그 의미를 검토하여 한국어 조사와 대응하지 않는 쓰임새를 확인하여 한국어와 대응되지 않는 경우의 용례를 추출하여 한국어로의 번역 및 작문상의 문제점을 검토하였다.

　　제5장에서는 일본어 모어화자에 대한 한국어 교육에 있어서 앞으로의 남은 문제를 언급하였다. 한국어 조사 전체를 대상으로 각 조사를 하나하나 대조하여 한·일 양언어의 언어교육에 있어 보다 효율적인 방안을 모색해 나아가야 한다고 하였다.

▌ 의의 및 제언 ▌

　　조사는 한국어와 일본어의 공통적인 특징이라고 넓게 알려져 있다. 그래서 일본어 학습자들이 한국어를 배울 때 오히려 쉽게 생각하고 접근할 수 있지만, 본고에서 지적한 것처럼 하위 어의에서는 오히려 미묘한 차이가 존재하기 때문에 더욱 곤란을 겪을 수 있다는 점에서, 본 논문과 같이 한·일어 조사의 구체적 차이를 다룬 논문은 매우 유익한 것이라고 생각한다. 다양한 예문과 함께 각 조사의 쓰임새를 알기 쉽게 설명하고 있으므로, 한국어/일본어 학습자들에게 큰 도움이 될 수 있을 것이다.

1998. 8. 오수진. 석사. 부산대. 외국어로서의 한국어 조사 교육. 〈분류: 조사〉 〈해제: 장미경〉

▌ 목차 ▌

▍ 요약 ▍

이 논문은 한국어 학습 초급 단계의 외국인에게 한국어 조사를 더욱 체계적으로 가르칠 수 있는 방법을 모색하는 것을 목적으로, 조사의 효과적인 학습 순서를 설정하고 적절한 학습 내용을 선정하는 것을 구체적인 목표로 삼고 있다. 단어 중심·의미 중심의 언어생활에 익숙한 영어권 화자들에게는 특별한 뜻이 없고 다른 문법 항목들과의 관계를 통해서만 기능하는 조사라는 문법 형태가 학습하기 상당히 어려운 것으로 여겨지고 있으며 특히 격조사와 접속조사에 집중하여 그 교수법을 살펴보고자 하였다.

2장에서는 먼저 다양한 한국어 교재에서 제시하고 있는 조사의 순서와 문법적 설명의 적절성을 살펴보고 있는데 고려대, 서울대, 연세대의 1급 교재들을 대상으로 하였다. 대체로 비중이 높은 주격조사 '-가/이'나 목적격조사 '-를/을'같은 격조사를 보조사보다 앞서 가르치고 있다는 일반적 특성을 볼 수 있긴 하나, 그 이외에는 특정 근거 없이 순서가 매우 다양하며 다루고 있는 조사의 종류에도 차이가 있음을 지적하였다. 또 동일 조사에 대한 설명에 있어서도 내용 수준상의 차이가 나타난다는 점과 따라서 좀 더 정확하고 적절한 문법 설명 내용의 정립이 필요함도 언급하고 있다. 이어 선행 연구 부분에서는 외국어로서의 한국어 조사와 관련되는 연구로 한국어 학습자들의 조사 습득 순서와 긴장의 영향을 연구한 Eom(1989), 오류 분석 결과를 바탕으로 조사 교수 순서를 연구한 이지영(1995) 그리고 조사 사용 빈도수를 기준으로 4단계의 수업 모형을 제시한 황정숙(1991) 등을 살펴보았고, 한국어의 전반적인 문법 교육을 다룬 연구들로 성광수(1988), 백봉자(1991), 그리고 임호빈 외(1987,1988)의 연구들을 정리하였다. 또한 한국어 조사 오류와 관련하여 학습자 조사와 어미에 관한 오류를 분석한 이순자(1987)과 조사 오류와 학습자의 모국어가 미치는 영향을 관련지어 살펴 본 전은주(1994) 등의 논문 내용을 함께 살피고 있다. 선행 연구 결과를 바탕으로 네 가지 유형의 오류 형태를 구분하여, 음운론적 이형태인 조사끼리 혼동하는 A유형과 조사를 사용해야 하는데 생략하는 B유형 조사를 쓰지 말아야 할 곳에 사용하는 C유형 그리고 마지막으로 발음이나 의미 기능이 비슷한 조사끼리 혼동하는 D유형으로 나누어 오류 자료를 분석하고 그 결과 영어권 화자들은 주격조사 '-가/이'를 가장 많이 틀리고 다음으로 목적격 조사, 그리고 '-에'를 잘못 사용하는 빈도가 높은 것으로 밝혀졌다.

3장에서는 문법 항목을 배열하기 위한 일반적 기준들을 살피고 사용 빈도와 문장 기본 구조의 단계라는 기준을 바탕으로 한국어 조사의 학습 순서를 설정하고 있다. 구체적으로 빈도조사에 있어서는 빈도수가 우월한 항목들을 우선으로 하여 실제 의사소통에 필요한 것들을 선택해야 하며 한 형태가 다양한 의미를 지니는 경우에도 가장 빈도가 높은 것만 선별적으로 먼저 가르치는 것이 좋다고 주장하였다. 문장의 구조에 있어서는 조사의 쓰임과 위치를 효과적으로 학습시키려면 초급 단계에 적절한 한국어 문장의 기본 구조를 이용해야 하며 서술어 자리수에 따른 단계별 예문을 설정하여 주격조사-목적격조사-부사격조사의 순으로 가르쳐야 한다고 제안하였다.

4장에서는 한국어 조사의 학습 방법에 대해 기본적인 내용을 정리하고 있는데 먼저 각 조사들의 성격에 따라 기능과 의미에 초점을 두는 학습 내용이 필요하고, 음운 환경 변화에 따른 변이형태 설명, 결합하는 선행어의 특성과 서술어로 쓰이는 동사류의 특성에 대한 내용 제시, 그리고 가장 오류를 많이 범하는 조사들에 대해 특별한 관심을 보여 사용상 차이점과 유사점을 제시해야 한다고 이야기하고 있다. 구체적으로 주격조사 가/이, 는/은, 께서 에 대해서는 문장에서 주어를 표시하는 기능을 강조하고 특히 '-가/이'와 '-는/은'의 혼동이 많이 발생하므로 처음 언급된 신정보는 '-가/이' 그리고 모두 잘 아는 정보인 경우 '-는/은'이라는 식으로 단순화시킬 필요성에 초점을 두었다. 또한 대명사와 주격조사의 결합시 대명사의 형태가 변화함도 학습 내용에 포함시켜야 한다고 보았다. 이어 목적격조사 '-를/을'의 교수를 위해서는 먼저 목적어임을 나타내주는 기능과 음운환경에 따른 변화, 그리고 축약형태인 '-ㄹ'이 나타날 수도 있음을 내용으로 정하였다. 이후, 다양한 조사들 에, 에게/한테/ 께/에, 에서/에게서/한테서, 로/으로, 의, 와/과/하고 등의 개별 조사에 대한 학습 내용을 순차적으로 정리하며 4장을 마무리하였다.

　마지막으로 결론에서는 앞에서 논의한 내용과 결과를 각 장별로 정리하면서 마무리를 맺고 있다.

▌ 의의 및 제언 ▌

　이 논문은 한국어 교재 분석을 통해 현재 이루어지고 있는 조사의 기능 및 의미에 대한 문법적 설명에 확립된 공통 기준이 없음을 문제점으로 지적하고, 학습자들의 오류 분석을 바탕으로 학습 순서를 정할 수 있다는 전제 하에 빈도수와 기본 문장구조를 이용하는 이해하기 쉬운 접근법을 보여주었다는 점에서 장점이 있다. 또한 영어권 학습자들이 조사 사용에 있어 보이는 여러 오류들을 특징적으로 파악하여 네 가지로 오류 유형을 분류하였다는 점도 인상적이라고 하겠다. 다만, 교재 분석에 있어 단지 3종의 교재만을 다루었다는 점에서 아쉬움이 남고, 조사의 사용 빈도를 조사하기 위한 자료로 초등학교 2학년 국어 읽기 교재를 선택한 데 대해서도 타당성 있는 설명이 뒤따르지 않아 과연 결과가 얼마나 신빙성 있는가에 대해 다시 생각해 보아야 할 것이다.

> # 2000. 2. 이은경. 석사. 연세대. 한국어 학습자의 조사 사용에 나타난 오류 분석. 〈분류: 조사〉 〈해제: 장미경, 백승봉〉

▌ 목차 ▌

▌요약▌

이 논문은 한국어 학습자가 조사를 사용할 때 일으키는 오류를 수집하여, 조사 활용실태를 파악하고 그 원인을 분석하여 한국어 학습 현장에 적용하는 것을 목적으로 쓰여졌다. 학습단계가 높아질수록 학습자들은 보다 정확하고 적절한 표현을 구사할 필요성이 커지는데, 한국어의 조사로 인한 오류가 매우 다양하게 나타나기 때문에, 한국어 학습자가 자주 범하는 조사의 오류를 파악하고 분석하여 원만한 의사소통에 도움을 주도록 교육해야 할 필요성은 커지고 있다.

1장에서는 오류가 반드시 고쳐져야 할 잘못된 언어 습관으로 간주되는 시기에 대두된 대조분석 가설, 오류를 부정적인 것으로 보지 않고 언어 학습 과정에서 나타날 수 밖에 없는 자연스러운 현상으로 보는 오류분석 이론을 소개하고 있다. 이어서 오류 분석의 절차를 소개하는데, 오류 분석은 연구대상자의 정보 입수, 수정되지 않은 오류 자체의 기록, 오류의 분류, 오류의 계량화의 단계를 밟게 된다. 오류의 식별에는 문법성과 수용가능성의 기준을 적용하고, 실수와 오류를 구분하여 반복적이고 체계적으로 범하는 잘못만을 오류로 구분한다고 한다.

2장에서는 연구 자료가 연세대학교 한국어학당에서 한국어를 배우는 3, 4급 (중급) 학생들 159명의 중간고사 쓰기 시험지이며, 오류가 포함된 문장을 국적별, 문장의 번호별로 코드화한 후 분석함을 밝힌다. 분석틀로서 정한 오류의 유형은 누락, 첨가, 대치의 세 가지이다. 누락은 조사가 반드시 필요한 자리에 조사를 넣지 않은 경우이고, 첨가는 쓰지 않아야 할 곳에서 필요하지 않은 조사를 써 넣거나 중복한 오류이며, 대치는 적합하지 않은 조사로 바꾸어 사용한 경우를 의미한다. 오류의 원인은 모국어의 영향에 의한 언어간 전이와 목표어 자체의 언어적 특성에 기인한 언어내 전이로 크게 나누는데, 언어내 전이의 예로는 과잉일반화, 단순화, 회피, 과잉적용이 있고, 전체 오류를 이상의 다섯 가지로 범주화하여 오류를 설명하고 있다.

3장에서는 2장의 연구 절차에 따라 추출한 오류를 조사의 종류와 유형에 따라 재분류하고 오류의 출현 빈도를 확인하여, 조사를 교육할 때 중점적으로 다루어야 할 항목들을 파악하고 있다. 조사 자료에서 34종류의 조사가 사용되었고 총 사용횟수는 5121회였다. 조사 사용의 빈도가 100회 이상인 조사들은 '은/는', '도'를 제외하고는 모두 격조사들이었음이 확인되었다.

4장에서는 조사의 사용 빈도와 오류 빈도(오류를 범한 학습자의 수)에서 높은 순위로 나타난 '은/는', '이/가', '을/를', '에', '에서', '의', '과/와', '으로/로', '도' 등 아홉 개의 조사를 대상으로 하여 각각의 조사에 대해서 구체적인 오류 유형(첨가, 누락, 대치)과 그 원인으로 추정되는 요인들을 분석하고 있다. 각각의 조사 오류의 유형별 세부 항목에 대한 빈도를 확인한 후, 특히 빈도가 높은 조사의 오류 유형을 선후행 요소, 모국어와의 관계들을 중심으로 구체적으로 제시하고 있다. 예를 들어 보면, '누락형' 오류의 경우 대부분 '회피'의 결과로 여겨지고, '첨가형' 오류는 '과잉 적용'한 결과로 보이는 반면, '대치'형 오류의 원인은 상당히 다양하게 나타난다고 한다.

5장에서는 4장의 오류 분석을 기반으로 학습자의 보편적 오류에 대한 학습 지도와 학습자의 특수 오류에 대한 지도로 나누어 학습 지도 방안을 달리 제시하고 있다. 또한 학습자의 모국어에 따른 차별적 지도를 제시하여, 영어권 학습자, 일본어권 학습자에 대한 지도 방안을 달리하고 있다. 한국어 교육의 현장에서 적용 가능한 조사 교육에 대한 몇 가지 제안점은 다음과 같다. 첫째, 문맥 속에서 적절한 사용법을 알 수 있도록 조사의 의미를 제시하고 활용하는 연습이 필요하다. 둘째 한국어 학습자의 오류는 한국어의 발음과 관련되는 것이 많았기 때문에 문법을 교육할 때 발음 교육의 중요성을 염두에 두고 가르칠 필요가 있다. 셋째, 학습자의 모국어에 따라 발생하는 개별적 오류들은 학습자의 모국어와의 대조분석을 통해 예측이 가능한 오류이므로 양 언어간 차이점과 유사점에 초점을 맞추어서 지도하는 것이 효과적이다.

의의 및 제언

이 논문은 실제 자료인 한국어 중급학습자들의 작문에서 발생하는 조사 사용의 오류를 살펴보고, 오류 빈도가 높은 9개의 조사를 선정하여 각각의 오류의 유형과 원인을 구체적으로 분석한 후, 그에 대한 지도 방안을 제시하고자 했다는 점에서 의의가 있다.

그러나 조사 자료 수집에서 일본어권 학습자의 수가 전체 자료의 절반이 넘고, 일본어는 조사에 포함된 다른 언어권에 비해서 한국어와의 유사성이 가장 큰 언어이기 때문에, 일본어권 학습자들의 오류를 별도로 분석하는 것도 의미 있는 작업이었으리라 생각된다. 그리고 5장에서 제시한 조사 오류에 대한 교수 방안은 오류 조사를 실시하지 않더라도 제시할 수 있는 일반적인 제안인 경우가 많아 좀 더 구체적인 교수 방안의 제시가 없는 점이 아쉽다.

2000. 8. 김유미. 석사. 연세대. 학습자 말뭉치를 이용한 한국어 학습자 오류분석 연구. 〈분류: 조사〉 〈해제: 장미경〉

목차

▌요약▐

본 연구는 기존의 오류분석 연구가 수집된 자료의 양이 적어서 결과를 일반화시키지 못하는 점과 한정된 수의 언어적 자질에만 초점을 맞춘 한계를 극복하기 위해 많은 양의 학습자 말뭉치를 구축하고 다양한 언어적 자질들을 연구하여 한국어 학습자들의 오류를 분석하여 중간언어 단계의 특징을 알아보고 있다. 오류의 가장 큰 요인이 모국어에 기인한다고 가정하고, 모국어에 조사와 같은 요소를 가진 일본어권과 모국어에 조사와 같은 문법 배경이 없는 영어권으로 학습자를 나누어서 오류의 발생률을 알아보고, 모국어의 차이에 따른 오류의 유형과 원인을 살펴보며, 학습자 등급별로 오류율이 어떻게 변화하는지를 검토하는 것을 목적으로 한다. 연구 자료는 고려대, 연세대, 서강대 한국어 학습자의 쓰기 시험지의 작문 803편이며, 전체 학습자의 수는 총 482명으로 초급부터 고급까지를 포함하고 있다.

2장에서 오류 분석 가설에 대한 이론적 배경인 대조분석, 중간언어, 오류분석 가설을 소개한 후, 한국어 교육에서의 선행 오류 연구를 소개하고 있다.

3장에서는 학습자 말뭉치의 개념과 학습자의 중간언어 탐구에 기여하는 자료가 됨을 밝힌 후, 외국의 학습자 말뭉치 연구 사례에 대해 논의하였다. 이어 한국어 교육용 말뭉치를 표준 말뭉치와 오류 말뭉치로 나누면서, 이 논문은 학습자들의 쓰기 시험지에서의 오류를 수집한 오류 말뭉치를 기반으로 연구 하고 있음을 밝혀두고 있다.

4장에서는 학습자 말뭉치를 구성하는 절차를 제시하는데, 가장 먼저 자료를 전산화하는 입력 작업을 거치고, 각종 정보 표지의 부착, 문법 정보 주석, 오류의 발견과 태그의 부착 등의 순서로 진행된다. 한국어 오류의 유형을 언어학적 범주, 표면적 전략, 비교 분석, 의사소통 효과, 심리적 요인의 다섯 가지로 나누고, 각각의 범주에 해당하는 항목들로 다시 세분화하여 총 50개의 유형으로 분류한다.

5장에서는 오류를 판정하는 기준으로 문법성과 수용가능성을 정하고, 조사의 오류에 초점을 맞추어서 오류의 원인을 모국어의 간섭, 목표어의 과잉일반화, 단순화 그리고 심리적인 회피로 한정하여 오류를 분석하고 있다. 학습자 말뭉치에서 연세대 언어연구교육원의 자료를 대상으로 조사의 오류를 살피고 있는데, 전체 말뭉치 127,081 어절에서의 품사별 어휘 분포, 오류의 빈도, 품사별 오류 발생률, 조사의 오류 발생률을 영어권 학습자와 일본어권 학습자로 나누어서 보여 준다. 영어권 학습자들이 자주 사용하는 조사는 일본어권 학습자들이 사용하는 조사보다 그 종류와 범주가 한정적이며, 일본어권 학습자는 대치의 오류를 많이 일으킴에 반해서 영어권 학습자는 누락의 오류를 자주 일으킴을 알 수 있었다.

6장에서는 5장에서 살펴본 일본어권 학습자와 영어권 학습자의 오류를 크게 격조사, 보조사, 접속조사로 나누고 유형에 따라 첨가, 누락, 대치, 변이형에 의한 오류로 재분류하여 오류의 빈도와 원인을 분석하고 있다.

7장에서는 연세대 한국어 학습자들의 조사 오류율을 각 급별로 분석하면서, 수준(등급)이 올라갈수록 조사의 오류율은 줄어들고 있음을 밝히고, 오류를 줄이기 위해 용언에 따라 요구하는 조사를 결합하여 교재에 제시하는 방안을 제시한다.

▋ 의의 및 제언 ▋

이 논문은 기존의 연구들이 자료 수집이 충분하지 못한 상태에서 조사·연구하여 결과를 일반화시키는 데에 무리가 있었던 것에 비해, 말뭉치를 구성하여 많은 양의 자료를 확보하고 50가지의 오류 유형을 분류한 일종의 오류 사전을 기획하고 구성한 점에서 의의가 있다.

특히 학습자 변인을 10가지로 분류하여 말뭉치자료에 입력하였으므로 그 부분을 분석하고 연구한다면, 성별, 나이별, 국적별, 학습기간별, 학습기관별, 모국어별로 매우 다양한 분석이 가능하여 한국어교육에 많은 도움을 주었으리라고 기대된다. 또한 자료 수집의 양에 중점을 두었기 때문에, 말뭉치의 장르나 학생의 급간 비율이 고르지 못하여, 어렵게 수집하고 분류한 자료의 25%는 실제 오류 조사 및 분석에 사용하지 못하고 있는데 연구의 설계 단계에서 이러한 점을 신중히 고려했더라면 하는 아쉬움이 남는다.

2001. 8. 백소영. 석사. 이화여대. 러시아 한국어 학습자의 격조사 사용의 오류분석과 연구지도. 〈분류: 조사〉 〈해제: 장미경, 백승봉〉

▋ 목차 ▋

▌ 요약 ▌

본 연구는 한국어를 배우는 러시아어권 학습자들의 한국어 격조사 사용에서 나타나는 오류의 유형을 분석하고 오류의 원인을 밝혀 보다 효과적인 교육방법을 모색하는 것을 그 목적으로 한다. 특히 두 언어의 형태·의미적 차이를 비교·분석하여 밝히고 모국어인 러시아어의 간섭이나 전이 작용이 있는지를 고찰하며 이를 통해 효과적인 격조사 교육방법을 제시하려는 것이다.

2장에서는 대조분석 가설과 오류분석 가설을 소개하고 있다. 행동주의 이론에 바탕을 둔 대조분석 가설은 오류를 모국어의 간섭 혹은 비학습의 결과로 설명하고 있는데 반해, 이성주의 이론에 바탕을 둔 오류분석 가설은 오류를 제2언어 자체의 특성에 의한 것으로 보고 학습자가 언어습득 과정에 능동적으로 참여하는 증거로 여긴다. 이 논문은 학습자의 오류의 원인을 올바로 분석하기 위해서는 학습자의 오류에 대해 체계적인 분석을 한 후 대조분석과 학습자 전략에 대한 해석이 병행되어야 함을 강조하고 있다.

3장에서는 러시아어권 학습자가 범하는 오류의 원인을 밝히기 위해 한국어의 격 표현과 러시아어의 격 표현의 유형 및 의미상의 차이를 비교한다. 러시아어는 어미가 변하는 굴절어에 속하고, 한국어는 단어나 어간 뒤에 문법적 요소를 첨가하여 문장성분을 나타내는 교착어에 속한다. 러시아어에서는 명사가 성·수에 따라 변하며 이것이 문장성분으로 쓰일 때는 적절한 격 형태로 변하게 된다고 한다. 러시아어권 학습자들이 한국어를 습득하면서 오류를 일으키는 주된 요인으로 두 언어 간의 이와 같은 구조적인 차이를 들고 있다.

4장에서는 러시아어권 한국어 학습자들의 작문을 통해 이들이 한국어 격조사에서 많이 범하는 오류의 유형을 정리하고 있다. 27명의 러시아어권 한국어 학습자들의 자유 작문을 수집하여 격조사의 오류가 발견되는 문장을 발췌하고 오류를 크게 누락형, 첨가형, 오용형의 세 가지로 분류하고 있다. 오류 발생의 원인으로는 한국어 자체의 복잡성에 따른 회피, 과잉 일반화와 단순화, 모국어인 러시아어가 한국어 습득에 간섭작용을 일으키는 전이 현상, 학습자 나름의 중간언어 생산으로 크게 나누어 분석하고 있다.

5장에서는 오류분석을 토대로 러시아어권 한국어 학습자들에게 적합한 효과적인 한국어교육 방법에 대해 의견을 제시하고 있다.

▌ 의의 및 제언 ▌

이 논문은 러시아어와 한국어의 격조사의 차이점과 유사점을 비교·대조함으로써 학습자 수가 많지 않은 러시아어권 한국어 학습자들에 대한 기초 연구 자료를 제공한다는 점에 의의가 있다.

그러나 오류분석을 위해 수집된 작문 자료가 어떠한 주제로 어떤 목적으로 쓰여진 글인지 또한 그 분량은 얼마인지 등에 대한 자세한 소개가 없고, 27명의 학습자들에 대한 구체적 정보가 누락되었고, 전체적인 논문이 러시아어와 한국어의 문법적인 차이점을 나열하는 방식을 취하고 있다는 점에서 아쉬움이 남는다.

2002. 8. 민진영. 석사. 연세대. 한국어 고급 학습자의 조사 오류 분석. 〈분류: 조사〉 〈해제: 장미경〉

▌ 목차 ▌

▌요약▌

　본 연구는 제2언어로서의 한국어 고급 학습자들이 사용하는 문법 항목 중 조사의 사용 양상에 따른 오류를 분류·분석하여 학습자들의 학습 수준을 점검, 효율적인 조사 교육에 필요한 자료를 제공하는 것을 목적으로 하였다. 외국어 학습에서 필연적으로 발생하는 오류는 학습자들이 목표 언어에 대한 능력을 발전시키기 위한 노력이며, 가르치는 입장에서는 그 학습자가 언어 습득의 어떤 단계에 임하고 있는지 알 수 있는 지표가 되므로 교수 방안을 보완하는데 도움을 줄 수 있다고 한다.

　2장에서는 학습자가 범하는 오류를 분석하여 그 발생 요인을 규명하는 대조 분석, 중간 언어, 오류 분석의 세 가지 이론을 소개하고 있다. 오류 발생의 일반적인 원인으로 모국어의 간섭, 과잉일반화, 단순화, 학습자별 특성, 심리적이며 인지적인 전략에 의한 오류 등이 있음을 기술한다. 오류를 분석하고자 할 때 모국어와 목표 언어 간의 차이를 분석하는 대조 분석 이론, 과도기적으로 갖게 되는 목표어의 언어 체계인 중간 언어, 오류를 학습 과정에서 발생하는 자연스럽고 중요한 부분이라고 간주하는 오류 분석의 세 가지 이론을 통합적으로 절충하여 연구할 필요성을 주장하고 있다.

　3장에서 오류 말뭉치를 구성한 과정을 단계별로 설명한다. 220개의 자유 작문 시험지를 수작업으로 입력하고 고유 번호를 부여한 후, 텍스트 파일로 전환하고 지능형 형태소 분석기로 어절을 분류하였다. 조사만을 집중해서 하위분류하여 재편집한 후, 표지를 부착하였다. 문법성(grammaticality)과 수용성(acceptability)의 관점에서 비문이거나 모국어 화자가 받아들이기 힘든 형태나 표현을 오류로 간주하고 있다. 전체 25,138어절에서 단일 조사 사용 빈도, 복합 조사 사용 빈도, 표지별 조사의 오류 발생률을 조사한 후, 대치, 누락, 첨가, 이형태, 철자 오류의 분석틀을 적용하여 격조사, 보조사, 접속조사, 복합 조사의 경우로 나누어서 오류를 분석하고 있다.

　4장에서는 고급 학습자들의 오류 양상을 살펴본 결과를 구체적으로 제시하였는데, 초급과 중급에서 나타나는 오류 양상과 크게 다르지 않음을 제시한다. 한국어 학습자들이 일으킨 조사의 오류는 한국어 자체의 어려움으로 인해 발생한 누락오류와 함께 한 조사가 쓰여야 할 곳에 다른 조사를 쓴 대치의 오류가 많이 발견되었다. 과잉일반화로 인한 첨가의 오류도 많이 나타났으며, 이형태의 오류도 적지 않았다. 잘못된 조사를 반복적으로 사용하는 화석화 현상도 고급 학습자에게 나타나고 있음을 지적하고 있다.

　5장에서는 조사를 효율적으로 가르칠 수 있는 방안을 오류의 유형 중에서 가장 많이 나타난 대치 오류의 교수 방안과 누락 오류의 교수 방안 그리고 첨가, 이형태, 철자 오류의 교수 방안으로 나누어 살펴보고 있다. 초급과 중급에서 나타난 조사의 오류가 고급에서 계속 발견되는 이유로는 초급 단계에서부터 조사를 올바르게 사용하는 훈련을 체계적으로 받지 않음으로써 고급에서 오류가 화석화됨을 지적하고, 순환적이고 반복적으로 가르칠 뿐 아니라, 지속적으로 오류를 수정하면서 학습해야 한다고 주장한다.

▐ 의의 및 제언 ▐

본 논문은 조사 오류 전체를 대상으로 출현 빈도와 오류 발생을 분석하고 오류 유형별로 효율적인 교수 방안을 제시했다는 점과 기존의 조사 오류를 다룬 다른 논문들이 언급하지 않았던 복합 조사의 출현 빈도와 오류 발생을 분석한 점에서 그 의의를 찾을 수 있다. 또한 주로 초급과 중급 수준의 학습자들을 대상으로 편중되어 있었던 기존 오류 연구를 고급 학습자들에게 적용한 점도 주목할 만하다. 그러나 피험자 집단의 국적이 일관되지 않은 상태에서 일괄적으로 비율 통계를 내고 있다는 점에서 문제의 소지가 있다고 생각된다. 분명 오류 분석에 있어서 피험자의 국적에 따라서 각기 다른 오류 원인을 제시하고 있음에도 조사 결과를 나타냄에 있어서는 이러한 사실을 간과하고 있다. 특히 일본인 학습자의 비율이 전체의 60%가 넘는 상황에서 일본인의 특정 조사의 사용 오류가 현저히 높을 경우 이를 두고 한국어 고급 학습자의 오류라고 말할 수는 없는 것이기 때문이다.

> # 2002. 8. 임동윤. 석사. 부산외대. 한국어 조사 교수법에 대한 연구: {-이/가}와 {-은/는}을 중심으로 〈분류: 조사〉 〈해제: 장미경〉

▐ 목차 ▐

▌요약▐

이 논문은 한국어 학습과정에서의 한국어 주격조사 {-이/가}와 특수조사 {-은/는}을 다양한 측면에서 고찰하여 이들 조사에 대한 체계적 교수법을 제시하는 것을 목적으로 하고 있다. 연구 대상은 영어권 화자로 한정하여, 선행연구를 바탕으로 특히 주격조사로 사용될 때 두 조사가 보이는 형태적, 통사·의미적 특징을 살펴보았다. 교수법에 있어서는 국어학적 시각이 아닌 한국어 교육의 시각에서 두 조사의 문법적 기능을 고려하여 초급학습자에게 필수적이라고 생각되는 기본적 기능에 초점을 두는 제 1차 교수법과 복문에서의 확대된 기능 등을 다루는 제 2차 교수법으로 구분하였다. 조사에 대한 기존연구 중 조사 '이/가'와 '은/는'에 대한 연구들을 정리하였는데 국어학적 정의와 의미기능을 살펴보고자 한 최현배(1955), 신창순(1975), 이필영(1982), 김선희(1983)의 연구를 정리하였고, 특히 의미론적 관점에 초점을 둔 임홍빈(1972), {-은/는}을 의미 한정어로 본 양인석(1972), {-은/는}의 기본적 의미를 '대조'라고 본 채완(1977)과 류구상(1980)의 연구 내용을 정리하였다. 또한 실제 조사의 수업 모형을 제시한 선행 연구로는 기능 위주의 조사와 의미 위주의 조사로 나누어 각기 다른 교수법을 제시한 황정숙(1991)과 한국어 조사 교수법에 있어서 종합적이고 체계적인 기초를 마련한 이지영(1996)의 중요 내용이 정리되어 있다.

2장에서는 이 두 조사의 의미기능을 좀 더 자세하게 들여다보고 있는데 먼저 주격조사 {-이/가}는 단순히 문법적으로 주격표지가 되는 기능 이외에 지정, 배타, 선택, 그리고 대조의 의미를 지녀 '배타성'으로 묶이는 부차적 의미를 지닌다고 보았다. 이는 조사 {-이/가}가 결합된 요소만이 서술어와 관계를 맺고 다른 지시항과는 일체 관련이 없다는 것을 나타내는 것이다. 통사적 실현 양상의 특징으로는 주격중출문에서 '지정'의 의미를 지니고 담화-화용론적 관점에서는 '담화 출발점'으로서 기능을 한다고 보았다. 이어 특수조사 {-은/는}의 의미기능을 정리하면서 특수조사가 통사적인 격기능을 하지 않지만 격조사의 위치에서 통사적 기능보다는 의미기능이 우세한 '가의성 조사'임을 강조하고 보편적이고 양태적인 '대조'의 의미를 지닌다고 결론지었다. 좀 더 구체적으로는 정의문에서 총칭적인 사물의 진리나 속성을 나타내는 '총칭성'을 가지거나, 의문문에서 부정칭 또는 미지칭과 결합하여 의문의 뜻이 아닌 부정의 표현을 이끈다고 하였다. 또한, 문장 내에서 부사와 결합이 비교적 자유로운 편이지만 실제로는 부사가 용언을 수식할 때와 문장 전체를 수식할 때의 두 가지 경우로 한정짓고 있다.

3장에서는 현재 사용되고 있는 한국어교재 안에 이 두 조사에 대한 설명이 어떤 방식으로 되어 있는가를 살피고자 하였는데, 먼저 지금까지의 설명이 이 두 조사들이 공통적으로 선행어의 음운 환경에 따라 조사를 구별해서 사용한다는 비교적 단편적인 제시만 이루어져 있음을 지적하고 있다. 국내 한국어 교재에 있어서는 외대와 연세대의 교재를 예로 들고 해외 한국어 교재로는 하와이대학 교재를 선정하였는데 모두 주격조사 {-이/가} 문법 내용 수준에 차이가 있으며 주격조사의 의미기능에 대한 설명이 부족하다는 점을 문제로 지적하였다. 또한 특수조사 {-은/는}에 대해서는 연세대 교재가 비교적 구체적인 설명을 제시하였음을 지적하고 하와이대 교재에서 국내 교재와 달리 담화-화용상의 문법지식까지 제시하고 있음을 강조하였다.

　4장에서는 이 두 조사의 효과적인 교수를 위해 먼저 포괄적이면서도 구체적이고 명시적인 교수목표의 설정이 필요함을 주장하고 선행요소의 음운론적 환경에 따라 달라지는 두 조사의 실현양상과 단문에서의 위치를 가르치는 제 1차 교수법과 복문 혹은 다양한 문장유형에서의 조사 의미를 가르치는 제 2차 교수법을 구분하였다. 실제 교수내용 측면에서는 먼저 제 1차 주격조사 교수법에서 초급학습자를 대상으로 7가지 단문구조에서의 조사 위치와 쓰임, 음운환경에 따른 변이형, 대명사와 주격조사의 결합형, ‘되다, 아니다’ 문장에서의 조사 쓰임, 그리고 주격중출 문제 등을 다루어 한국어 기본 문장구조 속에서의 조사 기능 이해해 중점을 두어야 한다고 하였다. 이어 제 2차 주격조사 교수법에서는 중급학습자를 대상으로 주격조사 결합 관계의 확대 양상, 주격조사 {-가, -께서, -에서}의 특성 차이, 한국어의 복문 구조 제시, 주격조사가 지니는 ‘배타성’의 의미, 그리고 ‘담화 출발점’으로서의 기능 등을 가르쳐야 한다고 하였다. 이어 제 1차 특수조사 교수법에서는 주격조사에서와 마찬가지로 선행요소의 음운환경에 따른 변이양상과 주격조사와의 대치 가능성 등을 내용으로 정리하였고 제 2차 특수조사 교수법에서는 주제화와 관련하여 한 문장에 조사 {-은/는}이 중출되는 문장에 대한 담화-화용론적 의미와 정의문, 의문문에서의 의미 그리고 주격조사/목적격조사와의 대치 가능성 등을 교수내용으로 정리하고 있다.

　마지막으로 5장에서는 앞서 논의한 내용들을 요약하고 하나의 정리된 표로 각 단계의 교수내용과 교수방법을 간단히 제시하며 논문을 마무리하였다.

▎ 의의 및 제언 ▎

　이 논문은 한국어의 조사 중 가장 기본적이고 활용도가 높은 주격조사 {-이/가}와 특수조사 {-은/는}을 선정하여 그 문법적 기능과 의미적 특성을 살피고 내용의 난이도에 따라 특이하게 1차와 2차라는 두 단계로 구분하여 가르칠 것을 제안했다는 점에서 새로운 접근 방법이라 할 수 있다. 다만, 저자가 한국어 교육적 관점을 통해 두 조사를 살펴보겠다고 한 것과 달리 이 두 조사의 특성을 연구한 선행연구의 그 대상이 되는 논문들이 한국어 교육적 시각보다는 국어학적 분석이 지배적이라는 점이 조금 아쉬운 점이었다. 또한, 두 조사에 대한 문법 설명을 살펴보기 위한 교재 분석에 있어 그 대상으로 삼을 교재들의 숫자가 다소 제한적이었으며, 저자가 제시하고 있는 교수 모형에 있어 실제 활동의 유형이라기보다는 대부분 교사의 문법 설명으로 이루어져 있어 학습 동기 유발이 어렵고 실제적 교수 효과를 높이기에는 다소 부족하다는 지적을 할 수 있다.

> ＃ 2003. 2. 김상수. 석사. 부산외대. 외국어로서의 한국어 교육을 위한 조사 ‘이/가’와 ‘은/는’에 관한 연구. 〈분류: 조사〉 〈해제: 장미경〉

▎ 목차 ▎

▌요약▐

  본 연구는 외국어로서의 한국어 교육에 있어 문법 요소의 교육이 결코 간과되어서는 안 된다는 점을 전제로, 한국어 모어화자들도 어려움을 느낄 만큼 까다로운 한국어 조사 '이/가'와 '은/는' 사용의 정확성을 높일 수 있는 방안을 찾고자 하였다. 이를 위해 이 조사들의 문법적 기능과 의미를 살피고 이를 한국어 교육 현장에서 사용되는 교재와 교수 방법에 적용시키고자 하였다.

  먼저 격조사 '이/가'와 보조사 '은/는'에 관한 형태론적, 의미론적, 그리고 화용론적인 측면의 연구들을 정리함으로써 연구자들에 따라 동일한 조사에 대해 상이한 입장을 보임을 지적하였다. 이어 외국인을 위한 한국어 교육에 관한 선행연구 중 조사 '이/가'와 '은/는'에 대한 연구들을 정리하였는데 기능 위주의 조사와 의미 위주의 조사로 나누어 각기 다른 교수법을 제시한 황정숙(1991), 한국어 조사 교수법에 있어서 종합적이고 체계적인 기초를 마련한 이지영(1996), 초급 학습자들을 위한 조사 학습 순서를 설정하고자 했던 오수진(1998) 그리고 주격조사 '이/가'와 특수 조사 '은/는'의 문법적 기능과 다양한 의미를 바탕으로 효과직인 교수 방법을 제시한 임동윤(2002)등의 중요 내용이 정리되어 있다.

  다양한 선행 연구 결과 자료를 바탕으로 한국어 학습자의 조사 사용, 학습교재와 문학작품에서의 조사 사용, 그리고 초등학교 국어 읽기 교재의 조사 사용에서 나타난 빈도를 조사하였고 이에 추가적으로 부산 외대의 유학생 20명이 작성한 작문 자료 분석을 통한 조사 사용 빈도를 더해 비교한 결과 약간의 차이는 있지만 조사 항목과 빈도 순위가 거의 일치함을 발견하였다. 또한 실제 오류 자료들을 구분한 기준으로는 '대치', '누락', 그리고 '첨가' 현상의 세 유형이 쓰였으며 오류 자료의 유형 중 가장 많은 것은 '은/는'을 사용해야 하는 자리에 '이/가'를 잘못 사용하는 대치 현상이었고 그 이유로는 '은/는'이 보조사로서 부가적인 의미를 다양하게 가지는데 반해 '이/가'는 단순한 주어 표시의 의미가 주를 이루기 때문이라고 보았다

이어 8개 학교기관과 4개 일반기관에서 발행된 교육용 교재와 5개의 문법서들을 대상으로 '이/가'와 '은/는'의 제시 순서와 사용 빈도를 조사한 결과 몇 개를 제외하고는 대부분 이 조사들은 문법 설명과 함께 초급 앞부분에서 제시되고 있음을 보여 주었다. 또한 그 사용 빈도의 조사 결과 각각의 교재에서 제시하고 있는 조사의 사용 빈도가 일정한 규칙 속에서 제시되고 있지 않으며 교재마다 상당한 차이를 보이고 있었다는 점을 지적하였다. 학습자들이 활용하기 쉬운 '이/가'의 사용 빈도가 '은/는'의 사용 빈도보다 더 많이 나타났다는 점도 함께 지적하고 있다. 그리고 한국어 교육용 교재에 나타난 '이/가'의 문법 설명상의 공통점은 문장에서 주어임을 표시하는 주격 조사로서의 역할과 선행하는 체언의 음운 환경에 따른 쓰임의 차이이며 '은/는'의 경우 공통적으로 대조의 의미인데 역시 선행하는 음운 환경에 따른 차이가 있음을 설명하고 있다. 유사한 맥락에서 한국어 문법서에 제시된 '이/가'와 '은/는'의 문법 설명에 대해서는 한국어 교재에 비해서는 다양하지만 역시 큰 차이가 없다고 하였다.

이 논문은 효과적인 한국어 조사의 교수 방법을 제시하기 위해 무엇보다도 한국어 교육적 관점에 입각한 문법 설명이 필요하다는 점과 조사의 문법 내용을 단순화 그리고 단계화시키는 청각 구두식 접근법을 통해 교육해야 함을 강조하였다. 구체적으로 조사 '이/가'와 '은/는'을 초기 단계에서 가르칠 때는 격조사와 보조사로 구분하기보다 주어를 나타내는 동일한 문법형태소로 제시하는 것이 바람직할 것이라고 보았다. 또한 "주어 + 서술어"의 단순한 문장 구조 속에 쓰인 예문을 다양하게 제시하며 그 위치와 기능을 파악하고, 대명사와의 결합 관계, 음운 환경 제시 등을 교수 내용으로 정리하였다. 덧붙여 의미적 차이도 단순히 '지정'과 '대조'라는 두 가지 요소만을 선택적으로 제시할 필요가 있다고 보았다.

결론에서는 한국어 교재의 문법 형태 제시가 좀 더 학습자 중심의 설명이 되어야 함을 강조하면서, 문법 용어의 통일이 이루어져야 한다는 점, 의미와 용법 중심의 기술이 이루어져야 한다는 점, 부분적이고 단계적인 설명이 이루어져야 한다는 점, 사용 능력 중심의 설명이 이루어져야 한다는 점, 다양한 언어권별 교재가 개발되어야 한다는 점 등을 지적하고 있다.

▌ 의의 및 제언 ▌

이 논문은 한국어 학습자들이 가장 힘들어하는 학습 내용인 조사의 교육에 있어 좀 더 효과적인 교수방법을 위한 노력의 일환으로 실제의 다양한 한국어 교재들을 분석하여 설명을 비교했다는 점에서 높이 평가받을 만하다. 특히, 단순히 한국어 교육용 교재만이 아니라 한국어 문법 교재도 함께 분석함으로써 각 조사에 대한 문법적 설명의 기틀을 잡았다고 볼 수 있다. 다만, 실제 논문의 구조 및 내용이 선행 연구와 지나치게 유사한 구조를 가지고 있는 점이 좀 아쉬웠고, 실제 문제점을 지적하긴 했으나 한국어 교육적 관점에서 수업을 준비해야 한다는 전체적인 철학과는 사뭇 다르게, 각 조사의 기능과 의미에 대한 문법적 설명이 주어지고 구체적 교수 모

형이 제시되지 않았다는 점이 아쉬움으로 남는다.

2003. 2. 이윤정. 석사. 울산대. 한국어 교재에 나타난 조사 교육 내용 비교 연구. 〈분류: 조사〉 〈해제: 장미경〉

▌ 목차 ▌

▌요약▌

　본 논문은 최근 늘어난 외국어로서의 한국어 학습자들을 위한 문법 교육, 특히 조사교육의 필요성을 언급하며 한국어 교재에서 제시·풀이되고 있는 조사의 종류와 풀이방식을 비교·분석하는 것을 목적으로 하였다. 이 목적을 위해 한국어 교육을 하고 있는 6개 대학의 7개 교재와 전문 기관의 3개 교재를 살펴보았고 그 결과를 바탕으로 조사 학습에 있어 학습자들이 반드시 익혀야 하는 조사를 추출하고자 하였다. 한국어 교재 중 일본어권 화자를 위한 교재를 중심으로 하여, 교재별로 <문법>항에 정리된 독립적인 조사만을 분석 대상으로 삼았다.

　선행연구 정리에 있어서는 먼저 한국어 교육 문법 전반에 대한 논의들을 살펴 다양한 한국어 교육 문법의 개념 및 범위를 정리하였고 한국어 학습자들의 조사 사용 오류를 분석한 논의들을 살펴 조사의 범위가 몇몇 조사로 한정된다는 약점을 지적하였다. 또한, 문법 학습순서에 관한 논의들을 통해서는 많은 논의가 초급에 집중되어 있으며 논의마다 조사 제시 순서에 대한 상이한 기준을 정하고 있음을 지적하였다. 이와 함께, 분석의 대상으로 정한 6개 대학과 3개 전문기관의 교재들을 전체 목표와 <문법>항의 내용 및 구성이라는 항목에 초점을 두고 전반적 특성을 정리하였다.

　본격적으로 각 교재들에 나타난 조사들을 파악하기 위해, 먼저 초급, 중급, 그리고 고급별로 교재들을 나누고 각 급별 교재의 <문법>항에 나타난 조사를 빈도수에 따라 정리하였다. 즉, 초급의 경우에는 상위 10개 조사로 '-도', '-에서(장소)', '-이/가', '-을/를', '-은/는', '-마다', '-보다', '-에(장소)', '-에서(부터) -까지', '-만'이 선정되었으며, 이 각각의 조사들이 해당 교재에 출현하는가의 여부와 풀이 내용을 예문과 함께 제시하고 있다. 이어, 중급의 경우에는 전체적으로 보조사와 조사 결합형의 쓰임이 늘어났다는 점과 함께 '-이라도', '-커녕', '-처럼', '-에다가', '-조차', '-대로', '-치고는', '-이야말로', '-더러', '-야' 등의 상위 10개 조사를 선정, 제시하였다. 마지막으로 고급의 경우에는, 이전에 살펴보았던 교재들 중 고급 단계에서도 지속적으로 개별 문법 학습을 하는 <선문대>, <연세대>, <국제>의 세 교과서만을 대상으로 분석하였다. 초·중급에서와 달리 세 기관의 교재에서 조사가 중복되는 경우가 거의 없었고, 다만 공통으로 출현하여 풀이되는 조사로서 '-ㅁ으로써', '(으)로써'와 '-(이)야말로' 세 개만이 제시되었다.

　이에 더하여, 초급과 중급, 중급과 고급, 그리고 초급과 고급에 걸쳐 중복·반복 학습되는 조사는 어떤 것들이 있는지 추가적으로 정리하고 있는데, 전체 10개의 교재 중 해당되는 사항에 대해 선별적으로 분석 대상을 선택하였다. 결과를 보면, 초급과 중급에 걸쳐 반복 학습되는 조사의 수가 비교적 적은 것을 알 수 있는데 이는 이미 초급에서 학습한 조사를 중급에서 반복하는 것을 피하는 것으로 해석할 수 있는 것으로 보았다. 또한 교재마다 가르치는 조사의 종류와 순서에 일정한 규칙이 없다는 점도 지적하고 있다. 이어서, 중급과 고급에 걸쳐 반복되는 조사로는 분석 대상이었던 <선문대>, <연세대>, <국제> 세 교재 중 <선문대>에서만 예가 있고 나머지 두 교재의 경우는 중복되는 조사가 없음이 밝혀졌다. 마지막으로 초급과 고급을 비교한 결과, <선문대>의 '-(으)로', '-(이)나'와 <국제>의 '-한테서(에게서)' 세 개였다.

위에서 정리한 교재별 조사 교육 내용과 급별 반복 실태에서 얻어진 조사 빈도수와 남윤진 (2000)에서 나타난 한국인들이 자주 쓰는 조사 빈도를 비교하면서 초급과 중급에 적합한 조사 학습 목록을 제안하고자 하였다. 일부분 빈도수라는 기준에 있어 두 자료 간에 일치하는 점도 있지만 많은 경우 서로 다른 양상을 보이고 있음을 찾아냈다. 또한, 초급 16개 중급 11개에 해당하는 학습문법요소도 선정하여 제시하였다.

결론 부분에서는 앞에서 언급된 논점들을 다시 정리하면서, 중·고급 학습자들에게는 문법 설명이 한국어로 제시될 경우 학습 효과가 더 클 수 있다는 점과 조사를 단독형으로서만이 아니라 문형 속에서 제시하는 것이 좀 더 확실한 교수 방법일 것이라는 점을 강조하면서 논문을 마감하였다.

▌ 의의 및 제언 ▌

본 논문은 다양한 기관에서 발행한 10종의 한국어 교재에 나타나는 조사의 교육 내용을 구체적으로 살펴 각 급별 빈도수 상위 10위에 드는 조사를 제시하고 또한 초급, 중급, 고급에 걸쳐 서로 반복되는 조사가 무엇인가를 꼼꼼하게 비교하였다는 점에서 그 노력이 돋보였다. 그러나 그 범위가 지나치게 넓고 조사를 비교 분석하는 데 있어 동일 기능을 가진 조사가 어떤 다른 양상으로 제시되고 있는지를 보여주는 것인지, 동일 형태를 지닌 조사가 어떤 다른 기능들을 보이며 급별로 제시되 있는지를 보여주는 것인지, 그 목적이 분명히 드러나 있지 않다. 또한, 사소한 부분일 수도 있으나 논문의 앞부분 '제목차례'에 실린 글의 순서와 실제 논문이 진행되며 등장하는 내용의 순서가 상당 부분 일치하지 않는 점은 추후 수정이 필요한 부분이라고 생각한다.

> # 2003. 8. 신나탈리아. 석사. 서울대. 한국어 조사 사용의 오류 분석 및 지도 내용 연구: 러시아어를 모어로 하는 한국어 학습자들을 대상으로 〈분류: 조사〉 〈해제: 장미경, 백승봉〉

▌ 목차 ▌

▌ 요약 ▌

　본 연구는 러시아어를 모어로 사용하는 한국어 학습자들을 대상으로 한국어 조사 사용 시 범하는 오류의 유형을 파악하고 그 원인을 밝혀 그들의 한국어 학습과 교육에 도움을 주고자 하였다. 기본적으로 단어 자체의 형태 변화를 통해 단어의 문법성을 나타내는 굴절어인 러시아어와는 달리 한국어는 어간 뒤에 문법적 요소를 첨가하여 문장성분을 표시하는 교착어이기 때문에 러시아어 사용자들에게는 한국어의 조사라는 문법 형태가 배우기 상당히 까다롭다는 점에서 이 필자는 연구의 출발점을 찾고 있다. 또한 오류에 대해 학습자의 현재 언어 수준을 정확히 진단하게 해 주는 중요한 단서라는 인식 하에 자료수집의 용이성이라는 측면과 초급학습자들의 조사 발달이 완전하지 않다는 전제를 가지고, 한국어 중급 이상 학습자들의 쓰기 자료에서 나타나는 오류들로 연구대상을 제한하고 있다. 외국어로서의 한국어 학습과 외국어로서의 한국어 오류 분석에 대한 선행 연구들을 정리하고 중급이상 120명의 학습자들이 작성한 자유 작문을 대상으로 격조사, 접속조사, 보조사, 복합조사 4가지 항목을 중심으로 분석하고 있다. 연구 방법에 있어서는 문법성과 수용성이라는 두 기준을 모두 적용하여 오류를 판정하였고 오류 유형은 누락, 첨가, 대치라는 세 가지로 분류하여 그 원인을 러시아어의 간섭, 한국어 자체의 언어적 특성에 의한 과잉 일반화, 그리고 회피로 나누어 살피겠다고 하였다.

　2장에서는 대조분석 가설의 전제 하에 한국어의 격조사와 러시아어의 격어미가 지니는 공통점과 차이점에 대해 언급하고 있다. 특히, 한국어의 주격, 목적격, 부사격, 관형격, 보격 그리고 호격 등 6가지 격조사의 의미 기능을 러시아어로 어떻게 표현하는지에 대해 예문과 함께 자세히 설명하고 있다.

　3장에서는 언어 학습과정에서의 '오류 분석'의 역할에 대해 학자들의 상이한 입장을 정리한 후 러시아어 사용자들의 조사 오류 분석을 위해 조사 오류를 판정하고 각 조사별 사용 빈도와 빈도율을 파악한 후 오류 유형을 분석하고 그 원인을 분석하였다. 필자가 제시한 오류 유형으로는 조사가 있어야 할 자리에 쓰지 않는 누락과 조사를 쓰지 말아야 할 곳에 사용하는 첨가, 그리고 써야 할 조사 대신 부적절한 조사를 사용하는 대치의 세 가지를 제시하였다. 그리고 격조사, 보조사, 접속조사, 복합조사의 순서로 각 하위 조사유형들에 대해 매우 구체적인 예문들과 함께 오류유형별로 정리하였고 표로 그 오류의 빈도와 유형을 제시하였다.

4장에서는 교육적 적용을 살펴보기 위해 먼저 한국에서 출판된 러시아어로 쓰여진 한국어 교재를 분석하여 실제 빈도순위가 높은 조사 몇 가지에 대해 각 교재에서 어떤 순서로 전개하였는지 정리하였다. 공통적으로 비중이 높은 격조사로부터 보조사, 접속조사의 순으로 배치하긴 했으나 실제 대상으로 삼은 5종 교과서의 내용을 자세히 보면 조사의 내용과 순서가 매우 다양함을 알 수 있다. 따라서 절대적인 조사 학습 순서를 결정하기는 쉽지 않지만

적어도 사용 빈도 뿐 아니라 학습자들의 오류율을 반드시 고려할 필요가 있다고 주장하였다. 이어 오류 원인별로 중점 지도해야 할 내용을 제시하기 위해 먼저 언어 내적 요인이라 할 수 있는 모국어 간섭과 과잉 일반화, 그리고 언어 외적 요인인 심리적 회피 등을 원인으로 지정하였다. 먼저 모국어 간섭의 구체적 유형으로 네 가지 경향을 지적하고 각각의 유형에 대해 연습문제 문항을 만들어 해결할 수 있는 방안을 제시하고 있다. 특히, 교사 스스로 학습자 언어인 러시아어를 이해하고자 하는 노력이 필요하다는 점도 강조하였다. 또한 한국어 자체의 언어적 특성에 의한 과잉 일반화의 유형으로 6가지를 제시하고 역시 구체적 예문과 연습 문항을 보여 주고 있다. 마지막으로 회피-누락 오류에 대해서는 물론 한국어가 조사의 생략이 가능한 언어이긴 하지만 주로 구어체에서 허용하는 것이고 문장에서는 의미상 혼동을 피하기 위해서 반드시 사용해야 함을 계속 강조할 필요가 있다고 하였다.

마지막으로 5장 결론 부분에서는 앞에서 논의된 내용을 정리하면서 특히 러시아어권 학습자들의 조사 오류 고착화를 막기 위해 신경 써야 할 다섯 가지를 정리하고 있는데, 먼저 러시아어권 학습자들에게는 매우 생소한 조사의 역할, 기능 및 사용 원리를 철저히 교육해야 한다는 점, 여러 의미 중 사용 빈도가 가장 높은 것을 먼저 가르쳐야 한다는 점, 교사 스스로 러시아어와 한국어의 차이 혹은 공통점을 이해하고자 노력해야 한다는 점, 격조사를 제시할 때 호응하는 서술어도 함께 제시해 주자는 점, 그리고 마지막으로 중급학습자라고 해서 조사 학습을 소홀히 하게 되면 화석화 될 수 있다는 점 등을 반드시 고려해야 한다고 주장하면서 논문을 끝맺고 있다.

▌ 의의 및 제언 ▌

이 논문은 실제 한국어를 외국어로서 학습하고 있는 학습자의 입장에서 조사 학습과 사용의 어려움을 파악하고 그 해결 방안을 제시하려고 했다는 점에서 상당히 의미 있는 논문이라고 볼 수 있다. 특히, 러시아어와 한국어가 지니는 언어적 특징을 대조언어학적 시각으로 접근하여 차이점과 공통점을 명확히 밝히고 그러한 언어적 요인으로 인해 구체적으로 어떤 유형의 오류가 생겨날 수 있는지를 하나하나 보여주고 각각의 오류 유형을 교정할 수 있는 성의 있는 연습 문항을 개발하여 제시한 점도 러시아어 학습자들에게는 매우 효과적인 연습 활동이 될 수 있을 것이라고 본다.

2004. 2. 김이진. 석사. 한국외대. 외국어로서의 한국어 학습자의 조사 사용 오류 연구: 중급 단계 일본어 모어 학습자의 작문을 바탕으로. 〈분류: 조사〉 〈해제: 장미경〉

▌ 목차 ▌

▌ 요약 ▌

본 연구는 외국어로서의 한국어 중급 단계에 있는 일본어 모어 학습자에게서 나타나는 조사의 오류를 유형별로 집중 연구해 보고 그에 따른 효과적인 학습 방안을 모색하고 있다. 현재 한국에서 외국어로서 한국어를 학습하는 외국인들 중 가장 높은 비율을 보이는 일본어 모어 학습자들에게 나타나는 오류의 종류, 빈도, 원인을 분석하고 효과적인 학습 방안도 제시하여 효율적인 학습 체계를 이루는 데 도움을 주고자 한다고 한다.

2장에서는 모국어와 목표어 간의 차이에 의한 전이에 관한 가설인 대조분석 가설, 학습자의 오류가 학습자가 끊임없이 수정해가는 중간 단계의 언어라고 보는 중간언어 가설, 학습자의 오류가 학습자의 언어습득의 중요한 부분이라고 보고 오류를 분석하는 오류분석 가설을 소개하고, 이 논문은 이 세 가설을 절충적으로 이용하여 내용을 전개하고자 한다.

3장에서는 연구 자료가 연세대학교 한국어학당의 3,4급을 수강하는 일본어권 한국어 학습자 143명의 작문지 및 시험지임을 밝히고, 연구의 초점은 선행 연구들에서 오류 빈도수가 가장 높은 것으로 나타난 격조사, 보조사, 접속 조사로 한정함을 기술하고 있다. 오류 판정의 기준으로는 문법성과 수용 가능성을 적용하며, 조사의 오류 유형은 대치, 누락, 첨가, 형태 오류의 네 가지로 분류하고 있다. 연구에 사용된 작문 자료에 나타난 조사는 총 59종류로 6,800회 나타났는데, 단일 조사는 38종류 6,568회, 복합 조사는 21종류로 232회 사용되었고, 이 자료를 토대로 조사의 사용 빈도와 오류 빈도, 오류 발생률을 제시하고 있다.

4장에서는 주요 격조사인 주격, 목적격, 관형격, 부사격 조사의 오류를 예시문과 함께 설명하고, 대치, 첨가, 누락, 형태 오류의 네 가지로 분류하여 살펴본 후, 보조사와 접속 조사의 경우도 같은 방식으로 분석하고 있다. 분석의 일례를 보면 주격 조사의 대치 오류는 '이/가'를 '은/는'으로 대치한 것이 14.86%이며, 일본어 학습자의 모국어의 'が'와 'は'라는 조사의 간섭이 오류의 원인일 것으로 추정한다. 첨가 오류의 예로서, '에'의 첨가에 대해서는 과잉 일반화의 오류가 많음을 보이고 있고, 형태 오류는 음성적 환경에 따른 조사의 변이형태를 정확하게 알지 못한 학습자 오류가 대부분임을 지적한다.

5장에서는 일본어권 한국어 중급 학습자의 조사 오류를 유형에 따라 그 원인을 분석하고 효율적인 학습 방안을 모색한다. 주격 조사의 대치 오류의 원인을 분석한 것을 예로 들어 보면, 한국어 주격 조사와 일본어의 は[wa]와의 사용범위에 대한 차이를 알지 못해 오류가 발생하는 것으로 보고 문맥을 통한 학습을 주장한다. 전반적으로는 양국 간의 조사를 대조해서 학습하되 그 안에 나타나는 조사 사용상의 불일치 부분을 중점적으로 학습할 것을 제안하고 있다. 누락의 오류에 대해서는 조사에 대한 정확한 사용법을 모르는 학습자들이 사용을 회피해서 나타난 결과로 보고, 첨가에 대해서는 규칙의 과잉 적용 및 일반화가 그 원인인 것으로 판단하고 있다.

▌ 의의 및 제언 ▌

이 논문은 외국어로서의 한국어 학습자의 다수를 차지하는 일본인 학습자 중에서도 중급 수준의 학습자들의 오류 중 조사의 오류를 집중 연구하여 모국어의 전이, 과잉 일반화나 단순화 현상, 목표어의 조사에 대한 정확한 이해 부족에 의한 오류가 많음을 밝혀 한국어 학습에 기초 자료를 제공한 점에 의의가 있다.

그러나 통계 자료의 일차적 분석 및 직관에 의존한 분석에 치우치는 경향이 있고, 성별이나 연령과 같은 학습자 변인을 좀 더 다양화하여 분석하지 못하고 중급이라는 하나의 분석틀만을 적용한 점이 아쉽다. 또한 효율적인 학습 방안을 모색하고자 목표하였으나, 논문의 결론에는 원칙적이고 일반적인 학습 방안만 제시된 것이 아쉬운 점이다.

2004. 2. 주은경. 석사. 이화여대. 한국어 학습자의 조사 '에'의 용법별 습득 양상 연구.
〈분류: 조사〉〈해제: 장미경〉

▌ 목차 ▌

<table>
<tr><td>

B. 선행 연구
C. 이론적 배경

II. 연구 방법
  A. 연구 대상
   1. 피험자 선정
   2. 학습자 언어 표본 수집
  B. 분석 대상
   1. 조사 '에'의 용법별 분류
  C. 분석 방법
  1. 오류 식별과 오류 기술
  2. 데이터 분석

III. 조사 '에'의 용법별 습득 순서
  A. 정확도 평균 방법을 이용한 조사 '에'의 용법별 습득 순서
  B. 함축척도를 이용한 조사 '에'의 용법별 습득 순서
  C. 단계별 집단화를 통한 조사 '에'의 용법별 습득 순서

</td><td>

IV. 실험 결과 및 제언
  A. [단계1]에 나타나는 장소, 시간의 오류 양상
   1. 장소
   2. 시간
  B. [단계2]에 나타나는 대상, 단위, 수단, 수혜의 오류 양상
   1. 대상
   2. 단위
   3. 수단
   4. 수혜
  C. [단계3]에 나타나는 나열, 원인의 오류 양상
   1. 나열
   2. 원인

V. 결론
  <참고문헌>

</td></tr>
</table>

▌요약▐

이 논문은 제 2언어로서 한국어 학습자들의 조사 '에'의 용법별 습득 순서와 오류 양상에 관한 연구이다. 선행하는 명사와 후행하는 서술어에 따라 그 사용양상이 달라지고 동시에 여러 의미를 갖는 조사 '에'를 학습자들은 어떤 순서에 따라 습득하며 또한 어떤 양상으로 오류를 범하는지 밝힘으로써, 그 결과를 한국어 교육 현장에 반영하고 교수 순서와 교수 내용 선정에 도움을 주려는 데 그 목적이 있다고 하였다.

선행 연구를 통해, 80년대 이후 오류에 관한 연구가 가지는 몇 가지 문제점들, 즉 문어 자료만의 연구, 개별 문법 형태에 대한 연구 부족, 그리고 통합적 처리 방식의 문제점들을 지적하면서, 조사 '에'의 선정이유와 방법론상의 보완점을 밝히고 있다. 오류 빈도가 높고 용법이 다양하며 다른 유사 조사로 인해 학습에 어려움을 느끼는 점 등을 그 이유로 언급하였고, 구어 자료 포함과 연구 목적에 맞는 학습자 표본 수집, 객관적 자료 분석을 위한 이차적인 데이터 분석 과정 시행을 지적하였다.

이론적 배경으로는 학습자의 중간언어에 대한 외국 학자들의 연구 결과를 인용하면서 언어 습득의 발달 패턴을 밝히고자 하는 노력들이 불충분한 자료, 방법론상의 부족, 학습자의 내적, 외적 변이성 등 근본적 한계가 있긴 하지만, 여전히 중간언어에 대한 고민은 학습자의 언어 능력 측정 방법, 수량화, 또는 분석에 이르기까지 이론적이고 방법론적인 해결 방안을 모색하게 하고 있다고 주장하였다.

연구 대상에 있어, 피험자들은 2003년 8월에서 10월까지 서강대, 서울대, 연세대, 그리고 이화여대 등의 다양한 기관으로부터 영어권 16명, 중국어권 21명, 일본어권 23명, 총 60명을 선발하였다. 특히, 배우지 않은 것을 오류로 볼 수 없다는 근거 하에 초급 학습자는 제외시키고 중, 고급 학습자들을 대상으로 하였다. 학습자 언어 표본 수집을 위해서는 유사-통시적 연구와 공시적 연구의 단점을 보완하였으며, 구체적으로 아래의 자료 도출 방법을 이용하였다.

(1) 의무적 문맥들(obligatory contexts)
(2) 이중 언어 통사 측정(bilingual syntax measure)
(3) 유도된 모방(elicited imitation)
(4) 문법성 판단 테스트(test for judgement of grammaticality)

분석 대상에 있어, 조사 "에"의 용법별 분류에는 표준국어대사전, 백봉자(1999), 이희자, 이종희(1998)등의 분류를 바탕으로 하되, 선행하는 명사와 후행하는 서술어와의 연어 구조를 살피고 의미의 명확성이나 학습자 인식에의 용이성까지 함께 고려하여 분류하였다. 그 결과 조사 '에'의 용법을 ①장소 ②시간 ③단위 ④수혜 ⑤원인·이유 ⑥나열·첨가 ⑦대상 ⑧수단 ⑨관용적 표현 등의 9가지로 구분하였다.

분석 방법으로는 우선 어떤 것을 오류로 식별할 것인지 또 어떻게 오류를 기술할 것인지에 대해 예를 들어 설명하고, 오류 식별과 기술로 산출된 개인 자료는 Pica(1984)의 정확도 산출 방법이라는 공식을 통해 정확도를 계산하였다. 나아가, 다양한 객관적 통계 처리를 통해, 조사 '에'의 용법별 습득 순서, 단계별 발달 패턴을 파악하였다.

분석 결과를 살펴보면, 정확도 평균 방법과 함축 척도를 이용한 경우 조사 '에'의 습득 순서는 장소→시간→대상→단위→수단→수혜→나열→원인으로 밝혀졌고, 단계별 집단화를 통해 용법별 형태소간의 거리를 반영한 결과 시간→대상, 수단, 수혜→나열, 원인의 계층 구조를 보였다. 그리고 습득 단계별 오류 양상에서는 우선 전체적 오류 유형을 제시하였는데, 필수적인 문맥에서 사용하지 않는 생략 오류, 조사의 사용이 정확하지 않은 대치 오류, 비필수적인 문맥에서의 첨가 오류, 조사의 용법을 숙지하지 못함으로 적절하지 않은 어휘나 문법으로 대신하는 표현 오류로 정리하였다. 각 용법의 정확도를 보면, 장소 79.03, 시간 86.48, 수혜 48.6, 원인 58.12, 나열 37.45, 대상 77.97, 수단 47.58, 관용적 표현 89.67로 나타났다.

결론에서는, 분석 결과를 이용하여 한국어 교수 현장에서 학습자의 자연적인 습득 순서를 반영하여 교수 순서와 교수 내용을 결정하고, 오류 양상에서 드러난 내용에 기반을 둔 조사 활용 연습 방안을 구성하는 것이 필요하다고 끝맺고 있다.

▮ 의의 및 제언 ▮

이 논문은 오류 분석에 대한 선행 연구에서 지적된 문제점들을 보완하는 연구 방법을 고안해

냈다는 것과, 기존의 한국어 학습자 범용 오류 말뭉치에만 의존하지 않고, 연구 대상을 목적에 맞게 따로 선정하여 자체적인 학습자 언어 표본을 수집하는 노력을 했다는 점에서 그 의의가 있다고 할 수 있다. 또한, 그러한 언어 표본에서 오류를 식별하고 기술하여 여러 가지 객관적 통계 프로그램을 이용해 학습자들이 보이는 조사 '에'의 습득 순서를 밝혀내고자 했다는 점도, 자료에 대한 과학적 접근과 분석이 미흡한 한국어교육 분야에 새로운 방향을 제시했다는 점도 바람직하다.

다만, 이처럼 다양한 통계적 방법을 이용하여 그 결과를 도출해 내는 과정이 상당한 노력을 요구한다는 점에 비추어, 실제 분석 결과가 이미 교육현장에서 경험적으로 수업을 진행하며 발견한 현상들과 아주 큰 차이가 없었다는 점에서 다소 아쉽다는 생각이 든다.

 # 2004. 8. 아리프 이스람. 석사. 경희대. 방글라데시 학습자를 위한 한국어 문법 교육 연구: 조사와 어미 사용 중심으로. 〈분류: 조사〉 〈해제: 장미경〉

▌ 목차 ▌

▌ 요약 ▌

본 연구는 방글라데시 학습자들이 한국어를 학습할 때 어려워하는 부분 중의 하나인 문법을 지도하는 방법에 대해 살피고 있다. 한국어와 방글라데시어의 문법 영역에서 조사와 어미를 중심으로 두 언어의 문법을 대조 분석한 후 초, 중, 고급 세 단계의 방글라데시인 한국어 학습자들의 문법 오류를 분석하고 있다. 오류의 유형을 파악하고 그 원인을 분석한 후, 분석 결과를 바탕으로 방글라데시어를 모국어로 하는 한국어 학습자들을 위해 숙련도별로 효과적인 문법 교육 방법을 제시하고 있다. 각각의 나라마다 특정한 언어 집단의 오류를 수집하고, 오류의 원인을 살펴보는 연구를 통하여, 특정 언어권 학습자의 오류 발생을 사전에 예측할 수 있고, 효율적인 교정 방법과 오류를 줄인 정확한 언어 학습을 위한 교육 방법을 개발할 수 있기 때문에 대조 분석과 오류 분석은 중요한 기법이라고 볼 수 있다.

2장에서 두 언어의 문법을 어순, 조사, 어미의 세 분야에 초점을 맞추어 설명하고 그 차이점과 공통점을 제시하고 있다. 어순에서는 한국어와 방글라데시어가 주어-목적어-동사의 어순을 가지는 SOV 언어에 속한다는 것과 방글라데시어가 주어의 생략이 더 자유롭다는 것을 밝히고 있다. 조사에서는 주격, 목적격, 소유격, 도구격, 호격, 여격 등을 예문과 함께 제시하는데, 전반적으로 두 언어의 조사가 매우 유사한 통사적 기능을 하고 있음을 제시한다. 어미에서는 방글라데시어는 명사 뒤에 오는 어미(명사 어미)와 동사 뒤에 오는 어미(동사 어미)의 두 종류가 있으며, 동사 어미에는 인칭에 따른 어미, 시제에 따른 어미, 피동과 사동의 형태에 따른 어미가 있다고 한다.

3장에서 방글라데시 다카대학교 한국어 학습자 13명의 작문과 수업 자료를 분석하여 수집한 1,349개의 문법상의 오류 중 조사와 어미의 사용에 관한 오류 601개를 분석하고 있다. 부적절한 조사 사용, 조사의 추가, 조사의 생략, 어미 오류의 4가지 부분에서 빈도수를 조사했는데, 부적절한 조사를 사용한 오류가 네 가지 경우 중 17%를 차지하여 가장 많았다. 이 오류들이 모국어의 간섭으로 인한 언어 간 전이에 의한 것인지, 혹은 목표어 자체의 규칙을 잘못 적용한 언어 내적 전이에 의한 오류인지를 구분하여 오류의 원인을 분석하고 있다. 또한 방글라데시 학습자의 오류를 줄이기 위해서는 학생들이 반복적으로 범하는 오류를 수집하고, 문화적 차이에 의한 표현의 차이점을 학습시키고, 한국어 교사들이 방글라데시어의 기본 문형을 명확하게 제시하여 연습시킬 필요가 있다고 주장한다.

4장에서 한국어 교실 상황에서 오류를 줄이는 수업 활동의 원칙을 다섯 가지로 제시하였는데, 학생의 과제를 수정할 때 기호를 사용할 것, 자주 일어나는 오류에 대해 토론할 것, 학생들이 어려워하는 문법 구조를 체계적으로 학습하고 의사소통 활동을 통해 익히게 지도할 것 등을 제안한다. 또한, 방글라데시어권 학습자를 위한 조사와 어미 교육 모형으로서, 올바른 격조사 찾기, 빈칸 채우기 등의 학습활동의 예를 제시한다. 마지막으로 초급, 중급, 고급 학습자에 대한 한국어 교육의 방안을 제시하는데, 초급에서는 오류의 수정과 반복 연습을 강조하고, 중급에서는 학습자 스스로 오류를 찾는 기회를 줄 것을 강조하며, 고급 학습자에 대한 문법 교육에서는 개인별 오류를 일대일 학습을 통해 수정할 것을 제안하고 있다.

▍ 의의 및 제언 ▍

현재까지 영어권과 일본어권 학습자를 대상으로 한 오류분석 연구는 많았으나 방글라데시어를 모국어로 하는 한국어 학습자를 대상으로 오류를 수집하고 분석한 연구로는 최초의 연구 사레인 점에서 이 논문은 의의를 가진다.

　그러나, 연구의 데이터가 13명의 자료에 국한된 점과, 어순과 어미, 조사의 세 가지 영역에만 한정하여 오류를 분석한 점이 아쉽다. 즉, 수집된 오류 자료의 절반 이상을 기타의 경우로 분류하고 분석하지 않았는데, 이 사례들을 조사하여 빈번히 오류가 발생하는 분야와 그 원인을 좀 더 첨가한다면 보다 더 포괄적인 오류 연구가 되지 않았을까 라는 아쉬움이 든다. 또한, 2장에서 목표한 한국어와 방글라데시어의 대조 분석이 두 언어 각각의 문법을 설명하는데 집중되어 있고, 심층적인 언어 간 대조 분석에 이르지 못하는 점이 아쉽다.

> # 2004. 8. 오상은. 석사. 한양대. 러시아어권 한국어 학습자의 격조사 오류분석 및 지도방안 연구: 초급 단계를 중심으로. 〈분류: 조사〉 〈해제: 장미경, 백승봉〉

▌목차▌

▌요약▌

　본 연구는 한국어를 학습하는 초급 단계의 러시아어권 학습자들을 대상으로 한국어 격조사 사용의 오류를 분석하고 이를 토대로 교수자나 학습자에게 효율적인 격조사 교수 및 학습 방법을 제시하는 것을 목적으로 한다. 체언에 조사가 붙어 그 격을 표현하는 한국어와는 달리, 러시아어에서는 체언의 형태가 변하여 격을 표시하므로 한국어 학습의 초기 단계에서 격조사의 개념을 정확히 이해해 사용하기란 쉽지 않다고 한다. 이 논문에서는 러시아어권 한국어 학습자 중에서 초급 수준의 학생 16명의 자유 작문을 중심으로 자주 발견되는 오류를 발췌해 유형을 분류하고 있다.

2장에서 오류분석 연구에 대한 이론적 배경으로 모국어와 목표어의 차이점과 유사점을 분석하는 대조 분석, 학습자가 과도기적으로 가지는 목표어의 언어 체계인 중간 언어, 학습자의 의식적인 가설 검증에 의한 새로운 언어체계 구성의 과정에서 오류가 생긴다고 보는 오류 분석의 세 가지 이론을 소개하고, 학습자의 언어권별 및 문법항목별 오류분석과 관련된 선행연구를 살피고 있다. 이어서 한국어와 러시아어의 차이점을 소개한다. 한국어는 단어나 어간 뒤에 문법적 요소를 첨가하여 문장의 성분을 나타내는 교착어에 속하는 반면, 러시아어는 어미가 변하는 굴절어로서 명사, 대명사, 수사, 형용사가 성, 수, 격에 따라 변하는 어형 변화의 조직을 갖고 있다. 러시아어의 명사를 예를 들면 명사는 남성, 여성, 중성의 구별이 있고, 그 구별은 어말의 자모에 의하여 행해진다고 한다. 격표현에 있어서는 체언에 결합되어 격을 표시한다는 면에서 한국어의 격조사와 러시아어의 격어미는 유사한 기능도 가지고 있다. 반면에, 러시아어는 체언 자체의 어미변화가 있고 격어미는 체언 뒤에서 격이나 수를 표시하는 역할만을 하기 때문에 자립성이 없는 데 비해 한국어는 체언의 어간에서 어형변화가 일어나지 않고, 격조사로 격을 표시하고 있으며 격조사는 문장에서 의미적으로 보다 다양하게 쓰인다는 점이 러시아어와 다르다.

3장에서는 오류문을 분석하고 있다. 한국어 초급반에서 학습 중인 러시아어권 초급 학습자들이라는 연구 대상의 특성을 고려하여 그들에게 나타난 조사의 오류 중 주격, 서술격, 목적격, 보격, 관형격, 부사격, 호격의 7가지 격조사에 한정해서 오류분석하고 있다. 작문 자료에 나타난 격조사의 총 사용수는 1849회였고, 오류는 190회로서 조사별 오류빈도는 주격, 부사격, 목적격, 관형격 조사의 순서로 나타났다. 오류의 원인을 모국어인 러시아어의 간섭으로 인한 것, 한국어 특성에 따른 일반화 및 학습자의 의도적 단순화로 인한 것의 두 갈래로 나누어 살피고, 각각의 원인별로 대치, 첨가, 누락의 유형으로 구분지어 설명한다.

4장에서는 앞장에서 살핀 러시아어권 학습자들의 격조사 오류를 바탕으로 하여 오류를 줄이기 위한 효율적인 조사 지도방안을 제시하고 있다. 모국어의 간섭에 의한 대치, 누락, 첨가의 오류에 대한 지도 방안을 제시하고 있고, 한국어의 특성에 따른 일반화 및 학습자의 의도적인 단순화 오류의 지도 방안에서도 대치, 누락, 첨가의 사례별로 지도 방안을 나누어 구체적으로 살피고 있다. 지도 방안의 실례로 모국어의 간섭현상으로 인한 오류의 지도 방안을 제시한 <표7>을 인용하면 다음과 같다.

원인	종류	지도내용
모국어간섭	장소명사를 부사격으로 사용	부사격조사 '-에/에서'의 용법
	타동사와 자동사를 혼동	두 언어 간 타동사와 자동사의 종류 및 사용 비교
	주격조사 대신 '-에게'를	감정이나 감각형용사의 서술어에 대한 주체를 한

	사용	국어에서는 주격으로 표시
	목적격조사 대신 '-에게'를 사용	러시아어의 일부 동사 중 그 대상을 여격으로 표시하는 동사가 있는데, 한국어에서는 그 대상을 목적격 형식으로 처리함

▌ 의의 및 제언 ▌

이 논문은 영어권이나 일본어권 한국어 학습자를 중심으로 한 오류 분석에서 벗어나 러시아권 학습자의 오류를 대상으로 한 점, 러시아어와 한국어의 언어 구조상의 차이점을 분석하여 오류가 발생하는 원인에 대한 대조 분석을 시도했다는 점, 오류유형을 분류하여 러시아어권 한국어 학습자 및 교수자들에게 효율적인 격조사 학습 및 교수 방법을 제시한 점에서 의의가 있다.

그러나 연구 대상 및 방법을 제시함에 있어, 대상으로 선정된 16명이 어떤 기준으로 선정 되었는지, 구성원들을 초급 단계로 분류하는 것이 적절한지가 나와 있지 않다. 논문의 결론 부분에서 효율적인 교수 방안으로 제시된 사항들에 대해서도 "초급의 단계에서는 오류 발생률이 높은 것에 집중해 교육하기보다는, 사용 빈도가 높고 중요한 것을 우선 학습시켜야 한다."고 하였으나, 사용 빈도가 높고 중요하다는 것의 구체적인 개념 정리와 예가 주어져 있지 않아 아쉽다. 또한 "학습자의 오류가 발생하면 교사가 즉각적이고 적극적으로 지적하고 수정함으로써 오류 발생을 방지해야 한다."고 하였으나 즉각적인 오류 수정이 절대적으로 필요하고 효과적인 것인지에 대해서는 다시 한 번 생각해 볼 필요가 있다.

2004. 8. 정지은. 석사. 홍익대. 한국어 초급 학습자를 위한 조사 학습 순서에 관한 연구: 기본 문형과 조사 사용 빈도를 중심으로. 〈분류: 조사〉 〈해제: 장미경〉

▌ 목차 ▌

<참고문헌>

5. 결론

▌ 요약 ▌

본 연구는 한국어 초급 학습자들에게 한국어의 문법적 특징 중 하나인 조사를 어떠한 순서로 학습해야 효과적인가에 대하여 논의하는 것을 목적으로 하였다. 조사는 비록 특별한 내용이 없는 허사이긴 하지만 한국어의 문장 구조에 있어서 가장 기초적인 요소이고 문장 구성의 법칙에 있어서 핵심적인 역할을 수행하는 요소이기 때문에 성공적인 한국어 화자가 되기 위해서는 필수적인 요소라고 연구의 필요성을 피력하였다.

조사 학습 순서를 결정하기 위한 이론적 뒷받침을 위해 먼저 국립국어연구원에서 조사한 〈현대 국어 사용 빈도 조사〉(2003) 자료를 이용하여 조사의 사용 빈도를 조사하고 그 결과를 바탕으로 선행 학습되어야 하는 조사의 목록을 선정하였다. 이어, 한국어의 기본 문형을 서술어의 특성을 중심으로 하여 4문형으로 정리함으로써 각 문형에서 요구되는 조사들과 문형을 연결시켜 조사 학습 순서 결정을 위한 기본 틀을 제시하였다.

3장에서는 실제 한국어 교육현장에서 사용되고 있는 한국어 교재에서 조사의 학습 순서가 어떠한지에 대해 서울대, 이화여대, 서강대, 그리고 연세대의 1급 교재들을 살펴보았다. 각 단원별로 제시되는 조사의 종류들에 대해 자세히 언급하고, 각 교재들이 조사를 제시하는 뚜렷한 기준이나 근거를 가지고 있지 않았다는 문제점을 지적하고 있다.

4장에서는 연구자가 설정한 '기본문형'과 '사용빈도'라는 두 기준에 근거한 조사의 교수 학습 모형을 소개하였는데 주격조사 '이/가'의 1단계로부터 시작하여 보조사 '까지/부터'의 7단계까지 설정하여 특정 조사들의 학습 순서를 순차적으로 제시하였다. 이러한 학습모형의 효과를 확인하기 위해, 초급단계의 외국인 학습자 30명을 선정하여 통제집단과 실험집단으로 나눈 후 4주 동안 수업을 진행하였다. 즉, 본 조사 교수 학습 모형을 이용한 실험 집단과 기존 교재를 이용한 통제 집단의 학습 시행 후 평가 결과를 비교하였는데, 실험집단 학습자들의 정답률이 사전검사에서보다 사후검사에서 통계적으로 유의미한 정도로 크게 상승되었다는 결과를 나타내고 있다.

위와 같은 실험결과를 바탕으로 5장에서는 이전 내용을 정리하고 제시된 조사학습모형을 이용한 수업 시행 후에 실험 집단의 조사 사용 능력이 향상되었음을 다시 한 번 강조하였다. 이와 함께, 연구의 결과 분석을 통한 제안 사항과 연구가 가지는 제한점을 정리하는 것으로 논문을 마무리하고 있다.

▌ 의의 및 제언 ▌

본 논문은 기존 한국어교육 연구에서 부족한 분야로 지적되는 '실험연구'를 실시하였다는 점과 조사 교육을 위해 기본문형과 빈도수라는 특정 기준을 이용한 독자적인 학습모형을 개발하여 제시했다는 점에서 그 의의를 찾을 수 있다. 그러나 기본문형과 빈도수라는 근거 설정은 의사소통 능력 향상이라는 언어교육의 기본 목표를 고려한 것이라기보다는 다분히 체계적으로 정리된 문법지식의 순차적 학습을 목표로 하고 있다는 점에서, 과연 타당한 근거인지 재고해 보아야 할 것이다. 또한, 조사의 생략으로 인한 낮은 빈도를 고려하지 않았다는 사실은 문제가 될 수 있다. 우리가 일반적으로 담화 상에서 조사를 자주 생략하게 되는데, 그 결과 빈도가 낮은 것으로 나타나게 된다. 이는 어디까지나 드러나지 않아서 빈도가 낮게 나타난 것뿐이지 실제 사용에서는 화자와 청자 간에 생략된 조사가 의미적으로 통하고 있다고 봐야할 것이다. '을/를, 이/가' 등이 문어에 비해 구어에서 현저히 그 사용 빈도가 낮아진다는 사실과 조사 '–에서'가 구어와 문어에서 계속해서 높은 사용 빈도를 보이는 사실이 그 근거가 될 수 있다. 이러한 구어/문어의 구분 문제는 문어를 중심으로 기본 문형을 제시하고, 조사의 학습순서를 결정하는 데 있어서는 담화에 비중을 두고 논의를 진행한 점도 아쉬운 점으로 남는다.

또한, 실제 실험 연구 방법 및 절차에 있어, 실험집단에서는 개발된 학습 모형을 적용하고 통제집단에서는 기존 한국어교재를 사용하여, 수업 내용은 같고 교수 방법에만 차이를 두었다고 하였는데 구체적으로 어떠한 내용을 어떠한 방식으로 가르쳤는가에 대한 자료가 제시되어 있지 않기 때문에 '수업 내용이 같다'라는 주장이 어느 정도의 근거가 있는 것인지 알 수 없다. 이는, 실험집단의 사후 성적 향상이 본 논문에서 주장하는 '조사의 순차적 학습 순서'에 따른 결과가 아니라, 기존 교재들에는 포함되어 있지 않은 '조사의 명시적 제시 및 교수'에 따른 결과로 볼 수 있다는 논리를 낳을 수 있다. 즉, 그 조사가 어떤 순서로 제시되었는가보다는 어떻게 제시되었는가가 사후 실험 결과에 좀 더 유의미한 요인으로 작용할 수 있었다는 것이다. 조사의 교육이 중요하고 필수적이라는 데에는 의심의 여지가 없지만, 모든 한국어 교재가 각자의 교육 철학 및 학습자의 요구에 따라 상이한 교수요목을 표방하는 한, 획일화된 기준으로 조사의 학습 순서를 선정하도록 요구하기는 힘든 일이다. 다만, 참고적 자료로서 일정한 조사의 학습 순서 혹은 발달 순서를 제시하고 적용하는 것은 상당히 의미 있는 작업이 될 것이라고 본다.

2005. 2. 임경희. 석사. 충북대. 중국인의 한국어 학습에 나타난 조사 오류 분석. 〈분류: 조사〉 〈해제: 장미경, 백승봉〉

▌목차▌

‖ 요약 ‖

　본 연구는 중국인 학습자들의 한국어 작문에 나타난 조사 오류를 분석하여 중국인 학습자들이 한국어의 조사를 습득하는 과정에서 겪는 혼란은 무엇이며 또 그 혼란의 원인은 무엇인지를 확인하여, 중국인들의 한국어 조사 교육에 필요한 기초 자료를 제시하는데 목적을 두고 있다. 한국어는 조사가 발달한 언어로서 조사는 문법적 기능을 남낭할 뿐만 아니라 다양한 의미를 표현하며 다른 문법 요소들과의 관계에 따라 기능이 변하기도 하는 복잡한 체계를 가지는데, 이러한 조사의 사용 없이 단어 중심의 언어생활을 해 오던 중국인 한국어 학습자들에게는 학습하기가 쉽지 않은 개념이다. 따라서 조사의 사용에 있어서 한국에서 한국어를 학습하는 중국인 학습자들이 보여주는 오류를 분류하고 원인을 알아내어 조사 교육에 도움을 주고자 한다고 밝히고 있다. 오류분석에 쓰인 자료는 충북대에서 한국어교육을 4개월에서 1년 정도 받은, 2,3급에 속하는 중국인 학습자 50명의 자유 작문지 85장이다. 수집된 자료에서는 모두 27가지의 조사가 사용되고 있었으나, 오류분석의 대상으로는 45회 이상의 사용 횟수를 보인 '이/가', '을/를', '에', '에서', '의', '으로/로', '과/와'와 보조사 '은/는', '도'의 9가지 조사를 선정하였다.

　2장에서 오류분석의 틀로서 자주 인용되는 대조분석과 오류분석 이론을 적용하되 대조분석 가설은 부분적으로 받아들이고 오류분석 이론의 입장에서 중국인 학습자들이 보이는 조사 오류의 체계를 살핀다고 밝힌다. 오류를 식별할 때는 오류 확인의 기준으로 문법성과 수용가능성을 들고, 오류로 확인된 조사들은 대치, 누락, 이형태의 세 가지[1]로 나누고 있으며, 오류의 원인은 모국어와 목표어의 차이, 목표어의 체계 자체에 의한 것으로 나누어 살피고 있다. 작문자료를 통해 살펴본 9가지 조사의 오류율은 '이/가', '을/를', '와/과', '은/는', '으로/로', '의', '에', '도', '에서'의 순서로 높게 나타났다.

3장에서는 9가지 조사별로 오류의 유형을 대치, 누락을 중심으로 분석하고 있다. 오류의 비율을 조사별로 살펴보면, 누락의 오류가 가장 많았고 그 다음으로 대치, 이형태의 순으로 나타났다. 작문자료에서 오류를 보이는 대표적인 사례를 예시하고 대치에 의한 것인지, 누락에 의한 것인지, 그러한 오류 발생의 원인은 무엇인지 추정하고 분석하고 있다. 분석의 예로 '한국 음식(→은) 좋아하지만 소주(→는) 안 좋아해요'의 문장을 살펴보면, 이 문장은 중국인 학습자들이 중국어의 문법체계에는 없는 조사를 누락시키는 예에 해당한다고 한다.

4장에서는 민진영(2002), 이은경(2000)의 선행연구와 비교하고 있다. 누락에 있어서 이은경(2000)에서는 문맥상 자연스럽고 구어체에서 자주 사용되는 표현이라면 오류에 포함하지 않은 반면 민진영(2002)는 작문에서 추출한 오류들이므로 모든 누락은 오류에 포함이 되고 있고, 이 논문은 민진영(2002)와 마찬가지로 모든 누락은 오류에 포함시키는데, 민진영(2002)와의 차이점이라면 민진영(2002)는 고급 다국적 학습자를 대상으로 한 반면, 이 연구는 2,3급에 해당하는 중국인만으로 그 대상을 축소시켰기 때문에 누락 오류의 비율이 매우 높다고 지적하고 있다. 이어서 가장 많이 쓰이는 대표적인 조사이면서 가장 잦은 오류를 보이는 '이/가', '을/를', '와/과', '은/는'의 경우를 주로 비교하고, 각각의 오류의 경우를 누락, 대치의 관점에서 문장들을 유형별로 나누어 오류의 원인을 분석하고 있다. 조사 '이/가'의 경우를 보면 누락은 보어로 쓰인 곳과 이중주어문에서의 누락이 많았고, 대치의 경우는 보어로 쓰인 경우와, 이중주어문의 서술어로 많이 쓰이는 형용사 '좋다, 나쁘다, 재미있다, 많다, 맛있다'의 앞에 오는 '이/가'를 '을/를'로 많이 대치하고 있다고 한다.

▌ 의의 및 제언 ▌

이 논문은 중국어를 모국어로 하는 한국어 학습자들을 대상으로 작문에 나타난 조사 오류를 분석하여 한국어의 조사를 습득할 때의 혼란을 겪는 원인이 중국어와의 언어 구조차이에 기인함을 확인하고, 중국인들의 한국어 조사 교육에 필요한 기초 자료를 제시한 점에서 의의가 있다. 또한 오류 발생의 환경을 정리하는데 있어서 기존의 연구에서 발생하는 문제를 지적하고 있다. 예를 들어, 오류의 총수만을 계산하면 수집된 자료의 양이 적을 경우, 극단적으로는 한 학습자가 집중적으로 범한 오류에 대해서 집단 전체의 오류로 파악할 위험성이 있다는 것과 첨가의 오류의 경우, 그 어느 조사도 들어가지 말아야 할 환경에서 불필요하게 조사를 쓴 경우이므로

---

1) 첨가는 본 연구에서는 특정 조사의 오류에 포함시키지 않았으나, 오류라는 것은 확실하기 때문에 끝부분에서 따로 다루고 있다.

어느 특정 조사의 오류로 보지 않고 따로 분류하는 점 등은 오류분석 연구자들이 좀 더 객관적인 방향으로 데이터를 수집할 수 있도록 도움을 준다.

그러나 이 논문에서의 제한된 자료 수집과 오류분석만으로 "조사의 학습순서가 '이/가', '을/를', '에', '은/는'의 순서일 것이라고 추측하다"는 것은 다소 성급한 감이 있으며 학습자들이 가장 잘 습득했다고 보는 상위 4가지의 조사, '이/가', '은/는', '을/를', '에' 등은 누락의 오류가 가장 많이 나타났는데, 이는 실험을 해 보지 않더라도 추정 가능한 결론이 아닐까한다. 조사가 없는 언어를 모국어로 사용하는 초급 단계의 한국어 학습자의 경우는 자신이 없는 조사의 사용을 회피하는 언어전략을 구사하는 경우가 많기 때문이다. 따라서 실험의 대상을 좀 더 확대하여 중급, 고급 학습자들을 살펴보거나 오류분석을 여러 가지 조사로 확대해 볼 필요도 있을 것이다.

\# 2005. 2. 정보영. 석사. 이화여대. 구어 이야기 담화에서 한국어 중급 학습자의 조사 '은/는', '이/가' 사용: 일본어권, 영어권, 중국어권 학습자를 대상으로. 〈분류: 조사〉 〈해제: 장미경〉

‖ 목차 ‖

‖ 요약 ‖

이 논문은 지금까지 한국어 교육 분야에서 오류 분석에만 주로 집중하여 학습자들이 실제 맞게 사용한 형태에 대한 분석이 부족했음을 지적하고, 담화 화용적 요인에 따라 중급 한국어 학습자들이 생산한 조사 '은/는/, '이/가'의 기능적 분포를 살피는 것을 목적으로 하고 있다. 특히 형태·기능 분석 관점에서 학습자들이 발화의 첫 출발점에서 지시 대상을 언급할 때 사용하는 명사구 내의 조사를 살펴 담화 환경, 이야기 구조, 그리고 등장인물의 화용적 특성이 조사 선택에 미치는 영향을 분석하였다. 선행 연구로는 조사의 오류에 대해 분석한 이은경(1999), 김유미

(2000), 조철현(2002), 이정희(2003)을 살펴보았고 형태·기능 분석적 관점에서 외국 학자들의 연구로 자연적인 환경에서 언어를 습득하는 학습자의 관사 습득을 연구한 Huebner(1979), 담화 유표성과 구조적 유표성이 명사구 습득에 미치는 상호작용적 영향에 대한 Chaudron과 Parker(1990)의 연구 등을 정리하였다.

2장에서는 실제 실험 연구를 계획하는데 사용된 이론적 배경을 소개하는 외국 학자들의 이론과 한국어 조사 '은/는' 그리고 '이/가'의 의미적 기능을 정리한 국내 연구자들의 논문을 정리하고 있다. 특히 Chafe(1979)의 이론을 자세히 소개하며 담화에 있어 신정보와 구정보는 청자의 의식 상태에 대한 화자의 판단과 관계가 있다고 보았으며 그 밖에 화제 연속성이라는 개념으로 각 명사구들이 문법적으로 어떻게 부호화되는가를 설명한 Givon(1983)의 이론을 소개하였다. 또한 김영희(1980), 이기동(1981), 김선희(1983), 박승윤(1986), 그리고 최규수(1990)의 연구 내용을 정리하면서 조사 '은/는'은 담화의 전개상 중심이 되는 요소, 높은 주제성과 관계있고 조사 '이/가'는 담화의 출발, 새로운 정보의 도입, 낮은 주제성과 관계가 있다고 정리하였다.

3장에서는 연구 방법 및 절차를 소개하고 있는데 일본어, 영어, 중국어를 모어로 하는 한국어 학습자들을 10명씩 선정하였고, 비교 자료로 사용하기 위한 한국어 모어 화자 10명의 발화도 분석하고 있다. 실험 도구로는 '흥부와 놀부' 그림 이야기책으로 7개의 사건으로 구성되어 있고 각 사건이 하나의 에피소드가 되면서 각 사건이 시작되는 지점에 계절의 변화를 인식하게 하는 장면을 삽입하여 담화 경계를 인식시켰다고 한다. 실험 대상자들은 먼저 자신의 모국어로 이야기를 듣고 내용 숙지를 위한 일정 시간을 가진 후에 청자에게 이야기 형식으로 다시 전달하였다. 이 발화 자료에 대해 각 절의 처음에 나타나는 명사구만을 골라 어떤 조사가 사용되었는지를 분석하였다. 이어 연구 결과를 유형별로 제시하고 있는데 먼저 지시 대상의 정보성을, 처음 도입되는 환경(신정보)와 담화에 한번 도입된 대상이 다시 도입되는 환경(구정보)라는 담화 환경으로 나누어 보았을 때 모든 한국어 학습자 집단은 공통적으로 지시 대상을 담화에 처음 도입하는 환경에서 'N가' 또는 'NØ'를 사용하였음을 알 수 있었으며 명시적으로 명사구를 표시하지 않고 명사구 전체가 생략된 형태로 도입한 경우가 있었는데 이는 대부분 '날씨 및 시간'을 나타낸 경우였다고 한다. 두 번째 유형은 담화 경계에서의 명사구 사용으로서 먼저 개별 사건 도입에서 화자들은 지시 대상의 화용적 특성과 담화의 연속성이 하나의 담화 화용적 요인으로 작용하여 담화 경계의 불연속성이 커지는 지점에서 담화 화제로 도입할 때는 'N가'의 사용이 증가하였고, 반면 비담화 화제에 대해서는 'N가'를 사용하였음이 밝혀졌다. 이어 개별 사건 전개에서의 발화 양상을 살펴보면 한국어 모어 화자는 청자의 주의를 환기해야 할 필요가 있는 곳에서는 'N가'를 주로 사용하였고 사건의 결말을 진술할 때에는 담화 화제에 대해서는 주로 'N는'을, 비담화 화제에 대해서는 'N가'와 'N는'을 사용하였다. 일본어권 학습자는 대부분의 경우 'N가'와 'N는'을 동일한 비율로 사용하였고, 영어권 학습자는 역시 주의 환기의 필요가 있는 경우 'N가'를 주로 사용하였으며 중국어권 학습자는 담화 화제에 대해서 'N가'와 'N는'을 비슷하게 사용하였음이 나타났다. 결론적으로 각 화자 집단의 조사 선택은 담화의 구조와 지시 대상의 화용적 특성과 같은 담화 요인이 서로 다른 정도로 상호 작용하여 나타난 결과이며 비록 모어 화자와 다른 조사 사용 양상을 보이긴 하나 이들 조사들은 이야기 전체의 일관성과 통일성에 기여할 수 있도록 의사소통적 기능을 수행하고 있음이 중요하다고 지적하였다. 이어 화제 연속성에 있어서는 Givon(1983)의 측정 방법을 이용하여 지시 대상간 거리를 계산하여 화제 연속성이 이들 조사의 선택에 영향을 미치는 정도를 비교하였는데, 한정적이고 특정적인 지시 대상을 언급할 때에 일본어 학습자는 한국어 모어 화자와 동일한 영향을 받았으나 영어권 학습자와 중국어권 학습자는 비인간 자질을 가진 지시 대상에 대해 'N는' 보다 'N가'의 화제 연속성이 더 높게 나왔다고 밝히고 있다.

4장에서는 앞에서 논의된 내용을 정리하면서 학습자들이 보이는 특징 중 목표어의 규범에 맞지 않는 사용처럼 보이는 형태들도 목표어와 같이 사용하게 되는 과정 중에 있는 학습자 중간언어 체계 내에서 일정한 기능을 담당하고 있다는 사실을 강조하면서 논문을 끝맺고 있다.

▌ 의의 및 제언 ▌

이 논문은 일반적으로 조사 연구의 경향이라 할 수 있는 학습자들의 조사 사용상 오류를 찾고 그 오류를 분석하는 관점에서 벗어나 학습자들의 조사 사용에는 나름대로 정해진 발달의 단계가 있으며 매 단계마다 학습자들의 발화 형태가 지니는 고유한 기능이 있다고 인식하는 새로운 관점을 제공했다는 점에서 그 의의가 매우 크다고 할 수 있다. 또한 자료수집의 한계로 인해 주로 학습자들의 작문 자료에 의존하여 조사 사용 및 발달 혹은 오류를 분석했던 선행 연구들과는 달리 비록 많은 양의 자료는 아니지만 언어권별로 구어 자료를 수집해 분석했다는 점에서도 그 가치가 있다고 볼 수 있다. 다만, 실제 모국어 화자의 조사 사용 양상과 각 언어권 별 학습자의 조사 사용 양상 사이에 순차적인 발달 단계가 존재한다는 것을 보여주기에는 조사 사용 결과 자료가 명시적이지 않았다고 보인다. 언어권별로 조사 사용 양상에 있어 담화의 구조와 지시 대상의 화용적 특성과 상호 작용하는 정도도 다른 것으로 분석되었는데 이러한 언어권별 차이를 설명하기 위한 좀 더 심도 있는 대조 언어학적인 분석이 이루어지지 않았다는 점에서 아쉬움이 남는다고 하겠다. 즉, 이러한 모국어 화자와의 조사 사용 양상의 차이가 각 언어권별로 모국어의 영향에 의한 것인지 아니면 모국어의 영향과 상관없이 동일하게 한국어를 외국어로 배우는 학습자들 사이에 공통적으로 발생하는 것인지에 대해 초점을 두는 연구 결과가 나왔더라면 실제로 교육 현장에서 한국어를 가르치는 교사들에게 좀 더 유용한 정보가 될 수 있있을 것이라고 생각한다.

2005. 8. 안령군. 석사. 연세대. 한국어 조사 '에'의 의미와 용법 연구: 중국인을 위한 한국어 교육적 관점에서 〈분류: 조사〉 〈해제: 장미경〉

▌ 목차 ▌

▌요약▌

이 논문은 조사 '에'의 용법을 외국어로서의 한국어 교육의 관점에서 정리하고 중국어와의 대조 분석을 통해서, 중국인 학습자가 조사 '에'의 다양한 의미를 명확하게 파악하고 활용할 수 있도록 돕는 데 있다고 하였다. 특히 한국어의 조사 '에'는 부사격 조사와 접속 조사의 문법적 기능을 모두 가지고 있어 중국인 학습자들은 중·고급 단계에 올라가서도 조사 '에'를 사용하는 데 있어 많은 어려움을 겪고 있다고 지적하고, 지금까지의 연구가 개별 조사의 용법에 초점을 많이 두지 않았다는 점에서 특별히 조사 '에'를 골라 한국어 교재에서 제시되는 여러 형태를 함께 검토하는 것을 목적으로 하였다고 밝히고 있다. 이어 국어학적 관점에서 조사를 정리한 연구들을 살피며 이러한 내용들을 그대로 한국어 교육에 적용시키는 데 어려움이 따른다고 지적하고 한국어 교육적 관점에서의 연구들인 황정숙(1991), 이윤정(2003)등과 특히 오류 분석에 집중한 최우영(1997), 오수진(1998) 그리고 조사 '에'의 오류를 분석한 주은경(2004) 등의 내용을 정리하고 있다. 연구 방법 면에서는 총 8종의 사전을 분석 대상으로 삼아 조사 '에'의 모든 용법을 12가지로 분류 정리하고 그를 바탕으로 한국어 교재 내의 조사 '에'에 대한 문법 설명과 문형 연습을 살펴보았다. 나아가 12가지 용법의 예문들을 중국어로 번역하고 그 대조되는 규칙을 찾아내고자 하였다.

2장에서는 먼저 분류의 근거로 삼을 8종의 사전을 각각 소개하고, 조사 '에'의 용법을 장소, 시간, 원인 및 이유, 단위, 판단 기준, 행위자 및 도구, 수혜 및 부가, 자격 및 신분, 환경 및 범위, 대상, 열거, 관용 표현 등의 12가지로 분류하며 그 문법 설명과 예문들을 구체적으로 정리하고 있다. 이후 이러한 12가지 용법을 한국어 교육에 적용시키기 위해 각 사전에서 얼마나 중요하게 다루고 있는가를 기준으로 하여 초급 5개, 중급 8개, 그리고 고급 5개로 최종 정리하였다.

3장에서는 앞에서 정리한 12가지 용법이 한국어 교재 내에서 어떻게 분포되어 있는가를 살피기 위해 먼저 그 대상으로 삼은 연세대학교 한국어 교재, 고려대학교 한국어 교재, 그리고 이화여자대학교 한국어 교재의 구성을 각각 정리하였다. 그리고 좀 더 자세히, 조사의 6가지 용법에 대해 각 교재에서 설명하고 있는 방식과 발생 시기, 그리고 예문들을 제시하고 있다. 그리고 총괄적으로 한국어 교재에서의 조사 '에'의 설명에 대해 평가하였는데, 먼저 설명이 다양하지 못하고 그 내용이 빈약함을 지적하였고, 각 교재에서 '에'의 제시 순서에 차이가 있었음을 언급하였다.

4장에서는 앞서 2장에서 정리한 조사 '에'의 12가지 용법에 해당하는 예문들을 모두 중국어로 번역하여 한국어 문장과 비교하고 각각의 대조 규칙을 제시하였고, 이를 통해 중국어 학습자들이 한국어를 학습할 때 예상되는 문제점이 무엇인지 살펴보고 그에 따른 효과적인 학습 방법을 모색하려는 시도를 하고 있다. 각각의 용법들에 대해 개별적으로 정리한 후 전체 내용을 하나로 묶어 표로 제시하였으며 마지막 부분에서 한국어와 중국어의 기본적인 대조 규칙을 다섯 가지로 정리하고 있다.

맺음말에서는 앞서 논의된 각 장의 내용을 간단히 정리한 후 끝부분에서 중국어 모어 학습자들의 조사 '에' 학습을 위한 제언을 네 가지로 제시하였는데, 먼저 조사의 의미를 기준으로 초급부터 고급까지의 단계를 설정하여 제한적으로 가르칠 필요가 있다는 점과 둘째, 중국인 학습자들에게는 기본적으로 한국어 조사의 개념을 정확히 인식시켜야 하며 중국어와의 대조 분석 결과를 함께 이용할 필요가 있다는 점, 셋째, 비슷한 형태의 조사들이 서로 다른 의미를 지닐 때 그러한 두 조사의 용법상 차이점을 따로 집중해서 제시해 줄 필요가 있다는 점, 그리고 마지막으로 학습 시 어려움을 덜어주기 위해 단독형뿐만 아니라 문형에 해당하는 '-에 취임하다', '-에 빠지다' 등의 문형적 표현도 함께 가르칠 필요가 있다는 점 등이었다.

▋ 의의 및 제언 ▋

이 논문은 먼저 한국어 조사 '에'에 대해 중국인 모국어 화자로서 지닐 수 있는 학습자로서의 시각을 잘 정리하였다는 점에서 그 의의를 찾을 수 있고 또한 개별적 조사 '에'의 다양한 용법에 대해 8종이나 되는 사전들을 꼼꼼히 정리하여 구체적인 용법과 예문을 제시하였다는 점에서 그 노력이 엿보인다고 할 수 있을 것이다. 또한, 각 용법을 보여 주는 한국어 예문에 대해 모두 중국어로 번역하여 그 차이점을 정리해 놓았다는 점에서, 일반 중국어 학습자들이나 혹은 중국인 학습자들을 주 대상으로 가르쳐야 하는 교사들에게 매우 실용적인 시사점을 전달해 줄 수 있다는 것도 장점이라고 볼 수 있을 것이다. 다만, 조사 '에'의 12가지 용법에 대해 사전 별로 그 용법에 대해 얼마나 중요하게 여기고 있는가라는 중요도를 기준으로 하여 초급, 중급, 그리고 고급의 등급을 매긴 데 대해 그 구분 기준이 다소 모호하다는 점을 지적할 수 있고 특히, 이러한 개별 조사 '에' 하나만을 가지고 그 난이도에 따라 한국어 교재의 교수요목을 배열하는 것이 과연 얼마나 타당하고 실현 가능한 일인가에 대해서는 좀 더 신중하게 고려해보아야 할 것이다.

2005. 8. 윤미영. 석사. 이화여대. 태국인 한국어 학습자의 조사 사용 오류 양상. 〈분류: 조사〉 〈해제: 장미경, 백승봉〉

‖ 목차 ‖

▌ 요약 ▌

　본 연구는 학습자가 증가하고 있으나 학습자 언어에 대한 연구는 거의 이루어지지 않은 태국인 한국어 학습자의 작문에 나타나는 오류의 분석을 통해 태국인 한국어 학습자의 언어 발달 과정을 설명하고 한국어 학습 현장에 활용할 것을 목적으로 하고 있다. 학습자들이 제2언어를 학습하는 과정에서 필연적으로 발생하는 오류를 연구함으로써 학습자들의 학습 발달 과정을 이해하고 목표어 습득 수준을 판단할 수 있으며, 효율적인 학습을 하는 데에 중요한 근거 자료가 된다는 점에서 오류 연구는 중요성을 가진다.

　2장에서는 학습자의 오류를 분석함에 있어서 오류의 원인에 따른 분류와 오류의 결과에 따른 분류의 두 가지 측면으로 나누어 살펴보고 있다. 오류의 원인에 따른 분류로는 모국어의 부정적 전이에 의한 언어 간 전이에 의한 오류, 목표어의 규칙을 학습하면서 발생하는 언어 내 전이에 의한 오류, 교육 자료 및 교육 방법에 의해 유도된 학습 과정상의 오류가 있다. 오류의 결과에 따른 분류로는 대치, 누락, 첨가로 나누어 오류의 형태를 살피고 있다.

　3장에서 태국의 국립 대학교 한국어 전공 학생 중 초급 20명, 중급 20명, 고급 20명을 피험자로 삼아서 작문자료를 수집한 후, 작문에서 사용된 조사와 조사 오류율을 분석하여 학습자 발달 단계별로 조사 사용과 오류의 유형이 어떻게 나타나는지를 살펴보고 있다. 사전 조사 단계에서는 각 단계별 2명씩의 작문자료를 분석하였고 이를 토대로 조사의 사용 빈도는 '은/는, 이/가, 을/를, 에, 에서'의 순서로 나타남을 기술하고, 오류 판정의 틀로서 문법성과 수용 가능성(acceptability)을 제시한다.

　4장에서는 수집된 작문 자료에서 예비 실험을 바탕으로 설정된 조사 '은/는, 이/가, 을/를, 에, 에서'의 전체적인 사용 빈도와 오류 빈도, 그리고 오류율을 조사하였다. '에'와 '에서'를 제외한 다른 조사는 사용 빈도에서 초급과 중급에 비해 고급 학습자의 사용 빈도가 훨씬 높고, 오류 빈도는 중급이 가장 높았다. 이러한 결과는 제2언어 학습자의 발달 단계에 따른 습득은 U자형의 발달 곡선을 보임을 입증한다. 다시 말해 초급과 고급에서는 학습 및 습득의 효과를 보이고 중급에서는 내재적인 언어 규칙의 불완전성으로 인해 가장 많은 오류를 보이고 있음을 알 수 있다고 한다.

　5장에서는 조사의 오류를 유형별로 분류하고 있다. '은/는, 이/가, 을/를, 에, 에서'를 중심으로 오류의 유형을 '대치, 누락, 첨가'로 크게 나누고 급별로 어떠한 오류가 발생하고 있는지 분석하고 있다.

▌ 의의 및 제언 ▌

그 동안의 오류 연구는 주로 영어권과 일본어권의 한국어 학습자를 대상으로 이루어졌으나, 이 논문은 태국인 한국어 학습자들을 대상으로 오류의 양상을 분석하고 학습 발달 단계를 짐작할 수 있는 기초 자료를 제공하고 있다.

그러나 실험 대상을 초·중·고급으로 분류하는 과정에서 1, 2, 3학년의 각 학년을 마친 학생들을 '초급, 중급, 고급'으로 나누는 것이 과연 타당성이 있는지 검토할 필요가 있다. 또한 각 급별 2명의 자료를 분석한 예비 실험을 바탕으로 하여, 자주 쓰이는 조사를 선정한 것이 타당한 분석인지가 의문이다. 태국어 문법에 대한 개괄적인 정보가 부족하기 때문에 단순히 '태국어에는 조사가 없다'라는 수준의 근거로는 다른 조사가 없는 언어권과의 비교가 어렵고 따라서 태국어 모어 화자가 오류를 보일 수 있는 원인에 대한 충분한 고찰이 이루어졌다고 보기 어렵다.

2006. 2. 김순희. 석사. 숭실대. 한국어 조사 교수법 연구: 중국 학생들을 대상으로 하여.
〈분류: 조사〉 〈해제: 장미경〉

▌ 목차 ▌

▌ 요약 ▌

본 연구는 중국어와의 비교를 통해 한국어 조사를 분석하고 그 결과 한국어에서 구분하기 어려운 조사를 묶어 제시함으로써 한국어를 공부하는 중국인 학습자들이 실제로 문장을 구사할 때 좀 더 정확히 조사를 구사하게 하는 데 목적을 두고 있다. 특히 격조사 중에서 중국 학습자들이 이해하기 가장 어려워하는 주격, 목적격, 부사격의 교수 방안과 중국어의 모든 허사에서는 나타나지 않는 고유의 의미를 더해주는 특수조사의 기능에 대해 살피고자 하였다.

2장에서는 중국어와 한국어의 성분 체계를 구체적으로 비교하였는데 먼저 중국어는 주어-서술어-목적어의 SVO 어순이고 한국어는 주어-목적어-서술어의 SOV 어순이라는 차이점과 한국어의 조사에 해당한다고 볼 수 있는 중국어 허사의 경우 실제로는 하나의 중국어 허사가 여러 가지의 한국어 조사로 표현된다든지 하나의 한국어 조사가 여러 가지의 중국어 조사로 표현되는 등 유사성이 적기 때문에 중국 학습자들이 한국어 조사의 학습을 어려워한다고 지적하였다.

3장에서는 격조사, 특히 주격조사, 목적격조사, 그리고 부사격조사의 교수방법을 논하기 위해서 각 조사의 형태, 실현 양상, 특수 용법, 그리고 교수 방안을 살피고 있다. 특히 주격 조사의 교수 방안을 위해서는 한국어의 주부는 반드시 체언화가 이루어진다는 것과 주제어의 개념이 주어와 다르다는 것 그리고 조사 '-이/가'가 보격으로 사용되는 현상에 대해 설명해야 한다는 것을 제안하고 있다. 목적격 조사의 경우에도 학습자들이 실제 범한 한국어 오류들의 예를 가지고 전형적인 한국어 목적어는 중국의 빈어에 해당하는 것으로 가르쳐야 한다는 것, 주어와 유사하게 한국어의 목적어도 반드시 명사이거나 명사화를 거쳐야 한다는 것, 그리고 목적격의 중출과 처격과의 교체 현상은 고급 학습자를 대상으로 순차적으로 가르쳐야 한다고 지적하고 있다. 마지막으로 부사격 조사들 중 처격조사에 대해서는 '-에'의 다양한 용법과 중국어에서의 표현 방법, 그리고 '-에'와 '-에게'의 구분 문제, 중국어에서는 모두 介詞 '在'로 표현되는 '-에'와 '-에서'의 구체적 의미 비교 등을 자세히 서술하고 있고, 구격 조사에 대해서는 재료나 도구 및 수단을 가리키는 '-(으)로'의 의미 및 기능에 대해 설명하면서 재료와 도구로 쓰일 때는 중국어의 동사 '用'으로 표현되고 수단으로 쓰일 때는 동사 '用'과 介詞 '以'로 표현되지만 특별하게 원인 혹은 자격의 의미를 가질 때에는 '因' 혹은 '作爲'로 표현된다고 정리하였다. 그리고 향격 조사의 경우 구격 조사와 같이 '-(으)로'의 형태로 실현되지만 의미기능은 동사와 결합하여 그 행동이 행해지는 방향을 나타낸다는 점에서 다르고 '(으)로와 '-에'의 의미 차이가 목적지냐 경유지냐의 차이를 나타낸다는 점도 설명하고 있다. 이처럼 한국어의 부사격 조사의 쓰임을 중국어의 규칙과 비교하고 예문과 관련지어 설명함으로써 한국어 학습에의 용이성을 찾고자 하였다.

4장에서는 특수조사의 교수 방법을 다루고 있는데 먼저 격조사와 특수조사가 가지는 차이를 기술하고 특히 중국 학습자들이 혼란을 많이 겪는 '은/는'과 '만', 그리고 '도'를 다루었다. 먼저 '은/는'은 앞뒤 문장을 상반적 대립, 즉 대조적 관계로 잇는 기능을 한다거나 강조를 나타내는데 목적격자리와 부사격자리에 나타날 때 중국어에서는 긍정의 의미를 나타내는 동사 '是'로 강조를 나타낸다고 하였다. 구체적으로 이 조사가 주격 '이/가'와 혼란을 겪는 유형으로 먼저 주어와 주제 구분이 어렵다는 점, 즉 주어는 서술의 주체를 나타내는 문장성분으로 서술어가 되는 용어의 종류와 관계없이 주어진 자리로 주격조사 '이/가'를 취하는 것이고 주제는 문두의 명사구에 '은/는'이 결합되어 나타나며 서술어와 독립적인 의미관계를 지니는 점을 지적하였다. 이러한 차이점을 반영하여 순차적 교수를 강조한 '은/는'의 교수방안을 일곱 가지로 제시하였다. 이어 특수조사 '만'과 '도'의 용법을 보고 있는데 기본적으로 '만'은 유일의 의미를 나타내는 중국어의 '只'로 표현되고 '도'는 두 가지 일이 서로 같음을 표현하는 '也'로 표현되지만 부정극어 구성 혹은 강조의 의미로 '도'가 쓰이는 등의 특수성도 있다고 하였고 이들의 교수를 위해서는 주로 해당하는 중국어의 어휘와 비교하여 교수하는 방법이 효과적이라고 제안하였다.

결론에서는 앞선 내용을 정리하면서 선행 학자들의 지나치게 서양권 중심이어서 중국 학습자들을 대상으로 한 교수법이나 문법책의 부족을 한계로 지적하였다.

▮ 의의 및 제언 ▮

본 논문은 조사 전체 중에서도 중국어와 대응되는 표현이 없어 학습자들이 어려워하는 주격, 목적격, 부사격의 격조사와 고유의 의미정보를 지니는 특수조사들 중 특히 어려워하는 '은/는', '도', 그리고 '만'을 함께 연구한 것으로, 결론 부분에서 대조언어학적 관점에서 각 조사의 용법과 교수 방안을 한국어 예문과 중국어 번역문을 비교하여 설명하고 있다. 풍부한 중국어에 대한 언어 지식을 활용하여 한국어 조사의 사용 양상을 중국어와 충실히 비교하였다는 점에서 참고 자료로서의 가치가 있다고 하겠으나 조사의 사용이라는 측면보다는 한국어 조사가 지니는 언어 지식적 측면만을 강조한 것은 아닌가 하는 아쉬움이 남는다.

2006. 2. 김정숙. 석사. 경희대. 러시아어권 학습자를 위한 한국어 격조사 교육 방안 연구: 초급 단계 학습자를 중심으로. 〈분류: 조사〉 〈해제: 장미경〉

▮ 목차 ▮

▌ 요약 ▌

이 논문은 러시아어권 초급 단계 학습자들을 대상으로 격조사의 사용 양상을 살펴보고 오류 및 그 원인을 분석하여 효율적인 한국어 격조사 교육 방안을 제시하는 것을 목적으로 러시아에서 한국어를 배우고 있는 21명 초급 학습자들의 자유 작문을 분석하였다. 선행연구로는 먼저 조사 오류를 분석한 이정희(2003), 이순자(1987), 이지영(1995), 민진영(2002)등을 살폈고 특히 이정희(2003)에서 러시아어의 복잡한 문법 구조로 인해 학습자가 한국어의 문법적 특징들을 형태 중심으로 잘 이해하고 있다는 부분은 구체적으로 언급하였다. 또한 한국어 격조사 교육 방안에 관한 연구들을 정리하고 있는데 구체적으로 조사 오류의 원인을 밝히거나 격조사 교육 방안을 체계적으로 정리한 연구가 거의 없음을 문제점으로 지적하였다.

2장에서는 한국어와 러시아어 격조사를 대조하기 위해 먼저 러시아어 격조사의 특징을 정리하였다. 즉, 러시아어에서 문법적 형태 중에 격조사가 중요한 역할을 하는데 특히 격조사를 격어미로 보고 격의 실현 방식은 굴절 접사에 의해 실현되며 주격, 생격, 여격, 대격, 조격, 그리고 전치격의 6개로 나뉜다. 한국어에서는 조사가 주로 체언에 붙어 격을 결정하며 특히 체언이 서술어와 맺는 관계를 결정하며 기능에 따라 격조사, 접속조사, 보조사로 나뉜다고 하였다. 그리고 구체적으로 한국어와 러시아어 격조사를 대조한 결과, 한국어 주격조사 '-이/가'가 러시아어 주격, 목적격조사 '-을/를'이 대격, 관형격 조사 '-의'가 생격, 부사격조사 '-에게, 한테, 께'가 여격, 부사격조사 '-에서, -에게서, 한테서'가 생격에 해당한다는 것을 표로 나타내고 있다.

3장에서는 러시아어가 모국어인 21명의 초급단계 학습자들의 격조사 오류를 분석하고 있는데, 연구 자료는 학습자들이 수업 시간 외 숙제로 작성한 55장의 자유 작문이고 특히 한국어 문법규칙에 맞지 않게 사용한 격조사 오류와 보조사 '-은/는'의 오류를 분석하였다. 오류 판단의 기준으로는 문법성과 수용가능성을 설정하였고 대치, 누락, 첨가의 세 유형으로 오류를 분류하였다. 좀 더 구체적으로 각 개별 조사의 오류 유형과 예들을 제시하였는데, 먼저 주격조사의 대치 오류에서는 주격조사 '-이/가' 대신 보조사 '-은/는'으로 바꿔 쓴 경우가 가장 많았다. 그리고 누락 오류 중 특정 명사들이 주격조사에 해당되어 이어 등장해야 할 한국어 주격조사 '-이/가'를 누락시키는 것으로 보았다. 또한 목적격 조사에 있어서는 누락 오류가 가장 많이 나타났는데 이는 '세수를 하다', '잠을 자다', '공부를 하다' 등과 같은 어휘구에 대해 명사와 동사의 결합으로 보는 것이 아니라 하나의 동사로 생각하여서 목적격 조사를 누락시킨 예들이 많았고 이 외에도 한국어 화자의 언어 습관이 영향을 미쳐서 목적격 조사를 누락시킨 경우도 제시하였다. 목적격 조사의 대치 오류로는 특정 서술어 '좋다'와 '좋아하다'를 혼동하여 '-을'과 '-이'를 바꿔 쓴 경우를 예로 들고 있다. 관형격조사의 경우 러시아어의 생격과 정확히 대응되므로 오류 발생이 적게 나타났다고 보았으며 부사격조사 '-에'의 경우 처소, 방향, 시간적 범위, 공간적 범위, 원인 등의 많은 의미로 인해 정확한 파악이 어려운 만큼 '-에서'와의 대치, 격조사 사용에 확신이 없어 회피로서 나타난 누락, 격조사 반복을 허락하지 않는 한국어의 특징을 파악하지 못해 시간의 '-에'를 모든 시간 명사 뒤에 사용한 첨가 등 세 유형 모두에 걸쳐 오류를 제시했다. 그 밖에 부사격 조사 '-에서', '-에게', 그리고 '-께' 등은 모두 대치오류만 보인 경우로 들고 있다. 마지막으로 보조사 '-은/는'은 학습자가 작성한 문장의 문맥으로 볼 때 부적절한 '-을/를' 혹은 '-에'와의 대치 등이 많았고 러시아어에서는 주격조사가 품사의 원형으로 표시되면서 혼동을 일으키고 그 결과 보조사의 누락이 나타났다고 분석하고 있다. 종합적으로 조사 오류에 대해 분석한 결과 몇 가지 특징이 나타났는데 첫째, 부사격조사의 오류가 가장 많이 나타났다는 점, 오류 유형별로는 격조사의 쓰임을 알지 못해 다른 격조사로 대치한 경우가 가장 많았다는 점, 오류 빈도에 있어서는 대치 오류와 누락 오류가 큰 차이가 없었다는 점, 마지막으로 첨가 오류는 부사격 조사 '-에'가 가장 많이 나타났다는 것이다.

이어 4장에서는 앞서 분석한 결과를 바탕으로 한국어 격조사의 효율적인 교육 방안을 제시하였는데 첫째, 교수자가 각 격조사에 대해 대조지식을 정확하게 설명하자는 것이고 둘째, 조사를 가르칠 때 문형과 서술어와의 관계 속에서 순환적이고 반복적으로 제시하자는 것, 셋째, 오류가 발생한 문장을 예를 들어 정확한 번역을 해 주자는 것, 그리고 마지막으로 교수자가 학습자에게 단순한 문장부터 시작하여 학습자들의 숙달도 단계에 따라 작문 작성을 제시하자는 것 등으로 기본 원리를 제시한 후 각 오류 발생 유형 별로 오류를 방지하기 위한 구체적인 방안을 제시하였다.

5장은 결론으로 앞의 내용을 간략하게 정리한 후 분석 대상 자료의 양이 적음을 한계점으로 지적하며 끝내고 있다.

▌ 의의 및 제언 ▌

본 연구는 러시아어권 학습자들을 대상으로 하여 격조사의 교육 방안을 제시하고자 하였는데 특히, 한국에 와서 한국어를 배우는 학습자들이 아니라 모두 러시아에서 한국어를 학습하고 있는 학습자를 대상으로 하였다. 이들이 작성한 55장의 자유 작문에 나타난 격조사 오류를 분석하여 대치, 누락, 그리고 첨가라는 세 가지 오류 유형으로 나누어 정리하였다. 결론에서는 이러한 오류 유형과 그 원인 분석에 따라 한국어 격조사의 효율적인 교육 방안을 제시하고 있는데,

여전히 교수 방안으로 제시되고 있는 내용이 대조 언어학적 관점에 입각한 문법 설명의 나열이라는 점에서 이전 유사 주제를 가졌던 논문들과 큰 차이를 보이고 있지 않다.

2006. 8. 조련희. 석사. 광운대. 한국어 교육에 있어서의 조사학습순서에 대한 연구: 중국어권 초급 학습자를 대상으로. 〈분류: 조사〉 〈해제: 장미경〉

▌목차▐

▌ 요약 ▌

이 논문은 중국 학습자들을 대상으로 효과적인 조사 학습을 위한 순서 제시를 목표로, 국내 한국어 교재 3종과 중국 내 한국어 교재 3종에 제시된 조사의 학습 순서와 조사 배열상 특징을 정리하는 것을 목표로 하였다. 선행연구에서는 개별 조사를 대상으로 한 연구, 조사를 나타내는 용어의 정의, 조사의 의미 규정, 그리고 교수 모형을 제시하는 연구로 동향을 나누어 5편의 내용을 정리하면서 각 연구마다 조사의 학습 순서에 대한 견해가 다르다는 의견을 내놓았다.

2장에서는 본격적으로 주요 한국어 교재의 내용을 분석하였는데 먼저 중국에서 출간된 세 교재인 「표준 한국어」, 「한국어」, 「초급 한국어」와 한국에서 출간된 서울대, 고려대, 그리고 연세대 교재를 대상으로 각 권에 제시된 조사의 용법과 예문을 정리하였다.

이어 3장에서는 중국어권 학습자들에게 조사 교육을 어떠한 순서로 진행할 것인지를 결정하기 위한 변수로 먼저 사용 빈도를 제시하고 2002년 국립국어원에서 출판한 「현대 국어 사용 빈도 조사」의 자료를 바탕으로 빈도수에 따라 조사를 다섯 단계로 구분하였다. 먼저 1단계 조사는 '의', '이/가', '을/를', '은/는', '도', '(으)로', 그리고 '에서'로서 만 번 이상의 빈도를 보인다는 점에서 가장 중요하고 기초단계에서 중국인 학생에게 꼭 가르쳐야 할 조사라고 하였다. 이와 마찬가지로 2단계의 21개 조사, 3단계의 44개 조사, 4단계의 55개 조사 들 중 앞에서 살펴 본 6종 교재에 언급된 것들만으로 골랐고 5단계의 51개 조사들은 6종 한국어 교재에 제시된 것이 한 개도 없는 관계로 대상에서 제외하였다. 두 번째로 용이성이라는 변수로서 학습자가 해당 표현을 얼마나 쉽게 학습하느냐는 정도라고 개념을 정의한 후 황종배(2004)의 구조주의 대조 분석 개념을 빌어 단순히 학습 대상어인 한국어의 관점에서만 용이성을 정할 것이 아니라 학습자의 모국어와의 차이도 함께 고려해야 한다는 주장을 하였다. 그리고 용이성 정도에 따라 다시 조사의 단계를 나누었는데, 먼저 1단계는 각 조사에 대응하여 중국어에 같은 기능을 갖는 표현이 일대일 대응이 되는 경우, 2단계는 각 조사에 대응하여 비슷한 기능을 갖는 중국어 표현이 여러 개 있는 경우, 3단계는 중국어에서는 한 형태로 나타나는 표현이 한국어에서 여러 형태의 조사에 대응되는 경우, 마지막 4단계는 중국어에 해당 표현이 전혀 없는 조사를 의미한다. 단계가 올라갈수록 학습자들이 경험하게 될 어려움은 더욱 커질 것으로 보았다. 그리고 각 조사들이 중국어의 어떤 표현에 어떤 식으로 대응되어 쓰이는가를 구체적 예문과 함께 자세하게 소개하였다. 종합적으로는 빈도수와 용이성을 고려할 때 두 요인에 의해 같은 단계에 속하는 것은 같은 단계에 포함시키고 그렇지 않다면 빈도수를 먼저 고려하여 많이 쓰이는 것을 초급에서 다루되 이 조사들이 가지고 있는 용법들 중 가장 기본적인 것만 가르쳐야 한다고 하였다.

결론에서는 절충적으로 빈도와 용이성이라는 두 요인을 함께 고려하되 빈도수가 높은 것을 초기 단계에 포함시키고 대신 그 조사들이 가지는 여러 용법을 단계 별로 가르치는 것으로 하여 최종 얻게 되는 1단계의 목록과 초급·중급 학습자들을 위한 최종 조사 학습 순서를 제안하면서 글을 맺고 있다.

▌ 의의 및 제언 ▌

이 논문은 중국 현지에서 사용되고 있는 한국어 교재들을 고려 대상에 포함시키고 학습자 모국어와의 언어적 차이를 기반으로 한 '용이성'이라는 요인을 응용했다는 점에서 의의가 있으나 바로 그 '용이성'이라는 요인이 학습자의 언어 적성 내지 언어 교수 환경과 같은 기타 요인을 배제한 채 두 언어의 구조적 차이만으로 결정된다고 보는 것이 과연 적절한가에 의문이 남는다.

2008. 2. 김연지. 석사. 연세대. 한국어 교육에서의 부사격 조사 제시 방안 연구. 〈분류: 조사〉 〈해제: 장미경〉

▌ 목차 ▌

▌ 요약 ▌

본 연구는 조사 중에서 가장 큰 비율을 차지하는 부사격조사들 중에서 특히 같은 형태를 가진 조사가 여러 의미와 용법으로 쓰여 한국어 학습자에게 혼란을 가져다주는 '에', '에서', '로'를 선정하여 그 의미를 고유의미와 중첩의미로 나누어 살펴보고 의미 도식을 활용하여 조사 간 의미 차이를 명시적으로 보이는 것을 목적으로 하고 있다.

먼저 부사격 조사들 중 '에', '에서', '로'를 선정한 이유로 사용 빈도와 조사 오류 빈도가 높다는 점, 그리고 조사 각각이 고유의미와 더불어 서로 교체되어 쓰이기도 하는 중첩의미를 지니고 있다는 점을 언급하였고 이어 선행연구 정리에서 조사의 의미를 다룬 국어학적 연구와 학습자의 조사 사용 오류와 조사의 교육 방안을 다룬 한국어교육학적 연구로 나눠 살폈다. 특히 조사의 의미 연구에서는 다의적 의미 연구, 기본 의미 및 관계의미 연구, 그리고 인지언어학 이론 연구로 나눠 정리하였고 한국어교육 분야의 연구에 대해서는 문법 교육 방법론에 관한 논의와 학습자의 조사 사용 오류분석 및 대조분석, 그리고 조사의 교육 방안에 대한 연구로 나눠 살펴보았다.

이어 대상이 되는 부사격조사의 의미를 어떻게 분류하고 제시하고 있는가를 국어사전 및 한국어 학습사전을 대상으로 살펴보았는데 그 결과 조사 '에'의 공통적 의미는 처소, 시간, 대상, 기준, 자격, 원인/이유, 도구/수단, 첨가/나열의 8가지 범주로 구분되고 '에서'는 장소, 출발점/기준점, 행위의 주체라는 세 가지로 구분하였다. 그리고 조사 '로'는 방향, 재료/수단/방식, 자격/명성, 원인/이유, 변화의 결과, 시간 등의 여섯 가지 범주로 구분하여 구체적인 예문들을 제시하며 비교하였다. 분석 결과로는 조사의 의미를 분류하는 일관된 기준이 없고 세분화한 정도에서 사전마다 차이가 있다는 것, 조사의 의미 제시 순서도 사전마다 다르고 어느 한 사전에서 제시한 조사의 의미가 다른 사전에서는 누락되어 있는 경우가 많다는 것, 동일한 예문에 대하여 사전마다 다른 분류를 보인다는 것, 마지막으로 사전의 설명이 모호하다는 점 등의 문제점을 지적하고 있다.

그리고 한국어 교재들을 대상으로 주로 '에', '에서', '로'의 제시 순서와 형태, 의미 및 설명, 관련 예문들을 중심으로 5개 기관의 31권 교재들을 분석하였다. 각 조사별로 사전과 달리 교재에서 중점적으로 설명하고 있는 의미들을 소개하고 또한 단독적으로 쓰인 조사 외에 문형 및 관용어 속에 포함되어 사용된 조사의 의미도 함께 제시하였다. 분석 결과 교재에 나타난 조사의 의미 제시 및 설명 방법상의 문제점으로 정리한 내용을 요약해 보면 조사를 지칭하는 용어가 'marker', 'particle', 혹은 'adverbial case particle' 등으로 일치되지 않는다는 점과 목표 문법으로 제시한 조사의 의미와 실제 예문에서 사용된 조사의 의미가 서로 일치하지 않는다는 점, 그리고 마지막으로 조사의 설명이 초급에 그치는 경우가 많아 조사간의 의미 차이나 교체 및 생략에 관한 명시적 설명이 많지 않다는 점 등을 들 수 있다.

앞서 정리한 내용을 바탕으로 '에', '에서', '로'의 제시 방안을 논하였는데 먼저 각 조사의 고유의미와 중첩의미를 그림으로 나타내고 중첩의미의 제시는 각 조사의 고유의미를 먼저 익힌 후에 순차적으로 이루어지는 것이 바람직하다고 하였다. 덧붙여, 의미도식을 활용하여 조사의 의미를 제시하면 언어권을 가리지 않고 초급 학습자에게 쉽게 설명할 수 있을 것이라고 강조하였다. 예를 들어, 조사 '에'의 의미 도식은 '화살이 과녁에 꽂히는 모습'으로 서술어의 존재 위치나 행위가 이루어지는 장소나 대상을 한정하는 것으로 '처소'와 '시간'의 개념을 설명할 수 있다고 하였다. 또한 '에서'의 의미도식은 어느 한 점에서 시작되는 화살표인데 이는 출발, 시작점의 의미를 설명하기 쉬울 것이라고 보았다. 마지막으로 '로'의 의미도식은 A에서 B를 향하는 화살표로 도식화하였는데 이는 '방향'과 '변성'의 의미를 보여주는 데 유용하다는 것이다. 특히, 의미 도식과 같은 시각적 자료의 활용은 학습자들의 인지를 자극하여 학습자들이 의미를 쉽게 이해하고 또한 오래 기억할 수 있게 해 주는 장점이 있다고 하였다.

결론에서는 앞선 내용을 정리하고 인지언어학 이론을 적용하여 한국어 조사 '에', '에서', '로'의 의미 특성을 의미 도식을 통해 효과적으로 전달할 수 있음을 강조하면서도, 의미 도식이 조사가 지니는 모든 다양한 의미를 전부 설명할 수 없다는 한계 또한 정확히 지적하였다. 나아가 부사격조사의 여러 의미들을 어떠한 순서로 제시할 것인가에 대해서는 사용 빈도와 문형의 난이도를 기준으로 순차적 제시를 할 것을 주장하였다.

▌ 의의 및 제언 ▌

이 논문은 지금까지 조사를 연구 대상으로 한 논문들 중 처음으로 부사격 조사만을 비교 대조한 논문으로서 부사격 조사 중에서 사용 빈도 뿐 아니라 오류 빈도도 높게 나타나는 관련성 높은 '에, 에서, 로' 세 항목만을 따로 뽑아 그 의미와 사용 환경을 비교하고 효율적인 제시 방안을 연구했다는 점에서 그 의의를 찾을 수 있고 분석 결과를 활용하여 초급 학습자들에게 특히 도움이 될 수 있는 시각적 의미 도식 방안을 제시했다는 점도 주목할 만하다.

> # 2008. 2. 김정화. 석사. 경희대. 관형격 조사 '의'의 교육 방안 연구: 중국인 학습자를 중심으로. 〈분류: 조사〉 〈해제: 장미경〉

▌ 목차 ▌

▌ 요약 ▌

본 연구는 한국어의 관형격 조사 '의'의 실현과 생략에 대한 기준을 검토하고 중국어의 해당 표현인 '的'과의 대조 분석, '의'의 사용에 나타나는 중국인 한국어 학습자들의 오류 유형 분석을 통해 오류의 원인을 찾고 이를 유형화하여 중국어권 학습자들 대상으로 효과적인 '의'의 교육 방안을 찾는 것을 목적으로 하고 있다. 선행 연구에 대해서는 한국인을 대상으로 한 중국어 교육의 관점에서 '的'에 대해 연구한 조영임(1990), 김소정(2006), 정향란(2007)의 연구를 살폈고 나아가 한국어교육의 입장에서 관형격 조사 '의'의 교육 방안을 제시한 조선경(1997), 우인혜(2003), 안경화·양명희(2005) 등을 참고하였다.

2장에서는 관형격 조사 '의'와 구조 조사 '的'의 실현 환경을 살피고 있는데, 한국어 '의'는 다른 격조사들에 비해 생략이 빈번하고 그 규칙성이 모호하기 때문에 기존 연구들에서 '의'의 실현과 생략 환경을 어떻게 규정했는지 정리하여 '의' 교육에 포함시킬 내용의 체계를 세우고자 하였다. 먼저 '의'가 필수적으로 실현되는 환경으로 김광해(1981), 조선경(1999), 김선효(1997)에서 공통적으로 지정한 '주어적 속격', '비유관계', 그리고 '수량 관계' 세 가지를 들었고 덧붙여 정향란(2007)에서 제시한 전체-부분 관계를 지정하였다. 이어 수의적 실현 환경에 대해서 세 연구가 공통적으로 지정한 것은 '소유주-피소유물의 관계'와 '전체-부분의 관계'이다. 마지막으로 '의'를 필수적으로 생략해야 하는 환경으로서 명사 뒤에 수량명사구가 놓일 때와 이미 합성어로 어휘화했거나 언중의 의식 속에 합성어로 인식되는 경우 '의'를 실현시키면 이미 형성된 두 명사간의 의미적 응고성이 파괴된다는 점을 강조하고 있다. 마찬가지로 중국어의 '的' 역시 그 실현 혹은 생략되는 조건에 대해 김소영(2006)에서 정리된 내용을 참고하여 먼저 필수적 실현 환경은 수식어와 중심어 사이의 구조가 비교적 느슨하고 대비적인 의미나 수식적인 의미가 강할 때이고 반대로 필수적으로 생략되는 경우는 명사와 중심어의 관계로 볼 때 그 결합성이 강해 의미관계가 명료한 경우들로 구분하였다. 그리고 한국어 '의'의 실현 양상에 따른 중국어 표현을 대조하여 두 언어 간의 차이점을 보았을 때 필수적인 실현 환경의 경우 '수량명사구+의+명사'의 구조에서만 차이를 보이고 수의적 실현 환경에서는 대부분의 의미관계에서 대조적인 양상을 보였고 '의'의 두 가지 필수적 생략 환경에서는 중국어에서도 '的'을 생략한다고 정리하였다.

3장에서는 앞에서 정리한 언어적 차이를 토대로 '의'의 사용 현황을 살피기 위해 경희대 고급 이상 학습자들의 작문 자료를 중심으로 '의'의 사용에 대해 정문과 오류문으로 분류하고 있다. 오류문을 분석한 결과로는 필수적 실현 환경에서의 의미관계별 학습자 작문의 정문 비율을 볼 때 '수량명사구+의+명사' 구조에서 가장 낮은 정문 비율을 보였는데 이는 앞에서 살펴 본 실현 환경의 차이와 유사하다는 점에서 흥미로운 결과라고 언급하고 있다. 또한 설문 분석을 통해 학습자들의 '의'의 사용 현황을 보다 체계적으로 살피고자 했는데 설문 문항은 필수적 실현 환경의 의미관계 10가지, 수의적 실현 환경의 의미관계 5가지, 필수적 생략 환경의 의미관계 2가지의 총 17개의 의미관계에 따라 해당되는 예문들을 제시하고 그 정답률과 실현률을 구하였다. 그 결과, 필수적 실현 환경에서의 '의' 사용에 대해 정답률이 가장 높은 항목은 '인칭대명사+명사'이고 가장 낮은 정답률을 보인 항목은 '수량명사구+의+명사'였다. 또한 수의적 실현 환경의 '의' 사용 현황을 보면 중국인 학습자들의 경우 한국인 화자들에 비해 수의적 실현에서도 '의'를 실현시키려는 경향이 크다는 결과가 나왔다. 마지막으로 필수적 생략 환경의 '의' 사용 현황의 경우 '명사+수량명사구' 와 '합성어류'의 두 의미관계에서 모두 동일하게 '의'와 '的'을 생략하고 있어 언어적 차이가 크지 않았다고 설명하고 있다.

4장에서는 의미관계에 따른 관형격 조사 '의'의 교육 방안을 제시하기 위해 먼저 단계별 교육 내용을 결정하는 기준으로 사용 빈도를 고려하여 난이도가 낮은 항목부터 배치할 것과 다른 교수 항목들을 고려하여 '의'의 항목을 배치할 것, 그리고 자연스러운 한국어를 구사할 수 있도록 교육 내용을 정할 것 등을 제안하였다. 그리고 명시적으로 '의'의 단계별 교육 내용을 선정하였는데 먼저 초급 단계에서는 수의적 실현의 '인칭대명사+명사', '소유주-피소유물의 관계', 그리고 필수적 생략의 '명사+수량명사구'를 두었고 이는 한국어를 배우는 학습자들이 기본적으로 익혀야 할 것들이라고 하였다. 또한 중급단계에서는 필수적 실현의 'N1(고유명사)+N2(불가양성 소유)', 'N1+N2 확장 구조', '비유표현 및 관용표현'과 수의적 실현의 '시간명사+명사', '방위명사+명사', '친족 관계'를 제시하였다. 초급에서보다는 좀 더 난이도를 높여 다양한 발화를 이끌어 낼 수 있는 것들을 선정하였다. 마지막으로 고급 단계에서는 필수적 실현의 '주어적 속격', '전체-부분 관계가 아닌 경우', '의미자질 [+Common, −Count, ±Abstract]', 분리 가능한 '전체-부분 관계', 조사+의'와 필수적 생략의 '합성어류'를 제시하고 있다.

결론에서는 앞선 내용을 정리하고 앞으로 '의'의 사용 현환에 대한 좀 더 객관적인 분석 기준과 의의 실현 여부에 대한 정밀한 판단 기준이 요구된다는 것을 언급하며 끝맺고 있다.

▋ 의의 및 제언 ▋

이 논문은 유사한 연구인 조선경(1997)의 연구가 일본 학습자들을 대상으로 했던 것과 달리 중국 학습자들을 대상으로 하여 동일 주제인 조사 '의'의 실현과 생략에 대해 연구한 것으로 중국어의 해당 표현인 '적(的)'과의 대조를 시도하였다. 고급 2 이상 학습자들의 작문에서 나타나는 오류를 1차적으로 분석한 후 보완을 목적으로 설문 분석을 2차로 실시하였다는 점과 이러한 분석 결과를 바탕으로 '의' 교육 시의 유의점 및 단계별 교육 내용과 교육 방법을 제시하였다. 기존의 연구가 단순한 제언에서 그친 것에 비해 구체적 의미관계를 기준으로 초·중·고급을 위한 단계별 교육 내용까지 제시했다는 점에서 의의가 있으나 역시 교육 방안이 대조 언어학적 지식을 정리하는 것으로 마무리되었다는 점에서 효과적 교육 방안 개발에 대한 추후 연구가 더 필요하다고 생각한다.

2008. 8. 박소영. 석사. 성신여대. 중국인 학습자의 한국어 조사 사용 오류 분석과 교수 방안: 조사 '이/가', '을/를' 그리고 '은/는'을 중심으로. 〈분류: 조사〉 〈해제: 장미경〉

▋ 목차 ▋

V. 결론
<참고문헌>

▌ 요약 ▌

   본 연구는 지속적으로 조사 간 비교·대조의 연구 대상이 되고 있는 주격조사 '이/가'와 보조사 '은/는'에 목적격조사 '을/를'을 추가하여 연구한 논문으로서, 외국인 학습자들의 오류 분석에서 빈도수가 매우 높게 나타나는 조사 '이/가', '을/를', 그리고 '은/는'을 대상으로 3급 이상 중국 학습자 135명의 작문 자료를 수집하여 사용 오류를 분석하고자 하였다. 선행연구의 경향에 대해서는 지금까지의 한국어 조사에 관한 오류 분석 연구가 주로 학습자의 오류 빈도를 중심으로 조사의 유형을 설정하고 학습자들이 보이는 구체적 오류를 분석하는데 집중하여, 큰 틀에서 연구 대상 및 연구 항목을 설정하는 뚜렷한 기준은 제시하지 못했다는 점을 지적하였다.

   이어 2장에서는 오류 분석에 대한 이론적 검토를 위해 대조 언어학, 오류분석 가설, 오류 유형 및 원인에 대해 내용을 정리하고 최종적으로 한국어 조사 오류 분류표를 제시하고 있는데 조사 오류를 범주별로 유형을 분류해보면, 누락 오류, 첨가 오류, 그리고 대치 오류 등이며 오류 원인에 따라 분류해 보면 모국어의 간섭, 문장 내 복잡성에 기인한 오류, 목표어 규칙의 확대 적용에 의한 오류, 그리고 심리적인 영향으로 인한 회피 등으로 구분하였다.

   이어 3장에서는 조사의 사용 및 오류 분석을 목표로 먼저 중국인 학습자들의 작문 자료를 분석하여 조사 오류 빈도를 조사하였는데 전체의 76.8%에 해당하는 것이 격조사 오류였으며 특히 '이/가'와 '을/를'의 오류 빈도가 가장 높은 것으로 나왔다, 구체적 오류 유형을 보면 중국어의 영향으로 주격조사 '이/가'를 누락하는 경우가 가장 많았다. 조사 '을/를'의 경우에는 주격조사와 달리 대치 오류가 59.1%로 오류 빈도수가 가장 많았는데 이는 중국어가 자동사와 타동사의 구분이 엄격하지 않은 것이 원인이 된다고 볼 수 있으며 따라서 한국어의 서술어가 요구하는 조사의 종류를 알고 있는 것이 필요하다고 주장하였다. 마지막으로 조사 '은/는'의 경우 역시 대치 오류가 49.4%로 가장 많았고 특히 주격조사 '이/가' 대신 '은/는'을 대치한 경우가 가장 많은 비중을 차지했다. 이에 대한 원인으로 보조사 '은/는'이 붙은 명사가 문장의 맨 앞에 올 때는 문장의 주제를 표현하는 반면 주격조사 '이/가'가 붙은 명사는 문장 속에서 주어 역할을 하는 것이기 때문에 실제 학습자들이 이 두 조사를 구분해 사용하는 데 혼란을 느끼기 때문이라고 판단하였다.

   그리고 4장에서는 구체적인 한국어 조사의 교육 방안을 제시하고자 하는데 먼저 수업 구성의 원리를 마련하기 위해서 앞서 정리한 중국인 학습자의 조사 오류를 토대로 하되 특히 고급 학습자들을 위해 혼란을 겪는 조사들을 선별해 교육 내용을 범주화할 필요성을 제시하였다. 특별히 오류 중에서 그 비중이 높은 주격조사 '이/가'와 보조사 '은/는'에 대한 교수 모형을 제시하고 있는데 그 수업 원리를 다음의 네 가지로 정리하였다. 첫째, 학습자 수준으로 낮추어 제시한다. 둘째, 학습자의 흥미를 유발시킬 수 있어야 한다. 셋째, 학습자에게 충분한 피드백을 제공해야 한다. 넷째, 1차 오류 수정은 학습자 스스로 할 수 있도록 유도한다. 그리고 실제 수업은 조사의 제시 형태에 주목하게 하고 조사의 정확한 사용이 필요함을 느끼게 하는 도입 단계와 이 두 조사의 기능 혹은 의미상 차이를 학생들에게 전달해주는 설명 단계, 그리고 형태에 초점을 둔 응답연습과 완성연습을 활용하여 목표문법인 두 조사를 연습하는 단계에 이어 실제 상황과 유사한 '대학교 입학 면접'의 상황을 설정하여 조사의 정확한 사용을 목표로 과제 수행을 하게 하는 사용 단계, 마지막으로 학습 내용에 대한 이해 정도를 확인하는 마무리 단계로 구성될 수 있다는 것을 보여 주었다.

마지막으로 5장에서는 앞선 내용을 정리하고 특히 실제 제시한 교수 모형을 사용한 결과 한국어 조사 사용의 정확성이라는 유의미한 학습 효과를 확인할 수 있었다는 점을 강조하면서 이후 국적뿐만 아닌 학습 단계 혹은 상황적 측면에서도 동일한 조건을 갖춘 학습자를 대상으로 더 많은 연구가 이루어지기를 기대하며 논문을 마무리하였다.

▌ 의의 및 제언 ▌

이 논문에서는 이전 조사 교육 방안 연구들이 주로 조사에 관한 문법 내용을 정리한다거나 혹은 오류 분석에서 그치던 것과 달리 실제 수업에서 유용하게 활용할 수 있는 수업 방안이 등장했다는 점에서 매우 가치가 있으며 특히 조사 누락 오류에 대해 '모둠활동'을 통해 서로의 문법 지식을 공유하게 한다든지 조사 사용을 위한 '면접극'과 같은 실제 과제 상황을 부여한 점 등에서 한 단계 발전된 조사 교육 연구 논문이라고 평할 수 있겠다.

Ⅳ. 한국어 어미 교육 연구사[*]

┃ 문혜심

1. 머리말

　본 연구는 외국어로서의 한국어 교육에서 어미 교육 분야에 주목하여 연구의 변천을 기술하는 데 목적이 있다. 학위 논문은 주제와 내용에서 독창성과 완결성이 요구된다는 점에서 본고는 보다 체계적인 연구를 위해 이를 연구 대상으로 하였다. 따라서 한국어 교육 관련 학위 논문에서 어미 교육에 대해 논의를 시작한 윤영로(1986)로부터 2008년까지 제출된 학위논문으로 검토 대상이 한정된다.[1]

　한국어 교육 관련 학위논문에서 이루어진 어미 교육에 대한 연구는 석사학위논문인 윤영로(1986)의 논의를 시작으로 2008년 현재에 이르기까지 꾸준히 검토 대상이 되고 있다. 이는 '교착어'에 포함되는 한국어의 특징과 밀접한 관련이 있다고 생각한다. '어미'는 줄기가 되는 말에 붙어 時制, 敍法, 相 등의 역할을 담당하는 문법적 기능어로서 한국어의 전형적인 특징을 보여주는 것이다. 어미의 이러한 특징을 고려한다면 한국어 교육에서 어미 교육에 대한 연구가 차지하는 위치와 중요성은 충분히 예상가능한 일이다. 이러한 점에서 한국어 어미 교육 연구의 변천에 대한 논의는 어미 교육을 위해 앞으로 요구되는 연구 분야의 방향성을 찾고, 어미 교육을 위

---

* 이 논문은 2008년 「문법 교육」 제9호에 게재됨.
1) 2008년 학위논문은 국회도서관이나 한국교육학술정보원에서 접수하는 과정 중에 있으므로, 본 연구의 논의에서 누락된 논문이 있을 수 있다.

한 효과적인 교수·학습 방법 마련에 기여하게 될 것이다.

본고에서 검토 대상이 되는 것은 42편의 학위논문인데, 이 중에는 연결 어미와 관련한 연구가 25편으로 가장 많았고, 선어말 어미 9편, 종결 어미 8편, 전성 어미 8편으로 나타났다. 연구 대상 학위논문 중에서 노재은(2001)은 한국어 시간 표현 교육에 대하여 주목한 연구인데, 그는 '종결 어미, 전성 어미, 선어말 어미', 그리고 '-고 있다, -아 있다' 등의 보조 용언과 '-기 전에, -(으)ㄴ 후에, -(으)ㄹ 때' 등과 같은 구 단위, '어제, 작년, 아까, 이미, 방금, 오늘, 내일, 이제, 이따가' 등과 같이 과거, 현재, 미래를 나타내는 어휘에 대한 교육을 포함하여 논의를 전개하였다. 본고는 한국어 어미 교육에 대한 논의라는 점에서 노재은(2001)의 연구 중에서 어휘 교육에 대한 부분은 논외로 하였고, 구 단위에 대한 논의는 해당 어미에 포함하여 살펴보았다. 랍 카루바(2007), 추준수(2007)에서 다룬 조사 교육에 대한 논의도 본고의 관심 대상이 아니므로, 논의에서 제외된다. 또한 송주영(2002), 추준수(2007), 김금숙(2008)은 각각 전성 어미, 종결 어미, 연결 어미를 제외한 나머지 분야를 살피는데, 종결 어미와 연결 어미, 전성 어미, 선어말 어미 교육에 관한 논문 수에는 이들이 중복되어 합산되었다.

또한 학위논문 중에서 학습자의 모국어를 고려한 연구는 17편, 오류 분석적 측면에서 살핀 경우는 15편이 제출되어 한국어 어미 교육과 관련한 연구에서 학습자의 모국어와의 '대조분석' 연구 방법과 '오류 분석'을 통한 연구 방법이 많이 쓰이고 있음을 알 수 있다. 학습자의 모국어를 고려한 연구 중에서 이윤진(2003)과 김금숙(2008)의 경우는 일본어와 중국어 모국어 학습자를 비롯하여 미국인, 몽골인, 태국인, 파키스탄인, 프랑스인, 베트남인, 카자흐스탄인, 네팔인, 볼리비아인, 스리랑카인, 스위스인, 터키인, 우즈베키스탄인 등과 같이 다양한 모국어를 가진 학습자를 대상으로 논의하였다. 본고에서는 일본어와 중국어, 영어 외의 모국어를 가진 경우에는 '그 외'로 분류하였다.

한국어 어미 교육에 대한 학위논문을 주제에 따라 연도순으로 정리하면 아래의 <표 1>과 같이 정리할 수 있겠다.

<표 1> 학위 논문 주제에 따른 연도순 분류

연도	어말 어미			선어말 어미	학습자 모국어				오류 분석
	종결	연결	전성		영어	일본어	중국어	그 외	
1986				윤영로	○				
1987									
1988									
1989									
1990									
1991									
1992									
1993		박성민							○
1994									
1995	이현순								
1996		여덕휘							
1997									
1998	김형복								
1999	하수진								
2000									
2001	노재은		노재은	노재은			○		○
		성선월					○		
2002			성지연			○			○
		성진선							
	송주영	송주영		송주영					○
2003		김수정							
		왕징춘					○		
		이윤진			○	○	○	○	○
		이재경							○
2004		가마카리스즈				○			○
			기준성						
		김수미							
				마홍염			○		

연도									
				박선혜		○			○
		이민아							
				이소연					
		이정란			○	○	○		○
			전영아		○				○
				이미혜					
2005			이은기			○			○
		이현주							
			오자키 다쓰지			○			
2006			이진경						○
		이 설					○		
		하지선							
	랍 카루바								
2007		류선영							○
		추준수	추준수	추준수			○		○
	김금숙		김금숙	김금숙		○	○	○	○
		김유진							
		노민경					○		
		박대범							
2008	손다정								
		송대헌							○
		윤경애					○		
		이영주							

<표 1>은 현행 학교 문법 어미 분류에 의거하여 학위논문의 주제에 따라 연도순으로 정리한 것이다. 이는 어미 교육과 관련하여 학위논문이 주제에 따라 어떤 경향성을 보이는지 살펴볼 수 있다는 점에서 의미가 있다.

본고에서는 학위논문에서 다룬 어미 교육에 대한 연구 경향에 따라 4 시기로 나누어 살펴보고자 한다. 제1기(1986~2000)는 외국인을 위한 한국어 교육에서 어미 교육에 대한 연구가 태동하여 종결 어미, 연결 어미, 선어말 어미 교육에 대한 연구가

시작된 것을 특징으로 시기를 구분하였다. 또한 제2기(2001~2003)는 한국어 학습자의 모국어를 고려한 연구 경향을 특징으로 하여 시기를 구분하였다. 제3기(2004~2005)는 어미 교육 연구 대상 범위의 확대를 시기적 특징으로 하였다. 이 시기의 연구에서 연결 어미에 대한 논의에서는 '-기 때문에, -는 바람에, -는 통에' 등을 포함하였고, 관형사형 어미 연구에서는 '-는 것, -(으)ㄴ 후, -(으)ㄴ 지' 등과 같이 구 단위로까지 연구 범위를 확대하였다. 또한 이소연(2004), 이미혜(2005)는 한국어 추측 표현 교육에 대한 연구에서 '-겠-'과 함께 '-것 같다, -나 보다' 등을 연구 대상에 포함하였다. 이렇듯 구 단위를 포함한 논의의 경우, 본고에서는 편의상 어미 중심의 주제 분류에 따라 정리했음을 밝힌다. 제4기는 어미 교육 전반에 대한 연구가 증가되는 시기이고, 중국어 모국어 학습자에 주목한 연구가 많아지는 특징을 보인다.

시기별 연구 경향에 따라 정리하면 아래와 같이 4 시기로 나뉜다.

<시기별 연구 경향에 따른 구분>

제1기(1986~2000): 어미 교육에 대한 연구 태동 시기
제2기(2001~2003): 학습자 모국어를 고려한 어미 교육 연구 시기
제3기(2004~2005): 어미 교육 연구 범위의 확대 시기
제4기(2006~2008): 어미 교육 전반에 대한 연구 증가 시기

본고는 위의 4 시기에서 각각 어말 어미 교육과 선어말 어미 교육에 대한 연구로 나누어 살피고자 한다. 학습자 모국어를 고려한 연구와 오류 분석에 대한 연구는 시기가 지남에 따라 많아지고, 분석 방법에 따라 발전하는 양상을 보이는 것을 알 수 있지만 본고의 주제는 어미 교육 연구에 대한 변천을 살핀다는 점에서 어미 체계에 주목하여 살피는 것이 보다 체계적이라고 판단하였다.

2. 제1기(1986~2000): 어미 교육에 대한 연구 태동 시기

제1기는 한국어 어미 교육에 대한 연구가 시작되어 석사학위논문 6편이 발표되었다. 제2기 9편, 제3기 12편, 제4기 15편에 비해 제1기는 시간적으로는 길지만 발표된 논문의 수는 적다. 앞서 <표 1>에서 확인할 수 있듯이, 이 시기에는 윤영로(1986) 이후 1987년부터 1992년까지, 그리고 1994년과 2000년에는 어미 교육에 대한 연구가 학위 논문에서는 살필 수 없다는 점에서 연구가 활발히 이루어졌다고 보기는 어렵다. 그리고 전성 어미 교육에 대한 연구는 전혀 발견할 수 없다는 점도 제1기의 특징으로 지적된다.

2.1. 어말 어미 교육 연구

제1기 어말 어미 교육은 종결 어미와 연결 어미 교육에 대한 이현순(1995), 김형복(1998), 하수진(1999)의 논의가 있다.

이현순(1995)는 학습자를 위한 종결 어미의 빈도수를 살피고, 그에 따른 교수·학습 모형을 제시하는 데 목적을 둔 연구이다. 그는 사전, 학교 문법, 학문 문법으로 나누어 어미 체계를 살피고, TV 드라마 대본 3편과 연세대 외 2개 교육 기관의 교재를 분석하여 어미 빈도수를 검토하였다. 이를 통해 종결 어미 교육 순서로, '①-어요/어 ②-ㅂ니다 ③-지요/지 ④-군(요)/구나/구먼/구려 ⑤-구요/구 ⑥-니 ⑦-다 ⑧-네요/네 ⑨-ㄹ까요/ㄹ까 ⑩-냐'를 제안하였다. 이 연구는 구어 상황에서 사용된 종결 어미 빈도 분석을 통해 교수·학습 모형을 제안하였다는 데 의의가 있으나 그가 제안한 교수·학습 모형은 기존의 국어학 종결 어미 분류 체계에 기댄 문법적 설명에 국한되어 있다는 한계가 있다.

김형복(1998)은 종결 어미 체계와 용언의 규칙·불규칙 활용에 대해 살피고, 학습 순서를 체계화하는 데 연구의 목적을 두었다. 이 연구는 종결 어미 교육을 위한 학습 순서의 체계화 마련이라는 점에서 의의가 있다. 그러나 논의의 초점은 외국어로 서의 한국어 교육의 관점으로 보기에는 한계가 있다. 하수진(1999)은 어미 결합의 선택과 제약의 측면에서 용언의 어간과 어미의 변동을 살피고, 교수 방법을 모색하고자 하였다. 그의 연구는 어미 활용 체계를 검토하고, 어간과 어미가 결합할 때 발생하는 변동에 대한 교육 방법 모색을 위한 논의라는 점에서 의의가 있다. 그러나 그의 논의에 따라 종결 어미 교육에 적용하는 데에는 다소 무리가 있다.

제1기 종결 어미 교육에 대한 연구는 그 체계를 살피고, 이를 통해 학습자를 위한 학습 순서와 교수 방안을 제안하였다는 특징이 있다. 그러나 이를 위한 기초 조사인 교재 분석이 간과되었다는 한계를 드러낸다. 종결 어미 교육을 담당하는 교재에 대한 검토는 필수적 과제라고 할 수 있는데, 이러한 관점에서 논의된 연구는 이현순(1995)에서 제한된 범위에서만 이루어졌다고 할 수 있다.

제1기 연결 어미 교육에 대한 연구는 박성민(1993), 여덕휘(1996)이 있다. 이들은 '-아서, '-니까'를 비교하여 의미적 · 통사적 · 화용적 특징 등을 살피고, 설문 조사에 의한 논의라는 점이 같다.

박성민(1993)은 '-아서'와 '-니까'의 의미 차이를 밝히고, 학습자를 대상으로 설문 조사를 통해 실험하였다. 그 결과를 통해 '-아서'와 '-니까'에 대한 학습자의 이해 정도를 살펴, 이들 어미의 통사적 제약 등에 대한 교육의 필요성을 강조하였다. 그러나 '-아서'와 '-니까'의 유사점과 차이점을 밝힐 뿐 교육 현장에서의 적용 방안에 대해서는 다루지 않았다. 여덕휘(1996)는 3-5급 학습자를 대상으로 설문 조사를 하고, 고려대 외 3개 교육 기관의 교재와 「고등 학교 문법(1996)」을 분석하였다. 검토 결과를 통해 '-아서'와 '-니까'에 대한 교재의 설명이 불충분하다는 점을 지적하였다. 그의 연구는 '-어서'와 '-니까'의 의미적 · 통사적 · 화용적 특성을 비교 · 분석한 점에서 의의가 있으나 논문에서 제시한 교육 방법은 한국어 교재에서 기존에 제시된 내용과 크게 다르지 않다.

제1기 연결 어미 교육에 대한 연구는 의미적 · 통사적 · 화용적 특징이 있는 '-아서'와 '-니까'에 대한 연구라는 점에서 의의가 있다. 그러나 한국어에 다양한 형태, 의미, 기능을 갖는 연결 어미가 있음에도 연구가 '-아서, '-니까'에 한정된 것은 아쉬운 점이다.

2.2. 선어말 어미 교육 연구

제1기 선어말 어미 교육에 대한 연구는 윤영로(1986)가 있다. 그는 '-았-'을 대상으로 한국어와 영어의 시제 표현에 나타나는 상이 현상의 원인을 규명하고, 효과적인 학습 방법을 찾고자 하였다. 그에 의하면 '-았-'은 기본 의미로는 '과거', 부차적으로는 '완결'의 의미가 있다. 한국어와 영어 시제 표현에 나타나는 상이 현상의 원인으로 한국어의 완성·순간 동사가 '결과 지속 상태'를 보일 때 한국어는 '-았-'을 포함한 문장으로 실현되는데 비해, 영어는 '완료나 현재' 문장으로 표현되는 점을 지적하고, '-았-'이 가진 다양한 의미 기능 및 시제, 상에 대한 교육의 필요성을 강조하였다. 그의 연구는 '-았-'의 의미 속성을 정리하고, 이를 토대로 한국어와 영어에 나타나는 시제 차이를 대조분석적 측면에서 살펴 한국어와 영어의 시제 표현에 나타나는 차이의 원인을 규명하려 하였다는 데 의의가 있다. 그러나 논문의 연구 목적인 '-았-' 교육을 위한 효과적인 학습 방법 제시에는 소홀함을 보인다.

3. 제2기(2001~2003): 학습자 모국어를 고려한 어미 교육 연구 시기

제2기(2001~2003) 어미 교육에 대한 연구는 학습자의 모국어를 고려하여 대조분석과 오류 분석의 입장에서 살핀 연구가 많다는 특징이 있다. 이 시기에는 어말 어미와 선어말 어미 교육에 대해 모두 살필 수 있는 점에서 전 시기보다 한층 발전된 양상을 보인다.

이 시기에는 박사학위논문 1편, 석사학위논문 8편으로 총 9편의 연구가 있다. 제2기는 제1기에 비해 시간적으로는 짧지만 발표된 논문의 수가 많고, 제1기에는 다루지 않은 전성 어미 교육에 대해서도 논의되었다는 점에서 의미가 있다. 그러나 종결 어미 교육에 대한 연구는 시간 표현에 대한 논의인 노재은(2001)과 어미 교육 전반을 다룬 송주영(2002)에서만 제한적으로 나타나고, 연결·어미 교육은 7편을 보여 '연결 어미'로의 쏠림 현상을 보인다.

3.1. 어말 어미 교육 연구

제2기에 종결 어미 교육에 대한 연구는 노재은(2001)과 송주영(2002)이 있다. 노재은(2001)은 중국어를 모국어로 하는 학습자의 한국어 시간 표현에 대한 교육에서 한국어와 중국어의 시간 표현을 비교·대조하고, 학습자 오류 분석을 통해 시간 표현 교육을 위한 학습 지도안을 제안하였다. 그의 연구는 체계적 접근을 위해 종결 어미 '-는-/-ㄴ-/-다'를 중심으로 논의하였다는 데 의의가 있으나 9명을 대상으로 학습자 오류 분석을 한 것, 문어 자료만을 대상으로 한 것은 분석 결과에 대한 신뢰도를 떨어뜨린다. 송주영(2002)은 서법에 따라 어간과 어미 사이에 시상, 선어말 어미 허용 여부에 제약이 있음을 밝히고, 이러한 형태적·통사적 제약으로 인해 발생한 학습자 오류 양상을 다루었다. 그의 연구는 동사의 형태적·통사적 특징과 어미 결합의 의미적·통사적 제약을 살핌으로써 종결 어미 교육의 기초를 마련한 점에서 의미가 있으나 국어학의 연구 성과에 기대어 논의를 전개한 것은 아쉬운 점이다.

제2기 종결 어미 교육에 대한 연구는 제1기와 비교하면 학습자의 모국어가 고려된 연구의 등장을 특징으로 지적할 수 있다. 이러한 점에서 목표어인 한국어와 학습자의 모국어 사이에 존재하는 통사적·형태적·의미적 특징과 차이점을 살펴, 보다 발전된 학습 방안 모색을 위한 근거를 마련하였다는 점에서 의의가 있겠다.

제2기 연결 어미 교육은 성선월(2001), 왕정춘(2003), 김수정(2003), 송주영(2002), 성진선(2002), 이윤진(2003), 이재경(2003)에서 논의되었다. 이들을 논문의 특징별로 묶어 언급하겠다.

성선월(2001)은 조건의 연결 어미인 '-면, -거든, -던들, -ㄹ진대, -야'에 대해 중국어 모국어 학습자를 대상으로 논의한 연구이다. 그는 이들 어미의 의미적·통사적 특성에 대해 언급하고, 대조분석의 측면에서 이들 어미에 해당하는 중국어 표현과 비교하였다. 또한 서울대 교재 외 중국에서 출판된 2개 교재에서의 조건 표현 어미 교육 내용에 대하여 검토하고, 학습 방안을 제안하였다. 그의 연구는 중국어 모국어 학습자를 위한 교육 방안 제시라는 점에서 의의가 있으나 교육 방안 제시에 있어 '제시, 설명, 연습'이라는 기존 연구의 틀을 벗어나지 못했다는 한계가 있다. 왕정춘(2003)은 '-어서, -니까'에 해당하는 중국어 표현 '因爲…所以…, 旣然…就…'와 비교하는 대조분석 연구 방법을 통해 중국어 모국어 학습자를 위한 '-어서, -니까' 교육 방안을 제시하고자 하였다. 그의 연구는 '-어서, -니까'의 의미적·통사적·화용적 특징과 유사점, 차이점을 살펴보고, 한국어와 중국어의 차이를 밝혀 학습자를 위한 기초 자료 제공이라는 점에서 의의가 있다. 성선월(2001)과 왕정춘(2003)은 연결 어미 교육과 관련하여 중국어 모국어 학습자를 대상으로 한 논의라는 점에서 의의가 있으나 한국어와 중국어 표현을 단순 비교하는 연구 방법의 틀을 벗어나지 못하고, 학습자를 위한 교육 방안 제시에도 다소 미흡함을 보이는 한계가 있다.

김수정(2003)은 연결 어미에 대한 번역 용어의 난립과 기술의 비통일성, 연결 어미 선정 기준의 부재, 비체계적 제시 등은 문제가 있음을 지적하고, 교육용 연결 어미를 선정하여 위계화하고, 교수·학습 방안을 제시하였다. 그는 한국어 교재와 문법서에서 연결 어미 개념과 분류 체계를 살피고, 국어 텍스트와 학습자의 작문 테스트를 기반으로 빈도수를 분석함으로써 교육용 어미를 선정·제시하였다. 연결 어미에 대한 기존 교육이 일회적인 문법 제시에 그쳐 의사소통능력 향상에는 한계가 있다는 그의 지적은 적절하다. 그러나 문법 교수요목과 개념 교수요목을 기반으로 제시한 연결 어미 교육 방안은 이러한 문제의 해결책으로는 설득력이 다소 부족해 보인다.

송주영(2002)은 '-고/-(으)며', '- (으)면서/-(으)며', '- (으)러/- (으)려고', '-(으)니까/-아서' 등과 같이 유사한 의미 기능을 가진 어미들을 묶어 의미의 차이를 살피고 있다. 또한 연결 어미의 의미적·통사적 제약, 서법에 따른 제약 등을 검토하고, 교수 방안으로서 반복 학습의 필요성을 강조하였다. 그의 연구는 연결 어미 교육을 위한 토대 마련이라는 점에서 의미가 있으나 기존의 국어학 연구 성과에 기대어 논의를 전개했다는 점에서 한계가 있다. 성진선(2002)는 연결 어미 교육을 위해 고려대 외 4개 교육 기관의 교재를 분석하고, 빈도수를 검토하였다. 그 결과에 따라 '-고, -아서/어서(원인), -아서/어서(계기), -면, -면서, -는데/ㄴ데, -지만, -려고, -니까, -러'의 학습 순서를 제안하였다. 그의 연구는 연결 어미 교육을 위한 기초 자료를 제시했다는 점에서 의의가 있으나 논문의 목적에서 제시한 학습 방법에 대하여는 구체적으로 논의하지 않아 아쉬움이 있다. 이윤진(2003)은 연결 어미의 유사 기능과 의미를 분석하여 교육 방안을 제안하는 데 연구 목적을 두고, 이를 위한 연결 어미 분류와 목록의 표준화를 강조하였다. 어미 목록의 표준화와 필요성을 강조한 그의 논의에 충분히 동의할 수 있으나 교육 현장에서 적용 가능한 교수 방안에 대한 논의는 충분하지 않다는 아쉬움이 있다. 이재경(2003)은 연결 어미 사용 양상과 학습자 오류 유형을 살펴 그 원인을 분석하였다. 검토 결과에 따르면, 사용 빈도는 '-고, -(으)면, -아/어/여서(이유), -지만, -아/어/여서(계기), -기 때문에, -(으)ㄹ 때, -(으)면서, -(으)니까, -(으)ㄴ/는데(전환), -(으)ㄴ/는데(대조)'로 나타났고, 오류 유형은 '-(으)ㄴ/는데(전환), -기 때문에, -아/어/여서(계기), -(으)면서, -아/어/여서(이유), -(으)ㄴ/는데(대조), -(으)니까, -지만, -고, -(으)면'의 순서를 보여 빈도와 오류율 순서에는 차이가 있다. 또한 숙달도별 오류율 정도는 '2급→1급→3급→5급→6급→4급'의 순서를 보여 의미적·통사적·화용적 제약에 대한 학습 부족이 '대치, 첨가, 누락'이라는 오류의 원인이 되었다고 분석하였다. 그는 학습 방안 제시를 위해 고려대 외 3개 기관의 교재에서 연결 어미 목록을 선별하고, 빈도수와 오류율을 고려하여 초급에서 다루어야 할 연결 어미와 교육 순서로 '-고, -아/어/여서(이유), -(으)ㄴ/는데(전환), -(으)러, -(으)면서, -아/어/여서(계기), -(으)면, -(으)려고, -지만, -(으)니까'를 제시하였다. '-(으)니까'를 대상으로 수업 모형과 학습 지도안을 제안한 그의 연구는 연결 어미 빈도와 오류 유형 분석을 통한 제시라는 점에서 의미가 있으나 수업 모형제시에서 통사적 제약과 관련하여 학습자가 오류를 생산할 가능성이 높은 불규칙 용언에 대한 언급이 없다는 점은 다소 아쉬운 부분이다.

　제2기 연결 어미 교육은 제1기에 비해 연구의 범위가 확대되이 다양한 연결 이미에 주목하고, 학습자의 모국어와 대조분석적 측면에서 논의가 이루어졌으며, 학습자의 오류 양상을 본격적으로 검토하는 점에서 보다 발전된 양상을 보이고 있다고 할 수 있겠다.

　제2기는 노재은(2001), 성지연(2002)를 통해 한국어 교육에서 전성 어미 교육에 대한 논의가 처음 등장하는 점에서 의의가 있다. 노재은(2001)은 '-는, -ㄴ/은, -ㄹ/을, -던'을 중심으로 대조분석적 측면에서 한국어와 중국어의 시간 표현을 비교함으로써 전성 어미 교육을 위한 기초 마련이라는 점에서 의의가 있다. 그러나 그가 제시한 교육 방법은 기존에 논의된 학습 방법을 크게 벗어나지 못했다. 교재 분석 결과, 한국어 교재에서 세 가지 시제 어미를 구분할 수 있도록 종합하여 다루지 않았다는 지적은 해당 교재들이 중국어 모국어 학습자만을 위한 교재가 아니라는 점을 인정한다면 적절하지 않다. 성지연(2002)는 일본어 모국어 학습자의 경우, '-는, -ㄴ/은, -ㄹ/을, -던'의 순서로 오류가 발생함을 밝히고, 검토 결과를 토대로 'A-ㄴ/은'에 관한 수업 모형을 '도입, 제시·설명, 연습, 사용, 마무리' 단계에 맞추어 제안하였다. 관형사형 어미를 상용구로 제시하여 언어 덩어리로써 교육하는 것이 더 효율적이라는 그의 논의는 충분히 동의할 수 있으나 품사에 따라서 그리고 용언 활용이 규칙적이냐 불규칙적이냐에 따라 제약이 많다는 점은 교수 방안 제시에서 고려될 필요가 있다.

3.2. 선어말 어미 교육 연구

제2기 선어말 어미 교육은 노재은(2001), 송주영(2002)에서 논의된다. 노재은(2001)은 '-겠-, -았/었-' 등을 중심으로 중국어 시간 표현과 대조분석한 연구라는 점에서 의의가 있다. 그러나 학습자 오류 분석이 다소 제한적으로 이루어져 타당성과 신뢰성이 떨어지고, 분석 결과 나타난 오류 양상도 중국어 모국어 학습자의 특성이 아닌 한국어 학습자의 보편적 오류 양상이라는 점은 아쉽다. 송주영(2002)은 '-시-, -았/었-' 등이 결합하는 데 순서가 있고, 결합에 따른 제약이 있음을 밝히고, 문제 해결을 위해 어미 교육에 앞서 형태 분석에 대한 이해가 필요하며, 교육 현장에서는 반복 학습이 중요함을 강조하였다. 제1기의 연구가 영어권 학습자를 대상으로 한정된 연구였다면, 제2기는 중국어 모국어 학습자를 대상으로 했다는 특징이 있다. 그러나 제2기에 제시된 학습 방안은 기존의 국어학 지식에 기대어 제한적으로 다루어졌다는 한계가 있다. 그럼에도 이러한 논의들은 학습자의 모국어가 고려된 연구라는 점에서 앞으로 학습자를 위한 새로운 학습 방안 마련에 기여할 수 있다는 점에서 의의가 있다.

4. 제3기(2004~2005): 어미 교육 연구 범위의 확대 시기

어미 교육과 관련하여 제3기에 발표된 논문은 12편으로, 한국어 추측 표현 교육에 대한 박사학위논문 이미혜(2005) 외 석사학위논문 10편이 발표되었다. 제3기 어미 교육에 대한 연구에서는 연결 어미, 전성 어미 등과 같이 어미에만 한정하여 논의하거나 '구 단위'는 제한적으로만 다룬 전 시기에 비해 연구 범위가 확대되었다는 특징이 있다. 연결 어미 교육에 대한 연구에서는 '-기 때문에, -는 바람에' 등이 포함되고, 관형사형 어미에 대한 연구에서는 '-는 것, -(으)ㄹ 것, -기 전'과 같은 구 단위의 표현이 포함됨으로써 학습자들이 처한 학습 현실을 반영하는 점에서 의미가 있다. 또한 4.2.에서 다루게 될 제3기 이소연(2004), 이미혜(2005)는 추측 표현 교육에 대한 논의에서 '-겠-' 외에 '-(으)ㄹ 것이다, -ㄹ 것 같다, -나 보다' 등을 포함하였다. '-겠-' 외의 것은 선어말 어미에 해당되지 않으나 본고에서는 논의의 편의를 위해 여기에 포함시켜 언급하고자 한다. 이렇듯 제3기 어미 교육에 대한 연구들이 어미 단위를 넘어서 확대되는 추세가 증가되는 것은 교육 현장에서의 학습 방법과 밀접한 관련이 있다. 한국어 교육 기관의 교재를 살펴보면, 「한국어1」(연세대, 1992)의 8과 '-(으)ㄹ 때', 9과 '-기 전에', 「한국어 초급2」(선문대, 2000) 5과에 제시된 '-(으)ㄴ 지' 등에서 확인할 수 있다. 제3기에 이러한 연구 경향이 두드러지는 것은 외국어 학습과 관련된 교수법의 영향으로 볼 수 있으며, 학습 방법과 관련하여 형태소 분석적 입장이 아닌 '언어 덩어리'로써의 제시는 학습자에게 보다 용이하다는 점에서 설득력을 얻는다.

4.1. 어말 어미 교육 연구

앞서 언급한 바, 제3기 어말 어미 교육에 관한 연구에는 연결 어미와 전성 어미 교육에 대한 연구들만 살필 수 있는데, 가마카리 스즈(2004), 이민아(2004), 이정란

(2004), 김수미(2004), 이현주(2005)가 있다. 가마카리 스즈(2004), 이민아(2004)는 이유와 인과 관계 표현에 대한 연구로서 '-어서, -니까'뿐만 아니라 '-기 때문에, -는 바람에' 등과 같은 구 단위의 표현까지 연구 대상에 포함시켰다. 이는 앞서 언급한 바대로 한국어 교육 현장에서 사용되는 교재와 학습자 오류 양상, 학습자의 모국어를 고려하였을 때 근거 있는 논의라고 생각된다.

가마카리 스즈(2004)는 일본어 모국어 학습자의 숙달도에 따른 이유 표현 연결 어미의 습득 과정과 습득의 방해 요인을 검토하고, 해결 방법을 모색하고자 하였다. 그는 어미 빈도와 습득 순서 및 학습 순서의 관계를 검토하였는데, 높은 빈도수를 보인 '-아/어서, -기 때문에, -(으)니까'의 습득 순서를 살핀 결과, '-기 때문에→아/어서→(으)니까'의 순서를 보여 학습 순서 '-아/어서→기 때문에→(으)니까'와 차이가 있었다. 이 연구는 숙달도에 따른 습득 과정 분석을 통해 연결 어미 교육과 교재 개발을 위한 기초 자료 제공이라는 점에서 의의가 있다. 그러나 연구 대상 학습자가 한 기관의 학습자라는 점에서 실험 결과의 신뢰도를 떨어뜨린다.

이민아(2004)는 이유·원인의 연결 어미의 특징을 유형화하고, 이들의 문법적 특징과 의미가 어떻게 나타나는지 검토하였다. 이를 위해 이화여대 외 5개 기관의 교재를 분석하였다. 분석 결과에 따라 '-어(아/여)서, -(으)니까, -느라고, -기 때문에'의 제시 방법과 상황 빈도수를 정리하였는데, '-어(아/여)서, -(으)니까'는 날씨 상황에서, '-느라고, -기 때문에'는 일상생활 상황에서 고빈도를 보였고, 이들이 공통적으로 많이 제시된 경우는 일상생활 상황이었다. 이 연구는 '-어(아/여)서, -(으)니까, -느라고, -기 때문에'의 공통점, 차이점에 대하여 비교 제시하였다는 점에서 연결 어미 교육에 시사하는 바가 있으나 '-어(아/여)서, -(으)니까, -느라고, -기 때문에'에 한정하여 살핀 근거에 대한 구체적인 제시가 없다는 것은 아쉬운 점이다.

이정란(2004)은 '-어서, -니까'의 형태·통사·의미·화용 특성을 살피고, 일본어와 중국어, 영어 모국어 학습자가 이들 어미를 선택하는 변이 유형에 대하여 분석한 연구이다. 그의 연구는 '-어서, '-니까'에 대해 학습자 언어를 오류의 측면만이 아닌 변이의 관점에서 살피고, 학습자 언어 변이에 대해 학습자 모국어의 영향을 관찰하려 했다는 점에서 의의가 있다. 또한 교육 현장에서 접할 수 있는 현상을 실험으로써 증명했다는 점에서 의미가 있다. 그러나 통계 처리 과정 등과 같이 노력을 들인 연구임에도 연구 결과는 예상이 가능한 것이라는 점은 아쉬움으로 남는다.

김수미(2004)는 국립국어연구원 '현대 국어 사용 빈도 조사' 보고서(2002)의 말뭉치를 근거로 선문대 외 4개 기관 교재의 어미 제시 순서와 방법을 분석하여 효과적인 학습 순서를 정립하고, 교수 방법과 수업 모형을 제시한 연구이다. 그는 검토 결과에 따라 '-고, -아/어서(이유), -아/어서(계기), -(으)면, -는데, -(으)면서, -지만, -(으)니까, -(으)려고, -(으)러'를 어미 목록과 학습 순서로 제안하였다. 그러나 그의 제안은 학습자 난이도와 학습자 요구 분석에 따라 달라질 수 있다는 점에서 다소 한계가 있다.

이현주(2005)는 「고등 학교 문법」(2003) 외 6종 문법서에 제시된 연결 어미 개념과 분류 체계를 살피고, 한국어 교육 문법서로서 최길시(1998), 백봉자(1999), 임호빈 외(2003)에 제시된 연결 어미의 개념과 분류 체계를 검토하였다. 또한 한국어 교재에서의 연결 어미 교육 실태를 살피기 위해 경희대 외 4개 기관의 교재에 영어로 제시된 설명과 예문을 비교하였다. 교재에 제시된 연결 어미 빈도수와 제시 순서 검토 결과에 따르면, '-고(나열), -아/어서(순차), -지만(대조), -아/어서(이유), -니까(이유), -는데(배경)'를 보였다. 이 연구는 빈도수 조사와 교육용 어미 목록 작성의 필요성을 제안하였다는 데 의의가 있으나 어미 체계에 대한 다소 장황한 설명과 교재 분석은 논문의 목적에 맞게 이루어졌다고 보기 어렵다.

제3기 연결 어미 교육에 대한 연구는 제1기, 제2기와 비교하여 보다 발전된 양상을 보인다. 연결 어미 교육에 대한 연구 범위의 확대는 그 예가 된다. 또한 연결 어미 빈도 조사의 필요성과 적절한 학습 순서 제시의 중요성이 지적되었다는 점에서 이는 한국어 연결 어미 교육을 위해 필수적으로 논의되어야 할 과제라고 생각된다. 본고에서 여기에 덧붙이고자 하는 것은 연결 어미 교육에 있어 학습자의 난이도 조사와 학습자 요구에 대한 조사의 필요성이다. 단순히 교재 분석이나 문법서를 통한 검토가 아닌 학습자 중심의 논의가 요구된다고 하겠다.

제3기 한국어 전성 어미 교육은 기준성(2004), 전영아(2004), 이은기(2005)에서 논의된다.

명사형 어미 '-음/-기'에 대한 기준성(2004)의 연구는 한국어 교육에서 처음 명사형 어미에 주목한 연구라는 점에서 의의가 있다. 그는 문장 내에서 주어의 역할을 하는 경우와 목적어 역할을 하는 경우에 각각 호응하는 상위문 서술어의 유형을 통계 방법을 통해 명시적으로 밝히고자 하였다. 학습 내용과 단계를 '{-음/-기} 명사형 만들기, 명사형 어미 {-음/-기}가 쓰이는 구조, {-음/-기} 명사형 어미가 쓰인 문장, {-음/-기} 명사형 어미가 쓰인 대화'로 제시하여 어절, 문장, 담화로 확대시킬 것을 제안하였다. 그러나 그의 논의는 명사형 어미 {-음/-기}의 쓰임 중 일부에 국한된 것으로 판단된다. 따라서 '-음/-기'의 체계적 교육을 위해서는 보다 치밀한 검토가 요구된다.

전영아(2004)는 '-는, -(으)ㄹ', '-던, -았던', '-(으)ㄹ, -았을', '-는 것, -(으)ㄹ 것' 등의 쓰임과 기능을 비교하고, 이 들에 대한 학습자 오류 양상과 그 원인을 검토하였다. 그의 연구는 오류 빈도가 비교적 높은 '-는, -(으)ㄴ, -(으)ㄹ, -았을, -던, -았던' 등을 연구 대상으로 오류 양상과 의미 기능을 분석하여 교수 방안을 모색하고자 하였다는 데 의의가 있다. 그러나 연구 범위를 명확히 제시하지 않은 것과 오류 원인에 대한 분석 결과와 제시된 교육 방안이 교육 현장에서 예상할 수 있다는 점은 아쉽다.

이은기(2005)는 관형절 어미 오류 연구의 필요성을 강조한 연구로, 오류 예방을 위해 일본어 모국어 학습자들이 관형절 시제 학습 과정에서 만든 오류와 비오류를 모두 연구 대상으로 하였다. 그의 연구는 검토 결과뿐만 아니라 결과를 이끌어낸 학습자의 언어 인식을 과정 분석을 통해 학습자 중심의 교수 방안을 찾아내고자 하였다는 데 의의가 있다. 그러나 학습자가 자신의 인지 과정을 얼마나 잘 설명할 수 있는지, 조사 과정에서 '회피' 전략을 사용하거나 유의미하지 않은 응답을 한 경우는 없는지 의문이다.

전영아(2004)와 이은기(2005)의 논의는 제2기에 언급된 연구 범위를 넘어서 '구 단위'로 확대 양상을 보이는 점에서 의미가 있다. 이는 학습자의 모국어가 고려되어 학습이 용이해질 수 있다는 점에서 의의가 있다.

4.2. 선어말 어미 교육 연구

제3기 선어말 어미 교육은 이소연(2004)과 이미혜(2005), 박선혜(2004), 마홍염(2005)의 논의가 있다. 이소연(2004), 이미혜(2005)는 추측 표현 교육에 대한 논의라는 공통점이 있다.

이소연(2004)는 유사한 의미를 지닌 다양한 추측 표현들을 의사소통 상황에서 정확히 사용하기 위해서는 이들이 갖는 의미 기능의 차이와 통사적·의미적 제약에 대한 학습의 필요성을 강조한 연구이다. 그는 추측 표현에 대한 국어학의 성과를 바탕으로 한국어 교육 측면에서 검토하여 '-겠/-(으)ㄹ 것이다, -것 같다/-모양이다/-나 보다'의 통사적 제약과 의미의 차이를 살펴보고, '-겠'에 대한 교수 방안을 제안하였다. 그의 연구는 추측 표현을 나타내는 '-겠, -(으)ㄹ 것이다, -ㄹ 것 같다' 등을 연구 대상으로 통사적·의미적 측면의 상황 관계를 제시함으로써 교육에 적용할 수 있도록 한 점에서 의의가 있으나 초급, 중급 초반 학습자에게 이러한 방법으로 제시하였을 때, 학습 결과에 대해서는 의문이다. 초급 학습자라면 맥락을 통하여 언어 덩어리 형태로 제시하는 방법이 의사소통능력 배양과 사용에 보다 용이할 것이라고 생각된다.

이미혜(2005)는 '-겠-, -나/는가 싶다, -나/는가 보다' 등의 추측 표현을 살피고, 교육 문법 원리를 세우는 데 목적을 둔 논의이다. 그는 문법 원리를 추측 표현에 적용하여 교육 방안을 제안하고자 하였는데, 교육 방안 제시를 위해 한국어 교재 및 문법서 내용을 살펴 문법 항목의 유형과 특성을 검토하였다. 이를 통해 문법 항목의 선정 기준으로 한국어 문법 내용의 핵심적인 것을 선택하는 것, 문법 항목은 필수적 요소로 구성하는 것, 보편적·일반적 언어 사용 양상을 고려하고, 교육적으로 응용할 수 있는 것을 선정하는 것을 제안하였다. 그의 연구는 한국어 문법 교육에서 문법 항목의 선정, 배열, 문법 기술에 대한 원리를 세워서 문법 교육의 체계화를 시도했다는 점에서 의의가 있다. 교육 문법 원리 적용 대상을 추측 표현 교육에 한정하였다는 점에서 추후 그 외의 항목에 대한 검토가 필요할 것이다.

박선혜(2004)는 일본어 모국어 학습자는 모국어와 한국어의 유사성 때문에 다른 언어권 학습자에 비해 학습 능력이 뛰어난 반면, 시제 사용에서는 모국어 간섭에 의

한 오류를 생산한다고 지적하면서 학습자 오류를 분석하여 학습 발달 단계를 조정하고, 시제와 상 습득을 위한 교수·학습 방안을 마련에 주목한 연구이다. 그의 연구는 오류 분석 연구에서 시제, 상과 관련한 오류 양상을 검토하고, 이에 대한 교수·학습 방안을 마련하였다는 점에서 의의가 있으나 오류 분석 대상 학습자 수, 분석에 사용된 자료의 성격과 내용에 대해 제시되지 않은 점은 분석 결과에 신뢰성을 떨어뜨릴 수 있다.

마홍염(2005)은 한국어와 중국어의 시간 표현에 대하여 대조분석적 방법으로 살핀 연구이다. 그는 한국어 문장 유형에 따라 예문을 제시하고, 그 문장에 '-었-, -었었-, -겠-'이 들어갈 수 있는지 검토하였다. 그리고 제시한 예문과 중국어 번역문을 살펴 중국어 시간 표현과 어떻게 대응되는지 분석하였다. 그의 연구는 한국어와 중국어의 시간 표현에 대한 기초적 교육 자료로서 의의가 있으나 연구를 통해 얻은 결과를 해명하는 데에는 이르지 못하고, 교육 현장에서 기대할 수 있는 효과에 대해 논의하지 않은 것은 아쉽다.

제3기 선어말 어미 교육에 대한 연구는 '-았-'에 한정된 제1기, '-았-, -겠-, -시-'에 제한된 제2기에 비해, 연구 범위가 확대되었다는 점에서 의의가 있다.

5. 제4기(2006~2008): 어미 교육 전반에 대한 연구 증가 시기

제4기 어미 교육에 대한 연구는 1편의 박사학위논문과 15편의 석사학위논문이 발표되었다. 이 시기는 어미 교육에 대한 연구가 어미 체계 전반에서 다루어지고, 중국어 모국어 학습자의 급증에 따라 이들을 고려한 연구가 많다는 특징이 있다.

5.1. 어말 어미 교육 연구

제4기 어말 어미 교육에 대한 연구는 종결 어미, 연결 어미, 전성 어미와 같이 어미 전반에서 논의되는데, 랍 카루바(2007), 김금숙(2008), 손다정(2008)이 있다.

랍 카루바(2007)는 서강대 외 4개 기관의 교재를 살피고, 번역 용어의 혼란과 문법 설명의 부족, 일부 종결 어미에 편중된 경향 등을 이들 교재의 한계점으로 지적하였다. 그의 연구는 교재를 살피는 데 많은 노력을 기울인데 비해, 문제해결을 위한 대안 마련에는 다소 소홀함이 있고, 국어학적 지식에 기댄 접근 방법이 교육 현장에서 어떻게 적용될 수 있는지 의문이다. 김금숙(2008)은 시제 교육 방안에 대한 연구에서 과거, 현재, 미래 시제에서 사용되는 종결 어미에 관해 논의하였다. 중·고급 학습자의 오류 분석 결과에 따라 적절한 피드백의 필요성에 대한 지적에는 동의할 수 있으나, 국어학적 지식에 기댄 학습 방안이 학습자의 오류 예방을 위한 적절한 방법인지 의문이다. 손다정(2008)은 숙달도 배양을 위해 기능을 고려하여 종결 어미 항목과 제시 순서에 주목한 연구이다. 그는 종결 어미 개념과 체계를 문법서와 한국어 문법 사전 등에서 살피고, 경희대 외 2개 기관의 교재를 통해 '비격식체→격식체, 해요체→해체, 하십시오체→해라체'의 순서를 제안하고, '−(으)ㄹ까'에 대한 수업 모형을 제시하였다. 그의 연구는 어미만이 아닌 어미가 실제 적용되는 기능을 고려했다는 점에서 의의가 있다. 그러나 특정 교수요목 즉, 주제 중심 교수요목을 선택한데 대한 근거를 밝히지 않은 것은 아쉬운 점이다.

제4기 종결 어미 교육에 대한 연구는 제3기에 비어 있던 자리를 보충하는 점에서 의미가 있으나 종결 어미 개념과 체계에 주목하고 기존 국어학의 연구 성과에 기대려는 연구 경향은 아쉬운 점이다. 어미 빈도와 학습자 난이도를 고려하여 적절한 종결 어미 목록을 위한 연구가 요구된다.

제4기 연결 어미 교육에 대한 연구는 오자키 다쓰지(2006), 이설(2006), 노민경(2008), 윤경애(2008), 추준수(2007), 하지선(2006), 김유진(2008), 류선영(2007), 박대범(2008), 송대헌(2008), 이영주(2008)가 있다.

오자키 다쓰지(2006)는 일본어 'て'와 이에 해당하는 한국어 표현을 대조분석 방법을 통해 논의하였는데, 일본어 모국어 학습자를 위한 기초적 자료 제공이라는 점에서 그의 연구는 의의가 있다.

이설(2006), 노민경(2008), 윤경애(2008)은 중국어 모국어 학습자를 대상으로 대조 분석을 통한 연구라는 공통점이 있다. 이설(2006)은 한국어 연결 어미에 해당하는 중국어 접속문에 대한 대조분석을 통해 중국어 모국어 학습자의 교육에 기여한 점에서 의의가 있다. 노민경(2008)은 '-고'에 주목하여 중국어 모국어 학습자에게 도움을 줄 수 있다는 점에서 의의가 있다. 그는 '-고'와 관련한 학습 방안 마련을 위해 북경대 외 4개 기관의 교재를 살펴보았는데, 교재에 제시된 교육 방법보다는 설명 방식에 관심을 둔 것으로 보인다. 제시된 학습 방안도 기존의 논의를 벗어나지 않았다는 점에서 아쉬움이 남는다. 윤경애(2008)은 한국어 조건 표현 연결 어미와 중국어 표현을 대조분석과 학습자 오류 분석을 통해 조건 표현에 대한 학습 방안을 제시하였다. 그러나 제시된 학습 방안 '언어 사용을 고려한 실제성'과 다소 거리가 있다. 이들의 연구는 최근 급증하는 중국어 모국어 학습자와 관련한 연구라는 점에서 의미가 있다. 그러나 한국어 어미와 중국어 표현을 대응시키는 연구 방법에 의존하는 경향은 해결해야 할 과제라고 생각한다. 다소 학습이 용이하지 않은 어미라도 학습 방법이 개선된다면 충분히 해결할 수 있다는 점에서 학습 방법에 대한 연구가 요구된다. 추준수(2007)은 중국어 모국어 학습자의 연결 어미 오류 양상을 살피고, '-고, -느라고' 등과 같이 오류율이 높은 연결 어미 목록을 제시하였다는 데 의의가 있다. 그러나 오류 방지를 위해 유사한 연결 어미들을 '묶음'으로 제시하자는 그의 논의는 동의하기 어렵다. 이미 학습한 연결 어미와 비교할 수는 있겠지만 유사한 의미와 기능을 갖는 연결 어미들을 한 번에 제시하는 것은 학습자들에게 혼란을 야기할 가능성이 높다고 생각한다.

하지선(2006), 김유진(2008)은 연결 어미에 대한 논의에서 이들이 갖는 종결 기능에 주목하였다는 공통점이 있다. 하지선(2006)은 TV 드라마와 뉴스, 잡지, 신문, 한국어 교재 등을 통해 종결 기능 연결 어미의 유형과 빈도를 조사하고, 의미적 특성에 따라 '-고, -니까, -어서' 등은 종결 어미 기능의 연결 어미, '-거든, -는데, -다니' 등은 종결 어미화된 연결 어미로 구분하여 교육용 종결 기능 연결 어미를 선정하였다. 빈도 조사 결과에 의한 교육용 어미 목록 제시는 연구 성과로 볼 수 있다. 김유진(2008)은 경희대 외 3개 기관의 교재에서 고빈도를 보인 '-고, -아서, -니까, -

는데, ‒거든, ‒다고, ‒다니까’를 대상으로 학습자 단계에 맞는 문법 내용과 항목을 배열하는 데 주목하였다. 이들의 연구는 새로운 관점에서 문법 항목을 선정 배열했다는 점에서 의미가 있으나, 문법 항목 배열을 위한 학습자 요구 분석이나 난이도 등과 같은 기초 조사 없이 기존 국어학의 연구 성과에 기댄 논의라는 한계가 있다. 또한 문장이 종결되고, 높임의 보조사 ‘요’가 통합되면 ‘해요체’로 분석되는 것들에 굳이 ‘연결 어미’로써의 접근이 필요한지 의문이다.

류선영(2007), 박대범(2008), 송대헌(2008)은 이유 표현 연결 어미에 주목한 연구이다. 류선영(2007)은 연결 어미의 개념과 분류 체계를 살피고, 학습자의 오류 양상을 분석하여 ‘‒아서’의 수업 모형을 제시했다는 점에서 의의가 있다. 그러나 오류 분석에 있어 국어학적 지식에 기대어 논의를 진행하고, ‘‒아서’ 수업 모형 제시에서는 ‘실제성’에 대한 고려가 좀 더 필요하다고 본다. 박대범(2008)은 ‘‒아서, ‒기 때문에, ‒아서 그런지’ 등의 이유·원인 연결 표현의 기능과 의미에 대하여 살피고, 실현에 있어 이들이 지닌 문법적 제약에 대한 해결 방안으로 문법적 제약과 의미가 다른 항목은 비교를 통해 제시할 것을 제시하였다. 그러나 학습 방안 제시라는 논문의 목적을 달성하는 데는 다소 미흡함을 보인다. 송대헌(2008)은 연결 어미 개념과 분류 체계와 관련하여 국어학과 한국어 교육적 측면, 한국어 교재에서의 제시 방법을 살피고, 연결 어미에 대한 용어의 재정립과 체계적 제시의 필요성을 지적하였다. 그는 연구 결과와 한국어 학습자의 사용 양상을 살펴 ‘‒어서’에 대한 교수 모형을 제안하였는데, 그가 제시한 교수 모형은 다양한 방법에 대한 제안이라는 점에서 의의가 있으나 ‘사용을 위한 실제적 과제’에 대한 고려가 필요한 것으로 보인다.

이영주(2008)은 ‘‒면, ‒거든, ‒어야’를 대상으로 통사적·의미적·담화 화용적 특징을 살피고, 드라마 대본, 시나리오 자료를 분석하여 이들의 사용 양상을 검토하였다. 그의 연구는 실제 담화 자료를 분석하였다는 데 의미가 있다. 그러나 담화 자료가 어떤 것이었는지, 자료 분석 결과를 통한 학습 현장에의 적용 방안에 대해서는 밝히지 않고 있다.

제4기 연결 어미 교육에 대한 연구는 전 시기에 비해 양적으로 확대된 것에 비해, 질적인 면에서 아쉬움이 남는다. 학습자의 난이도와 빈도 등을 고려하여 교육 방법 개선을 위한 논의가 요구된다.

제4기 전성 어미 교육에 대한 연구는 이진경(2006), 추준수(2007), 김금숙(2008)이 해당되는데, 이들은 모두 관형사형 어미에 주목하였다는 특징이 있다. 이진경(2006)은 한국어 학습자의 관형사형 어미 오류를 분석하고, 누락, 대치, 첨가 등의 오류 유형에 따라 그 원인을 밝혀 가장 높은 오류율을 보인 '-던'에 대한 교수 방안을 제시하였다는 점에서 의의가 있다. 그러나 제시된 교수 방안이 '-던'의 '의미적 특성'을 설명하는 데 지나치게 의존하고 있다. 추준수(2007)은 중국어 모국어 학습자의 관형사형 어미 오류 양상에 대하여 논의하였다. 시제 표현에 대한 학습자의 이해 부족을 원인으로 지적하였다. 특히, 관형사형 어미의 활용에서 불규칙 용언에 대한 관심은 시사하는 바가 크다. 그러나 오류 방지에 대한 해결 방안 제시에는 다소 미흡함으로 보인다. 김금숙(2008)은 과거, 현재, 미래 시제에서 사용되는 관형사형 어미와 관련하여 논의하였다. 국어학적 설명과 형태적 연습에 초점을 두고 제시한 오류 방지 해결 방안은 '실제성'에 대한 고려가 다소 미흡해 보인다.

제4기 전성 어미 교육에 대한 연구는 관형사형 어미에 편중된 경향을 보인다. 관형사형 어미가 학습이 용이하지 않다는 점에서 의미가 있으나, 효율적 한국어 교육을 위해서는 바람직하지 않다고 본다. 또한 한국어 숙달도 배양을 위한 전성 어미 교육 방법에 대한 연구가 필요하다.

5.2. 선어말 어미 교육 연구

제4기 선어말 어미 교육에 대한 연구는 추준수(2007), 김금숙(2008)의 논의가 있다. 추준수(2007)은 '-었-, -겠-' 등에 대한 중국어 모국어 학습자의 오류 양상을 살피고, 형태적 제약에 대한 설명이 필요함을 강조하였다. 그의 연구는 중국어 모국어 학습자의 오류를 분석한 연구라는 점에서 의미가 있다. 김금숙(2008)은 중·고급 학습자의 오류 양상을 살피고, 시제 표현과 관련하여 '-었-, -겠-' 등에 대하여 논의하였다. 그는 어미의 의미 차이와 동사 특성에 따라 형태적 연습의 필요성을 강조하였는데, 그의 논의는 '相'의 기능을 갖고, 학습이 용이하지 않은 어미에 대한 연구라는 점에서 의미가 있으나 논문의 목적인 교수 방안 제시에는 다소 미흡함을 보인다. 제

4기 선어말 어미 교육에 연구는 학습자의 오류 양상을 살피고, 이를 해결하기 위한 교수 방안을 제시한다는 점에서 전 시기와 다르지 않다. 앞서 논의된 바, 한국어 어미는 학습자의 모국어와 다른 체계를 가짐으로써 학습이 용이하지 않다. 이를 해결하기 위한 학습 방안에 대한 연구가 필요하다.

6. 맺음말

앞서 살펴본 바, 본고에서는 한국어 어미 교육과 관련하여 1986년부터 2008년까지 발표된 3편의 박사학위 논문과 39편의 석사학위 논문을 연구 경향에 따라 4 시기로 나누어 검토하였다. 한국어의 어미는 학교 문법에 따르면, 어말 어미와 선어말 어미로 양분되고, 어말 어미는 종결 어미와 연결 어미, 전성 어미로 나뉘는데, 이러한 어미 분류 체계에 따라 각 시기를 하위 구분하여 살펴보았다.

제1기는 한국어 어미 교육에 대한 논의가 시작되어 종결 어미와 '-어서'와 '-니까'를 중심으로 한 연결 어미 연구, 영어권 학습자를 중심으로 대조분석적 측면에서 접근하는 선어말 어미 '-았'을 중심으로 한 연구가 있다. 제2기는 한국어 학습자의 모국어를 고려한 연구가 본격적으로 다루어지고, 어미 교육 연구 분야도 확대되었다는 특징을 보인다. 제3기는 연구의 관심과 범위가 어미 단위를 벗어나 언어 덩어리 차원에서의 연구가 시작되었다는 특징이 있다. 이는 앞서 언급된 바대로 한국어 교재에 반영되고, 학습자의 모국어, 학습 방안과 밀접한 관련이 있는 것이다. 또한 제4기는 어미 교육에 대한 연구가 전반적으로 이루어지고, 중국어 모국어 학습자에 주목하였다는 점에서 전 시기와 다르다.

한국어 교육에서 어미 교육에 대한 연구는 윤영로(1986)에서 다룬 선어말 어미 교육에 대한 연구로부터 시작되어 양적으로는 연결 어미와 관형사형 어미에 편중된 연구 경향을 보이고 있음을 확인할 수 있다. 또한 전성 어미에 대한 연구에서는 관형사형 어미에, 선어말 어미에 대한 연구에서는 시제에 편중되어 있음을 확인하였다. 이러한 '편식적' 경향은 미래지향적 한국어 교육을 위해 개선될 필요가 있다. 또한 '경어법'과 관련한 논의가 필요하다. 본고는 '높임'과 '공손' 표현에 대한 연구의 필요성을 제기한다. 예를 들면, '압니다'와 '알겠습니다', '모릅니다'와 '모르겠습니다' 등의 구별에 관한 것인데, 이들은 동사의 의미적 특성이 여타의 동사들과 구별되기도 하지만 '-겠-'과 관련하여 의미 차이를 드러내는 것에 대한 연구와 학습자를 위한 학습 방안이 필요하다.

본고가 한국어 어미 교육 연구 경향을 살피는 데 도움을 주어 앞으로 논의가 필요한 분야를 밝히고, 바람직한 교수 방안 마련을 위한 기초가 되기를 기대한다.

참고문헌

남기심 · 고영근(1993). 「표준국어문법론」. 서울: 탑출판사.

이관규(2002). 「학교문법론」. 서울: 월인.

이광정(2003). 「국어 문법 연구Ⅰ 품사」. 서울: 도서출판 역락.

최호철 외(2005). 「학위 논문의 국어 의미 연구 경향」. 서울: 도서출판 월인.

홍종선 외(2003). 「한국어 문법론의 연구 현황과 과제」. 서울: 박이정.

경희대 국제교육원(2003). 「한국어 초급Ⅰ · Ⅱ, 중급Ⅰ · Ⅱ」. 경희대 출판국.

서강대 한국학센터(2000). 「서강 한국어1 · Ⅱ」. 도서출판 하우.

서울대 언어교육원(2003). 「한국어 1 · 2」. (주)문진미디어.

선문대 한국어교육원(2000). 「한국어 초급 1 · 2」. 선문대 출판부.

연세대 한국어학당(1992). 「한국어1 · 2」. 연세대 출판부.

이화여대 언어교육원(1998). 「말이 트이는 한국어Ⅰ · Ⅱ」. 이화여대 출판부.

한국어문화연수부(1991). 「한국어 회화1 · 2」. 고려대학교 민족문화연구원.

Ⅳ. 한국어 어미 교육 연구사 〈논문해제〉

1986. 2. 윤영로. 석사. 연세대. 한국어 교재에 나타난 한국어와 영어의 시제 불일치 현상에 대해서: '-았-'을 중심으로. 〈분류: 어미〉 〈해제: 문혜심〉

▋목차▋

▋요약▋

이 논문은 한국어 종결 어미와 결합하는 선어말 어미 '-았-'을 중심으로 하여 한국어와 영어의 시제 표현에 나타나는 상이 현상의 원인을 규명하고, 이를 위한 효과적인 학습 방법을 모색하는 데 연구의 목적을 두었다.

한국어와 영어에서의 시제 불일치 현상을 살피기 위해 한국어 교재「Korean 1·2」, 「명도 Korean 1·2」의 대화문을 대상으로 하여 한국어와 영어의 시제 표현에서 차이를 보이는 100개의 한국어 문장을 추출하고, 이를 영어 시제에 대응시켜 한국어 시제 형태 '-∅-(현재형)', '-았-', '-겠-'으로 분류하였다.

이 중에서 '-∅-(현재형)'은 의미 영역이 넓고, '-겠-'은 법(mood)의 범주로 보는 것이 타당하다고 보아, 이 두 형태에 의한 시제의 차이와 회상의 '-더'나 '-았었' 등과 같이 적절한 영어 표현을 찾기 어려운 것, 부사어나 문맥에 의해 시제 불일치 현상이 나타나는 문장들은 논의에서 제외하고, 연구 범위를 '-았-'을 포함한 문장의 시제 상이 현상에 한정하였다.

따라서, 이 연구에서는 한국어와 영어에서 시제 차이를 발생시키는 '-았-'의 의미 기능을 대상으로 하여 실피고 있는데, '-았'은 기본직 의미로 '과거'의 의미를 가지고, 부차직으로는 '완결'의 의미를 가진다고 밝혔다. 또한, 영어와 한국어 사이에 시제 차이를 일으키는 동사들은 대체로 '완성 동사'나 '순간 동사'에 속하며, '결과 지속성'을 가지고 있다. '상태성, 완성성, 순간성, 결과 지속성'의 의미 자질을 토대로 하여 동사를 분류·분석한 결과, 한국어의 완성·순간 동사가 '결과 지속 상태'를 보일 때 한국어에서는 '-았'을 포함한 문장으로 나타나는데 비해, 영어에서는 '완료나 현재' 문장으로 표현된다는 것이다.

이러한 현상의 원인으로 한국어의 상태 동사가 영어에 비해 적고, 보다 근본적으로는 문화적, 인식론적 차이에 기인한 것이라고 주장하였다. 즉, 현재 상태를 표현함에 있어 영어는 대체로 현재 상태를 중심으로 표현하는데 비해 한국어는 사건 발생시까지 거슬러 올라가는 시각을 갖고 있어 영어와 한국어 사이에 시제 차이가 발생한다는 것이다.

한국어 교육 현장에서 '-았-'을 교수할 때에 발생할 수 있는 문제점으로 한국어 시제 형태의 의미 영역이 광범위하다는 점을 지적하고, 영어에서는 '과거, 과거완료, 현재완료'로 쓰이는 데 대하여 시제와 상이 명확하지 않은 한국어 '시제'의 특성을 고려한 효율적인 학습 방안이 필요하며, 한국어의 '-았-'이 가진 다양한 의미 기능 및 시제, 상에 대한 교육의 필요성을 언급하였다.

▌ 의의 및 제언 ▌

이 논문은 한국어의 선어말 어미 '-았-'의 의미 속성을 정리하고, 이를 토대로 하여 한국어와 영어에 나타나는 시제의 차이를 대조언어학적 측면에서 살펴보고, 두 언어의 시제 표현에 나타나는 차이의 원인을 규명하려 하였다는 데 그 의의가 있다고 생각된다.

그러나 한국어의 동사에서 '완성이나 순간' 또는 '결과 지속성'의 속성을 갖는 동사들에 대한 분류가 충분한 논의를 통하여 이에 대한 체계적 합의가 이루어지지 않은 상황에서 본 연구에서와 같은 논의가 가능할 것이냐 하는 점은 의문이다. 즉, 다양한 의미 기능을 수행하는 한국어의 선어말 어미 '-았-'을 포함하는 한국어 문장과 현재, 현재완료, 과거 등과 같은 영어 문장을 일대일로 대응시켜 분석하는 방법이 과연 타당한 것인지 의문이다.

또한 선어말 어미 '-았-'을 위한 효과적인 학습 방법 모색이 논문의 연구 목적임에도 이에 대해서는 구체적 논의가 전혀 이루어지지 않은 점은 본 연구의 한계로 지적될 수 있다.

> \# 1993. 2. 박성민. 석사. 이화여대. 외국어로서의 한국어교육을 위한 접속어미 '-아서'와 '-니까'의 실험적 연구. 〈분류: 어미〉 〈해제: 최창원〉

▌ 목차 ▌

▌ 요약 ▐

본 연구는 현대 한국어의 인과관계를 나타내는 접속어미 중 대표적 어미라고 할 수 있는 '-아서'와 '-니까'의 유사점과 차이점을 밝혀 이를 한국어 교육에 도움을 주는 데 연구의 목적이 있다. 이를 위해서 필자는 '-아서'와 '-니까'의 통사, 활용상의 제약에 대한 외국인들의 이해도를 측정하기 위해 설문조사를 실시하고, 이를 통하여 '-아서'와 '-니까'의 유사점과 차이점을 규명하고자 하였다.

필자는 이러한 설문조사를 통해 '-아서'와 '-니까'의 의미상의 차이를 밝히고, 이것이 원인이 되어 발생하는 통사, 활용상의 제약을 청유문, 명령문, 의문문, 양보문, '-지요', '-도 좋다', '-았-', '관습상 표현', '처음 대화를 시작할 때', '공손한 표현'과 같이 총 10개 항목으로 정리하였다. 이 실험 조사는 이화여자대학교 언어교육원에서 한국어 수업을 23주 동안 학습한 학생들로 구성되었으며, 출제 문항은 총 20문제로 위의 10항목을 각각 2문제씩 출제 하였다. 설문조사 결과는 다음의 네 가지로 정리된다.

· 첫째, '관습적 표현', '청유문', '명령문'의 3항목이 정답률이 가장 높게 나타났다. 이는 한국어 교재에서 이들이 반복적으로 강조되어 교육되었으며, 학습자들이 자주 사용할 기회가 있었기 때문인 것으로 생각된다.

둘째, 교재에서 별도로 통사적인 제약을 설명하고 있지 않은 항목들은 정답률이 매우 낮았다.

셋째, 화용 영역에서는 '공손한 표현' 항목이 가장 낮은 정답률을 나타내고 있다. 외국인들은 변명과 비난의 발화 수반력을 지닌 '-니까'를 오히려 공손한 표현으로 생각하고 있다.

넷째, 전체 문항에 대한 정답률은 55.5%로 상당히 낮게 나타나고 있다. '-아서'와 '-니까'의 통사, 활용상 제약에 대한 좀 더 자세한 교육이 필요하다.

▌ 의의 및 제언 ▐

이 논문은 한국어의 접속어미 '-아서'와 '-니까'는 인과관계로 문장을 접속시키는 기능을 가지고 있다. 그러나 이들의 의미가 유사함에도 불구하고 통사상 화용상의 쓰임에 있어 많은 차이를 가지고 있다. 따라서 현대 한국어의 인과관계를 나타내는 접속어미 중 대표적 어미라고 할 수 있는 '-아서'와 '-니까'의 통사, 활용상의 제약에 대한 한국어 학습자들의 이해도를 측정하였다는 데에 의의를 찾을 수 있다.

그러나 결과 분석에서 '-아서'와 '-니까' 중 어느 것을 먼저 학습자에게 제시해야 하는 것이 효과적인 학습에 도움이 되는가에 대한 논의가 이루어졌으면 보다 연구 결과에 충실하지 않았을까 여겨진다.

1995. 8. 이현순. 석사. 상명대. 한국어 학습자를 위한 교수-학습 모형: 빈도수가 높은 종결어미를 중심으로. 〈분류: 어미〉 〈해제: 문혜심〉

▌목차▐

▌요약▐

이 논문은 한국어 학습자를 위한 종결 어미의 빈도수를 살피고, 그에 따른 교수·학습 모형을 제시하는 데 연구의 목적을 두었다.

2장에서는 한국어 종결 어미에 대한 고찰을 위해 사전과 「고등 학교 문법」(1985, 112-119), 최현배를 비롯한 문법학자들의 견해를 살피고 정리하였다. 「국어대사전」(삼성문화사, 1991), 「국어대사전」(금성출판사, 1993), 「국어대사전」(민중서림, 1994)에서는 종결 어미의 개념과 기능을 문장 맨 끝에 위치하여 문장을 끝맺는 역할을 하며, 문장 중의 어떤 성분에 부속되는 문법 요소가 아니고, 문장 전체 명제와 관련된 것으로 정리하였다. 또한 학교 문법에서의 종결 어미를 검토함으로써 문장을 끝맺는 어미로 규정하고, 그 기능은 상대방에게 자신의 생각을 나타내는 서법과 상태 높임법과 관련된다고 밝혔다. 최현배(1989), 남기심·고영근(1985), 한 길(1991) 등의 연구 경향을 살핌으로써 종결 어미에 대한 연구는 대체로 두 방향 즉, 서법 기능의 측면과 높임법을 실현하는 문법 범주의 측면에서 진행되었다고 분석하였다.

3장에서는 TV 드라마의 대본과 외국인을 위한 한국어 교재에 나타난 대화 지문을 분석하여 종결 어미의 빈도수를 조사하였다. TV 드라마의 대본에서 대화 장면만을 대상으로 살핀 결과, '-어, -어요, -지' 등이 높은 빈도수를 보였다. 또한 「한국어 회화」(국제교육진흥원, 1993), 「한국어 1-6」(연세대, 1994), 「외국인을 위한 한국어 1-2」(이화여대, 1994)와 같은 한국어 교재에서의 종결 어미 빈도수를 분석한 결과, '-어요, -ㅂ니다, -ㅂ니까' 등의 순으로 나타났다. 드라마 대본과 한국어 교재의 빈도수 조사 결과에서 다소 차이를 보이는 것을 교재에서 높임의 의미를 갖는 어미를 먼저 가르쳐 한국 문화에 대한 학습자의 이해를 돕고, 한국 문화에 대한 적응력을 높이기 위한 것이라고 해석하였다.

교육 순서는 앞서 살핀 빈도수에 따라 '①-어요/어 ②-ㅂ니다 ③-지요/지 ④-군(요)/구나/구면/구려 ⑤-구요/구 ⑥-니 ⑦-다 ⑧-네요/네 ⑨-ㄹ까요/ㄹ까 ⑩-냐' 순으로 할 것을 제안하고, 학습 내용을 제시함에 있어, 형태상으로 유사한 '-ㅂ니다, -ㅂ니까, -ㅂ시다' 등과 같은 종결 어미는 묶어 설명하는 것이 효과적이라고 주장하였다.

▌ 의의 및 제언 ▌

이 논문은 TV 드라마 대본과 한국어 교재 분석을 통해 한국어 종결 어미 빈도수를 조사하고, 종결 어미에 대한 교수-학습 모형을 제시하고자 하였다는 데 그 의의가 있다고 생각된다.

본 논문은 TV 드라마에서의 대화 장면과 한국어 교재에 나타난 대화 지문을 살피고 있다는 점에서 구어 상황에 나타난 종결 어미의 빈도수를 산출하였다고 생각된다. 따라서 논문의 제목에서 밝힌 종결 어미 빈도순은 구어 상황에서의 종결 어미 빈도순으로 명확히 밝힐 필요가 있다.

또한, '-ㅂ니다, -ㅂ니까, -ㅂ시다' 등의 어미를 형태적으로는 유사하다고 하여 묶어 제시하자는 제안은 이들 어미의 의미와 그 쓰임이 다르다는 점에서 수용하기 어렵고, 이들을 동시에 가르칠 경우 그 형태적 유사성 때문에 학습자의 오류가 양산될 가능성이 있다.

1996. 8. 여덕휘. 석사. 서울대. 한국어 학습자를 위한 '-아서'와 '-니까'의 교육 방법에 대한 조사 연구. 〈분류: 어미〉 〈해제: 문혜심〉

▌ 목차 ▌

‖ 요약 ∣

이 논문은 한국어 학습자를 위한 '-어서'와 '-니까'의 의미적·통사적·화용적 특성을 비교·분석하여 효율적 교육 방법을 제시하는 데 연구의 목적을 두었다.

'-어서'와 '-니까'의 의미적·통사적·화용적 특성을 정리함에 있어, 의미적으로 '-어서'는 일반적 상식 또는 보편적 사실에 의하여 화자의 주관 없이 후행절에 대한 '원인'을 나타내며, '-니까'는 화자의 주관적 판단에 따라 보편적이 아닐 수도 있는 강한 '이유'를 나타내고, 통사적으로 '-니까'는 '-더(회상)' 외에는 결합에 제약이 없으나 '-어서'는 많은 제약이 있다고 정리하였다. 또한 화용적으로는 공손하고 부드럽게 표현하고자 할 경우, '-니까'는 그 의도를 제대로 나타낼 수 없다고 밝혔다.

3-5급에 해당하는 한국어 학습자를 대상으로 하여 설문 조사를 실시하고, 그 결과에 대해 분석한 결과, 명령문과 청유문에서는 정답률이 높게 나타났는데, 그 원인은 '-어서'와 '-니까'의 통사적 제약에 대해 집중적 교육을 받았기 때문인 것으로 분석하였다. 반면에 허락이나 약속을 나타내는 '-지(요)'와 '-어도 좋다'에서는 낮은 정답률을 보이는 것에 대하여 한국어 교재가 그 원인을 제공한 것으로 분석하고, 이를 '-어서'와 '-니까'에 대한 교육에서 문제점으로 지적하였다.

'-어서'와 '-니까'에 대한 교육 실태 분석을 위해 「한국어1」(서울대, 1996)을 비롯하여 「한국어1」(연세대, 1996), 「한국어1·2」(고려대, 1995), 「외국인을 위한 한국어 초급, 중급1」(시사영어사), 「외국인을 위한 한국어 문법(1994)」, 「고등 학교 문법(1996)」에서의 문법 설명을 중심으로 살펴본 결과, 대체로 교재에서의 문법 설명이 단편적 용어 풀이와 용례 제시에 불과하고, 문법 집약적 교재는 학습자에게 부담을 주며, 지식의 습득을 강요한다고 언급하였다. 이러한 문제점을 해결하기 위한 교육 방법으로서 이들 어미의 제약에 대한 설명이 한국어 교재에서 보다 강조되어야 하고, 비교하고 대조할 수 있는 예문이 필요하다고 정리하였다.

‖ 의의 및 제언 ∣

이 논문은 한국어의 대표적인 인과적 연결 어미인 '-어서'와 '-니까'에 대해 의미적·통사적·화용적 특성을 비교·분석하고, 이들에 대한 효율적 교육 방법을 제시하고자 하였다는 데 그 의의가 있다고 생각된다.

그러나 본 연구는 다음과 같은 점에서 한계가 나타난다.

우선, 이 논문에서 제시한 '-어서'와 '-니까'의 교육 방법은 기존의 교재에 제시된 것과 크게 다르지 않고, 2장에서 언급한 '-어서'와 '-니까'의 의미 기능의 특성과 4장, 설문지 문항의 내용이 분명하지 않다. 즉, 4장에서는 '-어서'의 경우, 인과적·계기적·한시적 의미로 분류하고, '-니까'는 인과적·설명적·결과적 의미를 나타낸다고 밝히면서 2장과 설문지에서는 이에 대한 구분이 전혀 없이 제시되어 있다.

또한, 한국어 교재에 제시된 영어 설명이나 문법 설명을 중심으로 교재간 비교·분석은 효율적 교육 방법 모색을 위한 적절한 방법이라고 생각되지 않는다.

1998. 8. 김형복. 석사. 부산대. 외국인을 위한 한국어 어미의 수업과 학습 순서 연구. 〈분류: 어미〉 〈해제: 문혜심〉

▌목차 ▌

▌요약 ▌

　이 논문은 한국어 종결 어미를 분류하고, 이를 통해서 종결 어미의 학습 순서를 체계화하는데 연구의 목적을 두었다.

　종결 어미의 학습 순서를 체계화하기 위해 선어말 어미가 결합되지 않은 단순 종결 어미와 선어말 어미가 결합한 복합 종결 어미로 나누고, 글말의 진순 문장 단순 종결 어미에는 '-다, -ㄴ/는다, -이다', 의문 문장 단순 종결 어미에는 '-ㄴ/은가, -는가, -인가', 명령 문장 단순 종결 어미에는 '-라/으라'로 분류하였다. 또한 비공식적이고 친밀한 태도를 나타내는 비공식 친밀 단순 종결 어미에서 진술 문장 단순 종결 어미에는 '-아/어, -네/이네, -군/는군/이군' 등, 의문 문장 단순 종결 어미에는 '-냐/으냐/느냐/이냐, -ㄴ가/는가/은가/인가' 등, 명령 문장 단순 종결 어미에는 '-아/어, -지, -라/아라/어라, -자' 등을 포함하였다. 비공식적 존경하는 태도를 나타내는 비공식 존경 단순 종결 어미에서 진술 문장 종결 어미에는 '-ㄹ래요/을래요, -ㄹ게요/을게요' 등, 의문 문장 단순 종결 어미에는 '-나요, -지요/이지요' 등, 명령 문장 단순 종결 어미에는 '-요/아요/어요, -지요'로 분류하였다. 복합 종결 어미에서는 '-시/으시-'의 선어말 어미가 결합된 주어 존경 복합 종결 어미와 '씨/았/었-, -겠-, -더-'가 결합된 시제 복합 종결 어미, 겹침 복합 종결 어미는 '집에 돌아오시었겠더라'에서와 같이 주어 존경과 시제 선어말 어미가 두 개 이상 단순 종결 어미에 결합된 것으로 분류하였다.

　종결 어미가 형태적·음성적 조건에 따라 다르게 나타나는 변이 형태와 관련하여 학교 문법에서 규칙 활용을 하는 것은 규칙Ⅰ, 불규칙 활용을 하는 것은 규칙Ⅱ로 분류하고, 종결 어미 학습 순서를 결정하는 데 있어서 '난이도, 사용 빈도, 일반화 가능성, 학습의 내적 조건'을 고려하여 글말에 앞서 입말을 가르치고, 복합 종결 어미에 앞서 단순 종결 어미를 가르쳐야 하며, 입말 종결 어미는 '동작성 서술사, 상태성 서술사, 명사성 서술사'의 순서로, 글말 종결 어미는 '상태성 서술사, 동작성 서술사, 명사성 서술사'의 순서로 해야 하며, 규칙Ⅱ에 앞서 규칙Ⅰ을 가르쳐야 한다고 주장하였다.

▌ 의의 및 제언 ▌

이 논문은 '종결 어미'를 중심으로 하여 한국어 학습 순서를 체계화시키려 했다는 점에서 그 의의가 있다고 생각된다.

그러나 논의의 초점을 국어학적 입장에서 종결 어미의 분류와 활용 체계에 둠으로써 외국어로서의 한국어 교육의 관점에서 논의된 것이라고 하기는 어렵다.

또한 학습 순서로서 제시된 '형태가 단순하고, 발음이 쉽고, 의미가 기본적이며, 규칙성이 높은 것부터', '글말, 비공식 친밀어, 비공식 존경어, 공식 존경어'와 같은 언급은 객관적 검증 없이 직관에 따른 제안으로 판단된다. 종결 어미 학습 순서 결정의 기초가 되는 것은 장황한 국어학적 지식의 나열보다는 한국어 학습자가 무엇을 가장 배우기를 원하고, 무엇을 가장 어려워하는지 등과 같은 점이 근거가 되어야 한다. 즉, 학습의 난이도, 사용 빈도 수, 학습자의 요구 조사 등에 관하여 살피는 것이 우선되어야 한다는 것이다.

1999. 8. 하수진. 석사. 부산대. 외국인을 위한 한국어 문법 교육: 어간·어미 변동을 중심으로. 〈분류: 어미〉 〈해제: 문혜심〉

▌ 목차 ▌

▌ 요약 ▌

이 논문은 한국어 용언의 어간과 어미의 변동을 고찰하여 이에 대한 보다 효과적인 교수 방법을 모색하는 데 연구의 목적을 두었다.

어간과 어미의 변동을 분류함에 있어, 한국어 용언의 어간이 어미와 결합할 때에는 어간과 어미가 '변하지 않는 경우'와 '변하는 경우'가 있는데, '변동 현상'은 어간이나 어미가 변하는 경우는 형태소와 형태소가 결합할 때 그 경계에서 변이 형태를 발생시키는 것이다.

또한, 변동의 조건에 따라 '음성적 변동'과 '형태적 변동'으로 나뉘는데, 음성적 환경에 의한 어간·어미의 변동으로는 '모음조화, 자음동화, 겹받침 줄이기, 된소리 되기, 거센소리 되기, ㅡ와 ㄹ탈락' 등을 분류하였고, 이 중에서 예외없이 어느 형태소에서도 발생하는 것을 '보편 변동'으로, 같은 환경에서도 변동이 발생하지 않는 '한정 변동'으로 분류하였다.

보편 변동에는 '연음, 일곱끝소리 되기, 겹받침 줄이기, 된소리 되기, 자음동화, 거센소리 되기' 등이, 한정 변동에는 'ㅡ와 ㄹ탈락, 모음조화, 축약, 학교 문법의 'ㄷ, ㅂ, ㅅ, ㅎ, 르' 불규칙, -ㄴ/는다의 교체' 등이 속한다고 정리하면서 기존의 한국어 교육과 교재에서는 '보편 변동'은 다루지 않고 한정 변동만을 다루는데, 한국어 학습자는 모국어와의 음운 체계와 음운 규칙의 차이로 인해 오류를 일으킬 수 있다고 지적하였다. 그리고 한정 변동으로 인해 한 어미가 여러 변이 형태로 실현되는 것을 '변화'가 아닌 '어미의 선택'으로 보고, 의사소통에 미치는 중요도에 따라 교육 순서를 마련해야 한다는 것이다.

어미 결합의 제약과 관련하여 같은 기능을 하지만 동사와 형용사에 각기 다른 형태로 결합하는 경우를 '-어/아/여/∅/러', '-습/ㅂ', '-는다/ㄴ다', '-으/∅', '-어라/아라/∅라/여라/너라'로 분류하고, 이와 관련하여 '어미 선택 교육'의 측면에서 살피고 있다.

어간과 어미의 변화를 교육함에 있어, 자음으로 끝나는 어간이 자음으로 시작하는 어미와 결합하는 '일반 결합'과 어간의 끝이 'ㄹ'로 끝난 용언을 제외하고 모두 모음으로 시작하는 어미와 결합하는 '특수 결합'으로 나누어 교육 내용과 순서를 설정하였는데, 특수 결합은 학습자가 어미 선택을 충분히 학습한 후에 제시되어야 한다고 주장하였다.

▌ 의의 및 제언 ▌

이 논문은 한국어의 어간과 어미가 결합할 때 발생하는 변동에 대하여 효과적인 교육 방법을 모색하려 했다는 점에서 그 의의가 있다고 생각된다.

그러나 이 연구는 전반적으로 한국어 어미 활용 체계를 살피는 데에 논의의 초점을 두어 외국어로서의 한국어 교육의 관점이라고 보기에는 다소 무리가 있다고 생각된다. 또한 용언 활용과 관련하여 언급된 '보편 변동'은 한국어의 '발음'과 관련된 논의로 한국어 학습자를 위한 '발음 교육'에서 담당해야 할 문제라고 생각된다.

또한, 어미의 교육 순서를 제시하는 데 있어서 '-어요/아요/∅요/여요/러요'의 경우, '-아요'의 환경이 '-어요'보다 단순하므로 먼저 제시해야 한다는 논의에서 보듯이, 충분한 논의를 거친 객관적 근거에 의한 판단이라기보다는 연구자의 직관에 따른 주장으로 생각된다.

2001. 2. 성선월. 석사. 서울대. 한국어 조건 표현 어미의 교육에 대한 연구: 중국인을 위한 한국어 교육을 위하여. 〈분류: 어미〉 〈해제: 문혜심〉

▌ 목차 ▌

▌ 요약 ▌

이 논문은 한국어에서 선행절 내용이 후행절 내용의 실현에 대한 조건을 나타내는 어미 '-면, -거든, -던들, -ㄹ진대, -야'를 중심으로, 이들이 지니는 의미적·통사적·사용 조건 유형의 유사점과 차이점을 살펴 이들의 문법적 제약 현상을 항목화하고, 한국어와 중국어의 조건 표현 방식을 대조 분석하여 한국어 조건 표현 어미의 효율적 교수 방법을 제시하는 데 연구의 목적을 두었다.

한국어 교육을 위한 조건 표현 어미를 정리함에 있어, 기존의 국어학적 논의를 검토하여 통사적 특성을 살핀 결과, '-면'은 조건 표현 어미 중 가장 폭넓게 쓰이는 어미이고, '-야'는 서술적 발화에서는 부자연스러울 때도 있으며, '-거든, -던들, -ㄹ진대'는 수행적 발화에만 쓰이는데, 여기에도 서법, 종결 어미, 시상 어미에 따른 많은 제약이 있음을 지적하였다. 또한 의미 기능을 중심으로 이들을 살핀 결과, '가정'이라는 점에서는 공통의 의미 특성을 가지나, 개별적 의미 특성에서 '-면'은 설명이나 주제, 이유나 근거, 화자의 희망을 제시할 때 사용되고, '-거든'은 실현 가능성에 대한 믿음을 표현하고, '-던들'은 선행절과 반대되는 내용을 함축하여 원망의 의미, 화자의 주장을 표현하며, '-야'는 필수적 조건이라는 의미 기능이 있다. 또한 사용 조건에 의하면, '-면, -거든, -야'는 조건의 사실성 여부가 고정되지 않은 개방 조건에 속하고, 선행절 내용의 사실성 여부가 고정되어 있는 '-던들, -ㄹ진대'는 폐쇄 조건에 속하는데 선행절 내용이 거짓에 고정된 '-던들'은 부정 조건에 해당되고, 참에 고정되어 있는 '-ㄹ진대'는 긍정 조건에 해당된다고 보았다.

한국어와 중국어의 조건 표현 방식은 접속사, 부사, 긴축문, 문맥에 의한 표현으로 나누어 대조 분석하고, 조건 표현 어미들의 공통점과 차이점을 밝혔다. 그 결과, 중국어의 조건 문장은 한국어에서는 조건·양보·선택으로, 중국어의 가정 문장은 한국어에서는 조건·양보 문장으로 나타나며, 한국어의 조건 표현 어미는 중국어로는 다양한 양상으로 표현됨을 밝혔다. 한편, 중국어에서의 '긴축문'은 복문의 내용을 단문 형식으로 표현하는 문장을 말하는데, 일반적으로 '네가 가고 싶으면 가거라, 높은 데 서면 멀리 내다 볼 수 있다'와 같이 접속사를 사용하지 않고 중간에 휴지가 없기 때문에 형식상 단문으로 볼 수도 있으나, 내용상으로 대부분 동일한 의미의 복문으로 확대할 수 있기 때문에 일반적으로 복문으로 간주되는 것으로 보았다.

한국어 교재에서의 조건 표현 어미 교육 내용을 「한국어1-6」(서울대, 1996), 「중국인 학 한국어1-2」(최건·강봉식, 1998), 「중국인 학 한국어 상·하」(맹주억, 2000)에서 살피고, 중국어와 한국어를 비교한 예문과 이들 어미의 의미 차이에 대한 보다 자세한 설명의 필요성을 지적하고, 학습자의 모국어 즉, 중국어로써의 설명과 중국어 조건 접속사와의 비교를 통한 교육을 교육 방안으로서 제시하였다.

▮ 의의 및 제언 ▮

이 논문에서는 조건을 나타내는 한국어 연결 어미 '-면, -거든, -던들, -ㄹ진대, -야'를 중심으로 하여 이것에 해당하는 중국어와 비교하여 살피고 있는데, 이들 연결 어미와 관련하여 중국어를 모국어로 하는 학습자를 위한 효율적인 교육 방안을 제시하고자 하였다는 데 논문의 의의가 있다고 생각된다.

그러나 본 연구에서는 '-면, -거든, -던들, -ㄹ진대, -야'가 조건을 나타내는 연결 어미의 대표성을 가질 수 있느냐 하는 점에서 의문을 가질 수 있다. 또한, 교육 방안을 제시하는 데 있어서 '제시, 설명, 연습'이라는 기존 연구의 틀을 벗어나지 못했다는 점과 한국어 교수를 위한 대조 분석 연구가 아니라면 중국어로써의 문법 설명이 이들 조건 어미를 교수하는 필수적 요건은 아니라는 것 등은 한계로 지적될 수 있겠다.

2001. 8. 노재은. 석사. 경희대. 중국어 모어 학습자를 위한 한국어 시간 표현 교육 연구.
〈분류: 어미〉 〈해제: 최창원〉

▌목차 ▐

▌요약 ▐

  이 연구는 한국어의 시간 표현이 중국어 모어 학습자에게는 학습이 용이하지 않다는 점에서 체계적인 연구의 필요성을 강조하고, 효과적인 교육 방법의 제시를 목적으로 하였다.

  2장에서는 한국어와 중국어의 시간 표현에 대해 살펴보았는데 이는 두 언어 사이에 존재하는 시간 표현의 특징과 차이점들을 알아볼 수 있으며, 이를 통해 체계적인 교육 방법을 찾을 수 있기 때문이다. 한국어의 시간 표현은 시제와 상, 서법 등에서 나타나고 있는데 반해, 중국어에서는 동작의 상태를 중심으로 표현되고, 시간 명사나 시간 부사, 사조(구나 절, 이후 사조라 함)를 동작의 상태를 나타내는 동태조사나 어기조사와 함께 써서 시제를 나타내고 있다. 예컨대 중국어의 동태조사 '了(le)'는 동작의 완료를 나타내지만, 동작이 반드시 과거에 발생했다는 것을 의미하는 것은 아니다. '他來了'에서 '來'는 동작이 이미 완료되었음을 나타낼 뿐이다. 또한 '昨天他來了(어제 그가 왔다)'에서 동작이 실현되고 완료된 것이 '어제(昨天)'와 말하는 당시(현재)라는 것을 알 수 있다. 만약 미래 완료를 나타내려면 다른 조건이 있어야 한다. 이렇듯 중국어에서는 동작이 어떤 상태에 있든지, 어떤 시간에 발행했든지, 위의 '來'와 같이 동사의 형태는 변화하지 않는다.

  3장에서는 한국어 교육 기관인 서울대와 경희대, 연세대의 한국어 교재의 초급단계 과정에서 시간 표현을 각각 어떻게 다루고 있는지 비교 분석하여, 중국어 모어 학습자들에게 알맞은 교육이 실시되었는지를 살펴보았다. 문어체에 많이 쓰이는 현재 시제 '-는-/-ㄴ-/-다'를 세 교재 모두 초급의 맨 마지막 단계에서 다루면서 세 가지 시제 어미를 구분할 수 있도록 종합하여 다루지 않았다. 그리고 시제를 시간 명사나 시간부사, 사조 등을 통해 나타내는 중국어에서는 시간 명사와 시간 부사, 사조의 교육이 한국어의 시제를 폭 넓게 이해할 수 있게 하는데 이런 것들을 많이 다루지 않고 있었으며, 이것들과 시제 어미와의 호응관계를 함께 다루지 않았다.

4장에서는 한국어를 학습하는 중국인들의 작문에서 시간 표현에 관한 오류를 살펴보았다. 이는 초급 단계에서 배운 시간 표현을 중급 단계에서 잘 활용하여 사용하는가를 알아보기 위해 2000학년도 경희대학교 국제교육원 봄, 가을 학기 중급반 학생들의 작문을 분석하였다. 작문 주제는 '체벌에 대하여', '쉬리를 본 후 감상문', '편지 쓰기', '세대 차이' 등이다. 그 결과 중국어 모어 학습자의 시간 표현에 대한 오류는 부적절한 시제 선택(자신이 하고 싶을 한다면 좋을 것입니다, 한국에 언제 올 겠습니까?) 문법사항 적용에 대한 미숙(이 의견에 찬성인다, 운동한 후에 한편으로 목욕하면서 한편으로 노래를 흥얼거리다.), 부적절한 시제 호응 관계에 따른 오류(저 지진이 발생했을 때는 타이베이 하숙집에 있거든요.), 격식체와 비격식체 문장이 일치되지 않은 것(불안감을 느낄 때에 가장 문제인 것은 언제나도 화가 쉽게 나서 혈압도 높아집니다. 매우 고생스럽다.), 모음조화의 이해가 부족하여 생기는 것(오랫 동안에 한국어를 배웠는데 한국어의 능력이 점점 늘았다.) 등이 발생하였다.

5장에서는 2장, 3장, 4장을 근거로 중국어 모어 학습자를 위한 시간 표현 교육 방법을 제시하였다. 첫째, 시간 명사와 시간 부사, 사조 등을 시제와 함께 많이 다루어야 한다. 이를 통해 중국어 학습자들이 시제의 의미를 정확하게 이해할 수 있을 것이다. 둘째, 시간 명사, 시간 부사, 사조와 시제 어미와의 호응관계를 다루어야 중국어 모어 학습자가 한국어의 시제를 이해하기 쉽다. 셋째, 현재 시제 '-는-/-ㄴ-/-다'를 다룰 때 과거와 미래 시제를 함께 다루어서 현재와 과거, 미래를 나타내는 선어말 시제 어미를 구분할 수 있게 한다. 넷째, 중국어에 있는 동작의 상태인 진행상 '正在(zhengzai), 在(zai)'와 지속상 '着(zhe)'을 각각 한국어의 '-고 있다'와 '-아 있다'로 비교하여 다룬다면 중국어 모어 학습자들이 쉽게 이해할 수 있을 뿐만 아니라 자신의 언어와 유사함으로 흥미를 느끼게 될 것이다. 중국어의 경험상 '過(guo)'는 한국어에서 상이나 시제로 다루지는 않지만 '-한 일(적)이 있다'로 다룬다면 학습자들이 쉽게 이해할 것이다. 끝으로 중국어 모어 학습자를 위한 시간 표현 교육 순서를 제시하였다. 한국어와 중국어의 시간 표현을 비교한 것과 한국어 교재에서 나타난 문제점, 중국인의 작문 오류 이상 이 세 가지를 근거로 중국어 모어 학습자들의 시간 표현 교육을 위한 학습 활동들을 주별로 나누어 제시하고, 이런 수업 활동을 이용한 학습 지도안을 제시하였다.

▌ 의의 및 제언 ▌

이 논문은 한국어를 배우는 중국인에게 한국어의 시간 표현에 대한 효율적인 교육 방법을 밝히는 데 그 목적이 있다. 이를 위해 시간 표현 교육 방법에 대한 체계적인 접근을 하고자 하였다는 데 그 의의를 찾을 수 있다.

그런데 논의를 진행하는 과정에서 몇 가지 문제점이 드러나는데 우선은 가장 핵심이 될 수 있는 실제 학습자의 오류 분석에 있어서 단지 9명을 대상으로 했다는 점과 문어 자료만을 대상으로 하였으며, 이 역시 작문 숙제나 문형 연습 숙제, 작문 중간고사와 같이 상당히 제한적인 상황에서 작성된 것을 바탕으로 하였기 때문에 그 결과에 대한 타당성에 신뢰를 얻기 어려워 보인다. 특히 자유 작문을 근거로 하여 분석을 함으로써 피험자가 자신이 없는 문법 항목을 회피할 가능성이 높다. 또한 분석 자료를 살펴보았을 때, 나타난 오류들이 중국어 모어 학습자만의 오류라기보다는 한국어 학습자의 보편적인 오류 양상이라고 볼 수 있다. 다음으로 교육 방안에 대한 제시가 근거가 충분히 뒷받침 되지 않은 상태에서 연역적인 방식으로 제시되어 있어, 그 타당성에 대한 입증을 하는 데 조금은 부족하다고 생각한다. 또한 제시된 교육방법 자체도 기존의 학습 방법을 크게 벗어나지 못했다고 생각된다. 특히 교재 분석 결과, 한국어 교재에서 세 가지 시제 어미를 구분할 수 있도록 종합하여 다루지 않았다는 지적은 해당 교재들이 중국인 학습자를 위한 교재가 아니라는 점을 인정한다면 논문에서의 지적은 적절하지 않고, 또한 현실적으로 교재에서 모든 언어권의 학습자를 고려한 내용을 담을 수는 없다고 여겨진다. 끝으로 3장에서 다루는 한국어 교재 분석은 4장의 중국인의 시간 표현 오류 분석과 순서를 바꾸는 것이 보다 설득력이 있다고 생각된다. 왜냐하면, 2장의 결과를 근거로 3장의 논의가 이루어진다면 그것은 중국인 학습자와의 비교가 아닌 필자의 주관에 의한 판단으로 받아들여지기 때문이다.

 # 2002. 2. 성지연. 석사. 고려대. 오류 분석을 통한 한국어 관형사형 어미 사용 연구: 일본인 중급 학습자를 중심으로. 〈분류: 어미〉 〈해제: 문혜심, 최창원〉

▌목차▐

▌ 요약 ▌

이 논문은 한국어를 배우는 일본인 중급 학습자들이 한국어 관형사형 어미 사용 시 보이는 오류를 분석하여, 오류의 원인과 유형을 밝힘으로써 한국어 관형사형 어미의 효과적인 교수 방안을 제시하는 데 목적을 두었다. 한국어의 통사 현상 중 관형절 구성이 차지하는 기능 부담량이 최상위에 있어 외국인이 반드시 습득해야 하는 규칙임에도 불구하고 기존의 연구에서는 관형절 구성을 집중적으로 다룬 논문은 거의 없다고 한다.

2장에서는 이론적 배경으로 1. 오류에 대한 관점, 2. 오류 분석의 절차, 3. 오류의 원인 의 세 가지 측면으로 나누어서 정리하고 있다. 우선 오류를 보는 관점에 따라 대조분석 가설, 오류 분석 이론에 대해 소개하고 또 오류 분석의 절차에 관해서는 오류의 식별과 기술, 그에 대한 설명과 평가의 단계에 대해 정리하였다. 그리고 마지막으로 오류의 원인에 관해서 언어 간 전이, 언어 내 전이, 학습의 장, 소통 전략에 대한 이론을 소개하였다. 이 논문에서 저자는 오류 분석의 여러 이론들 가운데 적절한 부분을 발췌하여 일본인의 한국어 관형사형 어미 사용에 대한 오류를 분석하는 데 적용한다고 주장하고 있다.

3장에서는 오류 분석에 앞서 학습자 언어 자료에서 오류의 출현 빈도를 조사하였다.

여기서 말하는 학습자 언어 자료란 고려대학교 한국어 교육 과정에 있는 중급 학습자(3.4급) 22명의 작문 자료이다. 이 논문에서 중급 학습자로 범위를 정한 것은 초급 단계에서 배운 문법 항목을 가장 활발하게 사용하는 시기로서 그에 따른 오류 역시 많이 보이기 때문이며, 일본인 학습자들로 분석 대상을 제한한 것은 기타 언어권 학습자들과는 다른 일본어권 학습자만의 오류 유형이 발견되었기 때문이라고 한다. 또 여기서 분석 대상이 된 오류는 다음과 같이 분류할 수 있다. 우선 오류가 나타난 문법 형태소를 동사, 형용사, 불규칙 활용형으로 나누고 표면에 나타난 오류형에 따라 누락, 첨가, 오형태, 대치로 분류하였다. 그리고 오류의 원인을 언어간 오류와 언어 내적인 오류로 나누고 발달 단계상의 오류를 언어 내적인 오류에 포함시켰다.

이러한 점을 전제로 해서 3장에서는 오류 빈도를 관형사형 어미별 오류 빈도와 각각의 어미들의 실현 형태에 따른 빈도로 나누어서 제시하였다. 이 결과 오류 빈도를 관형사형 어미별 오류 빈도에 있어서는 '-는'의 오류가 가장 많이 나타나며, 반대로 '던'의 오류가 가장 적게 나타났다. 또 각각의 어미들의 실현 형태에 따른 빈도에 있어서는 그 대부분이 다른 관형사형 어미로 대치하는 것이었다.

4장에서는 3장에 제시한 오류 빈도에 근거하여 'V-는', 'A-ㄴ/은', 'V-ㄴ/은', '-V/A ㄹ/을', '-V/A던'에 대한 구체적인 오류 양상을 보여 주면서 오류를 언어 내적인 오류와 언어간 오류의 두 가지 유형으로 나누어서 그 원인을 분석하였다. 이 분석 결과 학습자가 범한 오류의 대표적인 원인을 정리하면 1. 품사를 인식하지 못해서 일어나는 오류, 2. 상대적 시제의 개념을 모르는 데서 비롯한 오류, 3. 음료, 식량 등을 의미하는 '-ㄹ 것', 4.상용구 와 같이 기술할 수 있다. 여기서 1에 관해서는 학습자들의 용언에 대한 품사 인식 시험(용언을 제시하여 형용사인지 동사인지 묻는 형식을 취함)을 통해 학습자들이 품사를 인식하지 못하고 있다는 사실을 증명하고 있다.

5장에서는 관형사형 어미의 사용 지도 방안을 제시하고 아울러 수업 모형을 제시하고 있다. 우선 관형사형 어미 지도 방안에 있어서는 1. 선행 용언의 품사 파악, 2. 관형사형 어미의 시제 의미 파악, 3. 관형사형 어미를 포함한 상용구의 활용의 세 가지 측면에서 제안하고 있다. 즉 1에서 '명사+하다'의 품사 구별을 강조하고, 2에서는 시제를 나타내는 어휘를 한 문장 안에 같이 제시하는 것을 권하고 3에서는 숙어처럼 관형사형 어미와 머리 명사를 묶어서 가르치는 것을 제안하였다. 한편 수업 모형에 있어서는 관형사형 어미 중 'A-ㄴ/은'에 관한 모형을 언어 수업의 다섯 단계(도입, 제시·설명, 연습, 사용, 마무리)에 맞추어 제시하였다.

▌ 의의 및 제언 ▌

이 논문은 외국인을 위한 한국어 문법 항목에 관한 연구 가운데 관형사형 어미를 처음으로 본격적으로 다룬 데에 의의를 찾을 수 있다. 그러나 다음과 같은 점에서 아쉬움을 남긴다. 우선 오류의 원인 분석에 관련해서 한국어 용언의 품사 인식에 대한 시험이 이루어졌으나 시험지의 문항 구성을 보면 동사인지 형용사인지에 대해서 묻는 형식이다. 이럴 경우에 단순히 둘 중에 하나를 선택하는 객관식의 방법을 사용한다면 의도한 대로 성실한 설문 결과가 나올 수 있을는지 조금은 재고해 볼 여지가 있어 보이며, 단지 인식에 대한 평가가 주목적이라면 해당 용언에 한자를 병기해 주는 것이 더 목표에 근접한 결과를 얻을 수 있지 않았을까 하는 생각이 든다. 다음으로 지도 방안 제시함에 있어 관형사형 어미를 상용구로 제시하여 교육하는 것이 더 효율적이라는 데에는 이견이 없으나 품사에 대한 인식이 확연히 다르지 않고 부분적으로 근소한 차이를 보이는 경우, 이들을 한꺼번에 제시하는 것이 얼마나 효과적일지 의문이다.

2002. 2. 성진선. 석사. 창원대. 외국인을 위한 한국어 교육의 연구: 연결어미를 중심으로.
〈분류: 어미〉〈해제: 최창원〉

▌목차▐

▌ 요약 ▌

본 연구는 한국어 교육에서 교육되고 있는 연결어미들을 그 의미와 사용되는 환경에 따라 분류하여 학습 순서와 교육 방법을 제시하는 데 목적이 있다. 이를 위하여 우선, 2장에서는 난이도가 낮은 연결어미 목록을 선정하기 위하여 기존의 한국어 초급 교재를 분석하였다. 그리고 외국인을 위한 한국어 강의가 이루어지고 있는 여러 대학교의 한국어 강사들을 대상으로 현장 조사를 실시하였고, 남한과 북한의 '빈도 자료'를 각각 제시하면서 연결어미의 학습 순서를 설정하였는데 여기서 사용된 자료는 '고려대학교 민족문화 연구원'(김흥규·강범모2000)에서 발행한 「한국어 형태소 및 어휘 사용 빈도의 분석1」과 '과학백과사전종합출판사·영인 한국출판사'(문영호 외 1993/4)에서 발행한 「조선어 빈도수 사전」의 연결어미 빈도수이며, 서술의 편의를 위해 각각 '빈도 자료1', '빈도 자료2'로 칭하였다. 이를 살펴본 결과 남한과 북한의 빈도 차이는 크게 나지 않음을 알 수 있었고, {고}가 한국어 연결어미에서 가장 많이 쓰이고 있는 것으로 나타났다.

3장에서는 한국어 교재의 연결어미 교육 방법들을 비교하였다. 여기서 사용된 교재는 고려대학교 한국어 문화 연수부에서 펴낸 「한국어1·2」, 서울대학교 어학연구소에서 펴낸 「한국어1·2」, 이화여자대학교 언어교육원에서 펴낸 「한국어1·2」, 이화여자대학교 언어교육원에서 펴낸 「말이 트이는 한국어1·2」, 그리고 한국외국어대학교 외국어연수원에서 펴낸 「한국어1」이다. 이들 교재들의 공통된 특징으로는 연결어미 {아서/어서}의 의미를 '원인'과 '계기'로 나누어 각기 다른 과에서 다루고 있다는 사실이다. 여기서는 {아서/어서}의 '원인'과 '계기'의 의미뿐만 아니라 {고}의 '공간 나열'과 '순차 나열', {니까}의 '원인'과 '인지'의 의미도 나누어 제시하였다. 왜냐하면 각각의 의미가 뚜렷한 차이를 보이기 때문에 따로 나누어 다루는 것이 더 효과적일 것이라 보기 때문이다.

4장에서는 연결 어미의 구문 환경 분석에 필요한 환경소를 제시하면서, 연결어미의 환경과 의미를 분석하였다. 연결어미 {고}의 의미를 '공간 나열'과 '순차 나열'로 나누어 구문 환경을 분석하였고, {아서/어서}와 {니까}의 의미도 각각 '원인'과 '계기', '원인'과 '인지'로 나누어 구문 환경을 분석하였다. 구문 환경 분석에서 사용되는 환경소의 수는 적을수록 외국인 학습자의 학습 부담이 줄어들고, 학습면에서도 더 효과적이므로 연결어미의 구문 환경을 분석할 때 이러한 점을 고려하였다. 연결어미의 구문 환경 분석에는 장광군(1999)에서 사용된 각각의 구문 환경 조건들을 그대로 보이면서, 구문 환경에 넣지 않아도 괜찮을 환경소들은 괄호 처리하였다.

▌ 의의 및 제언 ▌

이 논문은 초급 단계에서 필요한 연결어미의 목록을 선정하고, 그 학습 순서를 설정하면서, 기존의 한국어 교재의 교육 방법을 비교하고 연결어미 교육 방법의 하나로 구문 환경 이론을 소개하는 등 외국인을 위한 한국어 연결어미 교육에 필요한 기초적 자료를 제시했다는 데서 의의를 찾을 수 있다.

그러나 전반적으로 문제를 제시하는 차원에 머무르고 있어 이를 어떻게 효과적으로 학습에 적용할 수 있는가에 대한 구체적으로 논의가 이루어지지 않고 있다는 점이 아쉬움으로 남는다. 또한, 여기서 제시된 6개 대학의 교재가 모두 초급단계로 분류되고 있지만, 이러한 분류가 저자의 편의상의 분류인지에 대한 검토 또한 필요하다고 생각된다.

2002. 2. 송주영. 석사. 한국외대. 한국어 학습에 나타나는 오류 연구: 어미를 중심으로.
〈분류: 어미〉〈해제: 최창원〉

▌ 목차 ▌

▌ 요약 ▌

한국어를 배우고자 하는 외국인은 의사소통의 기본 단위라 할 수 있는 문장을 발화하기 위하여 동사의 어미 학습을 필수적으로 해야 한다. 그러나 다양한 어미의 기능을 익혔다 하더라도 문장 발화 가운데서 발생하는 통사적 제약으로 인해 의사소통에 많은 오류를 보이게 된다. 따라서 본 연구는 이러한 오류를 해결하기 위해 동사의 형태·통사적 특징과 어미 결합의 의미·통사적 제약을 살피고 있다.

2장에서는 어미에서 나타나는 오류를 다루고 있으며, 종결어미, 선어말어미, 연결어미 이상 세 가지로 분류하여 살피고 있다. 우선 종결어미에서는 서술어의 조건에 따른 제약이 있다. 이는 한국어에서는 동사와 형용사가 서술어의 기능이 있으며, 명사의 경우에는 계사를 필요로 한다. 또한 동사의 부류에 따라서 이형태소들이 있을 수 있으며 주어에 대한 제약이 있다. 종결어미는 또한 서법에 따라 어간과 어미 사이에 시상 선어말 어미를 허용하는지의 여부에 따라 이에 대한 제약이 있다. 명령문과 청유문에 시상 선어말 어미가 사용될 수 없는 것은 기술하는 상황의 시점이 정해져 있기 때문이고, 평서문이나 의문문에서 시상 선어말어미가 허용되는 것은 상황의 시점이 미리 정해져 있는 것이 아니라 그 상황에 따라 달라지므로 인지시점과 발화시점을 고려해야 한다.

다음으로 선어말어미에서는 1인칭 주어와 사물이 주체인 경우에는 주체 높임의 제약이 있고 결합순서에도 제약이 있는데 어간과 어미 사이에 높임, 과거시제, 미래시제, 과거회상의 순서가 지켜져야 한다. 또한 '-았/었-'은 '-시-'와 결합이 자유롭지만, '-(느)ㄴ-'과는 결합할 수 없다. 그리고 주어와 동사의 부류에 따른 제약과 이형태소들이 있다.

끝으로 연결어미에서는 선어말어미의 삽입여부와 어휘의 제약, 특정 동사와의 결합 제약이 있다. 연결어미들은 각각 고유한 기본 의미기능을 수행하고 있으나 여러 가지 요인에 의해 다양한 추가기능을 수행할 수 있다. 통사적 특징과 관련시켜 볼 때, 통사적 제약이 비교적 적은 것이 기본기능이고, 통사적 제약이 비교적 많은 것이 추가기능이다. 동사의 이형태가 있는지의 여부를 살펴야 하며, 선·후행절에 동일주어가 실현되어야 하는지 비동일주어가 실현되어야 하는지 조건을 살펴야 한다. 서법상의 제약도 있다. 후행절이 특정한 서법의 형태를 취해야 한다든지 특정한 서법이 올 수 없다든지 하는 제약과 서법에 따라 특정 동사의 사용 제약이 있다. 어미의 학습에 있어서 중요한 것은 형태적 분석에 의한 이해와 더불어 실제적인 현장 반복학습이 효과적일 것이다.

3장에서는 II장에서 제시된 오류와 관련된 어미로 제한하고 이들의 의미기능과 통사적 특징을 바탕으로 하여, 서로 유사한 의미 기능을 가진 어미들을 묶음으로써 진행의 의미기능을 가지는 '-고 있다/-(ㄴ)다', 나열의 의미기능을 가지는 '-고/-(으)며', 동시의 의미기능을 가지는 '-(으)면서/-(으)며', 목적의 의미기능을 가지는 '-(으)러/-(으)려고', 이유·원인의 의미기능을 가지는 '-(으)니까/-아서' 그리고 계기의 의미기능을 가지는 '-아서/-고'로 나누어 좀 더 상세한 의미의 차이를 살피고 있다.

▌의의 및 제언 ▌

이 논문은 외국인을 위한 한국어 문법 교육에 있어 어미가 결합할 때 발생하는 의미·통사적 제약을 규명하여 효과적인 한국어 어미 교육에 도움을 주는 데 그 목적이 있으며, 이를 종결어미, 선어말어미, 연결어미로 나누어서 살피고 있다.

그런데, 논의의 진행과정에서 독자적인 해석보다는 기존의 국어학에서 다루어진 연구 성과에 기대어 논의를 진행함으로 인해, 실제 한국어 학습자가 한국어 학습 과정에서 발생하는 오류를 통한 연구라고 보기 어렵다. 따라서 기존에 국어학에서 제기된 선행 연구의 재검토 차원에 머물렀다. 또한, 이를 바탕으로 하여, 실제 한국어 교육에서 이를 어떻게 적용할까에 대한 논의 역시 충분히 이루어지지 않았다는 점이 아쉬움으로 남는다.

2003. 2. 김수정. 박사. 서울대. 한국어 문법 교육을 위한 연결 어미 연구. 〈분류: 어미〉 〈해제: 문혜심〉

▌목차 ▌

<table>
<tr><td>요목</td><td>Ⅵ. 결론
<참고문헌></td></tr>
</table>

‖ 요약 ‖

이 연구는 한국어 교육 현장에서의 연결 어미 교육이 일회적인 문장 차원의 교육에 머물러 있고, 연결 어미에 대한 번역 용어의 난립과 기술의 비통일성, 연결 어미 선정 기준 부재, 비체계적 제시 등은 문제가 있다고 지적하고, 한국어 교육용 연결 어미를 선정·위계화하여 연결 어미의 교수·학습 방안을 제시하고자 하였다.

연결 어미의 개념과 분류 체계를 국어 문법적 관점과 한국어 교육적 관점에서 정리하였는데 국어 문법적으로 연결 어미는 접속문 구성에 관련된다. 연결 어미를 부사형 어미로 묶고 통사·의미상으로만 구별하는 방안이 교육 문법적 측면의 경제성과 효용성 측면, 모어 화자를 위한 교육 문법과 외국인 화자를 위한 교육 문법의 체계적 통일성의 측면에서 합리적이라고 언급하고, 의미 관계에 의한 분류와 형태적 분류로 나누어 연결 어미의 국어 문법적 분류 체계를 정리하였다.

한편, 한국어 교육적 측면에서 본 연결 어미의 개념과 분류 체계의 양상은 고려대, 서울대, 연세대, 이화여대의 초·중·고급 교재 등과 같은 외국인을 위한 한국어 교재와 남기심(1999), 최길시(1999), 박영순(2001)과 같은 한국어 교사 양성을 위한 교재, 임호빈 외(1997), 백봉자(1999)와 같은 한국어 문법서를 중심으로 검토하고, ‘connective suffix, connecting suffix, suffix’ 등과 같이 동일한 교재 내에서도 연결 어미의 번역 용어를 혼용하여 일관성이 없는 점을 지적하였다. 또한 한국어 교육 현장에서 제시되는 연결 어미가 조사 결합형은 단일형 연결 어미 범주에 포함시키고, 선어말 어미 결합형은 결합형 연결 어미 범주에 포함시키는 등 형태적 분류의 기준이 모호하며, 체계적 분류 기준을 갖추지 못하고, 위계화되어 제시되지 않은 점을 밝히고 있다.

이 연구에서는 한국어 교육을 위한 연결 어미 분류 체계를 형태적·의미적·화용적 기준을 중심으로 조사와 시상·선어말 어미와의 결합 여부에 따라 ‘-고, -아서, -으니까’ 등과 같은 단일형 연결 어미, ‘-고는, -으면은, -더니’ 등과 같은 결합형 연결 어미, ‘-을 때에, -에 대하여, -는 바람에’ 등과 같은 연결구로 나누어 정리하였다.

한국어 교육용 연결 어미 선정을 위해 TV 토론과 뉴스, 신문 기사, 논문 서지, 1급에서 6급까지의 말레이시아 학습자의 작문 텍스트에서 연결 어미와 연결구의 빈도수를 조사하였다. TV 토론과 뉴스, 신문 기사, 논문 서지에서의 빈도별 연결 어미는 ‘-아¹(시간), -고¹(나열), -는/(으)ㄴ데, -으면, -아서²(인과), -으며, -고²(시간), -아서¹(시간), -으면은, -으면서, -도록, -아²(인과)’ 등이고, 연결구는 ‘-에, 대해서, -을 통해, -기 위해’ 등의 순서를 보였고, 학습자의 작문 텍스트에서는 연결 어미는 ‘-고, -아서, -는/(으)ㄴ데, -으면, -지만, -으니까’로, 연결구는 ‘-을 때, -는 대로, -에 따라서, -을 위하여, 으로 인해’와 같은 순서를 보였다.

연결 어미의 난이도 파악을 위해 학습자의 오류 빈도와 한국어 능력 시험의 문항 난이도를 조사하였는데, 오류 빈도 양상은 '–는/(으)ㄴ데, –아서¹, –으니까, –으면, –느라고, –고², –더니, –으려고, –다가, –지만' 등의 순서로 나타났는데, 오류 유형을 살핀 결과, '–고², –느라고'는 대치 오류가 가장 높게 보였고, '–지만, –는/(으)ㄴ데, –으면'은 문법 오류가 높게 나타나 학습 난이도가 높은 연결 어미로 파악하였다. 또한 한국어 능력 시험 5회 <문법> 영역에 제시된 연결 어미 난이도는 형태적 복잡성과 한국어 교재의 연결 어미 제시 순서를 그 근거로 삼았으며, 2급에서의 '–느라고', 3급의 '–다시피', 4급의 '–더라면, –아서야' 등은 난이도가 높은 연결 어미로 평가하였다.

국어 텍스트의 연결 어미 및 연결구의 사용 빈도 조사, 한국어 작문 테스트를 통한 한국어 학습자의 연결 어미 사용 실태 조사를 근거로 하여 상위 98.2%에 해당하는 교육용 연결 어미를 단일형, 결합형, 연결구로 나누어 선정하였는데, 단일형 연결 어미에는 '–아, –고' 등, 결합형 연결 어미로는 '–으면은, –아서는' 등, 연결구에는 '대하다류, 위하다류' 등을 제시하였다.

초·중·고급의 학습자의 한국어 숙달도를 기준으로 형태·의미·화용적 범주에서 연결 어미와 연결구를 위계화하는 데 있어서, 형태적 범주는 단일형, 조사나 선어말 어미가 결합되어 있는 결합형, 연결구로 나누고, 문법적 제약에 따라 위계화하였으며, 난이도가 높지만 가용성이 높은 경우에는 '–고자 하다, –으면 되다, –으면 하다, –야야 하다' 등과 같이 연어 형태로 제시할 것을 제안하였다. 한편, '–아서(이유)'에 앞서 '–으니까'를 교수해야 한다며 통사적 제약을 고려하여 의미적 범주의 위계화를 설정해야 함을 주장하였다. 의미적 범주에서는 '시간·나열·조건·인과·배경' 등이 중요한 기능을 한다고 밝혔으며, 화용적 범주는 '–자, –으며, 으므로, 으나' 등은 문어체로, '–구, –더니, –건, –으니까' 등은 구어체로 분류하였다. 한국어 교육용 연결 어미의 위계화는 국어 텍스트 사용 빈도를 근거로 하여 선·후행 용언이 동작성 용언인지 상태성 용언인지를 고려하여 특정 용언과의 결합 여부, 서법 제약 등의 문법적 제약을 기준으로 검토하여 제약이 없는 경우, 학습 난이도가 낮은 것으로 간주하였다. 초급 단계에서 교수되어야 할 연결 어미로는 '–으면서, –아서(이유), –고, –으면' 등이고, 중급 단계에서 교수되어야 할 것은 '–다가, –자마자, –아서(시간 관계)' 등, 고급 단계에서 교수되어야 할 연결 어미는 '–자, –고서, –으며' 등을 제시하였다.

한국어 연결 어미 교육 방법을 제시함에 있어, 모국어로서의 국어과 교육과정을 검토하고, 문법 교수요목과 개념 교수요목을 기반으로 한 각각의 교안을 실례로서 제시하였다. 문법 교수요목의 경우에는, 구어체 연결 어미로서는 '–더니,' 문어체 연결 어미로는 '–으므로', 개념 교수요목을 기반으로 한 경우로 '–아서₁ ,' '–느라고'의 교안을 제시하였다.

▌의의 및 제언 ▌

이 연구는 종래의 연결 어미 교육이 의사소통적 측면이 무시된 채 일회적인 문법 제시에 그치고 있다는 지적과 함께 사용 빈도와 오류 빈도가 높은 연결 어미를 위계화하여 한국어 교육용 연결 어미를 선정하였다는 데 연구의 의의가 있다고 볼 수 있다. 또한 연결 어미 교육의 문제점으로서 지적한 연결 어미에 대한 번역 용어의 난립과 기술의 비통일성, 연결 어미 선정 기준 부재와 비체계적 제시 등은 한국어 교육 현장에서 반드시 해결되어야 하는 적절한 지적이라고 생각된다.

그러나 이를 증명하기 위해서는 보다 구체적인 교재 분석이 필요하다. TV 토론 자료와 뉴스, 신문 기사, 논문 서지 등을 대상으로 하여 연결 어미와 연결구의 빈도 조사 결과를 근거로 하여 한국어 교육용 연결 어미를 선정한 것이 학습자의 숙달도에 따른 적절한 제시 순서가 될 수 있느냐 하는 것에 대해서는 재고의 여지가 있다. 첫째는 앞서 살핀 텍스트들이 문어와 구어의 특성을 보여주는 대표성을 가질 수 있느냐 하는 점이고, 둘째는 한국어 숙달도 측면에서 볼 때, 이 텍스트들은 대체로 고급에 해당하는 한국어 '숙달도'를 요구한다는 점이다.

또한, 종래의 연결 어미 교육에 대한 적절한 해결책으로 문법 교수요목과 개념 교수요목을 기반으로 하여 연결 어미 교육의 실례를 제시하였는데, 이러한 선택에 대한 구체적 근거가 있어야 한다.

> **# 2003. 2. 이윤진. 석사. 이화여대. 한국어 학습자의 연결어미 사용 연구. 〈분류: 어미〉 〈해제: 최창원〉**

∥ 목차 ∥

VI. 결론
<참고문헌>

‖ 요약 ‖

본 연구는 한국어 연결어미의 유사 기능과 의미를 분석하여 한국어 교육에서 효율적인 연결어미 교수 방안을 제안하는 것을 목적으로 하였다. 필자는 한국어에서 연결어미는 중요한 기능을 하고 있으므로 교육문법의 틀 안에서 꼭 교수되어야 하는 문법 요소이고, 한국어 교육적 관점에서 연결어미의 분류와 목록이 표준화되어야 한다고 주장하며, 학습자가 쓴 문장 수로 분류한 그룹별 연결어미 사용 양상을 비교하여 연결어미의 의미와 기능을 비교하였다. 연구 결과에 따르면, 중급 학습자는 쓰기에서 '-아서>-고>-면>-지만>-니까>-는데'의 순으로 몇 개의 한정된 연결어미, 특히 1급에서 제시된 연결어미를 집중적으로 사용하며, 기타 연결어미의 사용 빈도는 매우 저조하다는 사실을 알 수 있었다. 중국어권 학습자의 경우 전체 쓰기에 나타난 문장 수와 이어진 문장 수가 많기는 하였지만 연결어미 사용 정도가 일본어권 학습자에 비해 떨어진다는 사실을 밝혀내었다. 여기서 특히 주목해야 할 것은 일본어권의 경우 5-6개의 한정된 연결어미만을 비교적 안정적으로 사용한 반면, 중국어권은 더욱 한정된 연결어미를 집중적으로 사용하였다는 점이다. 기타 연결어미에 대한 사용에 있어서는 상대적으로 중국어권 학습자가 보다 적극적인 태도를 보였다.

또한 학습자의 연결어미 사용 빈도에 대한 오류 발생률은 모두 12% 정도로 나타났는데 중국어권 학습자의 경우 형태적 오류와 의미·통사적 오류가 비슷한 비율로 나타났고, 일본어권 학습자의 경우 의미·통사적 오류에 비해 형태적 오류가 거의 발생하지 않았다고 지적하였다.

이상의 결과를 바탕으로 필자가 제시한 효율적인 연결어미 교수 방안은 다음과 같다.

첫째, 교사는 연결어미 학습상의 난점을 예측하고 그에 대처하는 능동적이고 계획적인 준비를 해야 하며, 한국어 교재에 연결어미가 제시됨에 있어서 용어 및 배열 순서가 통일되어야 하며, 연결어미의 이해를 돕는 충분한 예문과 상황이 포함된 교사용 지침서, 학습자용 문법서가 개발되어 실제 수업 구성에 효율적으로 활용되어야 한다.

둘째, '말하기'와 '쓰기'와 같은 '사용 중심'의 수업 전개는 학습자의 의식적인 연결어미 회피 현상을 줄여 유창한 한국어 연결어미 사용 능력을 기르는 데에 지름길이 될 수 있다. 특히 중국어권 학습자에게는 연결어미 사용에 대한 필요성을 인식시키고, 일본어권 학습자에게는 기학습 연결어미의 다양한 사용을 유도할 수 있도록 반복 연습이 요구된다.

셋째, 연결어미 오류 교정을 함에 있어서 교사는 수업과 학습자의 여러 가지 변인을 고려하여 가장 효과적인 기술을 활용하는 것이 바람직한데, 일본어권 학습자는 정의적인 변인을 고려하여 간접적인 오류 교정에 더 중점을 두고, 중국어권 학습자는 교사의 피드백에 민감한 태도와 반응을 보이도록 학습자에게 지속적인 관심을 가지고 주의를 주어야한다.

‖ 의의 및 제언 ‖

이 논문은 한국어 학습자를 위한 연결 어미 교육과 관련하여 학습자의 오류 양상을 살펴 효과적인 한국어 연결 어미 교육에 도움을 주는 데 그 목적이 있다.

그런데, 논의의 진행과정에서 독자적인 해석보다는 기존의 연구 성과에 기대어 논의를 진행함으로 인해, 선행 연구의 재검토 차원에 머물렀다는 점과 실제 교육에서 어떻게 적용할까에 대한 논의가 충분히 이루어지지 않았다는 점이 아쉬움으로 남는다.

2003. 2. 이재경. 석사. 고려대. 한국어 학습자의 연결 어미 오류 분석과 지도 방안. 〈분류: 어미〉 〈해제: 문혜심〉

‖ 목차 ‖

6. 요약 및 결론
<참고문헌>

▌요약▐

이 논문은 한국어 연결 어미의 사용 양상과 오류의 유형을 작문 분석을 통해 살펴보고, 그 원인을 분석함으로써 연결 어미 교육을 위한 효과적인 교수 모형을 제시하는 데 연구의 목적을 두었다.

연구 대상과 범위를 설정함에 있어, '-기 때문에, -(으)ㄹ 때, -는 바람에' 등은 의미적 연결 어미에 포함시키고, 각 급별 작문 시험지를 임의적인 추출 없이 조사 대상으로 하여 분석하였음을 밝혔다.

연결 어미 사용 빈도를 학습자의 숙달도별로 분석한 결과, 고급으로 갈수록 한 문장 당 어절 수가 많아지는 것으로 보아, 문장의 길이가 길어지고, 연결 어미를 사용한 문장 수도 증가하였으나, 5·6급에서는 한 문장 당 어절 수는 증가하는 데 비해 연결 어미의 사용 빈도는 오히려 줄어드는데, 이는 고급으로 갈수록 학습자들이 내포문을 자유롭게 구사하였기 때문이라고 해석하였다.

연결 어미 사용 빈도를 살핀 결과, '-고, -(으)면, -아/어/여서(이유), -지만, -아/어/여서(계기), -기 때문에, -(으)ㄹ 때, -(으)면서, -(으)니까, -(으)ㄴ/는데(전환), -(으)ㄴ/는데(대조)'로, 오류율은 '-(으)ㄴ/는데(전환), -기 때문에, -아/어/여서(계기), -(으)면서, -아/어/여서(이유), -(으)ㄴ/는데(대조), -(으)니까, -지만, -고, -(으)면'의 순서를 보였으며, 급별 오류율 정도는 '2급→1급→3급→5급→6급→4급'의 순서를 보였다고 한다. 또한 의미적·통사적·화용적 제약에 대하여 제대로 익히지 못함으로써 '대치, 첨가, 누락' 등의 오류 유형의 원인이 되었음을 밝혔다.

연결 어미 지도 방안 제시를 위하여 고려대, 서울대, 연세대, 이화여대, 외국어대 한국어 초급 교재에 나타난 교육용 연결 어미 목록을 선별하고, 앞서의 연결 어미 사용 빈도와 오류율을 고려하여 초급에서 반드시 다루어야 할 교육용 연결 어미와 교육 순서를 '-고, -아/어/여서(이유), -(으)ㄴ/는데(전환), -(으)러, -(으)면서, -아/어/여서(계기), -(으)면, -(으)려고, -지만, -(으)니까'로 밝히고, '-(으)니까'를 대상으로 한 연결 어미 수업 모형과 학습 지도안을 제시하였다.

▌의의 및 제언▐

이 논문은 한국어 연결 어미의 사용 양상을 살펴보고, 한국어 학습자의 오류 유형을 살펴 그 원인을 분석하고, 연결 어미 교육을 위한 효과적인 교수 모형을 제시하고자 하였다는 데 그 의의가 있다고 생각된다.

그러나 한국어 연결 어미의 사용 양상과 오류 유형 및 오류율 분석에 사용된 작문 결과물의 정도가 어떠했는지에 대한 언급이 없다는 점은 논문의 아쉬운 점이다. 즉, 분석 결과의 객관성을 뒷받침하기 위하여 학습자의 숙달도별로 동일한 양의 분석 자료를 사용했는지, 피험자의 수는 어느 정도였는지에 대하여 확인할 수 없다. 그리고 4장은 연결 어미 사용 양상과 오류 분석 결과를 정리하는 장으로, 독립된 장으로 있어야 할 목적이 불분명하며, '-니까'를 중심으로 한 수업 모형 제시에 있어 이유나 원인을 나타내는 다른 연결 어미와의 비교에 대한 언급은 전혀 없이 제시되어 있다. '-니까'가 이유나 원인을 나타내는 처음 배우는 연결 어미가 아닐 경우, 학습자들은 이에 대한 질문을 할 것으로 예상된다. 또한 이는 이들 연결 어미의 오류의 발생의 원인과도 관계가 있는 것으로 생각되므로 이에 대한 설명이 필요하다고 생각된다. 수업 모형의 제시 단계에서 통사적 제약 조건을 보여 줄 때에, 오류를 생산할 가능성이 있는 불규칙 용언 활용을 중심으로 한 보다 다양한 예시문이 있어야 할 것으로 생각된다.

2003. 8. 왕정춘. 석사. 연세대. 중국인을 위한 한·중 대조분석: '因爲…所以…', '旣然…就…'와 '-어서', '-니까' 중심으로. 〈분류: 어미〉 〈해제: 최창원〉

‖ 목차 ‖

‖ 요약 ‖

본 연구는 한국어 인과관계 표현인 '-어서'와 '-니까'와 이에 대응하는 중국어 표현과의 대조 분석을 통해 중국어권 학습자를 위한 '-어서'와 '-니까'의 교육 방안을 제시하는 데 목적이 있다. 이를 위해 필자는 우선 인과관계 연결어미에 대한 종래 연구자들의 여러 견해를 종합적으로 검토하여 이들 연결어미가 인과관계의 의미로 문장을 연결할 때 일으키는 통사상의 사용제약들을 정리하였고, 구어에서 자주 사용되는 화용의미도 정리를 하였다.

중국어의 경우 인과관계에 대해서 대부분 일반 인과관계와 추측 인과관계 두 가지를 인정하고 있다. 따라서 여기서는 '因爲…所以…'와 '旣然…就…'을 중심으로 논의하였다.

‘因爲…所以…’는 대부분 객관적인 인과관계를 나타내며, 주관적인 인과관계도 나타낼 수 있다. 또한 후행적에 의문사를 가진 의문문을 사용할 수 없지만 시제 등의 제약이 없다.

‘旣然…就…’는 대부분 주관적인 추측이나 판단 인과관계를 나타내며, 객관적인 인과관계도 나타낼 수 있다. 이는 통사적인 제약이 거의 없다.

한국어의 인과관계는 한국어 교육의 초·중·고급의 단계별 인과관계 표현인 ‘-어서’, ‘-니까’, ‘-기 때문에’, ‘-느라고’, ‘-길래’, ‘-므로’, ‘-는 바람에’로 설정했다. 여기서는 그 중 ‘-어서’와 ‘-니까’ 중심으로 논의하였다.

원인을 나타낸 ‘-어서’는 객관적인 설명과 진술을 나타낸다. 이러한 점으로 인해 여러 가지 통사적인 제약이 있다. 선행절에 완료형만 사용할 수 있어서 시상어미 ‘-았-’, ‘-겠-’, ‘-더-’를 사용할 수 없으며, 후행절에 명령형, 청유형, 약속형, 상대방을 허락하는 의문문을 사용할 수 없다. 또한 화용상의 의미는 선행절에 화제의 초점을 두는 것, 단순한 정보제공, 화자의 공손성이 있는 사교적인 태도, 관습상에 적합한 표현이다.

이유를 나타낸 ‘-니까’는 주관적인 추측을 나타낸다. 선행절의 회상어미 ‘-더-’를 사용할 수 없다는 점 외에 통사적인 제약이 거의 없다. 화용상의 의미는 후행절에 화제의 초점을 두는 것, 화자의 강한 주장이나 무뚝뚝한 표현, 불평, 관습상 감사표현에 있어서 고마운 이유를 따지는 강한 표현이다.

3장에서는 중·한 인과관계의 대조분석을 하였다. ‘因爲…所以…’는 한국어 대부분의 인과관계 표현과 대응관계를 이룰 수 있다. 한국어 인과관계 표현과 대조 분석을 통해서 ‘因爲…所以…’은 폭넓은 의미를 가지며, 제약이 거의 없음을 확인할 수 있다. 또한 ‘因爲…所以…’가 주로 객관적인 인과 관계를 나타내지만 주관적인 인과관계도 나타낼 수 있다는 것을 확인할 수 있다.

‘旣然…就…’는 주로 주관적인 인과관계를 나타내며, 대부분이 ‘-니까’와 서로 대응관계를 나타낸다. 객관적 상황을 설명할 때에 ‘-어서’와도 서로 대응할 수 있으나 그런 경우는 그 수가 적다. 또한 다른 인과관계 표현과도 대응하는 것을 알 수 있는데 특히 상황적인 이유 ‘-길래’와 서로 대응관계를 나타내었다.

▌ 의의 및 제언 ▌

이 논문은 중국인 학습자가 한국어의 구어에서 흔히 쓰이는 인과관계 연결어미 ‘-어서’와 ‘-니까’를 사용함에 있어서의 오류를 의미, 통사, 화용의미에 있어서의 유사점과 차이점을 살펴보고, 한·중 인과관계의 의미에 따라 대조하여 이들의 차이점을 밝히고자 하는 데에 그 의의를 찾을 수 있다.

그러나, 본 논의를 통한 성과를 실제 한국어 교육에 어떻게 적용시킬 수 있는가에 대한 논의가 충분히 이루어지지 않았다는 점이 아쉬움으로 남는다.

2004. 2. 기준성. 석사. 상명대. 한국어 학습자를 위한 {-음/-기}의 표현 유형과 의미 연구. 〈분류: 어미〉 〈해제: 최창원〉

▌목차▐

▌요약▐

한국어 명사형어미 {-음/-기}가 어떠한 상위문 서술어의 유형과 주로 호응하는지를 밝히기 위하여 먼저 호응하는 서술어를 통계적으로 제시하고, 상위빈도 서술어를 몇 개의 의미 유형으로 묶어 분류하였다. 또한, 외국어로서 한국어를 배우는 한국어 학습자가 효과적으로 명사형어미를 사용하도록 하기 위하여 서술어의 의미에 따라 어떠한 명사형 어미를 요구하는지를 살피는 방식으로 교수-학습 모형을 제시하였다. 특히 {-음/-기} 명사형을 대조하는 형식으로 교수-학습 내용을 구성하였다. 교수-학습 모형은 크게 교수-학습 내용과 평가로 나누어 제시하였으며, 교수-학습 내용은 명사형 만들기, 명사형 어미가 쓰인 문장, 명사형 어미가 쓰인 대화로 단위를 확대하여 구성하였다. 이를 정리하여 제시하면 아래 표와 같다.

교수-학습 순서	교수-학습 내용	1단계		{-음/-기} 명사형 만들기	어절
		2단계	1	명사형어미 {-음/-기}가 쓰이는 구조	문장
			2	{-음/-기} 명사형이 쓰인 문장	
		3단계		{-음/-기} 명사형이 쓰인 대화	담화
	평가			교수-학습 내용에 대한 평가	

한편, 평가 문항은 학습자가 학습한 내용을 얼마나 정확하게 이해하고 얼마나 적절하게 활용

할 수 있는가를 평가하도록 개발하였다.

여기에서 얻은 결과는 다음과 같다.

첫째, {-음/-기} 명사형과 호응하는 서술어의 분포는 한정된 서술어에 편중되어 나타난다.

둘째, {-음/-기} 명사형과 호응하는 서술어간에는 의미상의 유사성이 있어 몇 가지 유형의 서술어로 묶을 수 있으며, 몇 가지 유형의 서술어가 차지하는 빈도는 절대적이다.

셋째, 확언형 서술어 (명백하다, 분명하다, 틀림없다), 전달형 서술어 [피동](나타나다. 드러나다, 밝혀지다), 존재형 서술어(있다, 없다), 피동 인지형 서술어 (느껴지다, 들리다, 발견되다), 지정형 서술어(-이다, 아니다)는 주어로 {-음} 명사형을 취하며, 난이성 서술어(쉽다, 어렵다), 호오성 서술어(좋다, 싫다), 시종성 서술어(시작되다. 끝나다, 일쑤다)는 주어로 {-기} 명사형을 취한다.

넷째, 능동인지형 서술어 (감지하다, 느끼다, 알다), 전달형 서술어(밝히다, 알리다, 보이다)는 목적으로 {-음} 명사형을 취하며, 희망성 서술어(희망하다, 바라다, 기대하다), 호오성 서술어(싫어하다, 좋아하다, 즐기다), 수행성 서술어(계속하다, 반복하다, 실천하다), 요구성 서술어(강요하다, 요청하다, 거부하다)는 {-기} 명사형을 취한다.

다섯째, 선행 연구에서는 {-음}과 {-기}와 동시에 호응하는 상위문 서술어를 다루어 왔으나 상위빈도 서술어 중에는 {-음}과 {-기}와 동시에 호응하는 서술어는 없다.

▍▍ 의의 및 제언 ▍

이 논문은 한국어의 명사형 어미 {-음/-기}를 문장 내에서 주어의 역할을 하는 경우와 목적어 역할을 하는 경우에 각각 호응하는 상위문 서술어의 유형을 통계의 방법을 통해 명시적으로 밝히고자 하였다. 그러나 이는 명사형 어미 {-음/-기}의 쓰임 중 일부분에 국한되는 것이다. 따라서 보다 전반적인 쓰임에 관한 해명을 필요로 하며, 이를 한국어 교육 현장에서 보다 효과적으로 활용하기 위해서는 다른 언어와의 대조 연구가 병행되어야 할 것이다.

2004. 2. 김수미. 석사. 충남대. 한국어 학습자를 위한 연결어미교육연구. 〈분류: 어미〉 〈해제: 최창원〉

▍▍ 목차 ▍

▌ 요약 ▐

이 연구는 국립국어연구원에서 발간한 '현대 국어 사용 빈도 조사' 보고서(2002)의 말뭉치를 근거로 각 한국어 초급 교재–서울대학교 '한국어1', 연세대학교 '한국어1, 2', 고려대학교 '한국어 1, 2', 이화여자대학교 '말이 트이는 한국어1, 2', 선문대학교 '한국어 초급 1, 2'에 나타난 어미의 제시 순서와 방법을 분석하여 효과적인 연결어미의 학습 순서를 재정립하고, 적절한 교수 방법과 이에 따른 수업 모형을 제시하는 데 연구의 목적을 두었다.

이를 위하여 문법 요소를 배열하는 일반적인 기준과 한국어 어미의 사용 빈도 등을 고려하여 분석한 결과 '-고, -아/어서(이유), -아/어서(계기), -(으)면, -는데, -(으)면서, -지만, -(으)니까, -(으)려고, -(으)러' 등 10개 항목이 초급 과정에 적절한 연결어미의 목록과 순서인 것으로 나타났다.

다음으로 초급 과정에서 학습되어야 할 교육 내용을 어미별로 살펴보고, 목표어를 단순히 이해하는 것에 그치지 않고 실제적으로 교실 밖에서 사용할 수 있는 의사소통을 위한 학습 방법을 제시하였다.

그리고 한국어 초급 학습자를 위한 연결어미의 교육에 대하여 고찰한 바를 교육 현장에 적용하는 구체적인 방법으로 '-는데'의 수업 모형을 제시하였다.

▌ 의의 및 제언 ▐

이 논문에서는 외국인 학습자들이 한국어를 배우고 사용할 때 어려워하는 한국어의 문법 범주 중 연결어미를 대상으로, 이를 체계적이고 효과적으로 가르칠 수 있도록 적절한 한습 순서를 설정하고 학습 내용을 선정하여 수업 모형을 제시하고 있다.

여기서는 문법 체계를 세울 때에는 형태를 기준으로 하여 다양한 의미 양상에 따라 하위 분류를 하지만 교육을 목적으로 할 경우에는 의미 기능을 기준으로 학습자에게 제시해야 한다고 주장하고 있으나 목차에서 확인할 수 있듯이 여기서도 결국 '-는데'라는 형태를 기준으로 제시하고 있다.

2004. 2. 이민아. 석사. 한양대. 문법 지식을 활용한 한국어의 인과 관계 연결 표현에 대한 지도 방안 연구. 〈분류: 어미〉 〈해제: 문혜심〉

▌목차▐

▌요약▐

이 논문은 '이유'나 '원인'을 나타내는 연결 어미의 특징을 유형화하고, 문법적인 특징과 의미가 어떻게 나타나고 있는지에 중점을 두어 한국어 교재를 분석함으로써, 교수 방안을 제시하는 데 연구의 목적을 두었다.

연결 어미를 분류함에 있어, '-어(아/여)서, -(으)니까, -느라고, -라서' 등은 인과 관계 연결 어미, '-기 때문에, -기에' 등은 연결구로 분류하고, 이들을 인과 관계 연결 표현으로 묶어 이들의 통사적 특징을 중심으로 4개의 유형을 제시하였다. '-어(아/여)서'는 동작 동사, 상태 동사, 이다 동사의 후행절에 종속되어 연결되고, 후행절에는 청유형, 명령형, 의문형이, 선행절에는 시상 어미가 쓰이지 않는 특징이 있으며, '-(으)니까'는 후행절에는 명령형이나 청유형이, 선행절에는 과거 시상 어미가 쓰일 수 있다고 한다. '-기 때문에'는 명사형 어미와 결합하여 앞서의 두 유형과는 형태적으로 다르고, 후행절에 청유형, 명령형, 의문형이 오지 못하는 점에서는 '-어(아/여)서'와 같지만 시상 어미의 쓰임에서는 '-(으)니까'와 동일하지만 후행절에 청유형, 명령형, 의문형이 오지 못하는 점은 다르다. '-느라고'는 동작 동사 중 시간을 요하는 동사와 결합하고, 후행절에는 청유형, 명령형, 의문형이, 선행절에는 시상 어미가 쓰이지 않는 특징이 있으며, 동작 동사 중 시간을 요하는 동사와 결합한다는 점에서는 '-어(아/여)서'와 다르다고 주장하였다.

「말이 트이는 한국어 Ⅱ·Ⅲ」(이화여대), 「한국어 1·2·3」(서울대), 「한국어 1·2·3」(고려대), 「한국어 1·2·3」(한양대), 「한국어 1·3」(연세대), 「한국어 초급 Ⅱ·중급 Ⅰ」(경희대)과 같은 한국어 교재에 나타난 인과 관계 연결 표현을 분석함으로써 '-어(아/여)서, -(으)니까, -느라고, -기 때문에'에 대한 제시 방법과 제시 상황의 빈도수를 정리하였는데, '-어(아/여)서'와 '-(으)니까'는 날씨와 관련된 상황에서, '-느라고,' '-기 때문에'는 일상생활과 관련된 상황에서 가장 높은 빈도를 보였다고 한다. 또한 이들 연결 표현이 공통적으로 가장 많이 제시된 경우는 일상생활과 관련된 상황이라고 한다.

'-어(아/여)서, -(으)니까, -느라고, -기 때문에'를 위한 효과적인 교수 방안으로서 반복 연습과 점층적 연습, 과제 수행, 역할극 등을 제시하고, 각각의 수업 모형을 보였는데, '-어(아/여)서'는 '-기 때문에'와의 공통점과 차이점을 이용하여 제시하고, '-(으)니까'는 통사적 제약에서 차이가 있다는 점에서 '-어(아/여)서'와 비교 제시하였으며, '-기 때문에'는 '-어(아/여)서, -(으)니까'와의 공통점과 차이점에 중점을 두고, '-느라고'는 '-어(아/여)서'와 통사적 제약에서의 공통점을 중심으로 비교하여 제시하였다.

▌의의 및 제언 ▌

이 논문은 '이유'나 '원인'을 나타내는 연결 어미의 통사적인 기능을 중심으로 그 특징을 유형화하고, 수업 방안을 구성하여 학습자가 이를 효율적으로 학습할 수 있는 방법을 제시하고자 하였다는 데 그 의의가 있다.

그러나 본 연구는 통사적 특징을 중심으로 4개의 유형으로 제시한 '-어(아/여)서, -(으)니까, -느라고, -기 때문에'가 인과 관계 연결 표현의 대표성을 가질 수 있는지에 대한 객관적 근거 제시가 없다는 점과 「말이 트이는 한국어 Ⅱ·Ⅲ」(이화여대), 「한국어 1·2·3」(서울대), 「한국어 1·2·3」(고려대), 「한국어 1·2·3」(한양대), 「한국어 1·3」(연세대), 「한국어 초급 Ⅱ·중급 Ⅰ」(경희대)를 중심으로 한 교재 분석에 있어서 과연 이들 교재가 대표성을 가질 수 있느냐 하는 점, '-어(아/여)서, -(으)니까, -느라고, -기 때문에'가 일부 한국어 교재에 제시된 상황의 빈도수가 얼마나 유의미할 수 있느냐 하는 점 등은 아쉬움으로 지적될 수 있다.

2004. 2. 이소연. 석사. 한국외대. 한국어 교육에서의 추측 표현 연구. 〈분류: 어미〉 〈해제: 가마카리 스즈, 문혜신, 최창원〉

▌목차 ▌

▋ 요약 ▋

이 논문은 추측을 나타내는 한국어 양태 표현에 대하여 국어학의 연구 성과를 바탕으로 한국어 교육 측면에서 실용적이고 교육적인 관점으로 재구성하고, 그 결과를 현장에서 활용할 수 있도록 하는 데 연구 목적을 두었다. 즉, 추측의 양태 표현, '-겠-', '-(으)ㄹ 것이다', '-ㄹ 것 같다', '-모양이다', '-나 보다'를 연구 대상으로 하여 통사적인 측면과 의미적인 측면의 상황 관계를 객관적으로 명시함으로써 그것을 한국어 교육에 적용하려고 한 것이다.

우선 2장에서는 이 논문을 이해하기 위한 이론적 배경으로 양태의 정의, 서법과 양태, 양태의 실현 형태에 대해 살펴보고, 3장에서는 연구 대상인 추측의 양태 표현들을 ① 발화환경(구어/문어), ② 통사적 제약(인칭에 따른 제약/서법에 따른 제약/용언의 종류에 따른 제약/선어말어미에 따른 제약), ③ 의미 기능의 차이(주관적인 판단의 근거/확신의 정도와 태도/판단의 주체)의 세 가지 측면으로 각 표현들의 특성에 대해 정리하였다.

그리고 4장에서는 이들 추측 표현의 특성을 한국어교육 현장에 적용해서 교수 방안을 제시하였다. 이에 앞서 먼저 각 교육 기관의 교재에 제시되어 있는 추측 표현에 대해 분석하여 교재들의 문제점을 지적하고, 그에 대한 제안을 제시하였다.

다음으로, 이 분석 결과를 바탕으로 하여 각 추측 표현들의 수업 모형을 제시하였다. 수업 모형의 예는 다음과 같이 이루어진다. 가령 '-겠-'의 수업 모형의 경우 수업은 '학습 목표 및 유의점 제시', '관련된 선수 학습에 대해 언급' '해당 표현의 의미를 이해시키기' '읽기, 듣기 연습', '쓰기 연습'으로 이루어지며, 각각 활동을 통해 추측 표현의 통사적, 의미적 특성을 담화 차원에서 학습자에게 제공하려고 한 것이다.

▋ 의의 및 제언 ▋

본 연구에서는 유사한 의미를 지닌 다양한 추측 표현들을 의사소통 상황에서 정확히 사용하기 위해서는 이들이 가지는 각각의 미묘한 의미 기능의 차이점과 통사적, 의미적 여러 제약을 익혀야 할 필요성에 대하여 언급하였다. 이를 위하여 추측을 나타내는 한국어 양태 표현에 대하여 국어학의 연구 성과를 바탕으로 외국인을 위한 한국어 교육의 측면에서 재구성하였다.

그러나 한국어 교재에서 추측 표현의 제시와 관련, 초급과 중급의 중반부에서 주로 다룬다는 언급이 있었지만 사실 대부분의 교재에서는 초급(1-2급)에서 다루어지고 있다. 다시 말하면, 의미 기능이나 통사적 제약 등의 차이를 보다 명시적으로 드러낼 수 있다는 점에서는 의의가 있겠으나, 과연 초급이나 중급의 초반부에서 이러한 제시를 하였을 때, 학습자의 현재 숙달도를 고려할 때 기대한 학습 효과가 있을지 의문이다. 학습자의 숙달도가 초급이라면 맥락을 통하여 언어 덩어리 형태로 제시하는 방법을 취하는 편이 '언어 사용'이라는 측면에서 보다 효율적이라고 생각된다.

2004. 2. 이정란. 석사. 이화여대. 한국어 학습자 언어에 나타난 '-어서'와 '-니까'의 변이 연구. 〈분류: 어미〉 〈해제: 문혜심〉

▌목차▐

▌요약 ▐

이 논문은 '-어서'와 '-니까'에 대하여 일본어권, 중국어권, 영어권 학습자별로 학습자 언어를 관찰하여 변이의 양상과 원인을 살펴본 후, 각 원인들의 영향력을 비교하여 학습자들이 '-어서'와 '-니까'를 선택하여 사용하는 데 작용하는 선택 원리를 고찰하는 데 연구의 목적을 두었다.

대조 분석 가설에서는 목표어에 도달하기까지의 과정에서 학습자 언어를 모국어의 간섭으로 일어나는 부정적 전이의 관점에서만 살펴보는 점을 지적하면서, 변이 연구의 필요성을 강조하고, 변이의 개념과 관점, 원인에 대하여 정리하였다.

'-어서'와 '-니까'의 특성을 형태적·통사적 부분과 의미적·화용적 부분으로 나누어 살펴본 결과, 형태적·통사적 측면에서 '-니까'는 통사적 제약 없이 모든 서법에 두루 쓰이는 반면, '-어서'는 명령문과 청유문에서는 사용할 수 없는 것과 같이 서법상 많은 제약이 있고, 의미적으로 '-니까'는 이유, 화용적으로는 비공손성, '-아서'는 의미적으로 원인, 화용적으로는 공손성을 나타낸다고 밝혔다.

연구 방법에 있어, 피험자는 모두 '-어서'와 '-니까'를 학습한 중급 이상의 학습자 60명을 각 언어권별로 20명씩, 각기 다른 5개 기관에서 선정하였다. 실험 도구는 예비 실험을 거쳐 완성된 문법성 판단 테스트와 인터뷰를 실시하였는데, 문법성 판단 테스트는 문법 형태나 구조에 대한 학습자들의 인지 정도를 판단하기 위한 것이고, 피험자가 면접자의 질문에 즉각적으로 응답을 해야 하는 인터뷰는 문법성 판단 테스트에 비해 형태에 주의에 덜 기울이게 되므로 두 실험 도구 간의 비교가 가능하다고 밝혔다. 수집한 자료는 Pica(1984)의 방법을 이용하여 통계 처리하고, 그 결과를 주절의 서법에 의한 변이와 과제에 의한 변이로 나누어 분석하였다.

한국어 학습자들이 '-어서'와 '-니까'를 선택하여 사용하는 데 작용하는 선택 원리를 살피기 위해 변이의 원인을 언어적 맥락과 과제로 설정하여 학습자 언어권별로 검증하였다.

언어적 맥락에 의한 변이의 측면에서 실험 결과를 살펴 보면, 일본어권 학습자는 '-어서'와 '-니까'를 선택하는 데 서법과 내포적 의미에 따른 영향을 받지 않고 다른 언어권에 비해 높은 정답률을 보였으며, 중국어권, 영어권 학습자는 서법과 내포적 의미가 같을 때에는 '-어서'와 '-니까'를 정확하게 선택한 반면, 서법과 내포적 의미가 다를 때에는 정답률이 낮았다고 주장하였다. 또한 어미가 없고, 인과 관계 표현에는 접속사를 사용하는 공통점을 갖는 중국어권과 영어권 학습자간에는 정답률에 있어서 별다른 차이를 보이지 않았다고 한다. 그리고 일본어권 학습자는 문법성 판단 테스트에서는 '-어서'와 '-니까'의 정답률이 모두 높았으나 인터뷰에서는 모국어의 영향으로 과도하게 '-니까'를 사용함으로써 '-어서'의 정답률이 낮았고, 중국어권 학습자의 경우, 문법성 판단 테스트와 인터뷰에서 '-니까'의 정답률이 '-어서'에 비해 낮았으며, 영어권 학습자는 두 과제에서 '-니까'는 모두 낮은 정답률을 보인 반면, '-어서'는 문법성 판단 테스트에서는 비교적 높은 정답률, 인터뷰에서는 낮은 정답률을 보였다고 한다.

과제 유형에 따른 비교 분석 결과를 보면, 세 언어권 학습자 모두 인터뷰에서 낮은 정답률을 보였는데, 이는 문법성 판단 테스트를 수행할 때에는 형태에 대한 집중의 정도가 높기 때문인 것으로 해석하였다.

　‘-어서’와 ‘-니까’의 정답률을 비교하면, ‘-어서’가 문법성 판단 테스트와 인터뷰에서 ‘-니까’보다 높은 정답률을 보였는데, 일본어권 학습자들이 모국어의 영향으로 과도하게 ‘-니까’를 사용함으로써 전체 오류 발생률이 높아졌기 때문인 것으로 판단하였다.

▌ 의의 및 제언 ▌

　이 논문은 한국어 학습자의 언어를 오류의 측면만이 아닌 정확한 발화를 포함한 변이의 관점에서 살펴, 학습자 언어 변이에 대한 모국어의 영향을 관찰하려 했다는 점에서 그 의의가 있다고 생각된다. 또한 교육 현장에서 흔히 접할 수 있는 현상들을 실험을 통하여 증명해 보였다는 점에서 의미 있는 연구로 보인다.

　그러나 본 연구는 ‘-어서’와 ‘-니까’를 중심으로 학습자 언어 변이에 대하여 살펴보는 데 있어 충분한 논의를 하지 않은 채 ‘이유나 원인’의 의미를 갖는 경우에만 한정하여 살핀 연구라는 점과 통계 처리 과정을 거쳐 많은 노력을 들인 연구인데 비해, 연구 결과는 한국어 교육 현장에서 충분히 예상 가능한 것이라는 점은 아쉬움으로 남는다.

　# 2004. 2. 전영아. 석사. 외국어대. 영어권 학습자의 한국어 관형사형 어미 오류 분석. 〈분류: 어미〉〈해제: 문혜심, 최창원〉

▌ 목차 ▌

▌ 요약 ▌

이 논문은 관형사형 어미와 관련하여 영어권 한국어 학습자에게서 나타나는 오류의 양상을 살펴보고, 이를 교수하기 위한 효과적 방안을 모색하고자 하였다. 한국어 관형사형 어미는 오류 빈도가 높은 문법 항목이므로, 이에 대한 학습자 오류와 그 원인에 대한 분석은 교수·학습을 개선하는 데 중요한 역할을 담당한다는 점을 지적하고, 오류 양상의 파악을 위해 학습자 말뭉치 오류 분석과 설문 조사 결과 분석을 실시하였다.

학습자 말뭉치에 대한 오류 분석은 영어권 학습자의 작문 결과물에 나타난 '-는,' '-(으)ㄴ,' '-(으)ㄹ,' '-았을,' '-던,' '-았던'을 중심으로 살피고 있는데, 오류 분석 대상 자료는 국제교육진흥원 영어권 학습자의 일기, 런던대 한국학과 학생들의 작문, 「한국어 학습자 오류 유형 조사 연구」(문화관광부, 2000)이다. 이를 분석한 결과, 관형사형 어미와 상대 시제에 대한 '습득 부족'을 오류의 원인으로 지적하였다.

또한, 설문 조사는 DLI(Defense Language Institute)에서 16–24개월 동안 한국어를 배운 학습자를 대상으로 하였다. 문항 구성은 두 종류로, 하나는 빈칸이 있는 한국어 문장과 이에 해당하는 학습자의 모국어를 함께 제시한 것이고, 다른 하나는 빈칸이 있는 한국어 문장만을 제시하였다. 각 문항에 대한 학습자의 응답을 비교함으로써 관형사형 어미의 항목별 난이도를 분석하였다.

관형사형 어미 교육의 개선 방안 모색을 위하여 「한국어 문법」(임호빈·홍경표·장숙인, 1987), 「Continuing Korean」 (Ross King & Jae Hoon Yeon, 2002), 「Korean in Context」(DLI Foreign Language Center, 1996)에 제시된 '-던,' '-았던'의 설명 방법과, 「한국어 문법 사전」(백봉자, 1999), 「어미·조사 사전」(이희자·이종희, 2001) 등의 '동사'와 '형용사'에 대한 용어 설정에 관하여 고찰하였다.

관형사형 어미 교수의 개선 방안으로서 이들에 대한 명확한 설명의 필요성을 제시하였다.

▌ 의의 및 제언 ▌

이 논문은 한국어 학습자의 오류 빈도수가 비교적 높은 '-는,' '-(으)ㄴ,' '-(으)ㄹ,' '-았을,' '-던,' '-았던' 등을 연구 대상으로 삼아 그 오류 양상과 의미 기능을 분석하여 효과적인 교수 방안을 모색하고자 하였다는 데 그 의의가 있다고 생각된다.

그러나 각 장을 언급하는 데 있어서 응집성, 논리성이 결여되었다는 점은 이 연구의 한계로 지적될 수 있다. 예를 들면, 연구 범위를 명확히 제시하지 않은 채 논의를 전개하였고, '-는 것,' '-(으)ㄹ 것,' '-(으)ㄴ 후,' '-(으)ㄴ 지,' '-기 전' 등에 대해서는 이들이 관형사형 어미에 속하는 것인지에 대한 명확한 개념 설정이 없다. 또한, 학교 문법에서의 '동사,' '형용사'라는 용어가 한국어 교육 현장에서는 '동작 동사,' '상태 동사'를 비롯한 여러 용어들로 나타나는 것에 대한 지적은 적절한 것으로 보이나, 이에 대한 용어 설정은 영어권 학습자만을 위한 것이 아닌 한국어 교육이라는 보다 거시적 입장에서 정리되어야 할 것이라 생각된다. 끝으로, 이 논문의 연구 목적인 관형사형 어미의 오류 원인에 대한 분석 결과와 그에 따라 제시된 교육 방안은 한국어 교육 현장에서 충분히 예상 가능한 기존의 방법이라는 것이다.

2004. 8. 가마카리 스즈. 석사. 고려대. 일본어권 한국어 학습자의 발달 양상 연구: 이유 표현 연결구를 중심으로. 〈분류: 어미〉 〈해제: 문혜심〉

▌목차▐

▌요약▐

이 논문은 일본어권 한국어 학습자의 숙달도에 따른 이유 표현 연결 어미의 습득 과정 분석과 습득 방해 요인을 검토하여 한국어 교육 현장에서의 문제점을 밝혀 이에 대한 해결 방법을 모색하는 데 연구의 목적이 있다.

중간 언어 연구에 대한 이론적 배경으로서 대조 분석 가설과 오류 분석 이론을 검토하고, 대조 분석 가설과 오류 분석 이론만으로는 학습자의 모든 오류를 예측하는 것은 불가능하고, 표출되지 않은 학습자의 문제점도 밝힐 수 없다는 점을 지적하였다. 이러한 한계를 극복하기 위한 해결책으로 학습자 언어 전체를 연구의 대상으로 다루는 중간 언어 연구의 필요성과 의의를 밝혔다.

작문 자료를 중심으로 이유 표현 연결구의 사용 양상을 분석함에 있어, '연결구'라는 용어에 연결 어미를 비롯한 '-는 바람에, -는 통에, -기 때문에' 등을 포함시켰다. 조사 대상자는 일본어를 모어로 하는 중·고급 학습자로 한정하였지만, 조사의 객관성을 높이기 위해 중국어, 영어, 독일어, 러시아어를 모어로 하는 학습자와 비교 분석하였다. 조사 항목은 학습자의 교재인 고려대 한국어 회화 1-4와 한국어 5-6에 제시된 것, 즉 1급 '-아/어서, -기 때문에', 2급 '-느라고, -(이)라서, -(으)니까', 3급 '-는 바람에', 4급 '-는 통에, -길래', 5급 '-(으)므로, -아/어'를 제시하였다. 조사 결과, 일본어권 학습자는 다른 언어권 학습자에 비해 이유 표현 연결 어미를 쉽게 받아들이지만, 초급 제시 항목 위주로 사용하고, 다른 언어권 학습자에 비해 생산되지 않는 항목(-느라고, -길래, -는 바람에, -는 통에 등)이 많은데 이는 주로 중급에서 제시되는 항목임을 밝혔다. 또한 중급에서는 '-(으)니까'를 많이 사용하나 숙달도가 높아짐에 따라 빈도수가 내려가고, 대신에 '-기 때문에'를 주로 사용하며, 고급에서는 이유 표현을 분명하게 하는 대신에 사실의 나열을 통해 간접적으로 표현하는 경향이 나타났음을 밝히고 있다. 높은 빈도수를 보인 '-아/어서, -기 때문에, -(으)니까'를 중심으로 습득 순서를 살핀 결과, '-기 때문에 → -아/어서 → -(으)니까'의 순서로 나타나 학습 순서인 '-아/어서 → -기 때문에 → -(으)니까'와 차이가 있음을 지적하였다.

또한 학습자가 생산하지 않는 항목 '-느라고, -길래, -는 바람에, -는 통에, -아/어, -(으)므로'를 일본어권 고급 학습자 46명과 한국어 모어 화자 50명을 피험자로 하여 살펴본 결과, 일본어권 학습자는 '-느라고'를 제외한 나머지 연결구에서 한국어 모어 화자보다 사용 빈도가 낮게 나타났는데, 이를 '회피'의 한 형태라고 분석하였다.

　작문 조사와 실험 결과를 통해 일본어권 학습자는 이유 표현에 주로 초급 제시 항목인 '-아/어서, -기 때문에, -(으)니까'를 사용하는데, 이를 구체적 문맥에서 살펴본 결과, 언어간 간섭 효과가 그 원인이라고 지적하였다.

▌ 의의 및 제언 ▌

　이 논문은 일본어권 한국어 학습자를 중심으로 하여 이유 표현 연결 어미의 오류 양상을 살피고, 한국어 숙달도에 따른 습득 과정을 분석함으로써 한국어 교육과 한국어 교재 개발을 위한 기초 자료 제공이라는 점에서 의의가 있다.

　또한, 기존의 논의에서는 연결 어미에 국한하여 논의되었던 것과 달리, '-기 때문에', '-는 바람에', '-는 통에' 등과 같은 이유 표현과 관련된 구 단위의 형태들을 연구 대상에 포함한 점은 한국어 교육 현장에서의 현실적인 문제를 직접적으로 반영한 결과라고 생각된다.

　그러나 이 논문에서 연구 대상으로 한 피험자가 하나의 기관에서 학습하는 한국어 학습자라는 점에서 실험 결과에 대한 객관도가 입증되기 어렵다는 것은 아쉬움으로 남는다. 즉, 하나의 기관에서 사용하는 교재와 그에 따른 학습 내용과 방법은 실험 결과의 변인으로 작용할 수 있기 때문에 일본어권 한국어 학습자의 일반적인 양상이라고 판단하기에는 한계가 있다는 것이다.

2004. 8. 박선혜. 석사. 부경대. 오류분석을 통한 한국어 시제 및 상 교육 방안 연구: 일본어권 학습자를 대상으로. 〈분류: 어미〉 〈해제: 가마카리 스즈, 문혜심, 최창원〉

▌ 목차 ▌

<table>
<tr><td>

　　4) '-고 있다'와 '-어/아 있다'의 혼용에 따
　　　른 오류

Ⅳ. 일본어권 학습자를 위한 한국어 시제 및
　　상 교수·학습 방안
　1. 종결 어미에 있어서 시제 및 상 교수·학
　　습 방안
　　1) 현재 시제 지도 방안
　　2) 과거 시제 지도 방안

</td><td>

　　3) 미래 시제 지도 방안
　　4) '-고 있다' 및 '-아/어 있다' 지도 방안
　2. 연결 어미와 관련한 시제 및 상 교수·학
　　습 방안
　3. 한국어 시제와 상 교육 순서

Ⅴ. 결론
　<참고문헌>

</td></tr>
</table>

▌요약▐

이 논문은 일본어권 학습자들이 한국어를 습득하는 과정에서 범하는 시제 및 상 사용의 오류를 분석하여 학습 과정상의 발달 단계를 조정하고 시제·상 습득을 위한 학습자 중심의 교수·학습 방안을 마련하는 것을 목적으로 하였다. 일본어권 학습자들은 모국어인 일본어와 목표어인 한국어의 유사성 때문에 다른 언어권 학습자들에 비해 한국어 학습력이 뛰어난 반면에 시제 사용에 있어서는 모국어의 간섭으로 인해 많은 오류문을 생산해 낸다고 한다.

이 논문에서 다루어진 시제 항목은 과거, 현재, 미래 시제 그리고 일본어권 학습자들이 빈번히 일으키는 오류 중 동작의 진행을 나타내는 '-고 있다'와 결과·상태·지속을 나타내는 '-어/아 있다'를 포함시켰다. 한편 논의의 대상이 된 학습자들은 모국어가 일본어이며, 한국어 강좌를 초급 이상 수료한 중급, 고급 학습자(한국어 교육 과정에서 3, 4급)로 한정하였다. 그 이유는 학습자가 한국어의 기본적인 시제와 상을 모두 학습한 상태이어야 하고, 또 배운 문법을 활용하려면 적어도 중급 이상은 되어야 한다고 저자가 판단했기 때문이다.

2장에서는 학습자들의 언어 자료를 오류분석하기 위한 이론적 뒷받침을 위해 대조분석, 중간언어, 오류분석의 세 가지 이론을 언급하고, 이어서 오류분석의 절차, 오류의 원인에 대한 이론에 대해 소개하였다. 이 논문에서는 대조분석과 오류분석이론을 적용하며, 대상을 일본어권 학습자로 한정하였다는 점을 고려해서 언어간의 전이에 의한 오류에 좀 더 비중을 둔다고 한다.

3장에서는 학습자들의 오류를 분석하는 데 앞서 한국어 시제가 각 교육기관의 교재에서 어떻게 다루어져 있는지 살피고, 다음으로 일본어권 학습자의 작문자료에 나타난 오류를 분석하였다.

교재분석은 고려대 「한국어 1·2」, 서울대 「한국어 1·2」, 선문대 「한국어 초급 1·2」, 연세대 「한국어 1·2」, 이화여대 「말이 트이는 한국어Ⅰ·Ⅱ」를 대상으로 하였다. 먼저 초·중급반에서 교수되는 시제 항목을 살펴본 결과 현재 시제 '-ㄴ/는' 형태가 연세대 교재와 서울대 교재에만 제시되어 있어 이에 대한 교육이 소홀이 이루어지고 있음을 지적하였다. 이어서 저자는 각 교육기관의 교재를 일본어권 학습자를 대상으로 한 교재와 일반 학습자를 대상으로 한 교재로 나누어서 각 교재의 시제 기술에 대한 현황과 문제점에 대해 언급하였다.

다음으로 오류분석에 관해서는 학습자의 작문 자료를 대상으로 표면적인 오류 형태를 누락, 첨가, 대치로 분류한 다음 오류의 원인을 언어간의 전이, 언어내 전이, 의사소통 전략 순으로 분석하였다. 여기서 저자는 이 장에서 행하는 오류분석은 일본어권 학습자를 위한 교수·학습 방안 마련을 위한 선행연구로서 오류분석 자체가 이 논문의 목적이 아님을 강조하고 있다. 이는 이 논문의 대상이 된 학습자의 인원수가 적고 장기간의 자료를 바탕으로 한 연구가 아니기 때문에 오류분석에서 도출된 결과가 일반화되기에는 무리가 있다고 보았기 때문이다. 다만 이러한 한계점을 보완하기 위해 저자가 작성한 시험지와 일본어 번역 과제를 학습자에게 제시하여 그 결과를 논의에 반영한다고 하였다. 오류분석은 (1)과거시제 사용 오류, (2)현재시제 사용 오류, (3)미래시제 사용 오류, (4)'-고 있다'와 '-어/아 있다'의 혼용에 따른 오류로 분류하여 일본어권 학습자에게는 특히 연결어미와 관련해서 목표어에 모국어를 대응시켜 오류를 발생시키는 언어간의 전이가 빈번히 일어나고 있다고 지적하였다.

4장에서는 Ⅲ장에서의 오류분석을 토대로 초·중급 일본어권 학습자를 위한 시제와 상의 교수·학습 방안을 제안하고, 초급 단계에서의 한국어 시제와 상의 교육 순서를 제시하였다. 이 논문에서는 학습자들의 활동보다 교재에서 다루어야 할 시제 및 상의 내용 선정과 등급화에 대해 언급했다고 한다.

우선 교수 방안을 제시함에 있어 종결어미와 연결어미로 나누어서 시제와 상의 교수 방안을 제시하였다. 종결어미에 관해서는 특히 미래 시제에 있어서 '-겠'보다 '-(으)ㄹ 것'의 중요성을 강조하여, 교수용 '-겠'과 '-(으)ㄹ 것'의 교수·학습 지도 방안을 제안하였다. 한편 연결어미에 관해서는 'S1-(으)면 S2'에 대해 'S2'의 사상에 따라 'S1'의 사상을 올바르게 선택할 수 있도록 교수·학습 지도 방안을 마련하였다.

다음으로 시제와 상의 교육 순서 제시함에 있어서는 교육과정을 12주를 기준으로 하였으며, 10주 이후에는 관형사형 어미 학습단계로 구분하여 8주까지의 교육순서만 제시하였다. 이를 현재 한국어 교재에 나타난 교육 순서와 비교해 보면 현재형 '-ㄴ/는다'와 '-어/아 있다'의 제시 순서를 앞당기고 '-겠'보다 '-(으)ㄹ 것'의 중요성을 강조하였다.

5장에서는 지금까지의 논의를 정리하며, 이 논문의 한계점으로 대상 학습자들의 인원수가 적고 연령층이 한정되어 있다는 점과 오류분석의 대상을 일본어권 학습자로 제한하였음에도 일본어와 한국어의 대조분석이 미흡했다는 점을 지적하며 마무리하고 있다.

▌ 의의 및 제언 ▌

이 논문은 일본어권 학습자를 대상으로 본격적으로 시제 및 상의 사용 오류에 대해 분석하여 교수·학습 방안을 마련한 점에 그 의의를 찾을 수 있다. 특히 일본어권 학습자를 대상으로 한 오류분석 연구는 그 대부분이 학습자의 전반적인 오류를 다루어 왔기 때문에 시제 사용상의 오류에 초점으로 둔 논문이 미흡한 현황이다.

그러나 오류분석에 있어 대상 학습자의 인원수가 정확히 기술되지 않았다는 점, 그리고 저자가 작성하여 오류분석에 반영했다는 시험지와 일본어 번역 과제가 어떤 내용인지 제시되어 있지 않았다는 점에서 분석 자료의 신뢰성이 약간 떨어지는 느낌이 든다. 또 교재 분석에서 초급 교재

(1·2권)만을 대상으로 하여 초·중급을 나누는 게 좀 무리가 있다고 생각된다. 마지막으로 교육 순서 제시함에 있어 그 순서가 어떤 근거로 매겨졌는지 밝혀져 있지 않아서 오류분석 결과와의 연관성이 희박하게 보이는 점이 아쉽다. 그리고 이 논문에서는 '-ㄴ/는다'를 3주에 제시하여 다른 시제 및 상 가운데 제일 앞 단계에서의 제시를 제안하였으나 초급 단계의 교재는 일반적으로 대화문 위주로 이루어져 있는 것을 고려하면 이러한 제시법이 가능한지 의문이 생긴다.

2005. 2. 마홍염. 석사. 연세대. 한국어와 중국어의 시간 표현 요소 대조 연구. 〈분류: 어미〉 〈해제: 최창원〉

▌목차 ▌

1. 서론
   1.1. 연구의 목적
   1.2. 연구 방법
   1.3. 선행 연구

2. '-었-'과 '-었었-'의 실현 양상
   2.1. '-었-'과 '-었었-'의 단순문에서의 쓰임
   2.2. '-었-'과 '-었었-'의 내포문에서의 쓰임
   2.3. '-었-'과 '-었었-'의 접속문에서의 쓰임
   2.4. 요약

3. '-겠-'의 실현 양상
   3.1. '-겠-'의 단문에서의 쓰임
   3.2. '-겠-'의 내포문에서의 쓰임
   3.3. '-겠-'의 접속문에서의 쓰임
   3.4. 요약

4. 결론
   〈참고문헌〉

▌요약 ▌

이 논문은 한국어와 중국어의 시간 표현에 대하여 대조분석 방법으로써 살피는 데 연구의 목적을 두었다. 이를 위하여 연구자는 한국어의 모든 문장 유형에 따른 예문을 제시하고, '-었-', '-었었-'과 '-겠-'이 그 문장에 들어갈 수 있는가에 대해 살펴보았다. 또한 제시한 예문들을 중국어로 번역하였을 때 이것들이 중국어의 어떤 시간 표현과 대응되는지를 검토하였다.

한국어의 문장 유형을 단문과 복문으로 그리고 복문은 다시 내포문과 접속문으로 나누어 각각의 어말 어미에 따른 하위 문형을 나누었고, 각 문형도 서술어가 동사, 형용사, 그리고 '-이다'인지에 따라 다시 3가지로 나누었다. 접속문에서는 56개 연결 어미들을 선택했고, 또한 이들 연결어미를 가지는 문장을 중국어로 번역한 후에 나타나는 상관어구나 의미에 따라 중국어 복문들을 하위분류하여 제시하였다.

이를 통한 결과는 다음과 같다.

첫째, '-었-'은 '완성, 과거, 현재의 전체 모습'을 의미하므로 중국어로 번역할 때 이것이 '了'와 대응될 것으로 기대된다. 그러나 본 대조 연구의 결과, 대응되는 중국어 문장에서 '-었-'은 동사문에서는 '了'와 주로 대응되지만, 형용사문과 '-이다' 문에서는 과거를 표현하는 시간부사

'曾經/曾' 과 시간명사 '那時', 以前' 등과 대응되어 쓰인다는 점을 발견하였다.

둘째, '-었었-'은 '단속'을 뜻하는데 중국어로 번역할 때 동사문과 형용문에서는 '過'가 많이 쓰이지만 과거를 나타내는 시간부사 '曾經/曾' 등과 시간명사 '那時', 以前' 등도 많이 사용된다. '-이다'문에서는 시간부사 '曾經/曾' 등과 시간명사 '那時', 以前' 등이 주로 사용되고, '-었었-'이 '過'와 대응되는 일은 거의 없다.

셋째, '-겠-'은 '추측, 미래, 의지, 능력'의 의미를 가지는데 중국에서 이것과 대응되는 문법적 요소는 발견할 수 없다. 이를 중국어로 번역할 때 동사문에서는 주로 시간부사 '將要, 將, 卽將, 快要, 就要' 등과 동사 '要,會' 등이 쓰이고 형용사문과 '-이다'문에서는 '會'가 쓰이는 경향이 발견된다.

▌ 의의 및 제언 ▌

이 논문은 한중 양국어의 시간 표현 요소들 대응에 대한 근거 자료로서 의의를 가질 수 있다.

그런데, 이러한 연구 결과를 통해서 한국어와 중국어의 문법 체계에서 시간 표현 요소들 '-었-, -었었-, -겠-'의 명확한 대응 관계를 이론적으로 해명하는 데에는 이르지 못했다는 점과 실제 한국어 학습에 있어 어떠한 효과를 기대할 수 있는지에 대한 논의가 이루어지지 않았다는 사실이 아쉬움으로 남는다.

2005. 2. 이미혜. 박사. 이화여대. 한국어 문법 교육 연구: 추측 표현을 중심으로. 〈분류: 어미〉 〈해제: 최창원〉

▌ 목차 ▌

▌요약▐

본 논문은 한국어 문법 교육에서 문법 항목의 구성 및 선정, 배열, 문법 기술, 문법 교수법을 대상으로 하여, 각 영역에 대한 한국어 교육 문법 원리를 세우는 데 목적이 있다. 또한 이 원리를 추측 표현에 적용해 봄으로써, 교육 문법 원리를 귀납적으로 검토하고, 동시에 추측 표현에 대한 체계적인 교육 방안을 마련하는 데 목적이 있다.

1장에서는 연구의 목적을 밝히고, 선행 연구 내용을 검토하였다. 한국어 문법 교육에서 추측 표현의 선정, 배열, 문법 기술이 일관된 교육 원리에 근거하여 이루어졌다기보다 경험에 근거하여 이루어져 왔음을 살펴보았다. 그리고 이를 근거로 하여 한국어 문법 교육에서 교육 문법 원리의 필요성을 주장하고, 본 연구를 위한 연구 대상과 연구 방법을 제시하였다.

2장에서는 한국어 문법 교육 논의를 위한 이론적 배경으로서, 한국어 교육 문법의 위치를 밝히고, 담화 층위의 문법 교육 방향을 제시하였다.

한국어 교육 문법은 문법 연구와 문법 교육을 연결하는 응용 층위에 존재하며, 학문 문법의 연구를 바탕으로 교육에 필요한 문법 내용을 선정하고 조직한다. 한국어 문법 교육이 담화 층위에서 이루어지기 위해서 문법 교육은 문장 문법, 담화 문법, 화용 기능을 모두 포함해야 한다. 그리고 문법 항목은 실제적인 언어 사용 단위로 구성해야 하며, 문법 기술은 형태, 의미, 화용 정보를 모두 포함해야 한다. 그리고 실제 교육은 담화 자료로 담화 층위의 연습 활동이 이루어져야 한다. 이러한 담화 층위의 문법 교육 원리는 3-4장에서 문법 항목을 선정하고 배열하며, 문법을 기술하고, 교육 방법을 구성하는 기본 방향이 되었다.

3장에서는 한국어 문법 항목이 어떻게 구성되는지를 살펴보고, 한국어 문법 항목의 유형과 특성을 찾아보았다. 그리고 문법 항목을 선정하는 기준을 세워서, 한국어 교재의 추측 표현이 알맞게 선정되었는지를 검토하였다.

문법 항목은 한국어 문법을 교육하기 위한 구체적인 항목이다. 문법 항목을 구성하기 위해서는 문법 내용에 관련된 문법 요소를 선별하고, 그 문법 요소를 교육에 필요한 유형으로 재구성함으로써 이루어진다. 문법 항목 중에서 복합 구성으로 이루어진 것을 표현 항목이라고 한다. 그러므로 이 논문에서 다루는 추측 표현은 복합 구성으로 이루어진 문법 항목의 일부이다.

한국어 문법 항목을 선정하는 기준으로는 4가지 원칙을 설정하였는데, 첫째는 한국어 문법 내용의 핵심적인 것을 선택한다는 것이다. 둘째는 문법 항목은 필수적인 요소로 구성한다는 것이다. 셋째는 보편적, 일반적인 언어 사용 양상을 고려하며, 넷째는 교육적으로 응용할 수 있는 것을 선정한다는 것이다.

4장에서는 교수요목에 따른 문법 항목의 배열 기준과 방법을 살펴보고, 의사 소통 기능 중심의 교수요목에서 문법 항목을 배열하는 기준을 제시하였다. 그리고 그 기준에 따라 추측 표현의 배열을 시도하였다.

한국어 교육에서 복합 교수요목은 문법 중심 교수요목과 의사소통 기능 중심의 교수요목으로 나눌 수 있다. 그 중에서 담화 층위의 문법 교육을 목표로 하는 의사소통 기능 중심의 교수요목은 문법을 배열할 때, '기능, 사용 빈도, 교육/학습 용이성'의 순서로 고려한다. 이 기준을 추측 표현에 적용하기 위하여 실제 언어 사용 빈도를 조사하였고, 그 결과에 따라 추측 표현의 교육 순서를 제시하였다.

5장에서는 담화 층위의 문법 기술 원칙을 살펴보고, 추측 표현에 대한 한국어 교재 및 문법서의 문법 기술 내용을 검토하였다. 그리고 국어 문법 연구 결과를 반영하여 추측 표현에 대한 문법 내용을 기술하였다.

담화 층위의 문법 교육을 휘해서 문법 기술은 형태, 의미, 화용 정보를 모두 포함해야 한다. 그리고 학문 문법을 바탕으로 교육 문법을 구성할 때는 교육에 필요한 내용으로 적절하게 단순화해야 하며, 유사한 의미, 기능을 갖는 다른 항목과의 유사점과 차이점을 기술해야 한다. 또한 기술 방식이 명확해야 하며, 학습자들에게 친숙한 개념으로 기술해야 한다. 이러한 문법 기술 원칙에 근거하여 한국어 추측 표현을 두 가지 방식 -추측 표현 간의 비교 기술, 추측 표현에 대한 개별 기술- 으로 기술하였다.

5장에서는 문법 교육의 상향식·하향식 교수 모형을 살펴보고, 그에 따른 추측 표현의 수업 구성안을 제시하였다. 상향식 모형에서는 문법을 고립된 형태로 제시하여 지도하므로, 의사소통 상황에서 문법 사용 능력을 갖추기 어렵다. 그러므로 모형의 각 단계마다 담화 층위의 문법 지도를 위한 방안을 제시하였다. 그리고 하향식 모형은 기본적으로 의사소통 기능 수행을 목적으로 하므로 그 과정에서 문법적인 정확성을 어떻게 갖출 것인지가 중요한 문제이다. 그러므로 과제 수행 과정에서 문법 항목에 주목하여 의식 상승을 시키고, 문법적인 정확성을 높여야 한다는 점을 강조하였다.

▋ 의의 및 제언 ▋

이 논문은 한국어 문법 교육에서 문법 항목의 선정, 배열, 문법 기술에 대한 원리를 세워서 문법 교육의 체계화를 시도했다는 점에서 의의가 있다. 그리고 문법 연구와 교육문법을 조직적으로 연계함으로써, 국어 문법 연구 내용을 어떠한 방법으로 재구성하여 한국어 교육문법에 반영할 것인지 구체적인 원칙과 방향을 모색했다는 데서도 의의를 찾을 수 있다. 또한 국어 문법 연구의 결과가 전혀 반영되지 못하고 있는 추측 표현에 대해 문법 기술을 시도함으로써, 추측 표현에 대한 교육 정보를 제공해 주었다는 것도 의미가 있을 것이다.

그러나 교육 문법 원리를 적용하는 구체적인 대상을 추측 표현에 한정하였으므로 그 외의 표현 항목에 대한 추가적인 검토가 이루어질 필요가 있을 것이다. 또한 국어 문법 연구를 바탕으로 한국어 문법 교육에 필요한 정보를 재구성하는 작업이 체계적으로 이루어져야 할 것이다.

2005. 2. 이현주. 석사. 강원대. 외국어로서의 한국어 연결 어미 교육 연구. 〈분류: 어미〉 〈해제: 문혜심〉

▌목차 ▌

▌요약 ▌

이 논문은 한국어 교재와 한국어 학습자 및 교사를 대상으로 하여 한국어 연결 어미 교육 실태를 살펴보고, 효율적인 교육 방법을 제시하는 데 연구의 목적을 두었다.

연결 어미 분류 체계와 그 개념을 살펴봄에 있어, 국어 교육적 입장에서는 최현배(1937), 허웅(1983), 윤평현(1989), 남기심·고영근(1993), 서정수(1994), 이은경(1995), 고등 학교 문법(2003)을 중심으로, 한국어 교육적 입장에서는 최길시(1998), 백봉자(1999), 임호빈 외(2003)을 중심으로 하여 연결 어미의 개념과 분류 체계를 정리하였다.

한국어 교재에서의 연결 어미 교육 실태를 살피기 위해 「한국어 초급1·2」(경희대, 2001)와 「서강 한국어1·2」(서강대, 2001)을 비롯한 「한국어1」(서울대, 2000), 「한국어1」(연세대, 2003), 「말이 트이는 한국어1·2」(이화여대, 2002)에서의 영어로 된 설명과 예문을 비교하고, 각 교재별로 동일한 연결 어미임에도 이형태를 표기하는 방법이 다르다는 점은 연결 어미 교육의 문제점이라고 지적하였다. 또한 교재에 제시된 연결 어미의 빈도수와 제시 순서를 비교한 결과, '-고(나열), -아/어서(순차), -지만(대조), -아/어서(이유), -니까(이유), -는데(배경)'의 순서를 보였다고 한다.

'-고'와 '-지만'을 중심으로, 앞서 언급된 한국어 교재에서 어떻게 제시되고 있는지 살펴보았는데, 「한국어 초급1·2」(경희대, 2001)과 「서강 한국어1·2」(서강대, 2001) 비롯한 연세대, 이화여대, 서울대 교재에서 '그리고'나 '하지만'과 같은 의미를 가진 축약형으로 제시하는 것과 교육 방법에 있어서 제시한 예문을 기계적으로 단순 반복 연습하는 데는 한계가 있음을 지적하고, 말하기, 듣기, 읽기, 쓰기의 모든 언어 영역에 걸친 문법 교육의 필요성을 주장하였다.

3학기에서 4학기를 배운 한국어 학습자와 교사를 대상으로 설문 조사를 하여 유사한 의미를 갖는 연결 어미의 경우, 차이점에 대한 설명은 한국어만으로는 한계가 있으므로 학습자의 모국어를 제시할 필요성이 있음을 언급하고, 한국어 연결 어미에 관한 제언으로서 연결 어미에 대한 빈도수 조사와 교육용 목록 작성이 우선적 과제임을 밝혔다.

▮ 의의 및 제언 ▮

이 논문은 한국어 교재와 한국어 학습자 및 교사를 대상으로 하여 한국어 연결 어미 교육 실태를 살펴보고, 효율적인 교육 방법을 제시하고자 하였다는 데 그 의의가 있다고 생각된다.

그러나 본 연구에서는 외국어로서의 한국어 문법 교육의 출발점이 국어 문법이라는 점은 재론의 여지가 없지만 어미 체계에 대한 장황한 설명은 외국어로서의 한국어 연결 어미 교육이라는 관점에서는 직질하지 않다고 본다.

또한, 한국어 교육 현장에서의 연결 어미 교육 실태를 살피기 위한 교재 분석이 그 목적에 맞게 이루어졌다고 보기 어렵고, 교육 방법으로서 제시한 '유의미한 의사소통 맥락을 통한 제시의 필요성'은 본 논문에서 지적한 문제점에 대한 적절한 해결책으로서는 미흡하다.

2005. 8. 이은기. 석사. 이화여대. 오류 분석을 통한 한국어 관형절 시제 교수 방안 연구: 일본인 학습자를 대상으로. 〈분류: 어미〉 〈해제: 문혜심, 최창원〉

▌목차▐

▌요약▐

이 논문은 일본인 학습자들이 한국어 관형절 시제를 학습하는 데서 만들어진 오류와 비오류 모두를 연구 대상으로 삼고, 결과뿐만 아니라 그 결과를 이끌어낸 학습자들의 과정상의 언어 인식을 분석해 냄으로써 학습자 위주의 교수 방안을 찾아내는 데에 연구의 목적을 두었다. 오류 분석을 통한 연구들 중에서도 관형절 어미에 대한 오류는 다른 문법 범주에 비해 높은 비율을 차지하는데도 이것을 집중적으로 다룬 연구는 거의 없다고 한다.

우선 2장에서는 오류에 관한 이론적 배경으로 대조 분석, 오류 분석, 중간 언어 이론에 대해 소개하고 있다. 이 논문에서는 어느 한 이론에 기초해서 학습자 언어를 분석한 것이 아니라 각각의 이론이 종합된 내용을 기초로 하여 학습자들의 언어학습 과정을 규정하고자 하였다.

다음으로 3장에서는 일본인 학습자가 관형절 시제를 어떻게 인식하고 있는지를 알아보기 위해 설문 조사를 실시하였다. 설문 조사는 두 번에 거쳐서 실시되며 1차 조사에서는 초급 학습자 20명, 중급 학습자 17명을 대상으로, 2차 실험에서는 고급 학습자 20명을 대상으로 삼았다. 설문 문항에 사용된 문법 범주들은 기존의 관형절 시제에 관한 연구들을 참고하여 오류율이 높았던 동사, 형용사, '있다/없다', '-이다', '-지 않다'를 제시하였고, 또 머리 명사의 제약이 있는 문장과 주로 회피의 대상이 되었던 '-던', '-았/었던'을 유도하는 문장으로 구성하였다. 1차, 2차 조사는 같은 문항으로 구성되며, 1차 조사에서는 각각의 문장과 함께 용언의 기본형을 적절한 형태로 바꾸어 적어 넣게 하고, 2차 조사에서는 1차 조사에서 나타난 관형형 어미를 보기로 만들어 객관식의 형태를 취했으며, 학습자들이 그 관형형 어미를 선택한 이유도 같이 쓰게 하였다. 다만 조사 도중에 약간의 문제가 생겨서 2차 조사에서는 여섯 개의 문항이 수정되었으나 조사 분석에서는 수정전과 수정후의 문항을 모두 포함한 총 26문항이 제시되어 있다. 또 분석 단계에 있어서는 (1)각 숙달도 단계별, (2)품사별, 관용구로서의 관형절 시제의 두 가지로 나누며, (1)에서는 초, 중, 고급 학습자의 각 단계별 특징을 살펴보고, (2)에서는 먼저 1차, 2차에서 학습자들이 선택한 관형형 어미들을 제시하였다. 다음으로 학습자들이 제시한 오류의 원인을 밝히고, 고급 학습자들이 선택한 관형형 어미에 대한 정답 선택 이유를 제시하였다. 이를 분석한 결과, 초급 학습자일수록 절대 시제와 문장 속 시간 부사 등에 영향을 받았고, 시제성을 배제하고 정해진 관용구로서의 학습을 요구하는 부분과 특정 머리 명사에 따라 결정된 시제어미 선택에 있어서 모든 단계의 학습자들이 단순한 공식에 의한 문제 해결보다 상대 시제를 우선시하여 문제를 해결한다고 하였다. 또 2차 조사의 인식 조사에 대한 결과 고급 학습자는 인식에 대한 언급을 회피함으로써 고급 학습자들은 습관적으로 한국어를 사용하고 있다고 지적하였다.

마지막으로 4장에서는 이들 조사 결과를 바탕으로 관형절 시제의 교수 방안을 제안하였다. 우선 이에 앞서 국어학에서 정의되어 있는 관형절 시제의 기본 개념을 '-은', '-는', '-을', '-던'의 네 가지로 나누어서 정리하였다. 다음으로 지도 방안으로는 품사별 관형절 시제와 관용구로서의 관형형 시제로 나누어 제시하였는데, 대체적으로 일본어와의 대조를 통해 한국어가 가지고 있는 특수성에 유의하여 지도하는 것과 정해진 형태로의 관형형 어미를 암기하는 방법 위주로 제안하였다.

이상과 같이 이 논문은 관형절 시제에 대한 일본인 학습자들의 인식의 양상을 보여주고 이를 바탕으로 관형절 시제의 지도 방안을 제시하였다.

▍▍의의 및 제언 ▍

이 논문은 기존의 오류분석에 관한 논문들과 달리 오류의 원인을 연구자가 자의적으로 추측한 것이 아니라 학습자 스스로가 그 답을 선택한 이유를 밝힘으로써 결과뿐만 아니라 그 결과를 끌어내기 위한 과정을 보여주려고 한 점에서 그 의의를 찾을 수 있다.

그러나 다음과 같은 점에서 몇 가지 아쉬움이 남는다. 우선 조사 방법에 있어서 1차와 2차의 조사 방법이 다르다는 것이다. 의도한 학습자들의 인식의 양상을 바탕으로 하고자 하는 설문 의도에 보다 충실하기 위해서는 통일된 설문을 하는 것이 보다 충실한 결과를 얻을 수 있지 않았을까 생각된다. 두 번째로 피조사자의 인원이 총 57명으로 보다 객관성을 높이기 위해서는 좀 더 많은 인원이 필요하다고 생각된다. 세 번째로 인식 조사에 관해서 학습자가 자신의 머릿속의 과정을 얼마나 정확히 설명할 수 있었는지 의문이 생긴다. 이와 관련하여 이 논문에서는 초, 중급 학습자들의 오류의 원인도 고급 학습자를 대상으로 한 인식 조사를 근거로 하여 규명했는데, 초, 중급 학습자를 대상으로 한 1차 조사에서도 학습자들의 인식 조사가 이루어졌으면 각 숙달도에 따른 학습자의 인식 양상의 흐름을 보다 정확히 볼 수 있지 않았을까 생각된다. 다음으로 지도방안을 제시함에 있어서 기본 개념은 '상'이나 '서법'을 다루고 있으나 지도 방안에서는 숙어로서 암기 위주의 교육으로 다루고자 한다면 4장의 논의가 타당성을 얻기는 어렵다고 생각된다. 또 일본어의 시간 표현이 동사의 형식만으로 나타나지 않고 시간 부사와 함께 쓰여 나타난다는 점을 근거로 해서 시제를 뚜렷하게 나타내는 시간 부사와 함께 지도를 권하고 있으나 학습자가 시간 부사에 영향을 받아서 오류를 범하는 경우가 많은 것을 염두에 두면 재고의 여지가 있다고 생각된다.

2006. 2. 이설. 석사. 연세대. 한국어와 중국어 접속문의 표현 방식에 대한 대조 연구. 〈분류: 어미〉 〈해제: 문혜심〉

▌목차▐

▌요약▐

　이 논문은 대조 분석을 통하여 한국어와 중국어 접속문의 표현 방식에 있어서 공통점과 차이점을 밝히는 데 목적을 둔 연구이다.

　한국어 접속문에 해당되는 중국어 자료를 찾아 두 언어의 표현 내용과 방법을 비교·검토하였는데, 먼저 한국어 접속문은 서정수(1994)의 분류 체계에 따라 대등적 접속문과 종속적 접속문으로 나누고, 중국어와의 대조분석을 위해 접속문 선행절과 후행절의 의미 관계에 따라 하위 분류 하였다. 중국어 접속문의 하위 분류는 연결요소의 유무와 연결요소들이 결합하는 방식을 기준으로 먼저 연결요소가 쓰이는 접속문과 그렇지 않은 접속문으로 나누고, 연결요소가 쓰이는 접속문에는 '접속사+접속사'형 접속문, '접속사+연결부사'형 접속문, '연결부사+연결부사'형 접속문, 기타 혼합형 접속문으로 구분하였다.

중국어 '접속사+접속사'형 접속문은 주로 '선택, 전환, 설명적 인과, 점층 관계를 나타내는데, 이에 해당하는 한국어 접속문을 대조 분석하는 데에는 '-거나, -지만, -(으)나, -는데/(으)ㄴ데, -(으)니(까), -(으)므로, -(으)ㄹ뿐더러' 등으로 실현된 접속문 문장을 검토하였다. '조건, 추론식 인과, 가설, 양보' 등을 나타내는 중국어의 '접속사+연결부사'형 접속문은 '-는데/(으)ㄴ데, -(으)면, -는다면/ㄴ다면/다면/라면, -아도/어도/여도' 등으로 이루어진 한국어 접속문에서 논의하였다. 또한 병렬, 연관, 연쇄 관계를 나타내는 중국어의 '연결부사+연결부사'형 접속문은 한국어 접속문 '-고1(대등), -고2(순차), -(으)며, -(으)면서, -자(마자), -고서, -더니, -었더니, -(으)ㄹ수록, -(으)락'에서 살펴보았다. 연결요소가 앞절이나 뒷절에만 쓰이고, 호응하는 짝이 첨가되지 않는 중국어의 '기타 혼합형' 접속문은 '-(으)려고, -고자, -도록, -게(끔)'에 의해 실현된 한국어 접속문을 살펴보았다. 또한 연결요소가 쓰이지 않는 중국어 문장에 대응하는 한국어 접속문의 검토는 '중국어 연결요소가 쓰이지 않는 접속문에 대응되는 한국어 접속문', '중국어의 연동구문(連動句)에 대응하는 한국어 접속문', '중국어 기타 유형 문장과 대응되는 한국어 접속문'으로 나누어 논의하였는데, 전환, 상황의 접속문과 앞뒤 절의 주어가 다른 한국어의 대등 접속문이 이것에 대응된다. 그리고 '-아서/어서/여서, -듯(이), -(으)려고+하다, -고자+하다' 등으로 실현된 한국어 접속문은 시간 명사, 부사, 보조동사에 의해 구성된 중국어 접속문과 대응한다.

앞서 검토한 논의를 정리하면, 한국어의 대조, 대조 상황, 상반 상황, 선택, 까닭, 첨가 관계 접속문은 대체로 중국어 '접속사+접속사' 형태로 연결되는 접속문과 대응하고, 한국어의 조건, 양보, 지시/제의 상황 관계 접속문은 주로 중국어 '접속사+연결부사'의 접속문과 대응한다. 또한 한국어의 대등, 순차 접속, 반복, 점증, 동시 나열 접속문은 중국어 '연결부사+연결부사'로 연결되는 접속문에 대응된다. 한국어의 목적과 결과 관계 접속문은 중국어의 기타 혼합형 연결요소에 의해 연결되는 접속문과 대응하며, 한국어의 지각 상황, 설명 상황, 전환 관계 접속문 및 대등 관계 접속문의 선·후행절의 주어가 다를 때에는 대부분 중국어 연결요소가 쓰이지 않는 접속문과 대응한다. 한국어의 계기 한정 관계, 목적 관계 접속문, 동태적으로 쓰이는 '-고'에 의해 연결되는 접속문은 중국어의 연동구문과 대응한다. 한국어의 시간과 비교 관계 접속문, 특정 형식으로 쓰이는 목적 관계 접속문은 중국어의 단문이나 내포문과 대응한다.

▌ 의의 및 제언 ▌

이 연구는 한국어와 중국어의 접속문 표현을 대조분석적 연구 방법에 의해 검토함으로써 한국어와 중국어의 접속문 구조에 대하여 이해를 돕고, 중국어 모국어 학습자를 위한 접속문 교육에 기초적 자료를 제공하였다는 점에서 그 의의가 있다.

그러나 한국어와 중국어 접속문의 표현에 대하여 대응시키는 데 치중하여 그러한 현상이 나타나게 된 원인에 대한 분석에서는 다소 아쉬움을 보인다. 이에 대한 검토가 필요한 것으로 생각된다.

2006. 2. 이진경. 석사. 연세대. 한국어 학습자의 관형사형 어미 사용 연구. 〈분류: 어미〉 〈해제: 문혜심〉

‖ 목차 ‖

‖ 요약 ‖

 이 논문은 한국어 학습자의 관형사형 어미이 사용과 관련하여 오류 유형과 그 원인을 분석하고, 한국어 교재를 통하여 관형사형 어미 교육의 특성과 한계를 파악하여 관형사형 어미에 대한 교육 방안을 제시하는 데 목적이 있다.

 한국어 관형사형 어미에 대한 기존의 국어학적 연구 성과에서 관형사형 어미를 ‘ㄱ(으)ㄴ, ㄴ는, ㄱ(으)ㄹ, ㄴ던’으로 분류하는 논의에 따라 다음과 같이 정리하였다. ‘ㄴ는’은 동사와 ‘있다/없다’에만 쓰이고, 현재와 현재 진행을 나타낸다. ‘ㄱ(으)ㄴ’은 동사에 쓰이는 경우에는 과거의 사건, 과거에 완결된 사건의 지속 상태를 나타내고, 형용사와 ‘ㄴ이다’에 쓰이게 되면 현재 상태를 나타낸다. 또한 ‘ㄱ(으)ㄹ’은 미래와 불확실한 사실에 대한 추측, 미확인, 미정적인 사건을 나타내고,

'-던'은 과거 동작이 진행되는 것으로 미완결된 사건이나 과거 동작의 일상성 등을 나타내며 회상의 기능을 한다. 이 논문에서는 한국어 교수·학습의 효율성을 고려하여 관형사형 어미를 '-(으)ㄴ, -는, -(으)ㄹ, -던'의 4개로 분류하는 입장을 따르며, 관형사형 어미는 시제의 의미 기능 외에도 상이나 양태, 서법의 의미 기능을 담당하는 것을 기본으로 하였다.

오류 분석을 위해 2002년 문화관광부 주도로 이루어진 학습자 말뭉치에서 영어, 일본어, 중국어, 기타 언어권별 학습자의 한국어 숙달도 등급별 작문 자료를 무작위로 추출하고, 수필, 논설문, 설명문 등의 다양한 장르를 대상으로 검토하였다. 또한 관형사형 어미의 사용 환경을 유형화하여 사용 및 오류에 대해 분석하였는데, 오류의 형태적 관점에서 논의한 Dulay·Burt·Krashen(1982)와 고석주(2002)의 분류를 토대로 하여 오류의 유형을 '누락, 다른 어미 사용(환언), 형태 오류, 다른 관형사형 어미 사용(대치), 첨가, 기타'로 구분하였다. 숙달도 등급별 관형사형 어미 사용률과 오류율을 살핀 결과에 따르면, 숙달도 등급이 높아질수록 사용률은 높아지고, 오류율은 낮아지는 경향을 보인다. 이것은 외국어 학습에서 일반적으로 나타나는 현상으로, 숙달도 등급이 높아짐에 따라 단문에서 복문 구조로 발전하며, 한국어 문법 체계에 익숙해짐을 보여주는 것으로 해석하였다. 또한 학습자의 언어권별 차이에 의한 오류보다는 목표어인 한국어에 의한 오류 발생이 많아 언어 내 전이에 초점을 맞추어 검토하였다.

오류 분석 결과에 따르면, '대치-형태-누락-첨가-기타-환언' 오류의 순서를 보였다. '누락'으로 인한 오류는 문법적으로 허용되는 의도적·전략적·관용적 생략과는 달리 비문법적 생략을 뜻하는데, 오류율은 초급과 중국어권 학습자에게서 가장 많았다. 초급 학습자의 오류율이 높은 것은 관형사형 어미에 대한 인식이 부족하여 누락하는 전략을 사용했을 가능성이 높다고 밝혔다.

오류 유형에서 가장 낮은 오류율을 보인 '환언'에 의해 발생한 오류는 학습자가 인식하지 못한 요소를 혼동함으로써 발생했을 가능성이 높다고 분석하였다. 환언 오류는 언어권별로는 큰 차이를 보이지 않는 반면, 중급 학습자에게서 오류율이 높게 나타났는데, 이는 중급에서 여러 어미들의 학습이 많아지면서 이들 간에 혼동이 발생할 가능성이 높기 때문이라는 것이다. 한편, 고급 학습자에게서는 환언으로 인한 오류는 보이지 않았는데, 이것은 고급 학습자들이 관형사형 어미를 비롯하여 명사형 어미, 연결어미 등의 쓰임에 대한 인식이 분명하였기 때문이라고 해석하였다.

'형태' 오류는 초급 학습자, 일본어 모국어 학습자에게서 높은 오류율이 나타났는데, 관형사형 어미에 의해 발생했다기보다는 외적 요인 즉, 품사에 대한 인식 부족, 불규칙 용언 활용에 대한 학습 부족, 간접 화법이나 인용의 내포문 구성에 대한 학습 부족 등에 의한 것으로 분석하였다.

오류 유형에서 가장 높은 오류율을 보인 '대치' 오류는 초급과 중급 학습자에게서 유사한 오류율을 보인 점이 특이한데, 특히 중급 학습자의 오류율이 높게 나타난 것에 대해 관형사형 어미에 대한 이해와 사용에 있어 상대 시제에 대한 개념, 관용적 표현, 동사의 상적 특징 등에 대한 인식 부족 때문인 것으로 분석하였다. 대치 오류에서 가장 높은 오류율을 보인 것은 '-던'이었는데, 가장 낮은 사용 빈도를 보인 관형사형 어미는 '-던'이고, 가장 높은 사용 빈도는 '-(으)ㄴ'이라는 점에서 학습자가 회피 전략을 사용했을 가능성이 높다고 해석하였다. '-(으)ㄴ'에서의 오류는 동사 과거 표현에서 많이 발생했고, '-는'으로의 대치 오류율이 높게 나타났는데, 동사의 상적 특징에 대한 인식 부족을 그 원인으로 보았다. '-는'에서 발생한 오류는 '-(으)ㄴ'으로 대치한 오류율이 높았는데, 이는 관형절 상대 시제의 개념에 대한 인식이 부족하였기 때문이라고 밝혔다. '-(으)ㄹ'에서의 오류는 '-는'이나 '-(으)ㄴ'으로 대치한 오류가 많았는데, 이는 '-(으)ㄹ 필요, 가능성, 기회' 등의 머리명사 제약에 대해 인식이 부족한 학습자가 이러한 형태를 표현하는 데 모문의 시제와 시제 일치를 시킴으로써 오류가 발생하게 되었다고 한다. '-던'의 오류는 '-는'으로 대치한 오류와 '-었던'을 '-(으)ㄴ'으로 대치한 오류가 발생하였는데, '-는'으로 대치한 오류율이 가장 높게 나타났다. 이들 어미가 갖는 의미 기능에 대한 인식 부족으로 인해 오류가 발생하였다고 보았다.

'첨가' 오류는 초급 학습자와 중국어 모국어 학습자에게서 가장 높은 오류율을 보였는데, 초급 학습자들은 관형사형 어미의 기능에 대한 인식 부족이 그 원인이 되었다고 보았다. '기타' 오류에는 한국어에 없는 어휘나 다른 어휘를 사용하는 경우, 관형사형 어미가 사용된 어절 전체를 생략된 경우들이 있었다.

사용 환경의 유형별로 검토한 결과, 관형사형 어미의 사용 빈도는 '관계관형절'에서 가장 높았고, '관용구, 동격관형절, 명사화소, 고정된 표현'의 순서로 나타났는데, 이는 고급 학습자의 관형사형 어미 사용률이 높다는 것을 증명하는 것이라 해석하였다. 또한 오류율은 '동격관형절-명사화소-관계관형절-관용구-고정된 표현'의 순서를 보였다. 가장 높은 오류율을 보인 동격관형절은 머리 명사로 '이야기, 소문, 약속' 등의 특정 명사를 취하는 경우가 많고, '-(으)ㄹ 예정, -(으)ㄴ 역사' 등과 같은 머리 명사와 관형사형 어미 사이에는 제약 환경이 있다. 이러한 제약 환경에 대한 학습자의 인식이 부족하여 오류를 발생시킬 가능성이 높다는 것이다. 명사화소로서의 사용에 나타난 오류는 명사화소로서의 관형사형 어미의 사용에 대한 인식 부족과 '-다는 것'과 '-는 것'의 차이에 대한 인식 부족, 명사형 전성어미와의 혼동에 의한 것으로 분석하였다. 관계관형절에서의 오류는 상대 시제의 개념에 대한 이해 부족이 가장 큰 원인으로 지적되었고, 그 외에 시제의 혼동과 동사의 상적 특징에 대한 이해 부족, '-던' 사용에 있어서의 인식 부족 등이 원인이 되었다고 한다. 관용구에서의 오류는 다른 항목에 비해 비교적 낮았는데, 이에 대해 언어 덩어리로써 제시하는 한국어 교육 방법에 그 근거를 두었다. 고정된 표현에서의 오류는 시제나 결합 용언에서 어미 변화 없이 '관한, 대한'과 같이 어휘 차원으로 습득되어 오류율이 낮다고 분석하였다.

관형사형 어미의 교육 방안을 마련하기 위해 경희대 외 4개 한국어 교육 기관의 교재를 분석하였다. 관형사형 어미에 대한 기본적 시각 및 문법 제시의 특성을 검토하였는데, 교재를 분석한 결과에 따르면, 관형사형 어미의 제시 시기는 대체로 '-(으)ㄴ, -는, -(으)ㄹ'은 학습 6-9주차에, '-던'은 13-19주차에 제시되어 '-던'에 대한 학습은 주로 중급 단계에서 이루어진다. 또한 검토 대상 교재들에서는 관형사형 어미를 사용하는 데 있어 구체적인 설명과 제약에 대한 정보 등이 부족하다고 지적하였다.

오류 분석과 교재 분석 결과를 토대로 하여 '-던'과 동격관형절에서의 관형사형 어미에 대한 교육 방안을 제시하였는데, 다른 관형사형 어미와의 비교하여 제시할 것을 제안하였다. 즉, '-

던' 제시에서 '-(으)ㄴ, -었던'과 비교·설명을 통하여 이들의 의미 기능과 차이에 대한 학습자의 이해를 돕도록 해야 한다는 것이다. 또한 동격관형절에서의 관형사형 어미에 대한 교육 방안에서는 머리 명사와 관형사형 어미 사이에 있는 제약 정보에 대하여 제시해야 하며, 이들을 관형사형 어미로서 교육하기보다는 언어 덩어리의 어휘 차원으로써 접근할 것을 제안하였다.

▌ 의의 및 제언 ▌

이 연구는 형태적·의미적 복잡성과 시제·상·서법·양태 등의 문법 범주와의 밀접한 관련성으로 인해 관형사형 어미에 대한 학습이 용이하지 않다는 점에서 학습자의 관형사형 어미 사용 양상을 살펴 오류를 분석하고, 교육 방안을 제안하였다는 데 의의가 있다.

그러나 제시된 교육 방안은 기존의 국어학의 연구 성과인 관형사형 어미의 문법적 특징에 대한 설명에 치중하여 한국어교육적 관점으로 보는 데에는 다소 한계가 있으며, 교육 현장에서의 적용과 관련하여 보다 언어 사용에 근거를 둔 접근이 필요하다고 생각된다.

2006. 2. 하지선. 석사. 한양대. 한국어 교육을 위한 종결기능 연결어미 연구. 〈분류: 어미〉 〈해제: 문혜심〉

▌ 목차 ▌

▌ 요약 ▌

　이 논문은 한국어 모국어 화자의 담화와 한국어 교재에서 종결기능 연결어미의 쓰임과 특징을 분석하여 종결기능 연결어미를 위한 교수·학습 방안을 제시하는 데 목적이 있다.

　구어의 경우에는 종결어미가 생략된 채 명사구, 부사구, 연결어미 등 다양한 종결 형태가 나타나는데, '–어, –게, –지'는 반말체 종결어미로 보아 논외로 하고, 문말에서 문장 종결의 기능을 하는 연결어미를 '종결기능 연결어미'로 설정하였다.

　김태엽(1998), 박재연(1998), 임홍빈(1984), 한길(1991) 등에서는 국어학적 관점에서, 박기덕 외(2003), 백봉자(2006), 이익섭(2005) 등에서는 한국어교육적 관점에서 종결기능 연결어미의 개념과 분류 체계에 관해 검토하였다. 검토 결과를 토대로 하여 문말에서 본래의 의미와 기능의 유지 여부에 따라 연결어미의 의미와 기능을 유지하고, 종결기능을 하는 경우는 '종결기능 연결어미'로 하고, 새로운 의미로 전용된 경우는 '종결어미화된 연결어미'로 구분하였다.

　종결기능 연결어미의 유형과 사용 빈도는 TV 드라마 대본, TV 뉴스와 잡지·신문의 인터뷰 텍스트, 고려대 외 3개 한국어 교육 기관의 초·중·고급의 교재 등에서 검토하였다. 또한 국어정보베이스Ⅱ(KAIST KORTERM, 1998)의 말뭉치에서 고빈도 자료를 분석하여 교육용 종결기능 연결어미 목록을 선정하였다. 빈도를 기준으로 이를 정리하면 '–고, –는데, –거든, –니까, –다고, –어서, –다니까'의 순서를 보인다. 선정된 종결기능 연결어미는 다시 문말에서 본래의 의미와 기능을 유지하는지 여부에 따라 '–고, –니까, –어서, –면, –지만' 등은 종결기능만 하는 연결어미 유형인 '종결기능 연결어미'로 분류하고, '–거든, –는데, –다고, –라면서' 등은 연결어미 기능이 변형되어 종결어미로 확장된 유형인 '종결어미화된 연결어미'로 분류하였다. 그리고 각각 고빈도를 보인 '–고, –니까, –어서'와 '–거든, –는데, –다고, –다면서, –다니까'를 검토 대상으로 하여 형태적·의미적·화용적 관점에서 분석하였다.

　분석한 결과를 정리하면, '–고'는 나열과 순서를 나타내고, 자신의 생각이나 상황을 설명하는 의미적·화용적 기능이 있으며, 공식적·비공식적 쓰임에는 다양한 제약이 있다. '–니까'는 이유와 직접적 의견을 나타내는 의미적·화용적 기능이 있고, 주로 비격식적 상황에서 쓰이며, '–어서'는 원인과 이유를 간접적·객관적으로 표현하는 기능이 있다. 또한 '–거든, –는데'는 비단정적으로 완곡한 표현을 할 때에 쓰이는데, 주로 간접적으로 의견을 제시할 때 사용되기도 하나, 억양에 의해 다양한 의미로 전달이 가능하다. '이유'로 쓰이는 '-거든'의 경우 하강 억양조로 해야 하는데, 상승 억양조로 실현되면 짜증이나 빈정거림으로 전달될 수 있다. '-다니까, -다면서, -다고'는 억양에 따라 확인이나 재단언의 의미 기능을 하고, 비공식적 상황에서만 쓰임이 가능한 따짐이나 꼬임의 의미가 있다.

고려대 외 3개 한국어 교육 기관의 교재를 분석한 결과에 따르면, 종결기능 연결어미가 제시되기는 하나, 이들의 선정과 배열에서 체계성이 결여되어 일관성이 없는 한계가 있다고 지적하고, '종결기능 연결어미'와 '종결어미화된 연결어미' 항목들은 반드시 한국어 교재에서 제시되어야 한다고 주장하였다.

▮ 의의 및 제언 ▮

이 논문은 교육용 '종결기능 연결어미'와 '종결어미화된 연결어미' 목록 선정에 주목하고, 4가지 언어 기능 중에서 학습자의 요구가 가장 높다고 할 수 있는 '말하기'를 실현하는 구어와 억양 교육에 관심을 둔 연구라는 점에서 의의가 있다.

그러나 검토 대상 어미에 대한 의미 기능과 제약 등에 대해 지나치게 논의의 비중을 두어 논문의 목적인 교수·학습 방안에 대해서는 소홀함을 보인다. 한국어 교육 현장에 적용할 수 있도록 실제적 사용에 근거를 둔 접근이 필요하다고 생각된다.

2006. 8. 오자키 다쓰지. 석사. 연세대. 접속조사 て와 한국어 연결어미 대조 연구. 〈분류: 어미〉 〈해제: 문혜심〉

▮ 목차 ▮

▍요약▍

이 연구는 일본어 접속조사 て와 이에 해당하는 한국어 표현들을 대조언어학적으로 분석하는 데 목적이 있다. 이 연구에서는 수식 관계와 대등 관계를 나타내는 용법, 문장을 연결할 때 접속조사 て의 의미와 쓰임, 접속조사 て의 명사 수식으로 연구 범위를 정하였다.

접속조사 て의 쓰임은 仁田(1995)를 비롯한 문법서, 사전 등에서 정리하였는데, 접속조사 て의 형태적 특징은 동사 긍정형과 부정형, 형용사 긍정형과 부정형으로 나누어 검토하였다. 접속조사 て의 용법은 '부대상태, 시간적 계기, 기인적 계기, 병렬'로 구분하였는데, 이를 정리한 결과, 39개의 용법으로 세분화된다고 한다.

대조분석한 결과에 의하면, 일본어 접속조사 て는 서술어와 다른 단어를 이어주는 기능을 하나, 조사 자체의 의미는 매우 약하고, 전후 관계에 따라 계기, 병렬, 가정, 원인과 이유, 역접 등 거의 모든 연결 관계에 나타난다. 접속조사 て는 주로 한국어 연결어미 '-고, -어서'와 대응하는데, 이 외에도 '-며, -면서, -더니' 등과도 대응이 가능하다. 이와 같이 다양한 연결 관계로 실현될 수 있는 접속조사 て로 인해 일본어 모국어 학습자는 한국어를 배우는 데에 어려움을 느낄 수 있다는 것이다.

각 용법별 빈도와 대응되는 형태의 종류를 밝히고, 접속조사 て에 대응하는 한국어 연결어미를 찾아 이들의 의미와 쓰임에 대해 논의함에 있어 '부대 상태'는 '주체용태, 심적 상태, 주체동작, 부속상황'으로, '시간적 계기'는 '임의적 시간순, 필연적 시간순, 시간상황, 도달·중단, 계기의 반복, 시점, 기회', '기인적 계기'는 '원인, 이유, 원인·결과의 반복, 목적적 기인, 판단의 이유·근거, 조건, 역조건, 수단', '병렬'은 '나열, 대비, 전제'로 나누어 검토하였다.

용법별로 살펴보면, '부대상태'의 '-고'와 '-어(서)'는 동사의 상(相)에 따라 선택되는 경우가 많았는데, '-고'를 선택하는 동사는 '-고 있다'를 주로 취하고, '-어(서)'를 선택하는 동사는 '-어 있다'를 취한다. '시간적 계기'에서 '-고'를 선택하는 동사와 '-어(서)'를 선택하는 동사들 사이에 '부대상태'에서와 유사한 차이를 보였는데, '순차적 계기'의 경우에는 주로 '-고'가 나타나고, '결과적 계기', '필연적 시간순'에서는 '-어(서)'가 주로 나타나는 등 문장의 맥락이 영향을 준다. 또한 '기인적 계기'는 '-어(서)'의 빈도가 높았는데, '-고'에 비해 적극적으로 원인·이유를 나타내는 '-어(서)'가 선호된다는 점을 그 이유로 하여 분석하였다. '병렬'은 하위 항목인 '나열'과 '대비'에서는 '-어(서)'가 대응되지 않았으나, '전제' 용법에서는 '-고'에 비해 '-어(서)'가 많이 나타났다.

일본어 접속조사 て와 여기에 해당하는 한국어 표현을 대조언어학적으로 분석하는 데에는 한국어로 번역되어 있는 일본 소설이나 영화 대본 등에서 접속조사 て와 한국어 연결어미의 대응 양상을 살핀 결과 '-어(서), -고, -며, -면서' 등의 빈도 순서를 보였다. '-어(서), -고, -며, -면서' 등의 한국어 연결어미의 의미와 용법에 해당되는 접속조사 て의 용법을 비교·검토하고, 가장 높은 빈도를 보인 '-어(서)'는 용법의 수에서 11개로 가장 많고, 여기에 해당되는 접속조사 て의 용법도 22개로 나타나 이들의 비중이 매우 크다고 밝혔다.

가장 높은 빈도를 보인 '-어(서)'와 '-고'를 중심으로 한국어와 일본어의 대조분석 방법을 통해 살펴보았는데, 접속조사 て의 기능을 세분화하여도 연결어미를 구별하는 기준을 발견하지 못했으나, '-고'와 '-어(서)'가 나타나는 용법에서 거기에 쓰인 한국어 동사의 아스펙트형을 검토한 결과, 동사의 유형과 '-고'와 '-어(서)'의 선택 기준에는 일정한 관계가 있으며, 그 관계는 용법에 따라 차이가 있음을 밝혔다.

▌ 의의 및 제언 ▌

이 연구는 접속조사 て와 이에 해당하는 한국어 연결어미 '-어(서)'와 '-고'에 대하여 대조언어학적으로 분석함으로써 일본어 모국어 학습자에게 도움을 줄 수 있는 기초적 연구라는 점에서 의의가 있다. 더구나 일본어의 접속조사 て가 갖는 다양한 연결 관계로 인해 모국어 간섭이 발생하여 한국어 연결어미를 습득하는 데 어려움을 겪을 수 있다는 점에서 이 연구는 의미가 있다.

그러나 대조분석의 기준이 명확하지 않고, 연구의 비중이 일본어 접속조사 て의 용법에 대한 설명에 치중되어 있는 것은 다소 아쉬운 점이라 하겠다.

2007. 2. 랍 카루바. 석사. 서강대. 한국어 초급 교재의 문법 설명 분석: 종결어미를 대상으로. 〈분류: 어미〉 〈해제: 문혜심〉

▌ 목차 ▌

▌요약▐

이 논문은 한국어의 종결어미가 한국어 학습자를 위한 교재에서 어떻게 기술되고 있는지 살피고, 적절한 교육 내용과 효과적인 교육 방안을 모색하는 데 목적이 있다.

이 연구에서는 먼저 한국어의 청자 대우법의 설정 체계를 살피고, 가나다한국어학원 외 4개 한국어 교육 기관의 교재에서 대우법 체계와 용어 등을 검토하였다. 그 결과에 따르면, 대우법과 관련하여 한국어 교재에서는 구체적인 설명과 이해를 돕는 데 필요한 예문이 부족하고, 대우법 체계에 대한 정보가 정확하게 제공되지 않음을 지적하며, 격식체 4등급과 비격식체 2등급에 대해 구체적으로 설명하고 제시할 것을 주장하였다.

한국어 교재에 제시된 종결어미와 선어말어미의 기술 방식과 내용을 검토한 결과에 의하면, 한국어는 선어말어미와 종결어미가 문장의 서법이나 시제 등의 중요한 문법 기능을 담당한다. 그러나 현재의 한국어 교재들은 선어말어미와 종결어미에 대해 형태적으로 분석하지 않고, 이들을 통합 형태로 하나의 종결어미 목록에서 다루고 있는 점을 지적하였다. 따라서 종결어미와 선어말어미에 대해 보다 분석적 접근이 필요함을 제안하고, 이들을 통합한 형태로 다루는 것에 문제를 제기하였다. 또한 한국어 교재의 한계로 일부 종결어미에 편중되어 있고, 종결어미와 선어말어미의 기능에 대한 명확한 기술 등이 부족하여 학습자에게 혼동을 줄 수 있다는 점을 지적하였다.

청자 높임 보조사 '-요'의 기술 방식과 내용을 검토한 결과, '-요'는 보조사로서 청자를 높이는 문법적 의미 기능이 있으며, 다양한 문장 성분과 결합하나 그 결합이 제한적이어서 결합 양상에 대한 분명한 인식이 필요함을 강조하였다. 검토 대상 한국어 교재에서 '-요'는 특수조사 혹은 보조사로 처리되거나 종결어미의 일부로 처리되고 있는데, '-요'의 문법 기능을 한국어 학습자들에게 명시적으로 전달할 필요성이 있다고 언급하였다. 즉, '-요'에 대한 설명이 명확하지 않고, 종결어미와 보조사 '-요'를 분석하여 제시해야 한다는 것이다.

한국어 교재에서 청자 대우법 체계, 종결어미와 선어말어미, 보조사 '-요'의 기술 방식과 내용 등을 살핀 결과, 격식체와 비격식체의 구분이 명확하지 않고, 청자 대우 등급의 설정이 체계적이지 않으며, 종결어미와 선어말어미 등의 구분이 분명하지 않다는 점을 한국어 교재의 문제점으로 정리하였다.

▌ 의의 및 제언 ▌

이 연구는 한국어 초·중급 교재에서 학습자를 위한 종결어미의 기술 내용과 방법 등을 검토하고, 종결어미 교육 방안을 제시하였다는 데 의의가 있다. 특히, 대우법과 관련한 한국어 교재에서의 문법 제시에서 번역 용어의 통일이 필요하다는 견해는 충분히 타당한 지적이라고 생각된다.

그러나 한국어 교수·학습의 목적과 관심, 학습자의 요구가 한국어 구조가 아닌 한국어로써의 의사소통능력 배양에 있다면 언어 사용의 관점에서 논의되어야 한다고 생각한다. 형태소를 분절적으로 낱낱이 나누어 제시하고, 이를 설명하는 것으로는 한국어 학습자의 요구를 충족시키는 데에 한계가 있다.

2007. 2. 류선영. 석사. 계명대. 외국어로서의 한국어 연결어미 교육 방안. 〈분류: 어미〉
〈해제: 문혜심〉

▌ 목차 ▌

▌ 요약 ▐

이 연구는 한국어 연결어미의 사용 양상과 학습자의 오류 양상을 살펴 연결어미에 대한 교수·학습에 적용할 수 있는 교육 방안을 제시하는 데 목적을 두었다.

우선 연결어미에 대한 기존의 국어학과 한국어 교육에서의 연구 성과로 나누어 그 개념과 분류 체계를 검토하고, 연결어미의 개념을 '선행절과 후행절을 이어주면서 의미 관계를 만드는 어말어미'로 정리하였다.

다음으로, 경희대 외 4개 한국어 교육 기관에서 사용하는 초·중급에 해당하는 교재에 제시된 연결어미의 목록, 제시 순서와 방법 등을 비교하고, 검토 결과에 따라 제시 순서 순위가 앞서는 연결어미를 선정하여 교육 방법을 비교하였다. 한국어 초·중급 교재에서 출현 빈도수가 높은 연결어미로는 '-고, -아서/어서(계기), -아서/어서(이유), -(으)러, -(으)니까, -지만, -(으)려고, -거나, -(으)ㄴ/는데, -(으)면서, -다가' 등으로 나타났다.

중국어를 모국어로 하고, 서울대 교재로 학습한 중급 학습자의 자유 작문 자료를 대상으로 연결어미 사용 양상과 오류 유형에 대해 분석한 결과를 정리하면, 검토 대상 학습자들이 보인 사용 빈도는 '-고, -아서/어서, -(으)면, -(으)ㄴ/는데, -지만, -(으)니까, -(으)면서' 등의 순서를 보였다. 검토 결과에 따르면 이들 어미의 사용률이 전체 연결어미 사용의 76.9%를 차지해 학습자는 매우 한정된 연결어미만을 사용하고 있음을 알 수 있다. 이는 중급 학습자들이 중급에서 다루는 난이도가 높은 연결어미는 거의 사용하지 않고, 초급에서 학습한 유사한 의미의 연결어미를 사용하는 경향이 있음을 나타낸다는 것이다. 또한 오류 빈도는 '-고, -아서/어서(이유), -아서/어서(계기), -(으)면, -(으)ㄴ/는데(배경), -(으)니까(이유), -다가, -느라고, -더니' 등의 순서를 보여 사용 빈도가 높고 유사한 의미 기능을 갖는 연결어미의 경우에 오류율이 높았다. 특히, 동일한 의미 범주에서 개념에 대한 인식 부족으로 발생한 대치 오류가 높게 나타났다. 즉, 가장 높은 오류율을 보인 '-고'는 '-아서/어서(계기)'와의 대치 오류를 많이 보였는데, 이들은 모두 시간의 선후 관계에 따라 앞뒷절을 연결하는 기능을 한다. 이러한 유사한 의미 기능을 갖는 연결어미에 대하여 학습자들이 혼동을 일으키기 쉽다는 것이다. 또한 '-아서/어서(이유)'는 '-(으)니까'와 이유 연결어미라는 의미적 유사성으로 인해, '-(으)면'은 유사한 의미 기능을 갖는 '-(으)려면'과 각각 대치 오류를 보였다. 대조의 의미를 갖는 '-(으)ㄴ/는데'에서는 학습자의 오류를 발견하지 못 했으며, '-(으)ㄴ/는데(배경)'은 담화적 기능에 대한 학습자의 인식 부족으로 인해 오류가 발생하였다. 또한 '-다가, -았/었다가'는 주로 '-고, -(으)ㄴ/는데'와 대치 오류를 보였고, 주어로 유정물만 쓰여 제한적 상황에서 사용되는 '-느라고'는 이에 대한 학습자의 이해 부족이 '-아서/어서(이유)'와 대치하는 오류를 많이 보였다. 또한 '-더니'는 '-았/었더니'와 통사적 제약과 의미적 특성에 대한 인식 부족으로 인한 오류가 많았다.

검토한 오류의 유형을 정리하면, 시제 결합, 동일 주어 제약, 서법, 선행 용언 결합 등의 오류와 유사한 의미 기능을 갖는 연결어미로 바꾸어 쓰는 대치 오류로 나뉜다. 이러한 대치 오류를 방지하기 위해서는 유사한 연결어미들의 의미의 차이와 통사적 제약 등에 대해 학습자가 충분히 인지할 수 있도록 교육해야 하며, 사용 빈도와 오류율이 높은 연결어미의 경우에는 주어 제약, 시제 제약, 서법 제약, 서술어 제약 등을 함께 교육해야 한다고 강조하였다. 또한 새로 제시되는 연결어미는 이미 학습한 유사한 연결어미와 비교·설명하여 학습자가 사용할 수 있도록 유도하고, 연결어미 교육에서 언어의 4 기능을 모두 활용할 수 있도록 해야 한다고 주장하였다.

앞서 검토한 논의를 토대로 하여 '도입, 제시, 연습, 활용, 마무리'의 교육 단계로 '-아서/어서(계기)'에 대하여 수업 모형을 제시하였다.

▌ 의의 및 제언 ▌

이 연구는 한국어 연결어미의 사용 양상과 학습자의 오류 양상을 살펴 연결어미 교수·학습 방안을 제시하였다는 점에서 의미가 있다.

그러나 중국어를 모국어로 하는 학습자만을 검토 대상으로 하여 논문에서 밝힌 사용 양상과 오류 양상을 한국어 학습자의 일반적인 현상이라고 보기에는 다소 한계가 있으며, 검토한 학습자의 자유 작문 결과물은 학습자가 사용하기 어려운 연결어미에 대하여 회피하였을 경우에 대비하여 이를 방지하기 위한 장치가 마련되어 있지 않아 분석 결과의 신뢰도를 떨어뜨릴 수 있다. 또한 '-아서/어서(계기)'에 대한 교육 방안 제시에서 이 연구에서 밝힌 바대로, 학습자들의 대치 오류율이 높은 '-고'와 비교하여 차이를 보여주지 않은 것은 아쉬운 점이라 하겠다.

2007. 8. 추준수. 석사. 신라대. 중국인의 한국어 학습에 나타난 오류 분석: 조사와 어미를 중심으로. 〈분류: 어미〉 〈해제: 문혜심〉

▌ 목차 ▌

▌요약▐

이 논문은 한국어 학습자의 언어 자료에는 학습의 언어 능력 외에도 교수 내용이 반영되어 있고, 이는 교수 및 교재 개발에 중요한 정보를 제공한다는 점에서 중국어 모국어 학습자의 쓰기 결과물에 나타난 조사와 어미 오류에 주목하여 이를 검토하는 데 목적을 둔 연구이다.

오류에 관한 선행 연구 검토에서는 학습자가 일으키는 오류 현상의 원인과 유형에 대해서 다룬 오류 양상에 대한 것과 학습자의 오류 자료를 교수 방법의 개발이나 교재 개발, 평가 등에 적용하기 위한 것으로 나누어 살펴보고, 오류의 개념과 오류 분석의 절차, 오류의 판정 및 유형 그리고 오류의 원인에 대해 논의하였다.

오류 분석 대상 학습자는 중국 요동대학교 한국어학과 135명 한국어 숙달도 중급에 해당하는 학습자를 대상으로 하였다.

오류 분석 결과에 따르면, 조사 오류 유형별 빈도수에서 조사 오류 유형별 빈도수는 '부사격-주격-목적격-보조사-관형격-서술격-호격'을 보였다. 주격 조사 '가/이'와 목적격 조사 '를/을', 보조사 '은/는'의 오류에서는 이들 조사를 사용하는 데 있어 의미의 혼동으로 인한 오류 발생 빈도가 높았다고 분석하고, 이를 위한 해결책으로 자동사와 타동사의 구별, 보조사 '은/는'과의 의미 구별에 대한 교육의 필요성을 언급하였다. 관형격 조사의 오류에서는 조사 '의'의 생략과 모국어 간섭의 영향과 관련한 오류 발생이 높다고 밝히고 이에 대한 교육의 필요성을 강조하였다. 부사격 조사의 오류에서는 '에'와 '에서', '로'와 '에', '에서'와 '를/을', '에게'와 '를/을'의 혼동 등을 오류의 원인으로 밝혔다. 호격 조사의 오류는 '아'와 '야' 사용의 혼동으로 인해, 서술격 조사의 오류는 '이다'와 '있다'의 혼동과 모국어 간섭의 영향으로 인한 것이라 분석하였다. 또한 보조사 '도'에서는 보조사의 기능과 의미에 대한 이해 부족을 오류의 원인으로 밝혔다.

어미 오류는 유형별 빈도수에서 '연결어미-관형사형 어미-선어말어미'의 순서로 나타났는데, 연결어미 오류율이 높은 것에 대해 중국어에는 어미가 발달하지 않아 학습자들이 한국어 연결어미의 의미와 쓰임에 따른 문법적 제약에 대해 잘못 이해한 것으로 해석하였다. 연결어미 오류율은 '-고, -느라고, -ㄴ데/은데/는데, -다가, -도록, -으면, -아/어서, -ㄴ지/은지/는지'의 순서를 보였다. '-고'의 오류는 시간의 선후와 동시진행을 나타내는 '-아서, -며'와의 혼동에 의해 발생하였다는 점에서 이들 연결어미의 의미에 대한 교육의 필요성을 강조하였다. '-느라고'에 대한 오류는 이유를 나타내는 '-아/어서'와의 혼동과 통사적 제약이 그 원인이 되었다면서 이에 대한 교육의 필요성을 언급하였다. '-ㄴ데/은데/는데'는 '이유, 원인, 조건, 설명' 등을 나타내는 의미의 복잡성이 오류의 원인이 되었다고 보았다. 또한 '-다가'의 오류는 '-았다가', '-도록'의 오류는 '-려고', '-으면'의 오류는 '-으려면'과 '-아도', '-아/어서'의 경우는 '-니까'와 '-고', '-ㄴ지/은지/는지'의 오류는 '-ㄹ지'와의 혼동이 각각 오류의 원인이 되었음을 밝히고, 이러한 어미들 간의 구별에 대한 교육의 필요성을 강조하였다. 그리고 관형사형 어미의 오류와 관련하여 '-는, -ㄴ/은, -ㄹ/을'의 오류에 대해서는 의미와 통사적 제약에 대한 교육, '-던'의 경우는 '-았던'과의 구별에 대한 교육이 필요하다고 밝혔다. 또한 '-았/었/였-, -았었/었었-, -겠-, -시-'의 선어말어미 오류는 이들이 갖는 다양한 의미 기능과 통사적 제약에 대한 교육의 필요성을 강조하였다.

▌ 의의 및 제언 ▌

이 논문은 조사와 어미에 주목하여 중국어 모국어 학습자의 오류를 분석하고, 이들 학습자를 대상으로 한 교육에 기초적 자료를 제공하였다는 데 의의가 있다.

그러나 연구 범위의 설정과 관련하여 구체적인 근거를 제시하지 않은 데에 대해서는 아쉬움이 많다. 예를 들면, 종결어미에 대해서는 전혀 논의되지 않았는데 이에 대한 어떠한 언급도 없다. 또한 오류 분석 대상인 학습자의 자유 작문은 학습자의 회피를 방지할 장치가 마련되지 않았다는 점에서 오류 분석 결과의 신뢰성을 떨어뜨릴 수 있다는 한계가 있다. 그리고 의미적 유사성을 갖는 어미들을 묶어 제시하는 것은 학습자의 오류 발생 방지를 위한 적절한 해결책이라고 하기 어렵다.

2008. 2. 김금숙. 석사. 충남대. 한국어 시제 오류 분석과 교수 방안 연구. 〈분류: 어미〉
〈해제: 문혜심〉

▌ 목차 ▌

▌ 요약 ▌

이 논문은 중·고급 한국어 학습자의 작문 자료에서 시제 사용에 나타난 오류를 분석하여 그 원인을 검토하고, 이를 습득하기 위한 효율적인 교수·학습 방안을 마련하는 데 목적을 두었다.

검토 대상 학습자의 국적별 분포를 살펴보면, 일본 12명, 중국 21명, 태국 4명, 몽골 2명, 베트남 2명, 카자흐스탄 2명, 우즈베키스탄 1명으로 총 44명으로, 일기, 편지, 독후감, 한국 음식, 자기 소개 등에 대한 이들 학습자의 작문 결과물을 통해 학습자 오류를 검토하였다.

학습자의 오류는 그 유형에 따라 누락, 대치, 첨가로 분류하였는데, 오류 분석 결과 시제 오류율은 미래시제-과거시제-현재시제의 순서를 보였다. 학습자 언어권별 오류율은 중국어권-일본어권-기타 언어권의 순서로 나타났는데, 중국어 모국어 학습자의 경우 학습자의 모국어와 한국어와의 형태적 차이가 오류의 원인이 되었다고 분석하였다. 또한 가장 높은 오류율은 보인 미래시제에 대해서는 중국어와 일본어에 미래를 나타내는 문법 형태가 없다는 점과 유사한 의미를 갖는 '-겠-'과 '-ㄹ 것'의 차이를 구별하지 못하여 발생한 것으로 분석하고, 이들이 갖는 의미의 차이를 비교하여 교육해야 할 것을 주장하였다.

과거시제 오류는 누락-대치-첨가의 순서로 나타났고, 오류율은 종결형-연결형-관형형의 순서를 보였다. 과거시제 오류는 '-었-'의 의미 속성에 대한 학습자의 인식 부족이 원인이 된 경우가 많았다고 한다. 즉, 종결형에서는 '-었-'과 '-었었-'을 잘 구별하지 못하고, 연결어미와 같이 쓰이는 경우에는 '-었-'이 갖는 완료의 의미 기능을 제대로 표현하지 못해 오류가 발생한 경우가 많았다는 것이다. 또한 관형형은 '-던'과 '-었던'을 구별하지 못하여 오류가 발생하였는데, '-었-' 누락으로 인한 오류는 '-었-'을 사용하는 데 적용해야 할 규칙, 예를 들면 상적 의미 기능에 대한 이해 부족과 과잉일반화에 의해 오류가 발생하였다고 해석하였다. '-었-'이 갖는 다양한 의미적 속성에 의해 오류가 빈번히 발생한다고 보고, 이러한 문제를 해결하기 위해 동사의 의미적 특성에 따른 교수요목이 설정되어야 한다고 주장하였다. 과거시제에 나타난 '첨가' 오류는 종결형-관형형-연결형의 순서를 보였는데, 종결형에서 '-었-'을 써야 할 자리에 '-었었-'을 사용한 경우가 많았는데, 이들의 의미를 구별하지 못한 발생하였다고 보았다. 연결형은 '-었던'을 '-었는'으로, 관형형은 '-ㄹ 때'를 써야 할 자리에 '-었을 때'를 씀으로써 오류가 발생하였다.

'대치' 오류는 같은 문법 범주 내에서 이루어진 범주 내 대치와 다른 문법 범주를 포함한 범주 간 대치로 구분하였는데, 대치 오류율은 종결형-연결형-관형형의 순서를 보였다. 종결형에서는 '-었-'의 의미에 대한 이해 부족으로 '-고 있다, -고 있었다'의 진행상과 대치하여 사용한 경우, '-이다'와 '있다'의 혼동으로 과거형의 형태를 이해하지 못한 경우, 불규칙 활용에 대한 학습이 충분하지 못하여 형태적 오류를 발생시켰다고 보았다. 연결형에서는 '-었을 때'와 '-ㄹ 때', '-ㄴ 때'의 의미의 차이에 대한 인식의 부족, 연결어미와 시제어미의 결합 규칙을 이해하지 못함으로 인한 경우, '-게 되다'와 '-어지다'의 의미 차이를 구별하지 못하고 통합 순서에 혼동을 일으킨 경우 등으로 오류의 원인을 분석하였다. 관형형에서는 '-었던', '-던', '-(으)ㄴ'의 의미 차이를 구별하지 못한 경우들이 오류의 원인이 되었다고 한다. 대치 오류는 범주 간 오류가 많이 나타났는데, 특히 '-었-'과 '-고 있다', '-고 있었다'의 의미 기능의 혼동에 의한 오류와 모음 조화 규칙을 적용하는 데 있어 이해 부족이 원인이 된 경우, '-(으)ㄴ, -던, -었던'의 의미 기능에 대한 혼동으로 인한 오류가 많았다. 그리고 이러한 문제를 해결하기 위해서는 시제와 상을 구별하여 교육해야 할 것을 제안하였다.

현재시제에서의 오류는 대치-첨가-누락의 순서로 오류율을 보였다. 대치 오류는 대체로 종결형에서 많이 발생하였는데, 그 유형을 살펴보면 '-겠-'과 '-으(ㄹ) 거예요'의 혼동, 진행상 '-고 있다'와 관련된 경우들이 많았다. 첨가 오류는 '-었-' 첨가로 인한 오류, 품사 구별이 미숙하여 '-는-'과 '-ㄴ' 적용에서 품사의 혼동으로 인한 오류가 많았다. 누락과 첨가 오류는 현재시제가 갖는 기능에 대한 이해 부족과 품사에 따른 적용의 차이를 인식하지 못하여 발생한 것으로 보았는데, 예를 들면, '-는다'와 '-다', '-는-'과 '-ㄴ' 적용에서 품사의 혼동으로 인한 오류가 많았다. 연결어미에서는 시제를 나타내는 선어말어미 '-었-'에 대한 제약 규칙에 대한 인식 부족으로 인해 오류가 발생한다고 보았다. 현재시제의 오류는 '-는다/-ㄴ다/-다'의 의미 기능을 충분히 이해하지 못하여 시제 의미 파악에 어려움을 나타낸 경우와 문법 항목의 형태 변화 익숙하지 않은 경우, 품사의 혼동과 이형태 선택에서의 오류로 구분하였다.

미래시제 오류에서는 누락-대치의 순서로 오류 빈도를 보였는데, 첨가 오류는 발견되지 않았다. 누락 오류는 미래 사실에 대한 추측을 표현하지 않은 경우, 가정된 사실에 대한 추측을 표현하지 않은 경우, 미래 의지를 표현하지 않은 경우들로 오류 유형을 나누었다. 대치 오류는 '-으(ㄹ) 것'을 써야 할 자리에 '-겠-'을 쓰거나 '-으(ㄹ) 때'와 '-었을 때, -(으)ㄴ 때'를 혼동하여 일으킨 오류로 나타난다. 추측과 의지를 나타내는 '-겠-'이 갖는 의미 기능과 관련하여 서로 다른 의미 범주에 대한 혼동으로 인한 오류, '-겠-'과 '-으(ㄹ) 것'의 차이에 대한 인식 부족이 원인이 었다고 분석하고, 이러한 문제를 해결하기 위해서는 '-으(ㄹ) 것'과 '-으(ㄹ) 거예요'를 학습한 후 화자의 태도를 나타내는 양태와 관련이 깊은 '-겠-'을 교육할 것을 제안하였다.

한국어 시제를 교수하는 방안과 관련하여 학습자의 과거시제 오류의 원인으로는 시제의 의미를 파악하는 데 어려움이 있고, 문법 항목의 형태 변화에 익숙하지 않은 것을 지적하였다. 즉, '-었-'과 관련한 오류는 종결형에서 완료상과 상태상에 대한 교수가 필요하며, 이에 대한 적절한 피드백을 제공하고, 동사의 특성에 따라 문형을 제시함으로써 순환적, 지속적으로 교육해야 한다고 주장하였다. 현재시제 교수 방안과 관련하여 상태성 용언에서의 '-었-'과 진행상을 나타내는 '-는/-ㄴ'에 주목하여 동사의 특성에 따라 교수할 것을 제안하였다. 미래시제 오류에서는 '-겠-'의 과잉일반화로 인한 오류 발생이 많으므로 '-겠-'과 '-으(ㄹ) 것'의 구별을 통한 교육을 제안하였다.

▌ 의의 및 제언 ▌

이 연구는 한국어 시간 표현에 나타난 중·고급 한국어 학습자의 오류를 분석하고, 교수 방안을 마련하고자 했다는 점에서 의의가 있다. 또한 '-었-', '-던', '-겠-', '-는다/-ㄴ다/-다' 등은 대체로 한국어 초급에서 교수되는 내용임에도 중·고급 학습자의 오류율이 높게 나타났다는 연구 결과에서 이에 대한 적절한 학습 방안의 요구는 타당한 지적으로 생각된다.

그러나 이 논문은 다음과 같은 점에서 아쉬움이 있다. 논문에서 오류 분석 자료로 검토한 자유 작문의 경우 학습자가 사용할 가능성이 있는 회피 전략에 대한 여과 장치가 없어 분석 결과의 신뢰도를 떨어뜨릴 수 있다는 것이다. 또한 용언의 의미 속성과 특정 어미의 의미 기능에 대하여 교육하고, 형태적 연습 등의 필요성 등을 강조하는 것으로는 학습자의 오류 방지를 위한 효율적 교수 방안이라고 하는 데에 한계가 있다.

> \# 2008. 2. 노민경. 석사. 경희대. 중국인 학습자를 위한 연결어미 '-고'의 교수방안. 〈분류: 어미〉 〈해제: 문혜심〉

▌ 목차 ▌

▌ 요약 ▌

　이 논문은 한국어 연결어미 '-고'에 주목하여 중국어와의 대조분석 방법을 통해서 중국어 모국어 학습자들이 '-고'의 다양한 의미를 명확히 파악하고 사용할 수 있도록 하는 데 연구의 목적이 있다.

　먼저 남기심·고영근(1986), 서정수(1995) 등을 살펴 한국어 연결어미의 하위 체계에 대해 살피고, 한 문장을 다른 문장에 연결시켜 이들의 의미 관계를 제시하고, 글이나 말 전체에 응집성과 통일성을 부여하며, 청자에 대한 화자의 태도를 나타내는 것으로 연결어미의 기능을 정리하였다.

　또한 한국어 능력 시험의 등급 분류 기준에 제시된 연결어미, 즉 문장의 연결과 관련된 항목을 살펴 한국어 교육 현장에서 연결어미 교수의 목적과 필요성을 확인하였는데, 그 결과 2급에서는 대등적 연결문, 3급에서는 종속적 연결문에 대한 이해를 요구하므로, 한국어 숙달도 3급에서는 고빈도의 기본 연결어미에 대한 충분한 이해가 필요하다고 밝혔다.

「외국어로서의 한국어 문법사전(2000)」에 근거하여 연결어미 '-고'의 개념과 용법을 살피고, 이를 중국어 문장으로 대조분석하여 정리하였다. 우선 공간 나열, 순차 나열, 여러 가지 사실을 나열하여 뜻을 더하는 경우로 나누고, 한국어 '-고'를 이용한 문장은 중국어에서 동일한 형태를 찾을 수 없으며, 관련사어, 접속부사, 어순, 동태조사, 형용사중첩 등으로 대응되거나 때로는 대응되는 표현이 없는 경우도 있음을 밝혔다. 따라서 중국어 모국어 학습자에게 이는 난이도가 높고, 학습자의 이해를 돕기 위해서는 대조분석 연구 방법이 필요함을 주장하였다.

중국의 북경대와 국내 경희대 외 4개 한국어 교육 기관의 교재에 제시되어 있는 설명과 예문을 정리함으로써 한국어 교육 현장에서의 '-고'에 대한 교육 방법과 교재의 장단점에 대해 검토하였다. 교재 분석 결과에 따르면, 북경대 교재의 경우에는 중국어로 문법 설명이 있어 학습자들이 쉽게 이해할 수 있으나 문법 항목만 나열되어 교사와 학습자에게 모두 부담이 될 수 있고, 국내 한국어 교육 기관의 교재는 단순 반복 학습과 연결어미를 지칭하는 번역 용어의 난립이 학습자에게 혼란을 줄 수 있으며, '-고'의 의미나 쓰임에 대한 설명은 없거나 부족한 문제점이 있다고 지적하였다. 즉, 한국어 교육을 위한 문법 용어와 학습자의 모국어에 해당되는 번역 용어의 표준화가 필요하고, 연결어미에 대한 교육 순서의 체계가 마련되어야 하며, 교재에는 충분한 예문과 설명이 제시되어야 한다는 것이다.

한국어 연결어미 '-고'에 해당하는 중국어 표현을 대조분석하고, '-고'가 쓰인 한국어 문장을 중국어로 번역하여 비교하였는데, 한국어 연결어미 '-고'는 중국어의 동사중첩, 보어구조, 부사, 관용구, 조사 등 다양한 형태로 대응된다.

중국어 모국어 학습자의 연결어미 '-고'의 사용 양상을 검토한 결과 학습자의 회피 전략과 '-면서, -어서' 등과의 혼동으로 인한 오류 등이 나타났음을 밝히고, 이들 학습자를 위한 교수 방안으로 다음을 제시하였다. 우선 연결어미에 대한 명시적인 교육이 필요하고, 형태·의미·화용 영역이 통합적으로 구성되어야 하며, 학습자가 목표 문법에 집중할 수 있게 하는 연습 유형이 개발되어야 한다는 것이다. 또한 학습자의 모국어와 대조분석 방법을 통한 문법 체계가 제시되어야 한다고 주장하였다.

▌의의 및 제언 ▌

이 연구는 한국어 연결어미 '-고'의 다양한 용법들을 중국어와 대조분석 방법을 통해 정리함으로써 중국어 모국어 학습자를 대상으로 한 연결어미 '-고'에 대한 교육에 기초적 자료를 제공하였다는 점에서 의의가 있다.

그러나 중국어 모국어 학습자가 연결어미 '-고'에서만 학습에 어려움을 겪는 것은 아니다. 이러한 점에서 특정 어미에 주목하여 연구한 근거에 관해 구체적으로 언급하지 않고 논의된 점과 중국어 모국어 학습자의 연결어미 '-고'의 사용 양상에 대한 논의에서 검토 대상이 무엇이었는지에 대하여 구체적으로 밝히지 않은 것은 아쉬운 점이다. 또한 한국어 연결어미 '-고'에 대응되는 중국어 표현에 대한 대조분석 방법이 학습자의 학습 목적을 얼마나 충족시킬 수 있을지

의문이다.

> **# 2008. 2. 손다정. 석사. 고려대. 한국어 교육을 위한 종결어미 연구: 초급을 중심으로. 〈분류: 어미〉 〈해제: 문혜심〉**

‖ 목차 ‖

‖ 요약 ‖

이 연구는 한국어 초급 학습자를 위한 문법 교육의 관점에서 종결어미 항목을 선정·배열하여 학습자의 한국어 숙달도를 향상시킬 수 있는 교육 방안을 제시하는 데 목적이 있다.

이를 위해 국어학의 연구 성과로 제시된 종결어미의 정의와 체계를 검토하고, 한국어 교육을 위한 종결어미의 개념과 체계를 검토하였다. 국어학적 관점에서는 최현배(1971), 허웅(1995), 김태엽(2001), 한길(2004)를 살피고, 한국어 교육적 관점에서는 백봉자(1999)의 「외국어로서의 한국어 문법 사전」, 이희자·이종희(2001)의 「한국어 학습용 어미·조사 사전」, 국립국어원(2005)의 「외국인을 위한 한국어 문법 1·2」를 검토하였다. 검토한 결과, 한국어 교육의 관점에서 논의한 문법서와 사전은 국어학의 종결어미 분류와 차이가 있는데, 한국어 교육에서는 한국어의 구조가 아닌 교수·학습의 목적이 있기 때문이라는 것이다.

한국어 교육을 위한 종결어미를 정의하는 데 있어 종결어미가 어떤 문법 범주와 결합하는가, 결합하는 문법 범주별로 항목을 별도로 구성할 것인가, 이형태와 준말형태의 경우에 각각 종결어미로 설정할 것인가, 종결어미가 아니지만 문장에서 종결어미처럼 실현되는 연결어미, 보조사 '-요' 등에 대한 논의가 필요하다고 밝혔다.

한국어 교육에서의 종결어미는 용언의 어간이나 '-이다'와 함께 쓰인 명사와 결합하는 것으로 하였는데, 여기에 '-이다'의 범주 설정이 문제가 된다. 한국어 교육을 위한 문법 체계라는 점에서 분석적이고 구조를 설명하기 위한 기존 국어학의 논의를 그대로 따르기보다는 한국어 교육을 위한 문법 범주의 설정이 필요하다는 점에서 국어학에서 '-이다'의 범주가 아니라 한국어 교육에서는 종결어미로 설정할 것을 주장하였다. 또한 종결어미의 형태적 범위에서는 단일형과 복합형을 모두 종결어미로 정의하되, 한국어 숙달도를 고려하여 선정할 것을 주장하였다. 예를 들면, '-(으)시-, -겠-, -더-, -라-' 등의 선어말어미가 결합된 경우 학습 초기에는 심리적 난이도를 낮추기 위해 결합된 형태로 제시하고, 한국어 숙달도가 높은 학습자에게는 이들을 구별하여 가르치는 것이 효율적이라는 것이다. 다음으로, 이형태의 경우에는 하나의 제시어로 하는 것이 바람직하며, 준말의 경우에는 본말을 대표형으로 하고, 준말의 형태로도 사용한다는 정보를 제시하는 것이 학습 문법 항목의 수를 줄일 수 있다는 것이다. 그러나 본말과 준말의 의미가 달라지거나 하나의 의미로 굳어진 경우에는 독립 항목으로 선정하여 종결어미의 형태를 규정해야 한다고 하였다. 또한 종결어미처럼 쓰이는 연결어미는 교육할 때에 종결어미처럼 쓰일 수 있다는 점을 설명하고, 명사형 전성어미의 경우에는 메모하기와 같은 특정 기능과 관련하여 쓰일 수 있으며, '-요'는 종결어미와 유사한 기능을 수행할 수 있음을 교육하는 것이 효율적이라고 주장하였다.

한국어 교육을 위한 종결어미 체계를 설정함에 있어 격식적·비격식체 상황과 의사소통 참여자의 사회적, 연령별 조건에 의해 선택할 수 있는 격식체와 비격식체의 이원적 체계가 한국어 교육에 효율적이라고 밝히고, 하오체와 하게체의 경우 사용빈도가 낮기는 하나 고급 숙달도에서는 이해 문법으로서의 교육적 가치가 있다는 점에서 교육에 포함할 것을 주장하였다. 상대경어법 체계를 격식체에는 하십시오체, 하오체, 하게체, 해라체를 설정하고, 비격식체에는 해요체와 해체를 설정하였으며, 이들을 높임 표현과 낮춤 표현으로 구분하고 높임 표현에는 하십시오체와 하오체, 해요체를 두고, 낮춤 표현에 하게체, 해라체, 해체를 두었다. 국어학에서의 논의와 한국어 교육 문법서와 문법 사전의 논의를 검토하여 한국어 교육용 종결어미 목록으로 'V/A+아/어, N+(이)야, V/A+아/어요, N+이에요/예요' 등을 제시하였다.

초급 한국어 교육에 포함될 내용과 교육 순서와 관련하여 먼저 종결어미의 선정과 배열은 의사소통적 기능과 사용 빈도, 학습자 기대 문법, 일반화 가능성을 준거로 하였다. 사용 빈도는 실제 상황에서의 사용이라는 점에서 전제조건이 되고, 의사소통적 측면에서 고려는 사용빈도가 다소 높지 않아도 의사소통 상황에서 담당하는 비중을 고려하면 포함될 수 있다고 언급하였다. 의사소통을 위한 기능과 사용 빈도의 적용 순서는 어떤 종류의 교수요목을 선택하느냐 하는 문제와 관련이 있는데, 이 연구에서는 기능을 선정하고, 그 기능을 수행하는 항목의 사용 빈도를 고려하는 입장에서 의사소통 기능을 사용 빈도에 우선하여 적용하였다.

종결어미 사용 빈도는 세종 계획으로 구축된 구어 말뭉치를 검토하여 하나의 종결어미가 하나의 기능을 갖는 것이 아니라 여러 기능을 수행한다는 점에서 종결어미별 사용 빈도가 아닌 의사소통 기능별 종결어미 빈도를 분석하였다. 종결어미의 기능은 이종희(2004)의 분류 체계와 문법 사전, 말뭉치 용례 분석을 통해 기능을 분석하였다. 분석 결과에 의하면, 해체의 'V/A+아/어'와 'N+(이)야'가 '설명하기-요청하기-조언하기' 등의 순서로 높은 사용 빈도를 보였다. 특정 항목이 특정 기능으로 차별성을 가지고 사용 빈도가 높다면 그것을 해당 기능과 연계하여 교수해야 한다는 것이다.

한국어 초급 학습자를 위한 종결어미 선정과 배열을 위해 문장종결법과 상대경어법 실현 양상을 살핀 결과, 평서문, 의문문, 명령문, 청유문의 문장종결법이 모두 나타났는데, 문장의 종류와 그 문장이 의사소통 상황에서의 기능이 반드시 일치한다고 볼 수는 없으므로, 문장종결법을 빈도별로 살피지는 않았다. 또한 상대경어법의 실현 양상에서 하오체와 하게체는 전혀 나타나지 않았으며, 해체-해요체-해라체-하십시오체의 순서로 나타났다.

초급 학습자를 위한 종결어미 목록의 설정을 위해 경희대 외 2개 한국어 교육기관의 초급 교재를 분석하였다. 교재별 종결어미의 형태적 특징을 분석함에 있어 종결어미의 결합 환경, 선어말어미 결합형 어미의 항목화, 이형태와 준말, 종결어미화한 다른 문법 범주, 표현과 종결어미 결합형으로 나누어 정리하였다. 또한 종결어미의 통사적·화용적 특징은 문장종결법과 상대경어법의 제시 방법 등을 통해 살펴보았는데, 문장종결법에서는 감탄문, 요청문, 권유문의 설정에서 다소 차이가 있음을 밝혔다. 상대경어법 체계에서도 해체와 해라체 등의 제시에서 차이를 보였다. 교재별로 제시된 의사소통 기능을 분석한 결과, 기능을 표현하는 용어와 기능에 대한 정의를 하는 데에 차이가 있었다. 또한 의사소통 기능과 문법 항목이 유기적으로 관련을 갖지 못하는 문제가 있음을 지적하였다.

앞서의 논의를 토대로 하여 종결어미는 용언의 어간 또는 '-이다'와 결합했을 경우에는 명사와 함께 쓰여 문장을 종결시키는 것으로 정의하고, 단일형과 복합형, 복합형은 합성형, 결합형, 융합형으로 구분하였다. 초급 한국어 교육을 위한 상대경어법 체계는 비격식체에는 해체와 해요체를 두고, 격식체에는 해라체, 하십시오체를 두었으나, 초급 학습자의 실현가능성이라는 점에서 하게체와 하오체는 제외하였다. 상대경어법은 사용빈도 분석 결과와 초급 학습자의 특성을 반영하여 '비격식체→격식체, 해요체→해체, 하십시오체→해라체'의 배열 순서를 제안하고, 선정된 기능과 사용빈도 분석 결과를 토대로 하여 초급 학습자를 위한 교육용 종결어미 목록으로 '-아/어요, -거든요, -(느)ㄴ다/다' 등을 제시하였다.

앞서 논의한 내용을 근거로 하여 종결어미에 대한 교육 방안과 수업 구성안을 제시하였는데, 문법 수업은 '도입-설명-연습-사용-마무리'의 단계로 이루어짐을 밝히고, '-(으)ㄹ까'를 대상으로 주제 중심 교수요목에 따라 형태·의미·화용의 관점을 고려하여 '하숙집 구하기'라는 주제의 문법 수업안을 구성하였다.

▌▌ 의의 및 제언 ▌

이 논문은 한국어 초급 학습자를 위한 종결어미 목록과 이에 대한 교육 방안을 제시하였다는 점에서 의의가 있다. 특히, 초급 학습자를 위한 교육용 종결어미 목록 선정을 위해 구어 말뭉치를 통한 종결어미의 의사소통 기능별 빈도를 검토하였다는 것은 의미가 있다.

그러나 교육 방안을 제시함에 있어 언어 4 기능의 능력을 적절히 배양할 수 있는 방법에 대한 고려가 필요해 보이며, 연구의 목적이 종결어미의 목록을 제시하는 데에만 있지 않다는 점에서 종결어미 교육을 위한 교육 방법에 대한 검토가 요구된다.

2008. 2. 윤경애. 박사. 고려대. 중국 대학생들을 위한 한국어 연결어미 교육 연구: 조건 표현 연결어미를 중심으로. 〈분류: 어미〉 〈해제: 문혜심〉

▌▌ 목차 ▌

▌ 요약 ▌

이 논문은 중국 대학생들을 위한 한국어 조건 표현 연결어미 교수·학습방안을 제시하는 데 연구의 목적을 두었다.

먼저 한국어 연결어미의 개념과 분류 체계에 대하여 국어학의 관점에서는 「고등 학교 문법(2005)」를 비롯하여 주시경(1910), 이숭녕(1960), 허웅(1983) 등의 논의를 살피고, 한국어 교육의 관점에서는 남기심 외(2000), 백봉자(2003), 국립국어원(2005) 등의 논의를 검토하였다. 검토 결과를 토대로 하여 조건 표현 연결어미의 개념에 대하여 '후행절의 내용이 선행절의 내용을 전제로 성립할 때 그것을 연결해 주는 것'으로 언급하였다. 선행 연구 검토 결과와 조사 대상 학습자가 사용하는 교재에서의 조건 표현 연결어미들을 정리하여 연구 대상 조건 표현 연결어미로 '-면, -거든, -어야, -려면, -다면, -라면, -더라면, -노라면'을 설정하고, 이들의 통사적·의미적 특징과 제약 등을 살펴보았다. 연결어미의 통사적 특징으로는 주어 제약, 서술어 제약, 시제 제약, 문장 종류의 제약으로 나누어 검토하였다. 또한 조건 표현 연결어미는 가정적 조건과 일반적 조건으로 나누고, 가정적 조건은 사실성 조건과 반사실성 조건으로 세분화하여 논의하였다. 한국어의 조건 표현 연결어미와 이에 해당하는 중국어의 가정 관계 연사, 조건 관계 연사에 대해 유형 분류와 통사적·의미적 제약 등을 살펴보고, 한국어 조건 표현 연결어미와 중국어 표현을 대응시켜 검토하였다. 검토 결과에 따르면, 한국어 조건 표현 연결어미는 중국어 조건 표현 연사가 비교적 자유롭게 대응되지만 중국어의 가정 관계 연사나 조건 관계 연사는 제한적으로만 한국어 조건 표현 연결어미에 대응된다고 밝혔다.

학습자들의 사용 양상을 살피기 위해 대련외국어대 한국어학과 3학년의 164명을 대상으로 하여 수의적 오류 수집 방법과 통제적 오류 수집 방법으로 나누어 학습자의 자유 작문, 과제물 등을 형태적·통사적·의미적 오류로 세분화시켜 분석하였다. 수의적 오류 수집은 학습자의 자유 작문과 과제물 등에서 살핀 것이고, 통제적 오류 수집은 연구자가 조건 표현 연결어미 목록을 제공하여 작성된 학습자의 결과물을 살핀 것이다. 학습자의 결과물을 살핀 결과에 따르면, 사용 빈도는 '-다면, -면, -거든, -더라면, -라면, -어야, -려면, -노라면'의 순서로, 오류 빈도는 '-다면, -더라면, -거든, -노라면, -면, -려면, -라면, -어야'의 순서로 나타났다. 또한 통사적·형태적·의미적 측면에서 살핀 조건 표현 연결어미의 오류율은 '통사적-의미적-형태적' 오류의 순서를 보였는데, 형태적 오류에서는 '-다면'이 가장 높은 비율로 나타났고, 통사적 오류에서는 '-다면, -더라면, -라면'의 순서로, 의미적 오류는 '-거든, -다면, -노라면' 등의 순서를 보여 이들 연결어미의 교수·학습에서 이러한 점에 유의해야 함을 지적하였다. 오류 분석 결과에 따르면, 조건 표현 연결어미의 오류는 대체로 언어 내적 간섭에 의한 대치 오류가 많았고, 그 외에 의미 파악이 미흡하여 발생한 오류들이 있었다. 또한 '-거든, -더라면, -다면, -노라면'은 난이도가 높아 학습이 어려우며, '-거든, -노라면'은 의미적 특징을 중시하여 교수해야 하고, '-더라면, -다면'은 통사적 특징 중에서 시제의 적용을 중점으로 다루어야 한다고 주장하였다.

대련이공대를 비롯하여 중국의 한국어 교육 기관에서 사용하는 4개의 교재에서 조건 표현 연결어미의 제시 순서와 방법을 분석하였는데, 교재 분석 결과와 국립국어원(2002)를 참고로 하여 조건 표현 연결어미의 제시 순서를 '-(으)면, -어야/아야/여야, -(는/ㄴ)다면, -(이)라면, -(으)려면, -더라면, -노라면, -거든'으로 제안하였다. 또한 교재에서의 제시 방법을 검토하고, 유사한 조건 표현 연결어미들 간의 의미적 차이에 대해서 제시하지 않는 것과 같이 문법 설명에 있어 미흡함을 보인다고 지적하고, 통사적·형태적·의미적·화용적 제약과 특징에 대하여 교재에서 구체적으로 밝혀 주어야 한다고 주장하였다. 교재 분석 결과를 토대로 하여 중국어 모국어 학습자를 위한 교재의 문법 기술 원칙으로 첫째, 문법 기술은 간결하고 명확해야 하고, 둘째, 문법 항목의 형태적·의미적·화용적 영역 등에 대해 기술해야 하며, 셋째, 문법 형태 기술에 있어 분석적이 아닌 종합적 관점에서 해야 한다. 넷째, 유사한 의미와 기능을 갖는 항목은 유사점과 차이점을 학습자에게 친숙한 개념으로 설명해야 하며, 다섯째, 중국어 모국어 학습자를 위한 교재는 문법 기술에 있어 한국어와 중국어의 대조언어적 연구의 결과를 반영해야 한다고 언급하였다. 이와 같은 원칙에 따라 조건 표현 연결어미의 문법 기술 방법과 내용에 대해 '-(으)면, -어야/아야/여야, -(는/ㄴ)다면, -(이)라면, -(으)려면, -더라면, -노라면, -거든'의 순서로 정리하였다.

앞서 지적된 교재의 한계를 극복할 수 있도록 조건 표현 연결어미의 형태적·의미적·화용적 정보와 대조분석 결과를 반영하여 '도입-제시-연습-사용-마무리'의 수업 구성 단계에서 제시와 연습 단계에 비중을 두어 대조분석방법과 문법번역식 교수법을 근거로 한 교수·학습 모형을 제시하였다.

또한 70명의 피험자를 대상으로 하여 실험 집단과 대조 집단으로 나누어 2주의 기간 동안 선택 문항과 번역 문항으로 이루어진 사전 평가와 4차시로 구성된 실제 수업, 사후 평가에서 본 연구에서 제시한 교수법의 효과가 검증되었다고 한다.

▌의의 및 제언 ▌

이 연구는 한국어와 중국어의 대조분석적 연구와 학습자의 오류 양상을 분석하여 한국어 조건 표현 연결어미들의 대조분석과 문법번역식 교수법에 의한 수업 모형의 효과를 검증하였다는 데 의의가 있다. 의미 영역이 넓은 한국어의 조건 표현 연결어미와 비교적 좁은 의미 영역을 갖는 중국어 조건 관계 연사나 가정 관계 연사에 대응되는 데 오류가 발생할 가능성이 높다는 점에서 이에 대한 논의는 그 의미가 있다고 하겠다.

대조분석 방법을 통해 학습자의 오류의 원인을 찾아 오류 방지를 위한 방법을 모색하였다는 것은 이 연구의 의의라 할 수 있으나, 중국 대학생으로서 한국어를 배우는 학습자를 대상으로 한 교육에서 문법번역식 교수법을 도입한 근거에 대하여는 구체적으로 밝히지 않았다. 일반적인 한국어 학습자와 중국 대학생 한국어 학습자의 요구가 어떤 점에서 차이가 있는지 밝힐 필요가 있다고 생각한다. 또한 2주라는 비교적 길지 않은 기간에 이루어진 실험 시간을 통해 검증된 교수법의 효과에 대한 신뢰도는 낮아질 수 있다.

2008. 2. 이영주. 석사. 한국외대. 한국어의 조건 표현 연결어미 '-면, -거든, -어야' 연구. 〈분류: 어미〉 〈해제: 문혜심〉

▌목차▌

▌요약▌

이 논문은 '-면, -거든, -어야'에 대하여 통사적, 의미적, 담화·화용적 관점에서 살펴보고, 한국어 교육에 적용할 수 있는 근거를 제시하는 데 연구의 목적을 두었다.

'-면, -거든, -어야'의 통사적 특징을 검토하고, 주어와 서법, 시제, 부정문에 나타나는 제약을 살피어 정리하였다. 검토 결과에 따르면, 이들은 선·후행절의 동일주어 제약은 없으며, '-거든'은 후행절에서 1·3인칭 제약이 있다. 후행절 문장 형태에서는 '-면'은 제약이 없고, '-거든'은 명령문과 청유문에서, '-어야'는 평서문과 의문문에서 각각 제약이 나타났다. 또한 시제 선어말 어미 결합과 관련한 제약은 이들 모두에게서 나타났으며, 부정문에서는 '-어야'가 '-지 못하다'에서 제약을 보였다.

'-면, -거든, -어야'의 의미적 특징을 살펴보면, '-면'은 [+조건], [-필수], [+가정], [-개연성]으로 나타났고, '-거든'은 [+조건], [-필수], [+가정], [+실현성]으로, '-어야'는 [+조건], [+필수], [개연성]으로 나타났다.

앞서 검토한 논의를 정리하면, '-면'은 통사적 · 의미적으로 가장 일반적, 포괄적으로 쓰이고, '-거든'은 제약이 많으며, '-어야'는 조건 관계를 강조하는 필수적 관계를 나타내는 데 사용된다. 통사적 · 의미적 제약은 '-거든>-어야>-면'의 순서로 나타난다.

'-면, -거든, -어야'를 담화 · 화용적 관점에서 살핀 결과에 의하면, '-면'은 화자의 의도를 비교적 중립적으로 나타내며, 지시 화행으로 실현될 경우 자신의 의견을 공손하게 표현하는 특징이 있다. '-거든'은 간접 화행으로 실현될 경우에 정표 화행으로 실현되었으며, 화자의 감정을 간접적으로 제시하는 특징이 나타났다. 직접 화행으로 실현된 '-거든'은 대체로 지시 화행으로 나타나지만 간접 화행으로 실현된 경우에는 정표 화행으로 실현되는 특징이 있다고 한다. '-어야'는 후행절에 명령문, 청유문이 올 수 없지만 실제 담화에서는 지시 화행으로 실현되는 경우가 많았고, 충고나 조언을 하는 경우에는 자신의 견해를 강조할 때 사용되었다. 또한 '-면'은 화자와 청자의 지위나 연령의 많고 적음에 비교적 제약이 나타나지 않았으나 '-거든'은 화자의 연령이 많고 지위가 높을 때 사용되는 경향이 있었다.

▌ 의의 및 제언 ▌

이 연구는 한국어 조건 표현 연결어미인 '-면, -거든, -어야'를 대상으로 통사적, 의미적, 담화 · 화용적 특징을 국어학적 관점에서 검토 · 정리하여 한국어 교육에 적용할 수 있는 기초적 자료를 제공하였다는 데 의의가 있다.

그러나 전체적인 논의가 기존의 국어학적 연구 성과에 지나치게 기대어 한국어 학습자를 위한 관점으로 보기에는 어렵다는 점에서 한계가 있으며, 또한 검토한 연구 결과가 한국어 교육 현장에서 어떻게 적용될 수 있는가에 관해서는 전혀 논의되지 않은 것은 아쉬운 점이라 할 수 있다.

> # 2008. 8. 김유진. 석사. 경희대. 한국어 문법 항목 배열 연구: 종결기능 연결어미를 중심으로. 〈분류: 어미〉 〈해제: 문혜심〉

▌ 목차 ▌

▌ 요약 ▐

이 논문은 연결어미가 종결어미의 위치에 실현되는 경우를 유형화하여 한국어 학습자의 숙달도 등급에 맞도록 문법 내용과 항목을 배열하는 것을 목적으로 하였다.

먼저 문말에 쓰인 연결어미의 의미 전용 여부에 따라 '종결어미적 쓰임의 연결어미'와 '종결어미화된 연결어미'로 나누었는데, 전자의 경우에는 생략이나 도치에 의해 나타나고, 의미가 변하지 않는데 비하여, 후자의 경우는 연결어미의 의미가 전용되어 종결어미로 쓰인 경우를 뜻한다. 또한 이들을 아우르는 개념으로 '종결기능 연결어미'를 사용하였다.

이 연구에서는 기존의 연구와 구어 텍스트에 나타난 종결기능 연결어미의 사용 빈도를 살펴보았는데, 기존의 연구로는 민경모(2000), 이상억(2001), 국립국어원(2003), 하지선(2006)을 검토하였고, 구어 텍스트로는 5편의 TV 드라마 대본과 2편의 영화 대본을 분석하였다. 분석 결과를 토대로 하여 고빈도의 종결기능 연결어미 목록으로 '-고, -아서, -니까, -는데, -거든, -다고, -다니까'를 선정하고, '종결어미적 쓰임의 연결어미'와 '종결어미화된 연결어미'로 나누어 의미적 기능과 담화적 기능 등에 대해 검토하였다. 종결기능 연결어미는 구어 담화의 특징과 밀접한 관련이 있다는 점에서 담화 기능에 대한 교육의 필요성을 언급하고, '종결어미적 쓰임의 연결어미'에 해당하는 어미로 '-고, -아서, -니까'를 논의하고, '종결어미화된 연결어미'로는 '-는데, -거든, -다고, -다니까'를 검토하였다.

먼저 '종결어미적 쓰임의 연결어미'에 해당하는 어미들을 검토하면, '-고'는 비순차적 나열과 순차적 나열로 나누어지는데, 담화 기능으로는 '정보제공-추가, 요구'의 기능이 있고, 서법과 시상 등에서 제약이 있다. '-아서'는 채연강(1985), 최재희(1989) 등에서 문법적 정보와 의미적 정보를 정리하였는데, '원인, 계기'의 의미 기능과 '정보제공-감정표현, 이유 설명-변명'의 담화 기능이 있다. '-니까'에 대해서는 최현배(1937), 김승곤(1987) 등을 살피고, 주어와 시상에 제약이 있으며, '이유, 발견'의 의미 기능과 '정보제공-주장, 이유 설명'의 담화 기능을 한다고 정리하였다.

한편, '종결어미화된 연결어미'로 가장 높은 빈도수를 보인 경우는 '-는데'이다. 이는 '상황, 배경, 대조'의 의미 기능, '화제제시-화제연결, 정보제공-간접적인 의사표현과 감정표현' 등의 담화 기능을 갖는다. '-거든'은 '조건'의 의미 기능과 '화제제시-화자 연속발화, 이유 설명, 추측'의 담화 기능을 담당하는데, 억양에 의해 의미가 구별되는 경우가 많으므로 억양에 주의해야 한다고 강조하였다. 또한 '-다고, -다니까'는 각각 '-고 하고'와 '-고 하니까'의 준말로 인용에 사용되는 표현인데, 담화 기능으로 '확인, 반복-강조, 재단언' 등을 갖는다.

경희대 외 3개 한국어 교육 기관의 교재 분석을 통하여 종결기능 연결어미의 문법 항목 제시 순서와 방법을 검토하였다. 교재 분석 결과를 정리하면, 먼저 '종결어미적 쓰임의 연결어미'에 해당되는 '-고'는 연결어미로 초급에서 제시되고, 구어 담화의 특징으로 생략이나 도치에 의해 문말에 위치하는 경우에 대해서는 관용구로서 일부만 반영된 것을 확인할 수 있었다며 보다 적극적으로 반영되어야 한다고 주장하였다. '-아서'는 '종결어미적 쓰임의 연결어미'에 대해서는 전혀 교재에 반영되어 있지 않음을 지적하고, 구어 담화의 특징인 생략과 도치에 의해 문말에서 실현이 가능하다는 것을 제시해야 한다고 주장하였다. 또한 '-니까'는 대부분의 교재에서 주로 '이유'의 연결어미로만 제시된다면서 '발견'의 의미 기능이 있음을 강조하고, 이에 대한 교육이 필요함을 주장하였다. '종결어미화된 연결어미'로서 '-는데'는 다른 항목에 비해 다양한 문법 항목을 갖고, 높은 빈도수를 보이는데, 문법 항목의 배열에 '빈도수'가 기준이 될 수 있음을 강조하였다. '-거든'은 구어 담화에서 연결어미보다는 종결어미로 쓰이는 경우가 많은데, 많은 교재들에서 종결어미로서의 '-거든'이 먼저 제시되고 연결어미로서의 '-거든'이 나중에 제시되는 경향을 보이는데, 이는 구어에서 높은 빈도수를 보이기 때문이라고 해석하였다. '-다고, -다니까'는 문장 종류에 따라 '-라고, -자고, -냐고'로 실현되는데, 대부분의 교재에서 간접인용 표현의 다양한 종결어미로 제시되고 있다고 하였다. '종결어미적 쓰임의 연결어미'에 속하는 '-고, -아서, -니까' 등은 대부분의 교재에서 주로 '연결어미-종결어미'의 순서로 다루고 있는데 비해, '종결어미화된 연결어미'들의 경우에는 교재에서 제시 순서가 매우 다양함을 보인다고 지적하고, 종결기능 연결어미에 대한 문법 항목 배열에 일관적인 기준과 체계가 필요하다고 강조하였다.

'-고, -아서, -니까'의 교육 내용은 앞서 검토한 내용을 토대로 하여 문법적 정보와 제약, 담화적 기능에 대하여 정리하였다. 종결기능 연결어미 항목을 배열함에 있어 빈도수와 종결기능 연결어미는 구어 담화에서만 이루어지는 점을 고려하여 '연결어미 기능-종결어미 기능'의 순서로 교육할 것을 제안하였다. 즉, 문말에서 의미가 바뀌지 않는 '-고, -아서, -니까'의 경우 기본 의미에 대한 이해가 선행되어야 한다는 점에서 연결어미 기능은 초급에서, 연결어미가 생략이나 도치 등과 같은 구어 담화의 특성으로 문말에 위치하는 것은 그 특성에 대해 강조하여 설명하고, 예문을 통해 제시해야 한다고 주장하면서 이러한 종결어미적 쓰임에 대한 것은 중급에서 제시하는 것이 효율적이라고 하였다. 또한 담화 기능에 대한 제시도 중급 이상에서 할 것을 제안하였다. 이들 어미의 경우 연결어미와 종결어미로 각각 독립적인 기능을 담당하므로 독립 항목으로 다루어야 한다고 주장하였는데, 특히 '-거든'의 경우에는 종결어미로 쓰이는 빈도가 높다는 점에서 종결어미적 쓰임을 먼저 제시해야 한다고 밝혔다.

▌ 의의 및 제언 ▌

이 논문은 '종결기능 연결어미'라는 개념으로써 문말에서 종결어미의 기능을 담당하는 연결어미에 대하여 한국어 학습자의 숙달도 등급에 맞도록 문법 내용과 항목을 배열하는 것을 목적으로 하였다.

많은 한국어 학습자들의 관심과 요구가 '말하기' 기능에 있다는 점에서 구어 담화의 특징으로 실현되는 '종결기능 연결어미'에 대한 논의는 그 의미가 크다고 할 수 있다. 그러나 이 연구에서는 검토 대상 종결기능 연결어미에 대한 기존의 연구 성과에 기대어 의미 기능과 담화 기능, 통사적 제약 등에 지나치게 비중을 둔 경향을 보인다. 구어 담화의 특징에 대한 보다 구체적인 검토가 필요하고, 종결기능 연결어미를 배열하는 기준을 마련하기 위해서는 학습자 요구 분석이나 빈도수, 난이도 등에 대한 보다 면밀한 논의가 필요한 것으로 생각된다.

> # 2008. 8. 박대범. 석사. 상명대. 한국어 학습자를 위한 이유·원인의 연결표현 교육 연구.
> 〈분류: 어미〉 〈해제: 문혜심〉

▌ 목차 ▌

▌ 요약 ▌

　이 논문은 한국어의 이유·원인 연결표현의 형태적·의미적 특징과 문법적 제약 등에 대해 살펴보고, 교수·학습 방안을 제시하는 데 연구의 목적이 있다.

　먼저 기존 국어학의 연구 성과인 최현배(1971), 이상복(1978), 윤평현(1989), 이은경(2000)의 논의에서 이유와 원인에 대한 개념을 인과관계에서 비교적 필연적이고 절대적인 것인 것은 '원인'으로, 개연적이고 자의적인 것은 '이유'로 구분하고, 필연적인 것일수록 개념의 범위가 좁다는 직관에 따라 '이유'를 보다 넓은 범위를 갖는 것으로 보았다. 또한 연결어미와 연결구를 아우르는 개념으로 '연결표현'이라는 용어를 사용하였다.

　검토 대상 이유·원인 연결표현 항목의 설정을 위해 다음의 기준을 제시하였다. 우선 구어와 문어의 환경에서 사용 빈도가 높은 항목을 연구 대상으로 해야 하고, 논의의 비중은 깊이의 문제라는 점에서 비중을 많이 차지하는 항목을 검토해야 하며, 교수요목에서 순서가 앞서는 항목을 다루어야 한다는 것이다. 검토 대상 항목의 선택과 순서의 배열 기준으로 사용 빈도와 논의의 비중을 고려하면, '-아서, -니까, -느라고, -므로, -기에, -길래, -기 때문에'는 '-는 바람에, -는 통에, -ㄴ 탓에, -ㄴ 덕(분)에'에 우선한다. 따라서 '연결어미-연결표현'의 순서로 하여 연결어미로는 '-아서, -니까, -느라고, -므로, -기에, -길래'를 살피고, 연결구로는 '-기 때문에, -는 바람에' 등을 검토하였다. 또한 '-아서, 얼마나, 어찌나' 등과 결합한 '-아서인지, -아서 그런지, 어찌나 -던지' 등은 이유 연결표현으로 사용될 수 있다는 점에서 '-ㄴ지 표현'으로 묶고, '-고

나서, -다 보니, -고 해서, -고 하니' 등과 같이 보조용언과 결합한 이유 연결표현은 '보조용언류'에 포함시켜 이들의 음운적·형태적·통사적·의미적·화용적 특징과 문법적 제약 등에 대해 검토하였다.

검토 결과에 의하면, '-아서'는 이유 외에도 순서와 수단의 의미 기능을 하고, 문법적으로는 시제 제약이 있다. '-니까'는 이유와 배경 등의 의미적 기능이 있고, 담화적으로 반박, 주장 강조 등의 기능을 담당한다. '-느라고'는 선행절에 동사만이 가능하고, 시제 선어말어미가 올 수 없다. 또한 '-므로'는 주어나 선행절 서술어에 대한 제약은 없고, 논리적이고 문어체에 주로 쓰이는 의미적·화용적 특징이 있다. '-기에, -길래'에서 '-길래'는 '-기에'에 비해 한정된 의미를 갖는데, 이는 문법적 제약에 의한 것이다. 예를 들면, '-기에'는 주어 제약에 있어 자유로운데 비해, '-길래'를 제약을 받는다. '-기에'는 시제 선어말어미 제약에서도 자유롭다. '-기 때문에'는 미래 시제와 문장 종류에서 제약이 있고, 완료성을 갖는 원인 설명의 의미 기능을 한다. '-는 바람에, -는 통에, -ㄴ 탓에, -ㄴ 덕(분)에'에서 선행절에 대한 화자의 인식에 따른 분류를 살펴보면, '-는 바람에, -는 통에, -(으)ㄴ 탓에'는 [-긍정], '-기 때문에'는 [가치 중립], '-(으)ㄴ 덕(분)에'는 [+긍정]으로 나타난다. '-(으)ㄴ지'는 막연한 의문이 있는 채로 뒷절의 사실, 판단과 관련시키는 연결어미로 추측의 의미가 있다. '-아서, 얼마나, 어찌나' 등과 결합하게 되면 '-아서인지, -아서 그런지, 어찌나 -던지' 등이 되어 이유의 의미를 갖는 연결표현이 된다. 선행절은 화자가 직접 경험하거나 관찰한 사실이 이유, 근거로 제시되고, 선행절의 미래시제 선어말어미에는 제약이 있으나 후행절에는 제약이 없다. '-고 나서, -다 보니, -고 해서, -고 하니' 등의 '보조용언류'는 서로 다른 문법적 제약을 보인다. 또한 '-고 나서, -다 보니'는 순서와 이유의 의미 기능이 있고, '-고 해서'에서 선행절은 후행절 내용을 수행하는 이유가 되는 표현이며, '-고 하니'는 화용적으로 감탄의 어조로 실현된다. 연결표현은 선행절 서술어와 결합할 때 문법적 제약, 즉 선후행절 주어의 일치 여부, 선행절 서술어의 시제 사용 여부, 선행절 서술어 종류의 제약, 후행절의 문장 종결형식의 제약, 부정어 사용 등의 제약이 있다. 이러한 문법적 제약은 선행절과 후행절의 관계에 따라 의미가 파생되고, 형태의 변화에 의해 생겨나고 심화된다. 이들은 기본 의미로서 '이유'를 공통적으로 갖고 있지만 환경적 이유에 따라 사용에 차이가 있다고 정리하였다.

이유·원인 연결표현의 교육 실태 파악을 위해 경희대 외 5개 한국어 교육 기관의 교재를 분석하였다. 분석 결과에 의하면, '-아서, -니까, -기 때문에, -느라고, -는 바람에, -길래, -는 통에'의 학습 순서로 나타났는데, 이미 학습한 내용을 반복 학습할 수 있는 교재는 부족하다고 지적하고, 여러 형태의 이유 연결표현이 있다는 점에서 나선형 반복 학습의 필요성을 주장하였다. 또한 분석 대상 교재에서 이유 연결표현의 제시 순서와 방법에 대하여 검토한 결과, 이유·원인 연결표현의 배열이 체계적이지 않고, 실제 수업에 적용할 표준모형이 없다는 것을 문제점으로 지적하였다. 또한 '-아서, -니까, -기 때문에'와 같은 초급 연결어미에 익숙해 있어 중·고급에서 학습한 내용을 사용할 수 있게 하고, 그 과정에 발생할 수 있는 오류를 줄이는 방안에 대한 모색이 필요하다고 주장하였다.

앞서 검토한 논의를 토대로 하여 이유·원인 연결표현의 배열은 초급에서는 '-아서, -니까, -기 때문에'의 순서로 제시할 것을 제안하였다. 또한 학습자들이 혼동을 할 수 있다는 점에서 '-아서'는 '이유'와 '순서'를 구분하고, '-니까'는 '이유'와 '배경'을 구분하여 이들을 시간의 간격을 두어 제시해야 한다고 주장하였다. 중급에서는 '-느라고, -길래, -기에'의 순서로 제시하는데, '-니, -(으)ㄹ 테니까' 등과 같은 표현의 학습이 필요하며, 고급에서는 문법적 제약이 유사하고, 교체가 자유롭다는 점에서 '-는 바람에, -는 통에'를 같이 학습하고, 다음 단계로 반의 관계에 있는 '-ㄴ 탓에, -ㄴ 덕(분)에'를 동시에 학습해야 한다고 밝혔다. 또한 '-므로'는 사용 빈도는 높지만 문어적 표현이라는 점에서 고급의 후반부에 제시해야 한다고 주장하였다.

'-길래'에 대한 교수·학습 방안을 제시하는 데 있어 기존 연구에서의 제시 방법을 비교하고, 비교적 제약이 많은 '-길래'는 다른 이유 연결표현과 대치되어 사용될 가능성이 높으므로 이들 간의 유의성과 차별성에 대하여 교육할 필요가 있다고 강조하였다. 또한 '-길래'의 의미적 특징에 대해 학습자가 인지할 수 있도록 예문을 통해 충분히 설명해야 하며, '-다길래, -길래 -줄 알다' 등과 같이 확장 표현에 대해서 학습할 수 있도록 유도하고, 다음 학습 단계인 '-기에'와 자연스럽게 연결될 수 있도록 격식체와 문어체 표현에서 제시할 필요가 있다고 언급하였다.

▮ 의의 및 제언 ▮

이 연구는 한국어의 이유·원인 연결표현에 대하여 기존의 연구 성과를 통하여 형태적·의미적 특징과 문법적 제약 등에 대해 검토하고, 교수·학습 방안을 제안하였다는 데 의미가 있다. 특히, '-기 때문에, -는 바람에' 등과 같은 연결표현은 단어 차원으로서의 제시가 학습자의 이해를 돕는 데 있어 보다 효율적이라는 점에서 이에 대한 논의는 의의가 있다고 할 수 있다.

그러나 한국어 숙달도에 따라 교육해야 할 항목과 내용, 방법 등은 달라질 수 있는데, 교수·학습 방안을 제안하는 데에는 이에 대한 고려가 부족해 보인다. 한국어 교육에서 실제로 적용할 수 있는 방안에 대한 논의가 좀 더 필요해 보인다.

2008. 8. 송대헌. 석사. 청주대. 한국어 초급 교재 학습자를 위한 연결어미 교육 방안 연구. 〈분류: 어미〉 〈해제: 문혜심〉

▮ 목차 ▮

▌요약▐

이 논문은 한국어 초급 학습자의 연결어미 사용 양상과 오류 양상을 살펴 연결 어미에 대한 교수·학습에 적용할 수 있는 교수 모형을 제시하는 데 목적을 두고 있다.

연결어미의 개념과 분류 체계를 살펴봄에 있어 이숭녕(1960), 「고등 학교 문법(2005)」 등에서는 국어학의 관점에서, 임호빈(1995), 이희자(2001), 최길시(1998), 백봉자(2003) 등에서는 한국어 교육의 관점에서 검토하고, 한국어 교육 기관의 경희대 외 3개 한국어 교육 기관의 초급 교재에 제시된 연결어미 목록과 제시 순서와 방법 등을 검토하였다. 교재 분석 결과에 의하면, 제시 빈도수는 '-고, -아서/어서(이유), -지만, -(으)러, -아서/어서(순서), -(으)니까, -(으)면, -(으)ㄴ/는데, -(으)려고, -거나, -(으)면서, -다가'의 순서로 정리된다. 교재 분석 결과와 국립국어원(2005)을 참고로 하여 연결어미 제시 순서를 '-고(나열), -아서/어서(순서), -(으)니까(이유·원인), -지만(대조), -아서/어서(이유·원인)'로 제안하였다.

한국어 학습자들의 연결어미 사용 양상과 오류의 유형에 대해 검토하였는데, 분석 대상 학습자의 국적은 몽골, 베트남, 중국이고, 초급 학습자의 연결어미 사용 양상을 살핀다는 점에서 초급 연결어미에 익숙해 있는 3급 학습자를 대상으로 하였다고 한다. 문항 조사 항목으로 '-고, -아서/어서(순서), -지만, -(으)니까(이유·원인), -(으)면서, -(으)ㄴ데/는데, -(으)면, -(으)려고, -

다가'를 제시하고, 적절한 초급 연결어미를 선택하는 방식으로 진행하였다. 사용 빈도 조사 결과에 따르면, '나열'의 연결어미로는 '-고, -지만, -ㄴ데/는데', '순서'의 연결어미에는 '-아서/어서, -고, -다가', '대립·대조'의 연결어미는 '-지만, -ㄴ데/는데, -아서/어서', '동시'의 연결어미는 '-(으)면서, -고, -아서/어서', '배경'의 연결어미는 '-ㄴ데/는데, -(으)니까, -(으)면', '조건'의 연결어미는 '-(으)면, -(으)니까, -아서/어서', '목적'의 연결어미는 '-(으)려고, -아서/어서, -(으)니까', '전환'의 연결어미는 '-다가, -아서/어서, -고'로 나타났다.

학습자의 문항지 분석을 통해 밝혀진 오류 양상에 의하면, '이유'의 '-아서/-어서'와 '-(으)니까'의 대치 오류, '-(으)ㄴ데/는데'와 이유의 '아서/-어서' '-(으)니까'의 대치 오류와 '순서'의 연결어미 '-아서/-어서'와 '-고'의 대치 오류, 그 밖에 '조건'의 '-(으)면'과 '이유·원인'의 '-아서/-어서', '전환'의 '-다가'와 '순서'의 '-고'의 대치 오류가 나타났다. 이러한 학습자의 오류 문제를 해결하기 위해 이들 연결어미의 의미와 용법, 제약 등에 대해서 정리하고, 의미 기능의 차이와 문법적 제약 등에 대하여 충분한 설명과 예문을 제시하여 학습자가 인식할 수 있도록 교육해야 한다고 주장하였다.

또한 연결어미 교육 방안으로는 빈도수 조사를 통해 교육용 연결어미 목록을 선정하고, 문법 항목을 구성하여 연결어미의 의미를 설명해야 하며, 의사소통 목적에 맞게 언어의 4 기능을 통합하여 모든 학습 단계에서 활용할 수 있도록 하고, 효율적 교수를 위해 다양한 매체를 이용할 것을 제안하였다.

앞서의 검토 결과를 토대로 하여 '-아서/-어서(이유·원인)'을 대상으로 '도입→제시→연습 →활용→마무리'의 5단계로 구성된 연결어미 수업 모형을 제시하였다.

▌ 의의 및 제언 ▌

이 연구는 학습자의 연결어미에 대한 사용 양상을 살피고, 학습자의 오류 분석을 함으로써 초급 학습자를 위한 연결 어미 교수 모형을 제안하였다는 데 의의가 있다.

그러나 학습자의 오류 방지를 위해 제시된 교육 방안은 새로운 제안이라기보다는 기존의 연구를 따르는 논의로 보이며, 한국어 교육의 목적이 한국어 의사소통능력 배양에 있다면 연결 어미의 교수·학습에 적용할 수 있는 교수 모형을 제시함에 있어서도 '실제 사용'에 근거를 둔 방안에 대한 모색이 필요해 보인다.

V. 한국어 구문 교육 연구사

┃ 김지혜

1. 머리말

본고는 한국어 교육학 학위 논문 가운데 구문 교육에 대한 학위 논문의 연구사를 정리하는 것을 목적으로 한다. 본고에서는 장미선(1994)을 시작으로 하여 장미라(2008)에 이르기까지 총 46편의 학위 논문[1]을 대상으로 하였으며 이중 박사 논문이 3편, 석사 논문이 43편이다.

구는 둘 이상의 단어가 모여 절이나 문장의 일부분을 이루는 것으로 일정한 범위 안에서 쓰이는 낱말의 전체인 어휘와 다르다. 한국어 교육에서 구문 교육에 대해 관심을 갖기 시작한 지는 그리 오래되지 않았다. 외국어로서의 한국어 교육이 문법 번역식 교수법(The Grammar Translation Method)이나 청각구두식 교수법(The Audio-lingual Method)을 벗어나 1980년대 이후 의사소통적 접근법(The communicative Approach)[2] 을 지향하면서 단어 차원이 아닌 즉각적인 발화를 가능하게 하는 문장에 관심이 높

---

1) 이 수치는 대한민국 국회도서관에 보관 중인 논문 목록을 토대로 하여, 한국어 교육 관련 논문 중에서 구문 교육을 집중적으로 다루고 있는 학위 논문만을 대상으로 하여 집계한 것이다.

2) 의사소통적 접근법은 1970년대에 이르러 의사소통 능력(competence)에 대한 개념 규정이 이루어지게 되면서 그것을 토대로 언어교육에서도 대두된 것으로 실제 의사소통 상황에서 메시지를 전달하고 해석할 수 있으며 특정 상황 안에서 인간상호 간에 의미를 전달하고 협상하는 의사소통 능력 배양을 목표로 한다. Brown, H. Douglas(1994)

아지면서 연구가 이루어졌다. 구문 교육은 실제로 문장을 분석하는 것이 아닌 문장을 하나의 덩어리로 익히는 이른바 표현 중심의 교육을 하는 한국어 교육 현장의 필요에 의한 연구였기 때문에 1990년대 중반 이후 연구가 시작되었고 최근 들어서는 구문 교육을 주제로 한 논문들이 활발히 발표되고 있다. 2008년 현재까지 발표된 46편중에서 약 96%에 달하는 42편의 논문이 2002년 이후에 발표되었다는 것은 한국어 교육이 활성화된 시기와 맞물려 한국어 구문 교육의 필요성이 인식되고 관심이 높아졌음을 보여주는 것이라고 할 수 있다.

본고에서는 구문과 관련된 46편의 논문을 통해 한국어 교육에서의 구문 교육 연구의 흐름을 살펴볼 것인데 이를 위해 수집한 논문들을 상관성이 높은 8가지 하위 영역으로 나누었다. 그 8가지 영역은 먼저 본용언과 연결되어 그것의 뜻을 보충하는 역할을 하는 보조용언 자체에 집중하는 것이 아닌 본용언과 결합된 형태를 연구 대상으로 삼은 '보조용언 구성 교육', 한국인 화자들의 언어생활에서 습관적으로 사용되는 구나 절 형태의 관용어를 대상으로 삼은 '관용어 교육', 한국인의 정서와 문화 및 민족성이 많이 드러나는 격언을 의미하는 속담을 대상으로 한 '속담 교육', 단문과 복문 혹은 기본형과 복합형 등 다양한 문장의 형식을 대상으로 한 '문장 교육' 그리고 '사동·피동 구성 교육', 주로 화자의 심리를 나타내는 언어 양식인 양태를 대상으로 한 '양태 표현 구성 교육', 다음으로 두 개 이상의 단어가 결합하여 하나의 개념을 만들지만 교육이 없이는 이해하거나 사용할 수 없는 연어를 대상으로 한 '연어 교육', 마지막으로 한자 어휘, 유의어, 외래어, 추측 표현 등의 단어의 구성을 중심으로 한 '어휘 표현 구성 교육'이다. 다음의 <표 1>은 위에서 언급한 논문들을 하위 영역에 따라 연도별로 분류해 놓은 결과이다.

〈표1〉학위 논문 주제의 연도별 분류

년도	보조 용언 구성	관용어	속담	문장	사동, 피동 구성	양태 표현 구성	연어	어휘 표현 구성	계 (편)
1994	장미선								1
1997				이향아					1
1998		유덕자						정승혜	2

연도									계(편)
2002		사모토 마리	김영자 김정아 김현정		이현진			박재남	6
2003	최해주		원수은	한정희	김희선			김현경 후문옥	6
2004		우재영			이효숙	백승희 이효정		문승실 박상천	6
2005		송혜원 조윤경	장춘매	최윤곤			박숙영	라티탄 마이 정하라	7
2006	이영	하수정 Zhu, Cuiying	오지혜			이선영	도옥루 이엔		6
2007		김지혜 임혜진 최혜령	양지선				정숙향	孫利利	6
2008		송현아 우선미	김나영	장미라			신지영		5
계(편)	3	12	8	4	3	3	4	9	46

　<표1>에서 볼 수 있듯이 한국어 구문 교육이 관심을 받기 시작하면서 2002년부터 2008까지 구문 교육에 대한 학위 논문이 활발하게 발표되었다. 장미선(1994)의 외국어로서의 한국어 교육의 측면에서 보조용언 '보다'의 담화기능에 대한 연구를 시작으로 보조용언 구성 교육 관련 논문이 3편, 관용어 교육 관련 논문이 12편, 속담 교육 관련 논문이 8편, 문장 교육 관련 논문이 4편, 사동·피동 구성 교육 관련 논문이 3편, 양태 표현 구성 교육 관련 논문이 3편, 연어 관련 교육 논문이 4편, 어휘 표현 구성 교육 과련 논문이 9편 발표되었다. 주제별로 살펴보면 관용어 교육 관련 논문이 12편으로 가장 많고 그 다음으로 속담 교육 관련 논문과 어휘 표현 구성 교육 관련 논문이 각각 9편과 8편으로 뒤를 잇는다. 문장 교육 관련 논문과 연어 교육 관련 논문은 각각 4편씩, 나머지 보조용언 구성 교육 관련 논문과 사동·피동, 양태 표현 구성 교육 관련 논문은 각각 3편씩 발표되었는데 양적인 면에서 관용어에 비해 현저히 낮은 수준임을 알 수 있다. 한국어 구문 교육에서 관용어와 속담, 연어가 상당 부분을 차지하는 이유는 그것들이 결합 방식에서 분명한 제약을 가지고 있기 때문

에 반드시 가시적인 제시를 통해 교육이 이루어져야 하고 그 목록을 수집하는 일이 선행되어야 했기 때문이다. 또한 관용어와 속담의 경우에는 외국인 연구자들[3])이 눈에 띄는데 이는 관용어와 속담을 학습하는 것이 외국인의 입장에서 학습이 까다로울 뿐만 아니라 양쪽 언어에 능통한 연구자들에 의한 학습자 모어와의 비교·대조를 통하지 않고서는 학습자가 그 의미를 충분히 이해하고 학습하기 어렵기 때문으로 보인다. 그리고 연어 교육 관련 연구는 2005년 이후에 시작되어 꾸준히 이어지고 있음을 확인할 수 있는데 이는 한국어 발화 상황에서 자연스럽고 유창한 한국어를 구사하기 위해 연어를 사용하여 더 다양한 사고를 표현하고자 하는 중·고급 학습자들이 늘어난 것을 원인으로 생각해 볼 수 있다.

한편, 논문이 발표된 시기와 그 논문들의 주제를 비교하여 살펴 볼 때, 논문의 발표 시기와 주제 사이의 긴밀한 상관성을 발견하기는 어렵다. 다만 양태 표현이나 연어 교육, 속담과 관련된 논문들이 2002년 이전에는 나타나지 않았다는 점과, 최근 2년 동안 보조용언이나 사동·피동과 같은 서술어 형식에만 집중한 연구들이 발표되지 않았다는 점을 찾을 수 있다. 또한 2002년 이후에 들어서 연구의 양적 확대와 더불어 주제가 다양해졌다는 사실 정도를 알 수 있다.

이와 같은 근거로 한국어 구문 교육의 연구사를 분류해 본 결과 구문 교육의 연구는 먼저 세 시기로 구분해 볼 수 있다. <표 1>을 참고하면 그 시기를 정확하게 나눌 수는 없지만 1994년부터 2003년까지 보조용언에 대한 연구들이 꾸준히 나왔고 1998부터 2005까지 관용어, 속담, 사동·피동 연구들이 계속 진행되었으며 2004년부터 2008년에는 양태 표현과 연어 교육 논문들이 계속 나왔다. 이는 시기적으로 겹치는 부분도 있지만 논문 주제에 있어 흐름을 보고 일관성이 있어 보이는 것만을 정리한 것이다. 그러나 본고에서는 세 시기로 나누지 않고 <표 1>에서 보이는 주제의 변화를 근거로 하여 두 시기로 나눈다. 1998년까지를 보조용언과 같은 구문의 일부분을 형성하기 위한 형태와 의미에 집중한 형태·의미 연구의 시기로 2008년까지는 관용어, 속담, 문장, 양태 표현, 연어 등과 같이 구문의 전체를 이해하고 그 화용을

---

3) 외국인 저자들의 논문을 표기하는 데에 있어서는 학위 논문의 형태를 그대로 따랐는데 연구자의 이름을 한글로 표기한 경우, 즉 '사모토 마리'는 그대로 '사모토 마리(2002)'로 적었고 'Zhu, Cuiying'의 경우에는 학위 논문에 표기한 대로 'Zhu, Cuiying(2006)'으로 적었다.

고려한 화용의 시기로 구분하고 각 시기별 학위 논문들의 특징과 의의를 분석해 보고자 한다.

　제1기(~1998년): 구문의 형태·의미 연구 시기
　제2기(2002년~): 구문의 화용 연구 시기

2. 구문의 형태·의미 연구 시기(~1998년)

이 시기는 앞서 언급한 바와 같이 둘 이상의 단어가 모이는 형태에 집중한 구문 교육을 논의한 학위 논문들이 주로 발표된 시기이다. 시기적으로는 4편의 논문이 발표되었다. 보조용언과 관용어, 문장, 어휘 표현에 대한 연구가 1편씩 있었다. 이 시기에 다루어진 보조용언과 문장에 대한 연구는 아직은 형태에 집중한 논의가 주를 이루었고 관용어의 경우에는 그 목록 수집에 연구의 상당 부분을 할애하였다.

먼저 시기상으로 가장 앞선 연구인 장미선(1994)은 외국인을 위한 한국어 교육에서 보조용언 '보다'의 의미를 좀 더 언어 현실에 맞게 기술하기 위하여 '보다'와 '-아 보다', '-ㄴ가 보다', '-나 보다', '-ㄹ까 보다'의 의미와 통사적 특징을 고찰하고자 하는 목적에서 출발한 연구이다. 논문은 '보다'는 「우리말본」에서 제시한 '시행'과 '추측'의 의미 외에도 화자가 명제 내용에 대하여 갖는 인식태도에 따라 '경험', '가정', '완곡', '의도', '걱정', '강조' 등의 의미로 실제 담화에서 사용된다고 보고 이런 점에서 '보다'와 공기하는 내포문의 어말어미 '-아', '-ㄴ가', '-나', '-ㄹ까'의 의미와 통사적 특징을 살피고 '보다'와 어울려 각각 어떤 의미를 나타내는가를 분석하였다.

다음으로 이향아(1997)는 다양한 문장 구조와 이에 관련된 문장 성분을 함께 가르치기 위한 교수 모형을 제시하였다. 곧 기본문에서는 문장을 함께 설명하고, 수식문에서는 문장의 부속 성분 및 독립 성분을 함께 설명하도록 하였다. 그리고 격조사의 역할이나 종류, 선택에 대한 학습도 간단히 제시했다. 한국어의 문장 구조는 모국어 학습자와 같은 방법으로 단순한 구조에서 복잡한 구조의 순으로 체계를 잡아서, 무한한 문장을 대표할 수 있는 가장 기본이 되는 틀인 기본문 구조로부터 수식문 구조, 내포문 구조의 순서로 교수 모형을 제시하였다. 그런데 새로운 문장을 만들면서 문장 구조를 학습하는 것보다는 구문 도해를 통해서 학습하는 것이 문장 구조를 이해하는 데 더 효과적이라는 생각 아래에 수형도와 IC 분석법을 이용하여 교수 모형을 제시하고 각 교수 모형에 적절한 평가 문항도 제시하였다.

마지막으로 유덕자(1998)와 정승혜(1998)가 있는데 유덕자(1998)는 한국어 학습자들이 한국어의 언어문화를 이해하고 한국어 공동체에서 좀 더 원활한 의사소통을 하기 위해서 반드시 이해하고 사용해야 할 관용어를 교육하기 위해 한국어 교재를 검토하고 관용어 목록을 수집한 후 이를 그 의미의 투명성에 따라 분류하였고 정승혜(1998)는 한국어 교육에서의 한자어 교육을 위하여 교육용 한자어 어휘를 선정하고 이를 토대로 하여 학습자의 특성에 따라 한자어 교재 개발의 방향을 제시하였다. 이를 위해 사용 빈도가 높은 한자, 사용 범위가 넓은 한자, 교육에 기초적인 한자, 조어력이 높은 한자, 학습자의 발달 단계에 맞는 한자, 기존 한자 교재 4종에서 많이 다루어지는 한자를 토대로 외국인을 위한 교육용 한자를 선정하였다.

3. 구문의 화용 연구 시기(2002년~)

이 시기에는 한국어 교육 현장에서 구문의 형태와 의미만을 교육하는 것에 한계가 있다는 점을 지적하면서 언어의 사용에 관심을 두고 한국어 화자들의 사용 환경을 고려한 구문의 화용을 논의한 학위 논문들이 발표된 시기이다. 이 시기에 발표된 논문으로는 양적 순서로 보면 관용어 교육에 대한 연구 11편, 속담 교육에 대한 연구 8편, 어휘 표현 구성에 대한 연구 8편, 연어 교육에 대한 연구 4편, 문장 교육에 대한 연구 3편, 사동·피동 교육에 대한 연구 3편, 양태 표현 구성 교육에 대한 연구 3편, 보조용언 구성 교육에 대한 연구 2편으로 총 42편이다. 다음에서는 각 하위 분야에 대한 연구를 중심으로 한국어 구문 교육의 연구사를 짚어 보도록 하겠다.

3.1. 관용어 교육

관용어 교육과 관련된 논문은 모두 12편인데 2002년 이후에 발표된 것이 11편으로 사모토 마리(2002), 우재영(2004), 송혜원(2005), 조윤경(2005), Zhu, Cuiying(2006), 하수정(2006), 김지혜(2007), 임혜진(2007), 최혜령(2007), 송현아(2008), 우선미(2008)가 있다. 관용어 교육 논문은 일반적인 외국어로서의 한국어 교육에서의 관용어 교육과 관련된 논의, 한국어 교재에 나타난 관용어를 분석하여 지도 방안을 마련한 논의, 관용어 평가에 관한 논의들과 더불어 일본인, 몽골인의 특정 언어권과 학습자 수준별 관용어 교육에 이르기까지 다양한 방면에서 활발하게 연구가 진행되었다.

먼저 일반적인 관용어 교육과 관련된 논의로 임혜진(2007)은 한국어 교육 현장에서 사용하고 있는 한국어 교재와 한국어 교육용 도서에서 제시된 관용표현들의 목록들을 정리하여 의미의 투명도와 사용빈도를 바탕으로 500개에 달하는 관용표현을 재배열하였다. 특히 외국인 학습자들과 한국인들에게 양방향으로 설문조사를 실시하여 의미의 투영도와 사용빈도를 살펴본 점이 주목할 만하다.

다음으로 최혜령(2007)은 그 동안의 관용표현에 대한 연구가 주로 언어권과 문화권을 중심으로 학습자를 바라보던 시각에서 초급 학습자들을 위한 관용표현 교육을 위해 초급 학습자들이 학습할 수 있는 관용표현의 목록을 마련하고 다양한 교수 방안을 제시하여 실제 수업 현장에서 사용할 수 있도록 연구를 진행하였다.

우선미(2008)는 투명도, 난이도, 사용 빈도, 문화 반영도, 번역 가능성을 기준으로 한국어 교재에 실린 관용표현의 목록을 재분류하고 그 학습 수준과 학습 순서를 정하여 150개의 관용표현의 목록을 확정하고 관용표현의 다양한 제시 방법과 교수·학습 지도안의 실제적 예를 보여주었다.

한편 우재영(2004)은 관용어를 비유 교육의 내용으로서 관용 표현의 습득과 한국어 비유의 특성 이해, 한국어 소통에서의 비유의 활용방법과 비유의 비교·대조 학습과 유추에 의한 비유 학습을 통해 구체적인 비유 교수·학습 활동을 제시하였다. 이 논문은 한국어 언어문화의 중요한 특징 중 하나인 비유 교육의 중요성을 제시하고 비유와 한국어 소통능력과의 관계를 문법적 차원과 문학적 차원, 문화적 차원으로 구분하여 살펴서, 비유가 한국어교육에서 교수 학습할 만한 중요한 내용임을 나타내고 있는 점에서 의의를 찾을 수 있다.

그 다음으로 외국인 연구자의 논문이 2편이나 포함된 한국어 관용어와 학습자 언어권의 관용어를 비교·대조한 논문들이 있다. 사모토 마리(2002)는 관용어 중에서도 동사형 관용어에 초점을 두고 일본어를 모어로 하는 한국어 학습자들에게 한국어 동사형 관용어를 교육해야 하는 필요성과 이에 대한 효과적인 교육 방안을 제시하고자 하였다. 현재 이루어지는 관용어 교육의 문제점을 지적하였는데 학습자들이 관용어 사용 및 인지 능력이 부족함을 설문 조사를 통해 보여주었다.

일본어권에 대한 연구로는 하수정(2006)도 있다. 이는 한국어 관용어 교육에 있어서 일본어권 학습자들을 대상으로 일본어와의 비교·대조를 통해 학습자들이 관용어를 이해하는 과정과 이해를 돕기 위한 전략들에 대해 다방면으로 실험을 실시하여 자료를 제시하였다. 특히 학습자들이 관용어를 이해하는 데 있어 다양한 전략들을 사용하고 있으며 단순히 모국어와의 직역이 아닌 문맥을 통한 이해 전략을 적극적으로 사용하고 있음을 밝혔다.

중국인 연구자인 Zhu, Cuiying(2006)은 관용표현과 속담이라는 양분화가 아닌 관용적 비유표현이라는 개념을 사용하여 비유표현 중 관용적으로 사용되는 표현들을 중국인 학습자들을 위해 한국어와 중국어의 비교·대조를 통해 목록을 선정하고 학습자 수준별로 배치한 후 다양한 교육의 방안을 제시하고 있다. 특히 한국어와 중국어를 비교·대조하는 부분에서는 일치하는 것에서부터 전혀 다른 양상을 보이는 관용적 비유표현을 꼼꼼하게 정리하여 한국어 관용적 비유표현의 교육 자료로서의 의미가 있다.

그리고 송현아(2008)는 특정 학습자 즉, 몽골인 학습자들을 대상으로 하여 몽골어와의 비교·대조를 통해 실제로 몽골인 학습자들에게 직접적인 도움을 줄 수 있는 한국어 관용어 교육 방안을 제시하였다. 또한 기존의 연구에서는 보기 힘들었던 몽골인 학습자들이 느낄 수 있는 난이도나 사용빈도에 대해 관심을 가지고 한국어 관용어 목록을 선정하고 배열하였다.

세 번째로 기존의 교재를 분석하고 새로운 교재 구성의 방안을 제시한 연구들이 있는데 송혜원(2005)은 언중들이 서로 의식하지 못하는 사이에 화자가 전달하고자 하는 바를 구 또는 절의 단위로 묶어서 사용하는 관용표현을 한국어 학습자들에게 쉽고 정확하게 이해시키고 일상생활에서의 효율적 사용을 돕기 위해서 한국어 교재에서 관용표현을 어떻게 선정하고 제시할 것인가를 연구하였다. 그리고 관용표현의 특성을 형태, 의미, 통사, 화용의 측면에서 살핀 후 관용표현을 사용하여 이야기하거나 문화와 연계하여 발표하도록 하는 교육 방안을 제시하였으나 단순하고 기계적인 연습 위주로 구성되었다는 점이 아쉬움을 남기는 연구다.

김지혜(2007)는 한국어 교재에서 관용표현을 교육하기 위해 어떤 방법을 취하고 있는지를 살펴보고 문제점을 지적하였다. 관용표현을 설명하는 데에 있어서 상황을 충분히 반영하지 못하고 한국인의 사고와 문화를 반드시 고려해야 함에도 불구하고 이런 소개가 지나치게 국소적인 부분에 치우쳐 있음을 지적하였다. 이렇게 파악한 문제점들을 통해 다양한 지도 방안이 필요함을 언급하고 수업시간에 실제로 사용할 수 있는 지도 방안들을 소개하였다.

마지막으로 조윤경(2005)은 한국어 능력 시험에 이미 출제된 관용어 목록을 작성하고 이를 한국어 교재의 관용어 제시 현황과 비교하여 현행 교재와 평가의 문제점을 지적하고 이를 보완할 방안을 제시하였고 출제 유형을 등급별로 재정비하고 체계적인 출제 방식을 제안한 것은 주목할 만한 부분이다.

3.2. 속담 교육

속담 교육에 대한 논문은 모두 8편이다. 학습자 언어권 연구가 가장 왕성하게 진행된 분야로는 중국, 베트남, 동남아시아, 일본 등의 학습자들을 위한 언어문화적 비교·대조 연구가 주를 이룬다. 이는 속담을 이해하기 위해서는 먼저 언어권별 비교·대조 작업이 선행되는 것이 효율적이기 때문이다. 속담 교육을 논한 논문은 김영자(2002), 김정아(2002), 김현정(2002), 원수은(2003), 장춘매(2005), 오지혜(2006), 양지선(2007), 김나영(2008)이 있다.

먼저 김영자(2002), 원수은(2003)과 장춘매(2005), 양지선(2007), 김나영(2008)은 특정 언어권 학습자를 대상으로 비교·대조를 주요한 연구의 방법으로 논의를 진행하였다.

김영자(2002)는 한국어를 배우는 중국인 학습자를 위하여 교육용 한국어 속담을 초급, 중급, 고급의 각 단계에 따라 분류하고 각 단계에서 선정된 속담을 내용의 특징에 따라 구분하여 가르치는 지도방안을 제시하였으며, 김정아(2002)는 한국어 교육을 위한 문화 교육의 학습 자료로 속담을 제시하고 한국어 교재에 나타난 속담을 분석하여 속담 교육의 현황을 살피고 한국어 교육을 위한 속담을 선정·분류한 후 이를 실제 수업에서 활용하는 방안을 모색하는 데 목적을 두었다.

원수은(2003)은 베트남인을 위한 한국어 교육용 속담을 선정하고 그 기능과 특성을 한국어와 베트남어를 중심으로 비교 분석하여 한국어 학습 방법의 대안을 제시하고 있는데, 이는 문화를 통한 언어학습의 중요성을 일깨워주었으며 장춘매(2005)는 한국과 중국의 속담을 문화적 차원과 언어적 차원에서 비교분석하고, 그 차이를 한국어문화 교육의 내용으로 구체적으로 제시하고자 하였다.

양지선(2007)은 언어 통합 교육의 관점에서 속담 교육의 필요성을 밝히고 특히 계속적인 증가세를 보이고 있지만 아직 체계적인 연구가 이루어지고 있지 않은 동남아시아 학습자들을 대상으로 한국어 속담 교육의 방안을 제시하였다. 이 연구에서 주목할 만한 부분은 베트남과 태국, 인도네시아의 속담을 수집하여 소재와 주제별로 분류하고 그것을 한국어 속담과 비교·대조를 통해 분석하여 학습 자료를 제공하였다는 점에서 의의가 크다. 또한 교육 방안을 학습자 수준별로 제시하여 다양한 방법의 가능성을 열어 주었기 때문에 가치가 있다고 본다.

김나영(2008)은 한국어 속담 중 교훈적인 내용을 담고 있어서 속담의 특수성과 교훈이라는 보편성의 두 마리 토끼를 잡는 교육 내용을 한국어와 많은 차이를 보여 한국어 학습에 어려움을 보이는 영어권 학습자들에게 효율적으로 교수할 수 있는 방안을 고민하였다. 이를 위해 본고에서는 영어로 직역이 가능하여 학습자들의 비교적 쉽게 학습할 수 있는 목록들을 선정하고 배열하였다.

다음으로 김현정(2002)은 한국어 교육에서의 문화 교육이 문화 내용을 제시하는 차원에서 그치며, 뚜렷한 교육적 목표와 체계 및 단계가 미약하다는 점을 지적하고 한국어에 나타난 문화 교수의 중요성을 인식하고 문화 교육의 일반적인 목표를 제시하고 속담을 활용한 문화 교수요목과 학습 방안을 제시하였다는 데에 의의가 있다.

마지막으로 오지혜(2006)는 다양한 자료를 통해 한국어 문화 교육에 있어 언어 관련 속담을 활용하는 것이 얼마나 의미가 있는 작업인지를 보여주었다. 특히 언어 관련 속담들을 그 속성과 성질에 따라서 분류하고 그 속담들을 다시 학습자 수준별로 위계를 정하고 교수·학습 방안까지 제시했다는 것은 연구자의 세심하고 깊이 있는 자세를 엿볼 수 있는 내용이었다. 따라서 교수·학습의 방안보다는 언어 관련 속담을 통해 한국어와 한국 문화 혹은 한국 언어문화를 교육하는 데 있어서 실제 현장에서 한국어 교육을 담당하는 많은 교사들에게 좋은 자료로 사용될 수 있으리라고 본다.

3.3. 어휘 표현 구성 교육

어휘 표현 구성 교육에는 한자어, 유의어, 외래어, 호칭, 지칭, 감각 표현 등이 포함된다. 이는 어휘 교육의 하위 영역으로 생각할 수도 있으나 논문의 내용을 보면 외국인 학습자들에게 제공할 교육 내용과 목록을 선정함에 있어 개별적인 단일 어휘가 아닌 2개 이상의 어휘들의 결합으로 구의 형태를 구성하였음을 목격할 수 있다. 어휘 표현 구성 교육에 해당하는 논문들은 모두 9편인데 2002년 이후의 논문들은 모두 8편으로 박재남(2002), 김현경(2003), 후문옥(2003), 문승실(2004), 박상천(2004), 라티탄마이(2005), 정하라(2005), 孫利利(2007)가 있다.

박재남(2002)에서는 유의어를 김현경(2003)은 한자어, 후문옥(2003)은 중국인 학습자들을 위한 다양한 어휘를 문승실(2004)는 외래어, 박상천(2004)와 라티탄 마이(2005), 孫利利(2007)는 호칭법과 지칭법을, 정하라(2005)는 감각표현을 구문 속에서 연구하고 이를 교육에 적용할 방법들을 구체적으로 제시하였다.

박재남(2002)은 한국어 교재와 한국어 능력 시험 분석을 통하여 한국어 교육에서 다루어지고 있는 유의어를 추출하여 그 양상과 특징을 살펴보았다. 한국어 교재 10종에 나타난 어휘에서 총 660개의 유의어군을 추출하여 품사와 어종에 따라 분류하였는데, 품사별로는 '명사>동사>형용사>부사'의 순으로 어종에 따른 분류에서는 '고유어와 한자어 간의 유의어군>고유어 간의 유의어군>한자어 간의 유의어군'의 순으로 나타났음을 보여주었고 또한 1997년부터 2000년까지 네 차례에 걸쳐 시행된 한국어 능력 시험의 어휘·문법 영역 가운데 어휘 관련 문항을 대상으로 어휘의 뜻과 의미 관계 등을 고려하여 8가지 유형으로 분류한 결과 유의어와 관련된 문항이 전체 어휘 평가에서 높은 비중을 차지하였음을 밝혔다. 실제 수업에서 교사가 학습자에게 효과적으로 유의어를 교육하고 교재와 사전 편찬시 유의어 정보를 효과적으로 제공할 수 있도록, 유의어의 의미 차이를 분석하고 이를 설명할 수 있는 분류 기준을 의미적, 화용적, 통사적 관점에서 모색하였다.

김현경(2003)은 한자문화권 학습자들에게 한자어 교육이 중요한 이유를 설명하고 한·중·일 한자어의 대조 분석을 통한 연구 방법론을 제시하였다. 중국어권과 일본어권을 한자문화권으로 정의하고, 이들의 경우 비한자문화권 학습자와 달리 모국어의 영향으로 한자어의 의미를 잘못 유추할 가능성이 있으므로 한국 한자어와의 차이를 정확하게 가르쳐야 함을 강조하였다. 국립국어원에서 2002년도에 발간한 「현대 국어 어휘 사용 빈도 조사」의 CD에 수록된 어휘 자료 중 한국어 교재 항목에서 빈도가 높은 순서로 어휘를 정렬한 뒤 한자어를 뽑아 실제 학습자들의 한자어 지식과 비교하여 목록을 구성하고 이에 대한 교수 방안을 제시하였다.

후문옥(2003)은 설문 결과를 통해 중국인 학습자들이 가장 어려워하는 학습 분야로 꼽은 '관용어, 다의어, 경어, 유의어, 의성·의태어, 한자어, 연어'의 기본 개념을 살펴보고 기존 자료들을 이용하여 교육 대상이 되는 어휘를 선정한 후 교육 방법을 기술하고 있다. 관용어의 경우에는 의미 설명, 비교, 역사·문화적 배경 설명, 상황이나 문맥, 영상 매체, 읽기 텍스트를 사용하는 교육 방법을 제시하고 있고 다의어의 경우에는 의미 차이 인식, 어휘 수집, 빈칸 채우기, 짧은 글짓기, 하나의 다의어로 여러 문장 만들기, 문맥을 활용한 교육을 제시하고 있으며 경어는 평어와 경어를 쌍으로 묶어 가르치는 교육, 그룹 활동, 영상 매체, 상황 설정을 통합 교육 방법으로 제시하고 있다. 유의어는 빈칸 채우기, 반의어 찾기, 짧은 글짓기의 교육 방법으로 제시하였으며 의성·의태어는 음운적 특징에 따른 교육, 형태적 특징에 따른 교육, 만화·소설 등을 활용한 의미적 특징에 따른 교육 방법으로 제시하고 있다. 다음으로 한자어는 비교, 읽기 텍스트, 한·중 번역, 오류 분석을 통한 교육 방법을 보여 주고 있다. 마지막으로 연어의 경우에는 한·중 연어 비교에서 나타나는 차이에 따른 교육, 문맥을 통한 교육, 확인 연습을 통한 교육 등으로 교육 방법을 제시하고 있다.

문승실(2004)은 한국어 학습자들이 한국의 거리에서 간판과 광고, 신문, 잡지, 텔레비전, 인터넷을 통해 무수한 외래어를 접하는데 한국어 교육에서는 고유어와 한자어에만 중점을 두고 외래어 어휘 교육에는 소홀했다는 점을 지적하면서 한국어 학습자들이 외래어 학습을 하는 데 혼란을 줄여 효율적으로 학습할 수 있도록 의미 변화가 이루어진 외래어 목록을 제시하고 학습자들이 알아두어야 할 표기 규칙을 제시하였다.

박상천(2004)은 다양한 형태와 까다로운 용법을 가지는 한국어의 호칭의 유형들을 구분하고 표준 사용 조건을 제시한 후 교육 방안을 제안하여 학습자들이 한국어를 보다 쉽게 배울 수 있고, 한국어의 언어문화적인 요소들을 이해하는 데 큰 도움을 주는 것에 목적을 두고 논의를 진행하였다.

라티탄마이(2005)는 바른 한국어 사용을 위해서는 언어의 문법적 기능을 이해하고 사용하는 것뿐 아니라 언어 사용 환경을 이해하고 적절히 사용할 수 있어야 한다는 점에서 한국어의 호칭법에 대해 베트남어와 비교하고 오류 없이 사용할 수 있는 교수 방안을 제시하였다.

정하라(2005)는 한국어의 사회 문화적인 특성이 많이 드러나는 감각 표현의 범주와 체계를 재구성하고 특성을 고려하여 한국어 교육 내용을 구성하기 위한 기초 자료를 마련하였다. 그리고 주로 문학 작품 속에서 감각 표현을 찾아내고 초급에서부터 준비하여 고급 수준에까지 교육 내용을 확장해 가는 방향으로 수업을 설계하였다.

孫利利(2007)는 경어법과 함께 인간관계를 나타내는 호칭과 지칭이 발달한 한국어를 외국인 학습자 특히, 중국인 학습자가 배울 때 충분히 예측 가능한 어려움에 주목하여 한국어와 중국어의 비교·대조, 오류 분석 등의 다양한 방법을 통해 교수할 목록들을 설정하고 그 내용을 학습자 수준별로 배치하여 자료로 제시하고 그에 맞는 여러 교육 방안을 마련했다는 점에서 의의가 있다. 특히 연구자가 한국인의 입장이 아닌 중국인의 입장에서 학습의 여러 난점들을 짚고 있다는 점도 눈에 띈다.

3.4. 연어 교육

연어에 대한 논의는 2005년 처음으로 시작되어 2008년까지 4편의 논문이 발표되어 앞으로 더 다양한 시각으로 연구가 진행될 것이라고 기대되는 분야인데 박숙영(2005)은 외국어로서의 한국어교육에서 연어를 이용한 어휘 교수, 학습에 대한 중요성을 강조하고, 연어에 대한 국어학적 연구를 바탕으로 한국어교육에서의 연어의 개념을 정의하고, 연어 교육의 의의를 살폈다. 또 한국어 교재에 연어가 어떻게 제시되어 있고 활용될 수 있는지 각 기관의 한국어 교재 분석을 통해 한국어 교재에 제시되어 있는 연어 구성 관계를 살펴 이를 바탕으로 연어가 교재에 제시되어야 할 새로운 방안을 모색하고 아울러 한국어 교수, 학습용 연어를 초급, 중급, 고급 단계별로 선정하고 한국어 어휘교육을 효과적으로 할 수 있는 연어 활용 방안을 단계별로 제시하고 있다.

도 옥 루이엔(2006)은 외국어 학습에서 정확한 문법을 이해하지 못한 채 어휘만 무조건 외운다고 해서 효과적인 의사전달을 할 수 있는 것은 아니라고 보고, 실제적으로 어휘를 어떻게 활용하는지 그리고 개별적 어휘들을 어떻게 연결시키는지 알아야 어휘력이 신장될 수 있다고 말하고 있다. 논문에서는 바로 이러한 의미에서 연어에 대한 지식이 필요하다고 주장하였다. 이런 점에 중점을 두고 베트남 학습자가 한국어 어휘를 학습하는 데 있어서 어려워하는 연어 문제에 대해 살펴보고 한국어 연어를 어떻게 교수-학습하면 효과적인지에 대해 연구하고 있다.

정숙향(2007)은 한자 문화권이기 때문에 비슷한 어휘가 많아 학습의 용이성뿐만 아니라 혼동도 많이 일으키는 중국어권 학습자들에게 관심을 가지고 연어 교육 방안을 마련하였다. 이를 위해 먼저 104명의 중국어권 학습자들의 작문 자료를 통해 연어의 오류들을 추출하고 그 원인을 다방면에서 살펴 술어 부분에서 많은 오류를 일으킨다는 사실을 밝혀냈다.

신지영(2008)은 그 동안의 연어 교육 연구의 대상이 '체언+용언'형 연어에만 한정되어 진행되어 온 것을 감안해 볼 때 중·고급 학습자들의 유창하고 자연스러운 한국어 사용에 도움을 줄 수 있는 '부사류+용언'형 연어 교육에 관심을 가지고 그 항목을 정리하고 이의 등급을 설정하여 제시하였다. 또한 304개에 이르는 항목들을 교수항목과의 상관성, 사용빈도, 어휘의 정보량이라는 세 가지 기준으로 가지고 위계를 정리한 것은 주목할 만하다.

3.5. 문장 교육

문장에 대한 논의로는 이향아(1997)의 논문을 시작으로 2002년 이후의 논문은 한정희(2003), 최윤곤(2005), 장미라(2008)의 3편이 있다. 한정희(2003)는 외국인 학습자들이 생성한 한국어 문장 내의 다양한 오류를 살피고 있으며 최윤곤(2005)은 구문표현의 위상을 정립하고 유형화하여 단계화하기 위한 연구로 구문 교육이 화용의 단계로 넘어가는 데 있어서 다리를 놓아 준 연구였다고도 볼 수 있다.

장미라(2008)는 일반적으로 문법 항목을 분석하여 제시하는 것이 아닌 덩어리로 제시하고 학습하게 한다는 외국어로서의 한국어 교육의 입장에서 문장 전체에 대한 이해를 통해 유창하고 자연스러운 문장을 생성해내도록 하기 위해 문장 구조를 중심으로 교육하는 방안을 마련하고자 하였다. 이를 위해 본고는 문장의 여러 유형들을 세밀하게 살피며 난이도와 유용성이라는 근거로 학습 단계별로 정리하였다.

문장 교육의 경우에는 문장 분석이 아닌 덩어리로 학습한다는 개념이 초급 학습자들이 아닌 고급 학습자에게까지 그 범위가 확대되면서 한국어의 다양하고 복잡한 문장들을 고급 학습자가 더 고급스럽고 유창하게 사용하기 위해서는 어떤 기준으로 정리되어야 하는지 관심을 모으는 분야이기도 하다.

3.6. 사동 · 피동 구성 교육

사동 · 피동 구성 교육 관련 논의는 2002년 이후 시작되었다고 볼 수 있다. 물론 사동과 피동의 형태나 사용 양상 등에 대한 연구들은 간간히 계속되어 왔으나 한국어 교육학적 입장에서의 논의들은 많지 않았으며 이현진(2002), 김희선(2003), 이효숙(2004)의 3편을 꼽을 수 있다.

먼저 이현진(2002)은 외국어로서의 한국어 교육에서 피동 표현이 가지는 문제점을 지적하고 효과적인 피동 표현 교수 방안을 살펴보고 있다. 피동 표현의 문제점의 하나로 여러 곳의 한국어 교육 기간 간에 통일되지 못한 피동법 교수 내용을 지적하면서 언어 학습은 실생활 의사소통 능력을 성취하기 위한 것이어야 한다는 논제를 토대로 피동법의 교수 학습 과정에서 언어의 의미보다는 형태와 구조에 치중한 교수 방안을 문제로 삼았다.

김희선(2003)은 한국어 교육에서의 사동 교수-학습이 어휘 차원의 암기 방법에서 벗어나지 못하고 있는 한계점을 지적하고 이를 해결하기 위한 교육 방안을 모색한 것으로 사동문의 학습자 오류 조사와 한국어 교재에서의 사동사의 분석을 통해서 사동문에서의 오류의 원인과 그 해결방안을 모색하였다. 특히 사동문과 피동문을 일본어와 비교하여 그 오류 원인을 찾고 해결방안 모색을 위해 설문조사를 하여 학습자가 어려워하는 사동사 항목과 사동사 선택 경로를 조사하여 오류를 일으키는 요인에 대하여 밝히고 있다.

이효숙(2004)은 오류 분석과 설문 조사를 통하여 일본인 학습자들의 일으키는 피동 표현 오류가 단순히 모어의 간섭이 아닌 여러 가지 원인에서 기인할 수 있음을 밝히고 있으며, 한국어와 일본어의 대조 분석을 통하여 서로 쉽게 대응될 수 없는 부분을 제시함으로써 일본인 학습자를 지도하는 한국어 교사로 하여금 학습 장애 요소를 예견할 수 있게 해 주었다. 또한 피동 교수 방안으로 형태, 의미적으로 유사성이 깊은 사동을 피동과 함께 제시하여야 함을 주장하였다.

3.7. 양태 표현 구성 교육

양태 표현의 경우에는 2006년까지 1편의 박사 논문과 2편의 석사 논문이 발표되었다. 먼저 박사 논문으로 이효정(2004)은 한국어 학습자들 중에는 양태 표현을 학습한 후 그것을 사용할 때 그 의미나 사용 환경을 잘 이해하지 못해서 오류를 일으키는 경우가 있음을 지적하고 한국어 교육에 있어서 양태 표현을 의미 자질로 분류하고 실제 사용 가능한 환경을 고려하여 교수-학습 지도안을 설계하고자 하였다.

백승희(2004)에서는 한국어 학습자들에게 고빈도로 처리되는 양태 부사들을 추출하여 그것을 사용할 때 따르게 되는 통사적 제약에 대하여 연구하였다. 특히 이 논문에서는 예문이나 상황을 통하지 않고는 외국인 학습자들에게 의미를 전달하거나 사용 환경을 제시하는 것이 어려운 양태 부사를 여러 선행 연구들과 한국어 모어 화자들의 사용빈도 수를 고려하여 선정하고 그 의미와 통사 제약, 예문들을 정리한 것에 의의가 있다. 그러나 신현숙 외(2000)「현대 한국어 학습 사전」, 이희자·이종희(2001)「한국어 학습용 어미·조사 사전」, 백봉자(1999)「외국어로서의 한국어 문법 사전」, 임호빈(1997)「외국인을 위한 한국어 문법」등의 사전이나 문법서들이 이러한 작업을 실시하여 사용하고 있다는 점을 감안할 때 본 연구는 자료를 정리한 것 이상의 의의를 가지지 못하는 것으로 보여 아쉬움을 남긴다.

이선영(2006)은 한국어 학습자들이 형태를 익히더라도 그 의미와 사용을 정확하게 이해하기 어려워 실제 발화 상황에서 많은 오류를 보이는 한국어 추측 표현의 목록을 한국인 화자의 말뭉치 자료와 한국어 교재의 내용을 통해 빈도수를 바탕으로 추출하고 학습자의 수준을 고려하여 정리한 후 교재 개발의 방향을 제시함으로써 한국어 추측 표현의 교수-학습에 도움이 되는 자료로서의 역할을 감당하고 있다. 이를 위해 본고에서 여러 자료들을 꼼꼼히 살피고 14개의 추측 표현들을 시제와 인칭의 제약에 따른 형태상, 기능상의 차이점을 밝힌 점은 상당히 의미 있는 작업이라고 할 수 있겠다.

3.8. 보조용언 구성 교육

보조용언 구성 교육에 관한 논의로는 구문 교육 최초의 연구인 장미선(1994)과 2002년 이후에 발표된 최해주(2003), 이영(2006) 2편뿐이다.

최해주(2003)는 한국어 교육에서 보조 용언 교육의 문제점을 파악하고 한국어 학습자들이 보조용언의 의미를 보다 잘 이해하고 의사소통 상황에서 적절하게 사용할 수 있도록 하는 교육 방안을 모색하는 데 그 목적을 두고 한국어 교재에서의 보조용언의 현황을 살피기 위해 연세대학교 「한국어1~6」, 이화여자대학교 「말이 트이는 한국어1~4」, 경희대학교 「한국어 초급~중급II」를 분석하고 한국어 교육용 보조용언을 선정하기 위해서 한송화(2002)의 연구와 국립국어원의 「표준국어대사전」, 연세대학교의 「연세한국어사전」, 서정수의 「국어문법」, 임홍빈의 「뉘앙스 풀이를 겸한 우리말사전」을 근거로 하였다. 그리고 형태적 특성을 중심으로 의미 기능을 이용하고 제약을 명시하는 것으로 교육 방향을 설정하고 교육을 위하여 74개의 보조용언들의 공통 의미를 추출하여 의미 범주를 설정하였다. 마지막으로 각 단계에 맞춘 개별 보조용언의 교육이 필요하고 중급과 고급에서는 이미 학습한 보조용언을 상대로 의미를 체계적으로 이해시키는 교육이 필요하다고 주장하였다.

이영(2006)은 한국어 보조용언과 중국어 보조용언의 통사적·의미적 대조 분석을 통하여 중국인 학습자들이 한국어 보조용언을 오류 없이 사용할 수 있도록 보조용언의 의미 기술 방법을 제시하고 이를 통하여 중국인 학습자를 위한 한국어 보조용언의 교육 방안을 제시하였다. 특히 보조용언의 기술 방법을 기초 정보, 형태 정도 등과 같은 특성에 따라 세밀하게 하위분류하고 이를 다시 등급, 발음, 활용 등과 같은 13개 항목으로 나누어 보조용언을 기술한 점이 눈에 띈다.

4. 맺음말

본 장에서는 지금까지 살펴본 한국어 구문 교육 연구를 한 학위 논문의 연구사를 간단히 정리하고 그 의의를 찾아보고자 한다. 한국어 교육에서 구문 교육은 다른 연구 분야에 비해 역사가 짧으며, 외국어로서의 한국어 교육에 있어 반드시 고려되어야 했을 화용에 대한 연구는 매우 늦게 시작되었다는 것을 알 수 있다. 학위 논문에 있어 구문 교육 연구는 1994년부터 시작하였으며 2008년까지 총 46편의 학위 논문이 발표되었다. 이 가운데 형태와 의미에 중점을 둔 보조용언과 사동·피동에 대한 학위 논문은 6편 정도이고 화용이 주제가 되는 관용어와 속담 등에 대한 연구는 40편에 이른다.

　　본고에서는 한국어 구문 교육의 연구사를 분류한 연구시기를 두 시기로 구분해 보았다. 제1기는 1998년까지의 형태와 의미에 초점을 둔 연구가 주류를 이룬 시기였고, 제2기는 2002년 이후로 다양한 연구들이 이루어졌는데 화용에 초점을 둔 연구가 주축을 이룬 시기였다.

　　이와 같은 연구의 변화는 제2언어 교육의 변화와 그 길을 같이 한다고 볼 수 있다. 외국어 학습이 많은 어휘를 암기하고 문장을 정확하게 구성하고 이해하는 것이라는 사고에서 벗어나 유창한 사용을 할 수 있어야 한다는 사용 위주의 사고로 바뀌면서 언어 교육의 자료가 되는 언어 자원들을 어떻게 사용할 것인가가 관심이 되었다. 사용의 문제에서는 화용을 결코 무시할 수 없었고 학습자들에게 사용을 가능하게 하는 교육을 실시해야 했다. 결국 구문 교육은 이러한 변화에 발맞추어 발전된 것이라 할 수 있겠다.

　　그러나 한국어 구문 교육의 연구사를 정리하면서 지금까지의 연구가 심도 깊게 이루어지지 못하여 나열식에 그쳤다는 것을 알 수 있었다. 또한 관용어나 속담 이외에는 한국어 교육에 있어 보조용언과 같은 구문들의 화용에 대한 연구가 부족하다는 것도 아쉽다. 여러 가지 사회적 변인에 따른 한국어 사용 환경의 다양성을 인지하고 이를 바탕으로 단어를 나열하는 식으로 제시되었던 구문 교육이 좀 더 다방면에 걸친 심도 있는 연구로 지속되었으면 한다.

참고문헌

남기심·고영근(1985). 「표준국어문법」. 서울: 탑출판사.

박영순(1997). 「현대 한국어 통사론」. 서울: 집문당.

박영순 편(2002). 「21세기 한국어 교육의 현황과 과제」. 서울: 한국문화사.

박영순(2007). 「한국어 화용론」. 서울: 도서출판 박이정.

서상규·구현정(2002). 「한국어 구어 연구」. 서울: 한국문화사.

임지룡(2007). 「국어 의미론」. 서울: 탑출판사.

최호철 외(2005). 「학위논문의 국어의미 연구 경향 1, 2, 3」. 서울: 월인.

H. Douglas Brown(1994). Principles of Language Learning and Teaching. PEARSON Longman.

Ⅴ. 한국어 구문 교육 연구사 <논문해제>

1994. 8. 장미선. 석사. 이화여대. 보조 동사 '보다'의 담화기능: 외국어로서의 한국어 교육의 측면에서. 〈분류: 구〉, 〈해제: 이준호〉

▌목차▐

1. 서론
   A. 연구의 의도와 목적
   B. 연구의 방향과 방법

2. 양상조동사 '보다'의 담화기능
   A. '-아 보다'의 담화기능
   B. '-ㄴ가 보다'와 '-나 보다'의 담화기능
   C. '-ㄹ까 보다'의 담화기능

3. '보다'의 활용과 기능검증

A. 실험의 전제
B. 실험대상
C. 실험방법

4. 검증 결과와 의의
   A. 결과의 분석
   B. 의의 및 제안

5. 결론

▌요약▐

이 논문은 외국인을 위한 한국어 교육에서 보조동사 '보다'의 의미를 좀 더 언어현실에 맞게 기술하기 위하여 양상조동사 '보다'와 '-아 보다', '-ㄴ가 보다', '-나 보다', '-ㄹ까 보다'의 의미와 통사적 특징을 고찰하고자 하는 목적에서 출발한 연구이다.

2장에서 필자는 '보다'가 「우리말본」에서 제시한 '시행'과 '추측'의 의미 외에도 화자가 명제 내용에 대하여 갖는 인식태도에 따라 '경험', '가정', '완곡', '의도', '걱정', '강조' 등의 의미로 실제 담화에서 사용된다고 보았다. 따라서 '보다'와 공기하는 내포문의 어말어미 '-아 ', '-ㄴ가', '-나', '-ㄹ까'의 의미와 통사적 특징을 살고 '보다'와 어울려 각각 어떤 의미를 나타내는가를 분석하고 있다.

3장에서는 여기까지의 내용을 바탕으로 '보다'의 의미기능을 항목화하여 실제 담화상의 의미 특성을 문항으로 만들어 내국인 화자와 외국인 화자들에게 설문조사를 실시하고 있으며 이 의미특성에 대한 이해도를 비교·측정하였다. 방법적으로는 보조동사 '보다'의 담화상의 의미기능을 8개의 항목으로 분류하여, 각 항목 당 5개의 문제를 출제하여 총 40문항을 만들었다. 문제의 출제방식은 사지선다형으로 피험자로 하여금 '-아 보다', '-ㄴ가 보다', '-나 보다', '-ㄹ까 보다'가 사용된 담화를 읽고 그 중에서 옳은 문장이 될 수 있는 번호에 O표하는 것으로 하였다. 피험자는 한국 대학생 20명과 한국어를 배우고 있는 중급 수준의 외국인 학습자 20명을 대상으로 설문조사를 실시하였다. 결과 분석은 각 집단 내에서의 항목별로 pearson 상관계수로 통계 처리하였다.

4장에서는 3장에서 실시한 기능 검증의 결과를 제시하고 있는데, 그 결과를 약술하면 다음과 같다. 첫째, 한국인의 경우, 보조동사 '-아 보다'의 담화상의 의미기능 인식을 통계 처리한 결과 '경험'과 '가정'이 pearson 상관계수 0.009의 차이를 나타냈다. 둘째, 외국인의 경우도 '-아 보다'의 '경험'과 '가정'의 담화상의 의미기능 인식을 통계 처리한 결과 pearson 상관계수가 0.027의 차이를 나타냈다. 셋째, 외국인의 경우, '-ㄴ가 보다', '-나 보다'와 '-아 보다'간의 담화상의 의미 기능 인식을 통계 처리한 결과 pearson 상관계수가 유의수준 0.05에서 차이를 보이지 않았다. 넷째, 외국인의 경우, '-아 보다'와 '-ㄹ까 보다'의 담화상의 의미기능 인식을 통계 처리한 결과 '경험'과 '강조'가 pearson 상관계수의 유의수준 0.045로 차이를 나타냈다.

이 연구는 이러한 실험의 결과를 통하여 외국인을 위한 한국어 교재 작성 시 화자의 인식태도와 관련되는 의미영역을 갖는 양상조동사 '보다'가 내포문의 어말어미 '-아 ', '-ㄴ가', '-나' 그리고 '-ㄹ까'와 결합해서 생산해내는 의미의 차이를 학습초기 단계부터 문법항목으로 제시하는 것이 바람직하는 결론을 내리고 있으며, 보조동사 '-아 보다'를 시행의 의미 일변도로 간주하는 것을 지양하고 외국인을 위한 한국어교육에서도 이를 파악하여 제시할 것을 제언하였다.

▌ 의의 및 제언 ▌

이 논문은 보조동사 '보다'의 담화기능을 실제담화에서의 인식태도에 따라 '시행'과 '추측' 그리고 '경험', '가정', '완곡', '의도', '걱정', '강조'로 분류하여 이에 대한 외국인 학습자의 이해도를 조사하고 이러한 다양한 담화기능의 필요성을 지적하였다는 점에서 의의가 있다. 특히 보조동사 '보다'의 경우 쓰임이 많고 그 의미가 다양하여 외국인 학습자들의 경우 각각의 의미를 분명하게 습득하기 어려운 점이 있으며 기존의 한국어 교재에서 필자가 지적한 8가지의 담화기능이 고루 제시되어 있지 않은 경우가 있어, 교재개발자와 교사들이 주의를 기울일 필요가 있는 항목이라고 할 수 있다.

그러나 이 논문의 2장과 3장의 경우, 선행 연구의 내용을 종합하여 제시하는 데에 그치고 있는데, 각 담화기능에 대한 현재 한국어 교육 현장에서의 어떻게 교육되고 있는지, 또는 한국어 교재에서 어떻게 제시되고 있는지 등에 대한 분석적 접근이 이루어졌다면 보다 실제적인 연구가 되었을 것이라는 아쉬움이 남으며, 한편 3장에서 제시한 실험의 결과를 바탕으로 한 한국어 교육에의 적용방법에 대한 논의가 이루어지지 않았는데, 한국어 교육을 위한 연구답게 교육적 방법론에 대한 고찰도 함께 이루어졌다면 더 가치 있는 논문이 되었을 것이다.

1997. 8. 이향아. 석사. 상명대. 한국어 학습자를 위한 문장의 교수 모형. 〈분류: 구〉, 〈해제: 왕보하, 김지혜〉

▌ 목차 ▌

▌요약▐

이 논문은 한국어 학습자가 한국어 문장을 쉽게 이해하고, 바르게 생성하는 능력을 키울 수 있는 명시적인 교수 모형을 제시하는 데 목적을 두었다. 다시 말해, 한국어 학습자들에게 문장에 대한 기본적인 지식을 체계적으로 제시하고, 이를 통해 한국어 학습자들이 실제 언어생활 속에서 올바른 문장을 사용할 수 있는 능력을 갖도록 지도하기 위한 것이다.

2장에서는 모국어 학습자를 위한 초등학교 교재부터 고등학교까지의 교재와 한국어 학습자를 위해 각 대학 부설기관에서 발행한 교재 가운데 문장 교육과 관련된 부분을 살펴서 비교·분석하여 보았다. 이를 통해, 모국어 학습자를 위한 교육 내용이나 방법이 한국어 학습자를 위한 교육에 활용되지 않았음을 보여 주었다. 또 이 두 교재를 비교해 보면, 예문을 통해 기본문 구조를 제시했다는 공통점이 있고, 차이점으로는 모국어 학습자를 위한 교재에는 문장 성분과 문장 구조에 대한 내용이 모두 제시되어 있었는데, 한국어 학습자를 위한 교재에는 기본문 구조만이 서로 다른 형태로 제시되어 있고, 문장 성분이나 다른 문장 구조에 대한 제시가 없다는 것이다. 또, 한국어 학습자를 위한 교재에는 문장과 관련된 평가문항도 제시되어 있지 않았다.

3장에서는 다양한 문장 구조와 이에 관련된 문장 성분을 함께 가르치기 위한 교수 모형을 제시하였다. 곧 기본문에서는 문장을 함께 설명하고, 수식문에서는 문장의 부속 성분 및 독립 성분을 함께 설명하도록 하였다. 그리고 격조사의 역할이나 종류, 선택에 대한 학습도 간단히 제시했다. 한국어의 문장 구조는 모국어 학습자와 같은 방법으로 단순한 구조에서 복잡한 구조의 순으로 체계를 잡아서, 무한한 문장을 대표할 수 있는 가장 기본이 되는 틀인 기본문 구조로부터 수식문 구조, 내포문 구조의 순서로 교수 모형을 제시하였다. 그런데 새로운 문장을 만들면서 문장 구조를 학습하는 것보다는 구문 도해를 통해서 학습하는 것이 문장 구조를 이해하는데 더 효과적이라는 생각 아래에 수형도와 IC 분석법을 이용하여 교수 모형을 제시하고 각 교수 모형에 적절한 평가 문항도 제시하였다.

　4장에서는 다양한 학습자의 수준이나 연령에 따라 3장에서 제시한 교수 모형은 수정하여 활용해야 한다고 했다.

▌ 의의 및 제언 ▌

　언어 보편적으로 문장 구성 방식이 비슷하거나 같은 언어권 화자들 간에 언어 학습이 더 수월하다는 것은 널리 알려진 사실이다. 이에 목표어의 문장 구성 방식을 이해한다는 것은 학습의 효과를 높인다는 점에서 이 논문은 의의가 있다.

　그러나 이 논문은 교재를 분석하거나 교수 모형을 제시하는 데 있어 학습자를 고려하거나 특정 교육 환경을 전혀 고려하지 않았고 한국어의 문장 성분만을 밝히는데 그치고 있어 실제 교육 방안을 제시하는 것이 어느 정도의 의미를 지닐 수 있는지 의심스럽다.

> # 1998. 2. 유덕자. 석사. 이화여대. 외국어로서의 한국어 관용어 교육. 〈분류: 구〉, 〈해제: 왕보하, 김지혜〉

▌ 목차 ▌

▌ 요약 ▌

　이 논문은 외국어로서 한국어 학습자들이 실생활의 의사소통에 있어 올바른 관용어의 이해와 표현 능력의 향상에 도움을 주고, 서로 다른 문화적 배경에서 비롯된 관용어의 특수한 표현들을 학습할 때 발생하는 어려움을 극복할 수 있는 효과적인 관용어 방법을 제시하는 데에 있다.

2장에서는 관용어에 대한 개념이나 범주가 연구의 목적과 부합될 수 있도록 설정했다. 관용어란 '때로는 비논리적이고 탈문법적이지만 대중성과 통용성을 지니고 관용적으로 쓰이는 그 나라 언어의 독특한 표현으로서, 통사론적으로는 두 개 이상의 의미소가 결합한 구나 절로 이루어지고, 의미론적으로는 기본 어휘나 문법으로서는 파악할 수 없는 특수의미로 통용되어 제3의 단일한 의미를 가지고 은유적으로 화석화된 연쇄어군을 뜻한다고 하였다. 또한 이론적 배경으로서 관용어가 가지고 있는 의미적, 형태·통사적, 화용적 특성을 살펴보았다.

3장에서는 관용어는 한국어 화자들의 사회, 문화적 요소와 생활상이 잘 반영되어 있고 한국인들의 의식구조를 드러내주기 때문에 관용어와 그 의미의 배경이 되는 문화적 토대와의 관계에 대하여 기술하였다. 그리고 관용어가 학습현장에서 어떻게 교육되는지 알아보기 위해 서울대, 이화여대, 고려대, 연세대 4개 대학의 한국어 교재를 중심으로 관용어 교육에 대해 검토하고 교재에 나타난 관용어의 특성을 밝혔다. 또한 교재에서 제시되었던 관용어들을 분류함에 있어 외국인 학습자들의 시각에서 본 의미의 투명성의 정도를 살펴 불투명형, 반불투명형, 반투명형에 따라 적절한 교육 방법을 적용하는 것도 외국인 학습자들이 관용어를 이해하고 표현하는 측면에서 학습 효과가 크다고 했다. 의미의 불투명형에 속하는 관용어는 '귀 빠지다'처럼 글자 그대로의 의미를 파악하기 매우 어려운 경우로서, 직설적 의미로는 관용의미를 전혀 예측할 수 없고 양 의미간의 유연성이 상실되어 관용성이 매우 높은 반면 합성성의 정도가 낮은 표현들이다. 의미의 반불투명형에 속하는 관용어는 '식은 죽 먹기'처럼 직설의미에 의해 관용의미를 어느 정도 예측할 수 있는 경우로서 은유에 의한 것들이 많다. 반투명형에 속하는 관용어는 '입이 가볍다'처럼 직설의미에 의해 관용의미를 비교적 쉽게 예측할 수 있는 것들이었다.

4장에서는 관용어 교육을 위해 교재가 담아야할 구체적인 내용과 구성을 살펴본 후 한국어 관용어를 보다 효과적으로 설명하기 위한 방안으로 문화적 배경설명을 통한 교육, 문맥이나 상황을 통한 교육, 의미의 결합적 관계를 통한 교육을 제시하였다.

5장에서는 적절한 문맥 및 상황에 맞는 다양한 예문을 들고 그 안에서 생소한 관용어와 함께 한국 고유문화를 익혀나가는 것이 관용어를 이해하고 표현하는 가장 현실적인 방법이라고 밝혔다.

▌ 의의 및 제언 ▌

한국어 학습자들이 한국어의 언어문화를 이해하고 한국어 공동체에서 좀 더 원활한 의사소통을 하기 위해서 반드시 이해하고 사용해야 할 관용어를 교육하기 위해 한국어 교재를 검토하고 여러 교육 방안들을 제시했다는 데에 의의가 있다. 또 이러한 관용어를 그 의미의 투명성에 따라 분류하고 제시하였는데, 이는 교사들이 해당 관용어의 학습 난이도를 예상할 수 있게 해준다는 점에서 교육적으로 의의가 있다고 본다.

다만 이 연구에서는 투명성의 정도를 나눔에 있어 한국어 교재에 나타난 관용만을 대상으로 하여 외국인 학습자들의 시각에서 살펴 관용어들을 분류하였다고 하였는데, 이 보다는 보다 구체적이고 객관적인 분류방법이나 실험 방법을 채용하였다면 연구의 결과가 보다 더 신빙성 있게 보일 수 있었을 것이다.

1998. 8. 정승혜. 석사. 이화여대. 외국인을 위한 국어 한자 교육 연구. 〈분류: 구〉, 〈해제: 왕보하, 김지혜, 장수진〉

▌목차▐

▌요약▐

이 논문은 외국인 학습자를 위한 한자 교육을 위하여 외국인 교육용 한자 어휘를 선정하고 이를 바탕으로 한자 교재 개발을 위한 방향성을 제시하는 것을 목적으로 기술되었다. 이를 위하여 이 논문에서는 교육용 한자 선정을 기준을 학습자 특성에 따라 한자권과 비한자권으로 분류하고 이를 바탕으로 한자어 교육용 교재의 구성 방안을 제시하였다.

1장에서는 한자 교육과정을 비롯하여 한자 교재 개발이 소홀해진 요인을 생각해 볼 필요가 있다고 지적하면서 체계적인 한자 교육과정 하에 개발된 교재의 필요성을 언급하였다. 이를 위해서 우선 그 기초 작업이 될 수 있는 한국어 학습자들을 대상으로 한 여러 기존 한자 교재를 비교, 분석하는 것이 먼저 필요하다고 보았고, 선행 연구에서는 한국어 교육에 관한 논문 중에서 한자 교육의 실태나 지도 방안 등이 언급된 연구를 검토했다.

2장에서는 어휘 교육을 위해 고려할 점과 한자의 특성을 제시하면서 기존의 한자 교재를 분석하였다. 대상이 된 교재는 「A First Reader in Korean Writing in Mixed Script」, 「Pictorial Sino-Korean Characters」, 「Speaking Korean Ⅲ」, 「외국인을 위한 생활한자」네 권으로 목차, 과의 구성, 과 설명 방법, 한자 수, 난이도, 교재의 장단점의 7 가지 항목을 비교·분석했다. 그 결과 한자 교재 개발을 위해 교재의 과를 구성할 때 의미장을 이용하여 일상생활의 한자, 쉬운 한자부터 제시해야 할 것, 과의 구성에 학습자가 학습한 내용을 확인할 수 있는 연습 문제, 응용 문제, 복습과 같은 부분을 포함시킬 것, 학습 내용은 한자 낱자로 제시할 것을 주장하였다. 그리고 한자와 함께 그 한자의 형성 과정을 나타내는 그림을 이용하고 각 과의 어휘 수를 통일하여 학습의 효율성 및 교재의 통일성을 높일 수 있으며 최대한 한국어로 설명하는 것이 중요함을 강조하였다.

3장에서는 일상생활에서 상용되는 기초 한자를 포함하여 특정한 어휘 교육의 내용과 목표가 되는 한자를 교육용 한자라고 정의하였다. 따라서 사용 빈도가 높은 한자, 사용 범위가 넓은 한자, 교육에 기초적인 한자, 조어력이 높은 한자, 학습자의 발달 단계에 맞는 한자, 기존 한자 교재 4종에서 많이 다루어지는 한자를 토대로 외국인을 위한 교육용 한자를 선정하였다. 한자권 학습자와 비한자권 학습자를 나눠서 별도의 교육이 필요하다고 밝히면서, 한자권에 속한 일본어권과 대만어권 학습자들은 한자 읽기 교육이 중요하고 처음 배우는 단계에서 약 300자, 중급 단계 300자, 고급 단계 400자 정도, 중국 한자가 한국의 한자와 표기를 달리하기 때문에 중국 학습자가 비한자권 학습자와 같이 기초적인 한자부터 시작해야 하므로 초급 150자, 중급 Ⅰ의 경우 150자, 중급 Ⅱ의 경우 200자, 고급 Ⅰ 200자, 고급 Ⅱ 300자 정도 선정하면 된다고 했다.

4장에서는 3장에서 선정한 한자 어휘를 중심으로 한자권과 비한자권으로 나누어 한자 교수법을 제시했다. 일본어권 학습자는 발음과 표기상에 차이가 있는 한자에 대한 교육이 필요하고, 중국 학습자는 쓰기와 발음 교육을 실시할 것을 제언했다. 비한자권 학습자는 기본적인 한자를 써서 암기하는 것이 먼저 이루어져야 한다고 했다. 한국 초등학생을 위한 교재의 구성이 짜임새 있고 또 한자를 처음 배우는 학습자를 위한 교재이므로 한자를 처음 배우는 학습자, 특히 비한자권 학습자의 교재 구성에 유용하리라고 생각하면서 초등학교 한자 교재를 분석하여 한국어 어휘 교육 중 한자 교육을 위한 한자 교재 구성에 참고할 만한 점을 제시했다. 끝으로 일본어권 학습자, 중국어권과 대만어권 학습자, 비한자권 학습자를 위한 교재 구성 방안을 나눠서 제시했다.

▌ 의의 및 제언 ▌

이 논문은 한국어 교육에서의 한자어 교육을 위하여 교육용 한자어 어휘를 선정하고 이를 토대로 하여 학습자의 특성에 따라 한자어 교재 개발의 방향을 제시한 점에서 교육적 의의를 찾을 수 있으며, 이러한 연구 결과는 한자어를 학습하고자 하는 학생들을 교육해야 하는 교사들에게 많은 도움을 줄 수 있을 것이라고 생각한다.

그러나 학습자들이 학습해야 할 한자와 국어의 60%를 차지하는 한자 어휘의 개념이 불분명하고 교육의 대상이 되는 학습자의 구분도 타당하지 않아 교육의 효과를 기대하기 어렵다는 단점이 있다. 내국인을 위해 국어 어휘 확장의 차원에서 선정된 1800자를 기반으로 이를 학습자의 분류에 맞춰서 교육 방안을 제시하거나 보조 교재를 제작할 수 있는 연구가 되었으면 하는 아쉬움이 남는다.

2002. 2. 김영자. 석사. 경희대. 중국인 한국어 학습자를 위한 속담 교육 연구. 〈분류: 구〉, 〈해제: 기단봉〉

‖ 목차 ‖

‖ 요약 ‖

본 연구는 중국어를 모어로 하는 한국어 학습자들에게 한국 속담 교육에 대해 효과적이고 체계적인 교육 방법을 모색하는 것을 목적을 두고 있다.
 1장에서는 속담에 대한 선행 연구를 검토하고 있으며 필자는 이와 같은 선행연구를 통하여 중국어와 한국어간의 속담 비교 연구는 최근에 와서야 진행되기 시작되고 있음을 지적하고 있고 중국어의 언어 형식, 표현 방식, 의미 특징을 중심으로 분석하여 한국어 표현과의 유사성과 차이점을 제시하고 있다.

2장에서는 한국어 속담과 중국어 속담의 개념과 특징 그리고 양국 속담의 비교를 시도하고 있는데 이를 통하여 한국어와 중국어 속담의 표현의 유사점을 찾아냈으며 양국 간에 문화 차이로 인한 속담의 표현적 차이도 규명하고 있다. 필자에 의하면 한국 속담은 대부분이 중국 속어(俗語), 성어(成語)와 헐후어(歇後語) 등의 표현과 대응될 수 있으며 한·중 양국은 오랜 세월에 걸쳐 비슷한 유교 사상의영향을 받아 속담에 포함된 인간의 의식, 이념, 도덕 등 관념이 비슷해졌음을 알 수 있다. 한편 필자는 한·중 양국의 속담이 자연 환경과 민간의 풍속 습관으로 인해 의미와 관련된 측면에서는 차이가 크다는 점을 발견하고 한·중 속담을 '의미와 표현이 같은 속담', '의미는 같지만 표현이 다른 속담', 그리고 '의미와 표현이 모두 다른 속담'으로 분류하여 이것을 한국어 교육용 속담 선정 및 교육 방법을 모색하는 데에 기초로 삼고 있다.

3장에서는 현재 5개 한국어 교육 기관에 사용하고 있는 교재에 속담 등재 상황을 살펴보고 있으며 또 제1차부터 제4차까지 실시된 한국어능력시험의 속담 관련 문항들도 집중 분석하고 있다.

4장에서는 기존 한국어 속담교육의 현황 및 문제점을 토대로 한국어 속담 교육, 특히 중국인 한국어 학습자를 위한 효과적인 속담 교육 방법을 제시하고 있는데 우선 2장에서 한·중 양국 속담의 의미와 표현의 분류 결과를 기본 조건으로 삼아 교과 내용의 순서, 속담의 의미와 문법의 난이도에 따라 단계별 교육용 속담을 선정하고 있다. 그 다음으로는 단계별 속담 교육 방안을 제시하고 있는데 먼저 초급에서 학습 동기와 흥미를 유발시키는 중요성을 강조하여 다음과 세 가지 방법을 제안하고 있다. 첫 번째, 의미도 같고 표현도 같은 속담은 수업 진행 중에서 수시로 제시한다. 두 번째, 어휘 교육에 따라 속담 교육을 진행한다. 세 번째 학습자의 실제 생활에 필요한 주제로 속담들을 상황에 맞게 제시한다. 중급과 고급에서는 선정된 교육용 속담의 특성과 수를 고려하고 지도해야 함을 강조하고 있는데 중급과 고급 단계에 교육용 속담은 양국 간의 문화 및 여러 가지 원인으로 인하여 표현 형태가 다른 것들이 많으므로 속담에 담긴 문화 요소를 소개하고 그를 통해 속담의 의미를 알게 하여야 함을 주장하였다. 그러기 위하여 필자는 다음과 같은 방안을 제시하고 있는데, 문화적 배경 설명을 통해 속담을 지도해야 하며, 의미 대조를 통해 지도해야 하고, 적절한 상황 설정을 통해 지도하고, 아는 속담을 자기의 언어로 자연스럽게 표현하는 방법을 지도하며, 끝으로 모든 교육 결과를 확인하는 단계를 거쳐 완전하게 속담 지도를 하는 지도한다는 것이다. 필자는 끝으로 본 연구에서 제시된 중국인 한국어 학습자를 위한 속담 교육 방안의 경우 교사가 어느 만큼의 중국어 지식을 가지고 있어야 한다는 점 그리고 양국의 속담내용이 풍부하여 형식이 다양하고 학습자가 접하는 환경도 수시로 변하기 때문에 속담 선정과 지도법이 더 세밀하게 다루어져야 할 것이라는 점을 한계점이라고 밝히고 있다.

▌ 의의 및 제언 ▌

본 연구는 한국어를 배우는 중국인 학습자를 위하여 교육용 한국어 속담을 초급, 중급, 고급의 각 단계에 따라 분류하고 각 단계에서 선정된 속담을 내용의 특징에 따라 구분하여 가르치는 지도방안을 제시하였는데, 이것이 기존에는 시행되지 않은 연구라는 점과 한국과 중국의 속담의 의미를 세밀하게 비교하여 제시한 점 등에서 연구의 의의를 찾을 수 있다. 그러나 필자는 중국인 한국어 학습자를 위한 속담 교육이 효율적으로 이루어지기 위해서는 교사가 어느 정도 중국 속담에 대한 지식을 가지고 있어야 함을 지적하였는데 본 연구는 상당한 양의 중국 속담을 제시하고 이를 한국어 속담과 비교 분석하고 있으므로 중국어 속담에 지식이 전혀 없는 교사들에게 이 연구는 많은 도움이 될 것으로 기대한다. 그러나 필자가 지적한 바와 같이 양국의 속담 내용이 풍부하고 형식도 다양하므로 속담 선정과 지도법에도 보다 주의를 기울여야 할 것이며 특히 속담을 선정한 논리적 근거가 보다 명확해야 할 것이다.

> # 2002. 2. 사모토 마리. 석사. 경희대. 일본어를 모어로 하는 학습자를 위한 한국어 관용어 교육 연구: 동사형 관용어를 중심으로. 〈분류: 구〉, 〈해제: 김보라〉

▌ 목차 ▌

‖ 요약 ‖

이 논문은 관용어 중에서도 동사형 관용어에 초점을 두고 일본어를 모어로 하는 한국어 학습자들에게 한국어 동사형 관용어를 교육해야 하는 필요성과 이에 대한 효과적인 교육 방안을 제시하는 데 목적이 있다.

2장에서는 한국어와 일본어의 관용어 연구에서 나타난 관용어의 개념과 동사형 관용어에 대해서 살펴보고 양 언어의 동사형 관용어를 비교하였다. 한국어 관용어의 개념과 유형은 김진해(1995)에 따라 "2개 이상의 어휘소가 결합하여 새로운 제3의 의미를 형성하는 구조"로 관용어의 개념을 규정하고 목술형(N을+V형), 주술형(N이+V형), 부술형(PP+V형)의 세 가지 형태로 나타나는 용언형 관용어 중에서도 언어를 학습할 때 가장 기본적으로 학습하게 되는 동사에 초점을 두어 동사가 포함된 동사형 관용어를 연구 대상으로 선정하였다. 일본어 관용어의 개념은 박경희(2000)에 따라 "두 개 이상의 단어가 결합하여 각각의 단어와는 다른 습관적이고 의미를 나타내는 것"으로 정의하고, 일본어 관용어는 '명사+동사'가 가장 많이 사용된다고 하면서 몇 가지 예를 소개하였다. 한국어와 일본어의 동사형 관용어 비교는 한국어 동사형 관용어를 중심으로 하여 일본어에서도 똑같은 의미로 쓰이는 것, 아주 비슷하게 쓰이는 것, 전혀 다른 뜻으로 쓰이는 것 이렇게 세 가지로 구별하고 3장의 교재 분석 결과를 토대로 예를 제시하였다.

3장에서는 한국어 관용어 교육 및 동사형 관용어 사용 현황을 파악하기 위하여 주요 한국어 교재를 분석하고 일본어를 모어로 하는 한국어와 학습자와 한국어 모어 화자를 대상으로 설문조사를 실시하였다. 경희대, 고려대, 서울대, 연세대에서 출간된 5종 29권을 대상으로 교재에 나타난 관용어와 제시 방법 등을 분석하여 동사형 관용어 82개를 추출하였다. 그 이러한 교재 분석의 결과, 필자는 관용어 도입 시 설명이 부족하고 구어체와 문어체의 구별이 없으며 문화적인 배경의 설명이 부족하고 관용어 배열이 체계적이지 않은 점을 공통적인 문제점으로 지적하였다.

한국어 동사형 관용어의 실제 사용 현황을 파악하기 위하여 일본어를 모어로 하는 한국어 학습자와 한국어 모어 화자를 대상으로 설문을 실시하였다. 경희대학교 국제교육원의 초·중·고급 과정에서 있는 일본어 모어 화자 각 10명씩 총 30명을 대상으로 교재에서 추출한 한국어 동사형 관용어의 사용 및 인지 정도, 관용어 학습의 어려움 등을 조사한 결과, 고급 과정에 있는 학습자만이 동사형 관용어를 실생활에서 부분적으로 사용하고 있고 전체적으로 인지 정도가 그리 높지 않아 관용어 교육이 부족함을 알 수 있었고, 관용어 학습의 어려움은 모국어의 영향, 문화적 차이 등으로 나타났다. 경희대학교에 재학 중인 학부생 10명, 대학원생 10명 총 20명의 한국어 모어 화자를 대상으로 한국어 교재에 나타난 동사형 관용어 82개의 실제 사용 정도를 '자주 쓴다, 가끔 쓴다, 보통, 알지만 별로 안 쓴다, 뜻도 잘 모른다'의 다섯 단계로 나누어 설문 조사를 실시한 결과 82개 중 6개에 대해서는 자주 사용하지 않는다고 응답하였다.

4장에서는 체계적인 동사형 관용어 교육의 중요성을 강조하고 3장의 교재 분석과 설문 조사 결과를 토대로 초급, 중급, 고급 각 단계별로 한국어 교육용 동사형 관용어를 선정하였다. 단계별 관용어 선정 기준을 살펴보면, 초급에서는 한국인이 가장 많이 사용하는 동사형 관용어를 가르치는 것이 좋은데, 설문 조사에서 한국인의 80% 이상이 자주 사용한다고 응답했던 관용어 중 상위 5순위에 드는 것과 교재 분석 결과에서 공통되는 '한 턱 내다', '기가 막히다'를 필수적으로 가르치고 가장 기본이 되는 동사 '가다', '보다' 등과 함께 '손이 가다', '마음을 먹다'도 가르칠 것을 제안하였다. 중급에서는 학습자 설문 조사 결과를 토대로 학습자들이 관용어의 의미를 추측하여 그 뜻을 알 수 있는 것부터 가르쳐야 한다고 하고, 모어 화자 설문 조사에서 한국인의 70% 이상이 자주 사용하는 동사형 관용어를 우선적으로 가르칠 것을 제안하였다. 고급에서는 82개의 동사형 관용어 중 설문 조사에서 한국인들이 거의 사용하지 않는다고 응답한 6개를 제외한 76개를 교육용 동사형 관용어로 설정하라고 하였다. 그 결과 교육용 동사형 관용어로 초급 6개, 중급 34개, 고급 36개를 선정하고 이를 표로 제시하였다.

5장에서는 일본어를 모어로 하는 한국어 학습자들에게 동사형 관용어를 좀더 효과적으로 가르치기 위한 교육 방안으로 그림카드, 게임, 영상 매체, 만화, 읽기 교재, 역할극(role play) 등을 활용한 다양한 방법을 소개하고 그 예를 보였다.

▌▍ 의의 및 제언 ▌

이 논문은 한국어 교재 분석과 학습자 대상 설문 조사를 토대로 현재 관용어 교육이 체계적으로 이루어지지 않아 학습자들의 관용어 사용 및 인지 능력이 부족함을 지적하고 초급, 중급, 고급의 각 단계에서 학습해야 할 관용어와 효과적인 교수 방안의 필요성을 지적하였다는 점에서 의의가 있다. 그러나 관용어 개념이 추상적이어서 관용어와 구를 구분하는데 분석자의 직관이 개입될 수밖에 없고 이를 바탕으로 교재에서 관용어를 추출하고 각 단계별 관용어를 선정하였으므로 교재 분석과 설문 조사에 대한 신뢰가 부족하다고 볼 수 있다.

2002. 8. 김정아. 석사. 한국외대. 한국어 교육에서의 속담 활용 방안 연구. 〈분류: 구〉, 〈해제: 김보라〉

▌▍ 목차 ▌

Ⅱ. 한국어 교육에서의 속담 교육
  1. 속담의 개념 및 특징
  2. 속담의 문화적 배경
  3. 한국어 교육에서의 속담 교육의 의의

Ⅲ. 한국어 교재에 나타난 속담 교육 현황
  1. 한국어 교재에서의 속담 교육
    1.1. 중급 단계의 속담 현황
    1.2. 고급 단계의 속담 현황
  2. 교재에 나타난 속담의 특성 및 문제점
Ⅳ. 한국어 교육에서의 교육용 속담 선정
  1. 교육용 속담 선정의 필요성
  2. 교육용 속담 선정의 방법 및 기준

  2.1. 교육용 속담 선정 방법
  2.2. 교육용 속담 선정 기준
  3. 교육용 속담의 분류
    3.1. 중급 단계 교육용 속담
    3.2. 고급 단계 교육용 속담

Ⅴ. 한국어 교육에서의 속담 활용 방안
  1. 속담 교육의 목표
  2. 속담의 교육 방안
    2.1. 중급 단계에서의 속담 교육의 방법
    2.2. 고급 단계에서의 속담 교육의 방법

Ⅵ. 결론

▌ 요약 ▌

이 논문은 한국어 교육을 위한 문화 교육의 학습 자료로 속담을 제시하고 한국어 교재에 나타난 속담을 분석하여 속담 교육의 현황을 살피고 한국어 교육을 위한 속담을 선정·분류한 후 이를 실제 수업에서 활용하는 방안을 모색하는 데 목적이 있다.

2장에서는 속담의 개념 및 특징을 정리하여 속담에 나타난 문화적 특징을 바탕으로 한국어 교육에서의 속담 교육의 의의를 제시하였다. 속담이 민족의 사상이나 감정, 염원 등이 과거와 현재에 걸쳐 축소·응결되어 간결한 언어로 문화적 특징을 담고 있다고 하고 속담의 특징을 내용, 형식, 기능면에서 정리하였다. 이러한 측면에서 외국인 학습자에게 속담 교육은 한국 문화의 이해와 더불어 한국인 화자와의 효과적인 의사소통 및 한국어 어휘 사용 능력을 향상시키는 등의 의의를 가진다고 보았다.

3장에서는 4개의 대학 부설 한국어 교육 기관과 1개의 사설 학원에서 사용하고 있는 중급과 고급 단계의 한국어 교재를 중심으로 속담 교육의 현황을 살펴보고 문제점을 지적하였다. 교재에서 속담이 차지하는 비중, 속담의 제시 방법, 한국 문화의 이해 기여도 등의 기준으로 교재를 분석한 결과 속담의 내용이나 주제가 공통점이 없으며 교재 구성에 있어서도 일률적으로 배열한 등 학습자의 흥미를 유발하지 못하고 있고 중급과 고급간의 수준을 어떤 기준에 맞추어 제시하고 있는지 알 수 없으며 속담이 교재에 제시된 한국 문화와 생활에 대한 이해를 수행하는 데 충분히 활용되지 못하고 있음을 지적하였다.

이러한 문제점을 보완하기 위하여 4장에서는 교육용 어휘 선정 방법과 기준에 의거하여 한국어 교육을 위한 교육용 속담을 중급과 고급 단계별로 선정·분류하였다. 드라마 및 영화 대본으로 구성된 구어 자료와 중·고등학교 국어 교과서와 신문으로 구성된 문어 자료와 함께 김건환 (1997), 문금현(1999)의 연구 자료를 바탕으로 경험적 방법을 기준으로 사용 빈도가 높고 한국

문화의 배경을 적절히 드러내는 속담을 선정하고 학습 단계를 고려하여 직설적 의미에서 함축적 의미를 쉽게 예측할 수 있는 의미의 투명성 정도와 문장의 구조가 쉬운 속담부터 중급 단계의 교육용 속담으로 분류하였다.

5장에서는 속담 교육의 목표를 제시하고 교육용 속담으로 선정된 속담을 어떻게 학습시킬 것인가에 대한 구체적인 활용 방안을 모색하고 이를 모형으로 제시하였다. 속담 교육의 목표를 '속담에 대한 흥미를 갖고, 속담 표현에 담긴 문화적 의미를 이해하여 적절한 상황에서 속담을 이용하여 자연스러운 의사소통을 할 수 있다'로 설정하고, 이러한 목표를 충족시키기 위한 중급과 고급 단계에서의 속담 활용 방안을 제시하였다. 중급에서는 일반적인 교재의 단원 구성인 '제시-설명-연습-활용'의 순서에 맞추어 제시 단계에서는 속담과 관련된 삽화나 그림을 이용하여 이해를 돕고, 설명 단계에서는 속담과 관련된 설화나 유사한 속담 등을 통하여 쉽게 접근하고, 연습 단계에서는 문제 풀이나 게임 등의 방법을 통하여 속담의 이해도를 확인하고, 활용 단계에서는 실제 상황에서 활용할 수 있도록 구성하였다. 고급에서는 속담이 자주 등장하는 드라마나 만화 등의 실제적인 자료를 이용하여 학습자들의 흥미를 유발하고 속담을 통하여 자연스럽게 한국 문화에 접근할 수 있는 방안을 제시하였다.

▮▮ 의의 및 제언 ▮

이 논문은 한국의 문화 및 언어적 특성을 잘 보여주는 속담을 활용한 한국어 교육이 체계적으로 이루어지지 않고 있음을 지적하고 속담 교육의 목표를 설정하고 구어적 자료와 문어적 자료 및 기존의 연구 자료를 바탕으로 객관적인 방법과 주관적인 방법을 절충하여 교육용 속담을 선정하고 이를 언어적인 난이도를 고려하여 단계별로 제시하였다는 점에서 의미가 있다. 다만 연구 목적이나 교육 목표에서 속담의 이해와 함께 표현 능력의 향상에 대해서도 강조하였으나 교육 방안은 이해의 측면에서만 제시되고 있는 점이 아쉽다.

> # 2002. 8. 김현정. 석사. 서울대. 속담을 통한 한국어 문화 교육 연구. 〈분류: 구〉, 〈해제: 김보라〉

▮▮ 목차 ▮

<table>
<tr><td>

2.3. 속담에 나타난 한국 문화의 요소
   1) 산물(Product)로서의 속담
   2) 사고(Ideas)로서의 속담
   3) 행위(Behaviors)로서의 속담
3. 속담을 통한 문화 교육의 내용
  3.1. 속담 어휘의 문화적 내포
    1) 추상화된 일상어의 문화적 내포
    2) 전형화된 고유명사의 문화적 내포
    3) 토속어의 문화적 내포
  3.2. 속담의 사고
    1) 한국적 신념
    2) 한국적 가치관
    3) 한국적 제도
  3.3. 속담의 비유

</td><td>

   1) 상황의 은유를 통한 강조
   2) 유추를 통한 공감 확보
4. 속담을 통한 문화 교육 설계
  4.1. 한국어 문화 교육의 현황
  4.2. 속담을 통한 한국어 문화 교육의 교수요목
  4.3. 속담을 통한 한국어 문화의 교수 학습 방법
    1) 속담을 통한 한국어 문화교육의 교수학습 내용·체계
    2) 속담을 통한 한국어 문화교육의 활동
5. 결론

</td></tr>
</table>

▌ 요약 ▌

한국어 교육의 목표는 한국어로 의사소통할 수 있는 능력을 기르는 것이며, 의사소통 능력은 목표어의 문화 이해와 깊은 관련을 가진다는 점에서 한국어를 통한 문화 교육이 필요하며, 속담은 한국어의 언어문화를 담고 있다는 점에서 한국어 문화 교육의 자료가 될 수 있다고 보고 이 논문은 각 학습 단계별로 한국어 문화 교육의 적절한 목표를 설정하고, 속담 자료 분석을 통해서 교육 내용을 마련하고 이를 바탕으로 교수요목을 설계하는 데 목적을 두었다.

1장에서는 한국어 교육에서 한국어를 통한 문화 교육 연구의 필요성을 밝히고 한국어의 어휘나 문장 구성 방식, 언어에 담긴 사고와 가치가 잘 드러나는 속담이 언어와 문화를 통합적으로 교육하기 위한 적절한 한국어 텍스트라고 설명하고 있다. 최근학의 「속담사전」, 이기문의 「개정판 속담사전」, 김도환의 「한국속담활용사전」, 정종진의 「한국의 속담 용례 사전」, 최래옥의 「한국 민간 속신어 사전」 등 속담 사전에 실린 속담 자료를 주 대상으로 속담의 기본적인 의미와 활용 양상을 살펴보고 한국어 교육에서의 활용 가능성을 검토하고, Byram의 외국어 교육 및 문화 연구에 대한 관점, Tomalin과 Stempleski의 문화 인식 연구, Lazar의 문화와 언어 교수에 대한 관점과 방법 등을 참고하여 속담을 통한 문화 교육 방안을 마련할 것이라고 하였다.

2장에서는 한국어 문화 교육의 목표를 한국어 문화 인식 능력의 향상, 한국 문화의 포괄적 이해, 공감을 통한 한국 문화와 학습자 문화의 조화로 설정하였다. 속담은 구체적이고 일상적인 상황에서 전형성을 획득한 보편적 의미를 담고 있다는 점에서 그 구술적 속성이 한국어 문화 교육의 자료로 이용될 수 있으며, 속담에 나타난 한국 문화 요소를 Tomalin과 Stempleski의 분류에 따라 산물, 사고, 행위 측면에서 제시하였다.

3장에서는 속담은 그 함축적이고 상황적인 특징으로 인하여 학습이 어렵기 때문에 속담 어휘가 가진 어휘 문화적 내포의 차원, 속담이 드러내는 사고 문화의 차원, 속담의 화용적 상황이 드러내는 비유 문화적 차원에서 한국어 문화 교육 내용을 정리하였다. 속담 어휘의 특성은 일상 어휘가 추상화된 측면, 고유명사가 전형화된 측면, 토속적 어휘의 측면에서, 속담의 사고적 측면에서는 속담이 보여주는 교육적 문화인 신념, 가치관, 의식적 구조의 차원에서, 속담의 비유적 측면에서는 상황의 은유를 통한 강조와 유추를 통한 공감 확보의 차원에서 각 어휘가 담고 있는 문화적인 내용을 살펴보았다.

4장에서는 조항록·강승혜(2001)에서 정리한 한국어 교재 내 문화 항목들을 분석하여 현 한국어 문화 교육이 다양한 문화 요소를 포함하고 있지만 그 내용들의 체계나 단계가 없으며 요소 간의 연계성이 부족함을 지적하고, 속담을 통한 문화 교육의 교수요목과 교수 학습 방법을 제시하였다. 3장에서 정리한 속담을 통한 한국어 문화적 교육 내용을 바탕으로 한국어 문화 교육의 교수요목의 항목을 속담에 사용된 한국어 어휘의 문화적 내포, 속담에 나타난 한국 고유의 비유적 발상, 속담의 화용적 기능, 속담에 나타난 한국인들의 가치관, 속담에 나타난 한국인들의 신념, 속담에 나타난 한국의 문화적 제도로 선정하였다. 문화 교수 학습 방법으로는 문화 교육 과정을 '지각-이해-해석-통합'의 과정으로 보고 이러한 '문화 접촉의 과정'을 고려하여 문화 교육 내용 체계를 제시하고, 속담에 사용된 어휘의 의미 비교, 속담의 비교, 속담의 표현 방식 탐구, 가치·신념 탐구, 제도 및 행위 탐구, 속담 사용 및 변형하기의 교육 활동을 통해서 문화 교육의 목표에 도달할 수 있을 것이라고 하였다.

▐ 의의 및 제언 ▐

이 논문은 한국어 교육에서의 문화 교육이 문화 내용을 제시하는 차원에서 그치며, 뚜렷한 교육적 목표와 체계 및 단계가 미약하다는 점을 지적하고 한국어에 나타난 문화 교수의 중요성을 인식하여 문화 교육의 일반적인 목표를 제시와 함께 속담을 활용한 문화 교수요목과 학습 방안을 제시하였다는 점에서 의의를 가진다. 그러나 문화 교육의 목표와 문화 교육의 내용 체계가 한국어 교육 현장에 바로 활용되기에는 그 방안이 구체적으로 제시되지 못해 아쉬움이 남는다.

 # 2002. 8. 박재남. 석사. 연세대. 외국어로서 한국어의 유의어 교육 방안 연구. 〈분류: 구〉, 〈해제: 김보라〉

▐ 목차 ▐

▌ 요약 ▌

이 논문은 효과적인 유의어 교육을 위하여 한국어 학습자들의 유의어 사용 실태를 조사하고 한국어 교재 및 한국어 능력시험을 분석하여 한국어 교육에서의 유의어 현황을 살펴 이를 바탕으로 학습자들에게 유의어의 의미 차이를 명확하게 설명할 수 있는 기준을 제시하는 데 목적이 있다.

2장에서는 유의어 교육에 대한 본격적인 논의에 앞서 어휘력과 유의어의 개념 및 특징 등 관련 이론들을 살폈다. 어휘에 대한 총체적인 지식을 의미하는 어휘력의 개념에 대해서는 김광해(1993)의 견해에 따라 어휘력을 양적 능력과 질적 능력 두 영역으로 구분하였는데, 양적 능력이란 언어 사용자가 얼마나 많은 단어를 알고 있는가에 대한 것이고 질적 능력이란 단어의 의미와 용법에 대한 이해 능력으로 학습 단계가 올라갈수록 오류를 많이 범하는 유의어에 대한 학습은 질적 어휘력을 향상시키기 위해서 매우 중요한 부분이이라고 강조하였다.

3장에서는 유의어 교육의 실태를 파악하기 위하여 2002년 봄 학기(2002.04.02~2002.06.11)에 연세대학교 한국어학당 정규반의 고급 과정(5·6급)을 수강하고 있는 일어권 학습자 40명, 영어권 학습자 8명 등 총 52명의 학습자를 대상으로 유의어 능력에 대한 평가를 실시하였다. 유의어 평가는 크게 유의어의 의미를 알고 있는가를 묻는 영역과 유의어의 변별 능력을 확인하는 영역으로 구성하였는데, 전자는 어휘의 의미를 학습자의 모국어로 쓰는 형식으로 하고 후자는 유의어군을 보기 항목으로 가지는 사지선다형의 형식을 채택하였다.

52명의 학습자들을 대상으로 유의어 능력 평가를 실시한 결과 유의어 변별 능력에 대한 전체 평균 정답률은 64%로 나타났는데, 특히 '두다–놓다'와 '벗기다–까다'의 정답률이 각각 23%, 38%로 매우 낮았다. 어종에 따라 고유어 유의어군과 한자어 유의어군의 정답률은 각각 56.7%, 76.7%로 고유어 유의어군의 정답률이 현저하게 낮게 나타났는데 이는 평가 대상 52명 중 40명이 일어권 학습자였기 때문인 것으로 보인다.

4장에서는 한국어 교재와 한국어 능력 시험 분석을 통하여 한국어 교육에서 다루어지고 있는 유의어를 추출하여 그 양상과 특징을 살펴보았다. 한국어 교재에 나타난 유의어 추출은 김광해 (2000)의 「비슷한 말 반대말 사전」을 중심으로 하되 「표준국어대사전」과 「연세한국어사전」을 참고하여 이루어졌는데, 서상규(2001)에서 제시한 한국어 교재 10종을 대상으로 유의어의 일반 적인 양상을 살펴보고 한국어 능력 시험의 6단계에 준하여 교재를 출간한 연세대학교 한국어학 당의 「한국어」(1~6)를 대상으로 초·중·고급 단계에서 제시되고 있는 유의어의 양상을 파악하 였다. 한국어 교재 10종에 나타난 어휘에서 총 660개의 유의어군을 추출하여 품사와 어종에 따라 분류하였는데, 품사별로는 '명사>동사>형용사>부사'의 순으로 어종에 따른 분류에서는 '고유어와 한자어 간의 유의어군>고유어 간의 유의어군>한자어 간의 유의어군'의 순으로 비중이 높았다.

1997년부터 2000년까지 네 차례에 걸쳐 시행된 한국어 능력 시험의 어휘·문법 영역 가운데 어휘 관련 문항을 대상으로 어휘의 뜻과 의미 관계 등을 고려하여 8가지 유형으로 분류한 결과 유의어와 관련된 문항이 전체 어휘 평가에서 높은 비중을 차지하였다. 한국어 능력 시험의 어휘 평가에서 나타난 유의어군을 단계와 등급을 고려하여 분석하였는데 초급 단계에서는 존비 관계 에 의한 유의어가 많이 다루어졌고 고급 단계로 올라갈수록 한자어 유의어가 많이 출제되었다. 또한 동일한 유의어가 같은 등급에서 반복 출제되거나 수준이 다른 등급에 중복되어 출제되고 고급 단계에서는 5급에만 유의어 평가가 집중된 점을 지적하면서 유의어 능력을 정확하게 평가 하기 위해서는 어휘 난이도, 즉 학습 단계별 유의어 목록을 마련하고 각 등급에서 유의어가 고르게 출제되어야 한다고 하였다.

5장에서는 실제 수업에서 교사가 학습자에게 효과적으로 유의어를 교육하고 교재와 사전 편찬시 유의어 정보를 효과적으로 제공할 수 있도록, 유의어의 의미 차이를 분석하고 이를 설명할 수 있는 분류 기준을 의미적, 화용적, 통사적 관점에서 모색하였다. '길-도로', '나르다-옮기다' 등 총 18개의 유의어군을 대상으로 「표준국어대사전」에 따라 유의어를 정의하고 치환 검증법을 이용하여 유의어의 의미 속성을 규명하였다. 이러한 분석을 토대로 의미, 화용, 통사적 관점에서 유의어의 의미 차이를 설명할 수 있는 기준을 귀납적으로 도출하였는데, 의미적 관점에서는 지시 대상의 의미 영역의 차이, 동작을 하는 방식의 차이, 강조하는 측면의 차이, 정도의 차이, 긍적·부정적 의미를 내포하는 차이를, 화용적 관점에서는 화자 태도의 차이, 격식·비격식의 차이, 사용하는 분야의 차이를, 통사적 관점에서는 통사적 결합의 차이를 그 기준을 제시하였다.

▌ 의의 및 제언 ▌

이 논문은 유의어 교육에 관심을 가지고 한국어 교재와 한국어 능력 시험을 분석하여 한국어 교육에서 다루어지고 있는 유의어의 양상과 특징을 살펴 유의어의 의미 차이를 설명할 수 있는 기준이 필요함을 밝히고 의미, 화용, 통사적 관점에서 살펴보았다. 특히, 한국과 일본에서 출간된 주요 한국어 교재 10종에서 제시된 유의어를 추출하고 이를 품사와 어종별로 분류하여 제시하였다는 점에서 의의가 있다.

그러나 학습자의 유의어 능력 실태 조사와 한국어 교재 및 한국어 능력 시험에 대한 유의어 분석의 대부분이 좀 더 심도 깊은 고찰을 통하여 구체적인 유의어 교육 방안에 대한 논의로 이어지지 못하고 단순히 통계 자료를 제공하는 데 그쳤다는 점이 아쉽다.

> # 2002. 8. 이현진. 석사. 이화여대. 한국어 피동 표현의 교수 내용 및 방안 연구. 〈분류: 구〉, 〈해제: 장수진〉

▌목차 ▌

▌요약 ▌

이 논문은 외국어로서의 한국어 교육에서 피동 표현이 가지는 문제점을 지적하고 효과적인 피동 표현 교수 방안을 살펴보고 있다. 피동 표현의 문제점의 하나로 여러 곳의 한국어 교육 기간 간에 통일되지 못한 피동법 교수 내용을 지적하면서 언어 학습은 실생활 의사소통 능력을 성취하기 위한 것이어야 한다는 논제를 토대로 피동법의 교수 학습 과정에서 언어의 의미보다는 형태와 구조에 치중한 교수 방안을 문제로 삼았다.

2장에서는 가장 먼저 이론적 논의와 국어 표준문법을 토대로 하여 피동 표현의 교수 범위를 어휘 피동, 통사적 피동, 파생적 피동으로 확정하고 피동 표현의 교수 내용을 검토하였다. 교수 내용은 어휘적 피동 표현과 통사적 피동 표현에 '-어/아지다', 파생적 피동, 통사적 피동에 '-게 되다'이다. 또 피동 표현이 의사소통적 담화에서 어떠한 효과를 가지며 사용되는지 기능적 측면을 고찰하였다. 피동 표현은 일반적으로 피동 주어에 대한 정보를 객관적으로 전달하는 기능을 한다. 그리고 피동 표현은 화자의 시점이 사건의 참여자 중에서 피행위자에게 있을 때 발화되므로 감정이입을 통해 청자의 공감을 유발할 수 있고 피동 표현은 행위의 주체를 드러내지 않으면서 어떠한 의도나 의지가 개입되지 않은 상황 의존적 의미를 나타내므로 담화에서 '부담 줄이기'로 기능할 수 있다고 하였다. 이는 4장에서 실례를 통해 설명을 덧붙이고 있다.

이에 한국어 교재 분석을 통해 각 기관별 피동 표현의 교수 내용을 살폈다. 피동 표현의 선정과 배열을 검토한 결과 기관별로 편차가 크게 나타났으며, 복습이나 확장 학습에 대한 고려가 부족하다는 문제점이 드러났다. 파생적 피동은 모든 기관에서 다루고 있으나 사용 빈도가 높은 어휘적 피동과 '-어/아지다' 피동 '-게 되다' 피동은 소홀히 다루어지고 있다는 사실을 발견하였다. 교재 분석을 통해 피동 표현의 학습을 위해 우선적으로 교재에 보다 많은 교수 내용을 제시해야 한다고 하였다.

3장에서는 중급 단계를 대상으로 효과적인 한국어 문법 교수 방법을 제안했다. 한국어 문법 교육은 형태 중심적인 교수 방법에서 벗어나지 못하고 있는데, 외국어 습득 연구에 따르면 이러한 형태 중심적 교수 방법은 학습자들의 실제적 의사소통 능력과 문법 능력 개발에 효과적이지 못하다는 이론을 제시하여 교수방안의 문제점을 지적하고 있다. 의사소통적 필요와 습득 단계에서 자연스럽게 문법을 습득하게 해야 한다고 하였고 학습자들이 문법 습득 과정을 촉진하기 위해 의식상향의 개념을 문법 교수에 도입하였다. 의식상향에 기초한 문법 교수는 교사가 직접 문법에 대해 설명하지 않고 학습자들이 스스로 문법을 발견하고 문법적 지식을 개발할 수 있도록 교사가 유도하는 방법이다.

마지막으로 4장에서는 이러한 의식상향에 기초한 과제 중심적 문법 교수의 절차에 따라 실제적인 교수 방안을 제시하였다. 먼저 피동 표현의 형식과 함께 기본적 기능을 발견하기 위한 교수를 구성하고, 다음으로 피동 표현의 형식과 기능에 대한 확장 복습이 이루어질 수 있도록 교수 방안을 구성하였다. 이를 위해 어휘적 피동과 통사적 피동 '-어/아지다' 형식과 객관적 정보 전달의 기능에 대한 교수안과 통사적 피동 '-게 하다' 형식과 부담 줄이기 기능에 대한 교수안을 제시하였다. 이로써 학습자들은 의사소통적 과제를 수행하면서 언어 사용에 익숙해질 수 있는 동시에 스스로 문법적인 능력을 개발함으로써 학습에 대한 내적 동기를 가질 수 있을 것이라고 보았다.

▌ 의의 및 제언 ▌

이론 문법에서 여전히 논란이 되고 있는 '피동법' 이론을 살피고, 한국어 교육에서 가지는 형태·기능 중심적인 '피동 교수법'의 문제점을 지적하여, 해결 방안으로 의사소통적 문법 교수와 의식상향법, 또 과제 중심적 문법 교수 모형을 제안하고 있다는 점에서 이 논의의 의의를 찾을 수 있을 것이다. 반면, 효과적인 피동 표현 교수 방안으로 제시한 의사소통적 접근법의 경우, '피동 표현'이 가지는 한국어 문법적 성격을 고려하였을 때, 형태 중심적 방법이 아닌 '의사소통 활동 과정을 통한 자연스런 문법의 습득'이라는 의사소통적 접근법의 효과성을 보다 객관적인 자료를 통해서 그 타당성을 가졌으면 하는 아쉬움이 남는다.

2003. 2. 원수은. 석사. 경희대. 베트남인 한국어 학습자를 위한 속담 교육 연구. 〈분류: 구〉, 〈해제: 김지혜, 장수진, 김보라〉

▌목차 ▌

▌요약▐

이 논문의 목적은 한국어와 베트남어의 속담을 비교 분석하고 현재 한국어 교육에서의 속담 교육의 현황을 조사하여 베트남인 한국어 학습자들을 위한 효과적인 속담 교육 방안을 제시하는 데 있다.

1장에서는 한국어 수요가 나날이 증가하고 있는 베트남인 학습자를 위한 한국어 교육의 연구의 필요성을 강조하였다. 언어란 그 나라의 문화를 함께 학습하는 것이 효과적이므로 문화적인 요소가 잘 나타나 있는 한국어 속담에 대한 체계적인 연구가 필요함을 밝혔다. 선행 연구는 국어학적 관점, 국어교육학적 관점, 외국어로서의 한국어 교육학적 관점으로 나누어 살펴보았다.

2장에서는 속담을 화자가 말하고자 하는 내용을 효과적으로 상대방에게 전달하기 위한 관용 표현의 일종으로 보고, 한국어와 베트남에서의 속담에 대한 사전적 개념과 학문적 개념을 살펴보았다. 속담의 기능은 속담 내 단어와 전체 의미간의 관련성에 따라 직접적인 관련이 없는 경우와 직접적인 관련이 있는 경우로 나누어 제시하였다. 속담의 일반적인 특징은 필수적인 특성인 간결성, 통속성, 민족성과 향토성, 사회성과 시대성, 형상성과 전통성을 중심으로 정리하였다.

한국어와 베트남어의 속담을 사회문화적 측면과 언어적 측면으로 나누어 살펴보았는데, 전자에서는 속담의 내용이나 소재가 되는 자연, 종교 및 믿음, 생활 풍습, 가족, 가정 및 부부, 신분 관계, 성격, 실생활을 중심으로 한국어와 베트남어 속담의 차이점과 공통점을 분석하고, 후자에서는 표현 형식 및 내용을 중심으로 표현 형식과 내용이 같은 속담 36개, 표현 형식이 다르나 내용이 유사한 속담 47개, 한국어에만 있는 속담 44개를 제시하였다.

3장에서는 국내 한국어 교육 기관 중 경희대와 연세대, 서울대, 고려대에서 사용하는 한국어 주교재인 경희대학교 국제교육원의 「한국어 초급, 중급, 고급」, 연세대학교 한국어학당 「한국어 1-6」, 서울대학교 어학연구소의 「한국어 1-6」, 고려대학교 한국어문화연수부의 「한국어 1-6」과 「한국어 회화 1-6」을 대상으로 교재 내 속담의 제시 방법, 난이도와 제시 순서, 속담 교육의 비중, 의사소통 능력과 문화 이해에 대한 기여도 등을 중심으로 속담 교육의 현황을 조사하였다. 그 결과 각 교재에서 한국 문화를 반영한 속담을 제시하는 데, 특히 농경문화와 관련된 속담의 비중이 높다고 하였다. 또, 초급 단계에서는 속담 교육이 거의 이뤄지지 않고 동일한 단계라도 각 교재마다 제시하는 속담 수와 내용이 일치하지 않으며 속담의 설명이나 뜻풀이가 거의 없음을 지적하였다.

한국어 속담의 이해 및 표현 능력을 길러주기 위해서는 한국어 교재에서 속담이 적절한 용례와 함께 제시되고, 속담의 의미를 이해하는 학습이 중심이 되어야 한다고 하였다. 또 교재는 제시, 설명, 반복, 응용의 네 단계로 구성하는 것이 학습에 효과적인데 이 네 단계가 초급·중급·고급에서 어떻게 제시되어야 하는지 예문을 들어 설명하였다. 이를 바탕으로 초급 단계에서 20개, 중급 단계에서 40개, 고급 단계에서 50개의 한국어 교육용 속담을 선정하였다.

4장에서는 한국어 속담을 효과적으로 교육하기 위한 방안으로 문화적 배경, 상황, 실제 자료를 통한 속담 교육 방안을 제시하였다. 문화적인 요소를 많이 반영하고 있는 속담을 교육할 때에는 그 속담의 문화적 배경을 재미있게 설명해주거나, 서로의 속담을 비교하는 과정 속에서 속담의 의미를 쉽게 이해할 수 있다고 하였다. 또, 속담이 어떤 상황에서 쓰이는 것인가를 명시적으로 제시해 주어야 한다고 하였다. 교사가 교재의 내용을 중심으로 상황을 설정해 줄 수도 있고, 역할극을 통해서 특정한 역할을 수행하게 하는 교육 방안도 있다. 그림 및 만화, 광고, 영화나 드라마와 같은 시각적 매체를 통한 실제적 자료를 이용하여 속담에 포함된 문화 배경을 설명하는 것도 효과적이라고 설명하였다.

▌ 의의 및 제언 ▌

속담은 각 나라의 문화를 반영하고 있는 관용표현 방법 중 하나이다. 이 논문은 베트남인을 위한 한국어 교육용 속담을 선정하고 그 기능과 특성을 모어와 베트남어를 중심으로 비교 분석하여 한국어 학습 방법의 대안을 제시하고 있는데, 이는 문화를 통한 언어학습의 중요성을 일깨워준다는 점에서 의의가 있겠다.

아쉬운 점은 이 논문에서 한국어와 베트남어의 속담을 언어적 측면과 사회문화적 측면의 두 기준으로 구분하여 비교할 때 속담의 공통점과 차이점, 특정 속담이 양국에 모두 있는지 없는지의 관계 정도만을 도출하는 데 그쳤다는 점이다.

2003. 2. 한정희. 석사. 한양대. 일본어권 한국어 학습자의 오류 현상 분석. 〈분류: 구〉, 〈해제: 김지혜〉

▌ 목차 ▌

▌요약▌

이 논문은 일본어권 한국어 학습자들이 한국어를 배우는 과정에서 만들어내는 오류문을 조사하여 오류의 원인을 분석하고 이 결과를 이용하여 효과적인 교수-학습의 주안점을 간략히 제시하는 데에 목적을 두었다.

2장에서는 오류 분석에 앞서 오류 분석에 관한 이론적 배경을 고찰하고 있는데 대조 분석 가설, 오류 분석 가설, 중간 언어 가설, 학습자의 오류 연구에 대해 두루 살피고 교수자가 학습자의 목표 언어에 대한 기본적인 지식이 있거나 규칙적으로 범하고 있는 오류에 대한 정보만이라도 알고 있다면 한국어 학습을 지도하는 데에 유용할 것이라고 말하고 있다.

3장에서는 한국에서 한국어를 배운 기간이 6개월 이상이고 한양대학교의 등급 기준으로 숙달도 수준이 초급2 이상인 일본어권 한국어 학습자 100명을 대상으로 학습자들의 쓰기 과제와 중간, 기말 고사의 쓰기 시험 작문에서 나타난 오류문을 찾아 분석하였다. 분석 결과 일본어권 학습자들의 작문에서는 피동 표현, 시제 표현, 처소격 조사, 연결 어미 "-니까"의 오류가 두드러진 오류였고 예상할 수 있는 원인으로는 일본어와 한국어의 차이가 두드러진 어법에 해당되는 것으로 간주할 수 있다고 하였다. 피동 표현의 경우, 일본어에서는 동작이 의지와 무관하게 이루어지는 것을 피동 표현 본의로 하고 있으나, 한국어에서는 동작이 행해지는 방식에 관해서 외부로부터 동작을 받는다는 것을 피동 표현의 본의로 하고 있으므로 피동 표현의 발상 근원이 서로 다르고 일본어에서 피동 표현을 광범위하게 쓰고 있는 반면 한국어에는 그렇지 않은 점, 그리고 일본어의 "する"와 "たる"의 용법이 한국어의 "-어 지다"에 가장 적절하게 해당하는 점 등을 오류의 원인으로 분석하였다. 시제 표현의 경우에는 학습자들이 양상과 양태 표현에 익숙하지 않으며, 절대 시제와 상대 시제 쓰임의 혼동으로 일어난 오류들과 일본어에 미래 시제가 없기 때문에 현재 시제에 독특한 쓰임이 있는 것을 그대로 한국어에 반영함으로서 오류를 만들어 냈다고 보았다. 처소격 조사에 대해서는 "-에서"를 써야 할 곳에 "-에"를 쓰는 경우 또는 그 반대로 "-에"를 써야 할 곳에 "-에서"를 쓰는 경우, "-에"와 "-로"를 혼동한 오류들을 보이면서 처소격 조사 "-에"와 "に"를 동일시함으로써 대응되지 않는 부분에까지 대응함으로 오류를 범하거나 일본어의 처소격 조사 "へ"에 대응해서 "-에"를 사용하여 오류를 범했다고 했으며 한국어의 "-에서"와 일본어의 "で"가 가지는 의미 범주의 차이로 인해 오류가 발생하였다고 밝혔다. 연결 어미 "-니까"는 "-아/어서"를 사용해야 할 곳에서도 "-니까"를 사용하고 "-니까"의 시제 표현에서도 상대 시제로 해석해야 할 것을 절대 시제로 해석하여 과거 표현에 오류가 자주 나타남을 보여 주었다. 그리고 각 오류 유형들을 정리하고 원인을 분석한 후에는 간단한 교수-학습의 주안점을 몇 개의 예문과 함께 보여 주고 있다.

4장에서는 앞선 내용을 정리하면서 한국어의 특성을 면밀히 연구하여 적절한 지도 원리를 찾아야 하고 적절하고 효율적인 학습법이 제시된 후 교재에도 반영되어야 함을 언급하였다.

▌ 의의 및 제언 ▌

본 연구는 100명의 일본어권 한국어 학습자들의 작문을 검토하여 일본어권 학습자들이 공통적으로 두드러지게 보이는 "피동형, 시제, 처소격 조사, −니까"의 오류문들을 찾아 오류의 원인을 분석하고자 노력한 것에는 의의가 있겠다. 그러나 본 연구는 이론적 배경에서 오류 분석에 대한 이론들을 살피고 있는데 이것보다는 일본어와 한국어에 대한 좀 더 면밀한 비교·분석이 있었다면 실제 한국어 교육 현장에 더욱 의미 있는 자료를 제공할 수 있었으리라는 아쉬움이 남는다.

 # 2003. 8. 김현경. 석사. 한국외대. 한자문화권 학습자를 위한 한자 어휘 지도 방안: 한·중·일 한자어 대조 분석을 중심으로. 〈분류: 단어〉, 〈해제: 김보라〉

▌ 목차 ▌

▌요약▐

이 논문은 일본어권과 중국어권 학습자들이 오류를 일으키기 쉬운 한자어의 목록을 대조 분석을 통하여 정리하고 한자어 교수 방안을 제시하는 데 목적을 두고 있다.

1장에서는 한자문화권 학습자들에게 한자어 교육이 중요한 이유를 설명하고 한·중·일 한자어의 대조 분석을 통한 연구 방법론을 제시하였다. 중국어권과 일본어권을 한자문화권으로 정의하고, 이들의 경우 비한자문화권 학습자와 달리 모국어의 영향으로 한자어의 의미를 잘못 유추할 가능성이 있으므로 한국 한자어와의 차이를 정확하게 가르쳐야 함을 강조하였다. 국립국어원에서 2002년도에 발간한 「현대 국어 어휘 사용 빈도 조사」의 CD에 수록된 어휘 자료 중 한국어 교재 항목에서 빈도가 높은 순서로 어휘를 정렬한 뒤 한자어를 뽑아 실제 학습자들의 한자어 지식과 비교하여 목록을 구성하고 이에 대한 교수 방안을 제시하고자 하였다.

2장과 3장에서는 한국과 중국의 한자어, 한국과 일본의 한자어를 각각 대조 분석하여 그 목록을 제시하고 한자어와 관련된 오류 양상을 정리하였다. 국립국어원(2002)의 어휘 자료에서 한자어를 추출한 뒤 의미와 형태를 중심으로 중국어와 한국어, 일본어와 한국어 양국의 한자어가 그 형태와 의미가 동일한 것, 한국 한자어와 의미가 대응되는 것, 한국 한자어로 의미적 접근을 할 수 없는 것으로 나누어 살펴보았다. 2.1절과 3.1절에서는 각각의 목록을 정리하였는데, 일본어가 중국어보다 의미와 형태가 같은 한자어가 더 많다고 하였다. 또한 한국 한자어와 의미가 대응되는 어휘 목록의 경우 교육기관의 6급 과정에 있는 중국어권 학습자 7명, 일본어권의 학습자 10명을 대상으로 한자어 인식 정도를 비교하기 위하여 한국어 한자어에 대응되는 모국어의 한자어를 한국어로 번역하게 하여 이를 참고하였다.

오류는 크게 언어 간 오류와 언어 내적 오류로 나누어, 모국어 간섭으로 인한 오류는 언어 간 오류로, 고유어와의 혼동 등은 언어 내적 오류로 보고 2.2절에서는 중국어와의 오류 양상을 3.2절에서는 일본어와의 오류 양상을 예문과 함께 다루었는데, 일본어권 학습자의 경우에는 언어 내적 오류에서 고유어와의 혼동 이외에도 유의어·다의어 혼동에 의한 오류, 한국 한자어가 모국어에 없는 오류를 추가적으로 더 다루었다.

4장에서는 2장과 3장에서 정리한 한자어 대조 목록의 활용 방안과 한자어를 지도하는 데 있어서 고려해야 할 점을 유의어, 고유어, 연어, 어휘 확장으로 나누어 제시하였다. 한자어 대조 목록을 활용하는 데 있어서 형태와 의미가 동일한 경우에는 한국에서 사용하는 한자어를 그대로 제시하고, 형태는 다르지만 의미가 같은 한자어는 한글로 제시하되 추상적이어서 설명이 어려운 경우에만 일본과 중국의 한자어를 제시하라고 하였다. 형태는 같지만 의미가 다른 경우에는 초급 단계의 경우 한국어 한자를 제시하지 않도록 하고, 고급 단계의 경우라면 한국 한자를 제시하여 뜻을 적게 한 후 의미를 제시하여 서로 다른 한자의 차이를 익히게 하라고 하였다.

한자어를 지도하는 데 유의어 및 일대다대응의 경우에는 일본어권 학습자에게 해당하는 것으로 ‘실수’와 ‘실패’, ‘공부’와 ‘학습’ 등의 예를 들어 여러 상황을 보여 줄 수 있는 예문으로 연습시킬 것을 제안하였고, 한자문화권 학습자의 경우 고유어를 사용해야 할 상황에서도 한자어를 사용하는 경우가 많으므로 사용 범위를 제한하고, 연어 관계는 '나다', '나오다' 등의 예를 들어 공기하는 어휘를 한정해서 제시하라고 하였다. 또한 생산성이 높은 한자어 '中', '時', '初' 등을 이용하여 한자의 의미를 알려주고 어휘를 확장시키면 쉽게 의미를 설명할 수 있다고 하였다.

▌ 의의 및 제언 ▌

이 논문은 한국어를 모어로 하는 한국어 교사들이 한자라는 공통의 배경 지식을 가지고 있는 중국어권과 일본어권 학습자들에게 한자어를 지도하는 데 참고할 수 있도록 학습자들이 오류를 일으키기 쉬운 부분을 지적하고 오류의 가능성이 높은 한자어 목록을 정리하였다는 점에서 의미가 있다.

그러나 대조 분석을 통하여 마련한 한자어의 목록을 이용하여 한자어를 제시하는 어휘 지도 방안은 그 접근 방법이 다소 기계적이라는 한계가 있으며 따라서 구체적인 한자어 지도방안으로보다는 관련된 교재나 참고서를 제작하는 데에 활용된다면 더 큰 도움이 될 것으로 보인다.

2003. 8. 김희선. 석사. 고려대. 한국어교육에서의 사동문 연구. 〈분류: 구〉, 〈해제: 장수진〉

▌ 목차 ▌

▌ 요약 ▌

이 논문은 한국어 교육에서의 사동 교수-학습이 어휘 차원의 암기 방법에서 벗어나지 못하는 있는 한계점을 지적하고 이를 해결하기 위한 방안으로 먼저 사동사의 이론적 배경을 살피고 있다. 다음으로 사동사의 교재 구성 형태를 살펴서 학교별 사동사 교수 방법에 대하여 논의하고 있다. 지금까지 한국어 교육에서의 사동 교육은 주로 형태적인 암기식으로 이루어져 왔는데 그 이유는 학계의 사동사에 대한 이론적 비체계성과 사동사체의 비규칙성 때문이며 학습자들이 사동사를 난해하게 생각하고 오류를 일으키지만 그 원인이 무엇이며 그 해결방법에 대한 연구가 없었음을 지적하면서 사동문의 학습자 오류 조사와 한국어 교재에서의 사동사의 분석을 통해서 사동문에서의 오류의 원인과 그 해결방안을 모색하고 사동사의 효과적인 교수방안에 대해여 살피는 것에 목적을 두고 있다. 특히 사동문과 피동문을 일본어와 비교하여 그 오류 원인을 찾고 해결방안 모색을 위해 설문조사를 하여 학습자가 어려워하는 사동사 항목과 사동사 선택 경로를 조사하여 오류를 일으키는 요인에 대하여 밝히고 있다.

2장에서는 사동의 문형구조와 의미를 자세히 밝히고 문형구조에서 벗어나는 유형을 함께 제시하여 규칙의 복잡성이 학계의 논란의 요지임을 나타내고 또한 일본어의 사동사를 설명하고 한국어의 사동문과의 차이점을 밝혔다. 그 차이점으로는 학습자 오류에 많이 나타나는 부분으로 오류 원인을 밝히고 사동문의 효율적인 교수 방법을 찾을 수 있을 것이라 하였다.

3장에서는 사동연구를 위한 학습자 설문도사를 하여 사동사 오류조사 시험문제의 타당성을 제시하고 단형사동과 장형사동의 오류조사 및 결과를 분석하였다. 단형사동은 중급 일본어 모국어 학습자를 대상으로 (무정물 주어 자동사) 주동–피동(무정물 주어 자동사)의 통일 격조사 구문(~이/가+동사)에서 오는 구조적 오류를 발견하고 '타동사 능동사–타동사 사동'의 동일 격조사 구문(~이/가+ ~을/를+동사)에서 오는 구조적 오류를 밝혀 그 해결 방안을 모색하였다. 또 사동사의 의미를 혼동하는 학습자들에게 사동사와 피동사 동일 어휘를 이용하여 그 해법을 찾고 있다. 장형사동에서는 직접, 간접의 의미 구분과 분포적 제약에 관한 오류를 조사, 분석하였다.

4장에서는 교재 연구를 통해 사동에 대한 각 학교의 현 교수 방법을 알아보고 이들의 비교내용을 알아보기 위해 접미사적 사동 어휘를 도표로 만들어 정리하고 있다.

마지막으로 5장에서는 지금까지 논의 문제를 바탕으로 효율적인 사동문 교수 방안과 교수모형을 밝히고 사동문 교수에서 요구되는 여러 자료들을 수록하고 학습의 활동유형을 설명하고 있으며 장형사동에 대한 교수모형을 수록하여 '–게 하다' 사동의 유의점에 대한 항목 제시하고 있다.

▌ 의의 및 제언 ▌

사동문과 피동문을 학습한 중급 일본인 화자를 대상으로 사동문의 오류를 알아보고 그 원인을 밝혀 사동문의 교수·학습에서 나타날 수 있는 오류를 방지하기 위한 방안을 제시하고 있다는 점에서 연구 의의가 있다. 그러나 이 연구에서는 사동사가 실현되는 방법 중 어휘적 사동사에 의한 사동은 제외하고 접미사적 사동만을 대상으로 살피고 있는데 이에 대한 이유를 밝히지 않아 아쉬움이 남는다.

2003. 8. 최해주. 석사. 경희대. 한국어 보조 용언 교육 방안 연구: 의미 교육을 중심으로. 〈분류: 구〉, 〈해제: 김지혜〉

‖ 목차 ‖

‖ 요약 ‖

이 연구는 현재 한국어 교육에서 보조 용언 교육의 문제점을 파악하고 한국어 학습자들이 보조 용언의 의미를 보다 잘 이해하고 의사소통 상황에서 적절하게 사용할 수 있도록 하는 교육 방안을 모색하는 데 그 목적을 두었다.

1장에서는 국어학에서는 보조 용언에 대한 상당한 연구가 이루어져 있으나 대부분 보조 용언의 범주 설정의 타당성이나 판별 기준과 같은 문제들을 논의하는 데 그치고 있고 한국어 학습자들에게 보다 더 절실한 쓰임과 의미를 명확히 제시하는 것에는 부족하였음을 언급하였다.

2장에서는 송재목(1999)를 바탕으로 보조 용언의 특징을 일곱 가지로 정리하고 보조 용언의 유형을 연구자들마다 각각의 판별 기준으로 제시하여 차이가 크므로 어느 한 연구만을 근거로 하는 것을 무리가 있다고 보고 국어학에서는 김기혁(1987)에서 제시한 18개, 이선웅(1995)에서 제시한 49개, 류시종(1995)의 74개, 손세모돌(1996)의 13개, 김영태(1997)의 38개와 한국어 교육의 입장에서 분류한 한송화(2000)의 목록, 김재열(2001)의 목록 전부를 포함하여 보조 용언의 총목록을 정리하였다.

3장에서는 한국어 교재에서의 보조 용언의 현황을 살피기 위해 연세대학교 「한국어1~6」, 이화여자대학교 「말이 트이는 한국어1~4」, 경희대학교 「한국어 초급~중급Ⅱ」를 분석하였는데 2장에서 보여준 보조 용언 총목록을 참고하고 인용 표현과 부정 표현에 해당하는 것은 제외시켰다. 그 결과 연대 교재에서는 초급 25개, 중급 32개, 고급 14개로 총 71개, 이대 교재에서는 초급 6개, 중급 23개, 고급Ⅰ 9개, 경희대 교재에서는 초급 9개, 중급 20개로 총 29개가 제시되었다. 아직 이대와 경희대의 교재가 완간되지 않았음을 고려해도 각 교재의 보조 용언에 대한 명확한 기준과 체계가 없음을 볼 수 있다고 하였다. 또한 배열과 제시 방법에 대한 큰 차이도 언급하였다.

4장에서는 한국어 교육용 보조 용언을 선정하기 위해서 한송화(2002), 세 교재에서 공통으로 제시된 것, 의미적으로 묶어서 설명하는 것이 효율적인 것, 그 기능이 보조 용언과 유사하고 다른 문법범주에 포함시키기도 어려운 통어적 구문들 예를 들면, ‘-것 같다, -수 있다/없다, -듯 싶다, -줄 알다/모르다’등을 포함시켜 74개의 목록을 제시하였다. 다음으로 이 74개의 보조 용언들을 국립국어원의 「표준국어대사전」, 연세대학교의 「연세한국어사전」, 서정수의 「국어문법」, 임홍빈의 「뉘앙스 풀이를 겸한 우리말사전」을 근거로 공통의미를 추출하여 기술하였으며 다소 필자의 직관을 개입시켰다.

5장에서는 한국어 학습자의 보조 용언의 유형별 사용 빈도를 살피기 위해 경희대학교 63명의 한국어 학습자(초급 40명, 중급 12명, 고급 11명)의 자유 작문 2564문장(초급 1021문장, 중급 853문장, 고급 690문장)을 통해 보조 용언 사용 양상을 분석하였다. 그 결과 모든 급에 걸쳐 ‘-(으)ㄹ 수 있다/없다’와 ‘-고 싶다/싶어 하다’, ‘-고 있다/계시다’에 편중된 사용 빈도를 보였고 보조 용언을 쓰는 것을 회피하여 오류율이 낮았음을 언급하였다.

6장에서는 5장의 분석 결과에서 나타나는 특정 보조 용언 사용 선호 현상에 대해 학습자들이 보조 용언의 의미와 사용 환경을 잘 이해하지 못한 것이라고 형태적 특성을 중심으로 의미 기능을 이용하고 제약을 명시하는 것으로 교육 방향을 설정하고 교육을 위하여 74개의 보조 용언들의 공통 의미를 추출하여 의미 범주를 설정하였다. 마지막으로 각 단계에 맞춘 개별 보조 용언의 교육이 필요하고 중급과 고급에서는 이미 학습한 보조 용언을 상대로 의미를 체계적으로 이해시키는 교육이 필요하다고 밝혔다.

▌ 의의 및 제언 ▌

이 논문은 한국어 담화 상황에서 없어서는 안 되는 필수 요소가 되기도 하는 보조 용언에 대해서 한국어 학습자들이 제대로 이해하지 못해 사용을 회피하거나 고급의 경우에도 초급 수준의 보조 용언만을 사용한다는 점에 주목하여 한국어 교육용 보조 용언의 목록을 제시하고 의미 범주별로 분류하였다는 것에 의의가 있다.

그러나 기능과 의미에 초점을 맞출 필요가 있다는 계속적인 저자의 주장에도 불구하고 저자가 선정한 74개 보조 용언의 의미 또한 명확하게 제시되지 않은 점이 아쉽고, 교육 방안에서도 단순한 기술에 그쳐 한국어 교사가 수업에서 어떻게 가르칠 것인지 그 답을 얻기는 어려울 것으로 보인다.

2003. 8. 후문옥. 석사. 연세대. 중국인을 대상으로 한 한국어 어휘 교육. 〈분류: 구〉, 〈해제: 김지혜〉

▌목차▌

‖ 요약 ‖

이 연구는 언어 학습에서 어휘가 차치하는 비중이 상당함에도 불구하고 최근까지 체계적인 교육 방법에 대한 연구가 부족하였음을 지적하면서 중국인 학습자들이 보다 쉽게 한국어 어휘를 익힐 수 있는 어휘 교육 방법을 제시하는 데 목적을 두었다.

2장에서는 어휘와 어휘력의 개념을 김광해(1993)을 따랐는데 어휘력을 어휘량을 일컫는 양적 능력과 어휘소의 의미에 대한 이해, 어휘소 사이의 연관성에 대한 이해를 의미하는 질적 능력으로 정리하였다. 어휘 지도에 있어서는 Lado(1964), Finnochiaro(1976), Goldstein(1986), 배두본(1997)을 살펴 다음과 같은 지도 원리를 제시하고 있다.

첫째, 어휘는 주제 중심으로 제시한다.

둘째, 이미 배운 단어가 새로운 의미로 사용될 때는 비교·대조를 통해 교육한다.

셋째, 고유의 문화적 특징을 담고 있는 어휘는 부연 설명을 덧붙인다.

넷째, 한국어와 중국어의 의미가 다를 경우 예문을 통해 단어들의 결합관계를 이해시킨다.

다섯째, 어려운 어휘는 그림, 사진, 놀이, 게임 등을 도입하는 것도 좋다.

여섯째, 내용어는 원칙적으로 함께 쓰이는 단어와 묶어 제시하고 연습시킨다.

3장에서는 상해 지역 푸단대학교 한국어학과 학생 43명, 상해외국어대학교 한국어학과 학생 30명, 상해공상외국어학교 학생 38명을 대상으로 어휘의 중요성에 대한 인식, 어휘력 부족여부와 과외학습 경험 유무, 어휘 학습의 난이도와 이유, 가장 어려운 어휘 학습 분야와 그 이유, 어휘 학습에 대한 홍미도, 교재 사용에 관한 학습자의 반응, 교재 어휘에 대한 학습자의 반응, 현행 어휘 교육 방법에 대한 학습자의 반응, 학습자가 선호하는 어휘 교육 방법에 대한 설문 조사 결과를 정리하였다. 설문 결과를 통해 학습자들은 수업 시간에 배운 어휘를 실제로 어떻게 사용하는지 알지 못해서 어려워했고 설명 위주의 수업 방식 보다는 학습자가 참여할 수 있는 흥미 있는 활동 위주의 수업 방식임을 보여 주었다.

　4장에서는 3장의 설문 결과를 통해 중국인 학습자들이 가장 어려워하는 학습 분야로 꼽은 '관용어, 다의어, 경어, 유의어, 의성·의태어, 한자어, 연어'의 기본 개념을 살펴보고 기존 자료들을 이용하여 교육 대상이 되는 어휘를 선정한 후 교육 방법을 기술하고 있다. 관용어의 경우에는 의미 설명, 비교, 역사·문화적 배경 설명, 상황이나 문맥, 영상 매체, 읽기 텍스트를 사용하는 교육 방법을 제시하고 있고 다의어의 경우에는 의미 차이 인식, 어휘 수집, 빈칸 채우기, 짧은 글짓기, 하나의 다의어로 여러 문장 만들기, 문맥을 활용한 교육을 제시하고 있으며 경어는 평어와 경어를 쌍으로 묶어 가르치는 교육, 그룹 활동, 영생 매체, 상황 설정을 통합 교육 방법을 제시하고 있다. 유의어는 빈칸 채우기, 반의어 찾기, 짧은 글짓기의 교육 방법을 제시하였으며 의성·의태어는 음운적 특징에 따른 교육, 형태적 특징에 따른 교육, 만화·소설 등을 활용한 의미적 특징에 따른 교육 방법을 제시하고 있다. 다음으로 한자어는 비교, 읽기 텍스트, 한·중 번역, 오류 분석을 통한 교육 방법을 보여 주고 있다. 마지막으로 연어의 경우에는 한·중 연어 비교에서 나타나는 차이에 따른 교육, 문맥을 통한 교육, 확인 연습을 통한 교육 등으로 교육 방법을 제시하고 있다.

　마지막 결론에서는 본 연구가 어휘가 의사소통의 중심이라는 논의를 한국어 교육에 적용하기 위해 노력했음을 밝히고 교사가 학습자와 교실의 상황을 정확하게 알고 어휘 교육에 지속적인 관심을 기울여야 한다고 강조하고 있다.

▌ 의의 및 제언 ▌

　이 논문은 중국인 학습자들을 위한 어휘 교육을 하기에 앞서 중국인 학습자들에게 요구 조사를 하고 그것을 분석하여 교육 내용을 선정하고 각 어휘 영역의 개념과 특징을 살펴 교육 방안을 제시하기 위한 기초 작업을 충실히 실시했다는 것에 의의가 있다. 또한 설문 조사를 통해 학습자들이 선호하는 어휘 교육 방법에 대한 목소리를 담아낸 것은 학습자 중심의 교육을 위한 의미 있는 자료를 수집했다고 할 수 있겠다. 그러나 많은 어휘 영역을 다루면서 교육 방안은 이론적인 언급에만 그치고 있어 아쉬움을 남긴다.

2004. 2. 백승희. 석사. 고려대. 한국어 학습자를 위한 고빈도 양태 부사의 통사 제약 연구. 〈분류: 구〉, 〈해제: 김지혜〉

▌ 목차 ▌

▌ 요약 ▐

이 논문은 한국어 학습자에게 양태 부사를 가르칠 때 어떠한 양태 부사가 어떠한 서술어, 어미와 가장 많이 호응하는지를 밝혀 한국어 학습자를 위한 교수방안을 제시하고 한국어 학습자를 위한 사전 편찬의 기초 자료를 제공하는 데 목적을 두었다.

1장에서는 연구 대상이 되는 양태 부사를 선정하는 절차를 보이고 있는데 선행 연구들을 바탕으로 한국어 학습용 어휘 선정 결과 보고서(국립국어원:2003)에 나온 등급별 부사 목록 중에서 양태 부사를 1차적으로 선정하고 국어 말뭉치 자료(KIST)에서의 빈도 수를 조사하여 빈도 중에서 10,000어절 이상 나타나는 양태 부사를 선정하였다고 한다. 1차 선정에서는 용언에서 파생된 부사는 목록에 포함시키지 않았음을 밝히고 최종적으로 대상이 된 양태 부사는 {꼭/ 물론/ 정말/ 반드시/ 전혀/ 정말로/ 결코}였다.

2장에서는 최현배(1937)에서부터 서정수(1994)까지의 양태 부사에 대한 개념 정리를 살펴 양태 부사를 '화자의 심리적 태도를 나타내는 부사의 한 하위 분류'로 정의하였다. 양태 부사를 의미적으로 분류하기 위해서 고등학교 문법 교과서(2002:105), 중학교 생활국어 3-2 교수-학습 자료(2003:176), 최현배(1989:594~604), 김민수(1971:158~159), 박선자(1983:107), 남기심·고영근(1985, 2000: 179~180), 왕문용·민현식(1993:190~192)의 논의를 두루 살펴 1장에서 선정한 양태 부사를 [필요 강조] 양태 부사, [부정 강조] 양태 부사, [진실 확인] 양태 부사로 나누었다.

3장에서는 {꼭/ 물론/ 정말/ 반드시/ 전혀/ 정말로/ 결코}가 갖는 통사 제약에 관해서 살펴 어떠한 서술어와 높은 빈도율로 호응하여 사용되고 있는지를 분석하고 아울러 각 양태 부사가 가지는 의미에 대해서도 선행연구를 바탕으로 분류하였다. [필요 강조] 양태 부사는 '당연히 해야 하는, 또는 마땅히 그래야 하는' 의미를 가진 양태 부사로 정하고 {물론}, {반드시}, {꼭}의 통사 제약과 의미를 살폈다. {물론}은 기본적으로 '마땅히 해야만 하는'이라는 '필요'의 의미 외에 어떠한 지정된 사실에 대해서 '단정', '강조'의 의미를 지니며 '이다/아니다'와 가장 높게 호응한다고 하였다. {반드시}는 '필요'의 의미를 가지며 '-아/어야(만) 하-'와 가장 높은 빈도로 호응한다고 하였다. {꼭}은 어떠한 모양을 나타내는 것과 '어떤 일이 있어도 반드시'라는 두 가지 의미를 지니고 어떠한 모양을 나타낼 때는 '같다'와 '필요'의 의미를 가질 때는 '필요하다'와 가장 높게 호응한다고 하였다. [부정 강조] 양태 부사는 {전혀}, {결코}가 해당되는데 {전혀}가 '부정적 강조'의 의미를 지니며 '없다/ 않다/ 못-'과 가장 높은 빈도로 호응을 하고 긍정 서술어와 결합하지만 빈도는 낮다고 밝혔다. {결코}는 '어떤 경우에도 절대로'의 의미를 지니며 부정 서술어와 결합하여 '당위'의 의미를 지니기도 하여 '않다'와 가장 높게 호응한다고 하였다. [진실 확인] 양태 부사는 {정말}, {정말로}로 분류하고 {정말}과 '-로'가 더 참가된 {정말로}가 실제로 어떠한 차이가 있는지에 주목하여 두 부사의 호응 서술어의 차이를 분석하였는데 {정말/정말로}가 공통적으로 높은 비율로 호응하는 서술어 외에 {정말로}에만 두드러지게 나타나는 서술어를 찾았는데 그것은 '필요하다/생각하다/원하다/사랑하다/믿다/훌륭하다'등이라고 하였다. 그 이유는 {정말로}가 [진실성]에 대한 화자의 강한 심리적 태도가 강조되어 반영되었기 때문이라고 하였다.

4장에서는 먼저 6개 대학내 한국어 교육기관인 경희대학교, 고려대학교, 서강대학교, 서울대학교, 연세대학교, 이화여자대학교의 교재를 비교·분석하여 본 논문에서 선정한 고빈도 양태 부사가 현대 국어에서 빈도가 높게 사용되고 있음에도 불구하고 교재에서는 소수의 양태 부사만을 다루고 있음을 문제로 지적했다. 그리고 본 논문에서 선정한 7개의 양태 부사를 국립국어원(2003)의 단계별 분류에 맞춰 1~3단계로 나누어 의미, 호응하는 서술어, 결합하는 어미 형태, 예시 자료를 정리하여 교수-학습 자료로 제시하였다.

5장에서는 외국인을 위한 한국어 교육과 한국어 모어 화자를 위한 국어 교육이 별개의 교육이 되어서는 안 되며 기본 바탕을 국어에 두고 현대 국어에서 사용하는 한국어를 외국어로서 교수할 때 그것이 바로 올바른 한국어 교육임을 말하고 이는 양태 부사의 교수-학습 모형의 개발에도 활용할 수 있을 것이라 제안하고 있다.

▌ 의의 및 제언 ▌

이 논문은 예문이나 상황을 통하지 않고는 외국인 학습자들에게 의미를 전달하거나 사용 환경을 제시하는 것이 어려운 양태 부사를 여러 선행 연구들과 한국어 모어 화자들의 사용빈도수를 고려하여 선정하고 그 의미와 통사 제약, 예문들을 정리한 것에 의의가 있다. 그러나 신현숙 외(2000)「현대 한국어 학습 사전」, 이희자·이종희(2001)「한국어 학습용 어미·조사 사전」, 백봉자(1999)「외국어로서의 한국어 문법 사전」, 임호빈(1997)「외국인을 위한 한국어 문법」등의 사전이나 문법서들이 이러한 작업을 실시하여 사용하고 있다는 점을 감안할 때 본 연구는 자료를 정리한 것 이상의 의의를 가지지 못하는 것으로 보여 아쉬움을 남긴다.

2004. 2. 이효정. 박사. 상명대. 한국어 교육을 위한 양태 표현 연구. 〈분류: 구〉, 〈해제: 김지혜, 장수진〉

▌목차▌

▋ 요약 ▋

이 논문은 한국어 교육 현장에서 어떠한 양태 표현을 교수-학습하고 있는지를 살피고, 의미가 유사한 양태 표현의 빈도·제약·의미를 살펴 분류한 후 이를 참고하여 적절한 교수 순서와 방법을 제시하는데 목적을 두고 있다.

1장에서는 선행 연구를 통해 양태(樣態: modality)를 명제에 대한 화자의 심리적인 태도로 정의하고 양태 표현을 양태 의미를 나타내는 구체적인 형태로 보았다. 한국어 학습자에게 문법을 교수할 때 문법 요소를 분리하여 교육하는 것 보다 문형으로 묶어서 제시하는 것이 더 효과적임을 언급하면서 한국어 교육용 양태 표현의 대상을 {-겠다, -더라}와 같은 양태소(형태소), {-(으)ㄴ 것 같다, -(으)ㄹ 줄 알다}등의 양태구, {얼마나-(으)ㄴ/는지 알다/ 모르다, 여간 -지 않다} 등의 양태 관용 표현으로 밝혔다.

2장에서는 양태 표현의 범주를 설정하고 양태를 분류하였는데 양태의 범주를 설정하기 위해서 양태와 서법·시제·부정·존대·인용·상과의 관계를 살펴 시제·부정·상은 명제 내용 자체에 결합하는 부분, 존대·인용은 명제 사실의 주체와 관련된 부분, 서법은 청자에 대한 화자의 심리적인 태도를 나타내는 것으로 보고 양태와는 분리하였다. 양태를 분류하기 위해서는 양태 표현이 의미를 중심으로 한 정의라고 할 수 있으므로 분류 또한 의미를 기준으로 이루어져야 함을 밝히고 양태를 명제 실현 여부에 대한 의무인 의무 양태, 기준에 따른 명제 내용을 평가하는 평가 양태, 명제 사실에 대한 앎이나 믿음을 나타내는 인식 양태로 분류하였다.

3장에서는 의무·평가·인식 양태를 크게 두 가지의 의미 자질을 이용하여 1, 2차로 분류하고 이 두 가지의 의미 자질만으로는 분류가 어려운 것들을 세부적인 의미적 특성을 살펴 3차로 분류하였다. 먼저 의무 양태는 의미 자질인 '강제성', '외부 힘'을 기준으로 '책임, 의지, 허용, 희망1, 의도, 희망2, 후회'의 7가지로 분류하였고 평가 양태는 '구체적 기준'과 '기준 근접'을 기준으로 '근접, 반대, 선호, 비선호'의 4가지로 분류하였으며 마지막으로 인식 양태는 '확실성'과 '지각'을 기준으로 '사실 인지, 능력 인지, 강한 긍정, 한정, 부정적 단정, 당연, 추측, 개연성'의 8가지로 분류하였다. 이러한 분류 작업을 마친 후에는 한국어 교재와 문법서를 참조하여 각각의 양태에 해당되는 구체적인 양태 표현에는 어떠한 것이 있는지를 살폈다. 한국어 교재로는 경희대 「한국어 초급1·2, 중급1·2권」, 국제교육원 「한국어 1~6」, 고려대 「한국어회화 1~6」, 서울대 「한국어 1~4」, 선문대 「한국어 초급1·2, 중급1·2, 고급1·2」, 연세대 「한국어 1~6」, 이화여대 「말이 트이는 한국어 1~4」, Fred Lukoff 「An Introductory Course in Korean 초급」, Francis Y. T. Park 「Speaking Korean Ⅰ·Ⅱ·Ⅲ」, A. V. Vandesande 「Myongdo's Korean Ⅰ·Ⅱ·Ⅲ」, 사전으로는 신현숙 외 「현대

한국어 학습 사전」, 이희자·이종희 「한국어 학습용 어미·조사 사전」, 연세대학교 언어정보개발
연구원 「연세한국어사전」, 문법서로는 백봉자 「외국어로서의 한국어 문법 사전」, 우인혜·라혜민
「Easy Korean Grammar」, 임호빈 「외국인을 위한 한국어 문법」을 선택하여 각 분류에 따른 표현들
을 정리하였다.

　4장에서는 3장에서 의미 자질을 기준으로 분류한 의무와 평가, 인식 양태 각각의 의미, 제약,
빈도를 살폈다. 의미 부분에서는 양태 표현 각각의 의미와 의미의 공통점·차이점을 밝히고, 제
약 부분에서는 인칭·용언·서법 제약을, 빈도 부분에서는 구어와 문어 DB에 나타난 양태 표현
의 빈도를 조사하였는데, 구어 DB는 21세기 세종프로젝트에서 구축한 61개의 구어 전사 자료와
37개의 드라마 대본을 바탕으로 연구자가 구축하였고 구어 전사 자료에는 인터뷰 자료, 라디오
대담, TV 대담 등의 자료를 포함시켰고, 문어 DB는 현재 초등학교 읽기 교과서, 중학교 1-1·1-
2·2-1·2-2·3-1·3-2 교과서, 고등학교 상·하 교과서를 바탕으로 하였다고 한다.

　의무 양태는 기준이 된 의미 자질을 바탕으로 '책임, 의지, 허용, 희망 1, 의도, 희망 2, 후회'
로 나누었고 문형은 아래 표와 같다.

의무 양태	문형
책임	-아/어/여야 하다, -아/어/여야 되다, -(으)면 안 되다, -아/어/여서는 안 되다
의지	-(으)ㄹ 것이다 1, -겠다 1, -(으)ㄹ 터이다, -(으)리다, -(으)리라
허용	-아/어/여도 되다, -아/어/여야 좋다, -아/어/여도 괜찮다
희망1	-았/었/였으면 좋겠다, -기 바라다, -(으)면 좋겠다, -았/었/였으면 하다, -(으)면 하다, -았/었/였으면 싶다
의도	-기로 하다, -(으)려고 하다, -고자 하다, -(으)ㄹ까 하다, -(으)ㄹ까 싶다 1, -(으)려고 들다, -(으)ㄹ 셈이다, -(으)ㄹ까 보다
희망2	-고 싶다, -고 싶어 하다
후회	-(으)ㄹ걸, -(으)ㄹ걸 그랬다

　평가 양태 역시 의미 자질을 바탕으로 '근접, 반대, 선호, 비선호'로 나누었다.

평가 양태	문형
근접	-(으)ㄹ 만하다, -(으)ㄴ/는 편이다, -아/어/여 보이다, -(으)ㄴ/는 셈이다
반대	-(으)ㄴ/는 척하다, -(으)ㄴ/는 체하다, -(으)나 마나(이다)

선호	-기(에, 가) 좋다, -기(에, 가) 쉽다 2, -기(에, 가) 편하다, -기(에, 가) 그만이다
비선호	-기(에, 가) 어렵다, -기(에, 가) 힘들다, -기(에, 가) 불편하다, -기(에, 가) 나쁘다

인식 양태도 의미 자질을 바탕으로 '사실 인지, 능력 인지, 강한 긍정, 한정, 부정적 단정, 당연, 추측, 개연성'으로 나누었다.

인식 양태	문형
사실 인지	-네, -지, -(는)구나, -더라
능력 인지	-(으)ㄹ 수 있다/없다 1, -(으)ㄹ 줄 알다/모르다, -(으)ㄹ 도리가 없다
강한 긍정	얼마나 -(으)ㄴ/는지 알다/모르다, -고말고, 여간 -지 않다, -기(가) 짝이 없다, 얼마나 -다고(요), -기(가) 그지없다, -다마다, -기(가) 이를 데 없다, 그렇게 -(으)ㄹ 수가 없다, -기(가) 한이 없다
한정	-(으)ㄹ 뿐이다, -기만 하다, -기는 -(ㄴ/는)다/하다, -(으)ㄹ 따름이다
부정적 단정	-(으)ㄹ 리가 있다/없다, -(으)ㄹ 턱이 있다/없다
당연	-(으)ㄹ 수밖에 없다, -기/게 마련이다, -(으)ㄴ/는 법이다, -(으)ㄹ 도리밖에 없다, -(으)ㄹ 법하다
추측	-(으)ㄴ/는/(으)ㄹ 것 같다, -(으)ㄹ 것이다 2, -(으)ㄹ 텐데, -겠다 2, {-(으)ㄴ/는/(으)ㄹ 듯하다, -(으)ㄹ지(도) 모르다, -(으)ㄴ가/는가/(이)ㄴ가 보다, -(으)ㄴ/는/(으)ㄹ 모양이다, -(으)ㄴ가/나 싶다, -(으)ㄹ걸 2, -(으)ㄴ가/는가 하다, -(으)ㄹ까 싶다 2, -(으)ㄴ/는/(으)ㄹ 듯싶다, -는/(으)ㄹ/(으)ㄴ 성싶다, -지 싶다
개연성	-(으)ㄹ 수(도) 있다/없다, -기 쉽다/어렵다 2, -(으)ㄹ 수(가) 있다/없다 2, -는 수(가) 있다, -(으)ㄹ 수조차 없다, -기 십상이다

5장에서는 앞서 정리한 양태 표현을 의미가 기본적인 것, 빈도가 높은 것, 통사 제약이 적은 것을 우선으로 하여 교수-학습 순서를 결정하였다. 즉 의무, 평가, 인식 세 가지 양태 표현의 각각을 의미와 빈도, 제약을 고려하여 초급에서 가르쳐야 할 문형부터 고급에서 가르쳐야 할 문형까지의 순서를 정하고 각 양태 표현에 적절하다고 판단한 학습 목표와 기능 및 상황, 사용 가능한 표현을 제시하는 교수-학습 설계안을 제안하였다. 예를 들면 의무 양태 중 허용 표현을 초급 단계에서 학습 목표를 '요청하고 허락하는 표현을 할 수 있다'로 정하고 기능 및 상황을 '요청-허락하기', 사용 가능한 표현을 '-아/어/여도 되다, -아/어/여도 좋다, -아/어/여도 괜찮다'로 제시하였다. 그리고 의무 양태 중에서 책임 양태를 선택하여 준비-제시-연습-활용-정리 단계의 구체적인 실제 교수-학습 지도안을 제시하였다.

▋ 의의 및 제언 ▋

한국어 학습자들 중에는 양태 표현을 학습한 후 그것을 사용할 때 그 의미나 사용 환경을 잘 이해하지 못해서 오류를 일으키는 경우가 있다. 이러한 점에서 볼 때 이 논문은 한국어 교육에 있어서 양태 표현을 의미 자질로 분류하고 실제 사용 가능한 환경을 고려하여 교수-학습 지도안을 설계하였다는 것은 의의가 있다고 할 수 있다.

그러나 양태 표현을 수집하는 데 있어서 실제 한국인 화자들의 구어나 문어 자료들을 통해 양태 표현을 좀 더 객관적으로 수집하고, 학습 순서를 제시하는 데 있어서 의미와 제약, 빈도 외에 학습자의 요구를 반영한 더 다양한 기준으로 제시하지 못한 점이 아쉬움으로 남는다.

2004. 8. 문승실. 석사. 경희대. 한국어 학습자를 위한 외래어 교육 방안 연구. 〈분류: 구〉, 〈해제: 김지혜〉

▋ 목차 ▋

▋ 요약 ▋

이 논문은 한국어 학습자들이 한국의 거리에서 간판과 광고, 신문, 잡지, 텔레비전, 인터넷을 통해 무수한 외래어를 접하는데 한국어 교육에서는 고유어와 한자어에만 중점을 두고 외래어 어휘 교육에는 소홀했다는 점을 지적하면서 한국어 학습자들이 외래어 학습을 하는 데 혼란을 줄여 효율적으로 학습할 수 있도록 의미 변화가 이루어진 외래어 목록을 제시하고 학습자들이 알아두어야 할 표기 규칙을 제시하는 데에 그 목적을 두었다.

2장에서는 한국어 교육에서의 외래어 교육의 현황과 문제점을 파악하기 위하여 경희대학교, 이화여자대학교, 연세대학교의 교재에 수록된 외래어 어휘를 급별로 수집하여 표로 제시하였다.

수집된 어휘를 통해 크게 두 가지 문제점을 지적하였는데 하나는 교재마다 '케잌, 쵸코렛, 쟈켓, 토쿄' 등의 철자 오류가 많다는 것과 다른 하나는 이 외래어들이 단어 색인 목록에 대부분 누락되어 있다는 것이다. 이것은 외래어가 한국어로 인정받지 못하고 한국어 교육에서 간과되어 왔기 때문이라고 해석했다. 교재에 나타난 외래어의 특징으로는 음운적인 면에서는 한글 24자모만으로 표기하기에 [v]와 [f]가 모두 'ㅂ'로 발음되는 "유사음으로의 대치", 원어의 음절 수와 달리 'ㅡ'나 'ㅣ'모음이 삽입되어 나타나는 "음절의 변화", 어두의 'ㄱ, ㄷ, ㅂ, ㅅ, ㅈ'이 경음화 되어 나타나는 "경음화", "두음법칙의 파괴", "장모음의 단모음화" 등을 들었고, 형태적인 면에서는 NG, CF 등과 같은 "알파벳 어두어 조어 현상", '아파트'나 '볼펜'같은 "부분 생략어", '신용카드', '안전벨트' 같은 "합성어", '노골', '노세일'같은 "파생어"를 들었다. 통사적인 면에서는 영어의 '-s'와 '-ed'의 탈락이 이루어진 경우와 '노크하다', '드라이하다' 와 같은 외래어와 서술어 '하다'가 결합된 경우를 들었다. 마지막으로 의미 부분에서는 의미 영역의 변화로는 '바바리', '팬티'와 같은 "의미 확장", '데이트', '매너'와 같은 "의미 축소", 의미 가치의 변화로는 '파티', '점퍼'와 같은 "의미 상승", '서빙', '컨닝'과 같은 "의미 하락", '다이어트', '사이다'와 같은 "의미 변화", 의미 분화로는 '드라이브하다 : 운전하다'와 같은 "동일한 의미의 한국어로 인한 의미 분화", '껌 : 고무'와 같은"수용 경로에 따른 의미 분화"로 정리하였다.

3장에서는 한국어 학습자 43명(여26명, 남27명)에게 외래어 맞춤법에 대한 오류와 의미 인지 정도를 살피는 설문을 실시하였다. 1)~4)까지는 대상자 기초 조사를 하였고 5)~10)까지는 외래어 학습 실태를 조사하였다. 그리고 맞춤법 오류 조사는 초급과 중급 수준의 외래어 36개를 선정하여 영어 단어를 보고 한글로 옮겨 쓰게 하였다. 이것을 분석한 결과, 오류의 원인으로는 학습자들은 모국어의 간섭, 영어권 국가마다 다르게 나타나는 영어 발음의 문제, 한국어의 발음이나 외래어 표기법, 외래어 관용어의 문제, 한국어 교육에서의 외래어 교육 부족을 들었다. 의미 인지 조사에서는 의미 변화가 된 외래어와 형태가 변한 외래어가 들어간 15문장을 주고 의미를 적도록 하였다. 그 결과 80%의 학습자들이 의미를 잘 이해하였으나 한국식 조어에서 오답자의 수가 많았고 국가별로는 일본 학습자들의 경우 의미 인지 정도가 가장 높았음을 보였다.

4장에서는 한국어 학습자들의 외래어 학습의 혼란을 줄이고 효과적인 외래어 학습이 될 수 있도록 하는 교육 방안으로 외래어 표기법에 관한 교육과 한국에서 통용되는 외래어의 의미와 형태의 변화를 가르쳐야 함을 언급하고 표기의 대원칙과 국제음성기호의 목록을 제시하였고 의미 변화가 이루어진 외래어를 '의미 변화', '생략어', '한국식 조어'의 세부분으로 나누어 목록을 제시하였다. 마지막으로는 앞서 본 3개 대학 교재에 수록된 280개의 외래어와 국립국어연구원의 한국어 학습용 어휘 선정 보고서(2003)과 기본 외래어 조사 자료집(1993)을 토대로 총 340개의 한국어 교육용 일상생활 관련(일상어, 생활도구, 의복관련, 건물 관련, 교통, 단위, 동·식물) 외래어 어휘 목록을 제시하였다.

▌ 의의 및 제언 ▌

이 논문은 현재 한국어 교육에서 학습자들의 철자 오류가 많음에도 불구하고 간과하고 있는 외래어 표기 교육에 관심을 두고 표기 원칙을 제시하였다는 데에 의의가 있다. 또 실제 학습자들의 외래어 사용 실태를 조사하고 이를 바탕으로 하여 외래어 교육 방법 및 외래어 어휘 목록을 제시한 점도 교육적으로 의의가 있다. 그러나 외래어의 의미 및 형태 변화를 모두 가르치기보다는 외래어를 하나의 한국어 단어로 인식하고 다른 어휘를 학습할 때처럼 익히게 하는 것이 더 효과적일 것이다.

 # 2004. 8. 박상천. 석사. 경희대. 한국어 호칭 교육 방안 연구. 〈분류: 구〉, 〈해제: 김지혜〉

▌ 목차 ▌

1. 서론
    1.1. 연구 목적
    1.2. 연구 방법 및 범위
    1.3. 선행 연구 검토

2. 한국어 호칭 체계 분석
    2.1. 호칭의 정의
    2.2. 호칭 선택의 변수
    2.3. 호칭 유형
    2.4. 호칭의 사용 조건
      2.4.1. 직접 호칭
      2.4.1.1. 명사형
      2.4.1.2. 결합형
      2.4.1.3. 어린이 매개형
      2.4.2. 간접 호칭
      2.4.2.1. 처소형 호칭
      2.4.2.2. 생략형 호칭

3. 한국어 호칭 교육 현황 및 사용 실태
    3.1. 어학 기관별 교재 분석

    (1) 경희대 교재
    (2) 이화여대 교재
    (3) 연세대 교재
    3.2. 외국인의 호칭 사용 실태
      3.2.1. 조사 대상
      3.2.2. 조사 방법 및 내용
      3.2.3. 조사 결과 분석

4. 한국어 호칭 교육의 중점과 방향
    4.1. 교육의 중점
      4.1.1. 실제적 의사 소통 중심
      4.1.2. 한국의 언어 예절 중심
      4.1.3. 호칭의 사용 상황 중심
    4.2. 교육의 방향
      4.2.1. 교육 대상 호칭 범위
      4.2.2. 호칭 유형별 교육
      4.2.2.1. 직접 호칭
      4.2.2.2. 간접 호칭

5. 요약 및 결론

▌ 요약 ▌

이 논문은 다양한 형태와 까다로운 용법을 가지는 한국어의 호칭의 유형들을 구분하고 표준 사용 조건을 제시한 후 교육 방안을 제안하여 학습자들이 한국어를 보다 쉽게 배울 수 있고, 한국어의 언어문화적인 요소들을 이해하는 데 큰 도움을 주는 데 목적을 두었다.

2장에서는 기존의 연구들을 바탕으로 호칭과 지칭을 구별하였는데 호칭은 "발화자가 대화 상대방(청자)을 면전에서 직접 부르는 말"로 정의하고 지칭은 "발화자가 대화 상대방 혹은 제3자를 가리켜 이르는 말(이인칭 대명사 포함)"로 정의하였다. 호칭 선택의 변수에 대해서는 크게 상황 변수와 참여자 변수로 나누고 상황 변수는 공식성의 유무와 사전지식의 유무, 참여자 변수는 참여자 배경(성, 나이, 직업, 직위, 결혼여부 등), 친밀도, 의도성 유무로 분류하였다. 호칭의 유형에 대해서는 먼저 영어의 6가지 영어 호칭법을 소개하면서 한국어의 호칭은 직접 호칭(친족 명사형, 일반 명사형, 직위 결합형, 이름 결합형, 어린이 매개형), 간접 호칭(처소형, 생략형)의 7가지로 분류하고 사용 조건에 대해서 호칭 선택의 5가지 변수인 '나이, 성별, 친밀도, 사전지식, 공식성'을 기준으로 각 유형에 따라 구체적으로 설명하였다.

3장에서는 한국어 교육 현장에서 사용되는 기존 교재 중에서 경희대 교재, 이화여대 교재, 연세대 교재에 제시된 호칭을 분석하였는데 각 교재마다 이름 결합형인 '이름+씨'가 가장 많이 나타났고 실제 상황에서 사용되는 호칭들 대부분은 반영되어 있지 않다고 하였다. 그리고 실제 한국어 학습자들이 호칭을 어떻게 이해하고 사용하고 있는지를 살피기 위해 1년 이상 한국어를 배운 외국인 41명을 무작위로 선정하여 설문조사를 실시하였는데 응답한 외국인들 대부분이 특정 호칭에 따른 적절한 종결어미 형태를 선택하고 있었지만 직위결합형 호칭 사용과 이름 결합형 호칭 중에서 상대방의 비존중하여 대화의 단절과 정보 전달에 방해를 일으키는 닫힌 호칭의 범주에 포함되는 호칭을 잘 이해하지 못하는 것으로 나타났다고 밝혔다.

4장에서는 한국어 호칭 교육을 실제적 의사소통 상황을 고려하여 단계별로 가르쳐야 하며 한국어의 호칭이 언어 예절에서 벗어나 의사소통에 지장을 줄 수 있으므로 한국의 언어 예절을 고려하고 병원, 길거리, 우체국, 식당과 같은 상황에서 적절하게 사용할 수 있는 호칭을 교육해야 한다는 교육의 원리를 제시하고 이를 바탕으로 각 호칭 유형별로 교육의 예를 보여주고 있다.

▌▌ 의의 및 제언 ▌

이 논문에서는 말을 시작할 때 기본이라고 할 수 있는 호칭에 대해서 선택의 변수와 유형, 사용 조건을 살펴 외국인 학습자들에게 존대법과 더불어 한국어 발화 상황에서의 문화적인 요소의 자료를 제시했다는 점에서 의의가 있다.

그러나 논문에서도 보여주는 것처럼 외국인 학습자들 대부분은 호칭과 어울리는 종결어미의 사용을 이해하고 있다는 설문의 결과는 본 연구의 의도를 흐리는 것으로 학습자들이 호칭의 잘못된 사용으로 인해 의사소통의 큰 어려움을 겪는 상황에 대한 조사가 있었으면 좋았을 것이라는 아쉬움이 남는다.

2004. 8. 우재영. 석사. 서울대. 한국어 소통능력 향상을 위한 비유 교육 연구. 〈분류: 구〉, 〈해제: 장수진〉

▌ 목차 ▌

▌ 요약 ▌

연구자는 외국인을 대상으로 하는 한국어 교육의 궁극적인 목표가 한국어 학습자들이 한국어와 그 속에 담긴 한국어의 언어문화를 습득하여 보다 깊이 있는 소통능력을 기르는 것이라고 보고 지금까지 한국어 교육 연구에서는 한국어 자체를 대상으로 하는 연구는 많이 이루어져 있으나, 한국어 언어문화가 무엇이고 그것이 한국어 소통능력과 어떤 관계를 맺고 있는지 고찰한 연구는 많이 없었다는 문제를 제기하였다. 이에 이 논문은 한국어 학습자의 소통능력 향상이라는 거시적 목표를 두고 한국의 언어문화의 중요한 특징의 하나인 비유를 교육하는 방안을 제시하는데 목적을 두었다. 따라서 이 논문은 한국의 언어문화를 교육하는 것은 외국인 학습자의 소통능력을 크게 신장시키며, 그 중에서도 비유는 한국의 언어문화를 구체적으로 보여주는 중요한 학습 내용이 된다고 보고, 이는 한국어 소통능력의 향상에 실질적인 도움을 줄 수 있다고 주장하고 있다.

비유의 교육적 기반을 마련하기 위한 논의 전개를 살펴보면, 먼저 2장에서는 언어문화로서의 비유가 외국어교육에서 소통능력의 향상과 어떤 관계를 가지고 있으며, 그 교육적 기반은 무엇인지 고찰하고 있다. 그리하여 첫째로 비유의 주요 이론들을 검토하면서 비유와 언어교유의 관계를 파악하였는데 소통의 관점에서 상호작용론, 인지언어학적 접근, 해석학적 접근을 살펴보았다. 둘째 한국어교육에서 비유가 가지는 위상을 알아보기 위해 한국어능력시험 문항과 현행 국내 대학 기관에서 사용하고 있는 한국어 교재를 분석하였는데, 우선 한국어 능력시험의 비유 관련 문항 분석을 통해서 관용 표현에 대한 이해와 비유 해석 능력이 중요하게 다루어지고 있음을 파악하였고, 한국어 교재 분석을 통해 비유에 관한 체계적 교육 방안의 필요성을 확인하였다. 또한 비유와 한국어 소통능력과의 관계를 문법적 차원과 문학적 차원, 문화적 차원으로 구분하여 살펴서, 비유가 한국어교육에서 교수 학습할 만한 중요한 내용임을 고찰하고 있었다.

이를 바탕으로 3장은 비유 교육의 두 축을 비유의 일반적 원리와 한국어 비유의 특성으로 설정하였다. 비유의 일반적 원리는 추상적 개념의 구체화, 정서의 감각화, 유사성 창출의 관계 설정, 압축적 의미 표현을 들 수 있고, 한국어 비유의 특성은 인간관계의 구체화, 자연과 동물 표상의 세분화, 과장과 해학의 요소, 복합적 이미지 생성으로 요약하고 있다. 이것은 4장의 교수 학습의 내용 마련을 위한 분석 작업으로 이러한 내용을 통해서 한국어 비유 교육의 설계를 제시하였다. 한국어 비유 교육의 목표는 학습자의 수준에 따라 달리 설정될 수 있는데, 초·중급 단계에서는 비유 문형이나 관용 표현 등의 습득에 초점을 맞추고 고급 단계로 갈수록 비유의 비교, 대조 학습이나 창조적 활용 등의 언어문화 교육에 초점을 맞출 수 있다고 보았다. 또한 이러한 목표를 효과적으로 수행하기 위해서는 한국어 비유와 학습자 모국어 비유의 문화적 차이를 인식하는 전략이 매우 중요하다고 하였다. 이와 함께 비유 교육의 내용으로서 관용 표현의 습득과 한국어 비유의 특성 이해, 한국어 소통에서의 비유의 활용방법과 비유의 비교·대조 학습과 유추에 의한 비유 학습을 통해 구체적인 비유 교수·학습 활동을 제시하였다.

▌▌ 의의 및 제언 ▌

한국어 교육의 목표를 외국인 학습자들이 한국어의 언어문화를 습득하여 의사소통 능력을 향상시켜야 한다는데 두고 이를 위해서 언어문화 교육의 중요성을 제시하고 있는 점에서 이 논의의 의의를 살필 수 있을 것이다. 이 논문은 한국어 언어문화의 중요한 특징 중 하나인 '비유' 교육의 중요성을 제시하고 비유와 한국어 소통능력과의 관계를 문법적 차원과 문학적 차원, 문화적 차원으로 구분하여 살펴서, 비유가 한국어교육에서 교수 학습할 만한 중요한 내용임을 나타내고 있는 점에서 의의를 찾을 수 있다. 그러나 교육 방안으로 제시한 학습 활동들이 앞선 논의들을 다시 서술하는데 그쳐 아쉽다.

> # 2004. 8. 이효숙. 석사. 선문대. 한국어 교육에서의 효율적인 피동 교수 방안: 한·일 대조 분석을 중심으로. 〈분류: 구〉, 〈해제: 장수진〉

▌▌ 목차 ▌

‖ 요약 ‖

이 논문은 한국어 교육에서 일본인 학습자가 가장 어려워하는 문법 가운데 하나인 피동 표현을 한일 피동 표현의 대조 분석을 중심으로 일본인 학습자를 위한 한국어 피동 표현의 효율적인 교수 방안을 연구하는 데에 목적이 있다.

2장에서 피동 표현의 효과적인 교수 방안 모색을 위해 한일 두 언어의 피동 표현 각각을 형태론적인 면과 어휘론적인 면으로 나누어 두 언어 사이에 나타나는 피동 표현을 대조 분석하고 있다. 먼저, 동사의 미연형의 형태만 첨가되면 피동 표현이 성립되는 일본어에 비해, 한국어에서는 '-이/-히/-리/-기', '-아/어지다', 서술성 명사 '-되-/받-/당하-'등 다양한 피동 표현이 이루어지는 것을 알 수 있었다. 또 한국어의 피동 표현에서는 피동 접미사에 의한 피동법보다 모든 동사, 형용사와 결합하여 피동 표현을 나타낼 수 있는 '-아/어지다'에 의한 피동법이 훨씬 더 생산적임을 알 수 있었다. 일본어에는 타동사의 피동도, 자동사의 피동도 존재하지만 한국어에는 타동사의 피동만 존재하는데 이러한 차이로 인해 일본인 학습자들은 한국어 피동 표현을 학습하는데 많은 어려움을 겪고 있다고 하였다. 그리고 한국어의 '-이-' 형 피동은 형태적 통어적 의미적 특징을 모두 가지고 있는 가장 전형적인 피동 표현으로 일본어와 대응했을 때 피동사, 자동사, 의역이나 생략으로 표현되고 있었지만 동작이 추상적이고 비유적이며 자연적으로 행해져 자동사에 가까운 피동의 용례는 피동의 의미를 가지고 있지 않다. 따라서 한국어 '-이-'형 피동 표현은 일본어 피동 표현과 대부분 대응을 이루고 있는 것으로 분석하였다. 또한 한국어의 '-어지다'형 피동은 피동사로서의 자격에 논란이 많은 표현으로 행위의 사실 또는 상태에 대한 피동이다. 일본어에서는 피동사, 자동사, 타동사 [ ]형, 의역이나 생략으로 표현되고 있다. '-되다'형 피동은 '-되다, -받다, -당하다'가 지닌 어휘적 의미에 의한 피동 표현으로 일본어와의 대응 관계에 있어서도 피동과 자동사, 타동사 [ ], 의역이나 생략으로 나타나고 있었다.

3장에서는 일본어에서의 간접 피동문은 피행위자의 의지와는 관계없이 행위자로부터 어떤 영향 또는 작용을 간접적으로 받는 것을 기술한 것으로 이 경우에 사용되는 피행위자는 일반적으로 유정물을 취하지만, 한국어에서의 간접 피동문은 목적어의 유무에 따라서 피동의 의미를 나타냄을 알 수 있었다. 또한 일본어에서는 간접 피동문이 많이 사용되지 않으며 직접 피동문은 한국어 피동 표현에서는 능동문으로 대응하고 있음을 알 수 있었다.

이러한 두 언어의 대조 분석을 통해 피동 표현의 차이점을 알고, 한국어 교수 학습 활용 방안 연구에서는 일본어 피동 표현이 한국어 피동 표현으로 대응되기 어렵다는 한계성을 지적하고 있었다.

4장에서는 두 형태가 비슷해서 자주 혼동을 일으키는 피동과 사동의 관계를 살펴보고, 형태 의미론적으로 나누어 그 특징을 제시하고 있었다. 한편, 국내 한국어 교육기관의 교재를 살펴본 결과 피동 표현을 문법 사항으로 많이 다루고 있음을 알 수 있었고, 일본인 한국어 학습자의 쓰기 활동을 통해 피동 표현의 오류를 분석해 보았다. 이를 위하여 선문대학교 일본인 중급 학습자 20명과 석사 과정 중에 있는 대학원생을 대상으로 오류를 분석하였는데 그 결과 모어의 영향보다 학습자가 외국어 학습 과정에서 목표어의 내적 요인 때문에 발생하는 언어 내적인 오류와 언어 간 전이, 목표어 자체의 복잡성, 교육 현장에서의 불충분한 지도 등이 오류의 대표적인 원인임을 알 수 있었다.

마지막으로 5장에서는 지금까지 논의를 토대로 장형, 단형 피동문의 효율적인 교수 방안을 단계별 교육으로 나누어 실제적인 활용 방안을 제시하고 있다.

▌ 의의 및 제언 ▌

이 논문은 오류 분석과 설문 조사를 통하여 일본인 학습자들의 일으키는 피동 표현 오류가 단순히 모어의 간섭이 아닌 여러 가지 원인에서 기인할 수 있음을 밝히고 있으며, 한국어와 일본어의 대조 분석을 통하여 서로 쉽게 대응될 수 없는 부분을 제시함으로써 일본인 학습자를 지도하는 한국어 교사로 하여금 학습 장애 요소를 예견할 수 있게 해 준다는 점에서 의의가 있다. 그러나 이 논문에서는 피동 교수 방안으로 형태, 의미적으로 유사성이 깊은 사동을 피동과 함께 제시함을 주장하고 있는데 이러한 주장에 대한 근거가 다소 희박하고 또한 사동과 피동을 동시에 교육하는 경우 학습자들이 혼란을 일으켜 오히려 사동과 피동을 판별하는데 어려움을 느끼지 않을까 하는 의문이 생긴다.

2005. 2. 박숙영. 석사. 한국외대. 한국어 어휘교육을 위한 연어 활용 방안 연구. 〈분류: 구〉, 〈해제: 장수진〉

▎ 목차 ▎

▎ 요약 ▎

이 논문은 외국어로서의 한국어 교육에서 연어를 이용한 어휘 교수, 학습에 대한 중요성을 강조하고, 연어에 대한 국어학적 연구를 바탕으로 한국어 교육에서의 연어의 개념을 정의하고, 연어교육의 의의를 살폈다. 또 한국어 교재에 연어가 어떻게 제시되어 있고 활용될 수 있는지 각 기관의 한국어 교재 분석을 통해 한국어 교재에 제시되어 있는 연어 구성 관계를 살펴 이를 바탕으로 연어가 교재에 제시되어야 할 새로운 방안을 모색하고 아울러 한국어 교수, 학습용 연어를 초급, 중급, 고급 단계별로 선정하고 한국어 어휘교육을 효과적으로 할 수 있는 연어 활용 방안을 단계별로 제시하고 있다.

먼저 2장에서는 연어의 개념과 연어의 범주를 국어학적 지식을 바탕으로 살펴보고 있는데 국어학에서의 연어의 개념이 복잡하고 구체적이라면 한국어교육에서의 연어의 개념은 '두 단어 혹은 그 이상의 단어가 결합되어 있을 경우 이들을 낱낱의 단어로 분리시키지 않고 통합된 단어로 인식해야 하는 어군'이라고 보다 넓은 개념으로 정의하고 있었다.

3장은 각 기관별 교재를 분석하고 있는데, 경희대, 고려대, 서울대, 연세대, 이화여대의 한국어교육 기관에서 사용하고 있는 교재를 중심으로 한국어 교재 속에 연어가 얼마나 비중있게 실려 있는지, 한국어 교재에 어떻게 연어가 제시되어 있는지를 분석하였다. 그 결과 기존의 교재에는 대부분 연어들이 개별 어휘로 제시되어 있었고, 제시되어 있는 부분도 체계적이지 못하다고 설명했다. 따라서 효과적인 연어교육을 위해 한국어 교재에 연어를 제시하는 방법 및 관련 항목과의 연계성, 본문과의 조화 등을 살펴 제시해야 한다고 연구자는 연어 구성에 대해 제안하였다.

4장은 교수, 학습용 연어의 선정의 필요성에 대해 논의하고, 기존의 어휘 선정법을 토대로 선정 방법과 기준을 제시하고 있다. 연어 선정기준은 첫째, 한국어를 학습하는 학습자들이 일상생활에서 기본적이 의사소통을 할 수 있는 일상생활 어휘로 이루어진 연어 둘째, 한국어 교수, 학습을 하는데 필수적인 어휘로 이루어진 연어 셋째, 학습자들의 학습단계를 고려한 연어 넷째, 한국의 문화를 알릴 수 있는 어휘로 이루어진 연어로 설정하였다. 이러한 기준에 의해 선정된 연어는 학습 단계에 따라 교수, 학습되어야 한다고 보았는데, 먼저, 초급에서는 빈도수가 높으면서 어렵지 않은 기본적인 어휘들로 이루어진 연어를 중급에서는 초급에서의 연어를 확장시킬 수 있는 연어, 고급에서는 표현을 좀 더 다양하게 높일 수 있는 연어들로 선정하였다. 이와 함께 연어 목록을 정리하고 있었다.

마지막으로 한국어 교육 현장에서 사용할 수 있는 연어를 활용한 효과적인 어휘교육 방법을 초급, 중급, 고급에 따라 제안하고 있었다.

▌ 의의 및 제언 ▌

한국어교육에서 연어 교육의 필요성을 제시하고, 다양한 교재 분석 및 이론적 근거를 바탕으로 학습 단계별로 연어의 목록을 정리하고, 한국어 교수, 학습용 기본 연어 선정의 필요성 및 선정 방법을 연구하고, 이를 토대로 연어 교수 학습 방안을 학습 단계에 따라 구분하여 제시하고 있다는 점에서 이 논의의 의의를 찾을 수 있다.

한 가지 아쉬운 점이 있다면 연어 선정 기준으로 제시한 기준 즉, 선행 자료 연구를 통한 네 기준이 어떤 방법으로부터 설정되었는지 이에 대한 언급을 찾을 수 없었다.

2005. 2. 장춘매. 석사. 서울대. 한·중 동물속담 비교를 통한 한국어 문화 교육 연구.
〈분류: 구〉, 〈해제: 김지애〉

‖ 목차 ‖

‖ 요약 ‖

이 연구는 동물속담을 중심으로 한국과 중국의 속담 비교를 통하여 중국에서 한국어를 전공하는 대학생을 대상으로 한 한국 문화 교육 방안을 제시하는 것을 목적으로 한다. 필자는 속담은 민족정신을 반영하는 양질의 문화 교육 자료이며 구어체로 되어 있어 학습자의 의사소통 능력 향상에 도움이 되는 자료이며 그 중에서 동물속담은 인간과 친밀한 관계를 맺고 있는 동물을 통해 인간의 물질문화와 정신문화를 나타내고 사회마다 동물에 부여하는 의미가 달라 사회 간 문화 차이를 반영하기 때문에 동물속담을 연구 대상으로 삼았다고 밝히고 있다. 현재 한국어 교육기관의 교재에 실린 속담 제시 현황을 보면 속담이 중급에만 집중되어 있고, 제시된 속담과 교육 목표와의 관계가 불분명하다는 문제점이 있다고 한다. 이 논문에서 연구한 한국 동물속담은 송재선(1997)의 <동물속담사전>에 실린 자료를 대상으로 출현 빈도에 따라 상위 50위에 속하는 동물에 관한 것으로 한정하였다. 중국 동물속담은 上海辭書出版社(1989)의 <中國俗談大上辭典>을 대상으로 한국 속담에서 선정된 50가지 동물에 관한 속담을 뽑아 이들을 빈도순으로 서열화하였고, 이렇게 선정된 양국 동물속담을 비교 연구하였다.

2장에서는 한국과 중국의 속담의 개념에 관한 여러 정의를 살펴보고 속담을 관용어, 성어, 격언과 비교하여 특성을 제시하고 있다. 또한 필자는 속담은 사회적 기능과 언어영역 차원에 걸쳐 모든 문화적 요소를 담고 있다고 주장하고 있는데, 한국과 중국 속담에 동물 출현 빈도 순위가 다르게 나타나고 있으며 이는 양국 사람들의 생활, 풍습, 신화, 종교 등이 다르기 때문이라고 한다.

3장에서는 속담의 내용적 측면에서 동물속담에 나타난 동물의 상징적 의미를 통해 양국의 문화를 물질문화, 정신문화, 가치관 차원으로 나누어 비교하고 있다. 동물속담을 통해 본 두 나라 문화는 공통적인 부분도 있고 차이가 나는 부분도 있으며 한국만의 독특한 문화가 나타나는 부분도 있는데, 예를 들어, 정신문화의 측면을 보면 한국과 중국 모두 유교 사상의 영향을 받아 근면, 인애, 효도 등을 정신문화의 기본으로 삼지만 중국에 비해 한국이 그것들을 중시하는 정도가 더 강하다는 점을 주장하고 있다.

4장에서는 속담의 형식적 측면에서 양국의 언어문화, 속담의 형식적 특징, 속담의 비유에 대해 비교·분석하고 있다. 필자에 따르면 한국어는 동물을 지칭하는 신체 어휘와 사람을 지칭하는 신체 어휘가 다른 경우가 많은데 이는 중국과 다른 점이라고 한다. 또한 한국어의 특수성인 존대법이나 촌수로 친족을 지칭하는 촌수 친족어도 속담을 통해서 배울 수 있다고 한다. 속담의 구조와 운율, 수사법에 있어서도 양국의 언어적 특성에서 기인하는 공통점과 차이점이 존재하며, 한·중 동물속담의 비유법을 살펴봄으로써 양국의 동물 이미지 차이와 동물 속성에 관한 인식의 차이를 알 수 있다고 한다.

5장에서는 앞의 비교분석 결과를 바탕으로 한국어 교육 현장에서 속담을 통한 문화 교육 원리와 내용을 제시하고 있다. 필자는 속담을 통한 문화 교육 내용은 속담에 나타난 문화 차이를 가르치는 것이 바람직하다고 이야기한다. 양국 문화의 차이점이 뚜렷이 드러나는 속담을 학습자에게 제시하여 그 가치관의 차이점을 인식하게 하고 객관적으로 한국인의 가치관을 판단하도록 도울 수 있으며, 언어문화가 드러난 속담 학습을 통해 학습자가 정확한 한국어 어휘, 수사법을 사용하여 한국인과 정확하게 의사소통하도록 할 수 있다고 주장한다.

마지막 6장에서는 지금까지의 논의를 다시 검토하고 연구의 의의와 제한점을 이야기하며 결론을 맺고 있다.

▌ 의의 및 제언 ▌

이 연구는 한국과 중국의 속담을 문화적 차원과 언어적 차원에서 비교분석하고, 그 차이를 한국어문화 교육의 내용으로 구체적으로 제시하고자 하였다는 데 그 의의가 있다. 특히 속담의 의미 교육에서 끝나는 것이 아니라 이를 통한 문화 교육을 목표로 하여 진행된 연구라는 점에서 그 의의가 더 크다고 할 수 있다.

그러나 필자가 속담의 생략법과 인용법을 통해 한국어의 조사 활용 특성을 교육할 수 있다고 하였는데, 이 부분에 있어서도 필자의 주장을 뒷받침을 할 수 있는 근거와 방법론이 같이 제시되었다면 보다 훌륭한 연구가 될 수 있지 않을까 생각한다.

2005. 2. 조윤경. 석사. 한국외대. 한국어 교육에서의 관용어 평가 방안 연구. 〈분류: 구〉, 〈해제: 김지애〉

▌ 목차 ▌

▌ 요약 ▌

이 연구는 한국어능력시험에서 나타난 관용어 평가 방식과 유형에 대해 고찰해 봄으로써 효율적이고 타당한 한국어 관용어 평가 방안을 모색해 보는 것을 목적으로 하고 있다.

1장에서는 관용어 교육과 평가의 중요성을 언급하며 한국어 관용어 교육에 있어서 평가의 방향을 점검하기 위해 국어학과 한국어 교육, 두 방향에서 관용어를 어떻게 다루고 있는지 고찰하였으며, 외국인을 위한 한국어 관용어 교육이 국어학적 성과를 반영하면서도 그것과는 다른 성격과 위치에서 발전해 왔다고 정리하였다.

2장에서는 관용어의 개념 및 의미 특성에 대해 알아보고 있는데 관용어에 대한 개념 규정이나 용어 사용은 학자에 따라 다양하게 쓰이고 있으나 이 논문에서는 '관용어'란 명칭을 쓰기로 하고, 그 개념을 '구성 요소의 의미가 전이되고 화석화되어 새로운 제3의 의미를 가지고 두루 쓰이는 구 이상의 단위'라고 정의하였다. 또한 속담과 같이 관용성을 지니면서 쓰이는 말들도 이에 포함한다 하였다. 관용어의 공통적 의미 특성으로는 중의성, 비합성성, 불투명성을 들고 있다. 그리고 최경봉(1992)와 문금현(1999)의 투명도를 이용한 관용어의 분류를 살펴보고, 의미 연상이 가능한 근접투명한 유형과 반투명한 유형을 초급에서 가르치고 단계적으로 다음 유형을 제시해야 한다고 말한다. 또한 일부 관용어들은 개별적으로 특별한 표현 효과를 지닌 경우가 있는데, 이런 개별적 의미 특성으로 과장성, 풍자성, 완곡성 등을 들고 있다.

3장에서는 크게 한국어능력시험의 관용어 문항 분석과 한국어 교재의 관용어 수록 현황을 다루고 있는데 3.1절에서는 한국어 관용어 교육의 실태를 확인하고 방향성을 점검하기 위해 한국어능력시험(KPT: Korean Proficiency Test)을 분석한다. 대상은 제5회(2001)부터 제7회(2003)까지 3년간의 기출문제이며, 한국어능력시험 등급별 총괄기준에서 관용적 표현에 대한 언급이 처음 나오는 4급에서 6급까지 어휘/문법/쓰기/듣기/읽기 전 영역을 대상으로 관용어 목록을 추출하고, 이를 영역별, 연도별로 빈도수를 비교하고 있다. 그 결과, 고급으로 갈수록 관용어 빈도가 일정하게 증가하지 않고 비슷하거나 오히려 고급에서 감소하는 경향이 있으며, 회마다 일관된 출제 기준이 적용되고 있지 않고 영역별로도 균형 있는 출제가 이루어지지 않고 있다고 지적하고 있다. 또 기출문제를 유형별로 분석해 본 결과 각 회별로 출제되는 문항의 유형별 문항수가 일정하지 않으며 완성형 문항의 비율이 낮다고 지적하였다.

3.2절에서는 서울대, 연세대, 고려대(독본, 회화) 교재 각 6권과 이대 교재 4권을 분석하여 공통된 관용어 목록을 뽑고 한국어능력시험에 출제된 관용어 목록과 비교해 보고 있다. 이 중 2개 이상 교재에 등장하는 관용어는 모두 58개로, 한 교재에만 등장하는 관용어 수보다 훨씬 적었다. 또한 4개 교재에 모두 출현하는 '마음에 들다'의 경우, 제시 단계가 기관별로 차이가 있어, 기관별 관용어 목록과 수준이 통일되어 있지 못하다고 지적한다. 2개 이상 교재에 공통으로 등장하는 관용어는 한국어능력시험 기출 관용어 총 95개 중 31개에 그쳐, 각 기관 교재가 가르쳐야 할 한국어 관용어 목록을 충분히 제시하지 않고 있으며 평가에도 대비하고 있지 못하다고 말한다. 그러면서 외국인 학습자 입장에서 이해 가능성을 고려하여 난이도에 따라 분류된 관용어 목록을 모든 교재에 반영하여야 한다고 주장하고 있다.

4장에서는 3장의 분석 내용을 바탕으로 앞으로의 관용어 평가 방안과 실제 문항 예시를 보여준다. 평가는 전체 평가 문항수를 고려하여 전체 관용어 출제 문항수를 먼저 정한 후 그 유형과 비율을 등급별로 고정하는 것이 바람직하다고 말하였다. 예시안은 총 10문제로 등급별 출제 비율은 2:3:5로 하고 있다. 앞서 분석한 5가지의 유형에 덧붙여 그림 자료를 활용하여 관용어의 의미를 묻는 문제 유형을 초급으로, 주제별 관용어를 묻는 문제를 중·고급으로 추가하였다. 영역별로는 관용어를 일종의 어휘로 보고 '어휘·문법' 영역에서 가장 많이 출제하였고, 나머지 영역에서는 같은 비중으로 출제하고 있다.

마지막 5장은 지금까지의 논의를 요약하며 논문을 마무리하고 있다.

▌ 의의 및 제언 ▌

이 논문은 한국어능력시험에 이미 출제된 관용어 목록을 작성하고 이를 한국어 교재의 관용어 제시 현황과 비교하여 현행 교재와 평가의 문제점을 지적하고 이를 보완할 방안을 제시하였다는 데 그 의의가 있다. 출제 유형을 등급별로 재정비하고 체계적인 출제 방식을 제안한 것도 주목할 만하다.

그러나 논문의 전체적 흐름을 볼 때 2장의 내용은 전체 논의에 적절히 반영되지 않아 다른 장과 유기적으로 연결되어 있지 않다는 인상이 든다. 그리고 4장에서 필자가 제시한 관용어 평가 방안이 3장에서 언급한 기존의 평가 방안과 어떻게 차별화되는가에 대해서도 다시 생각할 필요가 있는데, 3장의 분석 내용을 4장에 최대한 반영하여 필자가 지적한 기존의 평가 상의 문제점을 해결할 수 있는 구체적인 방안이 제시되었다면 더 좋았을 것이라고 생각한다.

 # 2005. 2. 최윤곤. 박사. 동국대. 한국어 교육을 위한 구문표현 연구. 〈분류: 구〉, 〈해제: 장수진〉

▌ 목차 ▌

▍요약▍

　이 연구는 외국어로서의 한국어 문법 체계에서 구문표현의 위상을 정립하고 구문표현의 형태·통사적 관점에서 구문표현을 유형화하고 이를 단계화하는 것을 연구 목적으로 한다.

　필자에 따르면 한국어 교육에서 한국어 의사소통 능력의 개발을 위해서는 한국어에 대한 이해뿐만 아니라 표현도 함께 개발해야 한다고 하였다. 특히 표현 기능의 개발을 위해서는 담화 상황을 고려한 교수요목이 필요한데, 이 연구에서는 '구문표현'이 그 역할을 담당할 수 있다고 전제하고 있다. 즉 구문표현은 독립된 문법 범주라기보다는 담화 상황에서 필요한 화자와 청자의 관계까지도 포괄할 수 있는 문법 단위이라고 한 것이다.

　이 연구는 구문표현을 형태·통사적 관점에서 이를 유형화하고 단계화 하는 것을 목적으로 하였는데, 먼저 1장에서는 구문표현의 개념을 정리하여 구문표현의 범주가 명확하게 구분되기 어렵다는 결론을 내리고 기존의 문법 범주와 차별화하여 이들 범주를 정의하고 있다.

　2장에서는 한국어 교육의 영역을 교수법 관점에서 정리하고 있는데, 한국어 문법을 구성하는 문법 체계, 문법 용어 등의 문제점을 살펴보고 교육용 규범 문법인 학교 문법을 기반으로 외국인들에게 효과적으로 한국어 문법을 이해시키기 위한 의사소통 중심의 문법 범주 설정에 대해 논의하고 있다.

　3장은 한국어 교재 분석을 통해 구문표현의 목록을 제시하고 이에 따라 한국어 교재에서 2회 이상 빈출하는 항목을 선정하여 총 98개의 구문표현을 유형화하고 있다.

　4장은 한국어 구문표현의 유형화 원리를 제시하고 그 목록을 제시하였다. 형태적 구문표현과 통사적 구문표현으로 나누어 유형화 하고 있는데 형태적 구문표현은 구문의 기능에 따라서 연결형 구문과 종결형 구문으로 분류하고 통사적 구문표현은 보조용언 구문, 피동 구문, 사동 구문, 부정 구문, 인용 구문으로 구분하다. 또 형태적 구문표현에서 선행 요소와 후행 요소를 구성하는 문법 요소와 어휘 요소로 구분하여 분석하고 있다.

5장에서는 한국어 구문표현의 유형화를 바탕으로 초급·중급·고급의 단계화를 제시하고 있는데, 문법 범주의 형식, 의미, 기능 등을 고려한 난이도에 따른 배열 선정 원리와 문법 범주의 빈도수, 한국어 담화 상황 등을 고려한 활용도에 따른 배열 선정 원리에 의하여 한국어 구문표현을 단계화하였다. 또 필자는 이렇게 단계화된 각 등급에서 교육해야 할 구문표현을 그 유형에 따라 연결형, 종결형, 보조용언 구문표현, 부정 구문 표현 등으로 구분하고, 중급의 경우에는 사동 표현, 피동 표현, 인용 표현 등을 추가하였으며, 고급의 경우 중급에서 제시하지 않은 인용 구문 표현을 추가하여 한국어 교육을 위한 구문표현을 정리하고 있다.

끝으로 이 연구에서는 한국어 구문표현의 교수 학습 모형을 제시하고 「의도」 종결형 구문표현 『-(으)려고 하다』의 교수 학습 모형을 제시하고 있다.

▌ 의의 및 제언 ▐

이 연구는 한국어 교재 분석을 통해 구문표현의 목록을 제시하고 이에 따라 한국어 교재에서 2회 이상 빈출하는 항목을 선정하고 총 98개의 구문표현을 유형화한 목록을 제시한 점, 또 목록을 형태적 구문표현과 통사적 구문표현으로 나누어 형태적 구문표현은 구문의 기능에 따라서 연결형 구문과 종결형 구문으로 분류하고 통사적 구문표현은 보조용언 구문, 피동 구문, 사동 구문, 부정 구문, 인용 구문으로 구분하여 각각의 목록을 제시하고 있다는 점에서 이 연구의 의의를 찾을 수 있다.

특히 한국어 교육에서 필수적으로 교육되어야 할 구문 표현들을 형태적 구문표현과 통사적 구문 표현으로 제시하는 것에 그치지 않고 이를 난이도와 활용도를 기준으로 하여 다시 초급·중급·고급으로 분류한 후 이를 다시 구문 표현의 유형별로 정리하여 제시한 것은 현장에 있는 한국어 교사들에게 큰 도움이 될 것이라고 생각한다.

2005. 8. 라티탄마이. 석사. 경희대. 베트남 학습자를 위한 한국어 호칭법 교수 방안 연구. 〈분류: 구〉, 〈해제: 김지혜〉

▌ 목차 ▐

‖ 요약 ‖

　이 논문은 베트남 학습자를 위한 한국어 호칭법 교수 방안을 연구하여 베트남 학습자가 한국어를 보다 효율적으로 습득할 수 있도록 하는 데 목적을 두었다.

　2장에서는 한국어와 베트남어의 호칭법 체계를 비교하고 분석하여 양국의 호칭법에 대한 공통점과 차이점을 살폈는데 인칭대명사형 호칭법의 경우 베트남어에서는 인사하거나 부를 때 인칭대명사를 붙여서 많이 사용한다고 하였다. 또 일반명사형 호칭법의 경우 한국에서는 ‘선생님’이나 ‘사장님’을 교실이나 직장이 아니어도 사용하지만 베트남에서는 그렇지 않으며 친족명사형 호칭법의 경우 베트남에서는 호칭의 성별 기준이 없다고 하였다. 이름결합형 호칭법에 있어서 베트남에서는 ‘친족 용어+이름’의 형태가 가능한 한편, 직위결합형 호칭법은 베트남에서는 직위를 결합하여 상대방을 부르는 표현이 존재하지 않는다고 하였다. 어린이 매개형 호칭법의 경우 베트남에서는 ‘친족 용어+아이의 성별+아이 이름’의 호칭법이 있다. 처소형 호칭법은 베트남에는 존재하지 않으며 기타형 호칭법의 경우 베트남에서는 ‘친족 용어+호격’호칭이 있는데 한국에는 없고 한국어에는 ‘거주지+친족 용어’의 형태가 있지만 베트남에는 없다고 설명하고 있다.

　3장에서는 베트남 학습자들의 한국어 호칭법 오류 현황을 살피고 분석하기 위하여 한국어를 배운지 1년 이상이 된 대학생 80명(여 69명, 남 11명)을 대상으로 15개의 문항으로 설문조사를 실시하였는데 질문의 유형은 모두 문장을 보고 앞에 나올 어울리는 호칭을 찾는 것으로 되어 있다. 조사 결과 대부분의 오류를 베트남어의 영향으로 인한 것과 호칭의 사용법을 잘 이해하지 못하는 것으로 분석하였다.

　4장에서는 베트남 학습자를 위한 교수 방안을 제시하였는데 호칭교육을 목표 언어권의 사회문화적 지식의 틀을 이해한다는 것에 의의를 두고 호칭의 종류에 따라 상황을 제시하고 베트남어와 비교하면서 교육하는 방법을 보여 주고 있고 호칭이 사용되는 자연스러운 상황을 과제로서 직접 역할극으로 해 볼 수 있도록 구성하였다.

▌ 의의 및 제언 ▌

이 논문은 바른 한국어 사용을 위해서는 언어의 문법적 기능을 이해하고 사용하는 것 뿐 아니라 언어 사용 환경을 이해하고 적절히 사용할 수 있어야 한다는 점에서 한국어의 호칭법에 대해 베트남어와 비교하고 오류 없이 사용할 수 있는 교수 방안을 제시했다는 데 의의가 있겠다.

그러나 베트남어의 경우 본고에서 보여 주고 있는 것처럼 한국어와 같이 존대법이 존재하고 호칭법이 존재하여 비교하며 사용할 수 있는 베트남어의 경우에 학습자들이 보이는 오류가 교육적으로 얼마나 의의가 있는지 다시 생각해 보아야 할 문제이다.

> # 2005. 8. 송혜원. 석사. 고려대. 한국어 교재의 관용표현 분석과 지도방안. 〈분류: 구〉, 〈해제: 김지혜, 장수진, 김보라, 왕보하〉

▌ 목차 ▌

▌ 요약 ▌

이 논문은 언중들이 서로 의식하지 못하는 사이에 화자가 전달하고자 하는 바를 구 또는 절의 단위로 묶어서 사용하는 언어인 '관용 표현'을 한국어 학습자들에게 쉽고 정확하게 이해시키고 일상생활에서의 효율적 사용을 돕기 위해서 한국어 교재에서 관용표현을 어떻게 선정하고 제시할 것인가를 연구하는 것을 목적으로 하고 있다. 이 논문에서는 관용표현을 '둘 이상의 단어가 결합한 구 또는 절의 형태이며, 구성 단어의 사전적 정의의 합 이외에 제2의 의미를 가진 오랜 시간 동안 언중들이 습관적으로 사용하는 표현'이라고 관용표현을 정의하고, 관용표현의 특성을 형태, 의미, 통사, 화용의 측면에서 살폈다.

2000년도 이후 한국어 교육기관에서 발행된 경희대학교 국제교육원의 「한국어 1-6」, 서강대학교 한국학센터의 「서강한국어 1-4」, 이화여자대학교 언어교육원의 「말이 트이는 한국어 Ⅰ-Ⅳ」에 실린 관용표현을 정리한 결과, 경희대학교 6권의 교재에는 144개, 서강대학교 4권의 교재에서 8개, 이화여자대학교 4권에서는 86개로 총 198개의 관용표현 목록을 마련했다. 목록을 분석한 결과 교재마다 총 관용표현의 수, 급별 관용표현의 수, 관용표현의 수준 책정이 상이하고 공통적으로 나타나는 관용표현이 '한 턱 내다'밖에 없음을 밝혀 관용표현 목록 마련의 필요성을 강조하였다.

한국어 교재에 실린 관용표현의 현황을 바탕으로 실제 한국어 화자가 얼마나 많이 사용하는 관용표현이고 축어적 의미와 관용적 의미 사이의 유연성이 얼마나 확보되어있는가를 알아보기 위해 198개의 관용표현 목록을 바탕으로 사용빈도수와 관용표현을 보고 그 어원을 어느 정도 예측할 수 있느냐를 나타내는 투명도에 대한 설문조사를 실시하였다. 설문조사는 사용빈도수는 20~40대의 대한민국 일반 성인 120명을 대상으로 하였고, 투명도는 한국어교육학, 국문학, 국어교육학 전공 석사 학위 이상의 한국어 학습자 60명을 대상으로 각각 3점을 척도로 응답을 기입하도록 하였다. 이를 통계 프로그램 SPSS10.0로 분석한 결과를 바탕으로 사용빈도와 투명도가 모두 높은 관용표현을 초급에 배치하는 것을 시작으로 사용빈도와 투명도가 낮은 관용표현을 고급에 배치하였다.

학습자의 수준에 맞게 저자가 재배치한 관용표현의 급별 목록을 효과적으로 교육하기 위해서 교육 단계를 '의미 전달 단계', '확인 연습 단계', '통합 활용 단계'로 설정하였다. 학습자의 수준에 따라 초급, 중급, 고급의 단계로 나누고 각 단계에서 공통적으로 상황 그림이나 사진, 대화문으로 만들어진 본문 등을 제시하여 의미를 전달하였고 확인 연습으로 그림 컷을 이용하거나 문장 혹은 단어 완성을 사용하였다. 통합 활용 단계에서는 개인의 직·간접적인 경험을 학습한 관용표현을 사용하여 이야기하거나 문화와 연계하여 발표하도록 하는 교육 방안을 제시하였다.

▌ 의의 및 제언 ▌

이 논문은 현재 한국어 교육기관에서 사용되고 있는 교재에 실려 있는 한국어 관용표현을 정리하고 그것을 바탕으로 한국어 화자에게 설문을 실시하여 관용표현의 사용빈도와 투명도를 밝히기 위해 노력하였다.

그러나 이 논문에서 정의하였던 관용표현이 교재를 분석하는 데에는 실제로 적용되지 못했고 관용표현의 범주를 좀 더 면밀하게 제시하지 못한 점이 아쉽다. 또한 제시한 교육 방안은 실제 수업에 적용하기에는 지나치게 단순하고 기계적인 활동들로 구성되어 있어 아쉽다.

2005. 8. 정하라. 석사. 서울대. 한국어 감각 표현의 교육 내용 연구. 〈분류: 구〉, 〈해제: 김지혜〉

▌목차 ▌

▌요약 ▌

이 논문은 감각 표현의 발달에 반영된 한국어 속의 문화적 특질을 밝히고, 이를 한국어 교육의 내용으로 구성하고 교육하기 위하여 실제 텍스트에서 사용되는 감각 표현의 양상을 분석하고 교육 방안을 제시하는 데에 목적을 두었다.

1상에서는 음운론, 형태론, 의미론, 통사론의 측면에서 감각 표현에 대한 논의가 이루어진 국어학의 연구와 한국어와 다른 언어의 감각 표현을 대비한 연구, 한국어 교육에서 감각 표현의 교육 방안을 다룬 연구, 한국어 교육에 있어서 문화와 문학 교육을 다룬 연구들을 두루 살펴 연구의 대상을 의성어와 의태어, 감각어 등 기존에는 개별적으로 논의되던 것을 감각 표현으로 포괄하였음을 밝혔다.

2장에서는 감각 표현을 '상징어'와 '감각어'로 지칭되는 일반 어휘를 모두 포함하고 '단어'라는 한계를 넘어선 포괄적인 범주로 설정하고 감각 표현의 체계를 의성어와 의태어가 포함되는 감각부사와 시각, 미각, 후각, 청각, 체성감각으로 아우르는 감각 형용사로 정리하였다. 한국어 교육에서의 감각 표현 교육 현황을 알아보기 위해서 경희대, 고려대, 서울대, 연세대, 이화여대의 한국어 교재를 분석하였는데 각 교재들에서 제시된 감각 표현의 수와 종류에 큰 차이가 있고 제시 순서도 일관된 체계가 없다고 하였다. 또한 감각 표현의 경우 다양한 의미가 제시되어야 하는데 '맵다'와 '맑다'만을 보더라도 기본 의미만을 반복적으로 제시하는 데 그쳤다고 한다. 이러한 문제점을 지적하면서 한국어 감각 표현의 특성을 음운, 형태, 의미적 특성의 언어적 보편성과 사회 문화적 맥락과 연관된 한국어적 특수성을 염두해 살폈다. 그리고 감각 표현의 교육이 개별적 어휘의 특성을 강조하기보다는 감각 표현이 활발히 사용되는 텍스트를 중심으로 이루어져야 한다고 그 교육 방향을 설명하고 있다.

3장에서는 감각 표현이 두드러지게 나타나는 소설과 시 작품을 통해 감각 표현의 특성과 그에 따른 효과를 분석하였는데 그 결과 감각 표현의 특성에 따른 효과를 구상화와 정교화, 의미의 복합성으로 보고 조지훈 「방아 찧는 날」등의 문학작품 속에서 예를 찾아 설명하고 있다. 다음으로 감각 표현에 반영된 한국어 문화를 표현과 화법상의 특성이 드러나는 언어 구조적 요소, 언어관과 세계관 및 사고방식이 드러나는 사유 구조적 요소를 통해 살폈다.

4장에서는 감각 표현을 교수하기 위해서 기존의 암기식 수업에서 벗어나 전략 중심 수업을 지향해야 한다고 언급하면서 소리와 이미지의 유기적 연상을 활용한 교수 방법, 기본형과 변이·파생형을 연계하는 교수 방법, 다양하게 확장된 감각 표현의 의미를 유추하고 그것을 맥락에 투사하는 교수 방법을 제안하였고 초급에서는 사용 빈도가 높은 감각 표현의 기본형과 기본 의미를 학습하고 중급에서는 파생·합성 등 어휘 형성 원리와 관련된 내용을 학습하며 고급에서는 의미 관계 파악 및 문화적 맥락의 인식을 단계별로 중심 내용으로 삼아 수업 모형을 제시하였다.

5장에서는 그 동안의 한국어 교육이 감각 표현의 특성을 지나치게 배타적이고 특수한 것으로 보았다고 지적하면서 학습자 모어의 특성에 따라 감각 표현 교육의 실제적 양상이 달라질 수 있고 다양한 논의가 이루어져야 함을 주장하였다.

▌ 의의 및 제언 ▌

이 논문은 한국어의 사회 문화적인 특성이 많이 드러나는 감각 표현의 범주와 체계를 재구성하고 특성을 고려하여 한국어 교육 내용을 구성하기 위한 기초 자료를 마련했다는 데 의의가 있다. 그러나 문학 작품 외에도 실제 의사소통을 더 윤택하게 만들어 줄 수 있는 감각 표현이 많이 존재함에도 불구하고 문학 작품 속에서만 감각 표현을 찾아내고 결국 고급에 가서 문학 작품을 잘 이해하기 위해 초급에서부터 준비하여 교육 내용을 확장해 가는 방향으로 수업을 설계한 것에는 아쉬움이 남는다.

2006. 2. 도옥루이엔. 석사. 서울대. 베트남인 한국어 학습자를 위한 연어 교수 학습 방안 연구. 〈분류: 구〉, 〈해제: 장수진〉

▌목차 ▌

▌요약 ▌

이 연구는 베트남인 한국어 학습자의 어휘력을 향상시키고 오류를 줄이기 위한 효과적인 방법으로 연어 교수·학습 방법을 제시하고 있다.

이 연구에서는 외국어 학습에서 정확한 문법을 이해하지 못한 채 어휘만 무조건 외운다고 해서 효과적인 의사전달을 할 수 있는 건 아니라고 보고, 실제적으로 어휘를 어떻게 활용하는지 그리고 개별적 어휘들을 어떻게 연결시키는지 알아야 어휘력이 신장될 수 있다고 말하고 있다. 즉 연구자는 이러한 의미에서 연어에 대한 지식이 필요하다고 주장하였다. 이런 점에 중점을 둔 이 논문은 베트남 학습자가 한국어 어휘를 학습하는데 있어 어려워하는 연어 문제에 대해 살펴보고 한국어 연어를 어떻게 학습하면 효과적인지에 대해 연구하고 있다.

3장에서는 효과적인 교수, 학습 방안을 개발하기에 앞서 학습자가 어떠한 연어 오류를 범하고 있는지의 실태 파악을 하기 위해 베트남인 한국어 중, 고급 학습자 520명의 한국어 자유 작문과 시험지를 대상으로 연어 오류를 분석하였다. 또 베트남어와 한국어의 연어 대응에 대하여 살펴보고 있다. 분석 결과 베트남 학습자가 한국어를 학습할 때 오류를 범하는 원인을 세 가지로 들 수 있었는데, 첫째, 학습자의 모국어 간섭으로 인한 오류(25%)가 있다. 이는 다시 두 가지로 세분화될 수 있다고 하였다. 하나는 베트남어와 한국어의 동족어인 한자어의 영향으로 인한 오류(30%)가 있고, 또 하나는 베트남 고유어의 영향으로 인한 오류(22%)가 있다고 하였다. 둘째, 목표어인 한국어의 복잡성으로 인한 오류(21%)가 있다. 셋째, 학습 과정상에서 학습자가 스스로 만들어내는 발달 오류(27%)가 있다.

이러한 분석 결과를 바탕으로 4장에서는 베트남인 학습자에게 효과적인 한국어 연어 교수·학습 방안에 대해 논의하고 있는데 이를 위해 어휘를 교수·학습할 때 개별적인 단어의 의미보다 연어 관계로 해야 한다고 주장하고 있다.

구체적인 교수·학습 방법으로 우선 베트남인 학습자가 많이 범하는 오류에 따른 교육방법을 살펴보고 있다. 먼저, 언어 간 오류인 베·한 한자어 의미차이로 인한 오류는 학습자가 한국어와 베트남어 한자어의 의미 차이를 정확히 인식하지 못하므로 발생하는 오류라고 하였다. 따라서 한자어와 관련된 연어를 제시할 때는 문맥을 통해 제시해야 한다고 하였다. 학습자에게 문맥을 통해 의미 차이를 정확히 인식시켜 주면 학습자가 의사를 표현할 때 오류를 범하지 않는다고 보고 있다. 또 베트남 고유어 영향으로 인한 오류는 베트남어와 한국어 연어 결합에 대한 공통점과 차이점을 정확히 모르기 때문에 범하게 되는 것인데 양국의 일치하지 않는 연어 대응 유형 목록을 활용하여 교육하면 이러한 오류를 줄일 수 있다고 하였다. 또한 이러한 방법은 학습자가 양국의 연어사이에 어떤 차이가 있는지 파악할 수 있으므로 의사를 표현할 때도 오류를 범하지 않게 될 수 있다고 하였다.

다음으로 한국어의 복잡성 때문에 학습자들이 범하는 언어 내 오류를 제거하기 위해서 어휘를 제시할 때에는 개별적으로 하는 것보다 연어 관계로 제시해 주는 것이 더 효과적이라고 한다. 또한 학습자로 하여금 자기가 자주 범하는 오류를 수정하도록 하는 것도 오류를 피할 수 있게 하는 방법 중의 하나라고 하였다.

마지막으로 베트남인을 대상으로 하는 한국어 교육에서는 베트남 학습자 수준에 따른 적절하고 흥미로운 실제 수업활동을 통해 어휘 학습을 진행해야 하며 이 때 개별적인 어휘보다 더 큰 단위, 즉 연어 관계로 학습하는 것이 효과적이라고 하였다. 결과적으로 연어 관계로 어휘를 교수·학습하면 학습자는 어휘의 정확한 의미와 그 어휘의 실제 활용, 그리고 문법적인 조사나 어미 등을 동시에 학습하게 된다는 장점이 있다고 보았다. 그리고 학습자가 어휘를 연어 관계로 학습하는 습관이 있으면 의사를 표현할 때 오류를 피할 수 있게 되고 학습자가 스스로 여러 자료를 통해서 자기가 학습하려고 하는 연어를 수집한 다음에 모국어와 대응시켜 학습자용 목록을 만들고 이를 활용하는 학습을 통해 보다 체계적인 한국어 사용 능력을 향상시킬 수 있다고 하였다. 따라서 이 연구는 학습자에게는 목록을 이용하여 연어를 익힐 수 있고 교사에게는 목록을 활용하여 보조 자료로 학습자의 오류를 예방하고 수정할 수 있고, 또한 수업 활동에 활용할 수 있다고 한다.

▌ 의의 및 제언 ▌

이 연구는 한국어 학습에서 어휘력 신장을 학습 목표로 삼고, 효과적인 한국어 어휘 학습 방안을 제시하고 있다는 점, 특히 외국인 한국어 학습자의 경우에도 연어 학습의 필요성에 대해 논의하고 있다는 점에서 본 논의의 의의를 엿볼 수 있다. 특히 베트남어와 한국어 연어 대응 유형을 연구를 통하여 연어 사용에 있어서의 오류 및 그 원인을 분석하고 이를 바탕으로 한 베트남인 한국어 학습자를 위한 연어 교수 학습 방안을 마련하여 실제적이고 효율적인 교육 방법을 제시했다는 점에서 그 의의가 크다고 할 수 있다. 또 초급부터 고급에 이르기까지의 연어 교수 학습 활동을 제시하고 있는 점도 이 연구의 교육 현장에서의 활용 가능성을 높인다고 할 수 있다.

> \# 2006. 2. 이영. 석사. 서울대. 중국인 학습자를 위한 한국어 보조용언 교육에 관한 연구. 〈분류: 구〉, 〈해제: 기단봉〉

▌ 목차 ▌

기술 방안과　실제
1. 보조용언 의미 기술의 구성 요소
2. 보조용언 기술의 기본 틀
3. 보조용언 기술 방법
 3.1. 기초 정보의 기술 방법
 3.2. 형태 정보의 기술 방법
 3.3. 의미 정보의 기술 방법
 3.4. 통사 정보의 기술 방법
 3.5. 의미 관계의 기술 방법
 3.6. 대역 정보1
 3.7. 용례 정보
4. 중국어권 학습자를 위한 보조용언 기술
　예시

V. 중국인 학습자를 위한 한국어 보조용언
　의 교육 방안
1. 교육 내용의 구성 원리
2. 한국어 보조용언의 교육 내용의 위계화
3. 한국어 보조용언의 교수·학습 모형 개
　발
 3.1. 한국어 보조용언의 교수 학습 단계
 3.2. 특정 보조용언의 교수 학습 단계 예
　시1

VI. 결론

▌ 요약 ▌

이 연구는 중국인 학습자를 위한 보조용언의 기술 방안과 교육 방안을 모색하는 데 목적을 두고 있다. 서론에서는 한국어 교육의 입장에서 보조용언의 개념, 특성, 범위를 규정하기 위해 보조용언에 대한 국어학계의 선행 연구들을 검토하고 있다

제2장에서는 한국어 보조용언의 교육적 의의와 교육 실태를 다루고 있는데 기존 연구들에서 제시된 보조용언의 목록을 살펴보고 이를 기초로 이 연구에서 다루고자 하는 보조용언의 목록을 제시하고 있다. 또한 한국 국내의 여섯 개 대학의 교과서를 분석하여 보조용언의 수량, 난이도, 빈도수 등을 비교하고 보조용언의 등급별 배열 순서 및 제시 방법과 제시 내용 등을 검토하였다

3장에서는 한국어 보조용언의 의미 기술을 위하여 한·중 보조용언의 대조분석과 중국인 학습자들의 보조용언의 사용 실태를 분석하고 있다. 대조분석은 주로 통사적 대조 및 의미적인 대조에 초점을 두고 진행하고 있으며 특히 통사적 분석은 주로 어순, 자립성과 의존성, 생략, 삽입, 및 부사의 수식과 보조용언의 증출에 따라 분석하였다. 3장에서는 또 중국인 한국어 학습자의 보조용언의 사용 실태를 분석하였는데, 초급·중급·고급의 학습자의 한국어 보조 용언의 사용 양상과 그 특징을 분석하였다. 방법적으로는 중국인 학습자가 쓴 작문 자료에서 각 등급의 학습자의 보조용언 사용빈도, 오류 분석을 통해 각 등급의 사용양상과 특징을 분석하는 방법을 택하고 있다.

이러한 논의를 바탕으로 4장에서는 중국인 학습자를 위한 보조용언의 기술의 구성 요소를 추출하여 보조용언 기술의 기본 틀을 설계하고 있는데, 이러한 기본 틀에 따라 보조용언의 기술을 기초 정보, 형태 정보, 의미 정보, 통사 정보, 의미관계 정보, 용례 등 7개로 나누고 이것을 다시 등급 정보, 발음 정보, 활용 정보, 정의, 적용 범위, 화용적 의미, 연결어미 정보, 선택 제안, 문법 제약, 유의 반의 관계, 자주 쓰는 표현, 중국어 대역어, 용례 등 13항으로 나누어 예시를 제시하

고 있다.

　5장에서는 한국어 보조용언의 교육 내용의 구성 원리와 그 원리를 이용한 한국어 보조용언의 단계별 위계화한 목록을 제시하고 있다. 이 목록의 내용을 바탕으로 끝으로 교육현장에서 사용할 수 있는 교육 방안을 제시하고 있는데, 일반적인 한국어 교육의 문법 교수의 절차인 방식인 "제시-연습-사용-마무리"의 단계에 따라 보조용언의 교수 학습 모형을 제시하였다.

　결론인 6장에서는 본 논문의 내용 요약과 한계점을 지적하였다.

▌▌ 의의 및 제언 ▌

　이 연구는 한국어 보조용언과 중국어 보조용언의 통사적·의미적 대조 분석을 통하여 중국인 학습자들이 한국어 보조용언을 오류 없이 사용할 수 있도록 보조용언의 의미 기술 방법을 제시하고 이를 통하여 중국인 학습자를 위한 한국어 보조용언의 교육방안 제시한 점에서 그 의의를 가진다고 할 수 있다. 특히 보조용언의 기술 방법을 상기한 바와 같이 기초 정보, 형태 정도 등과 같은 특성에 따라 세밀하게 하위분류하고 이를 다시 등급, 발음, 활용 등과 같은 13개 항목으로 나누어 보조 용언을 기술한 것은 이론적 측면에서뿐만이 아니라 한국어 교육적 측면에서 매우 유용하게 사용될 수 있는 가치 있는 정보가 될 것이라고 생각한다. 다소 아쉬운 것은 2장에서 실시한 한국어 보조 용언 교육의 실태 조사와 3장에서 실시한 한·중 보조용언의 대조 분석의 결과, 그리고 4장의 보조 용언 기술 방안 등이 유기적으로 결합되어 있지 못하고 특히 이러한 내용이 5장에서 제시한 교육 방안에 충분하게 반영되어 있지 못하다는 점이다. 2장, 3장, 4장에서 분석한 내용과 5장의 교육 방안이 보다 체계적으로 관련성을 가지고 있었다면 이 연구는 한층 실제적인 결과를 낼 수 있었을 것이다.

　# 2006. 8. 오지혜. 석사. 서울대. 언어 관련 속담을 통한 한국어 교육 연구. 〈분류: 구〉, 〈해제: 김지혜〉

▌▌ 목차 ▌

‖ 요약 ‖

본 연구는 한국어를 배운다는 것은 한국 문화와 분리시켜 생각할 수 없는 일이며, 이런 점에서 한국어와 한국인의 언어생활에 대한 언어문화 교육의 필요성을 배제할 수 없음을 강조하면서 한국어의 언어문화 관습이 담긴 한국어 속담 중 언어 관련 속담 교육의 방안을 강구하는 것에 목적을 두고 있다.

1장에서는 한국어 교육에서 의사소통 능력 신장과 관련된 문화 교육 연구 분야와 속담 특히, 언어와 관련된 속담에 대한 연구사를 살폈다. 그러나 언어와 관련된 속담 교육에 대한 연구는 아직 없으며 언어 전반에 대한 연구들만이 진행되어 왔음을 언급하고 언어 관련 속담 연구를 언어관, 언어생활관, 화법의 세 가지 측면으로 나누어 분석하고 이를 바탕으로 문화 교육 방안을 설계하겠다고 했다. 이러한 언어 관련 속담 교육의 내용과 실제를 설계하기 위해서 이기문 <개정판 속담사전>(1982)와 김도환 <한국속담활용사전>(1995)에 제시된 언어 혹은 언어 행위와 관련된 속담을 수집·정리하는 방법으로 진행될 것이라 하였다.

2장 언어 관련 속담 교육의 이론적 기반을 마련하기 위해서 언어 관련 속담의 한국어 교육적 의의를 살폈다. 그 내용을 보면 학습자는 실제 한국어 사용 환경에서 한국 언어문화의 규범 혹은 질서에 맞는 다양한 언어활동을 수행해야 하는데 언어 관련 속담 교육은 언어문화적인 내용을 충실히 포함하고 있기에 이를 가능하게 한다고 밝혔다. 그리고 그 범주를 설정함에 있어 산물로서 언어 관련 속담에 대한 인식, 사고로서 그 속에 담긴 한국인의 언어관 및 언어생활관과 같은 믿음, 가치로부터 형성된 태도, 그리고 행위로서 그것이 제시하는 말하기, 듣기의 화법의 실행까지로 정하였다. 2장의 마지막에서는 언어 관련 속담을 분류하고 있는데 언어관 및 언어생활관 관련 속담, 화법과 관련된 속담으로 나누었다.

3장에서는 문화론에서의 문화 가치 기준을 틀로 삼지만, 화용론을 중심으로 교육 내용을 구성하는데 먼저 속담에 나타난 한국의 언어문화 요소를 공손성, 겸손성, 경의성, 격식성, 직관성, 절제성으로 나누어 살핀 후 언어 수행 양상을 언어적, 준언어적 측면에서 다시 살폈다. 공손성은 언어활동과 관련하여 타인에 대해 간섭, 참견하는 것과 과중상, 모략하는 것을 경계하거나 공손을 강조하는 속담들로 정의했으며, 겸손성은 호언장담, 허세, 자랑을 경계하거나 겸손, 겸허의 언어생활관을 나타내는 속담들로, 경의성은 상하 관계에 있어서 윗사람에 대한 경의의 태도를 나타내는 속담들로, 격식성은 언어활동의 참여자들이 상하관계 이외에 친소관계에 따라 상대적인 언어활동을 담아내는 속담들로, 직관성은 직접적으로 설명하지 않더라도 소위 '눈치'로 상대방의 의미를 알아내는 언어활동을 나타내는 속담들로, 절제성은 언어활동에 있어서 맥락에 주의를 기울이면서도 가능한 신중하고 절제하는 태도를 담고 있는 속담들로 구성하였다. 그 다음으로는 한국어 화자들의 언어생활에서 전략적으로 발화를 하는 내용을 담고 있는 속담들과 준언어적인 내용을 담고 있는 속담까지 살펴보았다.

4장에서는 언어 관련 속담 교육을 위한 목표를 설정하고 교재 구성과 교수·학습 방안을 제시하였다. 본고에서는 언어 관련 속담 교육의 목표를 한국 언어문화를 지식화하여 한국어와 문화에 대한 정의적 적정거리를 확보하고 한국언어문화에 적합한 한국어 활동을 수행하는 것이라고 하였다. 그리고 교재를 구성하기 위해 우선 건국대, 경희대, 고려대, 서강대, 서울대, 선문대, 성균관대, 연세대, 이화여대의 9개 대학 한국어 교육 기관에서 사용 중인 교재들을 분석하여 속담 자료의 위계화 부족과 제시 방법의 부족을 문제점으로 지적하였다. 따라서 교재를 구성하기 위해 형태적, 의미적, 주제적 차원에서의 고려를 통해 위계화를 하고 학습자 수준별로 재배치해야 한다고 하였다. 그 다음 교수·학습하고자 하는 언어문화의 주제를 교육 자료인 해당 속담과 함께 선정하고, 이와 관련된 언어적 측면, 즉 구조·기능 요소를 제시하는 교수요목의 틀을 보여주었다. 그리고 이를 바탕으로 이해하기와 경험하기, 수행하기의 단계를 거치는 교수·학습 방안을 제시하였다.

5장에서는 언어 관련 속담 교육 내용이 이해로부터 시작하여 수행까지 이어져야 함을 강조하면서 논의를 정리하였다.

▌ 의의 및 제언 ▌

본 연구는 다양한 자료를 통해 한국어 문화 교육에 있어 언어 관련 속담을 활용하는 것이 얼마나 의미가 있는 작업인지를 보여주었다. 특히 언어 관련 속담들을 그 속성과 성질에 따라서 분류하고 그 속담들을 다시 학습자 수준별로 위계를 정하고 교수·학습 방안까지 제시했다는 것은 연구자의 세심하고 깊이 있는 자세를 엿볼 수 있는 내용이었다. 따라서 교수·학습의 방안보다는 언어 관련 속담을 통해 한국어와 한국 문화 혹은 한국 언어문화를 교육하는 데 있어서 실제 현장에서 한국어 교육을 담당하는 많은 교수자들에게 좋은 자료로 사용될 수 있으리라고 본다.

2006. 8. 이선영. 석사. 서울여대. 한국어 교육을 위한 추측 표현 연구. 〈분류: 구〉, 〈해제: 김지혜〉

▌ 목차 ▌

▌요약 ▌

본 연구는 현재까지 주로 국어학적 관점에서 연구되어 온 '추측'표현에 대한 수많은 논의들을 어떻게 한국어 교육 현장에 적용시킬 수 있으며 어떤 방법과 내용으로 가장 효과적인 교수 요목을 편성할 수 있는지 논의하기 위해 한국어 사용 양상이 드러난 말뭉치 자료와 한국어 교재의 비교·분석을 통해 한국어 추측 표현의 효과적인 교수-학습 방안을 모색해 보는 것에 목적을 두고 있다.

1장에서는 국어학과 한국어 교육학에서의 추측 표현에 대한 연구를 살폈다. 국어학에서는 '-겠', '-(으)ㄹ 것이다', '-ㄴ 듯하다', '-것 같다' 등의 추측 표현들을 비교·대조하면서 언어학적 측면에서뿐만 아니라 심리학과 인지언어학적 측면에 이르기까지 다양한 연구들이 진행되어 왔으며 한국어 교육학에서는 전나영(1999)와 이윤진·노지니(2003)등이 추측 표현들을 교육하기 위해 학습자들이 구별하여 사용할 수 있도록 의미와 화용의 측면에서 연구가 이루어졌음을 보여 주었다.

2장에서는 고영근(1986), 장경희(1986), 박재연(2004)등의 논의를 토대로 양태를 "명제에 대한 화자의 심리적 태도"로 정의하고 '추측'을 양태 범주의 하위 범주로 설정하였다. '추측'은 어떤 사실을 미루어 헤아리거나 짐작·생각하는 것을 의미하는 범주로 어떤 경우에서든 추측을 할 때에는 그 말을 하는 화자의 사고 과정이 동반된다고 하였다. 따라서 '추측'은 불확실한 내용에 대한 화자의 주관적인 태도를 의미하며 구어와 문어에서 다양한 형식으로 나타난다고 하였다. 이렇게 정의할 수 있는 추측 표현은 현재 한국어 학습에서 형태소 분석이 아닌 덩어리의 모습을 교수하고 있음을 언급하였다. 다음으로 본고에서 대상으로 삼을 추측 표현의 목록을 제시하였다. 그 대상 표현은 총 14개로 '-겠다', '-(으)ㄴ/는/(으)ㄹ 것 같다', '-(으)ㄹ 것이다', '-(으)ㄴ가/나 보다', '-(으)ㄹ 터이다', '-(으)ㄴ/는/(으)ㄹ지 모르다', '-(으)ㄴ/는/(으)ㄹ 모양이다', '-(으)리라', '-(으)ㄹ까 싶다', '-(으)ㄹ까 하다', '-(으)ㄹ걸(요)', '-(으)ㄴ/는/(으)ㄹ 듯싶다', '-(으)ㄴ/는/(으)ㄹ 듯하다', '-지 싶다'이었다. 그리고 이 추측 표현들의 의미와 기능을 정리하고 있는데 그 내용을 표로 정리해 보면 다음과 같다.

	추측 표현	의미 및 기능
1	-겠다	미완을 전제로 화자가 자신의 짐작에 대한 강한 확신을 지닌다. 확신성과 책임성이 높다.
2	-(으)ㄴ/는/(으)ㄹ 것 같다	화자 발화하는 내용의 근거 자체를 화자 자신의 주관적인 경험이나 지식에 기반을 두어 확신이 낮고 책임성도 떨어진다.
3	-(으)ㄹ 것이다	과거의 경험을 근거로 화자의 강한 확신과 발화에 대한 책임성이 높다.
4	-(으)ㄴ가/나 보다	간접 경험 또는 단서를 가지고 추측할 때 쓰이며 발화 내용이 화자 고유의 판단이 아니라 눈으로 본 내용을 전달하므로 확신은 높은 편이지만 판단의 최종적 책임은 낮다.
5	-(으)ㄹ 터이다	추측뿐만 아니라 의지 또는 후회의 의미를 중의적으로 나타내기도 하며 선행절과 후행절의 관계를 통한 화자의 발화에 대한 책임도 강하다.
6	-(으)ㄴ/는/(으)ㄹ지 모르다	'모르다'라는 어휘에서 발화에 대한 책임 회피 효과를 준다. 화자의 발화에 대한 확신과 책임성 모두 낮은 수준을 보여 준다.
7	-(으)ㄴ/는/(으)ㄹ 모양이다	'모양'이라는 어휘적 의미에 의해 객관적인 근거를 바탕으로 추측하는 표현이다.
8	-(으)리라-	화자의 강한 확신과 자신의 발화에 대한 책임성이 있다. 후행절에 '생각하다, 보다, 짐작하다, 확신하다, 믿다' 등의 용언과 결합된다.
9	-(으)ㄹ까 싶다	'-표현하면 좋다'라는 문장을 부정의 표현으로 바꾸면서 추측의 의미를 가진다.
10	-(으)ㄹ까 하다	의문의 의미에서 확장된 추측의 의미로 사용된다. 화자 자신의 발화에 대한 확신의 정도는 매우 낮으며 자신이 추측한 것과 반대의 결과가 일어날 수 있음을 배제하지 않아 책임성도 낮다.
11	-(으)ㄹ걸(요)	상태 또는 동작에 대해 화자가 자신의 생각을 강하게 나타낸다. 과거 시제와도 쓰일 수 있다는 점에서 화자 자신의 추측에 대한 확신은 강한 편이지만 책임성은 그리 높지 않다.
12	-(으)ㄴ/는/(으)ㄹ 듯싶다	'느끼다'라는 의미를 내포한 '싶다'에 이끌려 화자의 순간적인 느낌 혹은 직관에 의해 상황을 즉각적으로 보고 발화할 때 사용된다.
13	-(으)ㄴ/는/(으)ㄹ 듯하다	자신의 경험과 현재 상황을 비교하고 객관적 사태를

		직접 판단하는 표현이다.
14	-지 싶다	청자와 화자가 모두 알고 있는 사실을 확인하는 기능을 포함하고 화자가 자신의 발화에 대해 어느 정도의 확신을 가지고 있음을 보여 준다. 화자의 주관적 판단에 의한다는 점에서 책임성은 낮다.

3장에서는 국립국어원 21세기 세종계획 균형말뭉치(2002)의 1000만 어절 규모의 말뭉치 중 50만 이상 어절 규모의 순구어 말뭉치를 1차 대상으로, 뉴스 등 대본의 비중의 크다고 판단된 파일을 제외한 총 35개 파일의 약 21만 어절 규모의 말뭉치 목록을 가지고 실제 구어 사용에서의 추측 표현의 빈도를 조사하였다. 조사 결과 2장에서 대상으로 삼은 14개의 추측 표현을 빈도 순위로 정리하였다. '-겠다'가 빈도수 577로 1위를 '-(으)ㄴ/는/(으)ㄹ 듯싶다'가 빈도수 1로 12위를 '-(으)ㄴ/는/(으)ㄹ 듯하다', '-지 싶다'가 빈도수 0으로 13위를 하였다. 그리고 각 표현들의 세부 유형을 주로 시제와 인칭의 결합 유형으로 살펴보았다.

4장에서는 국제교육진흥원, 경희대, 서울대, 연세대 4개 한국어 교육 기관에서 제작한 한국어 교재의 추측 표현들을 추출하여 빈도수로 1위부터 14위까지를 정리하였다. 그 순서를 보면 '-겠다', '-(으)ㄴ/는/(으)ㄹ 것 같다', '-(으)ㄹ 것이다', '-(으)ㄴ가/나 보다', '-(으)ㄹ 터이다', '-(으)ㄴ/는/(으)ㄹ 모양이다', '-(으)ㄹ걸(요)', '-(으)ㄴ/는/(으)ㄹ지 모르다', '-(으)ㄴ/는/(으)ㄹ 듯하다', '-(으)리라-', '-(으)ㄴ/는/(으)ㄹ 듯싶다', '-(으)ㄹ까 하다', '-(으)ㄹ까 싶다', '-지 싶다'이었다. 그리고 각 표현들을 시제와 인칭의 결합 유형으로 실태를 정리하고 표현의 형태에 있어 각 교재들의 일치가 이루어지지 않았다는 점과 문법 설명이 충분하지 않았다는 점을 문제점으로 지적하였다. 이를 바탕으로 본고에서는 추측 표현 간의 위계를 설정하고 각각의 의미를 정의하고 표현 간 비교를 시도하였다.

5장에서는 교재를 제작함에 있어 우선 추측 표현들의 의미와 기능이 정리되어 학습자 수준별로 그 위계가 정리되어야 함을 주장하며 논의를 정리하였다.

▌ 의의 및 제언 ▌

본 연구는 한국어 학습자들이 형태를 익히더라도 그 의미와 사용을 정확하게 이해하기 어려워 실제 발화 상황에서 많은 오류를 보이는 한국어 추측 표현의 목록을 한국인 화자의 말뭉치 자료와 한국어 교재의 내용을 통해 빈도수를 바탕으로 추출하고 학습자의 수준을 고려하여 정리한 후 교재 개발의 방향을 제시함으로써 한국어 추측 표현의 교수-학습에 도움이 되는 자료로서의 역할을 감당하고 있다. 이를 위해 본고에서 여러 자료들을 꼼꼼히 살피고 14개의 추측 표현들을 시제와 인칭의 제약에 따른 형태상, 기능상의 차이점을 밝힌 점은 상당히 의미가 있는 작업이라고 할 수 있겠다. 그러나 빈도수가 절대적인 기준이 된 점은 학습자 혹은 학습의 다양한 변인들을 고려하지 않음으로 인해 여러 오류가 발생할 것으로 예상되어 아쉬움이 남는다.

2006. 8. 하수정. 석사. 이화여대. 일본어권 한국어 학습자의 신체 관용어 이해 연구. 〈분류: 구〉, 〈해제: 김지혜〉

▌목차▐

▌요약▐

본 연구는 모국어 화자들에게는 아주 쉽게 이해되고 일상 대화 가운데 빈번히 사용되는 관용어가 외국어로서의 한국어 학습자들에게는 그 고유한 특성으로 인해 이해와 학습에 어려움이 있다는 것을 지적하고 학습자 모국어와의 연관성 정도에 따른 이해도를 분석하고 보다 효율적인 한국어 관용어 교수법에 대해 제안하는 것을 목적으로 하고 있다.

이를 위해 1장에서는 여러 선행 연구 중에서 Irujo(1986)의 L1 지식이 L2 관용어 이해와 생성에 어떤 도움을 주는가를 파악하고 한 실험을 중점적으로 살펴본 후 목표언어의 언어 능숙도에 따른 집단 간의 차이를 주목하고 관용어를 구성하고 있는 어휘에 대한 목표어 지식을 가지고 그 개별 어휘에 대해서 의미해석을 할 수 있는 중급 집단과 능숙도가 높은 고급 집단을 선정하여 한국어 관용어의 이해 실험을 하겠다고 밝혔다. 그러나 본고에서는 모든 관용어가 대상이 되는 것이 아니라 신체와 관련된 신체 관용어로 한정하여 실험을 진행하겠다고 했다.

2장 이론적 배경을 살피는 장으로 우선 관용어를 '두 개 이상의 단어로 이루어져 있으면서 그 각각의 단어들의 뜻만으로는 전체의 의미를 알 수 없으며, 언중들 사이에 습관적으로 사용되어 그 단어들의 결합이 굳어져서 제3의 특수한 의미를 나타내는 것'이라고 정의하였으며 관용구, 관용문법, 관용어구 등의 많은 용어 들이 있으나 '관용어'라는 용어를 사용하겠다고 했다. 그 다음으로는 관용어의 의미적 특성을 문금현(1996)을 중심으로 의미의 중의성, 의미의 비합성성, 의미의 불투명성으로 정리하였다. 또한 3장에서는 L2 학습자들이 L1 관용어를 어떻게 이해하는지 실험을 하기 전에 언어 전이와 대조 분석 가설, 이해 전략으로서의 언어 전이, L2 학습자의 관용어 이해 전략의 유형을 정리하였다. 이 중 L2 학습자의 관용어 이해 전략을 유형을 보면, 총 6개를 언급하고 있는데 문맥으로부터 관용어의 의미를 유추, 관용어와 관련된 문맥에 대한 분석 시도, 관용어가 가진 문자 그대로의 표면적 의미 즉 문자적 의미 활용, 부가적 정보를 요구, 반복과 바꿔 말하기의 방법 사용, 배경 지식을 사용, 모국어 관용어 참조이다. 이 중 본고에서 주목할 부분은 어떤 관용어의 유형에서 피험자들이 모국어 관련 전략을 사용하고 L2의 전략을 사용하는가하는 점이라고 밝혔다.

3장에서는 본 연구가 일본어권 한국어 학습자가 한국어 신체 관용어를 이해하고 사용하는 데에 있어 한국어와 일본어 관용어의 형식과 의미의 동일성에 따른 연관성의 정도가 목표어 이해에 얼마나 영향을 미치는지 살피는 것으로 연구 설계의 절차를 제시하였다. 실험은 총 5단계로 이루어지는데 3단계에서 한국어 모국어 화자와 일본인 학습자들 모두에게 설문지를 작성하게 하고 이를 통계 처리하고 결과를 분석하는 것이 주된 내용이었다. 실험에 앞서 3가지의 가설을 설정하였다. 이는 일본어권 학습자들이 형태나 의미상 비슷한 한국어의 신체 관용어를 더 잘 이해할 것이고 한국어 능숙도가 모국어 전이에 영향을 미칠 것이며 한국어 관용어를 이해하기 위해 언어 능숙도에 따른 이해 전략이 다르게 나타날 것이라는 내용이다. 다음으로 실험에 사용할 신체 관용어의 목록 선정을 위해 한국어 기관 교재에 제시된 눈, 코, 입을 중심으로 신체 관용어 중 한국어와 일본어와 형식과 의미가 동일한 것, 형식은 다르지만 의미가 동일한 것, 일본어에는 없는 것의 3가지 유형으로 나누어 알아보았다. 이를 바탕으로 일본인 학습자들에게 실시할 설문지를 작성하고 한국어 중급과 고급의 일본인 학습자 각각 20명씩 총 40명에게 16일에 걸쳐 실시하였다.

4장에서는 3장의 실험 결과를 분석하고 있다. 설문지를 분석한 결과 가설로 세운 내용과 같이 학습자들은 모국어와 형식과 의미가 동일한 관용어를 가장 잘 이해하였고 한국어에만 존재하는 즉, 모국어에는 존재하지 않는 관용어를 잘 이해하지 못하였다. 또한 학습자의 수준에 따라서도 고급 학습자일수록 이해도가 높았으며 이해 전략을 사용하는 부분에 있어서 32.9% 달하는 학습자들이 앞뒤 문맥의 상황으로부터 추측하는 전략을 21.3% 달하는 학습자들이 의미가 유사한 일본어 모국어를 활용하여 이해하는 전략을 사용하였다. 배경지식을 이용한 의미 분석의 경우는 9.8%로 가장 낮았다. 이러한 전략 사용은 한국어 능숙도와는 유의미한 차이를 보이지 않는다고 했다.

5장에서는 실험의 결과를 다시 정리하면서 한국어 관용어 교수 학습 시 L2 학습자들의 이해를 돕기 위해서는 다양하고 효율적인 전략 사용 능력을 키워져야 한다는 결론을 내렸다. 또한 교재 개발에 있어 학습자의 모국어에 따른 관용어 목록 등급화가 필요하다는 것을 제시하였다.

▌ 의의 및 제언 ▌

본 연구는 한국어 관용어 교육에 있어서 일본어권 학습자들을 대상으로 일본어와의 비교·대조를 통해 학습자들이 관용어를 이해하는 과정과 이해를 돕기 위한 전략들에 대해 다방면으로 실험을 실시하여 자료를 제시하였다는 데에 의의가 있다. 특히 학습자들이 관용어를 이해하는 데 있어 다양한 전략들을 사용하고 있으며 단순히 모국어와의 직역이 아닌 문맥을 통한 이해 전략을 적극적으로 사용하고 있음을 밝혀 보여 준 것 또한 의미하는 바가 크다.

그러나 학습자들이 사용하는 전략에 있어서 일본어권 학습자라는 학습자 대상의 제한은 연구의 한계가 되기도 한다. 학습 전략의 경우 문화권 혹은 언어권에 따른 차이를 많이 보이는 부분임을 감안해 볼 때 연구의 결과를 보편화시키기에는 어려움이 있어 보인다.

> # 2006. 8. Zhu, Cuiying. 석사. 서울대. 한국어 관용적 비유표현 교육 연구: 중국인 학습자를 대상으로. 〈분류: 구〉, 〈해제: 김지혜〉

▌ 목차 ▌

▌ 요약 ▌

  본 연구는 한국과 중국의 관용적 비유표현을 비교하여 한국어 관용적 비유표현의 지식 교육 내용을 찾아 한국어 관용적 비유표현의 이해 교육과 표현 교육의 내용을 구성하는 데에 목적을 두고 있다. 또한 학습자 수준별 교육 자료를 구성하고 교육 평가의 실제를 구성하고자 하였다.

  1장에서는 관용적 비유표현에 관한 기존의 연구들을 살피기 위해 국어학에서의 비유 교육과 한국어 교육에서의 어휘 교육, 문화 교육의 세 영역의 선행 연구들을 정리하였다. 그러나 이런 연구들이 각 다른 영역으로 진행되어왔을 뿐 언어와 문화를 교수하는 입장에서의 관용적 비유 표현 연구느 볼 수 없었다고 밝혔다. 그리고 본론을 시작하기에 앞서 관용적 비유표현의 개념을 선행 연구 성과를 참조하여 “관습적으로 쓰이는 표현을 관용 표현이라고 정의하며, 민중에게 관습적으로 쓰이는 비유표현을 관용적 비유표현”이라고 규정하고 관용적 비유표현은 “관용 표현의 일부이면서 비유표현의 하위 범주”에 속한다고 보고 주로 구절, 문장, 담화 텍스트 단위의 언어차원에서의 관용표현을 주된 연구대상으로 하여 관용어, 속담 등을 모두 포함시킨다고 하였다. 연구대상이 되는 자료는 <관용어 사전>(태학사), <개정판 속담 사전>(이기문), <중국속어대사전>(1989)의 관용적 비유표현들이라고 하였다.

  2장에서는 관용적 비유표현은 일반적 비유표현에 비하여 대중성을 지니고 관습적으로 쓰인 것으로 굳어진 어휘로 볼 수 있으며 ‘관용성’, ‘의미 전이’, ‘문화적 내포’라는 세 가지 특성을 지닌다고 하였다. 관용적 비유표현은 ‘관용성’으로 인해 구성 성분을 다른 단어로 대체하면 관용적 비유 의미를 상실하고 직설적 의미나 어색한 문장이 될 수 있으며, ‘의미 전이’의 특성 때문에 의사소통 환경에서 화자의 요구에 따라 적절한 선택이 중요해지며, ‘문화적 내포’로 인해 한국인의 인간관계, 의식주 양식, 풍습·사회 관습에 대한 이해가 필수적이라 하였다. 이러한 관용적 비유표현을 이해하고 적절히 사용할 수 있다는 것은 언어 능력 중 ‘문법적 능력’, ‘사회 언어적 능력’, ‘전략적 능력’이 있다는 것으로 결국 한국어 능력의 전체적인 향상을 불러 올 수 있다고 보았다.

  3장에서는 관용적 비유표현의 지식 교육 내용을 도출하기 위해 먼저 한·중 관용적 비유표현의 공통점과 차이점을 밝히고 이해와 표현이라는 두 가지 차원에서의 교육 내용과 교육 방법, 평가 방법까지 두루 살피고 있다. 한·중 관용적 비유표현을 비교하여 그 양상을 4가지로 정리하였는데 표현원리, 보조관념, 의미가 모두 같은 경우, 표현원리와 의미는 같고 보조관념은 유사한 경우, 보조관념은 같으나 의미가 다른 경우, 각각의 문화 특성이 모두 나타난 경우가 있었다. 공통점으로는 표현 방식과 보조관념의 두 부분에서 표현 방식의 경우에는 신체 감각·행동과 외부 환경을 통한 심리 상태의 구체화, 동물·식물 이미지를 통한 사람의 특징·처지의 표출,

자연 현상·생활양식을 통한 추상적 개념의 구체화, 일부 행위를 통한 전체 사건의 지칭이라는 공통점을 보조 관념의 경우에는 동식물과 무생물의 이미지와 생활 상식의 관념에 대한 보조 관념과 신체 부위의 행위에 관한 보조 관념이라는 공통점을 발견하였다. 관용적 비유표현의 문화적 내포도 살피고 있는데 이는 주로 한·중 문화 차이에서 오는 차이점을 언급하였다. 다음으로 관용적 비유표현의 수행 교육을 이해 교육과 표현 교육으로 나누어 인식에서부터 사용 전략까지 살폈다.

4장에서는 관용적 비유표현 교육의 실제를 보여주었는데 먼저 교육의 목표를 어휘적 의미와 문화적 내포를 이해하고 문맥에서 뜻을 파악하는 1차적 목표와 관용적 비유표현을 이용하여 효과적인 의사소통을 가능하게 하는 2차적 목표로 나누었다. 교육 자료를 구성하기 위해서는 서울대, 연세대, 고려대, 이화여대, 경희대의 한국어 교육 기관의 교재에서 먼저 목록을 수집하고 제시방안을 살펴 문제점을 지적하고 3장의 연구 내용을 바탕으로 교육 자료를 선정하였다. 이러한 방식으로 선정된 자료들을 초급·중급·고급의 세 단계로 배치한 후 문맥 활용하기와 중국어로 번역하기 등과 같은 교육 방안을 제시하였다. 마지막으로는 관용적 비유표현의 이해와 평가 능력을 가늠하기 위한 방법으로 사지선다형과 주관식의 문제를 보여 주고 있다.

5장에서는 어휘 교육과 문화 교육의 통합교육을 시도하였음을 주장하며 논의를 정리하였다.

▌ 의의 및 제언 ▌

본 연구는 관용표현과 속담이라는 양분화가 아닌 관용적 비유표현이라는 개념을 사용하여 비유표현 중 관용적으로 사용되는 표현들을 중국인 학습자들을 위해 한국어와 중국어의 비교·대조를 통해 목록을 선정하고 학습자 수준별로 배치한 후 다양한 교육의 방안을 제시하고 있다. 특히 한국어와 중국어를 비교·대조하는 부분에서는 일치하는 것에서부터 전혀 다른 양상을 보이는 관용적 비유표현을 꼼꼼하게 정리하여 한국어 관용적 비유표현의 교육 자료로서의 의미 있는 역할을 할 수 있으리라 기대가 된다.

그러나 관용적 비유표현이라는 개념에 대해서 단순히 비유표현의 개념을 정리하고 관용표현의 개념을 정리하여 그것을 합한다고 해서 관용적 비유표현의 모호함이 사라지지는 않는다고 본다. 관용적 비유표현이라는 개념이 완전히 정리되지 않은 채 논의가 계속 진행되다보면 결국 관용표현과 속담을 두루 아울렀다는 느낌을 지울 수 없다. 이 점이 본고의 가장 아쉬운 점이라 여겨진다.

> # 2007. 2. 김지혜. 석사. 대진대. 외국인을 위한 한국어 교재의 관용표현 연구. 〈분류: 구〉,
> 〈해제: 김지혜〉

▌ 목차 ▌

▍요약▍

본 연구는 한국어 교재에 나타난 관용표현의 제시 양상과 체계를 분석하여 현재 한국어 교재가 담고 있는 문제점을 살펴 앞으로 한국어 교재가 관용표현을 어떻게 다루어야 하는지 그 방안을 제시하고 있다.

1장에서는 선행연구들을 통하여 관용표현에 대해 먼저 정의하고 있다. 본 연구에서는 관용표현을 속담과 성어를 포함하는 광의의 개념으로 사용할 것을 밝혔다. 또한 서울에 소재한 경희대, 고려대, 서울대, 연세대, 이화여대에서 사용하고 있는 한국어 교재를 대상으로 관용표현들의 제시 방법을 살펴볼 것이라고 하였다.

2장에서는 5개의 교재들에 나타는 관용표현 항목들을 파악하여 각 교재의 초급과 중급, 고급에 반복되는 표현과 또 관용표현을 어떻게 교육하고 있는지 그 방법에 대하여 살폈다. 그 결과 대부분 교재의 중급에서는 관용표현을 다수 제시하고 있었다. 그러나 고급의 경우에는 경희대와 이화여대의 교재를 제외하고 다른 교재에서는 찾아보기 어려웠다고 한다. 또한 초급의 경우에는 연세대 교재에서만 관용표현이 등장하고 있었고 다른 교재에는 없었다고 한다.

그리고 3장에서는 관용표현 제시 방법을 살펴보았는데 교재의 수를 고려하더라도 관용표현의 수가 상당한 차이가 있었으며 교재에서 지향하는 교수방법에 따라 일방적인 설명으로 제시한 교재도 있었으며 문화를 설명하면서 예와 함께 보여준 교재도 있다고 했다. 또한 2장에서는 관용표현뿐만 아니라 속담과 성어의 수와 제시방안도 함께 살폈다.

4장에서는 앞서 살펴본 내용을 바탕으로 한국어 교재에 나타난 관용표현의 교육 방안의 문제점을 정리하고 있는데 먼저, 관용표현이 불규칙적으로 등장하고 그 위계가 일정하지 않다고 하였다. 다음으로, 문화를 교육한다는 목적 아래 이루어지는 관용표현 교육이 국소적이고 흥미위주의 문화 내용만을 소개하고 있다고 하였다. 이는 일상생활과는 동떨어진 문화인 경우가 많아 문제가 될 수 있음을 지적하였다. 그 다음으로는 학습자의 입장이 아닌 교수자의 입장에서 관용표현의 의미가 설명된 경우가 많아 학습자가 충분히 이해하기 어렵다고 하였다. 이 밖에도 교육 방안이 다양하지 못하고 학습 분량이 학습자의 수준과 맞지 않은 점 등을 문제점으로 지적하였다. 이런 여러 가지 문제들을 극복할 수 있는 것으로 다양한 지도 방안이 우선 필요하다고 언급하면서 다양한 지도 방안을 소개하고 있는데 먼저, 관용표현 목록집을 제시하였다. 이는 책, 신문, 잡지와 같은 문어 자료, 드라마, 영화 또는 실제 대화 상황 중에 사용되는 관용표현들을 낱말카드에 적는 것이다. 그리고 짧은 문장 만들기, 사전을 활용하여 의미를 찾아내기, 의미 지도 그리기, 상황에 맞는 표현 맞히기 등으로 다양한 활동을 제시하였다.

5장에서는 연구의 내용을 정리하며 관용표현이 학습자에게 화용적 상황을 교육하는 것으로 학습자의 의사소통 능력을 크게 신장시킬 수 있음을 언급하면서 다양한 지도 방안이 계속 이어져야 함을 주장하였다.

의의 및 제언

본 연구는 기존의 교재들에 제시된 관용표현의 목록을 살피는 연구에서 한발 나아가 관용표현을 어떻게 교수하고 있는지 그 제시 방안을 살펴보고 문제점을 파악하여 그것을 바탕으로 다양한 지도 방안을 제시하였다는 데에 의의가 있다. 또한 그 지도 방안을 직접 수업에 적용할 수 있다는 점에서 또한 실효성이 있는 것으로 보인다.

그러나 본고에서 제안하고 있는 지도 방안이 현재의 한국어 교육 현장과 교수법을 얼마나 담아냈는지는 더 고민해야 할 문제이다. 이는 단편적인 수업을 위한 활동일 뿐 학습자들이 실제 한국어 담화 상황에서 사용할 수 있도록 연습시키는 것은 부족하여 아쉬움이 남는다.

> **# 2007. 2. 양지선. 석사. 경희대. 한국어 교육을 위한 한국과 동남아시아 속담 비교 연구: 문화 비교를 중심으로. 〈분류: 구〉, 〈해제: 김지혜〉**

목차

‖ 요약 ‖

본 연구는 언어와 문화를 통합하여 교수하는 통합 교육의 입장에서 한국어 속담 교육을 최근 급증하고 있으나 많은 연구가 이루어지지 않은 동남아시아 학습자들을 대상으로 실시하는 데 있어 효율적인 교육 방안을 제시하는 것을 목적으로 하고 있다.

1장에서는 한국인의 언어생활과 매우 밀접한 관계가 있기 때문에 남녀노소를 막론하고 익숙하게 사용하는 속담을 외국인 학습자가 광범위하게 활용할 수 있도록 하기 위해 국어학에서 주로 수집을 중심으로 시작된 연구로부터 시작하여 안경화(2001)로 대두되기 시작한 한국어교육학에서의 선행연구들을 두루 살펴 속담 교육의 필요성을 밝히고 동남아시아 국가 중에서 유교문화를 대표할 수 있는 베트남과, 불교문화의 대표지 태국, 이슬람문화의 대표지 인도네시아 3개 국가를 대상으로 삼아 비교·대조의 형식으로 연구를 진행해 나갈 것이라고 하였다. 또한 분석에 사용될 속담 자료는 이기문의 <개정판 속담사전>(2005), <한국어 속담>(1976), 베트남 속담 목록이 담긴 원수은(2003), 인도네시아 속담 목록이 담긴 문승현(2002), 태국 속담 목록이 담긴 쑨타리랍룽루앙(2004)이라고 밝혔다.

2장에서는 한국어 교육기관에서 어떤 속담을 교육하고 있는지를 파악하기 위해 경희대, 이화여대, 연세대, 서강대를 중심으로 속담의 활용 현황을 분석하고 4개 대학 중 2군데 이상의 대학에서 중복된 속담 48개를 정리하였다. 그 결과 말의 중요성과 관련된 속담들이 한국어 교재에 공통적으로 많이 제시되어 있음을 밝히고 언어를 학습하는 교재이기 때문에 주로 말의 중요성을 알리는 속담들이 많이 제시되었으리라고 하였다. 다음으로 한국어능력시험에서의 속담 유형을 정리하였는데 5회에서 9회까지의 시험 중 중급 이상의 시험에서 읽기, 듣기, 쓰기, 어휘·문법의 각 영역에서 고르게 분포되어 출제되었고 속담의 비중이 회를 거듭할수록 증가하고 있음을 밝혔다. 또한 2장에서는 동남아시아 학습자들의 속담 활용 현황을 알아보기 위해 학습자들이 한국어 속담을 어느 정도 이해하는지 설문조사를 하였다. 피험자들은 베트남 학습자 11명, 태국 학습자 11명, 인도네시아 학습자 11명으로 총 33명이었으며 한국어 능력은 약간의 차이가 있었으나 주로 중·고급 학습자였다. 설문 결과 학습자들은 한국어 능력이 높은 경우에도 속담을 이해하기는 어려웠고 비교적 각 문화와 차이가 큰 경우에 더 잘 이해하지 못했다고 하였다.

3장에서는 한국어와 동남아시아의 속담을 소재별, 주제별로 비교·분석하였다. 소재로는 '동물', '인물', '문화', '음식'의 네 가지 영역에서 살폈고 주제로는 '언어', '인생', '가정', '사회', '지능', '사리', '심성', '행위'의 여덟 가지 영역에서 살펴보았다. 소재별 비교·분석에 있어서는 3개 국가의 종교로 인해 생긴 문화의 차이가 영향을 주었을 것이라고 보았고 주제별 비교·분석은 그 영역 설정을 이기문(1976)에 두었으며 동남아시아 3개국의 속담들이 각 나라 사람들의 정신적 세계관과 가치관이 드러나 있다고 보았다.

4장에서는 3장에서 수집하고 정리한 소재별, 주제별 속담들이 한국어와 어떤 공통점과 차이점이 있는지를 설명하고 있다. 공통점으로 농경을 주된 생업으로 삼은 한국과 동남아시아 국가가 농사가 잘 되기를 바라는 마음에서 시작된 미신과 겸손과 배려의 미덕이 드러나 있다고 하였다. 차이점으로는 농경을 주된 생업으로 했으나 기후와 종교가 달라 생활 주변에서 볼 수 있는 동식물이 다르고 특히 사물을 바라보는 시각의 차이에서 많은 다른 점이 발견된다고 하였다.

5장에서는 2장과 3장의 내용을 토대로 하여 동남아시아 학습자를 위한 효과적인 속담 교육의 방안을 제시하였다. 교육 방안은 학습자 수준별로 초급의 경우에는 어휘적인 의미만을 이해하더라도 학습이 가능한 속담을 중심으로 시각자료와 간단한 상황을 제시하는 방안을, 중급의 경우에는 어휘적 의미와 더불어 문화를 이해하여 학습이 가능한 속담을 중심으로 문화적 배경을 활용한 교육 방안과 다른 기능과의 연계 학습이 가능한 교육 방안을, 고급의 경우에는 다양한 미디어를 활용하여 어휘적으로나 문화적으로 어려운 속담을 이해할 수 있는 교육 방안을 제시하였다.

6장에서는 본고의 내용을 정리하면서 마무리하였다.

▮ 의의 및 제언 ▮

본 연구는 언어 통합 교육의 관점에서 속담 교육의 필요성을 밝히고 특히 계속적인 증가세를 보이고 있지만 아직 체계적인 연구가 이루어지고 있지 않은 동남아시아 학습자들을 대상으로 한국어 속담 교육의 방안을 제시하였다. 이 연구에서 주목할 만한 부분은 베트남과 태국, 인도네시아의 속담을 수집하여 소재와 주제별로 분류하고 그것을 한국어 속담과 비교·대조를 통해 분석하여 학습 자료를 제공하였다는 점에서 의의가 크다. 또한 교육 방안을 학습자 수준별로 제시하여 다양한 방법의 가능성을 열어 주었기 때문에 가치가 있다고 본다.

2007. 2. 임혜진. 석사. 한국외대. 학습자 수준별 관용표현 교수항목에 대한 연구: 의미 투영도와 사용빈도를 바탕으로. 〈분류: 구〉, 〈해제: 김지혜〉

‖ 목차 ‖

‖ 요약 ‖

본 연구는 한국어를 학습하는 외국인 학습자들의 한국어 의사소통 능력을 향상시키기 위해 외국인 학습자들이 어려워하는 한국어 관용표현을 학습자의 수준을 고려하여 배열하는 것을 목적으로 하였다.

1장에서는 관용표현에 대한 기존 연구들을 정리하여 관용표현을 정의하고 국어학과 한국어교육학에서 관용표현의 연구가 다른 방향으로 진행되어 왔음을 밝혔다. 이런 선행 연구들을 바탕으로 속담과 연어는 제외하고 두 개 이상의 구성 요소를 가지며 그 의미를 각 구성 요소 의미의 합으로는 파악할 수 없는 언어 표현이라고 정의하였다.

　2장에서는 현재 교육현장에서 사용하고 있는 한국어 교재 중 경희대학교, 고려대학교, 서울대학교, 연세대학교, 이화여자대학교의 교재와 한국어 교육용 도서인 국제교육진흥원의 책에 나타난 관용표현의 목록을 정리하고 그것들의 빈도수를 정리하였다. 수집한 관용표현의 목록은 '기가 막히다'부터 '힘을 쓰다'까지 모두 478개에 달했다. 저자가 분석한 결과 중복적으로 사용된 관용표현은 약 21.50%를 차지한다고 한다. 그러나 빈도수가 5인 즉, 상당히 고빈도라고 할 수 있는 관용표현은 1.46%로 매우 적은 비중이라고 밝혔다. 그리고 저자는 한국어 교육현장에서 사용되는 수많은 관용표현들의 수가 많지 않고 같은 급이라고 할지라도 서로 겹치는 목록이 별로 없음을 지적하면서 한국어 교육현장에서의 관용표현에 대한 적절한 정의와 기준이 없다고 했다.

　3장에서는 의미의 투영도에 따라 의미를 유추하고 관용성 확보가 달라진다는 것을 언급하였다. 그리고 외국인 학습자들에게 설문을 통하여 저자가 작성한 관용표현들의 의미관계와 관용표현을 어떻게 인지하는지 살펴보았다. 설문의 내용을 살펴보면 총 30개의 관용표현들을 제시하였는데 각각에 대하여 '의미를 압니다', '의미를 모릅니다', '처음에는 몰랐지만 생각해 보면 알 것 같습니다'라는 세 항목으로 답을 하도록 하였다. 또한 관용표현을 제시할 때는 괄호로 그 의미를 적어 두었다. 설문 결과로 외국인 학습자들의 경우 의미구조에 따른 투영도가 높을수록 학습자들이 그 의미를 더 쉽게 이해할 수 있다고 하였다. 저자는 의미의 투영도가 관용표현의 목록을 선정하는 데에 영향을 줄 수 있다고 했고 의미의 투영도를 불투명한, 반불투명한, 반투명한 의미의 세 가지로 나누고 그에 해당하는 관용표현의 목록을 정리하였다.

　4장에서는 3장에서 의미의 투영도와 더불어 사용빈도를 고려해야 함을 주장하면서 사용빈도를 살폈다. 사용빈도는 고빈도, 중빈도, 저빈도의 세 가지로 나누고 그에 해당하는 관용표현의 목록을 정리하였다. 그리고 의미의 투영도와 사용빈도수에 대해서는 한국어 전공 관련자들에게 설문조사를 통해 그 적절성을 확보하였다. 이러한 3장과 4장의 결과를 바탕으로 5장에서는 정리된 관용표현의 목록들을 다시 합하여 의미의 투영도와 사용빈도수가 높은 관용표현을 먼저 배열하고 의미의 투영도와 사용빈도수가 모두 낮은 관용표현을 가장 마지막에 배열하는 방법으로 순서를 결정하였다. 이에 9개의 집단으로 관용표현을 정리하였고 이를 교육 현장에 적용하고 초급에서 고급까지의 순서로 제시할 수 있음을 보여주었다.

▌ 의의 및 제언 ▌

　본 연구는 의사소통을 유창하고 원활하게 하는 데에 반드시 필요한 한국어 관용표현의 개념을 정의하고 한국어 현장에서 사용되고 있는 한국어 교재와 한국어 교육용 도서의 관용표현 목록들을 수집하여 그 배열의 적절성을 살피어 문제점을 지적하고 관용표현의 목록을 의미의 투영도와 사용빈도라는 객관성이 부여된 기준으로 재분류하고 배열하였다는 데에 의의가 있다고 하겠다.

그러나 기존의 연구들에서 한계가 드러난 바와 같이 의미의 투영도와 사용빈도라는 기준이 기준으로서의 객관성과 논리성을 확보하기 위해서는 본고에서 보여준 바와 같이 외국인 학습자들과 한국어 교육 관련자들의 설문조사만으로는 부족하다. 설문의 내용을 보면 알 수 있듯이 결국은 설문 대상자들의 지극히 직관적인 생각만으로 대답을 할 수 밖에 없는데 과연 이러한 직관적인 답변들로 한국인들의 관용표현에 대한 다양한 사고와 사용을 입증할 수 있는지는 의문이다.

2007. 8. 정숙향. 석사. 이화여대. 오류 분석을 통한 연어 교수 연구: 중국인 학습자를 중심으로. 〈분류: 구〉, 〈해제: 김지혜〉

▌목차 ▌

1. 서론
 1.1. 연구의 필요성과 목적
 1.2. 연구 문제 및 개요

2. 이론적 배경
 2.1. 어휘적 접근법
 2.2. 연어
  2.2.1. 연어의 정의와 범주
  2.2.2. 연어의 중요성
 2.3. 오류 분석
 2.4. 선행연구
  2.4.1. 연어에 대한 선행연구
  2.4.2. 연어 오류 분석에 대한 선행연구

3. 연구방법
 3.1. 연구대상
 3.2. 연구방법

4. 한·중 연어 비교
 4.1. 한국어와 중국어 어휘 비교
  4.1.1. 한국어 어휘의 특징
  4.1.2. 중국어 어휘의 특징
 4.2. 한국어와 중국어 연어 대응 유형
  4.2.1. 일치하는 유형
  4.2.2. 다대응 유형
  4.2.3. 일치하지 않는 유형

5. 연어 오류 분석
 5.1. 연어 오류의 통계적 분석
 5.2. 연어 오류의 원인 분석
  5.2.1. 모국어의 영향으로 인한 오류
  5.2.2. 목표어의 영향으로 인한 오류
  5.2.3. 학습 과정상의 오류
 5.3. 연어 오류 분석 결과

6. 효과적인 연어 교수 방안
 6.1. 초급 학습자들을 위한 연어 교수
  6.1.1. 시청각 자료 활용
  6.1.2. 연어 바구니 활용
 6.2. 중급 학습자들을 위한 연어 교수
  6.2.1. 빈칸 채우기
  6.2.2. 연어 공책
  6.2.3. 스피드 게임
  6.2.4. 한자 비교를 통한 연어 학습
 6.3. 고급 학습자들을 위한 연어 교수
  6.3.1. 단어 결합을 통한 연어 학습
  6.3.2. 연어 확장
  6.3.3. 읽기를 통한 연어 교수(1)
  6.3.4. 읽기를 통한 연어 교수(2)

7. 결론

▌요약▐

본 연구는 중국인 한국어 학습자들의 어휘력을 향상시키고 오류를 최소화하기 위해 학습자들의 작문 자료를 통해 연어 사용의 오류와 오류의 원인을 유형별로 살펴보고 이를 바탕으로 교수 방안을 제시하는 것을 목적으로 하였다.

1장에서는 고석주 외(2004)에서 보여 준 영어권, 일본어권, 러시아어권 학습자들 중 중국어권 학습자들의 어휘 오류율이 가장 높다는 결과를 제시하면서 한자 문화권이기 때문에 비슷한 어휘가 많아 학습이 쉬울 것이라는 일반적인 생각과는 달리 실제로는 중국어권 학습자들이 한국어 어휘를 학습하기가 어렵다고 주장하였다. 따라서 본고에서는 한국어와 중국어 연어의 차이와 중국어권 학습자들의 연어 오류의 원인은 무엇이고 이를 위한 효과적인 연어 교수 방안에 대해 알아보겠다고 밝혔다.

2장에서는 언어 교육학에서 어휘를 바라보는 입장이 달라졌음을 언급하면서 어휘적 접근법에 의하여 어휘와 문법의 이분화가 아닌 통합적 교육을 지향해야 한다고 하였다. 그리고 본고에서는 한송화·강현화(2004)의 정의에 따라 연어를 '한 문장에서 긴밀하게 나타나는 단어들의 결합, 혹은 통계적으로 일정한 수준 이상으로 함께 나타날 가능성이 더욱 많은 어휘들의 결합'이라 하였다. 또한 2장에서는 연어의 중요성 다섯 가지를 언급하였는데 그 내용을 보면 어휘부는 상당히 예측가능하다, 연어 학습은 학습자가 스스로 패턴을 예측하고 학습하도록 도와준다, 말하기·듣기·읽기·쓰기의 70% 정도가 모두 고정된 표현들이다, 좋은 입력은 좋은 검색 결과를 낳는다, 연어는 사고를 쉽게 만든다는 점이었다. 그리고 본 연구가 중국인 학습자들의 오류를 살피는 것이기 때문에 선행연구에서 연어와 관련된 선행연구와 더불어 연어 오류 분석에 대한 선행연구들을 살폈다. 그러나 연어의 경우 학습자 모국어의 영향을 많이 받는데도 불구하고 연어 오류 분석 연구가 상당히 미미하다고 하였다.

3장에서는 연구의 대상과 연구의 방법을 기술하였다. 연구의 대상은 경기대, 경희대, 아주대의 한국어 교육 기관에서 학습 중인 중국인 학습자 104명의 222개 작문이며 고급 학습자의 작문이 108개, 중급 학습자의 작문이 55개, 초급 학습자의 작문이 59개로 총 18,484어절이었다. 연구 방법은 먼저 한국어와 중국어 연어를 대조하여 공통점과 차이점을 알아보고 그 특성을 파악하여 중국인 학습자가 한국어 연어 학습 시 유리한 점과 불리한 점을 예측해 보고 오류를 분석한 자료를 연어 지도에 활용할 것이라고 하였다.

4장에서는 한국어와 중국어의 어휘를 비교하고 있다. 한국어 어휘의 특징은 이충우(1994)를 기반으로 하여 유의어가 많다, 동음이의어가 많다, 대우를 나타내는 어휘가 발달하였다, 음운교체에 의한 어감의 차이가 발달하였다, 개념어로는 한자어가 많이 쓰인다, 기초어휘에는 고유어 체계가 전문어휘에는 한자어가 발달하였다, 2-3-4 음절어가 발달하였다, 체언이 격에 따라 형식이 달라지지 않는다고 정리하였고 중국어 어휘의 특징은 <現代漢語八百詞>(2000)을 바탕으로 기본적으로 단음절어이다, 고립어이다, 성조어이다, 모음이 우세하다, 명사를 세는 단위인 양사가 발달되어 있다고 정리하였다. 다음으로 한국어와 중국어의 연어 대응의 유형을 살피는데 문금현(2002)와 서울대학교 한국어1, 2, 3, 4와 연세대학교 한국어5,6을 참고하여 일치하는 유형과 다대응 유형, 일치하지 않는 유형으로 나누었다.

5장에서는 학습자들의 작문 자료 18,484개의 어절 중 오류 어절은 2,163개이고 이 중 연어 오류가 128개였으며 이 중 연어의 목술관계 오류가 47.7%, 주술관계 오류가 37.5%, 수식관계 오류가 14.8%였다. 또한 오류 발생의 원인으로는 모국어의 영향이 16.4%, 목표어의 영향으로 인한 것이 73.4%, 학습 과정상의 영향이 10.2%로 나타났다. 이러한 연어 오류의 원인을 더 자세히 분석하고 있는데 먼저 모국어의 영향으로 인한 오류로는 한자어 혼동 오류, 중국어와 의미 차이로 인한 오류로 살펴볼 수 있었고 목표어의 영향으로 인한 오류로는 유사어 오류, 서술어 결합 오류, 조사 오류로 학습 과정상의 오류로는 어휘 교체로 인한 오류, 그 외의 복합적 원인에 의한 오류가 있다고 하였다. 결과적으로 중국어권 학습자들을 위해서는 명사와 결합이 가능한 술어를 대응시켜 연어 표현을 학습하고 자주 혼동하는 어휘들을 비교해서 보여주는 방법이 효과적이라 예측하였다.

6장에서는 연어 교육은 학습자들의 수준에 따라 다른 교육 방안이 모색되어야 함을 주장하며 초급 학습자들을 위해서는 시청각 자료를 활용하는 방법과 자주 쓰이는 연어 표현이나 학습자들이 쉽게 혼동할 수 있는 연어 정보들을 함께 제시할 수 있는 연어 바구니 활용에 대해 언급하였다. 중급 학습자들을 위해서는 빈칸 채우기, 어휘력을 향상시켜 줄 수 있는 연어 공책, 스피드 게임과 한자와 비교하는 교육 방법을 고급 학습자들을 위해서는 단어의 결합 원리를 깨닫게 하고 핵심어 앞과 뒤에 오는 연어 정보를 제공하여 연어를 확장하게 하거나 읽기 자료를 통해 고급스러운 연어 표현을 익히게 하는 방법 등을 예로 들었다.

결론적으로 7장에서는 서술어 결합에서 특히 많은 오류를 범한 중국어권 학습자들의 특성을 이해하고 이를 집중적으로 수정할 수 있는 교육 방안을 제시했음을 언급하고 본고의 내용을 정리하였다.

▋ 의의 및 제언 ▋

본 연구는 한자 문화권이기 때문에 비슷한 어휘가 많아 학습의 용이성뿐만 아니라 혼동도 많이 일으키는 중국어권 학습자들에게 관심을 가지고 연어 교육 방안을 마련하였다. 이를 위해 먼저 104명의 중국어권 학습자들의 작문 자료를 통해 연어의 오류들을 추출하고 그 원인을 다방면에서 살펴 술어 부분에서 많은 오류를 일으킨다는 사실을 밝혀냈다. 그러나 본고에서 살펴 본 오류 분석에는 많은 의문점이 남는다. 많은 부분 오류로 판단한 것이 과연 오류와 관련이 있는 것인지 단순히 문법적 오류인지 분명하게 구분이 되지 않는다. 이 연구가 학습자의 오류를 통해 그 교육 방안을 제시하는 것에 목적을 두고 있음을 볼 때 무엇을 오류로 할 것인가 특히 연어 오류란 무엇인지에 대한 더 명확한 기준이 필요했으리라 본다.

2007. 8. 최혜령. 석사. 한양대. 초급 학습자를 위한 한국어 관용표현 지도 방안. 〈분류: 구〉, 〈해제: 김지혜〉

▌ 목차 ▌

▌ 요약 ▌

　　본 연구는 한국어 학습자들의 의사소통 능력 향상에 도움을 주기 위해 한국어 관용표현의 효과적인 지도 방안을 제시하였는데 특히 초급부터 의미가 쉽고 사용 빈도가 높은 것을 지도할 수 있는 효율적인 방안을 제시하는 데에 목적을 두고 있다.

　　1장에서는 선행 연구들을 통해 90년대부터 시작된 외국어로서의 한국어 교육에서의 관용표현 교육의 방향을 살펴 특정 언어권이나 문화권 학습자들을 대상으로 한 관용표현 교육보다 의사소통이 중시되는 최근의 언어 교육의 경향에 맞춰 초급 학습자들도 일상적인 생활에서 쉽게 사용할 수 있는 관용표현이 이루어져야 함을 언급하였다. 또한 교재 분석을 시작으로 초급 수준에서 제시할 수 있는 관용표현의 목록을 밝히고 그에 적절한 지도방안을 제시하겠다고 하였다.

　　2장에서는 관용표현의 개념을 정의하고 유형을 분류하고 있는데 관용표현의 개념은 사전적인 의미와 기존의 연구들을 토대로 하고 유형을 분류함에 있어 주제어가 되는 어휘를 중심으로 신체와 관련된 관용표현, 동식물 및 사물에 관련된 관용표현, 그리고 기타 다양한 주제어를 가진 관용표현 등으로 나누어 정리하였고 비언어적인 행위를 바탕으로 한 관용표현까지 정리하였다.

3장에서는 서울대, 연세대, 고려대, 이화여대, 경희대의 한국어 교육 기관에서 사용하고 있는 한국어 교재의 관용표현들을 먼저 수집하여 교육 실태를 점검하였는데 각 교재마다 관용표현의 선정 기준과 목록에 체계성이 보이지 않았고 용어를 설명하는 것이 제각각이었으며 관용표현의 제시 분량 또한 학습자의 수준과 맞지 않아 학습의 부담이 많이 따를 것이라 하였다. 그리고 이러한 분석을 바탕으로 문금현(1996)과 김한샘(1999)의 연구결과에서 보여준 학습자 수준별 관용표현의 목록을 참고하여 전체 교육 과정 중 교수되어야 할 관용표현의 목록 123개를 선정하였다. 그리고 이를 학습자의 다양한 학습 환경과 수준 등을 고려하여 융통성 있게 재배치하되 본고에서는 어휘와 문법의 수준, 사용 빈도, 투명성을 기준으로 하여 재분류하겠다고 하였다.

4장에서는 3장의 내용을 바탕으로 관용표현의 목록을 확정하고 초급 수준의 학습자들에게 교수할 수 있는 방안을 구체적으로 제시하였다. 교수 방안은 읽기 텍스트 안에서 문맥의 유추를 통해 의미를 확인하도록 하는 방안, 멀티미디어 자료를 사용하여 실제적인 상황을 생각하면서 학습하도록 하는 방안, 게임을 통해 학습한 관용표현을 확고히 하는 방안, 상황과 역할이 주어진 역할극을 통해 직접 사용해 보도록 하는 방안, 유래를 설명하여 의미를 분명히 하고 이해하도록 하는 방안 등을 보여주었다. 마지막으로 수업 현장에서 사용 가능한 수업 지도안을 제시하였다.

5장에서는 본고의 내용을 정리하며 마무리하였다.

▍의의 및 제언 ▍

본 연구는 그 동안의 관용표현에 대한 연구가 주로 언어권과 문화권을 중심으로 학습자를 바라보던 시각에서 초급 학습자들을 위한 관용표현 교육을 위해 초급 학습자들이 학습할 수 있는 관용표현의 목록을 마련하고 다양한 교수 방안을 제시하여 실제 수업 현장에서 사용할 수 있도록 연구를 진행하였다는 점에서 의의가 있다.

그러나 관용표현의 어휘와 문법적 난이도, 사용 빈도, 투명성의 정도를 밝히는 데에는 여전히 아쉬움을 남긴다. 물론 관용표현의 난이도나 사용 빈도를 분명히 밝히는 것은 많은 어려움이 따르는 부분이기는 하지만 초급으로 학습자의 수준을 한정했다면 이 부분에서 연구자의 새로운 시가이 나타났으면 하는 아쉬움이 남는다.

> # 2007. 8. 孫利利. 석사. 서울대. 중국인을 위한 한국어 호칭과 지칭 지도 방안 연구. 〈분류: 구〉, 〈해제: 이준호, 김지혜〉

▍목차 ▍

▌요약▐

　본 연구는 다양한 형태와 까다로운 용법으로 인해 외국인 학습자들이 경어법과 더불어 가장 어려워하는 부분 중 하나인 한국어 호칭과 지칭을 체계적으로 정리하여 제시함으로 한국어 학습뿐만 아니라 교재 편찬과 통·번역에까지 긍정적인 영향을 줄 수 있음을 주장하며 중국인 학습자들을 대상으로 한국어 호칭과 지칭의 교육 방안을 마련하는 데에 목적을 두고 있다.

　1장에서는 사회언어학적인 입장에서 호칭과 지칭을 바라 본 1990년대 이후의 선행 연구들을 집중적으로 살펴어 한국어 교육의 관점에서 호칭어에 대한 연구가 미흡한 상황이고 특히 학습자 모국어와의 대조 연구도 거의 드문 점을 지적하였다. 또한 중국에서의 호칭과 지칭의 연구도 살피면서 본고에서 진행할 한국어와 중국어의 비교·대조를 위한 발판을 마련하였다.

2장에서는 현재 한국어 교육에서 호칭과 지칭에 대한 교육이 어떻게 진행되고 있는지를 알기 위해서 교재 분석과 학습자 오류 분석이라는 두 방향을 제시하였다. 분석에 사용된 교재는 서울대, 연세대, 이화여대, 경희대, 북경대, 연변대의 한국과 중국의 6개 기관의 교재로 이 교재들에 수록된 호칭과 지칭의 목록과 제시방안을 살펴 그 문제점을 지적하였다. 대부분의 교재에서는 다양한 호칭과 지칭이 나오지 않았고 적절한 설명이 없어 이해가 오류의 발생이 높을 수밖에 없다고 하였다. 오류 분석은 61명의 중국어권 학습자를 대상으로 지필 시험과 면접과 중국어로 자막 처리한 한국 드라마 5편의 대화 자료 분석으로 이루어졌다. 그 결과 오류의 대부분은 한국어와 중국어의 형태와 의미와의 격차에서 비롯된 것이 상당수였으며 같은 한자권이지만 시대와 역사, 언어 환경이 다른 양국의 사회학적 차이가 오류의 주된 원인으로 볼 수 있다고 하였다. 3장에서는 한국과 중국의 호칭과 지칭 표현의 내용을 비교하였다. 먼저 나이, 친밀감, 지위에 따라 호칭과 지칭이 달라질 수 있는데 중국에서는 친밀감이 호칭과 지칭을 쉽게 무시하게 만들었지만 한국에서는 아무리 친밀하더라도 나이나 지위가 호칭과 지칭을 결정하는데 중요한 역할을 한다고 보았다. 따라서 두 언어 간의 차이를 살피는 것이 중요하며 이에 부모와 자식, 부부, 동기 및 그들의 배우자, 숙질, 시부모와 며느리 관계의 호칭과 지칭의 한·중 차이를 정리하였다. 또한 호칭과 지칭의 형식이 다르다는 점에도 주목하여 그 구성의 차이를 살폈다.

4장에서는 중국인 학습자를 위한 교육 방안을 제시하였다. 먼저 교육의 목표는 학습자가 한국어 담화 상황에서 만나게 되는 다양한 인간관계 속에 올바른 호칭과 지칭을 사용하여 효과적인 의사소통을 하는 데에 두었다. 교육의 내용으로는 한국어 교육 기관의 교재 내용과 <표준 화법 해설>(국립국어원)의 내용을 1차 자료로 삼고 TOPIK의 주제와 상황에서 사용 가능한 것들과 그 외의 빈도수가 높은 것, 시사적이고 전문적인 영역에서 등장하는 것까지 포함시켰다. 그리고 이것을 가정생활, 학교생활, 직장생활, 기타 사회생활의 4가지 상황으로 나누고 다시 초급, 중급, 고급의 수준을 정하여 총 130여개를 선정하였다. 교수-학습의 원리로는 충분한 입력 제공, 흥미 유발, 단계별 교육, 나선형 교육, 교사의 충분한 피드백을 언급하고 교수모형은 강혜옥(2006)에서 소개한 M. Lewis(1993)의 OHE 즉, Observe-Hypothesis-Experiment의 이해 및 관찰, 발견 및 가설 형성, 시도 및 활용의 모형을 삼았다. 그리고 가정생활, 학교생활, 직장생활 등 3가지 상황으로 나누어 수업 모형을 적용하여 그 예를 제시하였다. 마지막으로 중국어권 중급 학습자를 대상으로 가정생활을 상황으로 한 실험 수업을 실시하여 본고의 수업 모형을 사용한 실험집단과 사용하지 않은 집단의 수업 효과를 검증하였는데 본고의 수업 모형을 사용한 집단의 학습자들이 호칭과 지칭의 이해에 다소 높은 점수를 받았다고 하였다.

5장에서는 중국어권 학습자들이 다른 언어보다 호칭과 지칭이 발달한 한국어를 학습할 때 많은 어려움이 있었고 이를 해결하기 위한 방안으로 한국어의 호칭과 지칭을 체계적으로 정리하고 교수·학습 방안을 마련하였음을 밝히고 논의의 내용을 정리하였다.

▌▌ 의의 및 제언 ▌

본 연구는 경어법과 함께 인간관계를 나타내는 호칭과 지칭이 발달한 한국어를 외국인 학습자 특히, 중국인 학습자가 배울 때 충분히 예측 가능한 어려움에 주목하여 한국어와 중국어의 비교·대조, 오류 분석 등의 다양한 방법을 통해 교수할 목록들을 설정하고 그 내용을 학습자 수준별로 배치하여 자료로 제시하고 그에 맞는 여러 교육 방안을 마련했다는 점에서 의의가 있다. 특히 연구자가 한국인의 입장이 아닌 중국인의 입장에서 학습의 여러 난점들을 짚고 있다는 점도 눈에 띈다. 그러나 수업의 효과를 검증하는 부분에서는 단순히 두 집단으로 나누어 OHE 모형을 사용하였느냐 사용하지 않았느냐 만을 변인으로 고려했다는 점은 설득력이 떨어져 아쉬움으로 남는다.

> # 2008. 2. 우선미. 석사. 국민대. 외국인을 대상으로 한 관용표현 교육방안 연구. 〈분류: 구〉, 〈해제: 김지혜〉

▌▌ 목차 ▌

▌▌ 요약 ▌

본 연구는 한 나라의 역사·사회·문화적 배경이 담긴 특수한 표현 양식으로 전체적인 이해 없이는 이해하기 어려운 표현이지만 일상 언어 속에서 빈번히 사용되는 관용표현을 잘 이해하지 못하여 유창한 의사소통이 어려운 외국인 학습자들을 위해 한국어의 관용표현을 쉽고 정확하게 이해하고 일상생활에서 효율적으로 사용하도록 하기 위해 한국어 교재에 관용표현을 어떻게 선정하고 배열할 것인가에 목적을 두고 있다.

1장에서는 1990년대부터 시작된 한국어 교육에서는 관용표현에 대한 연구들을 정리하였고 본고에서는 관용적인 형식과 의미를 담아내는 표현 양식이라는 입장에서 '관용표현'이라는 용어를 사용하고 이를 '구성 단어의 사전적 정의의 합외에 제3의 의미를 가지며, 둘 이상의 단어가 결합한 구 또는 절의 형태이고, 오랜 시간 동안 언중들이 습관적으로 사용하는 표현'이라고 정의하였다. 또한 관용표현의 경우 그 정의만큼이나 범주 설정이 문제가 되므로 그 범주를 다의어, 은유 표현, 속담과 구별하였다.

2장에서는 현재 한국어 교육 기관에서 사용되는 교재 중 고려대, 서울대, 연세대, 이화여대 4곳의 교재를 중심으로 관용표현의 목록과 제시방법, 확인학습을 수준별로 살펴 문제점을 지적하고 있다. 본고에서 지적한 문제점은 교재에 나타나는 관용표현의 의미 설명이 충분하지 않다는 점, 학습 단계를 고려하지 않아 목록 설정이 체계적이지 못하다는 점, 관용표현을 제시하는 학습 분량이 학습자의 수준에 따라 계획적으로 설정되지 못했다는 점, 관용표현을 단순히 새로운 단어로서 뜻풀이를 하는 정도의 제시 방법에 머물러 있다는 점, 관용표현에 대한 확인 학습이 제대로 이루어지지 않아 학습자의 이해 정도를 확인할 수 없다는 점, 색인에 누락되어 학습자들이 필요할 때에 찾아보기 어렵다는 점 등이었다.

3장에서는 2장의 분석을 바탕으로 관용표현 교육의 방안의 실제적인 예를 제시하였다. 먼저 교수 방향을 제시하고 있는데 학습자가 관용표현의 용어와 개념을 학습할 수 있도록 하고 사전 계획을 통해 그 체계를 분명히 하며 학습자의 수준을 고려할 것이 그것이었다. 다음으로 관용표현의 목록은 2장에서 살핀 한국어 교재의 326개의 관용표현 중 빈도수가 높은 것을 중심으로 최경봉(1996)의 <관용어 사전>에 등재된 3778개의 관용표현과 <한국어 속담100 관용어100>을 참고하여 선정하고 분류하였으며 한국어 능력 시험의 등급 분류를 참고하여 초·중·고급의 3단계로 나누고 각 단계를 다시 2등급씩 세분하였다. 따라서 전체 120~150개의 관용표현이 초급에서는 약 20~30개, 중급에서는 약 40~50개, 고급에서는 약 60~70개 정도가 되었다. 이러한 수준은 투명도, 사용 빈도, 어휘 수준, 문화 반영도, 번역 가능성을 기준으로 했음을 밝혔다. 관용표현의 제시 방법은 제시, 설명, 활용의 3단계로 나누어 다양한 시청각 자료와 문화 읽기 자료 등을 활용한 방법을 소개하였다. 마지막으로 "꿩 먹고 알 먹기는 하늘의 별 따기예요!"라는 제목으로 실제 관용표현의 교수·학습 지도안을 소개하였다.

5장에서는 대상이 되는 외국인 학습자의 문화권 혹은 언어권을 한정하지 않고 보편적으로 사용 가능한 교수·학습의 방안을 마련하였기 때문에 한계가 있음을 지적하면서 꾸준한 교육 방안의 개발을 희망하며 논의를 정리하였다.

▌ 의의 및 제언 ▌

본 연구는 투명도, 난이도, 사용 빈도, 문화 반영도, 번역 가능성을 기준으로 한국어 교재에 실린 관용표현의 목록을 재분류하고 그 학습 수준과 학습 순서를 정하여 150개의 관용표현의 목록을 확정하고 관용표현의 다양한 제시 방법과 교수·학습 지도안의 실제적 예를 보여주었다는 점에서 의의가 있겠다.

그러나 이미 선행 연구들을 통해 지적된 교재의 문제점이나 관용표현의 목록을 수집하고 분류하고 수준을 결정하는 문제들에서 본고만의 새로운 진전을 보기는 어려웠다. 특히 교수·학습 지도안에서 보여준 관용표현의 학습 방법은 관용표현이 다양한 언어생활 가운데 적절하게 사용되어야할 살아있는 표현이라는 점을 감안했을 때 과연 그에 대한 충분한 배려가 있었는지 다소 의심스럽다.

2008. 8. 김나영. 석사. 숙명여대. 영어권 학습자를 위한 한국어 속담 교육 연구: 교훈적 속담 교육을 중심으로. 〈분류: 구〉, 〈해제: 김지혜〉

▮ 목차 ▮

▌ 요약 ▌

본 연구는 민족의 문화적 특징이 압축적으로 담겨 있는 언어적, 문화적 산물인 속담을 영어권 학습자들에게 효율적으로 교육하기 위한 방안을 제시하는 데에 목적을 두고 있다. 특히 한국 문화와는 매우 다른 양상을 보이는 영어 문화권 학습자들에게 그들이 이해하기 쉽고 학습하여 실제 사용의 가능성이 높은 교훈적 속담을 대상으로 삼아 교육 방안을 마련하고자 하였다.

1장에서는 속담의 특징 중 교훈성은 한국의 독특한 문화를 반영하는 특수성과 동시에 영어권 속담에서도 비슷하게 나타나는 보편성을 지닌 것으로 영어권 학습자의 접근이 쉽고 어휘적 난이도 역시 높지 않아 학습이 용이하며, 학습 후 높은 활용 효과를 거둘 수 있기 때문에 대상을 교훈적 속담으로 한정하였음을 언급하였고 선행연구를 통해 개념 정의가 확실하지 않아 관용표현과의 혼돈이 계속되었으며 영어권 학습자만을 대상으로 한 연구가 없었음을 말하면서 본 연구의 필요성을 밝혔다.

2장에서는 여러 연구들을 살핀 결과 속담의 정의가 다소 차이를 보이기는 했으나 대체적으로 "그 민족의 사상, 감정, 지혜 등 문화적 특징이 과거와 현재에 걸쳐 간단하게 압축되어 있는 교훈적이며 풍자적인 언어이며 우리의 일상생활에 널리 사용되는 의사소통의 중요한 수단"으로 정의할 수 있다고 하였다. 그리고 이러한 속담 중에서 본 연구에서 대상이 되는 속담의 범위를 체언형 관용표현과 용언형 관용표현은 제외하고 문화적 배경이 많이 드러나 있으면서도 인간 보편성에 기초하여 영어 문화권에서도 쉽게 접하고 이해할 수 있는 교훈적 속담으로 제한하였다. 또한 2장에서는 이론적 연구로 한국어 속담의 특징을 내용면, 형식면, 기능면에서 살피고 한국어 속담 교육이 언어와 문화적으로 많은 차이를 보이는 영어권 학습자들에게는 언어교육과 함께 한국의 문화적 배경을 쉽게 접할 수 있는 문화교육의 측면에서도 좋은 자료가 될 것이라 주장하였다.

3장에서는 속담 교육의 현황을 파악하기 위해서 먼저 한국어 교재를 분석하였다. 대상이 된 교재는 경희대, 고려대, 연세대, 선문대, 서울대, 이화여대, 성균관대 총 7개 대학의 한국어 교육 기관에서 사용 중인 교재였으며 분석 결과 제시된 속담이 통일되어 있지 않고 난이도가 체계적이지 않다는 점과 활용 방법의 부족, 수준별 배치의 부족을 문제점으로 지적하였다. 그리고 <살아있는 한국어 속담>(김선정 외 2007), <속담으로 배우는 한국어>(최권진 2006), <속담 100 관용어 100>(국제교육진흥원 2002)의 속담의 목록과 제시 방안 등을 간단히 살폈고 TOPIK시험 1회~11회까지의 문항을 분석하여 어떤 속담이 어떤 유형으로 출제되었는지를 살펴 속담을 이해하고 상황에 맞게 사용할 수 있는 능력까지 갖춰야 한다고 주장하였다. 그리고 3장에서는 다음 장의 학습할 속담의 목록과 교육 방안을 위해 학습자와 교사를 대상으로 요구 분석을 실시하였다. 교사 34명과 학습자 65명으로 이루어져 진행된 설문조사에서는 90% 이상의 학습자와 교사가 모두 필요하다고 생각하는 속담 교육이 그 동안 주로 설명을 통해 이루어졌고 난이도가 맞지 않으며 응용이 어렵다는 문제점에 공감하였고 다양한 자료를 활용한 교육 방법과 실제 언어생활에서 사용 가능한 방안의 마련이 시급함을 보여 주었다.

　4장에서는 교육 방안을 제시하기에 앞서 목록을 선정하였다. 목록을 선정하는 기준으로는 사용 빈도, 어휘의 난이도, 문화가 포함된 정도, 의미의 투명성, 배경지식이 적절히 드러난 정도, 교훈성의 여섯 가지를 삼았다. 1차로 사용빈도가 높은 속담과 문화가 적절히 배열된 속담을 앞선 연구의 결과물을 참고하여 198개를 추출하였다. 2차로는 1차의 198개의 속담 중 교훈적인 속담 45개를 추출하여 '가는 말이 고와야 오는 말이 곱다'에서부터 '호랑이한테 물려가도 정신만 차리면 산다'까지 가나다순으로 정리하고 이를 다시 언어, 인생, 행위, 교육, 인간관계, 인과 관계라는 8개의 주제와 말, 사람, 자연, 동물, 음식, 신체, 건축물, 도구(사물), 숫자, 기타의 10개의 소재로 나누어 그 특징을 살펴보았다. 이런 분류를 통해 한국의 농업사회에 기초한 문화적 특성과 한국인의 언어에 대한 관심들이 특징적인 내용이었다고 하였다.

　5장에서는 4장까지의 연구를 통한 교훈적 속담들을 구성 어휘와 문법의 난이도, 의미 투명도, 영어로의 직역 가능 여부를 기준으로 단계별 목록을 선정한 후 각 숙달도에 맞는 학습 목록과 교육 방안을 제시하였다. 교육 방법으로는 시청각 자료를 이용하는 방법과 문어 자료를 이용하는 방법이 있었고 각 단계별로 속담을 교육하는 데 적합한 교육 방법을 도표로 설명하였다. 마지막으로 초급, 중급, 고급의 각 숙달도에 맞는 교수·학습 지도안의 실제를 보여주었는데 수업은 도입, 전개, 연습 및 활용, 정리의 4단계로 구성되었고 그림과 사진, 동영상, 신문 자료 등의 활용법을 예로 들었다.

　6장에서는 본고의 내용을 정리하였다.

▐▌ 의의 및 제언 ▐

　본 연구는 한국어 속담 중 교훈적인 내용을 담고 있어서 속담의 특수성과 교훈이라는 보편성의 두 마리 토끼를 잡는 교육 내용을 한국어와 많은 차이를 보여 한국어 학습에 어려움을 보이는 영어권 학습자들에게 효율적으로 교수할 수 있는 방안을 고민하였다. 이를 위해 본고에서는 영어로 직역이 가능하여 학습자들의 비교적 쉽게 학습할 수 있는 목록들을 선정하고 배열하였다는 점에서 의의가 있겠다.

　그러나 본고에서 대상으로 삼은 교훈적인 속담이라는 것의 경계가 분명하지 않은 점이 연구의 가장 큰 약점이자 한계점이라 할 수 있다. 교훈적이라는 것이 결국은 저자의 직관에 의한 것이기 때문에 그를 대상으로 자료를 수집하고 그에 난이도를 결정한다는 것이 연구의 논리성이나 객관성을 흐리고 있기 때문에 아쉬움이 남는다.

　　# 2008. 8. 송현아. 석사. 한국외대. 몽골인을 위한 한국어 관용어 교육 연구 〈분류: 구〉, 〈해제: 김지혜〉

▐▌ 목차 ▐

▎요약 ▎

  본 연구는 1990년 수교 이후 활발하고 긴밀한 교류를 이어오고 있는 몽골인 한국어 학습자들의 유창한 의사소통을 위한 한국어 관용어 교육 방안을 제시하는 데에 목적을 두고 있다.

  1장에서는 한국어와 몽골어가 형태·통사론적으로 많이 닮아있지만 서로 다른 문화를 가지고 있기 때문에 문화를 함축적으로 드러내는 관용어의 경우에는 차이가 많이 있음을 지적하면서 연구의 필요성을 밝히고 몽골인 학습자를 위한 관용어의 목록을 정하는 데 있어서 이전의 연구에서 자주 사용된 의미의 투명도가 아닌 사용빈도와 난이도를 몽골어와의 비교·대조를 통해 밝혀 기준으로 삼겠다고 밝혔다. 그리고 국어학과 한국어 교육학의 양방향에서의 선행 연구를 살펴 정리하였다.

  2장에서는 관용어의 개념을 정리하고 있는데 이는 몽골어에서도 그 정의가 명확하지 않다며 관용어의 범위를 단어형을 제외하고 구, 절, 문장형으로 한정하였다. 또한 속담, 격언 등은 제외시키고 체언형 관용어의 경우에는 포함한다고 하였다. 그리고 관용어가 의미의 비합성성, 중의성, 고정성, 문화성 등의 특성을 지니기 때문에 의미 전달성의 실수가 있음을 언급하며 분명한 의미 전달을 위한 교육의 필요성을 주장하였다.

  3장에서는 기존의 관용어 교육 연구에서 관용어 목록을 수집하는 데 있어 현재 사용 중인 한국어 교재에서 수집한 후 재배열하였음을 지적하고 본고에서는 먼저 한국인의 사용빈도를 기준으로 삼고 몽골어와의 비교·대조, 몽골인의 이해도, 구성 어휘의 수준을 고려하여 1, 2, 3차에 걸쳐 목록을 선정하고 다시 세 차례의 단계를 밟아 목록을 배열하겠다고 했다. 먼저 목록 선정은 1차로 문금현(1996), 김한샘(1999), 국립국어원(2005), 한국어 속담100 관용어100(2002), 살아 있는 한국어 관용어(2007)에서 수집, 2차로 1차에서 수집한 것 중 중복되는 것과 부적절한 것을 제외하여 232개를 선정, 3차로 한국인 화자 140명에서 설문조사를 통하여 150개를 최종 선정하였다. 이렇게 선정된 목록들은 다시 설문조사를 통해 1차로 사용빈도에 따라 상·중·하로 배열, 2차로 몽골어와의 비교·대조, 몽골인의 이해도를 바탕으로 다시 배열, 3차로 관용어 구성 어휘의 수준을 고려하여 최종 배열이 이루어질 것이라고 언급하였다.

4장에서는 3장에서 계획한 순서와 방법을 적용하여 몽골인 학습자를 위한 한국어 관용어 표현의 목록을 선정하고 배열하였다. 선정한 관용어 목록은 '가면을 쓰다'에서부터 '목에 힘을 주다'에 이르는 232개를 먼저 정하고 이를 한국인 20,30대 화자들에게 설문조사를 통하여 사용빈도를 순서로 하여 1위부터 150위까지를 결정하였다. 1위는 '눈이 높다', 150위는 '불똥이 튀다'였다. 그 다음 1위~50위를 사용빈도 '상', 51위~100위를 사용빈도 '중', 101위~150위를 사용빈도 '하'로 정하였다. 그 후에는 몽골어와 비교·대조 작업을 하였는데 이는 몽골어와 동일한 표현, 몽골어와 의미가 같고 표현이 유사한 것, 몽골어와 의미가 같으나 표현이 상이한 것, 마지막으로 한국어에만 존재하는 것으로 다시 목록을 배열하였고 그 결과를 몽골인 화자에게 설문 조사를 통해 이해도를 살폈다. 그 결과 몽골어와 동일한 관용어의 경우 약 50%의 이해도를 보였고, 몽골어와 의미가 같고 표현이 유사한 것은 약 44%, 몽골어와 의미가 같으나 표현이 상이한 것은 약 36%, 한국어에만 존대하는 것은 37%의 이해도를 보였다. 이렇게 배열된 관용어들을 김광해(2001)과 조남호(2003)에서 정한 어휘의 수준에 따라서 재배열 초급 30개, 중급 50개, 고급 70개의 관용어 목록을 확정하였다.

5장에서는 도입, 의미제시 및 설명, 연습, 활용의 4단계로 학습자들이 적절한 상황에 관용어를 사용할 수 있도록 사용 중심의 수업이 구성되어야 함을 주장하며 수업의 예시를 보여 주었다.

6장에서는 논의를 정리하며 결론을 내렸다.

▌ 의의 및 제언 ▌

본 연구는 특정 학습자 즉, 몽골인 학습자들을 대상으로 하여 몽골어와의 비교·대조를 통해 실제로 몽골인 학습자들에게 직접적인 도움을 줄 수 있는 한국어 관용어 교육 방안을 제시하였다는 데에 큰 의의가 있다. 또한 기존의 연구에서는 보기 힘들었던 몽골인 학습자들이 느낄 수 있는 난이도나 사용빈도에 대해 관심을 가지고 한국어 관용어 목록을 선정하고 배열하였다.

그러나 학습자들이 실제 대화에서 관용어를 사용할 수 있도록 교육 방안을 제시하겠다는 의도와는 달리 주로 읽기 텍스트를 통해서 의미를 확인하거나 혹은 문제 풀이 형식으로 관용어의 쓰임을 확인하도록 한 것에는 아쉬움이 남는다.

2008. 8. 신지영. 석사. 한국외대. 외국인 학습자를 위한 한국어 '부사류+용언'형 연어 교육 방안 연구. 〈분류: 구〉, 〈해제: 김지혜〉

▮ 목차 ▮

▮ 요약 ▮

 본 연구는 한국어 학습자들을 위한 연어 교육이 주로 '체언+용언'형 연구에 집중되어 있었음을 지적하면서 학습자들의 수준이 높아지면서 '부사류+용언'형 연어 교육이 중요해지고 있으며 이에 '부사류+용언'형 연어 목록과 각각의 등급을 선정하고 이를 바탕으로 '부사류+용언'형 연어의 구체적인 교육 방안을 마련하는 것을 목적으로 하였다.

 1장에서는 국어학과 한국어교육학에서의 선행 연구를 살폈는데 국어학에서 연어에 대한 연구는 주로 그 개념을 정의하고 의미·문법적인 특성을 파악하는 데 주력해 왔으며 한국어교육학에서는 주로 어휘 교육의 한 분야로서 '체언+용언'형의 연어에 대한 연구나 학습자들의 오류 분석을 위주로 진행되어 왔기 때문에 '부사류+용언'형의 연구가 절대적으로 부족함을 주장하였다.

 2장에서는 본고의 연구 대상이 되는 '부사류+용언'형 연어의 개념을 정의하기 위해 국어학, 말뭉치를 통한 통계적인 전산 처리를 위한 연구, 외국어로서의 한국어 교육 연구를 두루 살펴 연어를 '두 개 이상의 어휘 요소가 선택어와 피선택어의 관계에 있으면서 서로 공기성이 높고, 선택어와 피선택어 간 의미의 합성이 투명한 결합 관계'라고 정의하고 '부사류+용언'형 연어에서 '부사류'를 부사, 부사구, 부사절을 포함하는 개념으로 정리하였다. 그리고 '부사류+용언'형 연어를 크게 부사류가 필수적으로 사용되는 유형과 수의적으로 사용되는 유형으로 분류하고, 부사류가 수의적으로 사용되는 유형은 다시 용언의 단독형과 비교하여 외적 구성에 있어 제약이 없는 유형, 용언의 단독형과 비교하여 외적 구성에 있어 제약이 있는 유형으로 하위 분류하였다. 마지막으로 '부사류+용언'형 연어 교육에 있어서 내용적 측면과 방법적 측면이 고려되어야 한다고 주장하면서 내용적인 측면에서는 의미 정보, 통사 정보, 화용 정보가 포함되어야 하고 방법적 측면에서는 '제시-연습-생산'의 교수법이나 '관찰-가설-실험'의 교수 방법 등의 어느 한 교수 방법만을 선택하는 것이 아니라 학습 상황에서 존재하는 다양한 변인을 모두 고려하여 선택 적용의 가능성을 열어 두겠다고 밝혔다.

3장에서는 경희대, 서강대, 서울대, 연세대, 이화여대 한국어 교육 기관에서 사용 중인 교재를 대상으로 삼아 '부사류+용언'형 연어를 항목과 수, 제시 단계 및 각각의 연어에 대한 어휘 정보의 양을 파악하였다. 그 결과 각 교재마다 '부사류+용언'형 연어 항목의 수에서 많은 차이를 보였으며 난이도도 상이했다. 또한 제시하는 방법도 제각각이었으며 어휘 정보의 양에도 통일성이 없어 '부사류+용언'형 연어 교육에 대한 체계가 부족하다고 지적하였다. 5종의 교재에서 제시된 '부사류+용언'형 연어는 총 99개인데 공통적으로 제시된 것은 1개에 그쳤다고 한다.

4장에서는 '부사류+용언'형 연어 교육 방안을 제시함에 앞서 외국인 학습자를 위한 연어 선정의 기준과 방법, 등급을 제시하였다. 연어를 선정하기 위해서는 경험적인 방법과 객관적인 방법이 고르게 사용되어야 한국인의 실제 언어생활과 동떨어지지 않고 학습자들이 학습한 후 바로 적용이 가능할 수 있으리라고 보았고 이에 먼저 한국어 교육 현장에서 실제 제시되고 있으나 교육용으로 권장하고 있는 '부사류+용언'형 연어를 추출하기 위해 한국어 교재와 문금현(2000, 2002), 박숙영(2005)가 대상이 되었다. 또한 현대 한국어 화자들의 구어 자료에서도 연어를 추출하기 위해 2006년 이후 방송된 드라마 대본, 영화 대본, 토크쇼, 라디오 프로그램, 국립국어원에서 나온 구어 전사 자료를 선정하였다. 이를 통해 302개의 '부사류+용언'형 연어를 최종적으로 추출하였고 학습 단계 선정의 기준을 단계별 교수 항목과의 상관성, 한국어 화자들의 실제 사용 빈도, 어휘 정보의 양으로 하고 그 결과를 표로 제시하였다.

5장에서는 학습의 단계를 초급(1-2급), 중급(3-4급), 고급 단계로 나누고 학습 단계에 따라 '제시-연습-생산(PPP)'교수 방법과 '관찰-가설-실험(OHE)'교수 방법을 선택 적용하여 연어 교육의 실제를 제시하고 있다. 먼저 교육의 방향을 설명하고 있는데 초급의 교육 방향은 스스로 텍스트 내에서 연어를 발견하기 어렵기 때문에 개념을 먼저 제시하는 연역적 방법으로 'PPP'교수 방법을 바탕으로 하고 중급은 양도 많아지고 수준도 높아지므로 교사와 학습자 양방향에서의 교수가 필요하며 'PPP'와 'OHE'교수 방법이 적절히 배치되어야 한다고 했다. 고급의 경우에는 스스로 용례를 통해 의미를 유추할 수 있으므로 귀납적인 교육 방법으로 'OHE'교수 방법을 바탕으로 수업 모형이 구성될 수 있다고 하였다. 교육의 실제에서는 초급, 중급, 고급의 학습자를 대상으로 한 수업 모형을 텍스트와 활동 등을 예로 들어 보여 주고 있다.

6장에서는 논의의 내용을 정리하면서 마무리하고 있다.

▌ 의의 및 제언 ▌

　본 연구는 그 동안의 연어 교육 연구의 대상이 '체언+용언'형 연어에만 한정되어 진행되어 온 것을 감안해 볼 때 중·고급 학습자들의 유창하고 자연스러운 한국어 사용에 도움을 줄 수 있는 '부사류+용언'형 연어 교육에 관심을 가지고 그 항목을 정리하고 이의 등급을 설정하여 제시한 것은 학습자와 교사 모두에게 좋은 자료가 될 것으로 보인다. 또한 304개에 이르는 항목들을 교수항목과의 상관성, 사용빈도, 어휘의 정보량이라는 세 가지 기준으로 가지고 위계를 정리한 것 역시 연구자의 노력을 확인할 수 있는 부분이었다. 그러나 아쉬운 점은 교육 방안에서 연어가 학습자들의 의사소통의 질을 높이고 사용을 활성화하도록 한다는 목적을 가지고 있지만 주로 의미 확인하기나 이해하기의 단편적인 활용에 그치고 있다는 것이다.

　# 2008. 8. 장미라. 박사. 경희대. 문장 구조 중심의 한국어 교육 연구. 〈분류: 구〉, 〈해제: 김지혜〉

▌ 목차 ▌

5. 결론

▌ 요약 ▌

본 연구는 하나의 생각을 담은 최소한의 완결된 구성으로 언어 사용 능력의 기본 단위라 할 수 있는 문장은 한국어 사용 능력 향상에도 중요한 역할을 하며 문장 사용 능력은 문장 구성 능력을 바탕으로 한다는 생각으로 한국어 문장 구조의 유형을 정립하고 한국어 교육을 위한 학습 단계별 교육 내용과 배열 방안을 제시하는 것에 목적을 두고 있다.

이에 1장에서는 문법 교육이 궁극적으로 정확하고 유창한 문장을 구성하는 것을 목표로 하나 문법 항목의 형태를 중심으로 그 의미와 기능에 주의를 기울이기 때문에 실제 문장에 대한 구조적인 접근과 체계적인 기술은 부족하다는 문제점을 지적하면서 문장 성분에 대한 이해와 성분의 자리와 성분 간 관계에 대한 이해를 바탕으로 개별 문장의 전체적인 틀을 보여줄 수 있는 문장 구조 교육의 필요성을 주장하였다. 본고에서는 한국어 교육에서 제시하는 문장 구조 관련 내용과 실제 사용하는 문장을 검토하기 위해 경희대, 고려대, 서울대, 연세대, 이화여대 5개 대학 부설 한국어 교육 기관의 교재들을 대상으로 기본 문형, 확대 문형, 표현 문형의 유형화와 학습 단계별 배열 방안에 대해 살필 것이라 밝혔다. 선행 연구로는 문장 구조 교육의 필요성, 기본 문형과 표현 문형의 설정, 기본 문형의 유형화, 문장의 확대, 교육 방안의 다섯 가지 방면의 논의를 살펴보았고 문장 구조에 기반한 교육의 필요성이 계속 제기되었으나 구체적으로 논의되지 못한 점에 주목하여 연구의 필요성을 제기하였다.

2장에서는 한국어 문법 교육의 흐름을 살피고 있는데 먼저 기능 중심의 문법 교육에서는 마치 문장 구조는 지식적인 측면이고 상황기능에 부합하는 문법 항목에 대한 정보는 문장의 사용적인 측면인 것처럼 보이므로 기능에 기반한 한국어 교육이 문장 구성상의 체계성을 전체적으로 보여줄 수 있도록 문장 구조 중심의 교육 내용과 제시 단계에 대한 보완이 필요하다고 하였다. 문법 항목 중심 교육에서는 문법 교육은 문법 항목의 형태를 중심으로 의미와 통사적 특성, 용법과 기능에 대해 학습하고 문장을 생성하는 과정을 거치므로 자연스럽게 문장 사용 능력이 형성되고 향상될 것으로 간주한다고 하였다. 서술어 중심 교육은 전체적인 문장 구조를 보여주지 못한다는 단점을 가지며 학습자가 주어와 서술어간의 호응이 맞지 않는 오류를 범할 수 있으며 이를 극복하기 위해서는 문장의 구조를 보여 주는 것이라 하였다. 따라서 기능 중심, 문법 항목 중심, 서술어 중심의 문법 교육에는 한계가 있으며 그 해결책이 문장 구조 중심의 교육이 될 수 있으리라 하였다. 문장 구조 중심 교육은 외국인 학습자들에게 한국어 문장에 대한 이해를 키워 줄 수 있고 바른 문장, 문장 내 성분 간의 논리성, 풍부하고 유창한 문장 사용과 이해 능력을 신장시킬 수 있다고 하였다.

3장에서는 문장의 개념을 정의하고 문장을 분류하였으며 한국어 교육을 위해 문장 구조를 유형화하였다. 먼저 문장을 구조에 기반한 기능 단위로서의 문장으로 개념·의미 단위로서의 문장, 형식·구성적 단위로서의 문장, 기능 단위로서의 문장으로 살폈으며 단문과 복문의 특성을 정리하였다. 또한 국어 교육과 한국어 교육에서의 문장 구조 중심 교육의 차이를 문장 구조에 대한 입장, 문장 구조 제시 방법, 문장 구조 논의의 대상, 단문과 복문의 구조, 기능적 측면에서의 교육 방안, 문장 내 오류 분석의 방면에서 살펴보았다. 다음으로 한국어 교육을 위한 문장 구조는 단문과 복문을 구분하여, 복문의 구조가 단문의 확대에 의한 것임을 보여 주어야 하고 문장 구조의 이해에 영향을 미치는 표현 문형을 정리하여 문장 구조 중심 교육 내용을 체계적으로 제시할 수 있어야 한다고 하였다. 기본 문형은 단문의 문장 구조 형식으로 지시를 나타내는 '이다' 동사문 유형, 상태를 나타내는 '이다' 동사문 유형, 자동사문, 타동사문, 상태동사문과 복문의 문장 구조 형식으로 안은 문장과 이어진 문장을 정리하였다. 표현 문형의 경우에는 조사 대응 연결형과 어미 대응 연결형을 포함하는 연결형과 종결형으로 그 유형을 살폈다.

4장에서는 문장 구조 중심 교육 내용을 배열하고 있다. 먼저 기본 문형 배열의 기준은 크게 난이도와 유용성이었다. 난이도는 문장 구성 및 확대 단계, 문장 구성상의 난이도, 문장 성분의 난이도가 있었고 유용성은 관련 기능 및 과제와의 상관성으로 이는 서술어의 유형별 문형의 의미와 기능의 상관성과 문형과 과제의 상관성으로 나누었다. 다음으로 표현 문형의 배열 기준 역시 난이도와 유용성인데 난이도는 문형의 형태적 난이도와 의미적 난이도를 유용성은 문형과 과제와의 상관성을 의미하였다. 이를 토대로 하여 4장에서는 한국어 교재의 문형 배열을 검토하였다. 그 결과 한국어의 문장 구조에 대한 형식과 제시 방식이 교재마다 상이하고 제시 방식간의 관련성에 대한 언급이 없으며 제시 문형의 일관성도 떨어졌다고 한다. 그리고 사용 문형의 사용이 문장의 구조를 온전히 보여주지 못하고 대표성을 띄지 못한다고 하였다. 따라서 본고에서는 문장 구조 및 문장 성분의 난이도, 과제와의 상관성에 의한 유용성에 따라 학습 단계별로 기본 문형을 배열하였다. 그러나 확대 문형은 유용성보다도 난이도가 중요하다고 보고 이를 더 우위에 두고 배열하였다. 마지막으로 표현 문형은 형태·의미적 난이도와 과제와의 상관성에 의해 배열하였다. 문장 구조 교육은 문장 발달 단계와 난이도, 유용성을 고려하여 초급, 중급, 고급에서 각각 어순과 문장 구조 형식, 문장의 확대와 축소 등과 관련된 문장 구조를 유형별로 반복적으로 다루어 한국어 문장 구조에 대한 체계적인 이해를 바탕으로 정확하고 유창한 문장 생성과 이해가 가능하다고 언급하였다.

5장은 결론으로 논의를 정리하고 마무리하였다.

▌ 의의 및 제언 ▌

본 연구는 일반적으로 문법 항목을 분석하여 제시하는 것이 아닌 덩어리로 제시하고 학습하게 한다는 외국어로서의 한국어 교육의 입장에서 문장 전체에 대한 이해를 통해 유창하고 자연스러운 문장을 생성해내도록 하기 위해 문장 구조를 중심으로 교육하는 방안을 마련하고자 하였다. 이를 위해 본고는 문장의 여러 유형들을 세밀하게 살피며 난이도와 유용성이라는 근거로 학습 단계별로 정리하였다는 것에 의의가 있겠다. 따라서 이 연구를 통해 나온 자료들이 한국어 교재나 사전 등에 유용하게 사용될 자료가 될 것이라 생각된다.

VI. 한국어 화행 교육 연구사

| 오선경

1. 머리말

본고는 한국어교육 학위 논문 가운데 화행 교육에 대한 논문을 검토하고 연구사를 정리하는 것을 목적으로 한다. 논의에 앞서 화행 능력의 개념을 간단히 살펴보도록 하겠다. 언어 교육에서 목표로 하는 화행 능력은 문법, 어휘 등 언어에 대한 지식을 넘어서 사회적, 의미적, 담화적 요소를 고려하여 언어를 사용하는 것이다. 즉, 사회 언어적 형식을 상황에 따라 적절하게 조합하여 사용할 수 있는 능력을 의미한다.

한국어교육에서 주된 논의의 대상으로 삼고 있는 화행에는 요청, 거절 등의 화행 외에도 경어법, 호칭 및 맞장구, 말차례가지기, 완곡 표현 등이 포함된다. 경어법은 문법과 어휘에 의해 실현되지만 청자와 장면을 고려하여 언어 형식이 결정된다는 점에서 넓은 의미의 화행 교육으로 분류하여 본고에서 다루고자 한다.

한국어교육 분야에서 화행에 대한 학위 논문은 1990년대에 들어서 경어법 교육을 시작으로 발표되기 시작되어 2008년까지 박사 논문 1편, 석사 논문 36편, 총 37편의 학위 논문이 발표되었다. 관련된 논문의 주제는 다음의 <표1>과 같이 분류하였는데 경어법 교육을 다룬 논문이 총 15편, 사과, 거절, 요청 등 개별 화행 교육을 다룬 논문이 총 17편, 그 밖에 맞장구, 호칭, 완곡 표현, 말차례 가지기 등의 기타 관련 논문이 5편으로 조사되었다.

<표1> 학위 논문 주제의 연도별 분류

주제 \ 년도	경어법	개별 화행	호칭	맞장구	말차례	완곡 표현	계 (편)
1991	이지영						1
1995	박선민						1
1999	김정희, 한옥희						2
2000	박효영, 송학성	박은영(사과,감사)					3
2001	채윤희	서희정(거절), 제혜숙(설득)					3
2002		김인규(사과), 이성순(요청)	한윤정				3
2003	체나랑게렐	조경아(요청), 정민주(요청), 홍선수(사과)					4
2004		신경선(소개), 윤은미(거절),					2
2005	강은숙, 김진아, 이언경	임마누엘(요청), 박수란(인사)		박정선			6
2006	나카가와 마사오미, 김유선, 호전마수자	박지영(요청), 전지원(칭찬)		박선용	김은숙	곽단양	8
2007		김정아(칭찬), 최명선(불평)					2
2008	허봉자	김유향(거절)					2
계(편)	15	17	1	2	1	1	37

한국어 경어법 교육에 관한 학위 논문은 1991년도에 발표된 후 현재까지 꾸준한 연구 대상이 되고 있음을 알 수 있다. 개별 화행 교육에 대한 학위 논문은 2000년도에 들어서야 발표되기 시작하였으나 총 17편으로 가장 많은 비중을 차지하고 있다. 현재까지 발표된 논문은 요청 화행에 대한 논문이 5편으로 가장 많았고, 거절 화행 연구가 3편, 사과 화행에 대한 논문이 2.5편이었다. 이 외에도 2002년에는 호칭 교육에 대한 논문이 발표되었고, 이후 맞장구 교육에 대한 논문이 2편, 그리고 말차례 가지기와 완곡 표현 교육을 다룬 논문이 각 1편씩 발표되었다. 호칭에 대한 논문을 제외하고는 모두 2005년 이후에 발표되어 과거 경어법과 화행 교육 위주였던 연구가

보다 다양한 부분으로 확대되고 있음을 알 수 있다.

본고에서는 이러한 논문의 발표 동향을 근거로 하여 화행 교육 연구의 시기를 세 시기로 구분하고자 한다. 1991년부터 1999년까지는 경어법 교육에 대한 연구만 이루어진 초창기로 볼 수 있을 것이다. 이후 2000년에는 경어법 뿐 아니라 화행 교육 분야로 연구가 확대되고, 2004년까지 총 14편의 논문이 발표되어 본격적인 연구가 이루어지고 있음을 알 수 있다. 그리고 그 중 10편이 개별 화행에 대한 논문이어서 화행 교육 연구가 본격화 됐다고 볼 수 있다. 마지막으로 2005년부터 현재에 이르기까지는 총 18편의 논문이 발표되었는데, 기타 분야의 논문들도 골고루 발표되면서 화행 교육 연구의 범위가 더욱 다양해지고 있음을 알 수 있다.

제1기 (~1999): 경어법 교육 중심의 초창기
제2기 (2000~2004): 화행 교육 연구의 본격화 시기
제3기 (2005~   ): 화행 교육 연구의 다양화 시기

2. 제1기(~1999) : 경어법 교육 중심의 초창기

이 시기는 앞서 언급한 대로 경어법 교육에 대한 연구만 이루어진 시기로 화행 교육에 있어서는 초창기라고 할 수 있다. 경어법은 언어 보편적인 화용 원리라 할 수 있는 공손법을 표현하는 한국어의 체계로서 문법 형식과 어휘로 실현되지만 화계 및 화맥에 맞는 적절성이 요구되며, 한국어에서는 그 체계와 사용법이 특히 복잡하고 정교하기 때문에 한국어교육에서 중요하게 다루어지는 부분으로 초기부터 그 연구가 활발했음을 알 수 있다. 이 시기의 논문은 이지영(1991), 박선민(1995), 김정희(1999), 한옥희(1999)의 4편이 있다.

경어법 교육에 대한 최초의 석사 논문은 이지영(1991)이다. 이 논문은 한국어 대우 표현과 관련되는 한국어 학습자의 오류 현상을 수집하고 분석함으로써 외국인들

이 한국어 대우 표현 중에서 어려움을 느끼는 이유를 설명하고 있다. 나아가 궁극적으로 오류를 범하지 않도록 한국어 대우 표현을 좀 더 명시적으로 설명해야 함을 주장하였다.

이어서 박선민(1995)은 경어법 교육 중에서도 청자 대우의 화계와 호칭의 관계를 연구하였다. 이 논문에서는 상호예측 가능성에 의해 화계와 호칭의 공기를 입증하고, 제2언어로 한국어를 학습하는 이들을 대상으로 그 이해와 선호의 양상을 측정하기 위해 설문조사를 실시하고 있으며 이를 근거로 교육 방안과 교재의 구성 방안을 제안하고 있다.

다음으로 김정희(1999)는 대우법 이해 능력 조사를 근거로 경어법 교육을 연구하고 있다. 한국어 학습자를 대상으로 설문 조사와 평가지 조사를 실시하고 청자-화자 간의 사회적 관계를 강조하는 교육 방안을 제시하고 있다.

마지막으로 한옥희(1999)는 한국어 학습 교재에서 제시하고 있는 대우 표현의 내용과 순서를 살펴 문제점을 지적하고, 대우 표현 교육의 순서와 범위를 제안하고 있다.

이 시기는 화행 교육 연구의 초창기로 경어법 교육 연구가 중심을 이루고 있으며, 경어법에 대한 논의도 전반적인 현황 분석에 머무를 뿐 학습자들의 수준별, 언어권별 연구는 이루어지지 않았음을 알 수 있다.

3. 제2기 (2000~2004) : 화행 교육 연구의 본격화 시기

2000년 이후의 제2기는 경어법 교육 뿐 아니라 개별 화행과 호칭 교육 등으로 연구의 범위가 확대되면서 본격적으로 연구가 이루어진 시기이다. 이 시기에는 총 14편의 학위 논문이 발표되어 양적으로도 많은 발전을 이룬 시기라고 볼 수 있다. 14편 중 가장 많은 부분을 차지하는 것은 개별 화행을 연구한 논문으로, 2000년 박은영(2000)을 시작으로 5년간 총 10편이 발표되었다. 화행은 발화를 곧 행위라고 보는 것으로서 상황 맥락과 여러 가지 사회적 변인에 따라 발화의 양상이 다양하게 나타나며 특히 사회문화적인 영향을 많이 받는 언어 행위이다. 이 시기에는 사과, 감사, 거절, 설득, 요청, 소개 화행 교육에 대한 연구가 이루어졌다. 경어법 교육에 대한 논문은 4편으로 역시 꾸준히 연구가 이루어졌고, 호칭 교육을 연구한 논문도 1편이 있다. 경어법 교육 연구는 제1기와 비교하여 양적으로 크게 성장하지는 않았으나 다른 언어와의 대조 연구, 교재 연구 등 연구의 주제와 방법이 다양하게 확대되었다.

3.1. 경어법 교육 연구

먼저 박효영(2000)은 교재에서의 경어법을 연구하고 있는 논문으로, 한국어 교재에서 높임법을 어떤 순서로 기술해야 효과적인 높임법 서술이 될 것인지를 연구하는 데 목적을 두고 있다. 이에 한국어 교재를 분석하고 초등학교 국어과 교재에 나타난 높임법과 비교하고 있다. 여기서 외국인을 위한 한국어 교재와는 교육 대상과 목표가 다른 초등학교 국어과 교재를 비교 대상으로 선정한 것은 적절하지 않다고 여겨지지만, 높임법 교육의 중요성을 인식하고 실제 교재를 분석하고 있다는 점을 의의로 볼 수 있다. 또한 사용 빈도, 난이도, 일반화 가능성이라는 객관적인 기준에 의해 높임법 항목을 배열하려고 시도했다는 점에서 의의를 찾을 수 있다.

다음으로는 학습자 언어권별로 교육 방법을 연구한 논문들이 있는데 중국어권 연구에는 송학성(2000), 영어권 연구에는 채윤희(2001), 몽골어권 연구에는 체나랑게렐(2003)이 있다. 우선 송학성(2000)은 중국 학생들이 한국어를 배울 때 한국어의 경어법을 가장 어려워하고 많은 실수를 한다는 것에 근거를 두어 중국인을 대상으로 한 한국어 경어법 교육 방안을 제시하고 있다. 이를 위해 중국 학생들의 한국어 경어법 사용 실태를 알아보고자 조사를 실시하고 오류를 분석하여 학생들의 경어법 사용에서 나타나는 문제점들을 정리하고 있다. 이러한 결과를 바탕으로 중국 학생에게 한국어를 보다 효과적으로 가르칠 수 있도록 주체, 객체, 상대 경어법으로 구분하여 교수·학습 모형을 만들어 제시하였다.

영어권 화자들의 대우 표현 지도 방안을 연구한 채윤희(2001)는 교포 학습자를 포함한 영어권 외국인의 한국어 대우 표현 오류 양상을 살펴 그 원인을 분석하고 한국어 대우 표현의 지도 방안을 연구하고 있다. 이 논문은 학습자 대상 설문지, 작문 시험지, 인터뷰 자료 등을 바탕으로 문법적 지식에 대한 지도를 넘어서 의사소통에 중점을 둔 지도 방안을 제안하고 있다.

마지막으로 체나랑게렐(2003)은 한국어와 몽골어의 높임 표현을 대조 연구하고 있는 논문이다. 구체적인 교육 방안을 제시하지 않고 있지만, 두 언어의 높임법을 체계와 사용 방식 면으로 나누어 대조분석하고 있다. 이 논문은 몽골어권 학습자를 대상으로 하는 경어법 교육 방안을 위한 기초 연구로서 의의를 가진다.

3.2. 개별 화행 교육 연구

개별 화행 교육 연구의 시작은 사과와 감사 화행 교육을 연구한 박은영(2000)이다. 박은영(2000)은 사과 화행과 감사응답 화행을 실현함에 있어서 한국어 원어민 화자, 영어권 한국어 학습자, 교포 학습자가 선택하는 전략 및 표현이 사회적 지위, 나이, 친밀도라는 사회적 요인에 따라 어떤 차이점이 있는가를 밝히고 있는 논문이다. 이를 위해 담화완성형테스트를 실시하고 있으며, 연구 결과는 집단별 전략 선택과 상황별 특성, 사회적 변인에 따라 분석하였다. 이 논문은 이후 한국어 교육 현장에서의 화행 교수에 도움을 주는 기초 자료로서 연구의 의의를 가진다.

다음으로는 거절 화행 교육에 대해 연구한 서희정(2001)이 있다. 거절 화행은 상대방이 제시한 의견 또는 행위에 응하지 않은 언어 행위로 서로 의도한 바를 정확하게 이해 또는 표현하지 못하면 대화자간의 오해와 갈등이 심각한 상태에 이르게 될 수 있다는 데에서 이 연구의 필요성을 찾고 있다. 이 논문에서도 담화완성테스트를 실시하였고, 그 결과와 한국어 교재의 대화문에 제시된 거절 전략을 상황별, 사회적 변인별로 비교 분석함으로써 한국어 교재에 실린 거절 화행의 문제점을 밝히고 개선 방안을 제시하고 있다.

이어서 제혜숙(2001)은 설득 화행 교육에 대해 연구하고 있다. 이 연구는 대화 분석 이론과 방법에 근거하여 실제 대화를 분석하고 한국어 화자의 설득 행위 대화 구조와 설득 행위 방법을 밝혀내는 데에 목적을 두고 있다. 이에 설득 행위가 나타나는 실제 보험 가입에 대한 대화를 분석하여 한국어 화자의 설득 행위의 방법을 분석하고 있다. 또한 이러한 한국어 화자의 설득 행위가 교육적으로 어떠한 의의를 지니며, 어떻게 한국어 교육 분야에서 적용될 수 있는지 제시하고 있다.

다음 김인규(2002)는 박은영(2000)과 마찬가지로 사과 화행 교육에 대한 연구이나 일본인 한국어 학습자와 한국어 모국어 화자의 사과 화행을 비교하고 있다. 역시 담화 완성형 설문지(DCT)를 이용하였고, 조사 대상은 한국어 모국어 화자, 일본인 한국어 학습자, 일본어 모국어 화자의 세 집단으로 나누었다. 그러나 분석 결과를 보면 두 언어권의 문화 양식이 매우 비슷하기 때문에 눈에 띄게 다른 차이점을 발견할 수는 없었고 전략상의 미세한 차이만 보였음을 알 수 있다.

다음은 화행 교육 연구 중 가장 많은 수를 차지하는 요청 화행 교육에 대한 연구인데 이성순(2002), 정민주(2003), 조경아(2003)가 있다. 이성순(2002)에 따르면 요청은 화자가 청자에게 미래의 행위를 기대하는 것이며 이의 수락 여부는 청자에게 달려 있으므로 청자에게 부담을 주는 화행이라는 특성이 있다고 하고, 이러한 특성 때문에 화자는 요청으로 인한 부담을 줄이기 위해 다양한 전략과 문형을 사용하게 된다고 한다. 이성순(2002)은 영어권 학습자를 대상으로, 조경아(2003)는 일본어권 학습자를 대상으로 하고 있다. 먼저 이성순(2002)을 구체적으로 살펴보면 담화완성기제(DCT)를 사용하여 영어권 한국어 학습자와 한국어 원어민 화자의 요청 화행 수행에서 사용된 전략과 문형을 친밀도, 사회적 지위, 요청 상황의 성격별로 비교 분석하여 두 집단 간의 차이를 밝히고 있다. 이런 결과는 앞으로 영어권 학습자를 위한 화행 교육에 많은 시사점을 제공할 수 있다.

정민주(2003)는 이성순(2002)과는 연구 방법을 달리 하고 있는데, 우선 다양한 언어권 학습자 55명을 대상으로 10가지 변인에 따른 11가지 상황을 사회적 힘과 유대 관계에 따라서 설정하여 조사를 실시하였다. 그리고 비교 대상이 되는 한국어 모어 화자의 화행 양상은 실제 담화를 수집하여 분석하였다. 이 논문은 구어성이 부족한 담화 완성형 테스트를 통한 연구가 아니라 실제 담화 자료 분석을 통해서 한국어 요청 화행의 사용 양상과 표현 특징을 밝혔다는 데 의의가 있다.

다음 일본어권 학습자의 요청 화행 교육을 연구한 조경아(2003)는 한국어 모국어 화자와 일본인 학습자 집단을 대상으로 담화 완성 설문지(DCT)를 사용하였다. 이 논문은 대조분석적인 측면에서 의의가 있을 뿐 아니라 일본인 중·고급 학습자들을 연구 대상으로 하여 모국어의 영향과 학습상의 영향으로 중간언어 단계에서 보이는 다양한 요청 화행 전략과 문형을 추출했다는 점에서도 의의가 있다.

이어서 홍선수(2003)는 박은영(2000), 김인규(2002)에 이어 사과 화행 교육을 연구하고 있다. 그러나 이 논문은 앞선 두 논문과 달리 한국어 모어 화자의 사과 전략을 분석한 후 한국어 교재에 나타나는 사과 화행 양상과의 비교 분석을 통해 한국어 교육에서의 사과 화행 교육 방안을 제시하는 데 목적을 두고 있다. 한국어 모어 화자의 사과 화행을 조사하기 위한 방법으로는 역시 담화 완성 테스트를 이용하였고, 다음으로는 한국어 교재의 대화문을 분석하였다. 분석 결과 실제 한국어 모어 화자의 사과 화행과 비교할 때 전략의 다양성이 부족하다는 점과 사과를 해야 하는 다양한 상황이 제시되지 않았다는 점을 문제점으로 지적하고 있다.

다음으로 신경선(2004)은 한국어 학습자로 하여금 한국어 소개 화행에 반영되어 있는 한국 사회 규범과 문화에 대한 이해를 높이고 화행 능력의 향상을 도모하여 가장 자연스럽고 적절한 소개를 할 수 있도록 하는 데 그 목적을 두고 있다. 구어 자료를 통해 실제 한국어 모어 화자들의 소개 화행을 분석하고 있으며, 그 결과와 한국어 교재에 나타난 소개 화행 검토 결과를 비교하여 화자와 청자의 관계, 사회적 지위, 상황을 좀 더 다양하게 설정하고 다양한 소개 화행 전략을 보여주는 한국어 교재 개발 방안을 제안하고 있다.

마지막으로 윤은미(2004)는 서희정(2001)과 같이 거절 화행 교육을 연구 대상으로 하고 있다. 그러나 영어를 모어로 하는 한국어 학습자와 한국어 모어 화자의 거절 화행 실현의 차이점을 분석하는데 초점을 두고 있다. 또한 연구 방법 면에서도 차이점이 있는데 담화완성테스트를 실시한 서희정(2001)과는 달리 역할극을 실시하고 있다. 그리고 이런 실제적 분석 결과를 활용한 교재 구성과 교수·학습 방안을 제안하고 있다. 이 논문에서 사용한 역할극 방법도 역시 여러 가지 제한점을 가지고 있지만 역동적인 상호작용의 특징을 더 잘 드러낼 수 있다는 점에서는 의의가 있다고 하겠다.

3.3. 기타 교육 연구

이 시기에 이루어진 기타 연구로는 호칭 교육을 연구한 한윤정(2002)을 들 수 있다. 이 논문은 현대 한국어에서 통칭적 호칭어로 사용되고 있는 여성 친족 호칭어 '아줌마', '아가씨', '언니'의 의미를 사회언어학적 접근 방법을 토대로 분석하고, 나아가 한국어교육에의 적용을 논의한 연구이다. 이에 1차로 사전을 통한 어휘 조사, 2차로 한국어 모어 화자와 한국어 학습자를 대상으로 한 호칭에 대한 설문조사, 3차로 실제 발화의 구어 채록을 통한 분석을 실시하였다. 그리고 이 결과들을 반영하여 한국어교육에의 적용법을 제안하고 있다. 상황별로 사용되는 호칭에 대한 명시적 규칙이 없어 한국어를 학습하는 외국인 학습자에게 어려움이 많다는 점을 고려했을 때 이 연구는 의의가 크다고 본다.

4. 제3기 (2005~) : 화행 교육 연구의 다양화 시기

이 시기는 화행 교육 연구가 더 다양한 연구 주제와 범위로 확대되어 가는 시기로 볼 수 있다. 경어법 교육 7편, 화행 교육 7편, 그리고 맞장구, 말차례가지기, 완곡 표현 교육을 다룬 연구가 4편 발표되었다. 경어법 교육에 대한 연구는 청자 대우 교육, 일본어권 학습자를 위한 교육, 고급 단계의 교육으로 그 주제가 더 다양해졌으며, 개별 화행 교육 연구 또한 주제 면에서 인사, 칭찬, 불평 등으로 다양하게 확대되는 양상을 보이고 있다.

4.1. 경어법 교육 연구

경어법 교육을 연구한 논문 중 강은숙(2005)은 청자대우의 화계 변동에 대해 논의하고 있다. 이 논문은 우선 화계 변동 현상이 한국어 모어 화자들의 일상 대화에서 빈번하게 나타나는 언어 현상임에도 한국어 교육 현장에서 학습 항목으로서 적절하게 제시되지 못하고 있다는 문제를 지적하였다. 연구 방법으로는 한국어 모어 화자들의 사적인 일상 담화를 전사한 후 사회적 관계와 친밀도를 변인으로 설정하여 화계 변동을 분석하였다. 이 논문은 화계 변동의 원인 기술에 머무르고 있는 선행 연구를 뛰어 넘어 화계 변동의 다양한 담화 전략 및 기능까지 밝히고 이를 교육적으로 활용하는 방안을 제시했다는 점에서 의의가 있다.

다음으로 김진아(2005)는 고급 학습자 대상의 경어법 교육을 연구하고 있다. 우선 외국인을 위한 경어법 교육에서 국어학 연구를 바탕으로 한 경어법 3체계가 과연 적합한지 문제를 제기하면서 그 대신 어휘적 경어법과 문법적 경어법으로 나누는 기준을 적용할 것을 제안한다. 또한 교재 분석과 고급 학습자 대상의 이해력, 사용 양상 조사를 실시하고 있다.

이어서 이언경(2005)은 사회적 관계를 중심으로 하는 청자 대우법 교육을 연구한 논문이다. 이 논문은 우선 실제 한국어 모어 화자와 청자의 관계에 따른 청자 대우법의 사용 양상을 드라마 대본과 선행 연구들을 참고해 고찰하고 있다. 이어 한국어 교재의 청자 대우법 교육 내용을 분석하고 개선 방안을 제시하고 있다.

다음으로 나카가와 마사오미(2006), 호전마수자(2006), 김유선(2006)은 모두 일본어권 학습자를 위한 경어법 교육 연구이다. 나카가와 마사오미(2006)는 일본어권 중급 학습자들의 말하기 영역에서의 경어법 교육 방안을 모색하였다. 학습자들의 경어법 사용 오류 분석을 위해 일본어권 학습자와 한국어 모어 화자의 실제 대화를 녹음한 관찰 조사와 담화 상황을 제시하고 발화 내용을 수집하는 응답형 설문조사를 실시하였다.

호전마수자(2006)는 일본어권 학습자를 위한 교재 연구로서 한국과 일본에서 출판된 한국어 교재에서 대우법을 어떻게 다루고 있는지를 비교하여 문제점을 지적하고 있다. 또한 한국어와 일본어의 압존법 용법 차이를 밝히기 위해 한국인을 대상으로 설문 조사를 실시하고 한국어와 일본어 대우법에서 존경과 겸양을 나타내는 특수 어휘 및 공손한 명령문의 용법을 비교하고 있다.

김유선(2006)은 우선 일본인의 한국어 대우법 사용 실태를 알아보기 위해 주체높

임, 상대높임, 특수어휘높임 항목과 다양한 상황으로 구성된 설문조사를 실시하였
다. 그리고 이를 바탕으로 한 효과적인 대우법 지도 방안으로 역할극을 제시하고 있
다. 대우법은 청자와 화자의 실제 담화 상황에서의 표현과 직접적인 관련이 있고 기
계적인 문법 연습만으로는 적절한 발화를 이끌어내기 어렵기 때문에 역할극을 통한
교수가 적절하다고 제안하고 있다.

마지막으로 허봉자(2008)는 화행 교육 분야 최초의 박사 논문으로서 중국어권 학
습자를 위한 한국어 경어법 교육 방안을 연구하고 있다. 이미 기존에 중국어권 학습
자들을 위한 연구들이 있어왔지만 이 논문은 한·중 양국어의 경어법 대조분석, 교
재 분석, 학습자들의 오류 분석 등 총체적인 분석을 통해 의사소통 접근법 중심의
교육 방안을 제시하고 있다. 또한 그간 연구자들마다 다르게 사용해 온 높임법, 대
우법 등의 용어 문제에 있어서도 중국어권 학습자들에게는 '경어법(敬語法)'라는 용
어가 가장 적절할 것이라고 주장한다.

이 시기의 경어법 교육 연구 성과들을 간단히 정리해보면 보다 심도있는 논의로
서 박사 논문이 발표되었으며, 학습자 모국어와 숙달도 등을 고려해 주제가 더 다양
해졌음을 알 수 있다.

4.2. 개별 화행 교육 연구

제2기와 마찬가지로 이 시기에도 개별 화행 교육 연구는 활발히 이루어지고 있다.
먼저 임마누엘(2004)은 요청 화행 교육에 대한 논문이다. 이 논문은 요청 화행 실현
양상에 대한 조사 연구를 위해 한국인 모국어 화자와 모국어 변인과 한국어 숙달도
가 다양한 외국인 학습자를 대상으로 담화 완성형 테스트(DCT)를 실시하였다. 이
연구는 초급, 중급, 고급 학습자들을 모두 연구 대상으로 하여 한국어 수준별 요청
화행의 차이를 보여주고 있는데, 이는 기존의 중간언어 연구가 주로 문법 형태 등에
초점을 두었던 것에 반해 화행 능력에 있어서의 중간언어 양상을 보여주고 있다는
점에서 의의가 크다고 할 수 있다.

이어 인사 화행을 연구한 박수란(2005)이 있는데 인사 화행 실현 양상을 살피기

위해 한국인을 대상으로 설문으로 조사한 후, 그 결과를 바탕으로 한국어 교재를 분석하고 문제점을 지적하고 있다. 이 논문은 인사를 단순한 상투적 언어 표현 이상의 의미를 지닌, 대화 상대와 상황을 고려해야 하는 중요한 화행 능력으로 인식했다는 점에서 의의가 있다.

다음은 요청 화행 교육을 연구한 박지영(2006)이다. 이 논문은 우선 한국어 교재를 분석함으로써 요청 표현 교육의 실제를 살펴보고 실제 한국인 화자들의 발화 양상을 살펴보기 위해 현재 방송 중인 드라마의 대본을 분석하고 있다. 이어서 실제 한국인 화자와 외국인 한국어 학습자의 요청 화행 실태를 조사하기 위해 DCT 방법을 사용하고 있다. 이처럼 다양한 시각으로 요청 화행의 실현 양상을 검토하여 효과적인 한국어교육 방안을 제시하고 있다.

다음으로 전지원(2006)과 김정아(2007)는 칭찬 반응, 응답에 대해 연구하고 있다. 전지원(2006)은 한국어 모어 화자의 칭찬 반응 유형과 표현을 찾아내기 위해 텔레비전 드라마 대본에서 수집한 칭찬 화행을 분석한 후 한국어 교재에 나타난 칭찬 화행을 검토하여 개선 방안을 제안하고 있다. 김정아(2007)는 한국어 모어 화자, 일본인 학습자, 중국인 학습자의 칭찬 응답 화행을 비교 분석하기 위해 담화 완성 테스트를 실시하였다. 학습자들이 모국어의 영향을 받는지, 학습의 영향을 받는지를 알아보기 위해 실험 대상 중 절반은 학습자 모국어로 답변하게 하였다. 세 집단 간의 유의미한 차이가 많이 보이지는 않았지만 학습자들의 중간언어 형태를 볼 수 있다는 점에서 연구의 의의가 있다고 볼 수 있다.

최명선(2007)은 불평 화행과 그에 대한 응답 교육을 연구하고 있다. 발화 수반력을 가지는 여러 화행 중에서 불평 화행은 부정적인 성격이 강하게 작용하는 것이 특징이므로 학습자들이 목표어권에서 용인하는 담화를 생산하지 못하면 의사소통과 인간관계에 큰 문제가 발생할 수도 있다. 또한 화행은 고립적으로 실현되지 않고 연쇄적으로 결합되는 것이 보통이므로 그 반응에 대한 연구 또한 중요하다고 볼 수 있는데 이 논문은 불평 화행과 그에 따른 응답까지 함께 연구하고 있다는 점에서 의의가 있다. 연구 방법으로는 역시 담화완성형테스트를 사용하고 있으며, 연구 대상은 한국인 모어 화자, 일본인 학습자, 중국인 학습자로서 이들의 화행 실현 양상을 비교하고 있다.

마지막으로 김유향(2008)은 중국인 학습자를 대상으로 한 거절 화행 교육을 연구하고 있다. 앞서 서희정(2001), 윤은미(2004)에서도 거절 화행을 다루었지만 중국인 학습자를 대상으로 한 연구는 처음으로 이루어졌다. 역시 담화완성테스트를 사용하여 한국인 모국어 화자와 중국인 학습자들의 전략 사용 양상을 비교하였고, 한국어 교재를 분석하여 문제점을 지적하고 효과적인 교육 방안을 제시하고 있다.

4.3. 기타 교육 연구

이 시기에 이루어진 기타 연구로는 맞장구 교육 2편, 완곡 표현 교육 1편, 말차례 가지기 교육 1편이 있다. 우선 박정선(2005)과 박선용(2006)은 맞장구 교육을 연구하고 있는 논문이다. 맞장구는 '발언권을 가진 현재 화자에게 발화 순서의 교체 의사 없이 청자가 보내는 짧은 표현'으로 정의할 수 있는데, 즉 화자의 이야기 진행을 돕기 위해 발화되는 청자의 언어 행위이다. 박정선(2005)은 실제 담화에 많이 등장하며 대화를 원활하고 자연스럽게 이끌어가는 역할을 하는 맞장구 표현 교육에 대한 연구가 소홀했음을 지적하면서, 총 8편의 드라마, 영화, 토크쇼에서 나타난 실제 대화를 분석하여 맞장구의 기능과 출현 위치, 변화 요인을 논하고 있다. 이어서 한국어 교재에서 나타난 맞장구 표현을 검토하여 실제 대화 자료와 비교하고 있다.

박선용(2006)은 방송 자료가 아니라 실제 한국어 모어 화자들의 대화를 녹음하여 사용된 맞장구를 분석하고 있다. 그리고 이 결과를 기준으로 현재 사용되고 있는 한국어 교재의 맞장구 어사의 기능을 분석하고 있다. 이 논문은 박정선(2005)과는 달리 계획된 구어가 아니라 실제 대화를 분석했다는 점에서 맞장구의 구어성이 더 잘 반영된 자료를 선택했다고 본다.

다음으로는 한국어 완곡 표현 교육을 다룬 곽단양(2006)이 있다. 완곡 표현이란 '말을 하거나 글을 쓸 때에 상대방의 감정을 상하지 않게 하고 부드럽게 돌려 표현하는 표현법'으로, 완곡 표현을 사용하는 사람들의 심리는 금기하거나 혐오스러운 말을 피하는 심리, 예의 지향성 심리, 연상 심리 등이 있다고 한다. 이 논문은 중국어권 학습자를 위한 연구로 한국어와 중국어의 완곡 표현을 대조 분석하고 있을 뿐 아니라 중국어권 학습자들의 완곡 표현 사용 실태 및 오류 양상을 분석하고 있다. 또한 그 결과를 토대로 교재 구성 및 교수 학습 방안을 제안하고 있다.

마지막으로 김은숙(2006)은 토의 상황에서의 말차례가지기 교육에 대해 연구하고 있다. 말차례는 '한 화자가 말을 시작해서 자신의 말을 끝내고 다른 이의 말을 듣는 입장으로 돌아가기까지 발화된 것'과 '그 순간 말을 할 권리'를 나타낸다고 설명하고 있다. 이 논문은 특히 한국에 거주하는 이주노동자의 담화를 분석하여 이주노동자의 실제 한국어 사용 양상에 대해서 알아보고, 이것을 이주노동자를 위한 한국어 교육에 적용하는 데에 목적을 두고 있다.

5. 맺음말

지금까지 한국어 화행 교육의 연구사를 학위 논문을 중심으로 고찰해 보았다. 한국어교육에서 화행 분야 연구의 역사는 그리 길지 않아서 1991년부터 학위 논문이 발표되기 시작했다. 본고에서는 2008년까지 발표된 총 37편의 학위 논문을 화행 교육 연구의 초창기, 본격화 시기, 다양화 시기의 세 시기로 나누어 고찰하였다.

제1기는 1991년부터 1999년까지로 아직 화행 교육에 대한 인식이 부족했던 시기로 경어법 교육에 대한 연구만 4편이 이루어져 초창기로 보았다. 경어법은 한국어의 중요한 특징의 하나로 인식되어 초기부터 많은 연구자들의 관심 대상이 되어 온 것으로 보인다. 경어법 교육 논문은 전체적으로 15편인데 제1기에 4편, 제2기에 4편, 제3기에 7편이 발표되어 꾸준히 연구의 대상이 되고 있음을 알 수 있다.

이후 제2기는 경어법 외에 개별 화행 교육 논문이 최초로 발표된 2000년을 기준으로 하였다. 이 시기는 2004년까지 5년이라는 비교적 짧은 기간에 15편의 논문이 발표되어 화행 교육 연구가 본격화되었다고 볼 수 있으며 연구 범위도 한층 다양해지고 확대되었다. 그리고 이때부터 시작된 요청, 감사 등 개별 화행 연구는 주제를 확대하여 계속 이어지고 있다.

마지막 제3기는 맞장구 교육에 대한 연구가 시작된 2005년을 기준으로 하였다. 즉

이 시기는 경어법, 개별 화행 뿐 아니라 맞장구, 완곡 표현, 말차례가지기 등으로 화행 교육 연구의 범위가 더욱 확대되고 다양해졌다. 기타 분야에 대한 연구는 이미 2002년에 호칭 교육 연구가 있었으나 2005년 이후 매년 새로운 주제가 등장하고 있다는 점을 보면 앞으로 화행 교육 연구의 범위가 더욱 다양해질 것임을 예상할 수 있다. 또한 2008년 경어법 분야에서 발표된 박사 논문을 시작으로 앞으로 보다 심도 있고 종합적인 화행 교육 논의가 나오리라고 본다.

실제적인 의사소통능력을 중시하는 언어 교육을 위해서는 화행 교육에 대한 연구가 필수적이다. 또한 최근 비모국어 화자의 언어 습득 양상과 사용 양상을 연구하는 학문인 중간 언어 화용론의 관점에서 한국어를 학습하는 외국인 학습자들의 화행 습득 양상에 관심이 모아지고 있다. 이는 언어에 대한 지식을 갖추고 있음에도 화행 능력의 부족으로 의사소통에 실패하는 사례가 발생하고 있기 때문이다. 따라서 앞으로도 한국어 화행 교육 연구는 계속 더 확대되어 이루어져야 할 것이다. 또한 제한된 분석 자료, 타당성이 부족한 분석 방법, 연구자 주관에 의한 결과 분석 등 지금까지의 연구들이 가지고 있던 여러 문제점을 보완하는 정밀하고 체계적인 연구에 대한 고민도 필요하다고 본다.

참고문헌

김중섭(2004). "한국어 교육의 새로운 방법." 「한국어 교육의 이해」. 서울: 한국문화사.
박영순(2002). "한국어교육학 연구의 현황과 과제." 「21세기 한국어교육학의 현황과 과제」. 서울: 한국문화사
박영순(2007). 「한국어 화용론」. 서울: 박이정.
이원표(2001). 「담화분석: 방법론과 화용 및 사회언어학적 연구의 실례」. 서울: 한국문화사.
임지룡(1992). 「국어 의미론」. 서울: 탑출판사.
LoCastro, Virginia(2003). *An Introduction to pragmatics: Social Action for Language Teachers.* Ann Arbor: University of Michigan Press.
Mey, Jacob(2000). *Pragmatics.* Oxford: Blackwell Pub.

Ⅵ. 한국어 화행 교육 연구사 <논문해제>

1991. 2. 이지영. 석사. 상명대. 한국어 대우 표현의 오류분석: 한국어 학습자의 오류현상을 바탕으로. 〈분류: 경어법〉 〈해제: 권혜진〉

▌ 목차 ▌

▌ 요약 ▌

이 논문은 한국어 대우 표현과 관련되는 한국어 학습자의 오류 현상을 수집하고 분석함으로써 한국어 대우 표현을 체계적으로 살피고, 외국인들이 한국어 대우 표현 중에서 어려움을 느끼는 이유와 그와 같은 오류를 범하지 않도록 한국어 대우 표현을 좀 더 명시적으로 설명하고자 함을 목적으로 하고 있다.

2장에서는 한국어 대우 표현에 관한 앞선 연구와 언어교육과 관련되는 연구 결과를 정리하고 있다. 이를 통해 한국어 대우 표현은 사회언어학적인 방법이나 화용론적인 방법 등 여러 가지 연구방법이 총체적으로 적용될 때 가능하다고 언급하고 있다.

3장에서는 오류 자료를 분석하고 그 해결 방법을 마련하기 위한 가설을 제시하고 있다. 첫 번째 가설은 한국어 대우 표현은 화자, 청자, 주체, 객체의 관계에 따라서 달라진다는 것으로 이 논문에서는 이러한 관계를 나타내는 모형을 제시하고 그 모형에 맞추어 살펴보고 있다. 두 번째 가설은 한국어 대우 표현을 설명할 때 관계를 결정해주는 몇 가지 매개 변수가 있다는 것으로, 이 논문은 이러한 매개 변수를 기준으로 한국어 대우 표현을 살피고 있다.

 4장에서는 초급에서 고급까지의 한국어 학습자 190여명의 작문 노트와 평가 자료에서 대우 표현에 관한 오류를 뽑아서 이를 분석하였다. 분석된 오류 현상을 관계 설정의 오류와 대우 설정의 오류, 표현 선택의 오류로 나누어 설명하고 있다. 관계 설정의 오류에서는 화자, 청자, 주체, 객체 사이의 수직 관계와 수평 관계를 잘 파악하지 못해서 나타나는 오류를 살피고 있다. 수직 관계에서는 화자(주체)를 기준으로 화자보다 높은 관계를 나타내는 '할아버지, 할머니, 부모님, 아버지, 어머니, 큰아버지, 이모, 형님, 누님, 선생님, 사장님, 사모님, 손님, 아저씨, 아주머니, 임금' 등의 대상이 나타나고 있다. 수직 관계에서 화자보다 낮은 대상을 나타내는 것은 '남동생, 여동생, 아우, 아가, 학생' 등이 있음을 살펴보았다. 수평 관계에서는 '친구, 그 사람, 경찰, 쥬디, 사서, 부인' 등의 관계가 나타나는데 이러한 수평 관계와 수직 관계를 혼동하여 오류를 일으키고 있다고 했다. 따라서 이와 같은 가족관계나 사회적 관계 속에서 드러나는 수직 관계와 수평 관계를 설명하기 위해서는 우리나라의 문화적 배경이나 역사적, 사회적인 배경도 함께 설명이 되어야 한다고 제안하고 있다. 다음 대우 설정의 오류에서는 한국어 학습자가 높여서 대우해야 할 때 낮추고, 또 낮추어 대우해야 할 때 높이는 오류를 살펴보고 이러한 오류는 관계 파악이 안 되어서 일어난 것으로 보고 있다. 표현 선택의 오류에서는 대우 표현을 나타내는 여러 가지 형태소와 어휘, 문장 어미에 대한 자료를 살펴보고 있다. 곧 대우 표현의 오류가 구체적으로 어떠한 형태를 통해서 나타나는지 분류하여 살펴본 것이다. 결과를 보면 {-시-}, {-ㅂ(습)-}, {께}, {께서}, {-씨}, {-님}, 집(댁), 말(말씀), 나이(춘추,연세), 밥(진지), 묻다(여쭈다), 있다(계시다), 보다(뵙다), 주다(드리다), 자다(주무시다), 먹다(잡수시다), 죽다(돌아가시다), 아프다(편찮으시다), 데려가다(모시고가다), 미안합니다(죄송합니다) 등과 같은 형태소나 어휘의 선택에서 오류를 일으키고 있다. 또한 '대머리, 날라리, 훌렁까진' 등과 같은 어휘를 선택하여 오류를 일으키고 있는데, 이는 유동성이 있는 어휘로 상대방을 높이는 대우 표현에는 사용할 수 없다는 것과 관련지어 설명해야 한다고 했다.

 5장에서는 오류 현상을 바탕으로 대우 표현의 교수-학습 모형을 제시하여 한국어 학습자가 한국어 대우 표현에서 어렵게 느끼는 부분을 찾아서 그 해결책을 찾고자 했다. 또한 한국어 대우 표현을 한국어 학습자에게 어떻게 설명해야 하는지를 한국어 학습자의 오류와 자연스러운 한국어 대우 표현 자료를 대상으로 논의하고 있다. 따라서 관계 설정에 대한 모형과 몇 가지 예를 제시하여 설명하고, 대우 표현이 매개 변수에 의해서 달라지는 자료도 함께 살피고 있다. 표현 선택의 오류는 오류 자료와 잘 된 표현을 함께 제시하면서 한 문장 안에서 [±높임]의 자질을 설정하여 설명하는 것이 보다 효과적이라고 했다. 또 어휘의 경우는 대우 표현이 아닌 것과 대우 표현인 것을 비교하여 제시하면서 역시 상황과 함께 설명하여야 쉽게 이해할 수 있다고 언급하고 있다.

 마지막으로 6장에서는 이상의 논의를 요약하고, 좀 더 많은 자료를 바탕으로 연구한다면 보다 좋은 연구 결과를 기대할 수 있을 것이라는 추후 과제를 언급하면서 논문을 끝맺고 있다.

▌▌ 의의 및 제언 ▌

이 논문은 한국어 학습자의 오류 현상을 분석하여 한국어 대우 표현을 좀 더 명시적으로 설명하고, 이를 바탕으로 대우 표현의 교수-학습 모형을 제시하고자 하였다는 점에서 의의가 있다. 하지만 교수-학습 모형 제시에 있어서 관계 설정의 오류와 대우 설정의 오류, 표현 선택의 오류로 나누어 설명을 시도하지만, 결국 관계 설정의 오류에만 치중하고 나머지 두 가지는 원론적인 언급으로 그치고 있어 아쉽다. 또한 관계 설정의 오류에 있어서도 화자, 청자, 주체, 객체의 네 관계가 모두 드러나는 예문만을 제시하여 반복적인 설명을 하고 있는데 좀 더 다양한 상황을 고려한 교수-학습 모형 제시가 필요하다고 본다.

1995. 8. 박선민. 석사. 이화여대. 화계(Speech Level)와 호칭의 관계 연구: 외국어로서의 한국어 교육의 측면에서. 〈분류: 화행〉 〈해제: 권혜진〉

▌▌ 목차 ▌

▌▌ 요약 ▌

이 논문은 청자대우의 화용상 전제이며 청자를 나타내는 언어상의 표현의 하나인 호칭을 화계와 연관지어 살펴보고, 청자대우 연구의 화용론적, 사회언어학적인 연구와 함께 이를 통사적으로 규칙화하여 외국어로서의 한국어 교육에 적용하려는 데에 그 목적을 두고 있다.

2장에서는 청자대우에 대한 논의들을 검토하며, 청자대우의 개념과 실현 방식, 현행 청자대우의 경향을 정리하고 있다. 청자대우는 한국어의 대우법 중의 하나로 청자에 대한 화자의 대우 의도를 언어로 나타낸 것으로 대우의 대상이 담화상에서 필수적인 요소인 청자라는 점에서 다른 대우 현상과는 달리 반드시 실현되는 특징을 갖는다고 한다. 그리고 이 논문은 청자대우의 대표적인 실현 방식인 종결어미로 표시되는 화계(Speech Level)와 호칭(Address Term)의 범주만을 논의의 대상으로 함을 밝히고 있다. 현행 청자대우의 경향을 보면 사용되는 화계의 형태가 감소화 과정에 있으며, 해요체가 쓰임이 늘어감에 따라 화계 상에서 중요한 위치를 차지하게 되었다고 한다. 또한 호칭에서는 다양한 호칭어가 사용되고 있다고 한다.

3장에서는 화계와 호칭의 기능에 대해서 화계를 선택 요인과 실현을 중심으로 정리하고, 호칭의 특징과 실현 방식을 대우법의 자질들과 연관시켜 논의하고 있다. 한국어의 담화에서 화계의 선택이란 실제로 객관적인 요인이 우선되는 존대·평대의 선택이라고 정의하고 있다. 따라서 이 논문에서는 담화상의 화계를 존대와 평대의 2등급 화계로 분류하고, 그 아래 몇 개의 형태들에 의한 화계의 실현들을 정리하고 있다. 존대 화계는 일상적으로 쓰는 '존대말'로서 '-요'와 '-ㅂ니다'의 종결어미로 실현되는 화계이며 이를 주고받음에 의한 분류와 격식성에 의한 분류로 나누어 화계의 실현들을 정리하고 있다. 평대 화계는 한국어의 화계에서 대체로 존대 화계를 제외한 나머지 화계, 즉 비존대 화계라고 할 수 있는 것으로 마찬가지로 주고받음에 의한 분류, 격식성에 의한 분류로 나누어 화계의 실현들을 정리하고 있다. 이 논문에서는 호칭어를 담화상에서 화자가 직접 청자를 부르는 말로 한정하였는데, 한국어의 호칭어는 단순한 부름의 기능뿐 아니라 대우의 기능을 하고 있으며 다양한 형태를 특징으로 한다고 밝혔다. 그리고 호칭어가 화계가 갖는 특징들을 공유하는가를 대표적인 자질들을 통해 검토해 본 결과, 호칭어로 격식성과 비격식성의 표현이 가능하며 화계와 마찬가지로 주고받음에 있어서도 화계와 유사성을 갖는다고 했다. 따라서 한국어의 호칭어는 화계와 함께 청자대우라는 기능을 공유하는 기능어라고 볼 수 있다. 대우성에 따른 한국어 호칭어의 실현은 화계와 마찬가지로 존대 호칭어와 평대 호칭어로 실현되며, 존대 호칭어와 평대 호칭어에는 명사구에 접미사나 호격 조사가 첨가된 형태가 있고 접미사나 호격 조사에 의해 대우성이 더욱 명확해지는 특징이 있다. 또한 감탄사형의 호칭어들은 명확하게 존대와 평대로 구분되어 사용된다고 했다.

4장에서는 호칭과 화계의 관계에 대해 기술하는데, 상호예측 가능성에 의해 화계와 호칭의 공기를 입증하고, 이에 대해서 제2언어로 한국어를 학습하는 이들을 대상으로 그 이해와 선호의 양상을 측정하여 분석하고 있다. 실제 조사는 한국어를 외국어 또는 제2언어로 학습하고 있는 외국인 또는 교포를 대상으로 한 설문 조사로서, 81명의 한국어 학습자들에게 담당 교사나 출제자의 설명에 따라 총 30개의 문항에 대해 30분 이내에 답을 하여 제출하도록 했다. 분석 결과를 보면 첫째, 한국어의 학습 수준과 화계와 호칭에 대한 이해도 및 상호예측 능력은 관련성이 크지 않다. 둘째, 외국인 화자의 경우 청자대우의 경향에 일관성이 나타나기 보다는 담화의 상황이나 호칭어에 따른 선택이 많이 작용하는 것으로 드러나고 있다. 셋째, 한국어 학습자들의 화계와 호칭에 대한 이해와 선호가 주로 교재나 수업의 내용에 의존하고 있으며, 이에 따라 화맥적 지시가 있는 문항들에서 전체적으로 비슷한 호칭어나 화계의 형태를 선택한다. 넷째, 학습이나 교재의 영향으로 존대에 대한 이해도가 평대에 대한 이해도보다 높게 나타날 것이라는 가설을 세웠지만 통계적으로 문항 집단들의 분석 결과로는 무의미한 수준으로 나타났다. 다섯째, '인사'나 '환영' 등의 화행을 나타내는 발화에서의 청자대우에 대한 이해도가 일반적인 정보 전달의 화행을 하는 발화에서의 청자대우에 대한 이해도에 비해 높게 나타날 것이라고 예측했지만 큰 차이가 없었다는 것이었다. 그리고 이런 분석 결과를 바탕으로 한국어 청자대우의 학습과 교육에 대해 제안을 하고 있다. 외국인 또는 교포 한국어 학습자들이 화계와 호칭의 공기에 대해서 다른 문법적 지식과는 달리 경험적으로 이해하고 있는데 이는 종래 외국어로서의 한국어 교재나 수업에서 통사적인 접근이 부재하며 화용상의 경험에 의해 터득해야 할 범주로 취급되어져 왔기 때문이라고 분석했다. 외국어로서 한국어의 화계에 대한 교육이나 교재의 구성은 종결어미의 특정 형태소에 치우친 반복적이고 문형화된 문장 연습 위주의 방식을 지양하고 담화의 상황이 고려되고 다양한 호칭어를 설정할 수 있는 효과적인 실제 발화를 목표로 한 의사소통적인 접근으로 전환되어야 함을 제안하고 있다.

마지막으로 5장에서는 이상의 논의를 요약하고, 외국어로서 한국어 교육에 알맞은 청자대우의 연구 방향을 제안하면서 끝맺고 있다.

▌ 의의 및 제언 ▌

이 논문은 한국어 담화에서 필수적인 화행이며, 화용 요인에 근거한 문법 범주인 청자대우를 화계와 호칭어를 중심으로 살피고 있는 연구이다. 이 연구는 청자대우 연구를 보다 통합적이고 기능적인 접근으로 진행하기 위한 하나의 시도였다는 점에서 의의가 있다. 하지만 연구 결과 한국어 학습자들의 화계와 호칭의 공기에 대한 이해도와 학습자들의 문법 수준이 관련이 없는 것으로 나타나 화계와 호칭의 공기 관계에 대해 학습보다는 경험에 의존하고 있다는 결론을 내리고 있다. 이를 통해 한국어 교육의 방향을 제시하고 있지만 원론적인 수준에 머물고 있을 뿐 아니라 학습보다는 경험에 의존하는 교육의 필요성에 대한 의문을 품게 한다는 점에서 아쉬움이 남는다.

> # 1999. 2. 김정희. 석사. 이화여대. 외국인을 대상으로 한 한국어 대우법 이해능력 조사 연구. 〈분류: 경어법〉 〈해제: 권혜진〉

▌ 목차 ▌

▌ 요약 ▌

이 논문은 한국의 사회와 문화를 가장 많이 반영하는 한국어의 특징적인 현상으로서의 한국어 대우법 연구를 목적으로 하고 있다. 청자대우, 주체대우 및 객체대우를 사회적 관계인 상하관계 및 친소관계와 함께 고려하여 한국어를 배우는 외국인을 대상으로 한국어 대우법에 대한 이해 능력을 조사하고 있다.

2장에서는 한국어 대우법의 특성을 파악하기 위하여 대우법에 관한 기존의 연구들을 살펴보고 있다. 대우법을 사회적인 관계 안에서 연구한 문헌들을 살펴보고 청자대우, 주체대우 및 객체대우의 특성과 기능에 대하여 선행 연구들을 정리하였다.

3장에서는 한국어를 학습하는 외국인이 사회적인 인간 관계와 더불어 대우법을 어느 정도 이해하고 있는가를 알아보기 위해서 3급 이상의 실력을 갖춘 한국어 학습자를 대상으로 설문 조사와 평가지 조사를 실시하고 있다. 대우법의 이해 능력이 사회적인 요인과 어떻게 관련되는가를 살펴보기 위해 응답자의 언어권, 연령, 거주 기간 및 학습 목적 등을 작성할 수 있는 설문지를 평가지에 첨부하여 제시하였다. 대우법의 이해 능력에 대한 평균의 분포를 보았을 때 객체대우 종합 및 친의 관계 종합의 대우법 항목에 대해서는 비교적 낮은 정답률을 보이고 있었고, 청자대우의 친의관계와 객체대우의 소의관계 항목에서도 대우법 이해 능력이 낮게 나타났다. 즉, 친소관계에 대한 대우법 이해 능력이 상하관계에 대한 대우법 이해 능력보다 낮게 나타나고 있었다. 이는 외국인들이 한국 사회를 이해할 때 종적인 상하관계를 횡적인 친소관계보다 좀 더 쉽게 이해하여 받아들이는 것이라고 분석하고 있다. 또한 조사 결과, 언어권과 연령 및 학습 기간은 대우법의 이해 능력에 크게 영향을 주지는 못하지만 거주 기간과는 밀접한 관계가 있다는 것을 밝히고 있다. 특히 7개월에서 9개월 사이의 학습자가 가장 이해 능력이 높은 것으로 나타났는데, 이것은 이 기간 중에 보통 한국어 교과과정의 3급을 학습하기 때문에 이때의 학습자가 대우법 이해 능력이 가장 높은 것으로 나타났다고 했다. 또한 외국어로서 한국어를 배우는 학습 목적에 따른 이해 능력의 조사 결과에서도 유의적인 차이가 없었다. 하지만 평균의 분포에 있어서는 학습 목적에 따라 약간의 차이를 보였으므로 외국어로서의 한국어 대우법 교육에 있어 학습자의 학습 목적을 고려해야 한다는 결론이 나왔다.

마지막으로 4장에서는 이상의 논의를 요약하고, 조사 결과에서 외국인의 대우법 이해 능력에 대한 전체적인 평균이 비교적 높게 나타난 것은 3급 이상의 학습자를 대상으로 하였기 때문이라고 언급하면서 외국인을 대상으로 한 향후의 대우법 연구에서는 초급 학습자까지 포함한 연구가 필요하다는 것을 제안하고 있다. 그리고 외국인을 대상으로 한 대우법의 교육은 사회적인 관계를 바탕으로 이루어져야 할 것을 강조하면서 끝맺고 있다.

▌의의 및 제언 ▌

이 연구는 비교적 한국어 교육의 초기에 이루어진 것으로, 한국어를 학습하는 외국인을 대상으로 한국어 대우법에 대한 이해 능력을 실제적으로 조사·연구하여 경어법 교육의 기초를 마련하였다는 점에서 의의가 있다. 하지만 언어권, 연령, 학습기간, 거주 기간, 학습 목적 등을 변인으로 설정하여 실시한 조사에서 거주 기간 변인을 제외하고는 학습자들의 대우법 이해에 큰 영향을 미치지 못했는데 과연 이것이 향후 한국어 교육에 어떠한 시사점을 주는지 분석이 부족하다. 사전에 예비 조사를 통하여 변인을 재설정했다면 이러한 문제를 보완할 수 있었을 것이라는 점에서 아쉬움이 남는다.

1999. 8. 한옥희. 석사. 상명대. 한국어 대우표현의 교수-학습 모형. 〈분류: 경어법〉 〈해제: 권혜진〉

▌ 목차 ▌

1. 서론
 1.1 연구 목적
 1.2 연구 대상
 1.3 연구 방법

2. 앞선 연구
 2.1 학문 문법
 2.2 학교 문법
 2.3 한국어 교육

3. 한국어 대우표현 체계의 교수-학습 모형
 3.1 순서(sequence)
 3.2 범위(scope)
  3.2.1 교육 목표
  3.2.2 교육 내용
  3.2.3 교수 방법
  3.2.4 평가 방법

4. 청자 대우의 교수-학습 모형
 4.1 순서
 4.2 범위
  4.2.1 교육 목표
  4.2.2 교육 내용
  4.2.3 교수 방법
  4.2.4 평가 방법

5. 주체 대우의 교수-학습 모형
 5.1 순서
 5.2 범위
  5.2.1 교육 목표
  5.2.2 교육 내용
  5.2.3 교수 방법
  5.2.4 평가 방법

6. 특수 어휘에 의한 대우의 교수-학습 모형
 6.1 순서
 6.2 범위
  6.2.1 교육 목표
  6.2.2 교육 내용
  6.2.3 교수 방법
  6.2.4 평가 방법

7. 결론

▌ 요약 ▌

이 논문은 한국어 학습자에게 한국어 대우 표현을 보다 효과적으로 가르치고 배울 수 있도록 하기 위한 교수-학습 모형의 제작을 연구하는 데 목적이 있다. 한국어 대우 표현에서 가장 두드러지는 특성에 초점을 두어 청자 대우, 주체 대우, 특수 어휘에 의한 대우 표현으로 나누었다.

2장에서는 대우 표현에 대한 선행 연구들을 학문 문법, 학교 문법, 외국인을 대상으로 하는 한국어 교육 문법으로 나누어 살피고 있다. 여러 가지 이론서 및 문법서에서 제시하고 있는 학문 문법은 사회언어학적인 방법이나 화용론적인 다양한 접근방법을 통해 한국어 대우표현을 연구할 수 있다는 것을 살폈다. 그리고 표준으로 정해 놓은 문법 내용을 볼 수 있는 초등학교 말하기·듣기 교과서와 고등학교 문법 교과서는 한국어 대우 표현과 직접적으로 관련이 있는 내용이 거의 다루어지지 않거나 대우 표현이 매우 한정되어 제시되고 있다고 했다. 마지막으로 한국어 학습 교재에서 제시하고 있는 대우 표현의 내용과 순서를 살핀 결과, 대우 표현에 대한 정의나 전반적인 체계에 대한 제시가 없을 뿐만 아니라 회화를 중심으로 짧은 문장을 연습하는 수준임을 지적하였다.

3장에서는 대우 표현을 가르치기 위한 전체적인 교수-학습 모형을 제시하고 있다. 한국어 대우 표현의 교수-학습은 청자 대우, 주체 대우, 특수 어휘에 의한 대우의 순서로 가르쳐야 한다고 했다. 그리고 각각의 대우 표현을 가르치기 위해 기본적으로 필요한 교육 목표, 교육 내용, 교수 방법, 평가 방법을 제시하였다. 한국어 학습자에게 가르칠 대우 표현의 순서를 대우 표현의 뜻, 기능, 표현 형태로 나누어 제시하고, 교수-학습의 범위에서는 순서에 따라 각 대우 표현을 가르치기 위한 교육 목표, 교육 내용, 교수 방법, 평가 방법으로 구성되는 모형을 제시하고 있다.

4장에서는 청자 대우에 관한 교수-학습 모형을 제시하고 있다. 교수-학습의 순서는 격식체와 비격식체로 나누어 설정하였다. 교수-학습의 범위에서는 교육 목표를 청자 대우의 표현 방법과 등급에 대한 정확한 이해와 표현을 할 수 있도록 하는 것으로 정하고, 교육 내용으로는 청자 대우의 격식체 존대 형태와 비존대 형태, 그리고 비격식체 존대 형태와 비존대 형태로 나누어 구성한 후 직접 교수법의 원리에 따른 교수 방법을 제시하였다. 평가 방법으로는 지필 검사와 실기 평가 방법을 택하고 있다.

5장에서는 주체 대우에 관한 교수-학습 모형을 구성하여 제시하고 있다. 교수-학습의 순서는 선어말어미 '-(으)시-'를 용언에 첨가하는 방법, 주체를 직접 표시하는 말이나 주체와 관련된 사람이나 사물을 가리키는 말을 존대 형태로 바꾸는 방법, 압존법이다. 교육 목표는 문장의 주체가 누구인가에 따라 표현 형태가 어떻게 달라지는가에 대해서 바르게 알고 이해하며, 또한 원만한 의사소통이 될 수 있도록 하는 것이다. 교수 방법은 직접 교수법의 원리에 따르며 평가 방법으로 다양한 평가 유형을 적용하여 괄호 넣기, 줄긋기, 질문하고 답하기 등을 제시하고 있다.

6장에서는 특수 어휘에 의한 대우에 관한 교수-학습 모형을 제작하여 제시하고 있다. 교수-학습의 순서는 특수 어휘에 의한 대우에 관련되는 인물 중 객체를 대우할 때, 청자를 대우할 때, 주체를 대우할 때, 화자를 대우할 때의 순으로 구성하였다. 교육 목표는 특수 어휘에 의한 대우에 관련되는 인물에 따라서 표현 방법이 어떻게 달라지고, 특수한 어휘에 의한 대우가 어떤 상황에서 쓰이는지 그 쓰임을 바르게 알도록 하는 데 있다고 했다. 교육 내용은 교수-학습 순서에 따라서 체계적으로 구성하고, 교수 방법은 직접 교수법의 원리를 따르고, 평가 방법으로 질문하고 답하는 식의 지필 검사와 직접 평가로서 실제 말하기를 시켜보는 실기 평가 방법이다.

마지막으로 7장에서는 이상의 논의를 요약하여 한국어 대우 표현에 관한 교수-학습 모형을 간단히 표로 정리하여 제시하고, 한국어 학습 교재를 개발하는데 이와 같은 연구가 도움이 되기를 덧붙이면서 끝맺고 있다.

▌의의 및 제언 ▌

이 논문은 한국어 학습자를 위한 대우 표현의 교수-학습 모형을 청자 대우, 주체 대우, 특수 어휘에 의한 대우로 나누어 교수-학습의 순서와 범위를 밝혀 한국어 학습자를 가르치는 교사에 게 도움을 주고자 했다는 점에서 의의가 있다. 그러나 논문에서 제시된 교수-학습 모형에 약간 의 아쉬움이 남는다. 예를 들어 한국어 대우표현은 사회언어학적인 측면에서 한국 사회의 특징 을 이해해야 하고, 화자ㆍ청자ㆍ주체ㆍ객체의 관계와 상황에 따라 달라지는 화용론적인 측면에 대한 이해가 필요하다. 하지만 제시된 교수-학습 모형에는 이러한 부분에 대해 학습자들을 이해 시키는 과정이 없다.

2000. 8. 박은영. 석사. 이화여대. 영어권 한국어 학습자와 한국어 원어민의 화행 실현 비 교 연구: '사과'와 '감사응답'을 중심으로. 〈분류: 화행〉 〈해제: 권혜진〉

▌목차 ▌

▌요약 ▌

이 논문은 사과 화행과 감사응답 화행을 실현함에 있어서 한국어 원어민 화자, 영어권 한국 어 학습자, 교포 학습자가 선택하는 전략 및 표현이 사회적 지위, 나이, 친밀도의 사회적 요인에 따라 어떤 차이점이 있는가를 밝히고, 이를 토대로 한국어 교육 현장에서의 화행 교수에 도움을 주고자 하는 것을 목적으로 한다.

2장에서는 화행 이론, 사과 화행과 감사응답 화행에 대한 선행 연구를 제시하고 있다. 사과 화행에 대한 기존의 국내 연구들이 모두 영어를 목표어로 한 화행 실현 연구로 한국어를 목표어로 한 화행 실현에 대한 선행 연구는 없는 실정이라고 한다. 그리고 감사응답 화행에 대한 국내 연구도 미흡하다고 언급하고 있다.

3장에서는 연구를 수행하기 위해 실시한 실험의 대상, 도구 및 절차, 자료 분석 방법, 실험의 제한점을 소개하고 있다. 실험 대상은 서울에 거주하는 대학생과 직장인, 주부 등으로 구성된 한국어 원어민 화자 30명, 한국에서 거주하면서 한국어 교육기관 및 개인지도, 언어교환학습 등을 통해 한국어를 외국어로 배우는 중급 이상의 수준을 지닌 영어권 한국어 학습자 30명, 주로 가정이나 생활 환경에서 한국어를 배운 영어권 교포 학습자 15명을 설정하고, 실험 도구로는 담화완성테스트를 사용하였다. 사과 화행은 명시적 사과, 상대 염려하기, 상황 설명하기, 보상 제시하기, 삼가 다짐의 5가지 전략과 '미안하다'와 '죄송하다'의 표현의 차이로, 감사응답 화행은 부인하기, 수긍, 격려하기, 호의표시, 보상요구의 5가지 전략으로 분류하였다.

4장에서는 담화완성테스트를 통한 연구의 결과를 집단별 전략 선택과 상황별 특성, 사회적 변인에 따라 분석하였다. 사과 화행은 세 집단 모두에서 '명시적 사과'와 '삼가 다짐' 전략의 순으로 선호하였으며, '명시적 사과'를 영어권 학습자가 한국어 원어민과 같이 압도적으로 선호한 것은 모국어 문화와 학습의 긍정적인 전이로 해석하였다. 감사응답 화행에서도 세 집단 모두 '부인하기'를 가장 많이 사용하고 있음이 나타났는데, 영어권 학습자가 '부인하기' 전략을 상황의 구분 없이 압도적으로 많이 사용하는 것은 한국어를 학습할 때 감사응답 화행으로 공식처럼 학습한 표현을 기계적으로 사용하여 교육과정의 훈련에 의한 전이가 나타난 것으로 보인다고 했다. 사회적 변인에 따른 각 집단의 두 화행에서 나타나는 특성은 한국어 원어민은 사회적 지위와 나이의 수직적 위계적 질서를 그대로 반영하고 친밀도의 영향력은 상대적으로 낮다고 했다. 그리고 교포 학습자의 경우에는 표현은 한국어 원어민과 유사하지만, 전략 선택은 친밀도의 영향력을 크게 받아 모국어 문화가 반영되고 있다고 했다. 영어권 한국어 학습자는 사과 화행에서는 사회적 지위나 나이의 영향력을 약간 받고, 감사응답 화행에서는 친밀도의 영향력이 가장 크다고 했다. 이는 모국어 문화의 영향과 훈련에 의한 전이가 복합적으로 나타나 학습자 언어로서의 중간언어 특성을 보여 주는 것이라 분석했다. 마지막으로 5장에서는 이상의 논의를 요약하고, 앞으로의 연구를 위한 제언과 시사점을 밝히고 있다.

▎의의 및 제언 ▎

이 논문은 한국어 모어 화자와 영어권 한국어 학습자 뿐 아니라 그 중간 단계의 특성을 보이는 영어권 교포 학습자를 연구 대상으로 하여 화행에서의 중간언어적 특성을 연구했다는 점에서 의의가 있다. 그러나 실험 대상의 수가 각각 30명, 30명, 15명으로 과연 어느 정도 일반화할 수 있는 결과인지 의문이다. 또한 사과와 감사응답은 대응쌍도 아니고 전혀 관련성이 없는 화행인데 왜 같이 연구를 했는지 명확히 밝히고 있지 않아 의문이 남는다.

2000. 8. 박효영. 석사. 신라대. 외국인을 위한 한국어 교재의 높임법 연구. 〈분류: 경어법〉 〈해제: 권혜진〉

▌목차▐

▌요약▐

이 논문은 외국인을 위한 한국어 교재에 나타난 높임법을 조사하고, 한국어 교재에서 높임법을 어떤 순서로 기술해야 효과적인 높임법 서술이 될 것인지를 연구하는 데 목적이 있다. 서울대, 연세대, 고려대, 이화여대의 4개 대학교 한국어 교재에 나타난 높임법의 내용과 문법 설명이 어떻게 되어 있는지를 알아보고, 초등학교 국어과 교재인 읽기, 듣기, 쓰기, 말하기 교재에 나타난 높임법과 비교하고 있다.

2장에서는 서울의 4개 대학의 외국인을 위한 한국어 교재의 높임법을 조사, 비교하고 있다. 각 대학 교재의 전체적인 단원 구성과 어휘, 발음, 본문 내용의 높임법에 대하여 비교 고찰하고 있다. 서울의 4개 대학교 교재에서 상대높임법이 가장 많이 사용되고 있어서 서술어의 종결어미 형태를 살펴보는 것이 높임법을 올바르게 서술하는데 도움이 될 것이라고 했다. 서울대 교재는 해요체의 사용이 초급(75.5%), 중급(35%), 고급(35%)의 순으로 나타났으며, 합쇼체는 초급(1.5%), 중급(13.25%), 고급(9.4%)의 낮은 비율로 나타나고 있다. 연세대 교재는 서울대 교재와는 반대로 합쇼체의 사용이 초, 중, 고급에서 각각 50.5%, 9.0%, 5.6%로 나타나고, 해요체가 26.8%, 44.4%, 37.9%의 비율로 나타나고 있다. 고려대 교재는 해요체가 초, 중, 고급에서 각각 71%, 58%, 24%로 나타나고, 해라체, 해체, 그리고 합쇼체의 순서로 나타나고 있다. 이화여대 교재는 해요체가 40%를 넘으며 합쇼체가 20.3%로 나타나고 있다. 초등학교 국어과 교재는 합쇼체가 초, 중, 고급에서 각각 60.1%, 45.1%, 10.0%의 비율이고, 해라체가 각각 8.3%, 20.9%, 53%로 나타나고 있었다. 연세대 교재와 초등학교 교재를 제외한 나머지 교재는 해요체를 먼저 습득한 후 합쇼체나 그 외의 나머지 문체로 옮아가고 있음을 알 수 있다. 이러한 현상은 회화용 교재이기 때문에 해요체의 부드러운 느낌의 문체를 써서 한국어와 친숙해지고 합쇼체를 배우는 것이 한국어의 특징 중에 하나인 높임법을 이해하는데 쉬울 것이라고 설명하고 있다. 그리고 서울의 4개 대학교별 한국어 교재를 초급, 중급, 고급으로 나누어 자세히 살펴보고 있다. 초등학교, 서울대, 고려대 교재에서는 초급 단계에서 합쇼체의 '-ㅂ니다'가 66.5%로 많이 보이고, 점차 비율이 낮아지고 있다. 해요체의 '-요'는 초등학교 교재는 각 급간에 고른 분포를 나타내고, 서울대 교재는 '-요'의 형태가 점차 늘어나고 있는데 고려대의 교재는 점차 줄어들고 있다. 주체높임의 '-시-'는 초등학교와 고려대 교재는 포물선의 형태를 그리는 중급에서 많이 다루었는데, 연세대 교재만은 점차 비율이 증가하고 있다. 접미사 '-님'은 초등학교와 서울대 교재는 비율이 높아지고 있으나, 연세대 교재는 포물선의 형태를 나타내며, 고려대 교재는 점차 낮아지고 있다. 초등학교 교재에서는 영역별로 구어와 문어가 적절히 배분되어 있는 편이고, 연세대 교재는 초급 단계에서는 구어체의 회화가 많이 보이던 것이 고급 단계로 갈수록 문어체여서 구어체와 문어체의 비율이 반반씩 나타나지만 각 단원의 마지막에 제시되어 있는 설명 부분은 '-는다'의 형태로 많이 나오고 있다. 이에 대해 서울대 교재는 포물선 모양을 띠며, 고려대는 항아리 모양을 띤다면서 급간의 비율과 대학교별 차이를 살펴보고 있다.

3장에서는 외국인을 위한 한국어 교재의 높임법 편성 방안을 사용빈도, 난이도, 일반화의 가능성이라는 세 가지 기준으로 제시하고 있다. 첫째, 사용빈도를 조사하여 어떤 높임법이 많이 사용되었는가를 알아보고 가장 많이 사용되는 항목을 먼저 교육해야 한다는 것이다. 둘째, 난이도에 따라 높임법의 제시 순서를 '-이에요' → '-아요' → '-습니다' → '-ㄴ데요'순으로 제안하고 있다. 셋째, 일반화의 가능성 문제는 높임법을 학습했을 때 응용 효과가 큰 것을 먼저 제시해야 한다는 것이다. 즉, 외국인을 위한 한국어 교재를 만들어야 하는 순서를 사용빈도가 높은 높임법의 어휘들을 응용 효과가 높은 순서별로 난이도를 고려하여 제시해야 한다고 밝혔다.

마지막으로 4장에서는 이상의 논의를 요약하고 논문의 한계와 앞으로의 과제를 제시하면서 끝맺고 있다.

▌ 의의 및 제언 ▌

이 논문은 기존의 외국인을 위한 한국어 교재에 나타난 높임법 교육 내용을 분석하여 높임법 편성 방안을 제안하고 있는 연구이다. 높임법 교육의 중요성을 인식하고, 사용 빈도, 난이도, 일반화 가능성이라는 객관적인 기준에 의해 높임법 항목을 배열하려고 시도했다는 점에서 의의를 찾을 수 있다.

하지만 논문의 내용과 자료 분석의 근거가 다소 부족한 편이다. 우선 주체높임, 상대높임, 객체높임의 요소들이 혼재되어 분석되고 있으며, 특히 상대높임의 화계 사용 빈도를 추출한 부분은 교재의 본문을 대상으로 한 것인지 설명 부분까지 대상으로 한 것인지 기준이 언급되어 있지 않다. 그리고 초등학교 국어과 교재는 외국인을 위한 한국어 교재와는 교육 대상과 목표가 다르므로 적절한 비교 대상이 아니라고 여겨진다. 또한 결론 부분에서 사용 빈도가 높은 높임법의 어휘가 먼저 제시되어야 함을 제안하고 있는데, 이 때의 사용 빈도 조사를 어떤 자료를 통해서 하는가에 따라 상당히 유동적일 수 있기 때문에 근거가 보완되어야 할 것이다.

2000. 8. 송학성. 석사. 경희대. 중국인을 위한 한국어 경어법 교육방법 연구. 〈분류: 경어법〉 〈해제: 권혜진〉

▌ 목차 ▌

4.4.1 教育 目標
4.4.2 教育 內容
4.4.3 敎授 方法

4.4.4 評價 方法

5. 結論

▌요약▐

이 논문은 중국 학생들이 한국어를 배울 때 한국어의 경어법을 가장 어려워하고 많은 실수를 한다는 것에 근거를 두어 중국인을 대상으로 한 한국어 경어법 교육 방안을 제시하고 있다. 특히 중국 학생에게 한국어를 보다 효과적으로 가르칠 수 있도록 주체, 객체, 상대 경어법으로 구분하여 교수·학습 모형을 만들어 제시하는 것을 목적으로 한다.

2장에서는 한국어와 중국어의 경어법에 대하여 형태론적 측면과 화용론적 측면 및 변화 양상 등을 중심으로 비교·분석하고 있다. 한국어에서는 접미사 '-님', 조사, 종말어미 등과 같은 문법 형태에 의한 경어법과 존칭을 나타내는 특수한 어휘의 사용이 두드러진 반면에 중국어는 체언에서는 풍부함을 보여주고 있지만 용언에서는 극히 제한되어 있다고 한다. 중국어에서는 용언에 '請'을 사용하여 부족한 경어를 보충하는 방법이 독특하다고 언급하고 있다. 또한 중국어와 한국어는 사회적 환경의 차이 때문에 존대 표현에 있어서 서로 다른 경향성을 나타내고 있다고 한다.

3장에서는 중국 학생들의 한국어 경어법 사용 실태를 알아보고자 실시한 실태 조사와 오류를 분석한 결과를 통해 학생들의 경어법 사용에서 나타나는 문제점들을 정리하고 있다. 중국 내에서 한국어를 제2외국어로 학습하고 있는 5개 학교를 대상으로 하여 4년간의 한국어 교육과정 수료를 앞둔 학생들에게 설문지를 나누어주고 직접 회수하는 방법으로 조사를 진행하였다. 주체 경어법의 사용 실태에서 선어말 어미 '-(으)시-'의 사용에 오류가 많이 나타나고 있었다. 선어말 어미 '-(으)시-'는 존대의 자질이 월등히 높기 때문에 반드시 사용해야하지만, '꼭 사용해야 한다'는 의식이 없어서 사용하지 않거나, 무조건 선어말 어미 '-(으)시-'만 붙이면 존대표현이 된다는 단순한 문법 지식 때문에 오류가 발생한다고 분석하였다. 객체 경어법의 경우는 객체 경어법을 위한 주체 겸양의 개념을 모르거나 낮춤말을 몰라서 오류가 나타난 것으로 보았다. 상대 경어법은 합쇼체와 해요체의 차이점을 제대로 알지 못하며, '-요'만 첨가하면 어느 경우나 쉽게 존대의 상태를 이룰 수 있다고 생각하는 것 때문에 오류가 발생한 것이라고 했다. 즉, 중국 학생들은 한국어 경어법에서 높여야 할 대상의 파악에 미숙하며, 겸양법과 낮춤말에 대한 인지도가 낮고, 존대 요소들의 호응에 대한 인식이 부족하다는 문제점이 있다고 분석하고 있다. 그리고 경어법의 오용 원인을 언어적인 원인, 경어법 지식적 원인, 심리적 원인, 교육적 원인으로 나누어 파악하고 있다.

4장에서는 중국 학생들을 가르치기 위한 교수·학습 모형을 만들어 제시하고 있다. 존대 표현을 어떠한 순서로 가르칠 것인지 구체적으로 제시하였고, 각각의 존대 표현을 가르치기 전에 기본적으로 필요한 교수목표, 내용, 교수 방법, 평가 방법을 제시하고 있다. 주체 경어법의 교육 목표는 대화 상황이나 장소에 따라서 대우하는 방법이 달라지는데, 문장의 주체가 누구인가에 따라 표현 형태가 어떻게 달라지는가에 대해서 바르게 이해하여 원만한 의사소통을 하는 것이다. 교수-학습 순서는 첫째, 주체를 존대하는 표현으로는 선어말어미 '-(으)시-'를 용언에 첨가하는 방법으로 주체 대우의 양상을 가르치도록 한다. 둘째, 주체 대우에는 주체를 직접 표시하는 말이나 주체와 관련된 사람이나 사물을 가리키는 말도 가능하면 존대 형태로 바꾸는 것을 교수-학습할 수 있도록 한다. 셋째, 주체 존대에서는 간접적으로 영향을 미치는 청자가 있는데 이와 관련된 압존법에 대해서도 교육하도록 한다. 평가 방법으로는 다양한 평가 유형을 적용하여, 괄호 안에 넣기와 줄긋기, 질문하고 답하기 등을 제안하였다. 객체 경어법의 교육 목표는 객체 경어법에 관련되는 인물에 따라서 표현 방법이 어떻게 달라지고, 객체 존대가 어떤 상황에서 쓰이는지 그 쓰임을 바르게 알도록 하는 것이다. 교수-학습 순서는 첫째, 주체 경어법에 관련되는 인물 중 객체를 존대할 때에 대해서 다루고, 둘째, 청자를 존대할 때, 셋째, 주체를 존대할 때, 넷째, 화자를 존대할 때에 대해서 자세하게 학습할 수 있도록 구성하였다. 평가 방법은 질문하고 답하는 식의 지필고사와 직접 평가로써 실제 말하기를 시켜보는 실기 평가 방법을 사용하고 있다. 상대 경어법의 교육 목표는 상대 경어법의 표현 방법과 그에 따라서 존대 정도가 달라지는 등급에 대한 이해를 비롯하여 보다 정확한 표현을 할 수 있도록 하는 것이다. 교수-학습 방법은 상대 경어법을 나타내는 방법, 즉 문자의 종결 형태를 격식체로 표현할 것인가와 비격식체로 표현할 것인가를 따로 구분하여 지도-학습의 순서를 설정하고 있다. 교육 내용으로는 상대 경어법의 격식체로서의 존대 형태와 비존대 형태, 그리고 비격식체로서 존대 형태와 비존대 형태로 나누어 구성하고 있다. 지도 방법으로는 여러 가지 지필검사와 학습자들이 실질적으로 상대 경어법을 연습할 수 있도록 실기 평가하는 방법을 택하고 있다.

마지막으로 5장에서는 이상의 논의를 요약하고 논문의 한계와 앞으로의 과제를 제시하면서 끝맺고 있다.

▌ 의의 및 제언 ▌

이 논문은 한국어와 중국어의 경어법을 대조 연구하고, 중국인 대상 경어법 교육 방법 및 학습 방안을 제시한 연구로서 중국에서 한국어를 가르치는 교사들에게 참고할 만한 자료를 제시하고 있다는 점에서 의의가 있다. 하지만 중국인 학습자들의 경어법 사용 실태를 알아보는 설문조사 구성에서 다소 의문이 남는다. 주체 경어법과 상대 경어법은 상황을 주고 알맞은 경어법 문장을 고르는 방법인 것이 반해 객체 경어법에 관한 설문조사에서는 상황 맥락 없이 잘못된 문장을 주고 바르게 고치기의 방식을 사용하고 있다. 객체 경어법에서만 왜 방법을 달리했는지 설명이 없어 아쉽다.

 # 2001. 8. 서희정. 석사. 경희대. 한국어 거절 화행 교육 연구: 교재 분석을 중심으로. 〈분류: 화행〉 〈해제: 오선경〉

▌ 목차 ▌

▌ 요약 ▌

이 논문은 한국어 교재의 대화문에 제시된 거절 전략과 한국어 모어 화자의 거절 전략을 상황별, 사회적 변인별로 비교 분석함으로써 한국어 교재에 실린 거절 화행의 문제점을 밝히고 개선 방안을 제시하는 데 목적을 두고 있다. 거절 화행은 상대방이 제시한 의견 또는 행위에 응하지 않은 언어 행위로 서로 의도한 바를 정확하게 이해 또는 표현하지 못하면 대화자간의 오해와 갈등이 심각한 상태에 이르게 될 수 있으므로 그 연구가 중요하다고 한다.

2장에서는 거절 화행의 특징 및 구조를 고찰하면서 이 연구에서 사용할 거절 화행의 분석 틀을 제작하였다. 거절은 일반적으로 화자의 제안에 응하지 않는 행위로 간주된다. 따라서 거절은 개시 발화가 아니라 요청, 초대, 제공, 제안과 같은 유도 화행에 대한 응답 발화로 수락과 함께 요청 행위와 인접쌍을 이루며, 기본적으로 요청자의 체면을 손상시키는 체면 위협 행위로서 다양한 체면 보존 전략이 사용된다고 한다. 거절 화행은 단독적으로 거절의 기능을 수행하는 의미구와 의미구의 앞뒤에 첨가되는 표현으로 그 자체로서는 거절을 수행하지 못하는 부가 표현으로 구성된다. 거절 화행 분석을 위해서는 분석 틀이 필요한데 이 논문에서는 Lyuh(1992)의 분석 틀을 토대로 일부 보완하여 다음과 같이 제시하고 있다.

직접 의미구	수행동사, 명령, 불가
간접 의미구	사과, 소망, 이유, 대안 제시, 과거 수락, 미래 수락, 주장(원칙, 취향, 의지), 일반론(상투어, 사실 진술), 단념 시도(부정적 결과, 과오 언급, 비난, 죄의식, 부담 경감, 노력, 훈계, 격려, 공감대 부각, 공감 호소, 책임/의무, 난처), 겸손(능력 부족, 부적합), 회피(제안 수락, 요청 반복, 확답 연기, 정보 요구, 농담, 의향 타진)
부가 표현	수락, 긍정적 표현, 공감/이해, 망설임, 감사, 유감, 관심 표명

3장에서는 한국어 모어 화자가 사용하는 상황별, 사회적 변인별 거절 화행의 특징을 알아보기 위해 학생 76명, 직장인 135명을 대상으로 각각 9개 상황으로 구성된 담화완성테스트를 실시하여 결과를 분석하였다. 거절자와 요청자간의 상대적인 손익 관계 및 행동 주체에 따라 요청, 초대, 제안, 제공, 제의의 5개의 유도 화행으로 나누고, 이를 다시 사회적 변인인 상하 관계, 친소 관계, 부담 정도, 공적 사적 장면별, 거절자의 성별에 따라 거절 전략의 내용, 빈도, 거절 화행의 길이를 분석하였다. 분석 결과를 간단히 살펴보면 한국어 모어 화자는 거절 화행을 수행할 때 전반적으로 이유, 사과, 직접 거절 전략을 주로 사용하였다고 한다. 유도 화행별로 보면 요청, 초대, 제의에서는 이유와 사과 전략이, 제공과 제안에서는 단념 시도와 부가 표현의 사용 빈도가 높았다.

4장에서는 한국어 교재 5종 21권에 수록된 거절 화행을 유도 화행별, 사회적 변인별로 분석하고, 3장의 결과와 비교하였다. 이를 통해 교재에 유도 화행별 거절 화행이 고루 나타나지 않고 있으며 한국어 모어 화자의 거절 양상과도 다름을 지적하고 있다.

5장에서는 교재의 문제점을 지적하고 올바른 화행 교육을 위한 개선점을 제안하고 있는데, 우선 교재의 문제점을 명확히 하기 위해 한국어 고급 학습자 29명을 대상으로 담화완성형테스트를 실시하고 그 결과를 한국어 모어 화자의 결과와 비교했다. 비교 결과 한국어 학습자들의 거절 양상은 한국어 모어 화자와는 차이점을 보였고, 이는 한국어 학습자들이 직관에 의존해 편찬된 교재의 영향을 받은 것이라고 분석하고 있다. 한국어 교재의 구체적인 문제점으로는 전반적으로 거절 전략이 다양하게 제시되어 있지 않은 점, 일부 유도 화행에만 치우쳐 제시되고 있는 점, 사회적 변인이 반영되지 않고 있는 점, 거절하기 기능을 소홀히 다루고 있는 점을 들고 있다. 이에 교재 개선 방안으로 한국어 모어 화자의 화행 자료가 반영되어야 할 것, 실생활에서 추출된 대화문을 실어야 할 것, 다양한 사회적 변인이 반영될 것, 언어 기능을 골고루 분배할 것을 제안하고 있다. 마지막으로 학습자 수준별로 거절 화행 제시 순서를 제안하고 급별로 실생활 자료에서 추출한 대화문 구성의 예를 보여주고 있다. 마지막 6장에서는 이상의 논의를 요약하면서 마무리 짓고 있다.

▌ 의의 및 제언 ▌

이 논문은 상대방의 체면을 위협하는 행위로서 화용상의 실수가 치명적일 수 있는 거절 화행에 대해 연구하고, 학습에 직접적인 영향을 미치는 교재의 문제점을 분석해 구체적인 교재 개선 방안을 제안하였다는 점에서 의의가 있다. 또한 한국어 모어 화자의 거절 전략을 추출해 냄으로써 한국어 교육 현장에서 자료로서의 활용도가 높다고 여겨진다. 그러나 5장에서 고급 학습자들의 화행 사용 양상이 한국어 모어 화자들과 다른 것이 잘못된 교재에서 비롯된 것이라고 분석하고 있는데, 이는 그 29명의 학습자들이 학습한 교재를 조사하여 분석해야만 정확한 결과가 될 것이다. 학습자들 오류의 원인은 교재 뿐 아니라 모국어의 영향, 학습 방법의 영향 등 여러 가지가 있는데 대상이 된 학습자들이 어떤 교재를 사용했는지 밝히지 않고 있어 결과 분석에 다소 아쉬움이 남는다.

> # 2001. 8. 제혜숙. 석사. 연세대. 한국어 대화에 나타난 설득행위에 대한 연구. 〈분류: 화행〉 〈해제: 권혜진〉

▌목차 ▌

▌요약 ▌

이 논문은 실제 대화를 분석하여 한국어 화자의 설득 행위 대화 구조와 설득 행위 방법을 밝혀내는 데에 목적이 있다. 이 때 실제 대화는 보험가입에 대한 대화를 수집·전사하여 분석하였는데, 이러한 대화는 판매자가 구매자를 적극적으로 설득하는 경우가 많고 일반 매매 대화보다 판매자에 의한 설득 행위가 잘 드러나는 대화이기 때문이라고 했다.

2장에서는 설득 행위에 대한 이론적 배경 및 그 연구 방법으로 사용된 대화 분석에 대해서 살피고 있다. 설득에 대한 사전적·학문적 정의를 살펴보고, 화행론의 관점에서 '설득행위'를 말할이가 들을이에게 어떤 영향을 끼쳐서 들을이의 태도를 변화시키거나 더 나아가 행동의 변화까지 일으키게 하는 말할이의 전략적인 발화 행위라고 정의하였다. 그리고 대화문법론에 바탕을 둔 Franke(1990)와 Hundsnurscher(1980)에서 제시된 7가지 최소대화유형으로, 최소대화란 하나의 완결된 화행 연속체를 일컫는 것으로 추구하는 의사소통 목적을 달성하기 위해서 수행되어야 하는 필수적인 화행으로만 재구성되어진 대화 구조라고 한다. 최소대화는 시작화행을 의미하는 제 1 대화이동, 시작화행에 대한 들을이의 긍정적이거나 부정적인 반응인 제 2 대화이동, 이러한 들을이의 반응에 대한 말할이의 반응인 제 3대화 이동과 들을이가 대화를 종결짓거나 다시 부정적인 반응을 보이는 제 4 대화 이동을 소개하고 있다. 그리고 한국어 화자의 설득 행위를 대화문법론의 대화 분석 방법으로 분석을 할 것이라고 밝히고 있다.

3장에서는 설득 행위가 나타날 수 있는 이상적인 대화 구조와 실제 대화 구조를 바탕으로 한국어 화자의 설득 행위 대화 구조를 분석하고 있다. 일상 대화와 보험 가입에 대한 대화를 분석한 결과 설득 행위의 최소대화구조는 일상 대화와 다른 8개의 최소대화구조로 나타났다. 최소대화의 유형은 ①시작화행+부정대답+수정화행+포기화행, ②시작화행+결정준비 화행+수정화행+포기화행, ③시작화행+결정회피 화행+수정화행+포기화행, ④시작화행+역시작화행+수정화행+포기화행, ⑤시작화행+부정대답+재시작화행+포기화행, ⑥시작화행+결정준비 화행+재시작 화행+포기화행, ⑦시작화행+결정회피 화행+재시작화행+포기화행, ⑧시작화행+역시작화행+재시작화행+포기화행으로 예와 함께 제시하고 있다. 한편 보험가입에 대한 대화의 구조는 '시작화행+결정회피 화행+(주장+수용+주장+수용··)+재시작화행+포기화행'으로 나타난다고 했다. 그리고 이러한 설득 행위의 최소대화는 보험가입에 대한 대화는 문제규정단계-문제해결단계-정리단계의 기능단계와 부분단계로 구성되어 있으며, 이와 같은 실제 설득 행위가 나타나는 복합대화에서는 하나의 최소대화가 확장되는 유형을 띠거나 여러 개의 최소대화가 혼합되어 나타나는 양상을 보인다고 했다.

4장에서는 설득 행위가 나타나는 실제 보험가입에 대한 대화를 분석하여 한국어 화자의 설득 행위의 방법을 분석하고 있다. 한국어 화자의 설득행위의 방법에는 끌어들이기, 문제 제시, 논증 제시, 대안 제시가 있다. 끌어들이기란 말할이가 처음 만난 들을이를 대화에 적극적으로 참여시키는 과정으로 칭찬, 친근감 표시, 동의, 접촉확대 시도, 과시 등의 방법이 있었다. 문제 제시는 판매자가 보험 가입의 필요성에 대해 언급하는 것인데, 경고와 강조의 방법이 있었다. 논증 제시는 설득을 목표로 말할이가 행한 행위에 대해서 자신의 입장이 옳다는 것을 논리적인 근거나 설명, 예시 등을 들어 타당하게 증명하는 것인데, 설명과 예시 등의 논증 방법이 보험 가입에 대한 대화에서 나타나고 있었다. 마지막으로 보답 약속, 긍정적 영향의 대안 제시의 방법이 있었다.

5장에서는 한국어 화자 설득 행위의 특징을 분석하고, 이러한 한국어 화자의 설득 행위가 교육적으로 어떠한 의의를 지니며, 어떻게 한국어 교육 분야에서 적용될 수 있는지 제시하고 있다. 한국어 화자의 설득 행위는 말할이의 목적을 달성하기 위하여 이성적 설득과 감성적 설득이 모두 사용되어 다양하게 설득 행위의 방법을 사용하고, 구매 의사가 분명하지 않은 한국어 화자의 보험 가입에 대한 대화의 경우 논증적 대화 이동 연속체의 구조를 보이지만 주로 판매자에 의해 대화가 주도되는 양상이 나타난다고 했다.

마지막으로 6장에서는 이상의 논의를 요약하고 차후 한국어 화자의 설득 행위를 객관적으로 분석하기 위해서는 대화 분석(CA)의 방법이 필요하다고 언급하고 있다. 또한 다른 언어의 설득 행위와 비교·분석한다면 설득 행위의 문화적 차이를 밝혀낼 수 있고 한국어 교육에 실질적인 도움을 줄 수 있을 것임을 강조하면서 마무리 하고 있다.

▌의의 및 제언 ▌

이 논문은 한국어 교육현장에서 설득 화행교육의 필요성을 인식하고, 설득 행위가 잘 나타나는 보험 가입에 대한 실제 대화를 분석함으로써 설득의 대화 구조를 밝히기 위한 화용론적 접근을 시도하였다는 점에서 의의가 있다. 그러나 일상 대화에서 나타나는 설득 행위와는 다른 특정한 목적성이 두드러지는 보험 가입에 대한 설득 행위만을 분석의 대상으로 삼은 점에서 아쉬움이 남는다. 설득 행위가 나타나는 자연스런 대화를 얻기 힘들다는 제한점이 있기는 하지만 좀 더 다양한 설득 행위의 대화를 수집하여 분석하였다면 한국어 교육에의 활용 가능성이 더 커졌을 것이다.

> # 2001. 8. 채윤희. 석사. 중앙대. 영어권 화자의 한국어 대우 표현의 지도 방안에 관한 연구. 〈분류: 경어법〉 〈해제: 오선경〉

▌목차 ▌

▌요약▐

이 논문은 교포 학습자를 포함한 영어권 외국인의 한국어 대우 표현 오류 양상을 살펴 그 원인을 분석하고 한국어 대우 표현의 지도 방안을 연구하고 있다. 외국인들이 한국어를 배울 때 가장 어려워하는 것 중 하나가 바로 대우법이라고 하면서, 대우법은 화자가 청자나 화제 인물에 대하여 언어적 예우를 갖추는 것으로 한국의 문화와 한국어의 사회 언어학적 측면이 잘 반영되어 있는 한국어의 중요한 특질이라고 언급하고 있다.

1장에서는 이 논문의 연구 목적, 대상, 방법 등과 이론적 배경을 밝히고 있다. 연구 방법은 우선 한국에 거주하는 영어권 학습자들에게 그들이 어떻게 대우법을 인식하고 있으며 의사소통과 작문을 하는지 설문지를 통하여 조사하였다고 한다. 둘째, 국내 한국어 교육 기관의 작문 시험지와 한국어 학습자를 인터뷰해 뽑은 자료를 사용하여 대우법 표현의 오류 현상을 살펴본다고 한다. 셋째, 영어권 화자들이 공통적으로 범하는 오류의 원인을 분석하여 그에 따른 지도 방안을 모색한다고 밝히고 있다. 이론적 배경을 살펴보면 기존 여러 학자들의 이론을 검토하여 대우법을 '말하는 이가 언어 내용을 전달할 때 듣는 이와 문장에 등장하는 주체 및 객체에 대하여 높임의 태도'라고 정의하고 있다. 즉 화자가 어떤 대상에 대하여 높임의 태도를 나타내는 문법 기능으로 높이는 대상이 누구인가에 따라 주체 대우법, 객체 대우법, 청자 대우법으로 나뉜다고 한다. 주체 대우법은 동사 어간에 주체 존대소 '-시-'를 붙여서 문장의 주체를 높이는 방법이다. 청자 대우법은 학자마다 다양하게 분류하고 있으나 이 논문은 이주행(2000)의 분류를 따라 청자 대우법을 연령에 따라 중년층 이상이 사용하는 구형 체계와 그 이하의 연령대가 사용하는 신형 체계로 양분하고 있다. 구형 체계는 '하십시오'체, '하시오'체, '하오'체, '하시게'체, '하게'체, '해라'체로 분류되고, 점점 더 보편화되어 널리 사용되고 있는 신형 체계는 '하세요'체, '해요'체, '해'체로 분류된다고 한다.

2장에서는 대우 표현의 오류 양상을 살피고 그 원인까지 분석하고 있다. 먼저 오류 양상을 보면 주체 대우법에서 '께서'와 '께'의 오류가 두드려졌으며, 주체 존대소 '-시-'의 사용은 학습자들이 그 필요성을 알고 있지만 언제 어떻게 사용하는지 어려워한다고 하였다. 청자 대우법은 가장 오류가 많았던 부분으로 대부분 구형 체계와 신형 체계를 동일한 화계로 오인하여 혼용하고 있는 것을 지적하였다. 마지막으로 객체 대우법에서는 '드리다, 여쭈다, 뵙다' 등의 존대 어휘를 숙지하지 못하고 있음을 지적하였다. 오류의 원인으로는 영어에서 한국어로의 언어 간섭 현상, 영어권 문화와 수직적이고 서열을 중시하는 한국 문화의 차이, 한국어 교사의 그릇된 작문 지도를 들고 있다. 학습자들의 작문 평가지를 검토한 결과 대부분의 한국어 교사가 맞춤법이나 시제와 같은 경우만 지적해 줄 뿐 대우법 오류는 거의 지적하지 않고 있다고 하면서 바로 이러한 그릇된 지도가 오류의 원인이 되므로 한국어를 전공한 교사를 확보하여 정확한 문법 지도를 해야 한다고 지적한다.

3장에서는 이상의 논의를 토대로 영어권 화자의 한국어 대우 표현 지도 방안으로 의사 소통 접근 방식과 모둠별 역할 놀이법을 제시하고 있다. 즉 문법적 지식에 대한 지도에서 끝날 것이 아니라 의사 소통에 중점을 두어 실제 상황에서 올바르게 사용할 수 있도록 지도해야 한다는 것이다. 이에 실제 상황 설정을 통해 적극적이고 능동적인 경험을 할 수 있도록 해야 한다고 제안한다. 또한 생동감있고 다양한 수업을 할 수 있는 역할 놀이를 제안하고 있는데, 이 때는 학습자들이 적극적으로 역할을 맡아 진행할 수 있도록 교사의 배려가 필요하다고 한다.

　마지막으로 4장에서는 이상의 논의를 요약하고 영어권 이외의 다른 언어권 학습자에 대한 후속 연구도 필요함을 언급하면서 마무리 짓고 있다.

▌ 의의 및 제언 ▌

　이 논문은 한국어의 중요한 문법적, 사회 언어학적 특징으로서 대부분의 외국인 학습자들이 학습의 어려움을 호소하고 있는 한국어 대우 표현에 대해 연구하고, 특히 언어적, 문화적으로 차이가 큰 영어권 학습자들을 대상으로 하여 오류 분석과 더불어 효과적인 지도 방안을 모색하였다는 데에 그 의의가 있다. 그러나 오류 분석의 자료가 된 설문지와 작문 시험지, 인터뷰 자료에 대한 조사 방법, 시기, 내용, 대상 및 인원수 등의 구체적 정보가 전혀 나타나 있지 않아 이 연구의 전체적인 신뢰를 떨어뜨리고 있다는 점에서 아쉬움이 남는다.

　# 2002. 2. 김인규. 석사. 서울대. 한국어 사과 화행의 중간언어론적 연구. 〈분류: 화행〉 〈해제: 오선경, 테시마 아이코〉

▌ 목차 ▌

▍요약 ▍

이 논문은 중간언어를 화용론의 관점에서 보고, 일본인 한국어 학습자와 한국어 모국어 화자의 사과 화행을 비교·연구하는 데에 목적을 두고 있다. 이 연구는 실제로 한국인이 사용하는 말의 유형을 파악하고 분류하여 학습자들이 한국어를 효과적으로 배워 의사소통 할 수 있는 능력을 배양하는 화용 능력 신장의 기반이 될 수 있다고 밝히고 있다.

2장에서는 먼저 철학, 사회, 문화적으로 다양한 관점에서 연구되어 온 화행 이론을 제시하고 그 다음에 사과 화행의 개념과 유형, 사과 화행이 이루어지는 데에 필요한 적정 조건(felicity condition), 그리고 체면 위협 행위로서의 사과 화행에 대해 기술하였다. 이 논문에서는 사과 발화 행위를 수행하는 화자의 화행에 초점을 두고 있으므로 다른 사람의 간섭이나 부담, 어떤 활동으로부터 자신의 행동 자유가 제약받지 않는 부정적 체면과 타인에 의해 인정받고 싶고 동일 그룹의 구성원으로 귀속되고 싶어하며 자신의 욕구를 남과 함께 공유하고 싶어하는 긍정적 체면 두 가지 측면 가운데에서 체면 위협 행위를 중점적으로 살피고 있다. 결국 우리가 성공적이고 자연스러운 의사소통을 하기 위해서는 대화 참여자 모두가 꾸준하게 상대방의 체면을 유지해 줄 수 있는 상호관계를 형성하도록 노력해야 하며, 특히 사과의 경우 상대방의 체면을 존중하고 청자 자신의 체면을 위협하는 언어 행위이기 때문에 위와 같은 전략의 중요성이 더 크다고 한다. 그리고 사과 화행 연구는 문화적인 오해와 부적절한 의사소통에 의한 장애를 해결하는 데에 많은 시사점을 줄 것이라고 밝히고 있다.

3장에서는 담화 완성형 설문지(DCT)를 이용한 조사 방법 및 분석의 틀을 밝히고 있다. 조사 대상은 한국어 모국어 화자, 일본인 한국어 학습자, 일본어 모국어 화자의 세 집단으로 나누어 각각의 사과 화행을 수집하였다. DCT 문항은 모두 8개의 상황으로 설정하였고, 각 상황은 사회적 거리감, 부담의 정도, 상대적인 우위라는 세 가지 변수에 따라서 고안되었다. 수집된 자료를 분석하기 위해서 Olshtain(1989), Trosborg(1995), Blum-Kulka(1984), Cohen 외(1986), 김경석(1996)에서 논의된 사과 전략을 참고하여 '의미적 유형, 책임 인정하기, 보상하기, 약속하기, 청자에게 관심 갖기, 설명하기, 강화전략, 약화전략, 청자에 대한 감사 표현'으로 전략을 나누고 이것을 분석의 틀로 삼았다고 한다.

4장에서는 3장에서 제시한 사과 전략 분석의 틀에 따라서 세 집단의 응답을 분석하고 결과에 따른 차이점을 밝히고 있다. 먼저 한국어 모국어 화자의 사과 화행을 사회적 요소, 상황, 전략에 따라 분석하여 모국어 화자의 기준 자료를 구축하였다. 한국어 모국어 화자의 사과 전략은 성별, 직업별, 연령별로 미세한 차이가 발견되었고, 8개의 각 상황별로도 다양한 전략이 사용되었다고 한다. 세 집단의 집단별 사과 화행의 전략 비교에서는 의미적 유형이 공통적으로 제일 많이 사용되었고 각 상황마다 다양한 사과 화행 전략이 사용되었다고 한다. 두 언어권의 문화 양식이 매우 비슷하기 때문에 눈에 띄게 다른 차이점을 발견할 수는 없었다고 분석하고 있다. 그러나 한국어 모국어 화자 집단에서는 보상하기 전략이 빈번하게 사용된 반면 일본인 학습자의 경우 책임 인정하기 전략을 많이 사용한 것으로 차이점을 밝혀내고 있다.

마지막 5장에서는 외국어로서의 한국어 교육에 적용할 수 있는 구체적 교수·학습 방법으로 진단평가, 대화문 제시하기, 대화문 완성하기, 사과 전략에 순위 부여하기, 비디오 활용을 제시하면서 끝맺고 있다.

▌의의 및 제언 ▌

이 논문은 한국어를 학습하는 일본인 학습자의 사과 화행을 중간언어적인 측면에서 연구하고, 한국어 모어 화자와 일본어 모어 화자의 실제 언어 생활에서 나타나는 화행의 실현 양상을 살펴 두 언어 집단이 가지고 있는 문화적인 유사성과 차이점을 발견하고자 했다는 점에서 의의가 있다. 그렇지만 일본어의 사과 화행에 대한 선행 연구가 제시되어 있지 않다는 점이 다소 아쉽다. 사과 화행의 전체적인 개념, 유형, 조건 등을 살피는 것에 그칠 것이 아니라 기존에 연구된 일본어의 사과 화행 양상을 검토하고 이것이 실제 설문 조사에서 어떻게 드러났는지도 분석했다면 대조언어학적인 측면에서 더 가치있는 논문이 되었을 것이다.

2002. 2. 한윤정. 석사. 한국외대. '아줌마', '아가씨', '언니'의 사회언어학적 연구: 외국어로서의 한국어교육에의 적용. 〈분류: 화행〉 〈해제: 오선경〉

▌목차 ▌

▌요약 ▌

이 논문은 현대 한국어에서 통칭적 호칭어로서 사용되고 있는 여성 친족 호칭어 '아줌마',

'아가씨', '언니'의 의미를 사회언어학적 접근 방법을 토대로 분석하고, 나아가 한국어교육에의 적용을 논의한 연구이다. 한국어에서 호칭 사용은 상황에 따라 매우 까다로우며 한국의 독특한 문화의 일면을 보여주는 것으로 한국어교육에서도 어느 범위 이내의 호칭은 지도를 해야 한다고 연구의 필요성을 언급하고 있다. 이 논문은 호칭 연구에서 중요한 것은 언어를 관찰하는 방법이라면서 사회언어학의 연구 방법론을 기초로 하여 '아줌마', '아가씨', '언니'를 분석한다고 밝히고 있다. 이에 1차로 사전을 통한 어휘 조사, 2차로 한국어 모어 화자와 한국어 학습자를 대상으로 한 호칭에 대한 설문조사, 3차로 실제 발화의 구어 채록을 통한 분석을 한다고 연구 방법을 설정하고 있다.

2장에서는 기존의 여러 논의들을 검토하여 호칭의 개념과 유형을 정리하고 있다. 이 연구에서는 대화 상대방을 면전에서 '직접 부르는 말'에 한하여 즉, 담화상에서 화자가 직접 청자를 부르는 말로 영어의 'vocative'에 해당하는 의미로 한정하여 호칭의 개념을 사용하겠다고 밝히고 있다.

3장에서는 '아줌마', '아가씨', '언니'를 사전에 나타나는 친족 호칭어로서의 의미와 통칭적 호칭어로서의 의미로 나누어 분석하고 있다. '아줌마'는 숙모, 이모, 형수 등과 함께 사용되었던 친족 호칭어였으나 근래에 와서는 나이든 40~50대 가량의 여성과 음식점, 백화점 등에서 일하는 여성에게 쓰이는 호칭이라고 한다. '아가씨'는 손아래 시누이나 궁중 호칭어, 또는 동기간의 배우자(형수, 올케 등)의 동기간 등을 부르는 말이었으나, 최근에는 술집같은 유흥업소에서 사용됨으로써 일반 여성들이 불쾌해하는 호칭이 되었다고 한다. '언니'는 손위 형이나 누이, 오빠의 아내를 부르는 말이나, 최근에는 일반 여성들에게 심지어 나이가 많은 여성이 자신보다 어려 보이는 여성에게도 사용할 만큼 확대되어 사용된다고 한다.

4장에서는 사회언어학의 대표적 연구방법인 설문조사와 담화분석을 실시하고 그 결과를 분석하고 있다. 우선 설문조사는 서울 지역에 거주하는 한국어 모어 화자 100명을 대상으로 실시하였다. 성별과 연령별로 호칭 사용의 양상이 달라짐을 살피기 위해 남녀의 비율을 같도록 하였고, 연령도 20~30대와 40~50대를 각각 50명으로 하였다고 한다. 결과를 보면 대부분의 사람들이 20대 여성을 부를 때 '여기요型', '아가씨', '언니'를 사용하고, 40대 여성을 부를 때는 '여기요型'과 '아줌마'를 사용하고 있는 것으로 나타났다고 한다. 또한 '아가씨'나 '언니'에 대해서 여성 화자가 여성 청자에게 사용할 때는 비교적 친근감을 느끼거나 불쾌해하지 않는 반면, 남성이 사용할 때는 상당수 여성들이 불쾌감을 느낀다고 분석하고 있다. 다음 설문조사를 보완하기 위해 실제 대화를 녹음, 전사하여 담화분석을 실시하였다. 실제 담화 분석 결과 남녀 모두 나이든 여성에게는 '아줌마'를 가장 많이 사용하였고, 젊은 여성의 경우 음식점에서 일하는 젊은 여성에게 '언니'라고 부르지만, 젊은 남성에게는 '오빠'라고 부르지 않고 '여기요'등을 주로 사용한다는 것 등을 밝혔다.

5장에서는 한국어교육에서의 효과적인 호칭 교육 방법을 위해 우선 교재에 대해 제언하고 있다. 한국어 학습 단계별로 초급, 중급, 고급으로 나누어, 초급 단계에서는 많이 쓰이고 쉬운 친족 호칭을 위주로 제시하면서 이와 함께 간단히 실생활에서도 사용할 수 있는 '아줌마', '아가씨', '언니'를 언급하라고 제안하고 있다. 중급 단계에서는 사회언어학적 능력 향상을 위해 구체적이고 다양한 상황을 제시하여 호칭을 교육하도록 하고, 고급 단계에서는 한국어 호칭 사용의 역사와 문화적 배경, 호칭의 중의성까지를 이해시키는 교육을 해야 한다고 한다. 마지막으로는 한국어 학습자 100명을 대상으로 한 호칭 설문조사를 실시하고 그 결과를 분석하고 있다. 여기서는 성별과 한국어 수준별로 사용 양상이 달라짐을 보기 위해 남녀 비율과 초급과 중/고급의 비율을 같게 하였다. 그 결과 초급 단계의 학습자들은 대부분 모국어의 영향을 받아 '여기요', '여보세요', '실례합니다', '죄송합니다'를 사용한 반면, 중급 이상의 단계에서는 한국어 학습자들과 유사한 양상으로 호칭을 사용하고 있음을 볼 수 있었다고 한다.

6장에서는 이상의 논의를 요약하고, 사회적 요소들에 의해 일어나는 호칭의 변이 현상에 관하여 사회언어학적인 방법을 적용한 종합적이고 구체적인 분석이 필요함을 언급하면서 마치고 있다.

▌ 의의 및 제언 ▌

호칭은 청자와 화자의 사회적 관계가 언어적으로 명시되는 수단 중 하나로 각 언어마다 호칭을 표현하는 방법에 많은 차이가 있다. 한국어의 경우는 친족 호칭어가 지나치리만큼 세분화되어 있고, 상황별로 사용되는 호칭에 대한 명시적 규칙이 없어 한국어를 학습하는 외국인 학습자가 다양한 상황에 맞는 호칭을 골라 쓰기란 여간 어려운 것이 아니다. 이러한 점에서 현대 한국어에서 빈번하게 사용되고 있는 여성 호칭어의 사회언어학적인 의미와 사용상 양상을 밝히고, 한국어 교육에의 적용을 모색한 이 연구는 의의가 크다고 본다. 그러나 학습자에 대한 설문조사 결과 초급의 경우 모국어의 영향을 받은 호칭 사용이 나타난다고 하였는데, 설문 대상 학습자들의 모국어가 무엇인지 명시되어 있지 않아 결과 분석에 다소 아쉬움이 남는다.

> # 2002. 8. 이성순. 석사. 이화여대. 외국인 학습자의 한국어 요청 화행에 관한 연구. 〈분류: 화행〉 〈해제: 오선경, 테시마 아이코〉

▌ 목차 ▌

IV. 결론

▌요약▐

이 논문은 영어권 한국어 학습자와 한국어 원어민 화자의 요청 화행 수행에서 사용된 전략과 문형을 친밀도, 사회적 지위, 요청 상황의 성격별로 비교 분석하여 두 집단 간의 차이를 밝히고 이를 토대로 외국어로서의 한국어 요청 화행 교수에 대한 시사점을 얻고자 하는 것을 목적으로 하고 있다. 요청 화행은 한국어 학습에서 초급부터 학습되기 시작하며 일상생활에서도 빈번히 수행되는 것이다. 또한 요청은 청자에게 부담을 주기 때문에 적절하지 못한 수행은 의사소통에 어려움을 낳을 수 있으므로 연구되어야 할 필요성이 있다고 한다.

2장에서는 요청 화행의 특성 및 요청 화행에 미치는 변인과 요청 화행의 전략을 간략히 살피고 있다. 요청은 화자가 청자에게 미래의 행위를 기대하는 것이며 이의 수락 여부는 청자에게 달려 있으므로 청자에게 부담을 주는 화행이라는 특성이 있다고 하고, 요청 화행의 이러한 특성 때문에 화자는 요청으로 인한 부담을 줄이기 위해 다양한 전략과 문형을 사용하게 된다고 한다. 이 논문은 요청 화행의 전략을 CCSARP(Cross-Cultural Speech Act Project)를 바탕으로 하여 명사적 요청, 수행문의 사용, 의문진술, 희망의 표출, 제안성 어구의 사용, 예비적 조건 언급, 강한 암시, 약한 암시 8가지로 제시하고 있다. 요청 화행에서 발화에 영향을 미칠 수 있는 요인으로는 화·청자간의 친밀도, 사회적 지위 관계와 같은 사회적 변인과 더불어 요청이 화·청자 간에 권리인지 또는 의무인지를 의미하는 요청 상황의 성격이 있음을 밝히고 있다.

3장에서는 실제 요청 화행에 대한 설문 조사를 하고 그 결과를 제시하고 있다. 설문 조사는 한국인 화자 55명과 한국어 수준이 중급 이상인 영어권 학습자 30명을 대상으로 실시하였다. 설문의 도구로는 CCSARP(Cross-Cultural Speech Act Project)에서 사용한 담화완성기제(DCT, Discourse Completion Test)를 채택하고 각 설문 문항은 친밀도, 사회적 지위, 요청 상황의 성격이 복합적으로 조합된 12가지 상황으로 구성되었다고 한다. 결과를 보면 한국인 화자와 외국인 학습자의 전체 전략 사용 양상을 비교할 때 두 집단은 모두 예비적 조건 언급, 명시적인 명령형 사용, 강한 암시를 가장 많이 사용하였고 그 밖의 수행문의 사용, 제안성 어구의 사용, 희망의 표출과 같은 전략의 사용률이 매우 낮았다고 한다. 각 상황별로 두 집단을 비교하면 두 집단은 사용하는 전략에서 변인에 따른 차이가 있었고 친밀도가 있는 상황에서는 대부분 유의미한 차이를 보이지 않았다고 한다. 문형별로 보면 한국인 화자와 외국인 학습자가 사용한 문형은 차이가 있는 것으로 나타났다. 특히 외국인 학습자는 부정의문문이나 '-(으)ㄹ까요?', '-는데요', '-어/아 주렴'과 같이 발화 수반력을 감소시키는 종결어미와 청자의 사회적 지위가 화자와 같거나 낮을 때 나타나는 '-어/아?', '-니?'와 같은 반말의 사용률이 낮았다고 한다. 요청에 작용하는 변인에 따라 집단 내에서 비교하면 한국인 화자는 요청에 작용하는 변인인 청자와의 사회적 지위 관계, 친밀도의 유무, 요청 상황의 성격에 따라 다른 전략을 사용하였고 외국인 학습자는 사회적 지위, 요청 상황의 성격에 따라 다른 전략을 사용하고 있었으나 친밀도에 따른 전략 사용에서는 유의미한 차이를 보이고 있지 않다고 한다.

4장에서는 3장에서 분석한 결과를 요약하고 이 결과를 토대로 외국어로서의 한국어 교육에의 시사점을 제안하고 있다. 한국인 화자와 외국인 학습자의 요청 전략 사용상의 차이를 인식하고 화행에 대한 지도가 필요함을 알 수 있고, 또한 영어권 학습자들의 다양하고 적합한 요청 화행을 위해 실제 발화 자료를 토대로 교재를 구성할 필요가 있다고 제시하고 있다. 마지막으로 앞으로 실제 구어 발화에 대한 분석, 다른 언어권의 화자들에 대한 비교 연구 및 외국인 학습자에 대한 한국어의 화행 교육 방법에 대한 후속 연구가 필요하다고 언급하면서 논문을 마무리하고 있다.

▮ 의의 및 제언 ▮

이 연구는 문법 및 어휘 지식에서 확장된 실제적인 의사소통능력 신장에서 중요하게 다루어져야 하는 화행 교육의 중요성을 인식하고, 요청 화행에 있어서 한국어 모어 화자와 영어권 학습자의 실현 양상의 차이를 구체적으로 밝혀 이를 한국어 교육에 활용하고자 하는 연구로서 그 의의가 있다. 이 논문은 요청 화행에 영향을 미치는 변인을 청자와 화자의 친밀도, 사회적 지위로 설정하여 분석하고 있는데, 경어법이 없는 영어권 학습자의 경우 나이 변인에 대한 인식이 한국어 모어 화자와 다를 것이라고 예상된다. 이에 화행 수행의 변인을 좀 더 추가하여 구성했다면 DCT 분석 결과가 더 실제적으로 나왔을 것이라는 아쉬움이 남는다.

2003. 2. 정민주. 석사. 서울대. 한국어 요청 화행 표현 연구. 〈분류: 화행〉 〈해제: 권혜진〉

▮ 목차 ▮

Ⅳ. 한국어 요청 화행의 전략과 교수·학습
  1. 한국어 요청 화행 전략
   1) 상황 변인에 따른 요청 화행 특징
   2) 한국어 요청 화행 표현 전략 유형
  2. 한국어 요청 화행의 교수·학습
   1) 한국어 요청 화행 교수·학습의 의의
   2) 한국어 요청 화행 교수·학습 내용

   3) 한국어 요청 화행 교수·학습 방법
  3. 한국어 요청 화행 교육의 실제
   1) 한국어 요청 화행의 수업 활동 구성 방안
   2) 한국어 요청 화행 수업 구성의 실제

Ⅴ. 결론 및 제언

▌요약▐

이 논문은 한국어 외국인 학습자들의 요청 화행 사용을 통해 학습자들이 한국어 요청 화행을 사용할 때 어떤 양상으로 발화하는지를 살피고, 이를 바탕으로 한국어 모어 화자의 요청 화행의 실제 담화 자료를 통해 한국어 모어 화자들의 요청 화행의 표현 전략을 밝히고 있다. 또한 이러한 분석 결과를 가지고 한국어 요청 화행 교육의 말하기-듣기 통합적 교수·학습의 실제적인 내용과 방법을 구안하는데 목적을 두고 있다.

2장에서는 본격적인 연구에 앞서 요청 화행 연구의 전제에 해당하는 부분으로 '요청'을 청자로 하여금 화자가 원하는 어떠한 행위를 하거나 또는 하지 않도록 요구하기 위해 일종의 설득을 시도하는 언표내적인 행위라고 정의하고 있다. '요청의 범위'는 화자가 청자에게 무엇인가를 요구할 때 체면위협행위가 되는 행위로 상정하였다. 그리고 실제 한국어 교재에 나타나는 요청 화행 실태를 조사하였다. 한국어 교재에는 한국어 학습자들이 겪는 요청 화행에 대한 어려움을 해소할 수 있는 난이도에 따른 급별 학습 구성이나 설명이 부족하며 실제적인 요청 화행 교육을 고려한 흔적을 찾아보기 힘든 문제점이 있다고 지적하고 있다. 또한 요청 화행에 사용된 표현을 적절하고 충분하게 설명하고 있지 않은 것도 문제라고 했다. 그리고 요청 화행의 분석 틀로 대우법과 서법, CCSARP 요청 화행 전략 유형을 이용한다고 했다. 이 논문은 예비 조사를 거쳐서, 본 조사는 20대 초반에서 30대 초반의 한국어를 배우기 위해서 한국에 거주하는 한국어 학습자 55명을 대상으로 10가지 변인에 따라 11가지 상황을 설정하고 사회적 힘과 유대 관계에 따라서 구성하여 조사를 실시하였다. 그 결과 외국인 학습자들은 요청 화행을 할 때, 상황 변인에 크게 영향을 받지 않고 일반적으로 직접적인 요청 발화를 주로 사용하는 것으로 나타났다. 또한 요청 화행에 사용하는 전략 중에 '-해도 돼요?'를 '-하면 돼요?'라고 사용하는 오류를 나타내는 표현이 있었고, 요청 화행의 특수성 때문에 요청 화행 교육의 필요성을 인식하는 외국인 학습자들이 많음에도 불구하고 요청 상황에 따라 가장 적절한 요청 화행 전략을 사용하지 못하는 것으로 나타나고 있다.

3장에서는 학교의 학과 사무실, 통합 행정실, 대외 교류처에서 담화를 수집하여, 한국어 모어 화자들이 실제 요청 상황에서 어떤 표현을 사용하며, 각 상황에서 화자가 선택한 요청 표현은 어떠한 사회적 변인과 관련이 있는가를 살피고 있다. 요청 상황을 분석한 결과, 요청할 때 크게 해라체, 해체, 해요체와 합쇼체를 사용한 것으로 나타났고, 그 중에서 해체와 해요체를 가장 많이 사용하는 것으로 나타났다. 그리고 서법은 명령법, 평서법, 의문법을 주로 사용하는 것으로 나타났고, 의문법이 46.4%로 가장 자주 사용되는 것으로 나타났고, 다음으로 평서법, 명령법 순으로 나타났다. 또 한국어 화자가 상황에 따라서 선호하는 표현 형태와 전략은 무엇이며, 요청 화행을 통해 드러나는 한국어의 언어·문화적인 특성이 무엇인지 확인하고 있다. 한국어 요청 표현은 직접 요청(명령문으로 요청하기, 수행 동사로 요청하기, 약화된 수행문으로 요청하기), 관례적 간접 요청 표현(당위적 진술문으로 요청하기, 제안하는 형식으로 요청하기, 예비 조건을 묻는 표현으로 요청하기, 허락을 묻는 표현으로 요청하기, 방법을 묻는 형식으로 요청하기), 비관례적 간접 요청 표현(확실한 단서 제공하기, 가벼운 단서 제공하기)으로 나타나는데, 전체적으로 관례적 간접 요청 표현 빈도가 높았으며, 그 중에서 예비적 조건을 언급하는 표현과 허락을 묻는 형식의 요청 표현이 많았다. 그리고 관례적 간접 요청 표현과 함께 비관례적 간접 요청 표현(강화된 단서 주기 전략)도 많이 사용되는 것으로 나타나고 있다. 그리고 서법 양상에 있어서 한국어 요청 화행의 사회적 변인에 영향을 받아 그 표현이 달라진다는 것을 확인하고 있다.

4장에서는 한국어 요청 화행 교수·학습 내용으로 한국어의 '요청 문화' 알기, 요청하는 방법에 대해 인식하기, 요청 상황에서 표현 전략 적용하기를 제시하고 있다. 이는 학습자의 수준에 따라 위계를 정하고 순차적이고 체계적인 방법으로 교수·학습해야 한다고 했다. 그리고 이어서 한국어 요청 화행 교수·학습 방법을 구안해 보이고 있다. 한국어 요청 화행 교육의 실제에서는 한국어 요청 표현들에는 어떤 것들이 있는지를 먼저 학습하고, 이를 상황에 적절하게 전략적으로 사용해 보도록 수업 활동을 구성한다. 그 예로 대화문 완성하기, 역할극, 요청 화행이 일어나는 실제 상황을 찾아오는 프로젝트 등의 수업 활동을 제시하고 있다. 한국어 요청 화행 수업 구성의 실제에서는 다양한 활동을 통해서 적절한 사용을 해 볼 수 있도록 교수·학습해야 한다는 것을 강조하고 있다. 한국어 요청 화행을 수용할 때에 나타나는 4단계 전략(요청 내용에 대한 부담 정도 파악하기→대화 참여자 간의 관계 파악하기→간접성에 따라 요청 표현 단계 선택하기→구체적인 요청 표현으로 발화하기)을 통해서 상황에 가장 적절한 요청 표현을 사용할 수 있도록 지도해야 한다고 제안하고 있다. 마지막으로 5장에서는 이상의 논의를 요약하고 논문의 한계와 앞으로의 과제를 제시하면서 끝맺고 있다.

▌ 의의 및 제언 ▌

이 논문은 구어성이 부족한 담화 완성형 테스트나 드라마 대본 등을 통한 연구가 아니라 실제 담화 자료 분석을 통해서 한국어 요청 화행의 사용 양상과 표현 특징을 밝혔다는 데 의의가 있다. 또한 연구를 통해 얻어진 자료 결과들이 외국어로서 한국어 교육의 실제 교수·학습 현장에 실질적인 도움을 줄 수 있다는 점에서 의의가 있다. 하지만 이 논문에서는 한국어 요청 표현을 학습하고 이를 사용하고 있는 외국인 학습자들의 실태를 알아보기 위한 조사이므로 피실험자의 언어권별 파악에 중점을 두지 않았다고 밝히고 있으나 요청 화행 학습에 있어서 언어 문화를 이해하는 것이 우선되어야 한다는 점에서 학습자들의 모국어 변인을 고려하지 않은 것은 아쉬움이 남는다.

2003. 2. 홍선수. 석사. 경희대. 한국어 사과 화행 연구. 〈분류: 화행〉 〈해제: 오선경〉

‖ 목차 ‖

‖ 요약 ‖

이 논문은 한국어 모어 화자의 사과 전략을 분석한 후 한국어 교재에 나타나는 사과 화행 양상과의 비교 분석을 통해 한국어 교육에서의 사과 화행 교육 방안을 제시하는 데 목적을 두고 있다. 한국어 모어 화자의 사과 화행은 담화 완성 테스트(discourse completion test)를 통해 조사·연구하였다. 이 연구는 문어적인 요소의 영향을 받을 수 있는 담화 완성 테스트를 사용한 점과 사과의 대응쌍(adjacency pair)을 함께 연구에 포함시키지 못한 점을 사전에 연구의 한계점으로 밝히고 있다.

2장에서는 사과 화행의 일반적인 특징 및 구조에 대한 기존의 논의들을 정리하고 있다. 사과 화행은 사과자와 수용자가 있고 어떤 사건이 발생하여 사과자가 수용자에게 손해를 입히거나 잘못에 대한 책임을 느낄 때 사과를 수행하게 되는 것이다. 사과 화행에 사용되는 사과 전략은 직접 의미구, 간접 의미구, 부가 표현의 세 부분으로 구분하고 있다. 직접 의미구는 사과의 의미를 직접적으로 수반하는 의미구로서 단독으로 사용되며 사과 화행의 직접적인 표현들을 나타내는 것이다. 간접 의미구는 직접 의미구의 전, 후에 위치하여 사과 화행의 연속 내에서 사용될 수 있다고 한다. 부가 표현은 다른 의미구 전략의 내에 위치하지 않고 밖에 위치하여 나타나는 것이다.

이 논문은 Olshtain(1983)의 분석 틀과 담화 완성 테스트를 통하여 얻은 한국어 모어 화자 사과 화행의 실제 전략의 예를 근거로 하여 한국어 사과 화행 전략의 분석 틀을 제시하고 있다. 우선 '미안하다, 죄송하다, 사과하다'의 직접적인 수행 동사를 동반하여 직접적으로 사과를 수행하는 직접 의미구는 후회/사과(직접 사과, 조건, 의례, 완화)/용서 요청으로, 간접 의미구는 책임 인정(사실 보고, 사실 인정, 의도 결여, 비난 수용, 능력 부족, 자기 비하, 자기 책망)/설명(의견, 이유, 변명, 비유, 의도)/보상 제시(직접 보상, 간접 보상)/재발 방지/상대 염려/책임 거부(침묵, 회피, 책망)/감사/당혹 표명/최소화/잘못 중시로, 부가 표현은 주의 전환(주제, 유머, 일반)/거짓/대안 제시/망설임/전제 조건 의심/강조/요청으로 나누었다.

3장에서는 담화 완성 테스트를 통하여 한국어 모어 화자의 사과 화행을 조사·분석하여 한국어 사과 화행의 특징을 정리하고 있다. 조사 집단은 서울, 경기 지역에 거주하는 총 185명으로 직장인 부류와 학생 부류로 구분하였다. 직장인 집단의 평균 연령은 약 34세이며, 학생 집단의 평균 연령은 약 25세였다. 담화 완성 테스트의 문항 내용은 사과자의 책임감 정도, 유도 화행의 유무, 지위 관계, 친소 관계, 공적·사적 장면의 변인을 반영하여 학생용, 직장인용 각각 9개 상황으로 구성되어 있다. 분석의 방향은 첫째, 사건과 책임 관계의 관점에서 사과 화행의 상황과 사과자, 수용자의 관계를 살펴보고, 둘째, 사과 화행에 영향을 미치는 사회적 변인을 중심으로 그 양상을 살펴보는 것이라고 제시하였다. 분석 결과를 살펴보면 한국어 모어 화자는 사과 화행을 수행할 때 전체적으로 직접적인 사과 표현인 사과 전략을 사용하고, 이어 책임 인정, 설명, 보상 제시의 순으로 나타났다고 한다. 사회적 지위, 공적·사적 장면, 친소 관계, 성별에 따라 근소한 차이로 다른 결과가 나타나지만, 기본적으로 직접 사과 전략과 책임 인정 전략을 사용하여 사과를 수행하는 것으로 밝혀졌다. 사회적 지위 관계에서 전략 사용의 차이를 볼 수 있는데, 수용자가 사과자보다 지위가 낮을 경우 사과 전략에 이어 보상 제시 전략이 두 번째로 많이 나타나 사과자가 자신의 잘못을 만회하거나 무표적인 것으로 바꾸려는 의도가 나타났다고 분석하고 있다. 또한 사과자와 수용자가 친밀한 경우에는 상대 염려 전략이 두드러지게 나타났으며, 공적인 장면에서는 재발 방지 전략이 많이 사용된 반면 사적인 장면에서는 당혹 표명, 대안 제시, 주의 전환 등의 부가 표현의 전략을 사용하는 것으로 분석하였다. 또한 사과 전략은 일상 생활에서 의례적으로 많이 사용된다는 것이 밝혀져 외국인 학습자들에 이러한 문화에 대한 교육이 필요함을 지적하고 있다.

4장에서는 교재 분석을 통해 현재 한국어 교육에서의 사과 화행 교육이 어떻게 이루어지고 있는지를 살피고 개선 방향을 제안하고 있다. 분석 대상이 된 교재는 경희대, 서울대, 연세대, 이화여대에서 편찬된 한국어 교재 4종 20권으로 초급부터 고급까지를 모두 포함하고 있다. 한국어 모어 화자의 사과 화행을 분석했던 분석 틀과 전략 유형을 근간으로 하여 한국어 교재의 대화문을 분석하였다. 분석 결과 우선 실제 한국어 모어 화자의 사과 화행과 비교할 때 전략의 다양성이나 사과를 해야 하는 다양한 상황이 제시되지 않았다는 점을 문제점으로 지적하고 있다. 또한 사과 화행의 주요 전략인 사과, 책임 인정, 설명, 보상 제시가 균등하게 분포되어 있지 않음을 지적하였다. 이에 대한 개선 방안을 초급, 중급, 고급 단계로 나누어 구체적인 기능, 사회적 변인과 상황, 사과 전략 및 어휘 유형을 제시하고 있다.

5장에서는 이상의 논의를 요약하고, 앞으로 여러 가지 화행에 대한 실제적 연구가 이루어져 교재에 반영되어야 함을 강조하고 있다.

▌ 의의 및 제언 ▌

이 논문은 한국어 모어 화자들의 사과 화행 전략을 분석한 것으로 한국어 교재 개발 및 실제적 자료 구성에 기반이 될 수 있는 연구라는 점에서 의의가 있다. 또한 최근 한국어 학습자들의 학습 동기가 학문적 목적과 직업적 목적으로 증가하고 있는 현실을 반영하여 분석 대상이 된 집단을 학생 집단과 직장인 집단으로 나누고, 학문적 상황과 직업적 상황에서 일어날 수 있는 전형적인 상황들로 조사 문항을 구성하였다는 점도 연구의 신뢰성을 높였다고 본다.

> # 2003. 8. 조경아. 석사. 연세대. 일본인 한국어 학습자의 요청(request) 화행에 관한 연구: 한국인 화자와 일본인 한국어 학습자간의 대조를 통해. 〈분류: 화행〉〈해제: 권혜진, 오선경, 테시마 아이코〉

▌ 목차 ▌

▌요약▐

이 논문은 한국인 모국어 화자와 일본인 한국어 학습자의 요청 화행 실현 양상을 비교・대조 연구하는 것을 목적으로 하였다. 이는 일본어는 우리와 문화적으로 유사한 언어라고 직관적으로 생각하지만 그럴수록 언어학적 체계 외에 사회적 적합성에 대한 연구, 화용론적 접근이 필요하기 때문이라고 한다. 또한 이 논문은 한국어 요청 화행에 대해서 실제로 모어 화자가 사용하는 화행을 연구하고 체계화시켜 원어민 화자의 기준 자료를 구축하고 이를 토대로 외국어로서의 한국어 요청 화행 교수에 대한 시사점을 얻는 것을 두 번째 목적으로 밝히고 있다.

2장에서는 요청의 행위가 한국어와 일본어에서 어떤 식으로 나타나는지 발화 양식을 비교하고, 한국어와 일본어에서의 요청 화행의 개념과 조건을 정리했다. 요청이란 청자로 하여금 특정 행위를 하도록 영향을 미치기 위해 의도된 발화이다. 그리고 요청 화행이란 명령, 요청, 청유, 권유, 금지, 경고 등 청자로 하여금 어떤 행위를 하도록 혹은 하지 않도록 요구하는 발화 수반 행위들을 말한다고 한다.

3장에서는 구체적인 연구 방법을 설명하고 있다. 이 논문은 담화 완성 설문지(DCT)를 사용하였으며, 실험 대상은 20대 초반 한국어 모국어 화자와 한국어를 학습하고 있는 중급 이상의 일본인 학습자 집단으로 하였다. 그리고 요청 화행에 영향을 미치는 변수로 친밀도, 사회적 지위, 요청 상황의 성격을 설정하여 모두 15개의 상황을 DCT로 제시하였고, 한국인 화자와 일본인 한국어 학습자 요청 화행의 주전략과 문형을 분석하였다. 이 때 요청 화행 주전략은 Blum-Kulka, House and Kasper가 제시한 '법에 의한 도출, 명백한 수행문, 약화된 수행문, 의미에 의한 도출, 소망의 표시, 제안성 어구, 예비적 조건 언급, 강한 암시, 약한 암시'의 9개 화행 전략을 기준으로 분석하였다.

4장에서는 분석 결과를 보여주고 있는데, 한국인 화자와 일본인 한국어 학습자 두 집단의 요청 화행의 차이를 전체 전략과 문형으로 비교하고 이를 다시 상황별, 변인별 분석으로 사회적 지위, 친밀도, 요청 상황의 성격을 포함하여 제시하였다. 한국인 화자와 일본인 한국어 학습자의 요청 화행 전략의 사용 양상을 보면 두 언어권의 문화 양식이 비슷하기 때문에 15개의 상황 중 5개의 상황만이 유의미한 차이점을 발견할 수 있었다고 한다. 구체적으로 보면 한국인과 일본인 한국어 학습자 모두 청자의 능력이 있는지, 그 행위가 이루어질 가능성이 있는지를 묻는 예비적 조건 언급 전략을 가장 많이 사용하였다고 한다. 그러나 한국인은 청자의 사회적 지위가 높거나 같을 때 사용하는 반면 일본인 한국어 학습자 집단의 경우 사회적 지위가 같거나 낮을 때 사용한다는 차이점을 가졌다고 설명한다. 또한 한국인과 일본인 학습자의 요청 화행 문형의 사용이 10가지 상황에서 상이하게 나타남을 지적하고 있다. 예를 들면 일본인 학습자는 발화 수반력을 감소시키는 종결어미와 부정의문문의 사용이 한국어 모어 화자보다 낮았다고 한다. 또한 한국인은 요청을 부드럽게 해주는 수식어나 주의 집중 용어 등을 많이 사용한 데 비해 일본인 학습자의 경우는 화자 중심적인 경향이 강했고, 부족한 언어력을 보충하기 위한 전략으로 긴 발화의 요청 표현이 많았다고 한다.

5장에서는 외국어로서의 한국어 교육 현장에서의 교재 개발과 교수·학습 방법에 대한 구체적 적용을 제시하였다. 교재 개발에서는 요청 상황이 담긴 대화문을 제시하고 그 사회적 맥락에 대해 토론하기, 요청 화행 대화문 완성하기, 제시된 요청 화행 실현형을 보고 공손성의 순위를 부여하는 것을 제시하였다. 교수·학습 활동에서는 학습자가 스스로 화행 전략을 가정하고 입증하는 연구자적 접근법, 화행 인식을 높일 수 있는 비디오 활용과 진단 평가 방법을 제시하였다. 6장에서는 이상의 논의를 요약하면서 끝맺고 있다.

▌ 의의 및 제언 ▌

이 논문은 일본인 한국어 학습자들이 오히려 한국과 비슷한 문화권이라는 이유로 사회문화적인 화용 오류를 발생시킬 수 있음을 인지하고 한국어 모어 화자와 일본인 한국어 학습자들의 요청 화행을 비교·대조 연구했다는 점에서 의의가 있다. 또한 한국어 모어 화자의 요청 화행 전략과 문형을 추출하여 언어 자료로 확보했을 뿐만 아니라, 일본인 고급 학습자들이 모국어의 영향과 학습상의 영향으로 중간언어 단계에서 보이는 다양한 요청 화행 전략과 문형을 추출했다는 점에서도 자료로서의 활용도가 높다고 여겨진다.

그러나 DCT의 변인 설정에서 다소 아쉬움이 남는다. 이 논문에서는 사회적 지위와 친밀도, 요청 상황의 성격만을 변인으로 하였는데, 논문에서 밝히고 있듯이 조사 대상인 한국인과 일본인 한국어 학습자가 사회·문화적으로 유사한 배경을 공유하고 있다면 비슷하지만 분명히 구별되는 결과를 도출할 수 있는 변인들을 추가로 더 설정했어야 한다고 생각한다. 화행 실현에 관련되어 있는 변인으로는 친척관계, 나이, 권력, 요청의 목적, 매개체 등으로 다양한데, 이것들이 추가로 반영되었다면 좀 더 유의미한 결과를 얻을 수 있었을 것이다.

2003. 8. 체나랑게렐. 석사. 상명대. 현대 한국어와 몽골어의 높임표현 대조 연구. 〈분류: 경어법〉 〈해제: 오선경〉

▌ 목차 ▌

█ 요약 █

　이 논문은 한국어와 몽골어의 높임 표현을 대조하여 높임 표현 체계, 사용 방식의 일치성을 살피는 것을 목적으로 한다. 이 연구가 몽골어권 학습자들이 한국어의 높임 표현을 정확하고 적절하게 사용할 수 있게 하는 바탕이 되길 바란다고 연구의 필요성을 밝히고 있다.

　1장에서는 연구의 목적, 방법, 그리고 선행연구를 살피고 있다. 한국어 높임법의 경우 학문 문법과 학교 문법으로 나누어 폭넓게 살피고 있으나, 몽골어의 경우는 높임 표현 연구가 드물어 러시아어 등 다른 언어와의 비교 대조를 연구한 선행 연구까지를 살피고 있다.

　2장에서는 한국어 높임 표현에 대해서 살피고 있다. 한국어 높임 표현을 문법 범주에 의해 상대 높임과 주체 높임, 어휘에 의한 높임으로 분류하고 있으며, 어휘에 의한 높임은 명사, 대명사, 동사, 조사, 접미어로 나누어 살피고 있다. 어휘에 의한 높임은 문법적 활용 범주로 존재하지는 않으나 말하는 이가 사용하는 특수한 높임말이라고 정의하고 있다. 접미어에서 다루고 있는 부분은 주로 호칭에서 사용하는 '-님'을 대상으로 기존의 연구 결과를 정리하였다.

　3장에서는 몽골어의 높임 표현과 높임말 형태론, 어휘 구조, 문장론 및 어휘에 의한 높임말과 호칭과 높임말의 연결, 높임말과 공손어에 대해 분석하였다. 몽골어의 높임 표현은 사람의 체질, 나이, 탄생, 죽음, 집, 교통 수단 등 사용하는 기구와 밥 먹는 것, 잠 자는 것 등 행동과 관련된 단어와 샤머니즘과 관련된 단어에 높임 표현이 많다고 한다. 어휘에 의해 실현되는 높임말은 명사, 대명사, 동사, 접미어로 나누어 그 예문과 함께 살펴보고 있다.

4장에서는 구체적으로 한국어와 몽골어의 높임 표현의 사용 방식을 대조하고 있다. 분석 내용을 자세하게 살펴보면 우선 몽골어의 높임 표현은 한국어의 상대 높임에 해당하는 문법 범주의 종결어미에 의한 높임 형태가 없다고 한다. 또한 선어말 어미 '-(으)시-'를 사용하는 주체 높임의 형태도 없다고 한다. 대신 몽골어는 주로 높임의 의미를 지닌 어휘로 높임 표현을 나타낸다고 하는데, 이것은 한국어도 마찬가지라서 양 언어 모두 높임 어휘가 상당히 풍부함을 다양한 예문과 함께 보여주고 있다. 또한 한국어는 청자의 신분, 연령 등의 요인을 고려하여 복잡한 형태를 골라 써야 하지만, 반면 몽골어는 공적 자리와 사적 자리의 구분은 있지만 한국어처럼 대상을 높이거나 낮추는 문법적 요소가 정확히 분류되어 있지 않고 대부분의 경우 등급 구분 없이 같은 말을 여러 상황에서 두루 쓴다고 한다. 결론적으로 국어와 몽골어의 높임법에서 보이는 가장 큰 차이점은 한국어는 문법 요소, 즉 어미에 의한 높임법이 있고, 몽골어는 높임 표현은 체계상으로 다양하게 실현되지는 못하지만 높임 표현은 풍부한 것이라고 한다.

마지막 장은 논문의 전체 내용을 정리하고, 이 논문이 몽골인의 한국어 습득과 한국인의 몽골어 습득에 보탬이 되기를 희망하는 것으로 마무리 짓고 있다.

▌의의 및 제언 ▌

한국어의 경어법은 다른 언어에서 보이는 공손법보다 실현 양상이 훨씬 복잡해 학습하기에 어려움이 많다. 이 연구는 한국어를 학습하고자 하는 몽골인들이 겪게 될 경어법 학습의 어려움을 예측하고 도움을 줄 수 있는 대조언어학적 연구로서 그 의의가 크다. 더구나 최근 한국어를 학습하고자 하는 몽골어권 학습자가 많아지고 있는데도 한국어와 몽골어의 대조 연구가 미비한 상태여서 이 연구는 후속 연구에 많은 도움을 줄 수 있을 것으로 보인다. 이 논문은 한국어 높임법 체계를 높임의 대상을 기준으로 주체 높임, 상대 높임, 객체 높임으로 분류하고 있는 전통적인 국어 문법과 달리 상대 높임, 주체 높임, 어휘에 의한 높임으로 분류하고 있다. 그러나 왜 그렇게 나누어 기술하고 있는지에 대한 근거가 명시되어 있지 않아 의문이 남는다.

> **# 2004. 2. 신경선. 석사. 이화여대. 한국어 교육을 위한 한국어 소개 화행 연구. 〈분류: 화행〉 〈해제: 오선경〉**

▌목차 ▌

I. 서론
　A. 연구의 필요성 및 목적
　B. 선행 연구 검토

II. 소개 화행의 개념과 분류

A. 소개 화행의 개념
B. 소개 화행의 분류
　1. 소개 대상에 따른 분류
　2. 소개 방법에 따른 분류

▎요약 ▎

이 논문은 한국어 학습자로 하여금 한국어 소개 화행에 반영되어 있는 한국 사회 규범과 문화에 대한 이해를 높이고 화용 능력의 향상을 도모하여 가장 자연스럽고 적절한 소개를 할 수 있도록 하는 데 그 목적을 두고 있다고 한다. 이에 한국어 모어 화자의 소개 화행 실제 자료를 소개를 받는 대상과 소개가 이루어지는 방법에 따라 분류하고 화자와 청자의 관계와 상대적 지위, 그리고 소개가 이루어지는 상황에 따라 분석하여 한국어 교육에의 적용 방안을 모색한 논문이다.

2장에서는 소개 화행의 개념을 정의하고 분류하고 있다. 소개는 자신에 의해서든 타인에 의해서든 남에게 자신에 대한 정보를 알리는 일이라고 정의를 내리고 있으며, 소개 화행을 소개 대상과 방법에 따라 분류하고 있다. 소개 대상에 따른 분류는 개인이 개인에게, 개인이 다수에게로 나눌 수 있다. 처음 만나는 사람 사이에서 이루어지는 소개 방법은 자기가 자신을 소개하는 자기 소개와 처음 만나는 두 사람을 모두 알고 있는 제 3자에 의해 소개되는 타인 소개로 분류되고 있다. 또한 이 두 가지가 복합적으로 이루어지는 상황도 있다고 한다.

3장에서는 소개 화행 조사를 위한 자료 수집 및 분석 방법 등을 밝히고 있다. 분석 자료는 학과 개강 모임의 녹음 자료, 동아리 개강 모임 녹음 자료, 다양한 상황에서의 한국어 모어 성인들의 일상 회화 녹음 자료 총 100개와 드라마와 영화 자료 32개이다. 분석 대상은 한 개인에 대한 소개로 자기 소개와 타인 소개를 모두 포함한다고 밝혔다. 또한 소개 화행의 가장 핵심적인 부분으로 사용 빈도가 높고 여러 표현이 사용되며 한국 사회의 집단주의적 특성을 반영하는 신분 밝히기를 분석의 대상으로 한다고 밝히고 있다. Paik(1994)와 강영선(1997)의 연구를 바탕으로 하여 일부 수정된 신분 밝히기의 분석의 틀은 이름 밝히기, 관계 밝히기, 사회적 지위(직업) 밝히기, 학번(학기)/나이 밝히기, 전공/소속 기관 밝히기, 출신지(국적)/거주지 밝히기로 분류하였다. 분석에 사용될 변인은 관계, 지위, 상황으로 설정하였다.

4장에서는 수집한 자료를 통해 한국어 모어 화자의 소개 화행 양상을 구체적으로 분석하고 있다. 분석 결과로 나타난 소개 화행의 특징을 살펴보면 첫째, 한국어 모어 화자는 다수를 대상으로 자기를 소개할 때 이름을 먼저 밝히기보다는 소속 기관을 먼저 밝혀 화자와 청자가 모두 같은 집단에 소속되어 있음을 상기시키고 학번이나 나이를 밝혀 집단 내에서의 자신의 위치를 알린 후에 비로소 자신의 이름을 밝힌다. 이는 한국인들이 우리라는 집단의 일부로 자신을 생각하고 있기 때문이라고 분석하고 있다. 둘째, 업무적인 상황에서 다수를 대상으로 할 때 한국어 모어 화자는 자기를 스스로 소개하기보다는 타인에 의해 소개가 되거나 1차적으로 타인에 의해 소개가 된 후 2차적으로 자기를 소개한다. 이 때 화자는 처해진 상황에서 소개되는 사람에 관한 가장 중요한 정보인 사회적 지위나 화자와의 관계를 밝혀 집단의 기존 구성원과 새로운 구성원 간의 자연스러운 융화를 도모하고 소개된 사람이 2차적으로 자기를 소개할 때 이름을 밝혀 자신을 알린다고 한다. 셋째, 연장자나 지위가 높은 사람에게는 자신을 스스로 소개하게 하기보다는 타인이 소개를 하며, 소개할 때 화자와의 관계나 사회적 지위, 혹은 나이를 밝힌다. 이것은 한국 사회가 서열을 중시하기 때문에 대화 참여자 간의 서열을 매기고 앞으로의 관계를 지속하는 데 있어 연장자에게 적절한 대우를 할 수 있도록 하기 위해서라고 분석하고 있다. 넷째, 의도적인 모임인 격식적인 상황에서는 자신에 대한 다양한 신상 정보를 밝혀 청자에게 자신을 알리는 데 주력하며 이는 타인에 의해 소개가 이루어질 때도 화자는 소개가 되는 사람의 다양한 신상 정보를 청자에게 알려서 만남의 목적을 달성하고 관계를 지속하는 데 유리하게 이끈다고 한다.

5장에서는 한국어 교재에 나타난 소개 화행을 검토하고, 위의 분석 내용을 바탕으로 한국어 교육을 위한 제언을 하고 있다. 분석 대상이 된 교재는 국내 대학 기관에서 사용되는 통합 교재들과 인터넷 교재이며, 언어 수준별로 초·중·고급을 모두 포함시켰다. 한국어 모어 화자 소개 화행과의 비교 결과를 보면 한국어 교재에 나타난 소개 화행은 이름을 먼저 밝히는 방식의 소개 화행이 주를 이루어 한국 사회의 집단주의 문화를 반영하지 못하고 있었으며, 자기 소개와 타인 소개의 복합적인 형태를 제시하지 않아 관계에 따른 소개 전략을 반영하지 못하고 있었다. 또한 화자와 청자의 나이나 사회적 지위가 같은 경우의 소개 화행에 지나치게 편중되어 있어 서열을 중시하고 대우법이 사용되는 한국 문화를 반영하지 못했다. 마지막으로 상황에 따라 달라지는 한국어 모어 화자의 소개 화행 전략이 나타나있지 않다고 한다. 이에 따라 제안된 한국어 교재 개발 방안은 화자와 청자의 관계, 사회적 지위, 상황을 좀 더 다양하게 설정하고 다양한 소개 화행 전략을 보여주는 것이다. 그리고 한국어 교재에 흔히 나타나는 '저는 OOO입니다', '제(내) 이름은 OOO입니다' 형태의 이름 밝히기는 실제 모어 화자의 소개에서는 한 번도 나타나지 않았다고 한다. 따라서 실제 모어 화자들이 사용하는 'OOO입니다' 형태의 이름 밝히기를 교재에서 제시해야 할 것이라고 밝히고 있다. 한국어 수업 현장에서 사용할 수 있는 활동으로는 관찰하기, 역할극, 인터뷰하기가 소개되고 있다.

6장에서는 한국어 모어 화자의 소개 화행과 교재에 나타난 소개 화행을 비교 분석한 결과를 요약하면서 이상의 논의를 마무리짓고 있다.

▮ 의의 및 제언 ▮

소개란 타인과의 교류에서 시작을 이루는 중요한 언어 행위로서 각 언어권의 가치관과 문화가 상당 부분 반영되는 화행이다. 이 논문은 한국어 모어 화자들의 소개 화행 양상을 실제적으로 분석하고 그 속에 나타난 한국인들의 집단주의, 서열 중시 등의 문화적 특징까지를 밝혀냈다는 점에서 의의가 있다. 또한 실제 녹음 자료, 드라마와 영화 자료 등 다양한 자료를 수집하고 분석하여 조사 결과의 신뢰성을 높였다고 본다. 그러나 화자의 연령대와 성별에 따라서도 소개 화행의 양상이 달라질 수 있을 것이라고 예상되는데, 이것들을 분석 변인으로 설정하지 않고 있어 아쉬움이 남는다.

2004. 8. 윤은미. 석사. 연세대. 한국인과 영어권 한국어 학습자의 거절화행 비교 연구: 체면과 공손성을 중심으로. 〈분류: 화행〉 〈해제: 권혜진〉

▮ 목차 ▮

▌요약▐

　이 논문은 영어를 모어로 하는 한국어 학습자와 한국어 모어 화자의 거절화행 실현의 차이점을 체면과 공손성을 중심으로 연구하였다. 이를 통해 영어권 한국어 학습자들이 한국어 모어 화자와 어떤 점에서 차이를 나타내는지를 살피고, 영어권 한국어 학습자들의 온전한 의사소통능력을 길러주기 위해 한국어 교육 현장에서 보완해야 할 점들을 제시하는 것을 목적으로 하고 있다.

　2장에서는 거절화행에 대한 이론적 배경을 제시하고 있다. 거절은 요청이나 초대 등을 받아들이지 않고 물리치는 행위로, 대응쌍에서 요청, 제안, 제공, 초대 등의 주는 말에 대한 받는 말 중 비선호적 범주에 속하는 것으로 정의하고, 거절은 근본적으로 청자의 체면을 손상시키는 특성을 지니기 때문에 체면을 보호하기 위한 다양한 전략과 기제들이 수반된다고 한다. 또한 거절화행의 변인으로 거절을 유도하는 시작화행의 청자 손익관계에 따라 초대, 요청 등으로 달라지며, 이 외에도 요청이나 초대를 한 사람의 사회적 지위와 친밀도에 따라 거절의 양상이 다르게 나타난다고 했다. 그리고 기존의 연구들을 정리하여 한국어와 영어의 거절화행이 직・간접적 표현, 청자의 사회적 지위 및 청자와의 친밀도 등에 대한 민감도, 이유나 상황 설명 등의 내용적인 면에서 차이점이 있다고 밝혔다. 또한 Brown & Levinson의 적극적・소극적 공손 전략의 기본 원리를 소개하고, 체면을 보호하고 공손성을 나타낼 수 있는 언어적 장치에 대해서도 간략히 살피고 있다.

　3장에서는 연구 방법을 소개하고 있다. 실험 대상은 한국어 모어 화자 20명, 연세대학교 한국어학당에서 4급 이상 공부하거나 졸업한 영어를 모어로 하는 한국어 학습자 20명, 영어 모어 화자 20명으로 설정하여 역할극을 수행하도록 했다. 실험 도구로는 상대방에게 손해가 되는 3개의 요청 상황과 상대방에게 이익이 되는 3개의 초대 상황으로 총 6개의 역할극을 설정하고, 요청자나 초대자의 사회적 지위와 친밀도를 달리하여 구성하였다. 모두 60명의 피실험자가 6개의 상황극을 수행한 총 360개의 담화자료를 모아 녹음, 전사하였다. 발화들을 개별적으로 분석하지 않고 대응쌍 차원에서 요청 및 초대에 대한 받는 말과 이를 부연하는 발화들에 중점을 두었다. 그리고 이를 중심으로 담화 연속체의 전체 맥락 속에서 화자의 의도와 태도를 파악해 거절 실현 유형을 직접적 거절과 간접적 거절 유형으로 나누고, 간접적 거절의 하위 유형으로 이유제시/설명, 회피, 기타의 4가지로 분류하였다. 또한 상대의 체면손상을 보상하는 보조적 발화들을 보조 전략이라 칭하고 존칭 사용, 감사 표현, 사과 표현, 관심 표현, 공감대 강조, 수락소망 표시, 거절 후 보상 등 7가지 유형으로 분류하였다.

4장에서는 전사 자료들을 상황별로 사회적 지위 및 친밀도에 따라 분석하였다. 대체로 영어 모어 화자 집단이 한국어 모어 화자 집단에 비해 더 직접적으로 거절을 하고, 사회적 지위에 대해서는 모든 집단에서 체면보호에 대한 정도가 높아서 이를 의식하고 있는데, 한국어 모어 화자 집단이 영어 모어 화자 집단에 비해 사회적 지위에 대한 민감도가 더 높다고 한다. 친밀도 변인에서는 한국어 모어 화자 집단이 영어 모어 화자 집단에 비해 초대 상황에서 친밀도가 높은 상대의 체면을 배려하는 정도가 다소 낮다고 했다. 체면보호를 위한 보조 전략의 사용은 '한국어 모어 화자 집단>영어를 모어로 하는 한국어 학습자 집단>영어 모어 화자 집단'의 순으로 많았다. 특히 한국어 모어 화자 집단은 '어떡하지요?' 류의 표현으로 안타까움을 표시해 상대와의 공감대를 강조하고, 사회적 지위가 높은 상대에게는 존칭을 뚜렷하게 사용하는 특징이 나타났다. 그리고 한국어 모어 화자 집단과 영어를 모어로 하는 한국어 학습자 집단의 비교를 통해 같은 거절실현 유형이라도 한국어 모어 화자 집단의 경우에 '-(으)ㄹ 것 같다, -잖아, -거든?'등의 통사구조와 대용어 '그렇다' 및 '좀, 약간' 등의 약화 어휘의 적절한 운용을 통해 상대의 체면을 더 보호하는 느낌을 준다고 했다. 이러한 부분은 외국어 학습자가 자연스러운 맥락이 아닌 교실 수업에서는 쉽게 습득하기 어려운 부분이라고 언급하면서 한국어 교육 현장에서의 관심이 필요한 영역이라고 언급했다.

5장에서는 연구의 결과를 한국어 교육 분야에 활용할 수 있는 방안에 대하여 두 가지로 논의하고 있다. 첫째, 교재의 대화문에 거절 상황에 대한 맥락 정보를 충분히 주어 학습자들에게 대화의 화용적·사회문화적 특성을 인식시켜야 함을 제안하고 있다. 둘째, 교수·학습활동에서는 화용적·사회문화적 특성을 익힐 수 있는 기회가 자연스럽게 학습 과정에 포함될 수 있도록 대화문, 시청각 자료를 이용한 연습, 역할극, 토론 등으로 다양하게 그 방안을 제시하고 있다.

마지막으로 6장에서는 이상의 논의를 요약하고, 한국어 교육 분야에서 학습자들에게 한국어의 구조에 대한 지식은 물론 화용적·사회문화적 능력을 길러 주는 방안의 모색에 더 큰 관심을 기울여야 함을 강조하면서 논문을 끝맺고 있다.

▌의의 및 제언 ▐

이 논문은 한국어 모어 화자와 영어권 한국어 학습자들의 거절화행을 대조하고 체면보호와 공손성의 관점에서 분석한 결과를 토대로 한국어 교육을 위한 시사점과 보완점을 찾았다는 점에서 의의가 있다. 또한 이 논문은 최근 한국어 교육 현장에서 자연스러운 맥락을 통한 습득 방식이 중요시 되고 있다는 점을 고려하여 역동적인 상호작용의 특징을 더 잘 드러낼 수 있는 역할극을 실험 도구로 사용하고 있다. 기존에 주로 담화완성형 설문지를 분석의 도구로 삼았던 것에서 벗어나 새로운 연구 방법을 적용했다는 점에서 의의가 크다고 하겠다.

2005. 2. 임마누엘. 석사. 고려대. 한국어 화행 교육의 필요성과 교수 방안 연구: '요청' 화행을 중심으로. 〈분류: 화행〉 〈해제: 오선경〉

▌목차 ▐

6.2.2 요청 화행 실제 교수 방안의 예   7. 결론

▌ 요약 ▌

이 논문은 한국어의 요청 화행 교육의 개선점과 교수 방안을 모색하는 데 목적을 두고, 한국어 모어 화자와 외국인 학습자를 대상으로 한 담화 완성형 설문 조사(DCT)와 한국어 교재 분석을 실시하고 있는 연구이다. 이 연구에서 중점을 둔 '요청'은 화자와 청자의 복합적인 관계를 고려한 상태에서 발생되는 매우 복잡 미묘한 화행으로서 외국인 학습자의 화자 입장에서 큰 부담이 되는 언어 행위라고 연구의 필요성을 밝히고 있다.

2장에서는 화행 이론과 요청 화행에 대한 기존의 이론들을 다양하게 검토하여 정리하고 있다. 요청 화행은 지시 행위의 하나로서 어떤 행동과 부담으로부터 자유롭고자 하는 청자의 소극적 체면을 위협하는 행위로서 공손성의 원리가 중요하게 작용한다고 한다. 특히 한국어에서는 경어법이 발달했기 때문에 다양한 변인에 따라 적절한 공손 표현을 사용하는 것이 중요하다고 언급하고 있다.

3장에서는 요청 화행 실현 양상에 대한 조사 연구를 위한 조사 대상과 방법, 조사된 자료의 분석 방법을 설명하고 있다. 이 연구에서는 한국인 모국어 화자 105명과 모국어 변인과 한국어 숙달도가 다양한 외국인 학습자 65명을 대상으로 담화 완성형 테스트(DCT)를 실시하였다. 그리고 CCSARP에서 수립하여 사용한 요청 틀인 Blum-Kulka, House and Kasper(1989)에서 제시한 9개 요청 화행 책략, '서법에 의한 도출, 명시적 수행문, 약화된 수행문, 의미에 의한 도출, 의도 언급, 제안 표현, 예비적 조건의 언급, 강한 암시 주기, 약한 암시 주기'를 분석 틀로 삼겠다고 밝히고 있다. 또한 한국어의 특징을 고려하여 청자 대우법과 서법을 화행 분석의 기준으로 추가한다고 밝혔다.

4장에서는 DCT에 제시된 12가지 요청 상황에 대한 한국인 모국어 화자와 외국인 학습자들의 요청 화행을 집단별, 상황별, 요청 상황별, 사회적 요소에 따라 비교 분석하였다. 분석 결과 한국인 모국어 화자가 외국인 학습자에 비해 '예비적 조건에 대한 질문'을 두드러지게 많이 사용하는 경향을 보였으며, 외국인 학습자들의 경우는 직접적인 요청을 많이 사용한다는 것을 알 수 있었다고 한다. 두 집단은 대우법 사용에 있어서 많은 차이를 보였다고 하는데, 외국인 학습자들의 '해요체'와 '합쇼체' 사용이 한국인 모국어 화자에 비해 월등하게 나타났다고 한다. 연구자는 이를 한국어의 경어법을 지나치게 의식한 결과이거나 교재에 문법적 상관관계를 고려한 격식적인 표현들이 많이 나온 탓일 거라고 분석하고 있다. 이 밖에도 다양한 변인들에 따른 교차 분석 결과를 자세하게 기술하고 있다. 또한 외국인 학습자들의 한국 체류 기간, 한국어 학습 기간, 한국어 능력 수준에 따른 화행을 비교 분석하였는데 한국어 능력이 초급인 경우는 '명시적 요청'의 사용이 가장 많지만 고급으로 갈수록 한국어 모국어 화자에 가깝게 '예비적 조건에 대한 질문'을 많이 사용하고 있는 것을 볼 수 있었다.

5장에서는 한국어 교재에서의 요청 화행을 조사하고 있는데, 요청 화행이 발생한 장소, 요청

화행이 제시된 대화문에서의 화행 전략, 요청 발화 시 나타난 실제 문형, 대우법과 서법 실태, 사회적 지위 변인, 친밀도 변인 등을 분석하였다. 분석 결과, 아직 대부분의 교재들이 실제적이고 다양한 요청 화행을 보여주지 못하고 있음을 알 수 있었다고 한다. 무엇보다 요청 상황 맥락이 분명치 않아 화자와 청자의 관계, 사회적 지위, 친밀도, 성별 등이 분명하게 제시되지 않은 경우가 많았으며, 요청에 대한 응답도 지나치게 '수락'에 치우쳐서 현실감 있고 다양한 화행을 보여주지 못하고 있다고 지적하고 있다.

6장에서 여러 분석 결과를 토대로 요청 화행 연구와 교육의 문제점 및 개선점을 제시하고 요청 화행의 실제 교수 방안을 모색하고 있다. 요청 화행 교육의 내용 선정 원리로 학습자의 요구와 필요에 부합할 것, 교육 목적과 목표에 맞는 실제적이고 유용한 내용일 것, 학습자들의 언어 능력, 문화적 배경을 고려할 것, 한국어와 관련된 문화적 요소를 많이 포함 할 것, 학습자의 관심과 흥미를 이끌어낼 수 있을 것, 의사소통 상황의 다양한 맥락과 담화 참여자들의 관계를 고려할 것, 화행 교육과 문법 교육이 적절하게 관련성을 가지고 이루어질 수 있도록 할 것들 제안하고 있다. 마지막으로 드라마 '겨울연가'를 활용하여 초급, 중급, 고급 수준의 학습자를 위한 한국어 요청 화행 교육의 실제 교수 방안을 제시하고 있다. 마지막 7장은 이상의 논의를 요약하면서 끝맺고 있다.

▥ 의의 및 제언 ▥

이 연구는 실제적인 의사소통능력 신장에서 중요하게 다루어져야 하는 화행 교육의 중요성을 인식하고, 요청 화행에 있어서 한국어 모국어 화자와 외국인 학습자의 실현 양상의 차이를 구체적으로 밝혀 이를 한국어 교육에 활용하고자 하는 연구라는 점에서 그 의의가 있다. 또한 이 연구는 초급, 중급, 고급 학습자들을 모두 연구 대상으로 하여 한국어 수준별 요청 화행의 차이를 보여주고 있는데, 이는 기존의 중간언어 연구가 주로 문법 형태 등에 초점을 두었던 것에 반해 화용 능력에 있어서의 중간언어 양상을 보여주고 있다는 점에서 의의가 크다고 할 수 있다. 그리고 조사 대상과 방법, 분석 방법에 대해 아주 구체적으로 기술하고 있어 연구의 전체적인 신뢰도를 높이고 있다.

> # 2005. 8. 강은숙. 석사. 연세대. 한국어 모어 화자의 화계 변동에 관한 연구: 사회적 관계와 친밀도를 중심으로. 〈분류: 경어법〉 〈해제: 권혜진〉

▥ 목차 ▥

▌ 요약 ▌

　이 논문은 화계 변동 현상이 한국어 모어 화자들의 일상 대화에서 빈번하게 나타나는 언어 현상임에도 한국어 교육 현장에서 학습 항목으로서 적절하게 제시되지 못하고 있다는 문제를 지적하였다. 이에 한국어 모어 화자의 화계 변동이 담화 내에서 다양한 전략으로 사용된다는 관점을 바탕으로 하여, 화계 변동의 발생 요인과 그 발생 요인에 의해 나타난 화계 변동의 기능을 밝히는 것을 목적으로 하였다.

　2장에서는 화계 변동에 관한 이론적 배경을 제시하고 있다. 청자에 대해서 화자가 문장의 종결형 혹은 이에 준하는 형태로 표현하는 여러 등급을 화계(話階: speech levels)라고 정의하고 있다. 그리고 이 논문은 노마히데키(1996)에 나타난 한국어의 화계 체계를 기본으로 하여 일상 담화의 화계를 분류하고 있다. 노마히데키(1996)은 한국어의 화계 체계를 존대(존댓말)의 '-해요, -합니다'와 비존대(반말)의 '-해, -한다'의 2등급으로 나누고, 이 2등급의 화계 체계를 입말과 글말에서 따로 구분하여 글말은 순수 글말과 말하는 것처럼 쓰는 글말인 유사 입말로 나누고 있다. 또한 화계변동(Speech Levels Shift)을 동일한 담화 안에서 동일한 화자가 동일한 청자에게 둘 이상의 화계를 교체하여 사용하는 것이라고 정의하며, 한국어의 화계 변동의 동인으로 공손의 원리가 작용한다는 관점을 기본으로 하였다.

3장에서는 연구 방법을 소개하고 있다. 한국어 모어 화자들의 사적인 일상 담화를 전사한 후 사회적 관계와 친밀도를 변인으로 설정하여 화계 변동을 분석하였다. 가족 관계의 일부 참여자를 제외한 모든 대화 참여자의 연령은 20~30대였다. 그리고 화계 변동의 발생 요인을 분석하는 틀로 담화 외적 요인인 사회적 관계와 친밀도, 담화 내적 요인인 심리적 요인과 언어적 요인을 설정하였다.

4장에서는 앞서 제시한 분석의 틀로 한국인 모어 화자의 사회적 관계와 친밀도에 따른 화계 변동의 발생 요인 및 기능, 발생 특징을 분석하였다. 먼저 사회적 관계에 따른 화계 변동을 보면 가족·친구·선후배·직장 동료의 모든 관계에서 존대 등급으로의 화계 변동은 대화의 분위기를 부드럽게 유도하려는 공손 전략을 위한 심리적 요인에 의해 사용된다고 했다. 심리적 요인에 의한 화계 변동은 담화 내에서 유머 및 농담하기, 긍정적인 반응 유도하기, 가벼운 장난 및 놀리기 등으로 다양하게 나타났다. 비존대 등급으로의 화계 변동은 상대방에게 친근감을 표현하고 친밀감을 유도하기 위한 심리적 요인과 선행 발화의 보충 설명 및 예시, 확인을 위한 반복 질문, 단답형·열거형 대답, 중도 종료형 발화, 상대방의 말에 대한 호응 등과 같은 언어적 요인에 의해 발생하는 것이라고 분석했다. 친밀도에 따른 분석을 보면, 높은 친밀도에서는 적극적 공손 전략에 의해 부드러운 분위기를 유도하려는 심리가 작용해 존대 등급으로의 화계 변동이 일어나지만, 낮은 친밀도에서는 주로 유머나 농담, 장난치기 등의 표현으로 나타나는 존대 등급으로의 화계 변동을 회피하려는 경향을 보인다고 했다. 또한 높은 친밀도에서는 기존에 가지고 있던 친밀감을 확인하기 위한 심리에서, 낮은 친밀도에서는 이전까지는 없었던 친밀감을 유도함으로써 원만한 인간 관계를 만들어 가고자 하는 심리에서 비존대 등급으로의 화계 변동이 일어난다고 했다. 그리고 담화 내에서 화계 변동이 실현되는 언어 형태를 분석하였다. 존대 등급으로의 화계 변동에서 '-해요'체와 '-하서'체는 부드러운 분위기를 유도할 때, 비존대 등급으로의 화계 변동에서 '-해'체는 친근감 및 친밀감을 유도할 때, 종결 어미가 없는 형태는 선행 발화의 보충·설명·예시, 확인을 위한 반복 질문, 단답형·열거형 대답, 상대방의 말에 대한 호응 시에 사용된다고 했다. 그리고 '-가, -구나, -나, -네, -다, -지' 등의 종결 어미는 특정한 대상이 없는 발화로 인한 화계 변동 시에, '-고, -ㄴ/는/은데, -니까, -다/라고, -아/어/여서'와 같은 연결 어미는 말끝을 흐려 중간에 종료하는 발화 시에 나타난다고 했다.

5장에서는 연구 결과를 한국어 교육 분야 중에서 말하기와 듣기 지도 및 교재에 적용하는 방안을 제시하고 있다. 대화 참여자들의 사회적 관계 및 상황 등 맥락이 있는 영상 자료와 한국어의 사회·문화적 규칙을 반영하는 대화문을 제시하는 교재 개발이 필요하다고 했다. 또한 영상 자료를 이용한 이해, 대화문을 이용한 연습, 읽기 자료를 이용한 토론 등의 교수·학습 활동을 제시하고 있다.

마지막으로 6장에서는 이상의 논의를 요약하고, 사회적 관계와 친밀도와 같은 수평적인 관계의 변인과 함께 연령이나 사회적 지위와 같은 힘의 관계를 고려한 연구도 이루어져야 하며, 이 연구를 바탕으로 일본어와 같이 화계 체계가 있는 언어와의 대조 분석 연구도 필요함을 언급하면서 끝맺고 있다.

▌ 의의 및 제언 ▌

이 논문은 한국어 모어 화자의 일상 자유 담화를 분석하여 한국인들의 실제 대화에서 화계 변동이 어떻게 일어나고 있는지를 살피고, 화계 변동이 발생하는 원인 제시에만 한정되었던 선행 연구의 한계점을 보완하여 화계 변동의 다양한 담화 전략 및 기능까지 밝혔다는 점에서 의의가 있다. 하지만 한국어의 화계 체계를 분류하는데 있어서 객관성에 문제점이 있다고 지적한 노마히데키(1996)의 체계를 그대로 받아들여 분석하고 있다는 점에서 아쉬움이 남는다. 한국어의 화계에 대한 선행 연구 및 기존의 논의를 좀 더 검토하여 객관적이고 공정한 분석 틀을 제시했다면 이 논문의 가치가 더 커졌을 것이라고 본다.

2005. 8. 김진아. 석사. 고려대. 외국인 학습자의 경어법 이해 및 사용 양상 연구: 고급 학습자를 중심으로. 〈분류: 경어법〉 〈해제: 오선경〉

▌ 목차 ▌

▌ 요약 ▌

이 논문은 한국어 경어법 체계를 고찰하고, 외국인 고급 학습자들의 경어법 이해 및 사용을 분석하여 앞으로의 경어법 교수·학습 및 교재 편찬에 도움을 주고자 하는 데 목적을 둔 연구이다. 우선 외국인을 위한 경어법 교육에서 경어법 3체계가 과연 적합한지 문제를 제기하고 있으며, 기존 연구들의 교재 분석에서 경어법 내용이 잘 종합되어 있지 않고, 학습자들의 경어법 이해와 사용 분석이 교재 분석에 근거하지 않았다는 점을 지적하고 있다. 이에 경어법과 공손법, 한국어의 경어법 체계, 한국어 교재에 반영된 경어법 교육 내용, 학습자의 실제 사용 능력을 차례대로 고찰하겠다고 밝히고 있다.

2장에서는 공손법, 경어법, 한국어 경어법에 대한 이론적 배경을 정리하고 있다. 공손법

(politeness)이란 상대방을 존중하고 인격적인 대우를 하기 위한 비언어적 행동양식으로, 어느 언어에나 다 나타나는 보편적 현상이라고 한다. 경어법(deference system)이란 사회적 맥락에 따라 적절한 언어를 사용해야 하는 사회적 규범이자 문법적 장치라고 정의하고 있다. 그리고 외국인을 위한 경어법 연구나 교수·학습에서 기존의 주체 존대, 객체 존대, 상대 존대, 3체계를 수용하는 대신 어휘적 경어법과 문법적 경어법으로 나누는 기준을 적용할 것을 제안하고 있다. 즉 '한국어 경어법이란 문법 또는 어휘를 통하여 존대의 대상을 존대·비존대 하는 것'이라는 관점 하에 어휘 요소에는 호칭, 존대 어휘, 겸양 어휘를, 문법 요소에서는 종결어미, '-시-', '-께', '-께서'를 구체적으로 다루고 있다.

3장에서는 고려대, 경희대, 서울대에서 출판된 한국어 교재의 경어법 교육 내용을 분석하고 있다. 초급부터 고급까지 전 급에 걸쳐 경어법 요소의 제시 시기, 순서, 방법 등을 비교하고 있다. 분석 결과 어미와 '-께', '-께서'와 비존대 어휘의 제시 시기가 교재마다 달랐다고 한다. 또한 서울대 교재를 제외하고는 호칭을 경어법 요소로 명시적으로 설명하고 있지 않음을 지적하고 있다.

4장에서는 경어법을 충분히 교육 받았다고 여겨지는 고급 학습자들을 대상으로 이해력과 사용 양상을 조사하여 통계적으로 분석하였다. 학습자들은 한국어 문법 중에 경어법이 가장 어렵다고 응답했으며, 경어법의 여러 요소 중에서 '-께', '-께서'를 가장 어려워하고 그 다음으로 겸양 및 존대 어휘를 어려워하였다고 한다.

5장에서는 교재 분석의 결과와 학습자 대상 조사 결과를 정리하고 있으며, 간단한 제언을 덧붙이면서 마무리하고 있다.

의의 및 제언

한국어 경어법은 다양한 문법적, 어휘적 요소로 실현되며 그 체계가 복잡하여 고급 학습자들도 여전히 어려워하는 부분이다. 이 논문은 한국어 교재에 나타난 경어법 교육 내용과 고급 학습자들의 경어법 사용 양상을 실제적으로 보여주고 있어 경어법 교수·학습 방안을 마련하는 기초 연구로서 의의를 지닌다. 그러나 학습자들의 경어법 사용 실태를 분석한 부분에서 다소 객관성이 부족해 보인다. 일례로 경어법을 다루고 있는 교재들의 적합성을 알아보기 위해 분석 대상이었던 3종의 교재를 가지고 학습한 학습자들의 경어법 실력 및 사용 실태를 분석하였다고 했는데, 중국 대련 외국어 대학의 경우 어떤 교재로 학습하였는지 명시적으로 밝히지 않고 있다. 따라서 학습자들이 보이는 경어법 사용상의 오류가 교재에 의한 것인지, 모국어 간섭 등의 다른 요인에 의한 것인지 의문이 남는다.

2005. 8. 박수란. 석사. 이화여대. 한국어 교육을 위한 한국어 인사 표현 연구. 〈분류: 화행〉 〈해제: 오선경, 테시마 아이코〉

▌목차 ▌

▌요약 ▌

　이 논문은 한국어 학습자가 장면에 따른 적절한 인사 표현을 사용하여 성공적인 대화를 시작할 수 있도록 한국어 모어 화자의 다양한 인사 표현을 조사하고 이 결과를 토대로 한국어 교육에의 적용 방안을 고찰한 연구이다. 한국어 인사 표현은 상대방과 우호적 관계를 유지하는 데 중요한 역할을 한다는 점에서 강조되어야 할 부분이라고 하며 한국어 학습자가 성공적인 의사소통을 하기 위한 기초가 될 교육일 것이라고 밝히고 있다.

　2장에서는 인사 표현의 개념과 기능에 대해 살피고 기존의 인사 표현 분류를 정리하였다. 이 논문에서는 인사 표현이 사용되는 장면 선정에 있어서 한국어 학습자가 많이 접하게 되는 장면들, 즉 일상의 생활 속에서의 장면들을 중심으로 하겠다고 밝히고 있으며, 이에 한국의 표준화법해설(1992)과 황병순(1999)을 토대로 만났을 때 5개 상황, 헤어질 때 4개 상황을 선정하였다.

　3장에서는 20대에서 40대 사이의 표준 한국어를 구사하는 학생, 직장인, 주부 등 일반인 남녀 100명을 대상으로 2장에서 선정한 9개 장면에서 사용하는 인사 표현을 조사하였다. 9개 장면별로 친소 관계와 서열 관계를 기준으로 다시 구체적인 상황 27개를 설정하였고, 각각의 상황에서 실제로 사용하는 인사 표현이 무엇인지를 설문으로 조사하였다. 이 때 '처음 만났을 때' 장면은 아직 친소 관계가 성립되지 않았으므로 나이 서열만을 기준으로 설정하고 있다. 조사를 통해 얻어진 응답은 1차, 2차 발화로 나누어 정리한 후 2차 발화가 없는 경우, 즉 1차 발화만으로 인사를 마치는 경우와 2차 발화가 있는 경우로 나누어 기술하고 2차 발화가 있는 경우에는 1차 발화와 2차 발화의 교차분석(crosstabulation)을 통해 사용 빈도가 높은 발화의 조합을 찾을 것이라고 자료 분석 방법을 기술하였다.

　4장에서는 설문 조사에서 나타난 결과를 자세하게 기술하고 있다. 상대를 만났을 때의 장면은 처음 만났을 때, 일상적으로 만났을 때, 다시 만났을 때, 우연히 만났을 때 그리고 오랜만에 만났을 때로 나누고, 상대와 헤어질 때의 장면은 일상적으로 헤어질 때, 상대보다 먼저 갈 때와 오래 헤어져 있을 때로 나누고 오래 헤어져 있을 때는 다시 상대가 가는 경우와 본인이 가는 경우로 나누어 사용빈도가 높은 인사 표현을 살피고, 그 결과를 토대로 한국어 인사 표현의 특징을 4가지로 나누어 보여주고 있다. 그 결과를 보면 한국어 인사 표현은 첫째, 대체적으로 윗사람에게는 친소에 관계없이 같은 표현이 사용되는 양상을 보였는데 그것은 윗사람에 대한 대우를 중요시하는 문화의 영향 때문이라고 해석하고 있다. 둘째, 직접적이고 개인적인 질문형의 표현이 많이 사용되는데, 이것은 상대에 대한 관심이 많고 직접적으로 표현하는 것을 선호하는 한국어 모어 화자의 특성으로 볼 수 있다고 제시하였다. 셋째, 남녀 성별에 관해서는 영향을 받지 않는 것으로 나타났는데, 표현 자체를 다르게 사용하는 것은 아니지만 1차 발화와 2차 발화의 사용 양상에는 남녀 차이가 있음이 교차분석 결과 나타났다고 한다. 넷째, 친한 관계일수록 의례적인 인사 표현과 함께 상대와의 친근감을 드러내는 다양한 인사 표현을 사용하였으며, 친하지 않은 관계에서는 의례적이거나 애매한 인사 표현을 사용하는 경향이 있었고 또한 친소 관계에 따라 발화의 양 차이가 크게 나타났다고 분석하고 있다.

　5장에서는 지금까지의 연구 분석 결과를 토대로 한국어 교재에 나온 인사 표현을 분석하고, 언어 교육에서 나아가 문화 교육에 적용하는 방안까지를 검토하고 있다. 교재 분석은 이화여자대학교, 연세대학교, 서강대학교, 세 기관의 한국어 교재를 대상으로 하였는데, 인사 표현에 대한 친소 관계나 서열 관계, 학습자 단계, 한국어 모어 화자의 인사 표현 사용 빈도가 고려되지 않은 채 인사 표현이 제시되고 있다고 지적하고 있다. 또한 인사 표현을 잘 사용하여 성공적인 의사소통을 하기 위해서는 인사에 담긴 문화적 배경을 다루는 문화 교육이 필요하다는 점도 제안하고 있다. 6장에서는 이상의 논의를 요약하면서 끝맺고 있다.

▌의의 및 제언 ▌

　예의가 중시되는 한국어 환경에서 인사는 단순한 언어 표현 이상의 의미를 지니며 대화 상대와 상황에 맞게 적절한 인사를 하는 것은 중요한 화용 능력이라고 할 수 있다. 이 논문은 인사의 이러한 화용상의 중요성을 인식하고 상대에 대한 친소 관계와 서열 관계를 변수로 삼아 장면별로 세분화하여 구체적인 한국어 인사 표현을 조사했다는 점에서 의의를 가진다.

　그러나 설문 조사에서 '표준 한국어'를 구사하는 일반인을 대상자로 했다고 밝히고 있는데 '표준 한국어'가 무엇인지 기술되어 있지 않다. '표준어'와 같은 개념인지 연구자가 별도로 설정한 개념인지 용어에 대한 명확한 기술이 아쉽다. 또한 설문 대상자들의 방언 사용 변수도 예상할 수 있는데 거주 지역을 자세히 기술하지 않고 있어 대상자 설정의 기준이 모호하다. 또한 연령별로도 사용하는 인사 표현에 차이가 있을 수 있는데 연령이 변수로 설정되지 않은 점도 아쉬운 부분이다.

2005. 8. 박정선. 석사. 상명대. 한국어 학습자를 위한 맞장구 표현 연구. 〈분류: 화행〉 〈해제: 오선경〉

▌목차▐

▌요약▐

이 논문은 의사소통을 원활하게 진행하기 위해 필요한 청자의 적극적 언어 행동이며 성공적인 대화 전략의 하나인 한국어 맞장구 표현에 대하여 살피고, 한국어 교육 현장에서의 교육 방안에 대해 논하고 있다. 맞장구는 대화의 실질적인 내용에 관련되지 않고 화제 전개와 진행 과정에 적극적으로 개입하지 않기 때문에 그 표현 교육에 대한 연구가 소홀했으나 실제 담화에 많이 등장하며 대화를 원활하고 자연스럽게 이끌어가는 역할을 하기 때문에 의사소통능력의 향상을 위한 중요한 교육 항목이라고 보고 있다.

2장에서는 기존의 연구들을 정리하여 맞장구를 '발언권을 가진 현재 화자에게 발화 순서의 교체 의사 없이 청자기 보내는 짧은 표현'으로 정의하였다. 즉 맞장구를 화자의 이야기 진행을 돕기 위해 발화되는 청자의 언어 행위로 보고 있다. 그리고 총 8편의 드라마, 영화, 토크쇼에서 나타난 실제 대화를 분석하여 맞장구의 기능과 출현 위치, 변화 요인을 논하고 있다. 이 논문은 한국어 교육 현장의 교수 학습 가능성을 고려하여 맞장구 표현 양식을 '아(어), 음, 예, 네, 응'의 제1유형 듣기 · 이해 기능, '그래요, 맞아요, 그렇지, 그럼, 그러게'의 제2유형 동의 · 찬성 기능, '어머, 정말, 웬일이니, 진짜, 와, 저런, 안됐다, 에고, 그럴 수가, 허'의 제3유형 감정 표현 기능으로 나누고 있다. 또한 문장의 종결어미 뒤, 연결어미나 조사 뒤, 단어로 끝나는 문장 뒤 등 수행 위치가 어느 정도 일정하게 나타남과 청자 관계, 연령 및 성별에 따라 맞장구 표현이 다르게 나타남을 실제 대화 예문을 통해 보여주고 있다.

3장에서는 2장에서 분석된 실제 대화 자료와 비교하여 경희대학교, 서강대학교, 서울대학교, 연세대학교, 이화여자대학교의 한국어 교재에서 나타난 맞장구 표현을 검토하고 있다. 그 결과를 보면 대부분의 교재에서 제2유형 동의·찬성 기능의 '그래요'를 제외하고는 극히 제한적으로 제시되어 있음을 알 수 있다. 담화 참여자인 화자와 청자의 관계, 담화 상황 등에 따라 다양하게 나타나는 실제 맞장구의 특징을 고려하지 않고 형식적이고 제한적인 표현만을 사용하고 있다고 한국어 교재의 문제점을 지적하고 있다.

4장에서는 한국어 교육 현장에서 학습자들에게 맞장구 표현을 체계적이고 효과적으로 가르칠 수 있도록 교수 목표, 내용, 방법, 평가를 제안하고 있다. 우선 교수 목표는 한국어 학습자에게 맞장구 표현의 형식 정보와 의미 화용 정보를 가르쳐 실제 의사소통 상황에서 화자의 발화를 도와 적극적으로 대화에 참여하는 청자의 역할을 수행할 수 있도록 하는 데에 두고 있다고 밝히고 있다. 교수 내용은 맞장구 표현의 형식 정보와 의미 화용 정보를 모두 포함한다고 한다. 교수 방법은 맞장구 제시 방법과 과제 구성 방법으로 나누어 제시하고 있다. 제시 방법은 화자와 청자의 상하관계를 고려한 유형별 쓰임 분류를 명시적으로 제시하는 방법, 실제 담화에서 사용되는 맞장구 표현 양식을 사선으로 표시하여 그 출현 위치를 제시하는 방법, 단어 수준의 단일 형식 맞장구와 여러 표현이 함께 나타나는 복합 형식 맞장구로 나누어 제시하는 방법을 보이고 있다. 과제 구성은 다양한 화용 정보를 제공하고 화자의 선행 발화에 적절한 맞장구 표현을 할 수 있도록 하는 실제 대화문 구성 과제를 제시하고 있다. 평가 방법으로 듣기, 말하기, 읽기, 쓰기로 나누어 구체적 방법을 논하고 있다.

마지막 5장에서는 이상의 논의를 요약하고, 의사소통능력 향상을 위해 언어적 형식의 맞장구뿐 아니라 끄덕임이나 웃음, 미소와 같은 비언어적 행동으로 나타나는 맞장구 표현도 정확하게 분석하고 같이 교육하는 것이 필요하다고 언급하면서 논문을 마무리하고 있다.

▌ 의의 및 제언 ▐

이 논문은 기존의 한국어 교육이 화자 중심의 의사소통능력 향상이라는 목적에만 초점을 두었던 것에서 벗어나 청자의 적극적인 역할을 강조하고 중요한 대화 전략의 하나인 맞장구를 교육 대상으로 연구했다는 점에서 의의가 있다. 또한 드라마, 영화, 토크쇼 등의 대화 자료를 분석하여 한국어 맞장구의 형식 정보와 의미 화용 정보를 추출하고 언어 자료로 구축했다는 점에서도 가치가 있다.

하지만 이 논문은 맞장구 발화가 실제 대화에서 어떤 기능을 하든지 형식이 동일하다면 같은 유형으로 분류하고 있어서 맞장구 유형 및 출현 위치 구분 기준에 타당성이 다소 부족하다고 보여진다. 또한 드라마, 영화, 토크쇼는 대본이 있는 계획된 구어로 엄밀한 의미에서의 실제 구어는 아니라고 볼 수 있다. 이에 한국어 화자들의 일상 대화를 녹음, 분석하여 결과를 보완했더라면 더 신뢰할 수 있는 연구 결과가 나왔을 것이라는 아쉬움이 남는다.

2005. 8. 이언경. 석사. 연세대. 한국어 교육에서 청자 대우법 연구: 사회적 관계를 중심으로. 〈분류: 경어법〉 〈해제: 오선경, 테시마 아이코〉

‖ 목차 ‖

5.4 교수·학습 활동   6. 요약 및 결론

‖ 요약 ‖

이 논문은 원활한 대인 관계 유지와 의사소통 능력 향상을 위해 실제 언어 사용에 입각한 청자 대우 교육 내용과 교수 방법이 도입되어야 할 필요성을 제기하고, 교재와 교육현장에서 이를 어떻게 효율적으로 제시할 것인가를 모색하는 데 목적이 있다. 이 논문에서는 청자 대우법에 한해서 살펴보기로 하고 고려대 1~4권, 연세대 1~6권, 서강대 1~4권, 이화여대의 말이 트이는 한국어 1~4권의 교재 대화문과 청자 대우에 대한 기술 부분만을 논의의 대상으로 삼는다고 밝혔다. 또한 대상 학습자는 한국 내에서 한국어를 배우는 영어권 성인 화자임을 밝히고 있다.

2장은 이 연구의 이론적 배경으로서 사회언어학 이론을 살펴보고 최근의 국어학에서 이루어진 사회언어학적 접근의 청자 대우법에 대한 앞선 연구들과 한국어 교육에서의 대우법 연구들을 검토하고 있다.

3장에서는 실제 화자와 청자의 관계에 따른 청자 대우법의 사용 양상을 드라마 대본과 선행 연구들을 참고해 고찰하고 있다. 분석의 대상으로 삼은 드라마는 2001년에서 2005년 사이에 방송된 것으로 한 작품을 제외하고 모두 KBS에서 방송된 것들이라고 한다. 드라마 대본을 통해 친족 관계와 비친족 관계로 나누어 청자와 화자의 사회적 관계에 따른 청자 대우법의 실제 사용 양상을 호칭과 더불어 살펴보고 사용된 호칭의 유형과 청자 대우의 공기 관계를 제시하고 있다. 격식적인 관계나 상황에서 직함형 호칭이, 비격식적인 관계에서는 주로 이름형, 친족형 호칭이 사용됨이 나타났다. 또한 '성+직함' 형태를 제외한 직함형 호칭은 청자가 상위자인 경우 사용된 반면 이름형 호칭과 대명사형 호칭은 청자가 상위자인 경우는 사용되지 않음을 알 수 있었다. 청자 대우법의 사용에는 기본적으로 청자와 화자의 상하 관계와 친소 관계에 따라 사용되는 규범적인 용법 외에도 화자의 심리적 의도에 따라 동일한 관계나 동일한 청자와 화자 사이에도 청자 대우 등급이 달라지는 비규범적 용법도 나타났다고 한다.

4장에서는 한국어 교육 현장에서 청자 대우법이 어떻게 교수되고 있는지 알아보기 위해 주요 교육기관별 교재를 대상으로 교재의 대화문과 기술 부분으로 나누어 살펴보고 있다. 대화문에 나타난 사회적 관계들의 빈도와 그에 따른 청자 대우의 사용 양상을 고찰해 보았는데 그 결과를 보면 대다수의 교재들이 친구, 판매자와 구매자와의 관계 등의 매우 제한된 사회적 관계만을 제시하고 있으며 청자 대우 등급 선택에 영향을 미치는 사회적 요인에 대한 구체적인 정보가 거의 제시되어 있지 않았다고 한다. 또한 사용된 화계가 '해요'체와 '하십시오'체의 높임의 화계 제시에 편중되어 있고 '이름형' 호칭 위주로 제시되고 있음을 알 수 있다고 한다. 문법 기술 부분에서는 교재마다 설명의 상세도의 차이가 컸고, 교재 간 또 교재 내에서도 일관성이 부족한 점이 나타났다고 한다.

5장에서는 드라마 대본을 통해 고찰한 실제 청자 대우법의 사용에 근거하여 교재의 대화문과 문법 기술 부분의 개선 방안을 제시하고 있다. 대화문에는 다양한 사회적 관계가 반영될 것과

친밀도, 장면, 화자의 의도 등 사회적 요인에 따른 청자 대우법의 다양한 실제 사용 양상이 반영될 것, 그리고 대화가 일어나는 상황과 대화자와의 관계에 대한 담화상의 정보를 구체적이고 명시적으로 제시할 것을 개선안으로 제시하고 있다. 문법 기술 부분의 개선 방안으로 실제 언어의 사용 빈도를 고려하여 종결어미의 범위와 순서를 제시할 것, 청자 대우 종결어미들을 청자 대우법이라는 문법 범주와 연관해 제시할 것, 현실 언어 사용의 특성을 기술할 것, 대화문과 긴밀하게 연계해 기술할 것, 일관성 있게 기술할 것을 제안하였다. 다음으로 호칭의 교수 방안으로서 학습자 언어와의 사회언어학적 대조를 통해 한국어 호칭 사용의 특징을 제시할 것과 청자 대우의 문장 종결과의 공기 관계를 명시적으로 교수할 것을 제안하고 있다. 또한 한국어 교육에서 고급 학습자를 대상으로 한 청자 대우법의 교육 내용이 부족하다고 보고 고급 학습자를 대상으로 하여 실제 자료를 이용한 교수안을 제시하였다.

　6장에서는 이상의 결과를 요약하고 이러한 연구가 한국어 교육과 관련하여 어떤 의의가 있는지 살펴보고 연구의 제한점 및 앞으로의 과제를 제시하면서 논문을 마치고 있다.

▌▌의의 및 제언 ▌

　한국어의 대우법 체계 내에서도 청자 대우법은 청자와 화자의 관계와 사회적 지위, 친밀도 등이 반영되는 복잡한 언어 체계로서 외국인 학습자들이 습득하기에 어려움이 많은 부분이다. 이 논문은 드라마 대본을 분석하여 청자와 화자의 사회적 관계를 중심으로 청자 대우법을 연구하고, 이를 반영하여 교재 개선 방안을 제안했다는 점에서 의의가 있다. 또한 호칭까지 그 분석 범위에 포함시켜 대우법의 사용 양상을 보여주는 자료로서의 가치 또한 크다고 할 수 있다. 그러나 드라마 대본은 계획된 구어이며 방송용 언어라는 점에서 실제적인 언어 사용 양상을 보여주기에는 여러 한계점을 안고 있다. 이에 한국어 모어 화자들이 실제 대화를 녹음, 분석하여 연구 결과를 보완하였다면 더 신뢰할 수 있는 결과를 얻을 수 있었을 것이다.

　# 2006. 2. 곽단양. 석사. 서울대. 중국어권 학습자를 위한 한국어 완곡 표현 교육 연구.
〈분류: 화행〉 〈해제: 오선경〉

▌목차 ▌

▌ 요약 ▌

이 논문은 한국어를 학습하는 중국인을 위한 한국어 완곡 표현 교육에 활용할 수 있는 명시적인 완곡 표현 정보를 기술하고, 이를 기초로 한국어 완곡 표현의 교수·학습 방법을 모색한 연구이다. 완곡 표현은 단순한 언어 표현 이상의 것으로 한국어라는 언어에 반영된 문화를 나타낼 뿐만 아니라 완곡 표현을 사용하는 사람의 심리와도 관련이 있다는 점에서 교육적 가치가 있다. 중국어의 완곡 표현과 한국어의 완곡 표현은 비슷하기도 하나 형식면에서나 의미면에서 많은 차이를 보인다고 한다. 완곡 표현을 잘못 사용하면 오해나 화용상의 실수를 유발하여 궁극적인 의사소통에 실패할 수도 있다는 점에서 이 연구의 필요성을 찾고 있다.

2장은 이론적 고찰로서 먼저 한국어에서 완곡 표현의 개념과 완곡 표현을 활용하는 사람들의 사용심리 유형에 대해 살펴보고, 완곡 표현의 범위를 규명·분류하였다. 완곡 표현이란 '말을 하거나 글을 쓸 때에 상대방의 감정을 상하지 않게 하고 부드럽게 돌려 표현하는 표현법'이라고 한다. 완곡 표현을 사용하는 사람들의 심리는 금기하거나 혐오스러운 말을 피하는 심리, 예의 지향성 심리, 연상 심리 등이 있다고 한다. 그리고 한국어 완곡 표현이 어휘, 문장, 담화 등 차원에서 어떤 양상으로 나타나는지를 살펴보았다. '죽다'에 대해 '돌아가다'로 표현하는 어휘 차원과 부탁이나 거절 등을 표현할 때 피동이나 의문형, 추측형을 쓰는 등의 문장 차원, 더 나아가 담화 차원까지를 각각의 예를 들어 자세히 설명하고 있다. 다음으로 한중 완곡 표현을 어휘와 문장 차원에서 대조 분석하고 있다. 중국어 완곡 표현은 대부분 어휘 범주로 이루어져서 어미, 피동, 부정, 의문법 등의 통사적 장치로 수행되는 문장 차원의 완곡 표현이 중국 학습자들에 가장 어려운 부분이라고 밝히고 있다.

　3장에서는 중국인 학습자들의 한국어 완곡 표현 사용 실태에 대해 조사·분석하였다. 먼저 중국 현지의 중국인 학습자들을 대상으로 하여 한국어 완곡 표현의 학습 필요성 여부에 대한 인식을 조사하였는데, 많은 수의 학습자들이 교육의 필요성을 인식하고 있으나 실제 이에 대한 교육과 이해 정도는 아주 부족함을 알 수 있었다고 한다. 이어서 중국 대학에서 사용하는 있는 한국어 교재에 완곡 표현이 얼마나 등재되어 있는지를 조사하였다. 어휘 수준의 완곡 표현이 대부분이었고, 문장 형태인 경우 설명이 제시되어 있지 않아 학습자들이 이해에 어려움을 겪고 있다고 한다. 마지막으로 중국 대학에서 한국어를 배우는 3~4학년의 중국인 학습자 50명을 대상으로 한국어 완곡 표현을 사용하고 있는 실태에 대해 살펴보았다. 알고 있는 어휘 표현을 고르는 것과 완곡 표현을 사용할 수 있는 상황을 중국어로 주고 적절한 한국어 문장 표현을 고르게 하는 설문 방식이었는데 이를 통해 오류 양상을 분석하고 오류가 생기는 원인을 언어적, 사회 문화적, 심리적 원인, 교육적 원인으로 나누어 밝혔다. 언어적인 것은 중국어의 간섭, 한국 한자어 이해의 오류, 습관적 표현 방식으로, 사회 문화적인 것은 정치적, 풍속적, 종교적, 도덕적으로, 심리적인 것은 회피, 예의, 권세 심리로 다시 나누어 보고 있다. 그리고 교육적인 원인으로는 중국에서의 한국어 교육 현실을 지적하고 있다.

　4장에서는 중국인 학습자들을 위한 한국어 완곡 표현의 교육 내용 구성 방안과 효과적인 교수·학습 방안을 제시하고 있다. 교육 내용 구성 방안에서는 중급 이상의 단계에서 가르칠 것, 한국 문화와 결부시킬 것, 대조 분석 교육을 할 것, 모국어의 영향을 극복할 것, 완곡 표현의 사용 기회를 제공할 것 등을 제안하고 있다. 그리고 교수·학습 모형은 어휘 차원, 문장 차원, 담화 차원에서의 표현을 익히는 다양한 활동들을 제안하고 있다.

▌ 의의 및 제언 ▌

　이 연구는 문법적인 요소를 넘어서 의사소통을 원활하게 해주는 데 중요한 역할을 하는 화용 상의 요소인 완곡 표현을 연구하고 그 교육 방안을 모색한 논문으로서 의의가 있다. 특히 한·중 완곡 표현을 대조 분석하고 학습자들의 오류 양상을 살핀 것은 늘어나는 중국어권 학습자들을 고려할 때 교육 자료로서의 활용 가치도 높다고 할 수 있다. 그러나 일부 조사방법에서 다소 아쉬움이 남는다. 일례로 완곡 어휘를 고르는 학습자 대상 조사를 보면 사용되는 맥락 없이 어휘만 나열되어 있어 학습자들이 화용상의 의미를 알고 있는지가 제대로 측정되었다고 보기 어렵다.

　# 2006. 2. 김은숙. 석사. 연세대. 토의 상황에서 말차례 가지기에 관한 연구: '이주노동자 세상'을 중심으로. 〈분류: 화행〉 〈해제: 오선경〉

▌ 목차 ▌

▌요약▐

　이 논문은 한국에 거주하는 이주노동자의 담화를 분석하여 이주노동자의 실제 한국어 사용 양상에 대해서 알아보고, 이것을 이주노동자를 위한 한국어 교육에 적용하는 데에 목적을 두고 있다. 이 논문에서 대상으로 하는 이주노동자는 한국에서 주로 생산직에 종사하며 E-9비자를 갖고 있거나 혹은 비자가 없는 불법 체류자까지도 포함해서 가리킨다고 밝히고 있다. 한국에서 오래 거주하는 이주노동자들의 경우는 고급 수준으로 한국어를 구사하더라도 담화 상황에서 말 차례를 적당히 유지하고 상대방에게 주는 것이 어색해 이러한 사회 문화적 능력을 길러주는 교육이 필요하다고 한다.

　2장에서는 담화 분석을 하기 위한 이론적 배경에 대한 것으로 담화의 유형과 담화 분석의 조건, 입말 담화의 중요한 요소인 말차례와 실제 입말 담화에서의 말차례 가지기 양상에 관한 이론들에 대해서 알아보고 있다. 말차례는 '한 화자가 말을 시작해서 자신의 말을 끝내고 다른 이의 말을 듣는 입장으로 돌아가기까지 발화된 것'과 '그 순간 말을 할 권리'를 나타낸다고 설명하고 있다. 말차례 가지기 규칙을 보면 담화에서 현재 화자가 계속 말을 하고 있으면 다른 참여자들은 청자의 위치에 있으며 만약 겹침이 일어나더라도 바로 중단하고 겹침 상황에서 어느 화자만 말하도록 정리가 되는 것을 포착할 수 있다고 한다. 그러나 실제 대화에서는 동시발화, 중복, 의도적인 중단시키기 등이 일어난다고 한다.

3장에서는 이주노동자를 위한 한국어 교육에서 담화 분석은 실제 이주노동자들의 한국어 발화를 알 수 있는 좋은 방법이라고 언급하면서 담화 분석의 대상이 되는 담화자의 특징, 대상 프로그램의 일반적 개관 등 연구 방법에 대해서 구체적으로 기술하고 있다. 먼저 연구 자료는 TV와 인터넷 방송을 통해 볼 수 있는 '이주노동자 세상' 등의 프로그램에 나오는 집단 환담 자료들이다. 담화자들은 한국 거주 기간이 5년 이상 되는 이주노동자들로 학습 경험이 적고 성인 습득에 가깝게 한국어를 익힌 상태로서 구어에는 문제가 없지만 읽기, 쓰기 등에는 어려움을 보인다고 한다.

4장에서는 3장의 입말 담화 전사 자료를 바탕으로 실제 말차례가 어떻게 이루어지고 배당되는지 알아보고 있다. 말차례를 가지는 양상과 더불어 말차례 발화 양상에 대해서도 알아보았는데 중간에 말 끼어들기를 하는 경우, 청자반응신호만 보이거나 현 화자가 적당한 단어를 생각하지 못하는 경우 등 대화가 매끄럽게 진행되지 않은 경우가 많았다고 한다. 그러나 상대방의 대화에 도움을 주고자 어휘를 제시하거나 보충하는 발화를 하는 등 진행되는 대화를 더 알차게 만드는 대화 공동 구성의 특징이 두드러지게 나타났다고 한다. 이것은 이주노동자 자신이 한국어 능력이 다소 부족하다는 것을 알기 때문에 서로 보완해 주려는 의도로 보인다고 분석하고 있다.

5장에서는 담화 분석의 결과를 적용하여 말차례 가지기를 학습하는 효과적인 방법으로 토론 수업을 제시하고 있다. 또한 한국어 모어 화자의 토론을 보고 자신들의 발화 양상과 비교하면서 토론을 수행하는 실제 한국어 수업에의 적용 실례를 제시하고 있다. 6장에서는 이상의 논의를 요약하고 이 연구의 한계점을 언급하면서 끝맺고 있다.

▍▍ 의의 및 제언 ▍

최근 한국의 산업 발달과 더불어 이주노동자가 급증하고 있으며 이들을 대상으로 하는 한국어 교육 또한 활발하게 이루어지고 있다. 그러나 요구분석을 통한 연구에 머무르고 있는 것이 대부분인 상황에서 학습자들의 담화를 분석해 문제점을 찾아내고 이를 바탕으로 효과적인 말하기 교수법을 제안하고 있다는 점에서 이 논문은 의의가 크다고 할 수 있다. 그러나 이주노동자들의 말차례 가지기 양상을 분석하기에 앞서 분석 기준이 되는 한국어 모어 화자의 일반적이고 전형적인 말차례 가지기 양상 분석이 선행되어야 할 것이다. 이에 대한 선행 연구가 제시되어 있지 않아 담화 분석의 기준이 무엇인지를 명확히 알 수 없다는 점이 아쉽다.

> # 2006. 2. 나카가와 마사오미. 석사. 서울대. 일본어 화자를 위한 한국어 경어법 교육 연구. 〈분류: 경어법〉 〈해제: 오선경〉

▍▍ 목차 ▍

▌ 요약 ▐

　이 논문의 목적은 한국 내 교육기관에서 한국어를 배우는 일본어권 중급 학습자의 구어 자료에 나타나는 경어법 사용 오류 양상을 살펴 오류 원인을 규명하고, 그것을 바탕으로 효과적인 경어법 교육의 내용 및 방법을 제시하는 데에 있다고 한다. 한국어의 경어법은 문화가 반영된 언어 요소로서 의사소통에 있어 아주 중요한 부분이라고 하면서, 경어법 교육이 과거 초급 단계에서의 쓰기 영역을 중심으로 이루어져 실제 사회 활동이 많아지는 중급 단계에서의 경어법 향상에 대한 연구가 미비함을 지적하고 있다. 또한 일본어에도 유사한 체계의 경어법이 있어 언뜻 아무런 문제가 없어 보이나 한국어의 경어법 화계가 훨씬 더 복잡하고 세분화되어 있어 역시 오류가 많다고 한다. 이에 이 논문은 연구 대상자를 일본어권 중급 학습자로 한정하고, 말하기 영역에서의 경어법 교육 방안을 모색하는 데에 목적을 둔다고 밝히고 있다.

　1장에서는 연구 목적, 필요성, 선행 연구, 연구 방법 등을 기술하고, 61명의 학습자들을 대상으로 하여 한국어 경어법에 대한 인식과 사용 기회를 묻는 기초 설문조사를 실시하여 경어법 교육의 필요성을 강조하고 있다. 대부분의 학습자들은 경어법을 자주 사용하지만 어려워하고 있었으며, 많은 수가 일본어와 차이가 있다고 하였다.

　2장은 연구의 이론적 배경으로 말하기 영역에서의 경어법 사용 개념과 의의를 밝히고, 경어법 사용에 있어서 요구되는 능력들을 제 2언어 습득 이론을 바탕으로 살피고 있다. 또한 일본어와 한국어의 경어법 체계를 대조 분석하여 연구의 이론적 배경을 마련하였다.

　3장에서는 일본어권 중급 학습자 79명을 대상으로 하여 경어법 사용의 오류 분석을 실시하였다. 연구 방법은 두 가지로 진행되었는데, 일본어권 학습자와 한국어 모어 화자의 실제 대화를 녹음한 관찰 조사와 학습자 60명을 대상으로 담화 상황을 제시하고 발화 내용을 수집하는 응답형 설문조사를 실시하였다고 한다. 이 두 가지 방법을 통해 수집된 총 253개의 담화 자료에서 오류 양상을 살피고 그 원인을 분석하였다. 이와 더불어 보충자료로 학습자 35명을 대상으로 주체 경어법과 객체 경어법에 관한 이해 능력 조사를 실시하였다.

분석 결과를 살펴보면 굴절, 파생, 어휘 방식의 오류 양상에서는 어휘 방식의 오류가 가장 많았으며, 특히 객체 높임 어휘에 대한 인식이 낮았다고 한다. 그리고 전체적으로는 친소관계를 중시하는 일본어 경어법의 부정적인 간섭에 의해 오류가 생긴다는 점, 청자는 높이지만 화제 인물에 대한 경어법 사용 오류가 많다는 점, 존칭 조사와 용언의 호응 관계에 대한 이해가 부족하다는 점을 알 수 있었다고 한다. 또한 오류가 교육과정에서도 기인한다고 보고 초급, 중급 교재 12권을 분석하였다. 분석 결과 일관성을 보이지 않는 경어법 형태의 제시 순서, 양적인 문제, 문법적 설명에 대한 문제점을 지적하고 있다.

4장에서는 일본어권 중급 학습자 대상 경어법 교육 방안을 제시하고 있다. 오류 분석 결과는 물론, 말하기 영역에서의 경어법 교육의 특성, 일본어권 학습자의 특성, 현행 한국어 경어법 교육의 문제점을 종합적으로 검토하여 한국어 경어법 교육의 원리를 유의미한 맥락 속에서 제시할 것, 말하기·듣기 교육의 관계가 유기적으로 이루어지게 할 것, 학습자 수준에 맞춘 단계적 지도를 할 것, 실제 사용 장면을 고려할 것, 일본어권 학습자의 특성을 고려할 것, 5가지로 제안하고 있다. 이어 구체적인 경어법 교수-학습의 내용 및 방법을 제시하고, 마지막으로 실제 수업에 적용한 후 그 효과를 검증하는 실험을 실시하였다. 실험 결과 경어법 어휘 사용이 증가한 반면 오류는 감소함을 나타내어 그 효과를 입증하였다.

마지막 5장에서는 이상의 논의를 정리, 마무리하고 앞으로 지속적으로 경어법을 위한 교재 개발 및 교수 학습 개발이 이루어져함을 강조하고 있다.

▌ 의의 및 제언 ▌

이 논문은 경어법 사용에 있어서 학습자가 겪는 어려움이 말하기의 즉각성이나 상황 의존성에 있다고 보고 말하기 영역에서의 경어법 교육에 초점을 두고 있다. 특히 일본어는 한국어와 비슷한 경어법 체계를 가지나 구체적 용법상의 차이 때문에 오히려 혼란을 가중시킬 수 있다는 점을 인식하고 일본어권 학습자를 대상으로 한 교육 방안을 제시했다는 점에서 의의가 있다. 그러니 교육 방안의 효과를 검증하는 실험에서 신뢰도 확보에 다소 아쉬움이 있다. 즉 학습자들을 동일한 성격의 두 그룹, 실험 집단과 통제 집단으로 나누어 실험을 진행하지 않아 연구자가 제시한 내용과 방안이 정말 효과적이었는지를 명확히 밝히기에 부족하다고 생각된다. 이 결과는 단순히 입력이 추가되어 학습자들의 실력이 향상된 것으로 해석될 수도 있기 때문이다.

2006. 2. 박선용. 석사. 경희대. 한국어교육을 위한 한국어 맞장구 어사 기능 분석. 〈분류: 화행〉 〈해제: 오선경, 테시마 아이코〉

‖ 목차 ‖

‖ 요약 ‖

이 논문은 일정 기간 동안의 대화를 수집하여 한국인의 비격식적인 입말에 나타나는 맞장구 어사들이 어떠한 기능을 하는지, 그리고 청자들이 이것을 사용하여 대화의 흐름에 어떻게 참여해 나가는지를 알아보고, 이를 토대로 현재 한국어 교육 현장에서 사용되고 있는 교재들과의 비교 분석을 통하여 교재의 문제점을 지적하고 교재들을 재구성하는 데 그 목적이 있다고 한다.

　　2장에서는 그 동안 연구되어 온 맞장구의 개념과 비교하여 이 논문에서 사용하고자 하는 맞장구를 기능적인 관점에서 '청자가 화자의 발화에 대하여 긍정이나 부정을 표명하는 것이 아니라, 화자의 이야기를 듣고 있으며, 이해하고, 그 이야기에 대하여 자신의 감정이나 태도를 표출하는 표현으로, 화자의 발화에 대한 단순한 반응뿐만 아니라, 반응에 이어 자신의 이야기를 이어나가는 청자에서 화자로 이어지는 부분까지도 맞장구 표현에 포함하기로 한다'고 정의하였다. 또한 맞장구의 기능을 '듣고 이해하고 있다'와 청자의 감정 및 태도의 표출, 상대방에게 여유주 기의 세 가지로 분류하여 분석한다고 밝히고 있다. 입말 분석 대상을 세 그룹으로 분류했는데 A그룹은 연구자의 동료와 친구, 선·후배의 관계에 있는 20대 중반에서 30대 중반의 여성 화자 들이고 대화 내용은 일상적인 이야깃거리들이다. B그룹은 회사 동료와 학교 동료 교사들로서 20대 중반에서 30대 중반의 여성화자들이고 대화 내용은 업무적인 내용이며, C그룹은 자동차 보험 판매 전화와 택배 회사의 전화 통화로서 안면이 없는 사람들의 그룹으로 나이는 알 수 없 으며 남성과 여성이라고 한다. 이 논문에서는 한국인의 담화에 나타난 맞장구 어사를 노은희 (2001)를 참고하여 기본형(아, 어, 음), 긍정형(예, 네, 응), 동의형(그래, 맞아, 그렇지), 놀람·의 문형(와, 어머, 어머나, 정말, 예↗, 그래↗), 유도형(그래서, 그리고, 근데) 5가지 유형으로 분류 하고 있다.

3장에서는 각 그룹에서 나타난 맞장구 어사와 그 기능들에 대해서 알아보고, 화자의 발화 위 치에 따른 기능들에 대해서 알아보고 있다. 분석 결과를 보면 발화 도중보다는 발화 후에 나타 난 맞장구 어사의 빈도가 높게 나타나고, 발화 도중에 나타난 맞장구 어사는 화자의 이야기를 듣고 있는 기능이, 화자의 발화 후에 나타난 맞장구 어사는 상대방의 이야기를 이해하고 있는 기능이 주요 기능으로 나타나고 있었다고 한다. 그러나 A그룹에서는 사적인 일상적인 이야기의 특성상 청자들의 감정 표시나 화자의 발화 동감을 표시하는 기능이 빈도가 높게 나타나고 있었 다고 한다.

4장에서는 한국인의 입말에 나타난 맞장구 어사와 대조하여 현재 사용되고 있는 한국어 교재 의 맞장구 어사의 기능을 분석하고 있다. 분석 결과를 보면 한국어 교재에 나타난 맞장구 어사 는 한국인의 입말에 나타난 맞장구 어사에 비하여 '네', '예' 등의 최소한의 맞장구 어사만 사용 되고 있음이 나타났다. 특히 '해요' 체를 사용하고 있는 교재의 특성상 한국인의 A그룹에 나타 난 많은 맞장구 어사와 차이를 보였고, 한국어 교재에는 한 사람의 말차례에 여러 문장이 사용 되어 발화 길이가 길어지고 있음에도 불구하고 화자의 이야기 도중에 적절한 맞장구가 하나도 사용되지 않고, 화자와 청자가 하고 싶은 이야기들만을 나열하는 담화가 대부분을 이루고 있었 다고 한다. 마지막으로 교재의 그룹별 담화문을 한국인의 입말에 대조 분석함으로써 교재에 나 타난 문제점을 짚어보고, 지금까지의 분석을 토대로 보조교재로서 재구성한 것을 제시하였다. 5 장에서는 이상의 논의를 요약하면서 끝맺고 있다.

▌ 의의 및 제언 ▌

맞장구는 한국어 모어 화자들이 효과적인 의사소통을 하기 위해 사용하는 구어 전략의 대표 적인 것으로서, 이러한 맞장구를 잘 사용하는 것은 한국어의 유창성과 관련이 깊다. 이 논문은 한국어 모어 화자들이 사용하는 맞장구 어사의 기능을 담화 상에서 분석하고, 외국어로서 한국 어를 학습하는 학습자들에게 도움이 되도록 그 결과를 토대로 교재를 재구성하였다는 점에서

의의가 있다. 그러나 실제 한국어 모어 화자의 담화를 분석한 부분에서 분석 대상이 된 세 그룹 중 두 그룹이 모두 20대, 30대 여성이다. 따라서 분석 결과에는 연령과 성별 변수가 작용했을 것이라고 예상할 수 있는데 논문에는 이에 대한 언급을 찾아 볼 수 없다. 다양한 연령대와 성별을 분석 대상으로 설정했다면 결과의 신뢰도와 객관성을 더 확보할 수 있었을 것이라는 아쉬움이 남는다.

2006. 2. 전지원. 석사. 연세대. 한국어 교육을 위한 칭찬 화행 연구: 칭찬 반응을 중심으로. 〈분류: 화행〉 〈해제: 권혜진〉

‖ 목차 ‖

‖ 요약 ‖

이 논문은 한국어 모어 화자의 칭찬 화행의 실제 자료를 분석하여 칭찬 및 칭찬 반응 화행의 양상을 살펴봄으로써 한국어 학습자들이 칭찬 및 칭찬에 대한 반응을 해야 하는 상황에서 가장 적절한 칭찬 화행을 실현하는 데 도움이 될 수 있는 방안을 제시하는 데 목적이 있다.

2장에서는 화행 이론과 함께 칭찬 화행 전반에 관한 개념, 기능, 특징, 유형을 살펴보고 있다. ‘칭찬’은 상대방이나 상대방과 관련된 것에 대해 긍정적 가치 평가를 내리거나 그에 대한 자신의 긍정적 태도를 표현하는 것이라고 정의 내리고 있다. 또한 ‘칭찬 반응’은 칭찬을 받은 사람의 발화로 이 발화는 칭찬과 관련이 있으면서 칭찬 다음 차례에 오는 발화라고 했다. 칭찬 화행은 정보 전달의 언어적 기능보다는 평가와 유대감 형성을 주된 기능으로 하고 있으며, 칭찬 화행의 유형은 직접적 칭찬과 주변 언급으로 분류된다고 한다.

3장에서는 연구에 사용한 자료의 수집 방법과 자료 분석의 틀을 제시하고 이를 적용하여 자료를 분석함으로써 한국어 모어 화자의 칭찬 반응 유형과 표현을 찾아내고 있다. 이 논문에서는 총 316편의 텔레비전 드라마 대본에서 수집한 200개의 칭찬 화행을 분석 자료로 삼고 있다. 자료를 분석하기 위해 칭찬 반응 유형을 크게 수용하기, 비껴가기, 거절하기, 무응답의 4가지 상위 반응으로 분류하고 있다. 이 4가지 상위 반응은 다시 14가지의 하위 유형으로 세분화 하고 있는데, 수용하기는 감사하기/동의하기/기쁨을 표현하기로, 비껴가기는 칭찬 내용의 확인/당혹감·의구심 표시/화제 전환/설명하기/농담하기/되돌려 칭찬하기/공을 돌리기/보상하기로, 거절하기는 부정하기/칭찬 축소하기로, 무응답은 무응답으로 분류하였다. 칭찬 반응 분석 기준에 따라 칭찬 반응의 유형별 사용 비율을 살펴본 결과, 한국어 모어 화자는 칭찬에 대해 비껴가기(52.5%)와 무응답(20.5%) 반응을 가장 많이 사용하는 것으로 나타났는데 이는 우리나라 사람들이 공손성과 겸양을 중요시하기 때문이라고 분석했다. 그리고 한국어의 칭찬 화행을 청자와 화자의 성별, 나이, 친밀감이라는 사회적 변인에 따라 분석한 결과 나이가 가장 영향을 많이 미치는 것으로 나타나고 있다. 그리고 칭찬 반응 유형 분석에서 도출된 표현들을 중심으로 하여 한국어 학습자들이 실제 칭찬에 반응할 때 유용하게 사용할 수 있는 표현을 각 반응 유형별로 정리하여 제시하고 있다.

4장에서는 한국어 교재에 나타난 칭찬 화행에 대해 살피고 있다. 한국어 교육과정을 운영하고 있는 대학교에서 편찬된 교재 3종(경희대, 서강대, 이화여대) 9권을 대상으로 칭찬이 교재에서 어떻게 다루어지고 있는지, 교재에 나타난 칭찬 반응 양상이 한국어 모어 화자의 칭찬 반응 유형의 사용 양상과 어떤 차이가 있는지 비교하였다. 그 결과 칭찬하기 기능 및 칭찬 화행이 한국어 교재나 교수 과정에서 미약하게 다루어지고 있으며, 교재에 제시된 칭찬 화행의 경우에도 의사소통 방식을 가르치기 위해 제시된 것이 아니라 문법이나 관용어 등 다른 항목을 가르치기 위한 문장에 비의도적으로 반영된 경우가 많아서 문제가 있다고 했다. 또한 한국어 교재에 나타난 칭찬 반응을 한국어 모어 화자의 칭찬 화행과 비교했을 때, 한국어 교재에서는 칭찬에 감사하는 반응이 나타나지 않았지만, 감사하기 반응은 칭찬을 수용하는 대표적인 반응으로 표현법이 단순하고 알아두면 활용 가치가 높기 때문에 적절한 칭찬 상황을 구성하여 교재에 제시해야 한다고 제안하고 있다. 한국어 교재에 나타난 비껴가기 반응의 사용 비율은 한국어 모어 화자의 칭찬 반응 비율과 유사하게 나타지만 설명하기의 경우 실제 모어 화자의 칭찬 반응보다 훨씬 높은 비율로 제시되었다. 사회적 변인에 따른 분석에서는 한국어 교재에서는 화행을 수행하고 있는 인물과 상황에 관한 상세한 정보를 제시하지 않는 문제점이 있다고 했다. 그리고 칭찬 반응 표현을 분석하고 있는데 이는 한국어 모어 화자의 칭찬 반응에서 나타났던 반응 표현이 그대로 사용되고 있었다.

마지막으로 5장에서는 위의 논의를 요약하고, 올바른 칭찬 및 칭찬 반응 교육을 위해 한국어 교재 편찬 시 고려해야 할 사항을 제시하고 있다. 첫째, 교재 구성 시에 '칭찬하기'를 하나의 독립된 기능이나 활동으로 제시하고, 둘째, 중·고급 학습자가 다른 사람과의 유대감 형성이나 친교 활동에 칭찬을 적절히 활용할 수 있도록 각 교재의 수준별로 칭찬 화행의 개수 및 분포를 체계적으로 조절해야 한다는 것이다. 셋째, 실제 한국어 모어 화자의 화행을 수집하여 이 중 학습 목적에 적절한 자료를 선별하여 교재에 사용하고, 넷째, 칭찬 화행을 수행하고 있는 인물들 간의 관계나 지위, 친밀감 정도, 나이 등에 관한 구체적 정보를 제시하고 다섯째, 칭찬 반응 유형 중 한국어만의 언어문화 특성을 반영하고 있는 것에 대해서는 자세히 설명해야 함을 제안하면서 끝맺고 있다.

▍ 의의 및 제언 ▍

지금까지 대부분의 화행 연구는 연구의 편의성을 위해 여러 한계점에도 불구하고 담화 완성형 설문지(DCT)를 통해 자료를 수집해 왔다. 그러나 이 논문은 실제 자연스러운 발화를 염두에 두고 쓰인 드라마 대본을 대상으로 하여 화행 언어 자료의 구어적 측면을 보완하려 했다는 점에서 의의가 있다. 물론 드라마 대본 또한 계획된 구어이며 방송 언어라는 한계점을 가지지만 상황 맥락이 명확하다는 점에서는 담화 완성형 설문지보다 신뢰할 수 있는 조사라고 여겨진다. 그러나 이 논문은 칭찬 반응을 분석하는 변인으로 성별, 나이, 친밀감만을 설정하여 아쉬움을 남긴다. 칭찬 반응은 칭찬 화행과 인접쌍이므로, 선행 발화로 제시되는 칭찬 화행의 전략이나 유형도 주요한 변인으로 설정되어야 할 것이다.

> # 2006. 2. 호전마수자. 석사. 상명대. 일본어권 학습자를 위한 한국어 대우법 교재 개발 연구. 〈분류: 경어법〉 〈해제: 오선경, 테시마 아이코〉

▍ 목차 ▍

1. 서론
  1.1 연구목적 및 방법
  1.2 선행 연구

2. 한국어 교재에 나타난 대우법
  2.1 한국 기관 교재
  2.2 일본 대학 교재
  2.3 문제점

3. 한국어와 일본어 대우법 비교

3.1 회사에서 사용하는 압존법
3.2 특수 어휘와 공손한 명령문
3.3 비교 결과

4. 한국어 대우법의 효과적인 제시 방안
  4.1 교재 개발의 원리
  4.2 대우법의 교육 내용 구성
  4.3 교재에서의 대우법 제시 방안

5. 결론

▍ 요약 ▍

이 논문은 한국어와 일본어 대우법의 용법 차이를 밝히고 그것을 이용하여 일본어권 학습자를 위한 보다 효과적인 교재 모형을 제시하는 것에 목적이 있다. 1장에서는 연구의 목적과 방법을 제시하고 또한 이 연구와 관련된 선행 연구로서 대우법의 명칭에 대한 연구, 한국어 문법에 있어서의 대우법 연구, 일본어 문법에 있어서의 대우법 연구, 한국어와 일본어 대우법의 용법 비교, 한국어 교재 개발에 관한 연구 네 가지로 구분하여 살펴보고 있다.

2장에서는 한국과 일본에서 출판된 한국어 교재에서 대우법을 어떻게 다루고 있는지를 분석하고 있다. 분석 대상은 한국에서 출판된 한국어 교재로 경희대학교(한국어 초급Ⅰ~Ⅱ), 고려대학교(한국어1-2), 서강대학교(서강 한국어 STUDENT BOOK 1-4), 서울대학교(한국어 1), 연세대학교(한국어 1), 이화여자대학교(말이 트이는 한국어Ⅰ)를, 그리고 일본에서 출판된 한국어 교재는 言葉の架け橋, 書いて覺える初級朝鮮語, コミュニケーション韓國語會話編１, 韓國語初級, 韓國語レッスン初級１, 至福の韓國語 여섯 권을 선정하였다. 각 교재에 나타나는 대우법을 문법 항목과 상황 제시 방법에서 비교하고 문제점을 검토하고 있다. 그 결과에 따라 어미 체계 제시에 관한 문제, 선어말 어미에 관한 문제, 조사의 존경형에 관한 문제, 특수 어휘에 관한 문제로 네 가지 문제점을 지적하고 있다.

3장에서는 2장에서 밝힌 문제점을 교재에 반영하기 위해 한국어와 일본어 대우법의 용법을 비교하고 있다. 먼저 한국어와 일본어의 압존법의 용법 차이를 밝히기 위해 한국인 회사원 51명(남자 27명, 여자 24명)을 대상으로 설문 조사를 실시하고 한국어와 일본어 대우법에서 존경과 겸양을 나타내는 특수 어휘 및 공손한 명령문의 용법에 대해서 비교하고 있다. 결과를 보면 일본어에서는 화자와 청자가 다른 집단에 속할 경우 화제의 인물이 화자 쪽 사람이면 낮추어서 말하고 청자 쪽 사람이면 높여서 말한다는 ‘안(ウチ)’과 ‘겉(ソト)’의 관계가 대우법 사용의 기준이 되는 반면 한국어의 경우는 청자와 화제의 인물 간의 나이나 사회적인 지위를 통한 상하 관계가 기준이 된다고 한다. 다음으로 한국어와 일본어에서 사용되는 대우법의 특수 어휘를 비교한 결과 한국어에는 특수 어휘의 수가 일본어에 비해 적으나 그 대신에 다양한 어미 체계로 높임의 정도를 달리하는데 비해 일본어에는 특수 어휘가 많이 있고 특히 겸양을 나타내는 어휘가 한국어에 비해서 많이 존재한다고 한다. 마지막으로 한국어와 일본어의 공손한 명령문을 비교했는데 ‘-세요’와 ‘-아/어/여 주세요’ 간에 용법의 차이가 나타났다고 한다.

4장에서는 2장 및 3장에서 조사한 결과를 바탕으로 일본어권 학습자를 위한 한국어 대우법 교재 모형을 제시하고 있다. 일반적인 교재 개발 원리를 바탕으로 이 논문에서는 첫째, 한국어와 일본어 대우법의 용법 차이를 제시할 것, 둘째, 한국 문화를 적극적으로 제시할 것, 셋째, 시청각 자료를 제공할 것이라는 세 가지 원리를 설정하고 있다. 단원 구성은 학습 목표 제시, 본문 제시, 문법 항목 제시, 연습 문제 제시, 마무리의 다섯 단계로 제시하고 있다. 학습 목표 제시 단계에서는 일본어로 학습 목표를 제시하고 학습자에게 정확히 그 단원 목표를 인식시키고, 본문 제시 단계는 도입, 본문, 확인의 세 단계로 나눠서 내용의 이해를 돕는다고 한다. 문법 항목 제시 단계는 학습자가 스스로 문법 항목을 알아낼 수 있도록 문법 용어를 사용하지 않는 설명 방법으로 제시하고, 연습 문제 제시 단계는 쉬운 문제부터 복잡한 문제로 학습자가 익힐 수 있도록 구성하였다고 밝혔다. 마무리 단계는 이 단계에서 배운 내용을 스스로 정리 할 수 있도록 질문 형식으로 제시할 것을 제안하고 있다. 마지막 5장은 이상의 논의들을 요약하며 마무리하고 있다.

▌ 의의 및 제언 ▌

이 논문은 일본어권 화자를 위한 대우법 교재 연구로서 효과적인 교재 개발을 위해 비슷한 대우법 체계를 가지지만 구체적인 실현 양상에서는 많은 차이점을 가지는 한국어와 일본어를 대조 분석하고 있다. 따라서 이 논문은 대조언어학적인 자료로서 의의를 가지고 있다. 그러나 이 논문의 분석 대상이 된 교재들은 모두 초급용인데 반해 3장에서는 비교적 난이도가 높은 한국어와 일본어의 압존법 사용을 비교하고 있다. 물론 압존법은 한국어와 일본어 대우법에서 차이가 큰 부분이지만 비교의 목적이 교재에 반영하기 위해서라고 밝히고 있으므로 초급에서 교수 가능한 대우법 항목도 대조 · 비교하였다면 더 의미있는 분석이 되었을 것이라는 아쉬움이 남는다.

> \# 2006. 8. 김유선. 석사. 부산외대. 일본인 학습자의 한국어 대우법 교육방안. 〈분류: 경어법〉 〈해제: 오선경〉

▌ 목차 ▌

▌ 요약 ▌

이 논문은 한국어 학습자들에게 대우법의 잘못된 사용으로 인한 사회언어학적 오류가 빈번이 나타남을 지적하고 화행 교육의 차원에서 일본인 학습자를 위한 대우법 교육 방안을 모색하고 있는 논문이다. 연구방법으로 대조분석, 학습자 대상 설문조사를 사용하였고, 그 결과를 바탕으로 실제 단원 구성의 예를 보여주고 있다.

1장에서는 우선 일본어와 한국어가 가진 유사점 때문에 상이한 사회언어학적 요소를 발견하지 못하고 의사소통 실패를 초래하는 경우가 많다는 점을 연구의 필요성으로 들고 있다. 선행연구로는 한국어와 일본어 대조 연구, 외국인 학습자를 위한 한국어 대우법 교육 연구를 살피고 있는데, 후자의 경우 양적으로 연구가 미흡하며 특히 학습자 모국어별 연구는 거의 이루어지지 않았음을 지적하고 있다.

2장에서는 한국어와 일본어의 대우법을 대조분석하고 있다. 한국어 대우법을 주체높임, 특수 어휘높임, 상대높임으로 분류하고 이에 해당하는 일본어의 내용을 살펴 그 유사점과 차이점을 밝히고 있다. 이를 통해 '-(으)시-' 등 일본인 학습자가 쉽게 학습할 수 있는 항목과 낮춤 특수 어휘 사용, 상대높임 등 오류가 예상되는 항목을 제시하였다.

3장에서는 학습자들의 한국어 대우법 사용 실태를 알아보기 위해 한국어 숙달도가 초,중급 정도인 일본인을 대상으로 설문조사를 실시하였다. 설문의 내용은 '우연히 만난 선생님께 밥을 먹었는지 물어볼 때' 등 다양한 상황 30개를 주고 그에 맞는 답변을 쓰는 방식이다. 답변 문장의 형태는 평서형, 의문형, 명령형으로 설정하여 요청, 명령 화행 수행시의 대우법 사용 양상도 보고자 하였다. 설문 결과는 첫째, 대조 분석의 예상과 달리 '-(으)시-' 실현이 저조했고, 둘째, 다양한 청자 대우 종결어미가 사용되지 못했고 정중한 요청이나 명령 발화 또한 부자연스러웠다. 그리고 반말체의 사용에도 오류가 많이 발견되었다. 마지막으로 특수어휘 또한 거의 사용하지 못하고 있는 것으로 나타났다.

4장에서는 2, 3장의 논의를 바탕으로 대우법 지도방안을 제시하고 있다. 여기서는 기계적인 문법 연습이 아니라 의사소통능력 향상을 바탕으로 하는 역할극을 활용하여 한국어 대우법을 지도할 수 있는 방안을 제시하고 있다. 그것은 대우법은 청자와 화자의 실제 상황에서의 표현과 관련이 있기 때문에 적절한 발화를 이끌어내는데 역할극이 적합하다고 보았기 때문이다. 역할극을 정의하면 학습자에게 주어진 상황 안에서 구체화된 사회적 관계를 유지하면서 학습자에게 주어인 역할을 해내는 것이다. 이 논문은 Littlewood(1983)의 논의를 토대로 통제와 창의성 정도에 따라 암기를 통한 역할극, 문맥 상황에 맞는 역할극, 단서가 제공된 역할극, 창의적인 역할극으로 분류하고 그 지도 방안을 구체적으로 논하고 있다. 이어서 단원구성의 체제 및 방향을 논하고 실례를 보이고 있다. 우선 일본인 학습자 대상 한국어 대우법 지도에 사용될 교재가 반영해야 할 사항으로는 첫째, 기계적 문법 연습을 지양하고 역할극을 통해 연습할 수 있도록 구성해야 할 것, 둘째, 한국어와 일본어의 높임법 체계의 차이점을 고려한 것이 집중적으로 다루어져야 할 것, 셋째, 실생활에서 많이 접할 수 있는 관계를 다양하게 제시해야 할 것으로 들고 있다. 그리고 이러한 점을 바탕으로 중급 수준의 말하기 단원의 실제를 보이고 있다. 단원구성은 도입, 전개, 연습, 발전, 마무리의 4단계로 구성하였고, 대화 상황에 다양한 등장 인물을 등장시켜 청자와 화자 관계를 잘 이해할 수 있도록 하였다.

마지막으로 5장에서는 이상의 논의를 요약하고 정리하고 있다.

의의 및 제언

이 논문은 한국어 대우법을 문법적인 요소로 보는 단순한 관점에서 벗어나 사회언어학적 측면의 화행 요소로 보고 한국인 학습자를 위한 대우법 지도 방안을 제시하고 있다. 또한 다소 내성적인 일본인 학습자의 특성과 맥락, 장면, 청자와 화자의 관계가 중요하게 작용하는 대우법의 특성을 고려하여 역할극이라는 방법론을 제시했다는 점에서 의의가 있다.

하지만 설문 구성에 있어 다소 아쉬움이 있다. 대우법은 상하 관계와 친소 관계가 가장 큰 변인으로 작용하는데 이 설문지의 청자는 선생님, 교수님, 아는 사람 등 상하 관계는 비교적 분명하지만 친소 관계가 잘 드러나지 않는다. 사회적 변인들에 대한 학습자 인식이 잘 드러날 수 있도록 설문을 구성했다면 그 결과가 더 유용했을 것이다. 또한 용어 사용에 있어 문제점이 발견된다. 제목에서 볼 수 있듯이 이 논문은 서정수(1984)의 정의를 따라 '대우법'이라는 용어를 주로 사용하고 있으나 그 사용 근거를 밝히지 않고 있으며, 본문 내용에서 대우법, 높임법, 경어법, 경어 등의 용어를 혼용하고 있다. 대우법은 이 논문의 핵심이 되는 용어이기 때문에 그에 대한 확실한 개념 정의가 필요할 것이다.

2006. 8. 박지영. 석사. 숙명여대. 한국어 학습자를 위한 요청화행 교육 방안 연구. 〈분류: 화행〉 〈해제: 권혜진〉

▌ 목차 ▌

▍요약 ▍

이 논문은 한국어를 제 2언어로 습득하는 외국인 한국어 학습자를 위한 효과적인 요청화행 교육 방안을 마련하는 데 목적이 있다. 화행 교육은 중급 이상의 학습자들이 담화 상황을 올바르게 이해하고 오류 없는 의사소통을 하기 위해 필요한데, 특히 요청화행은 청자의 체면을 위협하는 행위로 공손성이 부가된 발화 전략이 필요하다. 그러므로 학습자가 목표어의 언어문화에 대해 정확히 인식하고 다양한 화행 전략을 습득할 수 있도록 해야 한다고 연구의 필요성을 밝히고 있다.

2장에서는 요청화행의 개념과 요청 전략의 유형 및 요청 전략을 결정하는 변인들에 대해서 살펴보고 있다. 요청은 화자가 청자에게 어떤 행위를 수행할 것을 요청하는 것이므로 청자의 체면에 위협을 가하게 되며, 이때 발생하는 청자의 체면 위협 행위에 대한 부담을 줄이고자 공손성이 부여된 전략적인 발화를 하게 된다고 했다. 이 논문에서는 그동안 요청화행 연구 분야에서 기본 틀로 다루어진 Blum-Kulka, House & Kasper(1989)의 분석틀을 토대로 하여 한국어의 특성에 맞는 10가지 요청화행 전략을 재구성하였다. 직접표현으로 명시적인 요청, 수행문의 사용, 소망의 표시, 제안성 어구의 사용, 의무의 진술을, 간접표현으로 가능성에 대한 질문, 청자의 의지에 대한 질문, 강한 암시, 약한 암시, 반어적 부정 질문을 요청화행 전략의 유형으로 재구성 하고 있다. 그리고 요청 상황의 성격(권리와 의무), 화·청자 간의 친밀도, 사회적 힘에 따른 분류를 기준으로 요청이 발생되는 상황을 12가지로 분류하고 있다.

3장에서는 이 논문의 연구 목적에 맞는 연구 방법을 제시하고 있다. 교육 방안을 마련하기 위한 첫 단계로서 서울대, 연세대, 경희대, 이화여대 내의 부설 한국어 교육기관에서 사용하고 있는 각 교재를 분석함으로써 한국어 교육에 있어서의 요청 표현 교육의 실제를 살펴보고 있다. 요청화행 표현의 출현 빈도수 조사 결과 '명시적인 요청'의 사용이 가장 많았으며, '강한 암시'와 '청자의 의지에 대한 질문'이 다음 순으로 나타났으나 명시적인 요청의 사용 빈도수와는 현저한 차이점을 보이고 있었다. 한국어 교재에서 요청 표현은 다양하게 나타나지만 이러한 표현 양상이 실제 한국인 화자가 사용하는 표현의 빈도와는 차이가 있을 것이라는 결론을 내리고 있다. 다음으로 현재 한국어 교육 기관에서 지도하고 있는 교사들에게 면접조사를 실시하여 한국어 학습자들에게 실제로 요청화행을 지도하는 방법과 절차에 대해 조사하였다.

4장에서는 실제 한국인 화자들의 발화 양상을 살펴보기 위한 접근 방법으로 현재 방송 중인 드라마의 대본을 분석하고 있다. 한국에서 발생할 가능성이 있는 상황이면서 외국인 학습자가 접할 가능성이 있는 상황으로 정하기 위해 한국어 교재 분석과 드라마 분석을 통해 각 상황별 요청화행 전략의 유형을 1차적으로 분류하고, 요청 전략의 사회적 변인에 따른 12가지 상황을 추출해 실제 한국인 화자와 외국인 한국어 학습자의 요청화행 실태를 조사하였다. 이때 사용한 조사 방법은 DCT이다. 설문 조사 후 교재 분석과 드라마 분석에서는 나타나지 않았으나 한국인 화자의 요청화행 전략 중에서 새로 발견한 전략을 추가하여 2차적으로 요청화행 전략을 재분류 하였다. 조사 결과는 첫째, 한국인 화자와 학습자 모두 요청 상황이 부탁인 경우에 공손성의 정도가 큰 간접적인 표현을 많이 사용하였고, 한국인 화자는 남성보다 여성이, 그리고 학습자의 경우는 고급 학습자로 갈수록 간접적인 표현을 더 많이 사용하였다. 또한 한국인 화자는 요청 상황이 권리일 때에만 반어적 부정 의문문이 나타났고, 학습자는 양 상황 모두 나타나지 않았다. 둘째, 친소관계 변인별로는 한국인 화자와 학습자 모두 친한 사이인 경우보다 소원한 경우에, 한국인의 경우 남성보다 여성이, 학습자의 경우 중급보다 고급이 더 간접 표현을 많이 사용하고 있었다. 셋째, 사회적 힘의 변인별로는 한국인 화자와 한국어 학습자 모두 청자가 화자와 사회적 힘의 크기가 같거나 낮을 때 더 명시적인 요청을 많이 사용하고 한국인의 경우는 강한 암시의 사용 비율이 두 번째로 높고, 학습자의 경우 가능성에 대한 질문의 사용 비율이 두 번째로 높은 차이점을 보였다. 학습자는 청자가 화자보다 사회적 힘이 더 약할 때 중급에서는 가능성에 대한 질문을, 고급에서 청자의 의지에 대한 질문을 더 높은 비율로 사용하는 차이점을 볼 수 있다고 했다. 이와 같이 요청 상황별, 또는 이 외 여러 가지 변인별로 살펴볼 때 외국인 학습자가 사용하는 요청 표현은 몇 가지 특성을 제외하고는 한국인 화자가 사용하는 요청 표현과 크게 다른 양상을 보이지 않는다고 했다. 이러한 결과는 현재 한국어 교육기관에서 시행하고 있는 교육이 비교적 효과를 거두고 있지만 학습자에게서 나타나는 오류를 수정해 줄 방안을 마련하는 것과 그에 앞서 어휘·문법과 연결된 보다 체계적인 화용 교육이 이루어지도록 하는 것이 고급의 학습자를 위한 연구 과제라고 한다.

5장에서는 현재 중급 이상의 한국어 학습자를 대상으로 실제 교실 수업을 통해 수업 전과 수업 단계, 수업 후로 나누어 한국어 요청화행 표현에 대한 이해와 적절한 사용 방법 등을 익힌 후 다시 작성된 설문지로 재조사를 실시하고 있다. 수업 단계에서 외국인 한국어 학습자는 교재에 의존해서 문형 위주의 표현에 더 큰 비중을 두고 학습했기 때문에 상황이나 청자와의 관계에 따라 다르게 표현할 필요가 있는 화행 전략에 대해서 오류를 일으키는 부분이 있다는 것을 발견했고, 그 문제점을 수정하는 과정에서 한국의 언어문화를 이해하고 모국어의 언어문화와의 차이점을 발견하는 계기가 되고 있음을 언급하고 있다.

6장에서는 교육 방안으로서 효과적인 수업 모형을 마련함으로써 외국인을 대상으로 한 한국어 학습자의 요청화행 교육의 방향을 제시하고 있다. 요청화행 교육은 초급에서 고급의 학습 단계까지 체계적인 학습이 이루어져야 함을 강조하여 각 단계별로 교육내용을 구성하여 제시하고 있다. 그리고 요청화행 교수법으로 먼저 교수 방법으로 비디오 자료 활용, 대화문 제시하고 완성하기, 역할극, 읽기·듣기와 쓰기 활동, 토론하기를 제시하고, 각 교수 방법에 따라 활용할 수 있는 교수 자료의 예를 제시하고 있다. 마지막으로 7장에서는 이상의 논의를 요약하고 한계점을 밝히고 있다.

▌ 의의 및 제언 ▌

이 논문은 한국인 화자와 한국어 학습자들이 언어 문화의 차이에 따라 요청화행 표현 양상에 차이가 있음을 밝히고 그 차이점을 극복하기 위한 교육 방안을 마련하고자 한 시도라는 점에서

의의가 있다. 또한 이 논문에서 제시된 요청화행 전략의 유형은 기존 연구에서 사용된 틀에 한국어 교재와 드라마, 그리고 실제 한국인 화자의 사용실태 조사를 거쳐 재분류된 것으로 의미가 있다.

 # 2007. 2. 김정아. 석사. 한국외대. 칭찬 응답 화행을 통한 한국어 교육 연구. 〈분류: 화행〉 〈해제: 오선경〉

▎목차▎

▎요약▎

이 논문은 일본어권 학습자와 중국어권 학습자의 칭찬 응답 화행 전략 실현 양상을 한국어 모어 화자의 화행 전략과 비교하여 언어권별 칭찬 응답 교육 방안을 제시하는 것을 목적으로 하고 있다. 외국어 교육에서 '적절한 상황에서의 적절한 언어 사용', 즉 사회 언어학적, 화용론적 지식이 반드시 필요함을 지적하고, 오해를 유발할 수도 있는 칭찬 응답 화행에 대한 연구가 필요함을 주장하고 있다. 또한 한류의 영향으로 일본어권과 중국어권 학습자가 많아짐에 따라 그 두 집단의 학습자를 위한 연구가 필요하다고 한다.

1장에서는 연구 목적과 더불어 칭찬 화행에 대한 선행 연구, 칭찬 응답 화행에 대한 선행 연구를 검토하고 있다. 그리고 공손 전략과 체면 위협 행위의 하나로서 기능을 하는 칭찬 및 칭찬에 대한 반응을 논하고 있는데, 칭찬의 정의를 보면 '상대방에 대해 무엇인가 좋은 것을 말하는 호의적인 판단이나 의견으로서, 이를 통해서 상대방과의 취향이나 흥미에서의 공통성을 표현하여 대화참여자 상호간에 유대감을 창조하거나 강화하는 것'을 의미한다고 한다.

2장에서는 연구방법을 설명하고 있다. 이 연구에서는 자료 수집 방법으로 담화 완성 테스트를 사용하고 있으며, 외모, 능력, 소유, 성격 칭찬의 4가지 상황에서 사회적 관계를 변인으로 하여 질문하는 방식을 취했다. 한국어 모어 화자는 한국어로, 일본어권과 중국어권 학습자는 반은 자신의 모국어로, 반은 한국어로 답하게 하였다. 이는 학습자들이 모국어의 영향과 학습의 영향 중 어느 것에 더 민감한지를 보고자 하는 것이라고 밝히고 있다. 또한 학습자의 한국어 숙달도 수준은 제한하지 않았다. 자료 분석의 틀은 Chen(1993)과 이원표(2003)의 표를 수정 분류하여 수락하기, 보답하기, 비껴가기, 거절하기, 무응답의 다섯 가지를 상위 전략으로 하는 총 12가지의 전략을 마련하였다.

3장에서는 2장에서 제시한 다섯 가지 상위 전략이 한국어 모어 화자에게서 어떻게 나타났는지를 분석하고 있다. 수락하기는 상대방의 칭찬을 수용하는 반응을 보일 때 사용하는 것으로 감사하기, 동의하기, 기쁨 표현, 공을 돌리기, 겸손으로 나눌 수 있다. 보답하기는 같이 칭찬하기로 능력에 대한 칭찬과 상대방과의 친밀도가 낮을 때 많이 사용되었다고 한다. 비껴가기는 상대방의 칭찬에 수용도 거절도 하지 않음으로써 칭찬을 비껴가는 것이다. 농담, 설명하기, 의구심 표시, 권유하기가 있는데 친밀도가 높은 친구 관계의 경우 90% 이상이 농담 반응을 보였다고 한다. 거절하기는 '아니야.', '에이, 뭘요.', '엉망이야.' 등의 거절, 비하하기 전략인데 친밀도가 낮은 관계에서 많이 사용된다고 한다. 마지막으로 무응답은 대답을 하지 않거나 거친 말로 반응을 나타내는 것인데 친밀도가 낮거나 오히려 아주 친한 사이에서 사용된다고 한다.

4장에서는 한국어 모어 화자, 일본인 모국어 응답자, 중국인 모국어 응답자, 일본인 한국어 응답자, 중국인 한국어 응답자, 모두 6개 집단별 결과를 비교 분석하고 있다. 또한 친밀도와 사회적 지위에 따라서도 어떻게 결과가 다른지도 살피고 있다. 결과를 보면 집단별로 답변에 있어서 큰 차이는 보이지 않고 있다고 한다. 그러나 좀 더 구체적으로 특성을 분석해보면 첫째, 한국어 모어 화자들은 사회적 지위 변인보다 친밀도 변인에 더 영향을 받고 있었으며, 둘째, 한국어 모어 화자들은 상대가 친구일 경우에는 '감사하기'를 거의 사용하지 않았고 선배의 칭찬에는 짧게 응답하는 것을 선호하였다고 한다. 셋째, 일본어권 학습자들은 모두 감사하기 유형을 선호하였고, 농담의 사용은 거의 없었다. 넷째, 중국어원 학습자들은 모국어로 답변한 경우 중국에 대한 자긍심을 느낄 수 있는 유형의 응답이 많았다고 한다. 그리고 일본어권 학습자의 경우 한국어로 응답한 경우에도 상당수가 모국어에 의존하고 있는 모습을 보였다고 한다.

5장에서는 4장의 분석 결과를 바탕으로 하여 학습자 언어권별로 적절한 칭찬 응답 교육 방안을 제시하고 있다. 먼저 일본어권 학습자를 대상으로는 사회적 관계 및 친소에 상관없이 예를 갖추는 모국어 습관에서 벗어나 친소 관계에 민감한 한국인들의 언어 사용상의 특성을 인지시켜줘야 한다고 주장한다. 다음으로 중국어권 학습자를 대상으로는 칭찬 상황에 따라 다르게 나타나는 중국인들의 특성과 문화적 배경을 인지하고 그에 맞게 교육해야 함을 제안하고 있다.

마지막으로 6장에서는 이상의 논의를 요약하며 끝맺고 있다.

▌ 의의 및 제언 ▌

이 논문은 일상 생활에서 빈번히 일어나는 칭찬 화행과 칭찬 응답 화행의 중요성을 인식하고 담화 완성형 테스트를 통해 한국어 모어 화자, 일본어권 학습자, 중국어권 학습자들의 칭찬 응답 양상을 비교하였다. 화행 실현이 언어적인 부분뿐 아니라 사회문화적인 부분의 영향을 받는다는 점을 인식하여 일본어권의 언어 습관, 중국어권 학습자들의 성향 및 문화적 배경을 고려하여 결과를 분석했다는 점에서 논문의 의의를 찾을 수 있다.

하지만 담화 완성형 테스트 구성과 분석에서 몇 가지 아쉬움이 남는다. 우선 상황 4가지 중에서 2가지가 회사에서 일어나는 상황인데, 설문 대상의 대부분은 직업이 학생이라는 것이다. 이런 경우 학습자들이 문어로 구성된 질문지를 보고 연구자가 의도한 상황을 적절하게 떠올리고 답변을 했을지 의구심이 든다. 그리고 학습자들의 한국어 숙달도를 구체적으로 밝히고 있지 않아 학습자들이 모국어에 의존하는 양상이 숙달도 수준에 의한 것인지 모국어의 특성 때문인지를 밝히기가 어렵다.

2007. 2. 최명선. 석사. 고려대. 한국어 불평·응답 화행의 양상과 교육 방안 연구: 한국인 모어 화자와 일본인, 중국인 학습자의 담화 분석을 중심으로. 〈분류: 화행〉〈해제: 오선경〉

▌ 목차 ▌

▌ 요약 ▌

이 논문은 한국어 모어 화자와 중국인, 일본인 한국어 학습자를 대상으로 불평과 응답 화행 양상을 비교 분석하고, 이 결과를 바탕으로 효과적인 한국어 화행 교육 방안을 제시하는 것을 목적으로 하고 있다. 발화 수반력을 가지는 여러 화행 중에서 불평 화행은 부정적인 성격이 강하게 작용하는 것이 특징이므로 학습자들이 목표어권에서 용인하는 담화를 생산하지 못하면 의사소통과 인간관계에 큰 문제가 발생할 수도 있다. 또한 화행은 고립적으로 실현되지 않고 연쇄적으로 결합되는 것이 보통이므로 그 반응에 대한 연구 또한 중요하다 밝히고 있다.

2장에서는 화행이론과 불평·응답 화행에 대한 이론적 고찰을 하고 있다. 화행이란 말함으로써 진술, 명령, 질문, 약속, 경고, 요청, 불평 등의 의사소통력을 갖는 발화수반행위라고 한다. 이 중 불평 화행의 개념은 첫째, 개인적 측면에서는 자신이 기대했던 바에 못 미치는 영향을 준 과거의 행위 혹은 현재 진행되고 있는 행위에 대해 불편함을 표현하는 행위이고, 둘째, 공공의 측면에서는 누구나 일반적으로 생각하기에 바람직하지 않은 영향을 준 과거의 행위나 앞으로의 행위에 대해 불편함을 표현하는 행위라고 정의하고 있다. 그리고 응답 화행은 이러한 불평 화행에 대한 연쇄적인 발화체로 불편함을 표현한 행위에 대한 언어적 반응이라고 한다.

3장에서는 불평·응답 화행 양상을 알아보기 위한 조사의 대상 및 내용, 방법, 분석 방법 및 분석의 틀을 설명하고 있다. 조사 대상은 한국인 모어 화자(KK) 54명, 한국어를 배우는 일본인 학습자(JK) 64명, 한국어를 배우는 중국인 학습자(CK) 57명이다. 연령은 2·30대로 제한하였으며, 성별은 남성보다 여성의 빈도수가 높다. 외국인 조사 대상자들은 중급 이상으로 통제하였는데, 이는 언어의 일차적 의미를 중점적으로 학습하는 초급 단계에서는 담화 상황에 맞는 화행 양상을 실현하는 데 한계가 있을 수 있기 때문이라고 밝히고 있다. 조사 방법은 담화 완성형 테스트(DCT)로 불평 화행 상황과 응답 화행 상황을 각각 제시하여 설문지를 구성하였다. 화행이 달라질 수 있는 사회적 변인으로는 사회적 권력과 친밀도를 적용하였고, 응답 화행의 경우는 불평의 강도를 추가하였다. 이런 변인을 고려하여 불평 화행 7개, 응답 화행 14개의 상황을 구성하였다고 한다. 그리고 기존의 논의들을 참고하여 분석 틀로 각 화행들의 전략을 제시하고 있다. 불평 화행 전략은 청자 중심 전략과 화자 중심전략으로 나뉘어지는데, 환기시키기, 원인 짐작하기, 이해하기, 돌려 말하기가 전자에 속하고, 상황 제시하기, 대가 요구하기, 경고하기, 시정 요청하기, 비난하기는 후자에 속한다. 응답 화행 전략은 청자 중심 전략인 사과하기, 책임 인정하기, 보상하기, 다짐하기, 기분 살피기와 화자 중심 전략인 이유 설명하기, 반박하기, 양해 구하기, 그리고 이 밖에 강조하기, 무응답을 제시하고 있다.

4장에서는 수집된 담화를 사회적 변인별, 각 상황별, 학습자 특성별로 분석해 KK, JK, CK 세 집단의 불평·응답 화행 양상을 살피고 그 차이점을 제시하고 있다. 분석 항목은 서법, 대우법, 전략, 불쾌감과 미안함의 정도, 부가적 표현 등이었다. 분석 결과를 간단히 요약하면 불평 화행에서 상대방이 사회적 권력이 높을 경우 세 집단은 모두 의문문의 형식을 가장 많이 사용하였다. 그러나 KK는 청자 중심 전략인 원인 짐작하기 전략을 사용하는 데 반해 JK는 환기시키기, CK는 상황 제시하기 전략을 사용한다는 점에서 차이점을 보인다고 한다. 또한 친밀도 변인에 있어서도 세 집단은 차이를 보였는데, KK 집단은 상대방이 위반 행위를 했어도 친밀한 사이이면 크게 불쾌해하지 않는 반면, JK와 CK 집단은 친밀도와 상관없이 위반 행위 자체에 불쾌함을 높게 표현한 것으로 나타났다. 결과적으로 불평 화행에서 KK 집단은 친밀도가 불쾌감 지수에 큰 영향을 미치는 변수로 작용했으며, 대우법 양상은 친밀도보다 사회적 권력의 정도에 따라 달라지는 것으로 나타났다. 그러나 외국인 두 집단의 경우 대우법과 서법이 무척 제한된 양상을 보였으며, 특히 대우법은 KK와 달리 친밀도 변인의 영향을 더 받았다고 한다. 응답 화행의 경우 KK 집단은 사회적 권력이나 친밀도에 따라 미안함의 정도가 달라졌으나, 외국인 두 집단은 사회적 변인에 상관없이 자신의 위반 행위 자체에 대해 미안함을 느낀다고 차이점을 분석하였다. 학습자 특성별 분석은 학습자들의 한국어 학습 기간과 성별을 변인으로 하여 분석한 것인데, 여기서는 집단별로 특별한 차이를 보이지 않았다고 결론짓고 있다.

5장에서는 담화 분석의 결과를 바탕으로 한국어 교육에서 불평·응답 화행이 어떻게 교수·학습될 수 있는지 효과적인 교육 방안을 모색하고 있다. 우선 외국인 집단의 화행 양상이 KK 집단의 화행 양상과 차이를 보이는 부분을 교육 내용으로 선정할 것을 제안하고 있다. 학습 항목으로는 간접화행, 담화표지, 의사소통행위의 사용전략 등을 선정하였고, 구체적인 항목은 KK 집단의 담화 분석에서 얻어진 언어 내용이다. 그리고 화행이라는 것이 언어권의 문화적 측면을 반영하고 있으므로 설명보다는 과제활동 중심으로 수업을 진행할 것을 제안하고 있다. 구체적 방법으로는 드라마 혹은 영화를 이용, 역할극, 대화문 완성하기 활동, 토론하기 활동 등이 있다. 마지막으로 과제 활동 중심의 화행 전략 교수-학습 모형과 수업의 예를 보이고 있다. 6장에서는 이상의 논의를 요약하면서 마무리를 하고 있다.

▍ 의의 및 제언 ▍

언어 학습에서 목표어권의 화행 전략을 제대로 익히지 못하면 의사소통상의 실패 뿐 아니라 문화적으로 오해를 사는 경우가 발생할 수 있다. 이 논문은 화행 중에서도 부정적 성격이 강해 실패의 부담이 큰 불평 화행과 그에 따른 응답 화행을 함께 연구하고 있으며 구체적인 교수-학습 모형과 수업의 예를 보이고 있어 학습자들의 의사소통능력 향상에 실질적으로 기여할 수 있는 교육 자료가 될 것이라는 점에서 의의가 크다. 그러나 교육 방안에서는 언어 집단별 차이점을 바탕으로 교육 내용과 방법을 선정해야 한다고 한 반면 제시된 실제 교수-학습 활동에는 한국인 모어 화자 집단과 외국어 집단과의 차이점만 반영될 뿐 일본인 학습자와 중국인 학습자 집단 간의 차이점은 반영되어 있지 않은 점이 아쉽다.

2008. 2. 허봉자. 박사. 고려대. 중국어권 학습자를 위한 한국어 경어법 교육방안 연구. 〈분류: 경어법〉 〈해제: 오선경〉

‖ 목차 ‖

▌ 요약 ▌

이 논문은 한국어와 중국어의 대조 분석, 교재 분석, 학습자들의 경어법 사용 양상 및 오류 조사를 통해 중국어권 한국어 학습자를 위한 한국어 경어법 교육 방안을 모색하는 연구이다. 한국어 교육의 양적, 질적 성장에도 불구하고 특정 언어권의 학습자들을 위한 연구가 미흡함을 지적하고 있으며, 또한 언어학적 지식 뿐 아니라 사회언어학적 능력, 담화 능력 등을 요구하는 한국어 경어법 습득의 어려움을 지적하면서 연구의 필요성을 논하고 있다.

2장에서는 한·중 양국어의 경어법을 대조 분석하고 있다. 대조 분석은 학습 상의 난점을 예측할 수 있다는 점과 오류 발생 시 그 원인을 설명할 수 있다는 점에서 효율성이 있다고 언급하면서 한·중 양국어 경어법의 개념, 기능, 실현 양상, 변인을 비교·대조하고 있다. 개념상의 차이를 보면 한국어 경어법의 경우 문법적 성격이 강하지만 중국어 경어법의 경우 '경어(敬語), 경사(敬辭), 예모어(禮貌語)' 등의 용어를 사용하고 있어 어휘적 성격이 강하다고 한다. 기능상으로는 한국어에서는 상호 인간관계의 품위를, 중국어에서는 경어 표현의 전략적 의도를 더 강조하고 있다는 점에서 차이를 보인다고 하였다. 또한 실현 양상은 어휘 형태와 문법 형태로 나누어 대조하고 있는데, 한국어는 주로 문법 형태로, 중국어는 어휘 형태로 실현되어 대응 대조가 이루어질 수 없음을 지적하고 있다. 마지막으로 경어 표현의 요인은 상하 관계, 친소 관계, 공식성 등의 사회적 변인과 문화 심리적 요인으로 나누어 그 차이점을 살피고 있다. 유교 문화의 영향으로 상하 관계 요인은 비슷하게 작용하나, 한국어에서는 상대적으로 공식성의 제한을, 중국어에서는 친소 관계의 제한을 더 많이 받고 있다고 한다. 또한 문화 심리적으로 한국인은 객체 중심인 반면 중국인은 주체 중심적이라고 한다.

3장에서는 국어 교육 문법과 외국어로서의 한국어 교육 문법에서 제시되고 있는 경어법을 살펴보고 있다. 이 두 가지는 경어법 체계와 문법 내용 기술에서 차이점을 보이고 있는데 이는 학습 목표와 학습자가 다르므로 당연할 것이다. 이어서 중국어권 학습자를 위한 한국어 초급 교재의 경어법을 살피고 있다. 중국에서 출판된 교재 두 권과 한국에서 출판된 교재 두 권을 살펴 교재에 나타난 경어법 어휘와 문법을 비교하여 살폈다. 그 결과 4개 교재 모두에 경어법 체계 및 실현 형태가 제시되지 않고 있다는 점, 사회적 변인에 따른 경어법이 제시되지 않았다는 점, 청자 경어법 체계 등급과 존대 어휘가 언어 사용 현실과 다르게 제시되었다는 점 등을 문제점으로 지적하고 있다

4장에서는 학습자들의 경어법 사용 양상과 오류를 분석하고 있다. 한국어 모어 화자 집단과 중국어권 학습자 집단이 한국어 경어법 사용에서 어떤 공통점과 차이점을 보이는지를 알아보고자 중국 현지 대학에서 학습하고 있는 학습자들 230명과 한국어 모어 화자 120명을 대상으로 담화 완성형 테스트를 실시하였다. 경어법 사용에 영향을 미치는 사회적 요인은 상하 관계, 친소 관계, 공식성을 반영하여 총 20개의 상황을 제시하였다. 조사 결과 중국인 학습자의 경우 문법 지식은 가지고 있으나 실제 언어 사용에서 존대 대상에 따라 적절하게 사용하는 화용론적 능력이 부족함이 지적되었다. 그리고 학습자들의 설문 결과를 가지고 경어법 오류를 분석하였

는데, 호칭어 오류 비율이 가장 높았으며, '-(으)시-', 어휘, 조사, 어말 어미 순이었다. 오류의 양상을 보면 대치, 오형태, 생략, 첨가의 순이었으며, 경어법 호응에서는 절반 이상이 오류를 보였다. 또한 학습자의 학년별로 오류의 양상이 달라짐도 분석하고 있다.

5장에서는 이상의 논의를 종합, 활용하여 효과적인 한국어 경어법 교육에 대해 논의하고 있다. 경어법은 화자의 문법적, 어휘적 언어 능력만으로 실현되는 것이 아니라 청자와 화제 인물, 대화 장면 등 상황에 적절한 언어 사용 능력을 구비해야 하는 것이므로 적절한 교육 접근법으로 의사소통 중심 접근법을 제안하고 있다. 이어 교육 방안에서는 교육 내용과 교재 구성 방안, 교수법을 제시하고 있다. 우선 청자 경어법 교육 내용에는 학교 문법의 6등급 체계가 아니라 '하십시오체', '해요체', '해라체', '해체'의 4등급이 적절하다고 보고 있다. 또한 호응 관계를 이루고 있는 호칭어 등급도 제시하고 있다. 주체 경어법에서는 '-(으)시-', '-께서', '-님', 특수 어휘, 간접 존대, 압존법을, 객체 경어법에서는 특수 어휘와 조사 '-께'를 교육 내용으로 들고 있다. 교재 구성 방안에서는 경어법의 기본 지식을 제시하는데 있어 중국어권 학습자들의 이해가 쉬운 '경어법(敬語法)'이라는 용어를 사용할 것, 한국어 경어법 기능을 제시할 것, 경어법 삼분 체계에 따른 경어법 실현 형태를 제시할 것을 제안하고 있다. 그리고 각 항목을 제시하는데 있어서는 사용 빈도를 고려하고 복잡한 항목을 단순화하며 응용 효과가 큰 항목부터 제시해야 한다고 주장한다. 이 기준에 따라 '어말 어미 → 호칭어 → 선어말 어미 '-(으)시-' → 어휘 →조사의 순으로 교수해야 한다고 한다. 그리고 화용론적인 측면에서 상하 관계, 친소 관계, 공식성에 따라 상황을 설정해야 한다고 한다. 마지막으로 교수 모형은 언어 수업의 전통적인 모형인 PPP모형에 유창성을 강조하기 위한 보완으로 의사소통적 과제를 도입하는 것으로 하고, 그 모형에 따른 교수-학습의 실례를 보이고 있다.

마지막으로 6장에서는 이상의 논의를 요약하고, 중국어권 학습자를 위한 이 논문의 긍정적 역할을 기대하며 끝맺고 있다.

▌ 의의 및 제언 ▌

이 논문은 최근 급증하고 있는 중국어권 학습자를 위한 논문이며, 그 중에서도 언어학적, 화용론적 오류가 빈번하게 나타나는 경어법 교육 방안을 연구하고 있다. 이 연구는 기존의 연구들이 문법과 어휘 형태 실현에 초점을 두고 있는 데에서 나아가 언어 장면, 맥락, 청자와 화자의 상하 관계, 친소 관계, 공식성 등을 고려한 화용론적인 측면에서 경어법 교육을 논하고 있으며, 이를 실제적으로 적용한 의사소통적인 교수법을 제안하고 있다는 점에서 의의가 있다. 그리고 박사 논문으로서 기존의 선행 연구들을 면밀히 검토하여 그 결과들을 종합하였고, 대조 분석, 교재 분석, 담화 완성형 테스트, 오류 분석의 다양한 연구 방법을 사용하였다. 또한 학습자들의 실제 사용 양상 분석을 위해 다양한 숙달도의 200여명이 넘는 학습자들을 대상으로 담화 완성형 테스트를 실시하여 그 분석 결과의 신뢰도를 높이고 있다. 향후 이 논문은 중국어권 학습자들의 경어법 교육에 있어서 긍정적인 역할을 할 것으로 기대된다.

2008. 8. 김유향. 석사. 한양대. 한국인과 중국인의 거절 화행 비교를 통한 한국어 교수 학습 방안 연구. 〈분류: 화행〉 〈해제: 오선경〉

▌목차▐

▌요약▐

이 논문은 한국인 화자와 중국인 한국어 학습자의 거절 화행을 비교, 분석함으로써 한국인과 중국인의 거절 전략 양상을 분석하고 한국어 교육에서의 적절한 거절 화행 교육 방안을 모색하는 것을 목적으로 하는 연구이다. 외국어 의사소통을 위해서는 문법적 정확성 뿐 아니라 화용적 정확성도 중요함을 지석하고 실생활에서 구체적으로 일어나는 화행 교육의 필요성을 지적하고 있다. 그 중에서도 특히 거절 화행은 상대의 초대, 요청, 권유, 부탁 등을 물리치는 행위로 상대방의 체면을 손상시킬 위험이 큰 화행이기 때문에 사회 문화적으로 적절한 거절 전략에 대한 교육이 더 필요하다고 한다. 또한 현재 한국어 학습자 중 가장 많은 부분을 차지하는 중국인 학습자 수와 중국과 한국의 문화적, 언어적 차이가 큼을 고려하여 중국인 학습자를 연구 대상으로 설정하고 있음을 밝히고 있다.

2장에서는 거절 화행의 개념 및 특징을 밝히고 구체적인 거절 화행을 분류하고 있다. 사전적 의미로 거절은 상대방의 요구, 제안, 선물, 부탁 따위를 받아들이지 않고 물리치는 것으로 되어 있다고 한다. 그리고 거절은 화자가 청자의 발화 의도를 존중하지 못함을 나타내거나 청자의 발화 의도를 존중하는 사회적 기대치를 충족시키지 못함을 인정하는 화자의 의도를 나타낸다고 한다. 거절의 주된 행위 전략은 직접적인 것과 간접적인 것으로 나눌 수 있는데, 직접적인 것은 '죄송하다', '곤란하다'와 같이 의미적으로 원래 거절의 의미가 아니나 거절의 의미로 쓰인 의미적 거절 화행과 '안', '못'과 같이 문법적으로 거절의 의미를 가지는 문법적 거절 화행으로 나누었다. 간접적인 거절 화행은 거절의 핵심 의도에서 조금 벗어나 간접적인 표현을 사용하여 거절을 하는 것이라고 한다. 그리고 거절 행위 이전에 사용되어 주된 행위가 지니는 발화 수반력의 강도를 낮추는 기능을 하는 거절지지 행위가 있다고 한다. 긍정하기, 부탁하기, 감사하기, 축하하기, 비언어적인 표현 등이 여기에 포함된다.

3장에서는 한국인 화자와 중국인 학습자의 거절 전략을 비교 분석하고 있다. 성별, 사회적 지위, 친밀도를 변인으로 하여 총 23가지 담화 상황을 제시하여 담화완성테스트를 하였다. 조사 대상은 대학생, 직장인 등 20~30대 한국인 화자 50인, 초급~고급 숙달도의 중국인 학습자 50인이었으며, 성별에 따른 결과 분석을 위해 남녀 성비를 동일하게 구성하였다. 조사 결과를 정리하면 첫째, 두 집단 모두 간접적 거절 화행인 '이유나 근거를 제시하여 설명하기'를 가장 선호하였다. 둘째, 성별에 따른 결과를 보면 한국인과 중국인 모두 여자들이 남자보다 상대방의 체면 손상을 고려하여 상대방의 체면 손상 정도가 낮은 거절 전략을 선호한다는 것을 알 수 있다고 분석하였다. 셋째, 사회적 지위가 변인인 경우를 보면 상대방의 사회적 지위가 높은 경우에는 두 집단 모두 화자의 성별과 친밀도에 관계없이 적극적으로 화자의 체면을 보호하는 거절 전략을 사용하였다고 한다. 그리고 친밀도가 낮을 경우에는 비언어적 거절 전략인 '무시하기'가 많이 나타났다. 또한 중국인 학습자들의 숙달도에 따른 차이도 보이고 있는데 중·고급 학습자는 한국어 모어 화자와 사용 비율이 비슷한 반면 초급 학습자들의 경우 다른 양상을 보이는 경우가 많았다. 이것은 초급 학습자들의 경우 중국어와 한국어의 중간 단계에 있음을 보여주는 것이라고 분석하고 있다.

4장에서는 3장에서 살핀 한국어 모어 화자의 거절 전략 사용 양상이 한국어 교재에 어떻게 실현되고 있는지를 분석하기 위해 교재 분석을 하고 있다. 초급에서 고급 단계의 교재 총 3종 19권을 대상으로 하였고, 요청 상황 중에서 요청을 받아들이지 않는 거절 화행을 분석하였다. 분석 결과를 보면 우선 요청 화행에서 거절 화행으로 이어지는 비율이 23.6%로 매우 낮았다고 한다. 또한 발화 장소가 몇 가지에 편중되어 있었으며, 사회적 변인 또한 제대로 제시되지 않고 있었다. 그리고 거절 전략이 실제 한국인이 사용하는 거절 전략에 비해 다양하게 제시되지 못하고 있었음을 지적하였다.

5장에서는 3,4장의 내용을 토대로 거절 화행 교수 학습 방안을 제안하고 있다. 우선 교재 구성 시 고려할 점으로는 한국인 화자들의 자연스러운 발화를 반영하고 되도록 실제 언어 자료를 사용할 것, 거절 화행에 나타난 주제나 내용을 다양화할 것을 제안하고 있다. 또한 중국인 학습자를 대상으로 해서는 한국인 모어 화자와의 비교 결과를 고려하여 보다 한국인다운 표현을 사용할 수 있도록 지도하고 간접적이고 우회적인 표현을 사용하도록 교육하는 것이 필요하다고 하였다. 그리고 TV 프로그램과 역할극을 활용한 실제 교수 학습 방안을 제시하였다. TV 프로그램은 실제 자료라는 점에서 교육적 가치를 두고 있으며, 역할극은 학습자들이 거절 화행을 실제로 수행함으로써 좀 더 능동적으로 활동할 수 있다는 점에서 장점이 있다고 하였다.

마지막으로 6장에서는 이상의 논의를 요약하고, 설문 대상의 연령, 지역, 직업이 다양하지 못한 것, 보다 다양한 변인을 제시하지 못한 것으로 인해 연구 결과의 일반화 가능성에 무리가 있음을 지적하고 지속적인 연구를 제안하고 있다.

▐ 의의 및 제언 ▐

이 논문은 외국어 습득에서 언어적인 정확성 뿐만 아니라 사회언어적, 담화적 정확성이 필요함을 인식하여 화행 교육의 중요성을 강조하고, 그 중에서도 상대방의 체면 손상 부담이 커서 화용적 실패를 했을 경우 치명적일 수도 있는 거절 화행 교수법을 다루고 있다. 기존의 선행연구에서 거절 화행을 다룬 연구들이 있었으나 본격적으로 중국어권 학습자만을 대상으로 하여 한국어 모어 화자와 비교 분석한 논문은 처음이라는 점에서 이 연구는 의의가 있다.

그러나 연구의 가장 핵심적인 부분인 5장 교수 학습 방안은 3장에서 밝힌 연구 성과들이 반영되지 않은 모든 언어권의 학습자들을 대상으로 하는 일반적인 내용이라는 점에서 아쉬움이 남는다.

VII. 학위 논문 목록

연도별 ●●●

저자별 ●●●

집필진
<연구사 및 해제>
최호철 (고려대 국어국문학과 교수, hocherl@korea.ac.kr)
이준호 (고려대 박사 수료, juno0505@korea.ac.kr)
장미경 (고려대 박사 수료, mchang87@korea.ac.kr)
문혜심 (고려대 박사 수료, mhyeshim@sunmoon.ac.kr)
김지혜 (고려대 박사 수료, benjoin34@korea.ac.kr)
오선경 (고려대 박사 수료, sonya0126@korea.ac.kr)
<해제>
가마카리 스즈 (고려대 박사 수료, irk1523@hotmail.com)
권혜진 (고려대 석사, dongchaum@hanmail.net)
기단봉 (고려대 석사 수료, jidanfeng916@hanmail.net)
김보라 (고려대 석사 수료, tinkey7@nate.com)
김지애 (고려대 박사 과정, jiae2001@korea.ac.kr)
백승봉 (고려대 박사 과정, nobarber100@hotmail.com)
왕보화 (고려대 박사 수료, wangbaowia@hanmail.net)
야지마 아키코 (고려대 석사 수료, akono123@hanmail.net)
장수진 (고려대 박사 수료, cultong10@hanmail.net)
최창원 (고려대 박사 수료, rurow@naver.com)
테시마 아이코 (고려대 석사 수료, wps7aiko1224@naver.com)

학위 논문의 한국어 교육 연구 경향

초판인쇄 2009년 7월 24일
초판발행 2009년 7월 30일

편자 최호철

발 행 인 윤석원
발 행 처 박문사
책임편집 김진화
등록번호 제2009-11호

우편주소 서울시 도봉구 창동 624-1 현대홈시티 102-1206
대표전화 (02) 992 / 3253
팩시밀리 (02) 991 / 1285
전자우편 bakmunsa@hanmail.net

ISBN 978-89-962895-55   93810   **정가** 40,000원